“十一五”国家重点图书出版规划项目

中国女性文学读本

（上册） ZHONGGUO NÜXING WENXUE DUBEN

⊙荒林　苏红军　主编

The Anthology of Female Literature in China

GUANGXI NORMAL UNIVERSITY PRESS
广西师范大学出版社
·桂林·

图书在版编目（CIP）数据

中国女性文学读本 / 荒林，苏红军主编．—桂林：广西师范大学出版社，2013.12

（中国女性文学文化学科建设丛书）

ISBN 978-7-5495-4607-7

Ⅰ．①中… Ⅱ．①荒…②苏… Ⅲ．①中国文学—现代文学—妇女文学—文学研究②中国文学—当代文学—妇女文学—文学研究 Ⅳ．①I206.6

中国版本图书馆 CIP 数据核字（2013）第 268191 号

广西师范大学出版社出版发行

（广西桂林市中华路 22 号 邮政编码：541001
网址：http://www.bbtpress.com）

出版人：何林夏

全国新华书店经销

广西大华印刷有限公司印刷

（南宁市高新区科园大道 62 号 邮政编码：530007）

开本：787 mm ×1 092 mm 1/16

印张：73.75 字数：1500 千字

2013 年 12 月第 1 版 2013 年 12 月第 1 次印刷

印数：0 001~3 000 册 定价：198.00 元（上、下册）

丛书总序

改革开放以来，随着中国商业进程的更大推进，中国女性的主体意识在经济全球化和随之而来的中国社会意识形态解构与建构的过程中面临着新的困惑和生机。进入20世纪90年代，妇女文学的创作和批评始终呈繁荣景象，为女性主义活动在中国文学与文化领域打下了广泛持久展开的基础。有关妇女文学和文化的研究发展迅速，批评对象从文学扩展到大众传媒如电影、电视、网络、广告、时尚杂志，以及美术、设计和城市建筑等，已对中国社会意识形态及文化建设产生了重大影响。有关女性主义文学和文化的课程在中国高校较之其他纯社会性别理论的课程更受学生欢迎，而文学文化领域在过去20多年里一直处于发掘、开创最新思想和理论的前沿，加强这些领域的学科建设，从长远意义来说，对改变人们深层的思维方式和认知模式、推动保护妇女权益的社会活动具有重要的战略意义。鉴于国内女性文学和文化学科教材缺乏的现状和有限的资源情况，“发展社会性别在文学文化学科中的建设”项目组在美国福特基金会资助下，经过三年的共同努力，编撰了本套学科建设丛书，以供高校相关教学参考使用。

本套学科建设丛书由《中国女性文学读本》、《当代中国女性文学文化批评文选》、《西方女性主义文学理论》、《西方女性主义文学文化译文选》和《西方“后学”语境中的女权主义》构成，各书互相呼应，有一定系统性，在一定程度上体现了中外女性主义对话和互补的特色，是项目组集体智慧的结晶。编撰工作在实际程序上包括项目前期论证、相关学科资源清理和理论梳理、项目进行中的商讨和切磋、专家审读初稿方案及定稿的修订完善工作。每位项目组成员都承担了该项目的具体而繁杂的工作。其中苏红军、屈雅君和荒林在前期论证中做了更多细致深入的工作，陈惠芬负责操持上海会议，屈雅君负责操持西安会议，马元曦负责海外翻译工作和解决版权问题，柏棣承担西方理论选文任务：是大家的付出和努力才使本丛书得以完成。项目组邀请的学术委员来自全国各高校，学术委员们真诚的学术品格和认真负责的学术作风、为项目的完整和丛书的完善所贡献的建议和提出的批评，共同凝结在丛书的构成之中。本项目在首都师范大学立项，荒林不仅负责项目的协调工作，而且为配合项目创办了学科建设园地——《中国女性主义》，为高校师生进行女性主义学术交流开辟了平台。

丛书期待读者批评指正，期待在教学参考使用中得到修改意见，希望在不久的将来作出修订。根据教学的需要，本项目也许还将推出新的选本和导读本。

感谢福特基金会的支持！

感谢广西师范大学出版社的支持！

向所有为本项目和丛书付出劳动的朋友们致敬！

“发展社会性别在文学文化学科中的建设”项目组

2006年12月

目录

前　言：性别视角，现代性与中国现当代文学—— 1

第一篇

浮出地表

秋　瑾

勉女权歌—— 4

秋瑾导读—— 4

陈衡哲

小雨点—— 8

洛绮思的问题—— 11

陈衡哲导读—— 19

冰　心

两个家庭—— 22

我的学生—— 27

冰心导读—— 33

庐　隐

男人和女人—— 36

父亲（节选）—— 36

庐隐导读—— 43

白　薇

打出幽灵塔（节选）—— 46

白薇导读—— 59

冯沅君

隔绝之后—— 63

冯沅君导读—— 65

凌叔华

绣枕—— 68

凌叔华导读—— 70

石评梅

墓畔哀歌—— 73

弃妇—— 75

石评梅导读—— 79

苏雪林

绿天—— 82

苏雪林导读—— 85

丁　玲

莎菲女士的日记(节选)—— 88

我在霞村的时候—— 93

丁玲导读—— 104

林徽因

笑—— 108

九十九度中(节选)—— 108

林徽因导读—— 112

萧　红

呼兰河传(节选)—— 115

生死场(节选)—— 130

萧红导读—— 133

梅　娘

鱼—— 137

梅娘导读—— 156

苏　青

结婚十年(梗概)—— 159

苏青导读—— 161

张爱玲

金锁记(梗概)—— 165

张爱玲导读—— 166

郑　敏

金黄的稻束—— 170

来到—— 170

郑敏导读—— 171

第二篇

芳草天涯

林海音

城南旧事(节选)—— 178

林海音导读—— 210

张秀亚

寻梦草—— 214

张秀亚导读—— 218

陈若曦

最后夜戏—— 221

陈若曦导读—— 226

聂华苓

珊珊,你在哪儿? —— 229

聂华苓导读—— 237

於梨华

又见棕榈,又见棕榈(节选)—— 240

於梨华导读—— 248

张晓风

潘渡娜—— 251

地毯的那一端—— 271

张晓风导读—— 275

琦　君

髻—— 279

琦君导读—— 281

三　毛

梦里花落知多少—— 285
三毛导读—— 294

李碧华

青蛇(梗概)—— 298
李碧华导读—— 299

李　昂

杀夫(梗概)—— 303
李昂导读—— 305

施叔青

窑变—— 308
一夜游—— 325
施叔青导读—— 341

亦　舒

独身女人(梗概)—— 344
亦舒导读—— 345

袁琼琼

自己的天空—— 349
袁琼琼导读—— 358

苏伟贞

沉默之岛(节选)—— 362
日历日历挂在墙壁—— 368
苏伟贞导读—— 382

西　西

像我这样一个女子—— 385
西西导读—— 393

简　媜

渔夫—— 396
简媜导读—— 405

龙应台

美丽的权利(存目)—— 408
龙应台导读—— 409

黄碧云

呕吐:女性生存文学(存目)—— 412
她是女子,我也是女子(存目)—— 412
黄碧云导读—— 413

梁凤仪

归航之深情似往时(存目)—— 416
梁凤仪导读—— 417

王　璞

村上春树的忧郁—— 420
王璞导读—— 422

严歌苓

扶桑(节选)—— 425
严歌苓导读—— 446

蓬　草

东京的大屋—— 450
芙蓉的选择—— 458
蓬草导读—— 463

朱天文

世纪末的华丽—— 467
朱天文导读—— 475

朱天心

爱情—— 479
绿竹引(节选)—— 489
古都(节选)—— 492
朱天心导读—— 499

何春蕤

好色女人(节选)—— 503
身经百战的处女—— 504
何春蕤导读—— 506

周　桐

楕山盟—— 509
雌雄同体—— 518
周桐导读—— 519

林中英

女人情结(节选)—— 522
重生—— 523
林中英导读—— 529

余　非

另一类悠长假期(节选)—— 532
余非导读—— 536

成英姝

女人为什么不安分—— 539
成英姝导读—— 540

利格拉乐·阿乌

红嘴巴的 VuVu(梗概)—— 544
阿乌导读—— 546

第三篇

灼灼其华

杨　沫

青春之歌(节选)—— 552
杨沫导读—— 566

茹志鹃

静静的产院—— 570
茹志鹃导读—— 581

张　烨

鬼男—— 584
张烨导读—— 608

舒　婷

致橡树—— 612
神女峰—— 613
惠安女子—— 614
舒婷导读—— 615

傅天琳

西柏林—— 618
一个夜晚的感觉—— 619
结束与诞生(节选)—— 620
傅天琳导读—— 625

唐亚平

黑色沙漠(组诗 11 首)—— 628
唐亚平导读—— 634

翟永明

女人组诗(节选)—— 637
十四首素歌——致母亲(选诗)—— 639
翟永明导读—— 642

伊　蕾

独身女人的卧室(组诗 14 首)—— 645

三月的永生（节选）—— 653
伊蕾导读—— 658

王小妮

告别—— 662
王小妮导读—— 668

叶　梦

羞女山—— 672
创造系列（之二）—— 675
叶梦导读—— 685

唐　敏

女孩子的花—— 689
唐敏导读—— 692

马丽华

银白地—— 695
《走过西藏》序—— 699
马丽华导读—— 705

韩小蕙

欢喜佛境界—— 709
韩小蕙导读—— 714

斯　妤

出售哈欠的女人—— 718
斯妤导读—— 746

黄宗英

大雁情（节选）—— 750
黄宗英导读—— 757

宗　璞

红豆—— 761
宗璞导读—— 779

张　洁

爱，是不能忘记的—— 783
《无字》（节选）—— 793
张洁导读—— 796

张辛欣

我在哪儿错过了你？—— 800
在同一地平线上（节选）—— 818
张辛欣导读—— 830

铁　凝

玫瑰门（节选）—— 833
铁凝导读—— 837

张抗抗

作女（节选）—— 841
张抗抗导读—— 851

王安忆

长恨歌（节选）—— 854
王安忆导读—— 866

残　雪

苍老的浮云（节选）—— 870
山上的小屋—— 873
残雪导读—— 876

方　方

暗示—— 879
方方导读—— 902

池　莉

绿水长流—— 906
池莉导读—— 940

霍　达

穆斯林的葬礼（节选）—— 943
霍达导读—— 956

赵　玫

上官婉儿（节选）—— 960

赵玫导读—— 968

迟子建

回溯七侠镇—— 972
迟子建导读—— 979

毕淑敏

素面朝天—— 983
补天石(节选)—— 984
毕淑敏导读—— 987

张海迪

绝顶(节选)—— 991
张海迪导读—— 1011

张　欣

爱又如何—— 1015
张欣导读—— 1046

徐小斌

羽蛇(节选)—— 1050
徐小斌导读—— 1057

海　男

女人传(节选)—— 1061
海男导读—— 1072

林　白

一个人的战争(节选)—— 1076
林白导读—— 1083

陈　染

无处告别(节选)—— 1087
私人生活(节选)—— 1091
陈染导读—— 1102

徐　坤

厨房—— 1105
徐坤导读—— 1115

虹　影

饥饿的女儿(节选)—— 1119
虹影导读—— 1127

卫　慧

上海宝贝(梗概)—— 1130

棉　棉

糖(节选)—— 1134
卫慧、棉棉导读—— 1136

徐　菜

田姐与庄周(节选)—— 1142
马克白夫人—— 1150
徐菜导读—— 1156

杜　凡

世纪之“网”:21 世纪以来女性写作的新空间和新样态—— 1159

前言

性别视角、现代性与中国现当代文学

◎ 荒林

自20世纪80年代末重写文学史议题提出以来，重新书写现当代文学史的工作已展开长达近30年时间，多部多元视野的现当代文学史的诞生，已改变中国现当代文学政治一统格局，现当代文学已步入多元学术对话的学科建设时期。然而正是在学科建设的诸多框架当中，现当代女作家形象依然单薄、整体创作成就所居比例仍然十分狭小，其历史位置也依然相当模糊甚至低卑。中国女性文学在文学史里十分狭仄的普遍现象，意味着走出政治一统格局的新文学史并未走出男性中心意识，重写文学史的工作有待进一步深化，性别视角的引入成为必须。

这部《中国女性文学读本》作为中国女性文学文化学科建设项目工作之一，就是想尝试以性别视角再现中国现当代文学史。为了改变现行文学史以男作家为中心的局面，它以女作家主体形象呈现为目标，希望通过对女作家个体和群体创作文本的勘探，探索女性主体如何创造文本并在文本中生长自己，寻找中国现当代女性文学生长发展的内在脉动，呈现女性话语在中国现当代文学中的声部和文化地势。性别视角是这部导读的首要特点，它由三个方面构成：1. 在讨论对象上，表面上是将生理性别的女作家作为学科研究对象，在其内在层面，却是为了与现行文学史的讨论对象构成对话关系；2. 在导读方法上，多元的女性主义是进入作家主体和文本批评的方法论。强调多元解读入选女作家，是因为每一位女作家写作经验和资源不同，导读需要梳理作品序列，更需要发现女性写作的内在动因，考查女作家文本中的性别体验与审美构成的张力关系；3. 在叙述结构上，全书打破传统文体分类讲述方式，不以小说、散文、诗歌等文体框定作家，而是呈现女作家在个体自己的写作时间跨度中，如何因为所处时代原因或个体理由选择和创造文体，并在文本生产中如何传达性别的体验。由于女性写作的文本丰富多彩甚至很多呈现跨文体特征，导读不仅对具体文本进行分析，更注重叙述女作家选择文体的情况和对诸种文体创作的成就与贡献。同时，为了打破单一叙述所暗示的线性时间史观，导读由不同专家学者撰写，每位撰写者是对应作家的研究专家，研究专家与作家构成对话关系场，以体现当代女性文学写作与研究的实际景况，呈现出空间史的特点。由此，这部读本不做史的论述，她只是呈现出她们的历史，她们的精神史和书写史。她由女作家们和她们的作品事件构成，充满生动鲜活的女性的生命和生活历史，是一部百年中国现代生活画卷，动荡而美丽，浩瀚而精微。通过学者们和我们读者们的共同阅读，也将与我们的生活与历史浑然一体。

在影响中国社会从传统向现代转型的诸多思想潮流中，早期资产阶级的启蒙思想、十月革命送来的马克思主义和第一次女权运动带来的女权主义思想，当是我们今日和未来考察中国社会特点与资源的最重要渊源之一，也是我们考察现当代文学价值构成的最重要渊源之一。

一百多年来，中国现代意识形态建构的实践充满了矛盾和错综复杂的斗争。在事实上早已发生和不断发生的资本全球化推进背景中，中国各阶级各阶层显然经历了和仍在经历完全不同的现代性的体验。而中国的不同地区和不同民族也经历了和继续经历着迥异的现代性经验。对于个体的中国人而言，男女两种不同性别在百余年来所发生的两性关系的深刻裂变，也许是更为直接的现代性体验：从一夫多妻制走向一夫一妻制的现代生活，每个中国家庭和个体都不仅经历了生活方式的改变，也经历了生命态度和性别观念的变迁。中国社会从传统向现代转型，不仅意味着农业社会向工业社会转型，也意味着男权社会向平权社会转型，两性的生活空间和权力空间也因此发生着前所未有的转移。

尽管性别话语迄今仍未成为言说中国社会现代性的主流词汇，然而不只因为大量女作家作品层出不穷的现象需要理论言说，男作家书写中不断出现的性别经验也需要新的阐释，在部分学者的现当代文学研究著述中，性别维度已或多或少或明或暗受到关注。某种意义上说，从性别角度审看中国现代性可能也的确可以更清晰地看到中国社会发生的漫长而痛苦的巨变——个体的男人和女人都分别承担了并仍在承担社会转型的巨大压力和冲击力，转型无秩带来的无助、无措、恐惧，新未来引发的惊喜、震荡和迷茫，这些真实而深刻的现代性体验，在性别关系的场域，表现得更为敏感而生动。性别关系结构性地呈现着大历史的转型，也生命性地呈现着个人生命史的演变。

性别视野中的中国现当代文学，可分为宏观层面的现代性叙述和微观层面的现代性叙述，前者更多由男作家书写构成，部分女作家也参与其中；后者更多是女作家们的书写作为，少部分男作家也介入其中。《中国女性文学读本》选取性别话语言说文学传达的现代性，即是在中国现当代男女作家共同书写和创制现代性经验格局中，着重突显现当代女作家们的书写行为。自然，尤其强调其对性别关系结构性演变所呈现深层现代经验之表达，意在呈现出历史和文学史现代性经验的实体结构之外表和内里互动关系。

"现当代"本是一个现代性时间概念，它的生发性和无终端特点，本身就在我们所处转型时代的具体发生之中，由于现代事件和事物层出不穷，或环环相扣或盘根错节或断裂无连续，后叙性定位和命名的工作，自始至终伴随着现代时间的脚步。本书在遵循已有主流框架的"现当代"命名前提下，加入性别视野中的时间经验，即重视现代性别关系事件发生和事物出现，并以之作为命名条件之一。中国女性文学，在此意义上，就是中国现当代女性文学，她是时间中的发生和生长并将持续成长的绿色植物，是中国现当代文明的有机构成，也是世界现代文明的生动组成部分。如以 1907 年女诗人秋瑾《勉女权歌》在《中国女报》第 2 期发表为《中国女性文学读本》的"现当代"时间起点，以有别于 1917 年《新青年》第 2 卷胡适《文学改良刍议》为始的现当代文学起点，同时却也是对此时间命名的补充和丰富。

将女权主义思想引入现当代文学讨论的场域，无疑会丰富现当代文学史重写过程中对于马克思主义和资产阶级启蒙思想的讨论。当引入女权主义思想讨论，对于"现当代"时间的空间划分，便也将出现新意。比如说"五四"时期和抗战时期及新中国十七年时期及新时期，女权主义思想的不同种子对于女作家写作的内在影响或外环境影响，都有很大不同，因而呈现在现当代女作家时间序列中的，将是不同空间的女性写作和果实。《中国女性文学读本》要呈现的将是这样的女性文学空间，其中一些空间有大批女作家生长，比如"五四"时期和抗战时期，另一些空间女作家屈指可数，比如十七年时期。而同样是大批女作家生长的新时期，女作家作品主题和经验不同于"五四"时期，却又部分再现和发展了"五四"时期女性写作的主题和经验。《中国女性文学读本》甚至呈现了女作家们在跨时间在不同空间响应的女性主体成长脚步，因而给人以代际相承的阅读感受，她们如同母女相承，不断寻求血缘关联，同时又不断体现生命进化和突破的特征。

另一方面，台湾、香港和澳门的女作家们，也体现了地域空间在现代时间序列中的互动关系。女性写作所反映各时代各地区主题，通常结构在性别这个最普遍最具体的主题之中。而这一主题当然是中国现当代最深入的时代主题之一。由此可以发现,为什么张爱玲和王安忆跨越时间、空间,都拥有广泛的读者群,并被主流文学史所接受,而张爱玲则声称,她自己当时在上海与苏青齐名,已是同时代出现的女性的自豪。如果承认大时代共同的主题便是读者的认同和女作家之间的自我认同的基础,那么性别主题的现代性特质就无须他证。每一个体在全球化进程中可能体验到的国家民族变化是宏观的,而具体感受到的自身生活变化则是微观而深刻的,正是在这样微观而深刻的共同主题上,女性写作体现了大小时代的同一性和整体性,她的世界性也就不证自明。为此,这本书分为“浮出地表”、“芳草天涯”、“灼灼其华”三个部分,既体现现代性的空间呼应关系,也方便读者看到大陆、台湾、香港和澳门不同时间地域中的女性写作特色。由于篇幅较长,本书分成了上、下两册,上册包括“浮出地表”与“芳草天涯”两部分,下册为“灼灼其华”部分,便于读者阅读。

《中国女性文学读本》的选编、撰写工程庞大,入选女作家80多人,导读专家80余位,定位是作家导读而不仅是作品导读。每位导读专家虽是对应作家的研究者,在做作家导读前仍需做大量资料工作和阅读准备,限于出版篇幅,每篇的导读文字仅一千余字,强调特色、要求结构精美、字字玑珠差不多就成为每篇导读的基本要求。

感谢加盟本书写作的每一位专家,是你们所贡献的资料和思想,你们和女作家们的对话交流,编织了这部中国现当代女性文学史——由作家、作品和专家导读构成的这部中国现当代女性文学史,当然地打破了主流叙述将女作家边缘化也因此轻薄女性文学自成历史的事实,它至少填补了重写文学史工作中另一性别缺席的严重不足。由于诸种原因,本书出版周期漫长,在此向各位专家表达歉意。

感谢所有支持本书工作的女作家们,你们的优秀作品全程引导着我们的工作,阅读你们的作品,是我们加入时代对话方式之一。谨以本书向所有写作女性致敬!

按照不受文体限制的原则,本书理应收入更多的现当代女作家,一些日记和传记书写者也应在导读之例,或可能更为深刻的性别经验保留在人们阅读视野不及的地方。此外,有很多优秀的70后、80后女作家已写出了大量精彩的作品,拥有大量的读者群,但由于篇幅所限,对她们的介绍放在综合论述中。

由于所选作家作品有限,不能全貌地呈现出现当代女作家创作,这是本书最令人遗憾的地方。然而正是由于本书只能有限地收录女作家及作品,本书在形式上就必然呈现永远的未完成式——在现当代时间序列中,在不同的历史空间里,更多女作家或因为性别境遇或因为人们认识的局限,没有能够进入阅读的视野,没有能够成为人们认可的历史，本书的目标之一，是要向这样的“没有能够进入”和“没有能够成为”敞开，使之有机会“进入”和“成为”。因此，本书倡导在教学使用过程，教师和学生能动积极地加入自己所热爱和发现的女作家，用自己新的导读工作参与到本书的不断成长之中来。我们期待通过教与学的相逢，有更多女作家及作品获得人们认识和喜爱，获得自己在文学史中的声音，并因而带动更多性别话语发生。

文学史不是一个封闭的历史，而是一个开放的对话空间。在此意义上，教学过程中选择作家作品都是能动性的，各地区和院校可以根据所在时空讲述自己的女性文学史，介绍自己的女作家和作品，对具体女作家成长历史的讲述，也或许就是女性主体成长的历史象征。事实上全国各地的女性文学教学已具备讲述多元文学史的能力。

在本书的结尾，我们已经尝试用开放的方式呈现正在进行时的女性写作状态，80年代出生的新生代女作家写作特点，由自己也是其中一员的杜凡撰稿，希望带给使用本书的师生们启发。

《中国女性文学读本》作为一种新的尝试，难免会有很多不足之处。由于入选的作家及作品要兼顾地域、文体、代表性等，同时受篇幅所限，存在太多遗珠之憾。在这里，我们向作家及读者表示深深的歉意。

饶芃子教授帮助引荐了香港、澳门及台湾女作家的导读专家，让高足朱巧云博士协助组稿，并自始至终关心导读工作进展，在此深表感谢！校对过程中，得到作家余非无私的帮助，她从香港发来原始资料，细致周到令人感动。

刘思谦教授和乔以钢教授为本书的学术审读。她们提出的建设性建议使本书改进工作获得有力支持。她们和她们的博士生、研究生更多地参与了本书的导读工作，本书的构成不仅凝聚着她们的智慧，也反映了当代女学者们参与现当代女性文学史工作的实践正是构造女性历史的实践之一。

我的合作者、本书的另一位主编苏红军博士，从美国寄来台湾女学者邱贵芬的《日据以来台湾女作家小说选读》，使我在组织导读工作的过程得到及时的精神帮助，获得有用的参考资料。在共同主编本书的近三年时间中，网上的共同切磋及红军每次回国与我一起共同的商讨，达成了我们对于中国现当代文学的共识，这些共识和我们的辛劳一起凝结在本书之中。

年轻学者杜凡、钟慧、于涵秋、涂彦平、戎琦为本书的校订做了认真细致的工作，辛苦了！

中国作家协会原版权负责人张树英女士、现绿色维权通道的吕洁女士为本书联系作家版权提供了最有力的支持，在此深表感激！

《台港文学选刊》主编杨际岚先生、香港三联书店资深编辑舒非女士、中国现代文学馆北塔先生，都为本书的版权联系做出贡献，在此一并致谢！

有些重要作家版权难以解决，我们采用了编写故事梗概的权宜之计。仍有极少数版权没有解决的情况，我们最终放弃了作品入选，但保留对于作家的导读。

感谢广西师范大学出版社的有力支持。感谢福特基金会的资助。本书的出版是合力的结果，在此向所有支持者致以真诚感谢！

本文主要参考文献

1. 张京媛主编：《当代女性主义文学批评》，北京大学出版社，1992 年 1 月。

2. 钱理群、温儒敏、吴福辉：《中国现代文学三十年》，北京大学出版社，1998 年 7 月。

3. 陈思和主编：《中国当代文学史教程》，复旦大学出版社，1999 年 9 月。

4. 谭国根：《主体建构政治与中国现代文学》，香港牛津大学出版社，2000 年 3 月。

5. 邱贵芬主编：《日据以来台湾女作家小说选读》（上）（下），台湾女书文化事业有限公司，2001 年 7 月。

6. 王一川：《中国现代性体验的发生》，北京师范大学出版，2001 年 10 月。

7. 钱理群主编：《中国现当代文学名著导读》，北京大学出版社，2002 年 1 月。

8. 张钟、洪子诚、赵祖谟、佘树森、汪景寿、计璧瑞编著：《中国当代文学概观》（修订本），北京大学出版社，2002 年 4 月第 2 版。

9. 刘禾著、宋伟杰等译：《跨语际实践——文学，民族文化与被译介的现代性》，生活·读书·新知三联书店，2002 年 6 月。

10. 张志忠主编：《中国当代文学作品导读》，北京大学出版社，2005 年 3 月。

11. 熊贤君：《中国女子教育史》，山西教育出版社，2006 年 7 月。

12. 洪子诚：《中国当代文学史》（修订本），北京大学出版社，2007 年 6 月第 2 版。

第一篇

浮出地表

秋瑾

秋瑾(1875—1907),字竞雄,自号鉴湖女侠,浙江绍兴人。她出身仕宦之家,早年在家塾读书,好剑侠,习骑射,善饮酒且擅诗词。1896年,遵从父母之命嫁与湖南富商之子王子芳。婚后不睦,遂分家产。秋瑾将所得万金用于经商,因所托非人,耗尽其资。1904年,她东渡日本留学,次年底回国,其间广泛结交志士仁人,投身革命活动,先后加入光复会和同盟会。1906年,秋瑾在上海发刊《中国女报》,提倡女权,宣传革命。1907年,她回绍兴主持大通学堂,联络金华、兰溪等地会党,组织光复军,与徐锡麟分头准备皖、浙两省起义。7月6日,徐锡麟起义失败被杀。7月13日,秋瑾被捕,她英勇不屈,于7月15日殉难于绍兴轩亭口。

秋瑾是近代史上杰出的民主革命斗士、妇女解放运动先驱,也是一位著名的女诗人。她一生创作了大量诗、词、歌、联及弹词,但相当一部分未得留存。迄今所得见者,以1979年上海古籍出版社重印的《秋瑾集》所收最为完整,计有:诗123首、断句8句、词39阙、联句2条、歌6首、弹词1篇,附录诗3首,另录杂文及书信等。此外,尚有集外待考、待收的佚诗及歌曲约20首。秋瑾的诗词多抒发政治怀抱,充满感时忧国之情,慷慨悲壮,风格刚健。

勉女权歌

吾辈爱自由，勉励自由一杯酒。
男女平权天赋就，岂甘居牛后？
愿奋然自拔，一洗从前羞耻垢。
若安作同俦，恢复江山劳素手。
旧习最堪羞，女子竟同牛马偶。
曙光新放文明候，独立占头筹。
愿奴隶根除，智识学问历练就。
责任上肩头，国民女杰期无负。

秋瑾著，郭延礼选注：《秋瑾选集》，人民文学出版社，2004年1月，第176页。

秋瑾导读

◎ 乔以钢

历来的女子之作，多为弱者的低吟。在漫长的中国古代社会，妇女创作给人们留下的印象常常是多情善感、抑郁忧伤，而其内涵，则主要是创作者置身狭隘封闭的生活天地和思维空间，对个体生命哀感的入微体味。这一点在传统女性诗词创作中表现得尤为突出。当历史演进到19世纪末20世纪初时，中国妇女的文学创作在秋瑾笔下掀开震撼人心的一页。

秋瑾少女时代即有着远大的人生抱负，然而当她步入婚姻时，却未能摆脱封建婚姻制度的摆布。她反感丈夫身上的纨绔子弟习气，两人之间感情不谐，没有共同志趣，秋瑾因之深感苦闷。身为少妇的她时或身着男装出现在众人面前，表现出对封建礼教的蔑视和反叛。正因为对封建势力压迫下的妇女痛苦有着深切的感受，在冲破家庭束缚、走上自强之路以后，秋瑾对封建礼教充满义愤，对同命运的姊妹们怀着深挚的关切和同情。

秋瑾的可贵首先在于她能够最大限度地推己及人，从封建压迫的个人体验中升华出对广大受奴役姊妹的真诚关爱。她用各种方式大力宣传妇女解放、男女平权，倡言"革命当自家庭始"，深刻揭示了妇女解放的必由之路。她曾写下诗词宣传妇女解放，并创作了弹词《精卫石》，生动形象地勾画出中国妇女从降生人间直到葬身黄泉的悲惨人生，控诉了封建制度、旧习恶俗对广大妇女的残酷压迫。关于妇女命运，秋瑾有自己的思考，她认为，造成妇女地位低下的根本原因，在于她们经济上无以自立。为此，她主张大兴女子教育，鼓励妇女从经济上获得自立的能力，以争取男女平等。她还认为，女子要想求得独立解放、男女平权，必须自己起来团结斗争。为此，不仅要“学艺”，而且当“合群”。这些关于妇女解放的见解，在当时的中国显然是非常先进的。

如果秋瑾所关心的只是妇女命运本身，还不能充分表现出她的伟大。这位鉴湖女侠的卓异尤在于，她能够于此更进一步，自觉地将妇女解放与民族解放、社会解放的事业紧密联系起来，将忧国之情、报国之志融入自己的人生，使之与国家主人翁的高度责任感结为一体，并证之以实践，直至付诸生命。其诗词创作中许多铿锵之语体现了这种高尚的情怀，例如：“休言女子非英物，夜夜龙泉壁上鸣”，“粉身碎骨寻常事，但愿牺牲报国家”，“身不得男儿列，心却比，男儿烈”，“拼将十万头颅血，须把乾坤力挽回”等等。正是在这一点上，秋瑾对妇女解放的认识升华到可贵的思想高度。而当她将如此不凡的主体精神、胸襟气度、强烈情感带入创作时，其格自高远，其情自博大，其韵自深永，其神自飞扬。

《勉女权歌》比较充分地体现了秋瑾在妇女解放问题上所达到的思想境界。该作写于1907年前后，最初发表于《中国女报》第2期，录有简谱，可以歌唱。歌中“若安”，指法国女杰若安达克（Jeanne d'Arc），一般译作“贞德”或“冉达克”。英法百年战争（1337—1453）末期，法国在战争中败于英国，领土尽失，仅余奥尔良一城。危急之时，女子若安率兵抗击英军，解奥尔良之围，成为民族英雄。“居牛后”（一作“人后”），比喻居于从属地位。“同俦”，同伴之意。“素手”，指女子白嫩的手。“同牛马偶”，同牛马一样的生活。“头筹”，头一位。歌词号召中国妇女根除奴性，奋然自拔，学习知识，历练品性，以天下兴亡为己任，像法国女英雄若安那样，在“恢复江山”的民族解放事业中建功立业。

与英雄豪侠的性格相联系，秋瑾创作风格的主导面是刚健豪放，雄浑悲壮。她的这首歌词以及其他许多作品，都燃烧着烈火一样的激情，席卷着风雷一般的气势，直抒胸臆，不事雕琢，具有动人心魄的力量。一方面，秋瑾从古典文学宝库中汲取了丰富的营养，写诗填词思路开阔、用典得当，善于借助想象、联想、比喻、夸张等多种手法塑造形象抒发感情；另一方面，她又对古典文学传统表现出勇于革新的精神。在这一点上，梁启超等人倡导的“诗界革命”给了她积极的影响。

秋瑾创作的英风豪气与她的光辉革命生涯相互映照，放射出耀人灵魂的光芒。她以自己的创作、更以自己的行动超越传统妇女生存和创作的格局，一扫在时代大变动中女性只有被动承受的软弱之姿，代之以积极主动、毫无保留地献身于救国兴邦伟大事业的战斗者的形象。她的创作不仅仅是作为文学家的案头之作供人欣赏，而是成为召唤和鼓舞民众的号角催人奋起。秋瑾将女性主体意识的觉醒以及觉醒了的女性的情感注入创作，尽管她的创作就其艺术形式和语言特色而言，与新文学尚有明显距离，但她在冲击古代妇女文学传统、开拓女性创作的思维空间和情感天地等方面所取得的成就，为古代妇女文学传统向现代中国女性文学的蜕变架起了一座桥梁，也为中国女性文学事业留下了宝贵的精神遗产。

秋瑾研究资料链接

范文澜:《女革命家秋瑾》,《中国妇女》,1956 年第 8 期。

中华书局上海编辑所编:《秋瑾集》,上海古籍出版社,1960 年。

郑云山、陈德禾:《秋瑾评传》,河南教育出版社,1986 年。

郭延礼编:《秋瑾研究资料》,山东教育出版社,1987 年。

永田圭介著,闻立鼎译:《秋瑾:竞雄女侠传》,群言出版社,2007 年。

王建华主编:《浙学、秋瑾、绍兴师爷研究》,人民出版社,2008 年。

陈衡哲

陈衡哲(1890—1976),原名燕,字乙睇,笔名莎菲,祖籍湖南衡山,生于江苏武进。1903年到广州、上海求学。1914年考取清华学校第一批留美生,进入美国瓦沙女子大学,专修西洋史,兼修西洋文学。1917年以笔名"莎菲"刊于《留美学生季报》的处女作《一日》,是中国现代"文学革命讨论初期中的最早的作品",由此"她实是新文学运动第一个女作家"。1918年获文学学士学位。之后进芝加哥大学继续学习,1920年获硕士学位,并回国到北京大学任教。她曾在《新青年》、《努力周报》、《独立评论》等刊物上发表过诗、散文和小说等。1928年,新月书店出版了她的短篇小说集《小雨点》,该集子收入她1917—1926年创作的作品10篇:《小雨点》、《一日》、《波儿》、《老夫妻》、《巫峡里的一个女子》、《孟哥哥》、《西风》、《洛绮思的问题》、《运河与长江》、《一支扣针的故事》。陈衡哲曾于1924年、1935年两度短期任教于东南大学、四川大学的历史系。新中国成立后居家上海,历任上海市政协委员。1976年1月病逝于沪。

"作家兼学者"的陈衡哲,热衷求知,执着自强,敢于"造命"。除《小雨点》外,还著有《衡哲散文集》(上、下两卷,开明书店,1938年),另有主要学术专著《文艺复兴史》、《西洋史》(上、下册)等。虽然其文学创作并不丰富,但她对自由人生的渴望与追求,对女性生命力、生存意义的思考,以及对新文学多样化艺术形式的精心尝试,不乏拓荒价值,她以实际行动实现了女性的"造命"人生,成为现代中国最早的成就不凡的女教授、女作家。

小雨点

小雨点的家，在一个紫山上面的云里。有一天，他正同着他的哥哥姊姊，在屋子里游玩，忽然外面来了一阵风，把他卷到了屋外去。

小雨点着了急，伸直了喉咙叫道："风伯伯，快点放了我呀！"

风伯伯一些也不睬，只管吹着他，向地下卷去。小雨点吓得闭了眼睛，连气也不敢出。后来他觉得风伯伯去了，才慢慢的把眼睛睁开，向四围看了一看，只见自己正挂在一个红胸鸟的翅膀上呢！那个红胸鸟此时正扑着他的翅膀，好像要飞上天去的光景。小雨点不禁拍手呼道：

"好了，好了！他就要把我带回我的家去了。"

谁知道那个红胸鸟把他的翅膀扑得太利害了，竟把小雨点掀了下来。

小雨点看见自己跌在一个竹叶上面，他便爬了起来，两只手掩了眼睛，呜呜咽咽的哭起来了。他正哭着，忽听见有一个声音叫着他说道：

"小雨点，小雨点，不要哭了，到我这里来罢。"

小雨点依着那声音的来处看去，只见有一个泥沼在那里叫他去哩。他心里喜欢，便从那个草叶上面，一交滚了下来，向着那泥沼跑去。他跑到了那里，把那泥沼看了一看，不觉掀着鼻子说道：

"好龌龊呵！"

泥沼把手放在他的嘴上说道："听呀！"

此时小雨点忽听见有流水的声，自远渐渐的近了来。泥沼便对小雨点说："这是涧水哥哥，他到河伯伯那里去，现在凑巧走过这里。我们何不也同他一路去呢？"

于是小雨点跟了泥沼，去会见了涧水哥哥，一同到河伯伯那里去。

小雨点见了河伯伯，觉得自己很小，便问他道：

"河伯伯，我为什么这样小？"

河伯伯笑着答道："好孩子，这不要紧，我小的时候，也和你一样。"

小雨点又说道："大河伯伯，你现在到那里去？"

泥沼和涧水哥哥也同声说道："不错，不错！大河伯伯，你现在到那里去？"

河伯伯道："我到海公公那里去，就永远住在他那里了。"

小雨点和泥沼，和涧水哥哥，都同声说道："好伯伯，你能告诉我们，海公公是怎么一个样子吗？"

河伯伯道："海公公吗？他是再要慈爱没有的了。他见了什么东西，都要请他去住在他的家里。"

小雨点道："他也请像我一样的小雨点吗？"

河伯伯道："只要你愿意，他一定请你的。你可知道他小的时候，也是一个小雨点吗?”

他们四个一路上有谈有笑,倒也很快活。隔了两天,居然到了海公公的宫里去。只见海公公飘着雪白的胡子,笑着迎了出来。他见了小雨点,十分喜欢,问了他好多的话。小雨点心里也觉得快活,那天竟没有想到家里。可是到了第二天,又想回去了。他便拉着海公公的胡子说:

“海公公,你肯送我回家去吗?”

海公公说:“好孩子,你若回去,也没有什么不可以。但你须要耐心些才是。”

海公公的房子,是一个又大又深的宫。小雨点在他的底下住了两天。到了第三天,他正一人哭着,想回家去,忽听见海公公在屋面上叫他。小雨点跟着那声音,升了上去。只见白云紫山,可不是他的家吗?他见了喜得手舞足蹈的说道:

“看呀,看呀!海公公,那不是我的家吗?”

海公公摩着他的头说道:“好孩子,我是留不住你的了,只好让你回去罢。”

小雨点也很不忍心离开这样慈爱的海公公。不过他要回家的心太利害了,所以只得含着眼泪,辞别了海公公,向天上升去。

说也希奇,此刻小雨点只觉得他的身子,一刻大似一刻。不一会,他已升得很高。他心里喜欢,说道:

“今晚我一定可以到家了,好不快活呵!”

到了下午,他升到了一个高山的顶上,觉得有些疲倦。他向下一看,只见有一朵小小的青莲花,睡在一堆泥土的旁边。他便对自己说:

“我今天升得也够了,不如休息一刻再说罢。”

说了这个,他便向着那青莲花走去。忽然他觉得他的身子又缩小起来。他着了慌,再睁眼仔细一看,他不在那青莲花瓣上,又在那里呢?他此时不觉又哭起来了。

他正哭着,忽听见那青莲花叫着他的名字,说道:

“小雨点不要哭了,请你快来救救我的命罢。”

小雨点听了很希奇,不由得止了哭,把那青莲花细细的看了一看。只见她清秀之中显出十分干枯苍白,青莲花此时又接着说道:

“我差不多要死了,请你救救我的命罢。”

小雨点听了,心里很不忍,便答道:

“极愿极愿!但是我可不知道,应该怎样的救你。”

青莲花道:“听着呵!我为的是缺少了一点水,所以差不多要死。你若愿意救我的命,你须让我把你吸到我的液管里去。”

小雨点吓了一大跳,竟回答不出话来。

青莲花道:“小雨点,不要害怕,你将来终究要回家去的,不过现在冒一冒险罢了。你愿意吗?”

小雨点听了,心里安了一点。他把青莲花看了一看,不由得发生了怜惜之心。他想了一想，便壮着胆说道：

"青莲花，我为了你的缘故，现在情愿冒这个险了。"

青莲花十分感激，果真的把小雨点吸到了她的液管里去。不到一会，她那干枯苍白的皮肤，忽然变为美丽丰满。她在风中颤着，向四处瞧望。忽见有个小女儿，走过她的身旁。她便把她身上的香味，送到那女孩的鼻子里，说道：

"女孩子，看我美丽吗？你为什么不把我戴在你的发上呢？"

那女孩子果真把她折了，戴在她自己的发上。

但是到了晚上，那女孩子忽然又不喜欢这个青莲花了。她把她从发里取了下来，丢在他爹爹的园里。

青莲花知道她这次真要死了。她又想到了温柔的小雨点，心里很痛苦，不由得叫道：

"小雨点，小雨点！"

小雨点本来没有死，不过睡着罢了。此刻听了青莲花的声音，便醒了过来，说道：

"我在什么地方呢？"

青莲花答道："你在我的液管里。"

小雨点听到这里，才慢慢的把往事记了起来。他叹着气说道："青莲花，你自己又在那里？"

青莲花便把她的经历，一一的告诉了小雨点。她又说道：

"小雨点，现在我可真的要死了。"

小雨点着了急，说道："青莲花，青莲花！快快的不要死，我愿意再让你把我吸到液管里去。"

青莲花叹了一口气，说道："痴孩子，现在是没用的了。况且你已经在我的液管里，我又怎样能再吸你呢？但是，小雨点，你不必失望，因为我明年春间仍要复活的。你若想念我，应该重来看看我呵！再会了。"

小雨点哭着叫道："青莲花，青莲花！快快不要死呀！"

但是青莲花已经不听见他了。小雨点一面哭着，一面看去，好不希奇！他那里在什么青莲花的液管里，他是在一个死池旁边的草上呵！他把死池看了一看，央着说道：

"泥沼哥哥……"

死池恶狠狠的说道："我不是泥沼，我是死池。"

小雨点便道："死池哥哥，你能把我送到海公公家里去吗？"

死池哼着鼻子，说道："我从来没有听见过这个地方。"

小雨点听了，知道没有希望，不由得又哭了起来。他哭得好不伤心，死池听了，也有些不忍，便问道：

"你要到海公公家去做什么？"

小雨点答道："我要他送我回家去。"

死池皱着眉毛，想了一想，说道：

"你可知道,你不必到海公公家,也可以回家去的吗?"

小雨点听了,快活得跳了起来,说道:

"死池哥哥,你的话真吗?你肯告诉我,怎样的回家去呢?"

死池道:"你且等着,待太阳公公来了,便知道了。"

小雨点不敢再问,只得睡在草上,静待了一夜。明朝太阳公公来了,果然把小雨点送回了家去。小雨点见了他的哥哥姊姊,喜欢得了不得。他便把他在地上的经历,一一的告诉了他们。后来他又与他们约好,在明年的春间,大家一同到地上去看那复活的青莲花。

朱维之编:《陈衡哲散文选集》,百花文艺出版社,1991年5月,第34—39页。

洛绮思的问题

洛绮思的初次遇见瓦德白朗,是在她卒业于大学的那一年。她在学校时,最喜欢研究的是哲学,所以她决计待卒业以后,再去继续研究两三年,俾将来在哲学界里,可以有一点贡献。那时瓦德方主任美国奈冈大学的哲学部。他的学问的成绩,在哲学界及教育界,是无人不知道的。洛绮思在学校时,也曾常常参读他的著作,心中十分佩服。所以她卒业以后,便择定了奈冈大学的卒业院,去完成她的学业。

那时瓦德差不多有四十岁了,但因为他对于学问的兴趣太浓厚了一点,竟还不会娶有妻子。洛绮思却还没有满二十五岁。他们两人彼此对待的态度,只有恭敬和钦佩,不过洛绮思在钦佩之中,带着崇拜;瓦德在钦佩之中,带着奖励罢了。

但是隔了三年——就是洛绮思得到博士学位的那一年——他们的朋友们,忽然得到了一个通告,说他们俩已经订了婚约了。那些朋友们虽然不曾料到这一件事,但此时也并不十分惊怪。一位哲学大家,与一位已经卒业的高足弟子订婚,本来也不算什么奇事。这个消息的传出,不过使一般失意的青年们羡慕,以为命运待他们两人独好,使他们得着这样难得的机会,这样美满的结果罢了。

他们订婚后不到一个月,瓦德便与洛绮思分别,去赴那哲学会的年会。他们约好,年会过后,他将到她的姑母的乡下家中去,和她商量结婚的事件。

瓦德在年会中间,饱受了他的朋友们的羡慕和祝贺,因此他心中愈加得意。他想,自从我认识了洛绮思之后,才知道除了学问之外,人生还有别的意味呢。年会终毕之后,他便匆匆忙忙的乘车到洛绮思的姑母家去了。

那车足足走了一日一夜,到了第二天晚上,才到了瓦德的目的地。他一下车,便见洛绮思立在车站外,伸着手等候他。她脸上带着微笑,但却不是他们俩订婚前后的笑容,乃是她在课室中听讲时的笑容。他又觉得她的态度,也很冷淡。但见着她是已经够喜了,别的何妨慢慢再说呢。

于是他们雇了一辆汽车,一直到她的姑母家中去。她又把他引见了她的姑母纳生太太。但她并不申明他是她的未婚夫,她对于她的姑母,但称他为白朗先生,说是她的一个好朋友。纳生太太也似乎已经领会一切,并不追问。

那天晚饭之后,他们三人便一同到客厅里去,纳生太太织着领巾,洛绮思弹着钢琴,瓦德斜倚在窗边的一张沙发上听着。

洛绮思弹完了一曲,便笑对瓦德说道:“尊贵的客人,你愿意再听些什么呢?”

纳生太太是一位老于世故的人,此时她不待瓦德回答,便说道:“我想你们不如到园子里去散散步罢。我今天有些疲倦,恕不奉陪了。”

瓦德听了此话,正中心怀,便对洛绮思看着。此时洛绮思也立起来了。于是他们两人向纳生太太道了晚安,一同出了客厅,走向园子里去。

瓦德一面走着,一面说道:“洛绮思,你为什么这样冷淡呢?我若是得罪了你,你也须给我一个请罪的机会呀!”

洛绮思笑道:“你说得不错,我的确有点怪你呵!你差不多害了我一生的事业了!”

瓦德惊道:“什么?我竟犯了这么一桩大罪吗?”

洛绮思道:“但你自己却不曾知道。”

此时他们已经在树旁找着一张铁椅子,一同坐了下来。

洛绮思继续说道:“我们分别了半个多月了,在这半个月中,我曾把我一己的问题,细细的想过。我想:结婚的一件事,终究是很平常的,人人做得到,惟有那真挚高尚的友谊,却不是人人能享受的啊!”

瓦德道:“这固然不错,但在这个友谊之上,若能再加一个更为亲密的关系,岂不更好吗!”

洛绮思摇头不答。

瓦德又道:“比如我们两人,毕业相同,才智相类,彼此相敬相慕,假使我们能永远在一处,这岂独是我们两人莫大的幸福?或者靠了我们两人的协力合作,他日还能在学术界中,有点有价值的贡献。但是除了结婚之外,你想还有什么法子,能使我们永远在一处呢?我们若不永远在一处,又怎能保得他日没有别人,跑到我们的中间来呢?”

洛绮思道:“恕我不能和你同意。第一层,你说必须大家同在一处,才可以互相助成学业,这话我是不承认的,我认识你以前,你已经是那么大名鼎鼎的了,难道你也归功于我吗?”

瓦德笑道:“不认识你便罢了,既是认识了你,我的毕业的成就,便少不得你的帮助啊!”

洛绮思道:“第二层,你说我们若不永远在一处,就恐他日有人要跑到我们的中间来,这也未免过虑了。这件事,在我一方面,是完全靠得住的。在你的一方面呢,我想来也没有什么靠不住,你不是已经过了四十年的独身生活吗?”

洛绮思说到这里便把眼向瓦德很诚恳的看着,但瓦德似乎不曾听见她的话。

洛绮思又道:“第三层,你应该知道,结婚的一件事,实是女子的一个大问题。你们男子结了婚至多不过加上一点经济上的担负,于你们的学问事业,是没有什么妨害的。至于女子结婚之后,情形便不同了:家务的主持,儿童的保护及教育,哪一样是别人能够代劳的?”

瓦德默然。隔了一会,才说道:“倒亏你想得到这么远。但在我们未曾订婚之前,你为什么一些也不曾想着呢?”

洛绮思道:“这是我应该向你深深的道歉的,那时我确实没有想到这么远。但是,我的朋友,现在还不能算太迟呵!”

瓦德道:“如此说来,你是当真要反悔我们的婚约了。我想孤独的生活,也不见得有什么可羡的地方。”

洛绮思道:“你从前不是常常说过,学问和事业,是人生最好的伴侣吗?你知道我是一个野心极大的女子——虽然我并没有什么虚荣心。但我若是结了婚,我的前途便将生出无数阻力了。”

瓦德又默然。隔了好一会,才很郑重的答道:“是的,我也承认这是女子的一个大问题。你若是平常一点的女子,这个问题倒也不难解决。”

洛绮思道:“我不大懂得你的意思。”

瓦德道:“我的意思是,假如你是一个没有野心的女子,那么,结婚的一件事,倒也不成问题了。你认识我的同事佳司先生的夫人吗?”

洛绮思道:“曾见过一二次。”

瓦德道:“你看她怎样?”

洛绮思微笑道:“但是,你愿意我是那样的一个女子吗?”

瓦德道:“自然不愿。岂但我不愿你像佳司夫人,即使你和马德夫人一样,把抚育子女看做人生的唯一目的,你也是不能使我这样的钦佩和敬爱的。”

洛绮思道:“你不要小看了马德夫人,像她这样的女子,也是不易多得的。你看他的子女,何等聪明,何等可爱;我常常自想,若使每个女子都能做一个彻底的贤母,那么,世界上还有什么别的问题呢?……”

瓦德笑道:“可又来了。那你自己为什么又不去实行你的主张呢?”

洛绮思道:“且慢着,我还没有说完呢。我想,一个女子的性情和人生观,若能像马德夫人一样,那么,结婚的一件事,非但不能妨害她,并且反能完成她的野心和希望,她实在可以说是世界上最快乐的女子。但不幸各个女子的思想和性情,是不能一样的。即以我而论,你想像马德夫人一般的生命——无论我怎样的敬重和赞美她——能使我快乐心足吗?”

瓦德叹了一口气道："我明白你的意思了。但是，"此时他抬起头看看天空，接着说道："你看天上的星光，何等皎朗。我们且谈谈别事，此事留到明天再谈吧。"

洛绮思低下头去，很惭愧的答道："瓦德，我真对不住你，我应该先把这个问题细细的想过，再回答你前次的要求的。"

此时瓦德也不由自主的把头低了下去。他执着洛绮思的手，凄然说道："洛绮思，我的爱你，我的崇拜你，便是为着你是一个非常的女子；若是为了我的缘故，致使你的希望不能达到，那是我万万不能任受的。你应该知道我并不是那样自私的人。若能于你有益，我是什么痛苦都肯领受，什么牺牲都能担当。……"

瓦德说到这里，觉得喉咙里有物梗着，再也说不下去了。他又看看洛绮思，只见她已泣成了一团。此时园中的星光，更加明朗了。在星光之下，可以看见许多蝙蝠，来往飞绕，有时还有几个火萤，在草地上扑飞着。墙角上的金银花，却轻轻的放出他的香味，送到他们两人的身旁来。他们在这个静寂而神秘的夏夜中，正不知道坐了多少时候。他们各人想着各人的心事，差不多忘记凉露侵肌了。后来还是瓦德先醒过来，站起来说道：

"夜深了，我们回去罢，今天的谈判已经够了。"

洛绮思将她的右手伸与瓦德，泣然道："那么，瓦德，你是答应了我的请求了。"

瓦德听了此话，又似乎着了电气一般，此时他才真正的明白，他们两人今晚所谈的是什么一个问题了。洛绮思的意思，不是要和他解约吗？他不是已经答应她，为了她的缘故，他情愿牺牲一切吗？照这样说来，他们的婚约确是已经解了。但这可太骤然呵！这可太像梦境了，或者他真是在做梦罢。他正这样昏昏的想着，忽又听见洛绮思的声音，凄然说道：

"瓦德，你为什么不开口呢？你是恨我了！"

瓦德此时一面扶着洛绮思，向屋子里走去，一面答道：

"我怎能恨你呢，洛绮思？我不是已经答应了你吗？"

他虽然这样说着，但心里仍是恍恍惚惚的，不大明白他自己说的是什么话。

第二天一早，瓦德写了一封信，请纳生太太转交与洛绮思，他便托故与纳生太太告辞，匆匆的走了。洛绮思因一夜不曾好睡，直到天明时，方朦胧的睡去，所以醒得略迟些。她还没有起身，早见她的姑母拿着一盘早餐笑着走进来了。那盘里还放着一封信，她一眼看见，便明白是谁写给她的。她忙把那信拆开，只见上面写着道：

我的朋友：

昨宵的谈判，虽甚悲痛，但却也十分畅快。我们经过这番谈判之后，当更能明白彼此的性情和希望了。亚里斯多德曾经说过，"悲哀的经验，能锻炼人的感情，使他更为纯洁，更为高尚"。我此时方能真正了解此话的意义。我愿我们两人永能保持这一点经过火炼的感情，永能在学问及人格的大道上互助着，俾彼此都能达到我们理想中的目的地。

我本想多住几日再回去的，因恐我们再见三见之后，又将生出意料不到的纠葛来，或反于我们的友谊有害,故不如即行为是。昨晚的谈判,固然是我生平最悲痛的经验,但他也是我生平最伟大的经验,我愿永远保存他在我的心之深处。

请你恕我的不别而行,愿你明白我所以如此的苦衷。此后我的生命,将如寒天的枯林了,愿你的信札能如小鸟般的常常飞来,给他一点生意。我的地址是与前一样的,我的行迹虽将从此无定,但我的信是有人转寄的,请你放心。

你的老友,瓦德。

洛绮思把此信反复看了几遍,更觉得瓦德是一位诚恳而多情的男子,心中尤觉凄然。她匆匆的起了身,立刻给他写了一封回信。其中有一段说道:

你把你的生命比寒天的疏林,真是清峻极了。我愿你能享受这个清逸而富有诗意的生命,不要误以他为枯寂……

我当感谢你所给我的自由。我现在的生命,真如大洋中的一叶轻舟,天涯水角,任我纵棹了。但是,朋友呵!在这样情景的中间,错落的岛屿,和闪烁的明星,也是极欢迎的伴侣呵!我愿你能像北极星一样,永远在我的生命的大洋上照耀着,引导看,陪伴着。……

自此以后,他们两人便常常的通信了。他们的交情愈益淡,但也愈益深。但瓦德的朋友们,是都知道他不久便要结婚的,此时见他绝口不提一字,不免有些怪异。有时有人去揶揄他,问他打算到那里去过他的蜜月,他终是苦笑而不答。有时被人问得急了。他便答道:"洛绮思是一个百世不一见的奇女子,谁能忍心把结婚的俗事,去毁败她的前途呢?"朋友们听了此语,更是诧异,只得笑着答道:"哦,原来如此。大哲学家的恋爱,真是与别人不同呵!"

但不到三个月,他们两人正式解约的消息,又传出去了。他们的朋友们方深相叹息此事的不幸,忽然又得到了一个更奇的通告,说瓦德又与一位中学校的体操教员订了婚约,并且立刻结了婚,同到南方的海边避寒去了。

洛绮思得到瓦德结婚消息的时候,心中未免有些不舒服,对于瓦德也未免有些怨态和失望。但她是一位哲学家,又是深有心理研究的人,所以不久便把这一件事,阔悟得晶莹透澈。此时她不但不责怪瓦德的无情,并且反觉得自己对不住他,以为他若不曾和她有过这番先乐后悲的经验,又何至于急不择偶,去和一位与他志行学问绝不相类的女子结婚呢?但她究竟不知道瓦德此时的心是怎样,或者他已不愿意再与她通信了罢。然她又不能不睬他;她思之又思,遂决意用老友的态度,写了一封贺信给他,并诚心的祝望他们两人将来的幸福。

瓦德接到此信时,已经和他的新夫人度过蜜月了。他把那信看了又看,心中不免疑惑起来。他对于洛绮思虽是已经绝了希望,他自己虽是已经娶了妻子,但是火熄而烬未灭，那个又甜又酸的回忆，仍是常常要来窥探他的心之奥室的。此时他见洛绮思的语气如此疏远，如此冷淡，不觉心中有些不自在，心想莫非她怪我恨我了吗？我怎能不辩白一下呢？于是他便写道：

我的亲爱的朋友：

瓦德结婚了！蜜妮——这是我的妻子的名字——是一个爽直而快乐的女子，虽然略有点粗卤。她当能于我有益，因为我太喜欢用脑了，正需她这样一个人来调调口味。

有许多我的朋友们，以为我应该找一个志同道合的人来做终身的伴侣。我岂不愿如此，但是，洛绮思，天上的天鹅，是轻易不到人间来的。这一层不用我说了，你当能比我更为明白。

我不愿对于我的妻子有不满意的说话，但我又怎能欺骗自己，说我的梦想是实现了呢？我既娶了妻子，自当尽我丈夫的责任，但我心中总有一角之地，是不能给她的。那一角之中，藏着无数过去的悲欢，无限天堂地狱的色相。我常趁无人时，把他打开，细味一回，伤心一回，让他把我的心狠狠的揉搓一回，又把他关闭了。这是我的第二个世界，谁也不许偷窥的。他是一个神秘的世界，他能碎我的心，但我是情愿的；他有魔力能使我贪恋那个又苦又酸的泉水，胜于一切俗世的甘泉。

我的朋友，请你恕我的乱言。我实愿有一个人，来与我同游这个世界。我怎敢希望这个人是你呢？但你却是这个世界的创造者，没有你便没有他，所以他是纯洁的，出世的，不染尘滓的。

我不多写了。我要求你明白，瓦德虽是结了婚，但他不曾因此关闭了他的心；尤其是对于洛绮思，他的心是永远开放着的。

我永远是你的，瓦德。

但他写完这封信之后，忽然又觉得不妥。他更自思量，觉得他和洛绮思的交情，是不应该这样的。洛绮思不是他的一个敬爱的朋友吗？但这信中的情意，却是已经越出朋友范围之外了。这不但要对不住他的夫人，并且岂不是把洛绮思待他的高尚纯洁的感情，抛到污泥中去了吗？他将何以对她呢？他将何以对世上的女子呢？固然，他是有权可以保存这个心中的秘密的；固然，他的已碎的心是不怕再受伤损的，但他却无权去伤害他人的心。他只应把这个秘密的种子保存在他自己的心中，不应把他种到肥土里去，让他去受那日光雨露的滋养；因为他所开的花，不但要刺伤他的夫人，并且还要给洛绮思以极大的痛苦的。他想到这里，便决意把这粒种子收回他的心之秘处去，永不让他再见天日了。

下面是他所寄与洛绮思的信：

洛绮思：

瓦德结婚了！承你相贺极感。他是该受你这个贺意的，但他也值得受你的恕谅和悲悯。

蜜妮——这是我的新夫人的名字——是一个爽直而康健的女子，她是常常很快乐的。她自己虽不是一个学者，但却是学者的好伴侣。你若是见了她，一定也要喜欢她的。

我似乎不应求你的恕谅，因为这似乎是说，我还不曾了解你的心意。你自然是恕我的——我的结婚与我们的交情有什么关系呢？——但我总觉得应该求你的恕谅。

我为什么要求你的怜悯呢？这更难说了。你是独身的，我是结了婚的，该受怜悯的，似乎不该是我罢。但是，洛绮思，我仍是该受你的怜悯的。你是慧心人，我又何用多说呢？求你可怜我，不要把我抛弃罢。

我祝你永远像天空的飞鸟，云栖霞宿，前程无疆。我愿你他日的成就，能使你这个教师和老友惭愧。请你记着，他对于你的敬爱，是永不会改变的。在你翱翔的途程中，若有需他帮助的地方，请你随时使他知道，因为这是他生命中的一个最大的希望和快乐。

你的忠诚的朋友，瓦德。

洛绮思得到这封信之后，又是感慨，又是喜悦：他一方面深怜瓦德，一方面又庆幸他们两人的友谊，可以从此继续不断。因为他们此时的交情，真像经过火炼的赤金一样，是什么杂质都没有的了。他们自知已是没有嫌疑可避，除了切磋学问，勉励人格之外，在他们两人中间，是没有别的关系可以发生的了。但他们的朋友们怎能明白这个呢？他们但见瓦德和洛绮思的交情，又经过了一个变化，他们但觉得从前的迷雾，更深一重罢了。

此时洛绮思已经有四十多岁了。她已做了十余年的大学教授，现在她是一个著名女子大学的哲学主任了。她对于哲学的贡献，已是有了国际上的地位；她的著作，也已经译成了许多种的外国文。她少年时的梦想，她少年时的野心和希望，此时都已变成事实。她的学业，也真能做她的良好伴侣。况且她现在在学界里的名誉，也万万不是那些专慕虚荣的女子所能得到的。是的，她少年时的梦想，都已成为事实了。但她的梦可曾做完吗？

有一次，她又做梦了。她觉得她自己是一个已经结了婚的中年妇人。那天他和她的丈夫——似乎便是瓦德——坐在廊下休息。那时正是夏天的初夜，金银花的香味，自墙角上阵阵的吹来。她的丈夫口中吸着香烟，却抬着头看那如丝如雾的烟气，在月光中轻轻的飘着。她自己坐在一张摇椅子上，身上和心里，都似乎充满了和谐的感觉；又如在炎热的天气，在树荫之下，饮清甜的泉水，但觉得安闲畅适，与天上的明星朗月，空中的花香草味，融合为一。他们两人并不言语，但她觉得他的心中，一定也是这样感觉的。她又觉得她自己已经是两个可爱的小孩的母亲了。他们仿佛有十余岁大，现在却都已安睡在楼上。当她想着这两个聪明小孩的时候，她不觉欣然笑了。她便觉得要把这个快乐，去分一点给她的丈夫。但她却不知道应该叫他做什么。他似乎是叫做瓦德罢。她恍恍惚惚的站了起来，走到他的面前一看，呵，那里有什么瓦德！那坐着吸烟的，简直是一个素不相识的粗人。他见了她，也不言语，仍旧吸着他的香烟。她心中一震，睁眼一看，原来她却躺在自己廊下的一张摇床上呢！她手中的一本书——她的一本著作，是新近译成德文的——已经抛到地下去了。

她此时虽醒了，却仍懒洋洋的躺着，连那一本抛在地下的书，也懒得去拾起来。一霎时间，她的身世都涌到心上来了。她默自思量，假使那梦中的粗人变为瓦德，那么，那梦中的生活，将怎样的可爱呢？此时她忽然感到她现在生活的孤寂了。她又看看她的成功表记——她的著作——可是奇怪，从前能使她得意快乐，使她心血沸腾的一本书，现在忽然变为一堆废纸，一些儿也不能引起她的兴趣来了。

但她很明白，这不过是一时的情绪，是不会永远留在她的心上的。果然不到一天，她仍旧回复了她原来的感觉，仍旧用了全副精力，全副情绪，去做那大学教授的事务了。

但她可真能忘记这个梦吗？她虽竭力的想把那个梦的鬼赶去，但终归无效。她对自己说道："假使我十余年来的生活，真和那梦中的一样，那我在毕业上的成功，又怎会这样大呢？"但那个鬼驳她道："但你在梦中之时，并没有什么不心足呵！"她又斥他道："胡说！若使那梦中的我，是一个一无成就的女子，那我心中的和谐，一定就保不住了，我一定就要觉得不心足了。"那鬼似乎又笑着说道："那么，假使在你现在功成名就之后，再去把那个梦重行做过，你看是怎样？"她听了这话，不觉脸上微微的红了起来，又没有话可以回驳他，但觉得心中充满了惭愧和烦乱。她此时才明白她生命中所缺的是什么了。名誉吗？成功吗？学术和事业吗？不错，这些都是可爱的，都是伟大的，但他们在生命之中，另有他们的位置。他们或者能把灵魂上升至青天，但他们终不能润得灵魂的干燥和枯焦。

但她的已往可容她的反悔吗？她明明知道，她做那个梦的时候，若非在她学业已成之后，她在梦中的感觉，也就决不会那么和谐，那么完美的。她将听了那个梦鬼的劝告，重去做一做那个梦吗？照理想方面看来，这似乎是一个极好的办法。但是重做这个梦，也许有个条件呵！那梦中的金银花，不妨永远开放，永远香馨，但她自己园中的金银花，却是不待秋风之来，便要零落凋谢的。减去了金银花的香味，那梦还有什么意思呢？

有一天，她正又坐在廊上这样痴痴的想着，猛抬头看见对面的一带青山，浴着夕阳的反照，金紫相间，彩色万变，说不尽的奇伟美丽。她对着那青山注视了许久，心中忽然如有所悟，她觉得那山也和她的生命一样，总是欠缺了一点什么。她记得她从前在离山数十里的地方，会见过一个明丽的小湖，那时她曾深惜这两个湖山，不能同在一处，去相成一个美丽的风景，以致安于山的，便得不着水的和乐同安闲，安于水的，便须失却山的巍峨同秀峻。她想到这里，更觉慨然有感于中，以为这真是天公有意给她的一个暗示了。

但是，这个感慨，这个惆怅，除了洛绮思自己之外，却只有对面的青山，能够了解和领会。就是她的老朋友瓦德——现在已是子女满前的瓦德——也是绝对不容窥见这个神圣的秘密的。

陈衡哲：《小雨点》，上海书店印行，1985年3月，第99—129页。

陈衡哲导读

◎ 万莲子

作为“五四”白话文运动先驱之一的胡适的“一个最早的同志”，陈衡哲从事白话文创作甚至比鲁迅还要早，将这一情形置于当时的文化现场来看，乍看确乎匪夷所思，但感应了天时地利人和的陈衡哲，在20世纪初叶封建男权文化仍旧主宰一切的时代氛围下，出身名门的她又是幸运的：晚清启蒙思潮的催促，开明舅舅、姑姑的引导，如饥似渴的求知欲，殷实的家境，笃诚颖悟的天性，新文化运动的方兴未艾，一切的一切都预示着这位“人之女”的率先觉醒以及顺理成章的读书运程。求学美国的陈衡哲，立于中西、古今文化平台上，文学创作虽仅仅是其副业，却一发轫便已不同凡响，既有开化风气之先的宏阔视野，也有拓宽中国诗性传统之域的审美想象。不必说《一日》对国人还很陌生的留学生活的白描，已是新风扑面，单是那“话怎么说就怎么写”的“无结构”白话小说形态，也足以体现作者别开生面的诗性营构。如何将现代女性的政治、家庭、教育等重要问题诗意地传达出来，而不仅仅是做心急火燎的讨论和控诉，这是陈衡哲这位生活相对从容淡定的留洋女性以其创作带给我们的清纯、澄澈的审美享受。

《小雨点》集子里，童话寓言式小说占了2/5，对话体式的占了1/2，第一人称只有1篇。显然，陈衡哲驾驭中西语言进行了无拘无束的多样化艺术尝试，并且借助其相对开阔的人生地图，她的文学表达反倒避开了新文学女性书写中难免的过于自我经验狭隘化之嫌，从而使她对性别文化问题有着较未出国门的知识女性更为清醒和智性的认知：人与女有机融合。

《小雨点》对女性身上潜伏的女儿态、妻心、母性是充分首肯的，无论是天真、纯洁、温柔、善良、恋家的小雨点女儿态，还是事业有成的洛绮思潜意识里的妻心，西克夫人的深沉母爱，“女”字已命定了女性那与生俱来挥之不去的宿命。“若使每个女子都能做一个彻底的贤母，那么，世界上还有什么别的问题呢？”（《小雨点·洛绮思的问题》）承认这“女”性宿命，并不是无意义的，问题在于如何成为“文化审美现代性”（笔者一项课题的关键词）意义上的“人之女”？小雨点的“救青莲花”行为恰是自由自主的人的象征；洛绮思的矛盾，则是为了突围纯粹的事业或家庭圈子，寻找“人之女”在社会和家庭之间的文化政治平衡点；《运河与长江》将传统女性意识的“安命”、“怨命”坚决剔去，尽展扬子江豪迈奋斗的生命力：“何苦奋斗？我为的是造命呀！”“我的命却是无人能毁的。”长江这一自强不息的人生象喻，不妨说恰恰是“人之女”笑傲传统女性文化场域的寓言式写照。

敢于造命的陈衡哲自己的人生经历，又何尝不是遵命了这一文化隐喻逻辑呢？“奋斗来的生命是美丽的！”女性生命力焉能小视？至此，陈衡哲的性别文化观念试图通过艺术，整合“为女”与“为人”的分界，是具备了新文学“文化审美现代性”品格的。

亲历了西洋文化的陈衡哲，基于“人类情感的共同与至诚”而运思，似乎格外纯正高格：她一面张扬“五四”青春的自信，在语言表达和艺术形式上为中国新文学筚路蓝缕，以启山林；一面立于“人之女”的全面、多元层面，在现代平等、民主科学精神辩证法中考量性别文化问题，决不非此即彼。如她一面肯定地说："即使自由结婚也有离婚的，但我们仍旧要说，它是比旧式的婚姻为合理。……我们不能因为放脚是痛苦的而回去提倡缠脚，我们也不能因为青年的苦闷而回去提倡'父母之命，媒妁之言'！"(《"父母之命"与自由结婚》)一面坚决地声称："我并不是相信女权高于一切者，我也不相信智愚贤不肖的分类，是可以用一个简单的性别作为标准的；故我不愿把男子看成妇女的敌人。"(《复古与独裁势力下妇女的立场》)"我们所应该自问的，是'妇女们应该做点什么？'而不是，'妇女能得到什么？'得不得到平等的待遇，是一种占有心理，而能不能为国家与社会尽力的自责，乃是一种创造的心理。占有的心理常常要和别的占有的心理发生冲突，故它就很容易变为一种破坏的力量；只有创造的心理，可以保持它的永久纯洁，永久有建设的力量与成就。"(《妇女参政问题的实际方面》)这是健全成熟的女性人格宣言，也是女性为人生为社会尽一份自己职责的现代公民立场。

洛绮思的遗憾催生了陈衡哲对自身生命形态的完满追求，她最终选择留守家庭，把教育孩子、培养孩子的人格当做伟大而有益于人类的事业，这同样是清醒的女性自我"造命"，是女性生命的旋转式上升。应该看到，陈衡哲超越时代的审美之思，已犹如陈年老酒，年代越久越香气四溢。今天的职场女性中，不是也有渴望"灵魂的干燥和枯焦"得以滋润的吗？不也有向往"灵魂上升至青天"的舒畅么？于是两个世纪初叶的女性意识似乎有了对接的意味。真庆幸！上一个世纪中国新文学第一位用白话写作的女作家，兴之所致浓墨重彩抹上的第一笔，一开始就没有偏离"文化审美现代性"的轨迹，显得如此睿智和大气。100年后的今天，"我们到底需要什么样的'女性解放'？"又有多少人能真正说清楚呢？

陈衡哲研究资料链接

胡适：《小雨点·胡序》，新月书店，1928年。

任叔永：《小雨点·任序》，新月书店，1928年。

钱杏邨：《"小雨点"——关于陈衡哲创作的考察》，《海风周报》第三期，1929年1月13日。

黄人影编：《当代中国女作家论》，上海光华书局，1933年。

陈敬之：《现代文学早期的女作家》，台湾成文出版社，1980年。

王文强：《陈衡哲散文论》，《华东师范大学学报》(哲学社会科学版)，1995年第2期。

李玲：《新文学曙光初露时的一颗新星——陈衡哲创作论》，《福建师范大学学报》(哲学社会科学版)，1997年第4期。

盛英：《略论陈衡哲的妇女观》，《妇女研究论丛》，2000年第1期。

刘云：《陈衡哲女性观解析》，华中师范大学2006年硕士学位论文。

易玉兰：《中西文化交融下的陈衡哲》，湘潭大学2007年硕士学位论文。

史建国：《陈衡哲传》，上海远东出版社，2010年。

冰心

冰心(1900—1999),本名谢婉莹,福建长乐县人。1918 年考入协和女子大学理科,立志学医。次年爆发“五四”运动,因积极投身宣传工作,为反映社会妇女问题,发表处女作短篇小说《两个家庭》,立即引起女权论者的关注。以后一发而不可收。1921 年转入燕京大学,弃医从文。1923 年赴美留学,期间创作著名散文集《寄小读者》,歌颂母爱,倡导“爱的哲学”。1926 年获硕士学位回国任教。丰富的人生体味,使其创作由单纯转向成熟。抗战时期迁居重庆,从社会性别视角,创作著名小说集《关于女人》,同时写作的悼念女友的散文,也颇引人注目,都充分肯定了女性的社会价值。1946 年随夫东渡,在日本讲学并撰写关于妇女问题的文章。新中国成立后,返回祖国,主要从事儿童文学和散文创作。“文革”中受迫害,被迫搁笔。新时期恢复创作,实现了“生命从八十开始”,其小说、散文炉火纯青,多次获奖,被誉为“文坛常青树”、“二十世纪同龄人”,并荣任中国作协名誉主席。1999 年病逝。1994 年海峡文艺出版社编辑出版了《冰心全集》8 卷。由于是“五四”运动女元勋,作品又一直关注社会妇女问题,冰心成为中国女性作家的一面光辉旗帜,与丁玲并称为中国现代女性文学的“双子星座”。

两个家庭

前两个多月，有一位李博士来到我们学校，演讲“家庭与国家关系”。提到家庭的幸福和苦痛，与男子建设事业能力的影响，又引证许多中西古今的故实，说得痛快淋漓。当下我一面听，一面速记在一个本子上，完了会已到下午四点钟，我就回家去了。

路上车上，我还是看那本笔记。忽然听见有一个小姑娘的声音叫我说：“姐姐！来我们家里坐坐。”抬头一看，已经走到舅母家门口，小表妹也正放学回来；往常我每回到舅母家，必定说一两段故事给她听，所以今天她看见我，一定要拉我进去。我想明天是星期日，今晚可以不预备功课，无妨在这里玩一会儿，就下了车，同她进去。

舅母在屋里做活，看见我进来，就放下针线，拉过一张椅子，叫我坐下。一面笑说：“今天难得你有工夫到这里来，家里的人都好么？功课忙不忙？”我也笑着答应一两句，还没有等到说完，就被小表妹拉到后院里葡萄架底下，叫我和她一同坐在椅子上，要我说故事。我一时实在想不起来，就笑说：“古典都说完了。只有今典你听不听？”她正要回答，忽然听见有小孩子啼哭的声音。我要乱她的注意，就问说：“妹妹！你听谁哭呢？”她回头向隔壁一望说：“是陈家的大宝哭呢，我们看一看去。”就拉我走到竹篱旁边，又指给我看说：“这一个院子就是陈家，那个哭的孩子，就是大宝。”

舅母家和陈家的后院，只隔一个竹篱，本来篱笆上面攀缘着许多扁豆叶子，现在都枯落下来；表妹说是陈家的几个小孩子，把豆根拔去，因此只有几片的黄叶子挂在上面，看过去是清清楚楚的。

陈家的后院，对着篱笆，是一所厨房，里面看不清楚，只觉得墙壁被炊烟熏得很黑。外面门口，堆着许多什物，如破瓷盆之类。院子里晾着几件衣服。廊子上有三个老妈子，廊子底下有三个小男孩。不知道他们弟兄为什么打吵，那个大宝哭的很利害，他的两个弟弟也不理他，只管坐在地下，抓土捏小泥人玩耍。那几个老妈子也咕咕哝哝的不知说些什么。表妹悄悄的对我说：“他们老妈子真可笑，各人护着各人的少爷，因此也常常打吵。”

这时候陈太太从屋里出来，挽着一把头发，拖着鞋子，睡眼惺忪，容貌倒还美丽，只是带着十分娇惰的神气。一出来就问大宝说：“你哭什么？”同时那两个老妈子把那两个小男孩抱走，大宝一面指着他们说：“他们欺负我，不许我玩！”陈太太啐了一声：“这一点事也值得这样哭，李妈也不劝一劝！”李妈低着头不知道说些什么，陈太太一面坐下，一面摆手说：“不用说了，横竖你们都是不管事的，我花钱雇你们来作什么，难道是叫你们帮着他们打架么？”说着就从袋里抓出一把铜子给了大宝说：“你拿了去跟李妈上街玩去罢，哭的我心里不耐烦，不许哭了！”大宝接了铜子，擦了眼泪，就跟李妈出去了。

陈太太回头叫王妈，就又有一个老妈子，拿着梳头匣子，从屋里出来，替她梳头。当我注意陈太太的时候，表妹忽然笑了，拉我的衣服，小声说：“姐姐！看大宝一手的泥，都抹到脸上去了！”

过一会子，陈太太梳完了头。正在洗脸的时候，听见前面屋里电话的铃响。王妈去接了，出来说：“太太，高家来催了，打牌的客都来齐了。”陈太太一面擦粉，一面说：“你说我就来。”随后也就进去。

我看得忘了神，还只管站着，表妹说：“他们都走了，我们走罢。”我摇手说：“再等一会儿，你不要忙！”

十分钟以后。陈太太打扮得珠围翠绕的出来，走到厨房门口，右手扶在门框上，对厨房里的老妈说：“高家催得紧，我不吃晚饭了，他们都不在家，老爷回来，你告诉一声儿。”说完了就转过前面去。

我正要转身，舅母从前面来了，拿着一把扇子，笑着说：“你们原来在这里，树荫底下比前院凉快。”我答应着，一面一同坐下说些闲话。

忽然听有皮鞋的声音，穿过陈太太屋里，来到后面廊子上。表妹悄声对我说：“这就是陈先生。”只听见陈先生问道：“刘妈，太太呢？”刘妈从厨房里出来说：“太太刚到高家去了。”陈先生半天不言语。过一会儿又问道：“少爷们呢？”刘妈说：“上街玩去了。”陈先生急了，说：“快去叫他们回来。天都黑了还不回家。而且这街市也不是玩的去处。”

刘妈去了半天，不见回来。陈先生在廊子上踱来踱去，微微的叹气，一会子又坐下。点上雪茄，手里拿着报纸，却抬头望天凝神深思。

又过了一会儿，仍不见他们回来，陈先生猛然站起来，扔了雪茄，戴上帽子，拿着手杖径自走了。

表妹笑说：“陈先生又生气走了。昨天陈先生和陈太太拌嘴，说陈太太不像一个当家人，成天里不在家，他们争辩以后，各自走了。他们的李妈说，他们拌嘴不止一次了。”

舅母说：“人家的事情，你管他作什么，小孩子家，不许说人！”表妹笑着说：“谁管他们的事，不过学舌给表姊听听。”舅母说：“陈先生真也特别，陈太太并没有什么大不好的地方，待人很和气，不过年轻贪玩，家政自然就散漫一点，这也是小事，何必常常动气！”

谈了一会儿，我一看表，已经七点半，车还在外面等着，就辞了舅母，回家去了。

第二天早起，梳洗完了，母亲对我说：“自从三哥来到北京，你还没有去看看，昨天上午亚蒨来了，请你今天去呢。”——三哥是我的叔伯哥哥，亚蒨是我的同学，也是我的三嫂。我在中学的时候，她就在大学第四年级，虽只同学一年，感情很厚，所以叫惯了名字，便不改口。我很愿意去看看他们，午饭以后就坐车去了。

他们住的那条街上很是清静，都是书店和学堂。到了门口，我按了铃，一个老妈出来，很干净伶俐的样子，含笑的问我：“姓什么？找谁？”我还没有答应，亚蒨已经从里面出来，我们见面，喜欢的了不得，拉着手一同进去。六年不见，亚蒨更显得和蔼静穆了，但是那活泼的态度，仍然没有改变。

院子里栽了好些花，很长的一条小径，从青草地上穿到台阶底下。上了廊子，就看见苇帘的后面藤椅上，一个小男孩在那里摆积木玩。漆黑的眼睛，绯红的腮颊，不问而知是闻名未曾见面的侄儿小峻了。

亚蒨笑说："小峻，这位是姑姑。"他笑着鞠了一躬，自己觉得很不自然，便回过头去，仍玩他的积木，口中微微的唱歌。进到中间的屋子，窗外绿荫遮满，几张洋式的椅桌，一座钢琴，几件古玩，几盆花草，几张图画和照片，错错落落的点缀得非常静雅。右边一个门开着，里面几张书橱，垒着满满的中西书籍。三哥坐在书桌旁边正写着字，对面的一张椅子，似乎是亚蒨坐的。我走了进去，三哥站起来，笑着说："今天礼拜！"我道："是的，三哥为何这样忙？"三哥说："何尝是忙，不过我同亚蒨翻译了一本书，已经快完了，今天闲着，又拿出来消遣。"我低头一看，桌上对面有两本书，一本是原文，一本是三哥口述亚蒨笔记的，字迹很草率，也有一两处改抹的痕迹。在桌子的那一边，还垒着几本也都是亚蒨的字迹，是已经翻译完了的。

亚蒨微微笑说，"我那里配翻译书，不过借此多学一点英文就是了。"我说："正合了梁任公先生的一句诗'红袖添香对译书'了。"大家一笑。

三哥又唤小峻进来。我拉着他的手，和他说话，觉得他应对很聪明，又知道他是幼稚生，便请他唱歌。他只笑着看着亚蒨。亚蒨说："你唱罢，姑姑爱听的。"他便唱了一节，声音很响亮，字句也很清楚，他唱完了，我们一齐拍手。

随后，我又同亚蒨去参观他们的家庭，觉得处处都很洁净规则，在我目中，可以算是第一了。

下午两点钟的时候，三哥出门去访朋友，小峻也自去睡午觉。我们便出来，坐在廊子上，微微的风，送着一阵一阵的花香。亚蒨一面织着小峻的袜子，一面和我谈话。一会儿三哥回来了，小峻也醒了，我们又在一处游玩。夕阳西下，一抹晚霞，映着那灿烂的花，青绿的草，这院子里，好像一个小乐园。

晚餐的菜肴，是亚蒨整治的，很是可口。我们一面用饭，一面望着窗外，小峻已经先吃过了，正在廊下捧着沙土，堆起几座小塔。

门铃响了几声，老妈子进来说："陈先生来见。"三哥看了名片，便对亚蒨说："我还没有吃完饭，请我们的小招待员去领他进来罢。"亚蒨站起来唤道，"小招待员，有客来了！"小峻抬起头来说："妈妈，我不去，我正盖塔呢！"亚蒨笑着说："这样，我们往后就不请你当招待员了。"小峻立刻站起来说："我去，我去。"一面抖去手上的尘土，一面跑了出去。

陈先生和小峻连说带笑的一同进入客室——原来这位就是住在舅母隔壁的陈先生——这时三哥出去了，小峻便进来。天色渐渐的黑暗，亚蒨捻亮了电灯，对我说："请你替我说几段故事给小峻听。我要去算账了。"说完了便出去。

我说着"三只熊"的故事，小峻听得很高兴，同时我觉得他有点倦意，一看手表，已经八点了。我说："小峻，睡觉去罢。"他揉一揉眼睛，站了起来，我拉着他的手，一同进入卧室。

他的卧房实在有趣，一色的小床小家具，小玻璃柜子里排着各种的玩具，墙上挂着各种的图画，和他自己所画的剪的花鸟人物。

他换了睡衣，上了小床，便说："姑姑，出去罢，明天见。"我说："你要灯不要？"他摇一摇头，我把灯捻下去，自己就出来了。

亚蒨独坐在台阶上，看见我出来，笑着点一点头。我说："小峻真是胆子大，一个人在屋里也不害怕，而且也不怕黑。"亚蒨笑说："我从来不说那些神怪悲惨的故事，去刺激他的娇嫩的脑筋。就是天黑，他也知道那黑暗的原因，自然不懂得什么叫做害怕了。"

我也坐下，看着对面客室里的灯光很亮，谈话的声音很高。这时亚蒨又被老妈子叫去了，我不知不觉的就注意到他们的谈话上面去。

只听得三哥说："我们在英国留学的时候，觉得你很不是自暴自弃的一个人，为何现在有了这好闲纵酒的习惯？我们的目的是什么，希望是什么，你难道都忘了么？"陈先生的声音很低说："这个时势，不游玩，不拼酒，还要做什么，难道英雄有用武之地么？"三哥叹了一口气说："这话自是有理，这个时势，就有满腔的热血，也没处去洒，实在使人灰心。但是大英雄，当以赤手挽时势，不可为时势所挽。你自己先把根基弄坏了，将来就有用武之地，也不能做个大英雄，岂不是自暴自弃？"

这时陈先生似乎是站起来，高大的影子，不住的在窗前摇漾，过了一会说："也难怪你说这样的话，因为你有快乐，就有希望。不像我没有快乐，所以就觉得前途非常的黑暗了！"这时陈先生的声音里，满含愤激悲惨。

三哥说："这又奇怪了，我们一同毕业，一同留学，一同回国。要论职位，你还比我高些，薪俸也比我多些，至于素志不偿，是彼此一样的，为何我就有快乐，你就没有快乐呢？"陈先生就问道："你的家庭什么样子？我的家庭什么样子？"三哥便不言语。陈先生冷笑说："大概你也明白……我回国以前的目的和希望，都受了大打击，已经灰了一半的心，并且在公事房终日闲坐，已经十分不耐烦。好容易回到家里，又看见那凌乱无章的家政，儿啼女哭的声音，真是加上我百倍的不痛快。我内人是个宦家小姐，一切的家庭管理法都不知道，天天只出去应酬宴会，孩子们也没有教育，下人们更是无所不至。我屡次的劝她，她总是不听，并且说我'不尊重女权''不平等''不放任'种种误会的话。我也曾决意不去难为她，只自己独力的整理改良。无奈我连米盐的价钱都不知道，并且也不能终日坐在家里，只得听其自然。因此经济上一天比一天困难，儿女也一天比一天放纵，更逼得我不得不出去了！既出去了，又不得不寻那剧场酒馆热闹喧嚣的地方，想以猛烈的刺激，来冲散心中的烦恼。这样一天一天的过去，不知不觉的就成了习惯。每回到酒馆的灯灭了，剧场的人散了，更深夜静，踽踽归来的时候，何尝不觉得这些事不是我陈华民所应当做的？然而……咳！峻哥呵！你要救救我才好！"这时已经听见陈先生呜咽的声音。三哥站起来走到他面前。

门铃又响了，老妈进来说我的车子来接我了，便进去告辞了亚蒨，坐车回家。

两个月的暑假又过去了，头一天上学从舅母家经过的时候，忽然看见陈宅门口贴着"吉屋招租"的招贴。

放学回来刚到门口，三哥也来了，衣襟上缀着一朵白纸花，脸上满含着凄惶的颜色，我很觉得惊讶，也不敢问，彼此招呼着一同进去。

母亲不住的问三哥："亚茜和小峻都好吗？为什么不来玩玩？"这时三哥脸上才转了笑容，一面把那朵白纸花摘下来，扔在字纸篮里。

母亲说："亚茜太过于精明强干了，大事小事，都要自己亲手去做，我看她实在太忙。但我却从来没有看见过她有一毫勉强慌急的态度，匆忙忧倦的神色，总是喜喜欢欢从从容容的。这个孩子，实在可爱！"三哥说："现在用了一个老妈，有了帮手了，本来亚茜的意思还不要用。我想一切的粗活，和小峻上学放学路上的照应，亚茜一个人是决然做不到的。并且我们中国人的生活程度还低，雇用一个下人，于经济上没有什么出入，因此就雇了这个老妈，不过在粗活上，受亚茜的指挥，并且亚茜每天晚上还教她念字片和《百家姓》，现在名片上的姓名和账上的字，也差不多认得一多半了。"

我想起了一件事，便说："是了，那一天陈先生来见，给她名片，她就知道是姓陈。我很觉得奇怪，却不知是亚茜的学生。"

三哥忽然叹了一口气说："陈华民死了，今天开吊，我刚从那里回来。"——我才晓得那朵白纸花的来历，和三哥脸色不好的缘故——母亲说："是不是留学的那个陈华民？"三哥说："是。"母亲说："真是奇怪，像他那么一个英俊的青年，也会死了，莫非是时症？"三哥说："哪里是时症，不过因为他这个人，太聪明了，他的目的希望，也太过于远大。在英国留学的时候养精蓄锐的，满想着一回国，立刻要把中国旋转过来。谁知回国以后，政府只给他一名差遣员的缺，受了一月二百块钱无功的俸禄，他已经灰了一大半的心了。他的家庭又不能使他快乐，他就天天的拼酒，那一天他到我家里去，吓了我一大跳。从前那种可敬可爱的精神态度，都不知丢在哪里去了，头也垂了，眼光也散了，身体也虚弱了，我十分的伤心，就恐怕不大好，因此劝他常常到我家里来谈谈解闷，不要再拼酒了，他也不听。并且说：'感谢你的盛意，不过我一到你家，看见你的儿女和你的家庭生活，相形之下，更使我心中难过，不如……'以下也没说什么，只有哭泣，我也陪了许多眼泪。以后我觉得他的身子，一天一天的软弱下去，便勉强他一同去到一个德国大夫那里去察验身体。大夫说他已得了第三期肺病，恐怕不容易治好。我更是担心，勉强他在医院住下，慢慢的治疗，我也天天去看望他。谁知上礼拜一晚上，我去看他就是末一次了。……"说到这里，三哥的声音颤动得很厉害，就不再往下说。

母亲叹了一口气说："可惜可惜！听说他的才干和学问，连英国的学生都很妒羡的。"三哥点一点头，也没有说什么。这时我想起陈太太来了，我问："陈先生的家眷呢？"三哥说："要回到南边去了。听说她的经济很拮据，债务也不能清理，孩子又小，将来不知怎么过活！"母亲说："总是她没有受过学校的教育，否则也可以自立。不过她的娘家很有钱，她总不至于十分吃苦。"三哥微笑说："靠弟兄总不如靠自己！"

三哥坐一会儿，便回去了，我送他到门口，自己回来，心中很有感慨。随手拿起一本书来看看，却是上学期的笔记，末页便是李博士的演说，内中的话就是论到家庭的幸福和苦痛，与男子建设事业能力的影响。

（原刊《晨报》一九一九年九月十八至二十二日）

冰心：《冰心选集》第一卷，四川人民出版社，1983年3月，第1—11页。

我的学生

S是在澳洲长大的——她的父亲是驻澳的外交官——十七岁那年才回到祖国来。她的祖父和我的父亲同学，在她考上大学的第二天，她祖父就带她来看我，托我照应。她考的很好，只国文一科是援海外学生之例，要入学以后另行补习的。

那时正是一个初秋的下午，我留她的祖父和她，在我们家里吃茶点。我陪着她的祖父谈天，她也一点不拘束的，和我们随便谈笑。我觉得她除了黑发黑睛之外，她的衣着，表情，完全像一个欧洲的少女。她用极其流利的英语，和我谈到国文，她说："我曾经读过国文，但是一位广东教师教的口音不正确……"说到这里，她极其淘气的挤着眼睛笑了，"比如说，他说：'系的，系的，萨天常常萨雨。'你猜是什么意思？他是说：'是的，是的，夏天常常下雨。'你看！"她说着大笑起来，她的祖父也笑了。

我说："大学里的国文又不比国语，学国语容易，只要你不怕说话就行。至于国文，要能直接听讲，最好你的国文教授，能用英语替你解说国文，你在班里再一用心，就行了。"她的祖父就说："在国文系里，恐怕只有你能用英语解说国文，就把她分在你的组里罢，一切拜托了！"我只得答应了。

上了一星期的课，她来看我，说别的功课都非常容易，同学们也都和她好，只是国文仍是听不懂。我说："当然我不能为你的缘故，特别的慢说慢讲，但你下课以后，不妨到我的办公室里，我再替你细讲一遍。"她也答应了。从此她每星期来四次，要我替她讲解。真没有见过这样聪明的孩子，进步像风一样的快。一个月以后，她每星期只消来两次，而且每次都是用纯粹的流利的官话，和我交谈。等到第二学期，她竟能以中文写文章，她在我班里写的"自传"长至九千字，不但字句通顺，而且描写得非常生动。这时她已成了全校师生嘴里所常提到的人物了。

她学的是理科，第二年就没有我的功课，但因为世交的关系，她还常常来看我。现在她已完全换了中服，一句英语不说，但还是同欧美的小女孩儿一样的活泼淘气。她常常对我学他们化学教授的湖南腔，物理教授的山东话，常常使全客厅的人们，笑得喘不过气来。她有时忽然说："×叔叔，我祖父说你在美国一定有位女朋友，否则为什么在北平总不看见你同女友出去?”或说:“众位教授听着! 我的×叔叔昨天黄昏在校园里,同某女教授散步,你们猜那位女教授是谁?”她的笑话,起初还有人肯信,后来大家都知道她的淘气,也就不理她。同时,她的朋友越来越多,课余忙于开会,赛球,骑车,散步,溜冰,演讲,排戏,也没有功夫来吃茶点了。

以后的三年里,她如同狮子滚绣球一般,无一时不活动,无一时不是使出浑身解数的在活动。在她,工作就是游戏,游戏就是工作。早晨看见她穿着蓝布衫,平底皮鞋,夹着书去上课;忽然又在球场上,看见她用红丝巾包起头,穿着白衬衣,黑短裤,同三个男同学打网球;一转眼,又看见她骑着车,飞也似的掠过去,身上已换了短袖的浅蓝绒衣和蓝布长裤;下午她又穿着实验白衣服,在化学楼前出现;到了晚上,更摸不定了,只要大礼堂灯火辉煌,进去一看,台上总有她,不是唱歌,就是演戏;在周末的晚上,会遇见她在城里北京饭店或六国饭店,穿着曳地的长衣,踏着高跟鞋,戴着长耳坠,画眉,涂指甲,和外交界或使馆界的人们,吃饭,跳舞。

她的一切活动,似乎没有影响到她的功课,她以很高的荣誉毕了业。她的祖父非常高兴,并邀了我的父亲来赴毕业会,会后就在我们楼里午餐。他们祖孙走后,我的父亲笑着说:“你看S像不像一只小猫,没有一刻消停安静! 她也像猫一样的机警聪明,虽然跳荡,却一点不讨厌。我想她将来一定会嫁给外交人员,你知道她在校里有爱人罢?”我说:“她的男朋友很多,却没听说过有哪一个特别好的,您说的对,她不会在同学中选对象,她一定会嫁给外交人员。但无论如何,不会嫁给一个书虫子!”

出乎意外的,在暑假中,她和一位P先生宣布订婚,P就是她的同班,学地质土壤的。我根本没听说过这个人! 问起P的业师们,他们都称他是个绝好的学生,很用功,性情也沉静,除读书外很少活动。但如何会同S恋爱订婚,大家都没看出,也绝对想不到。

一年以后,他们结了婚,住在S祖父的隔壁,我的父亲有时带我们几个弟兄,去拜访他们。他们家里简直是“全盘西化”,家人仆妇都会听英语,饮食服用,更不必说。S是地道的欧美主妇,忙里偷闲,花枝招展。我的父亲常常笑对S说:“到了你家,就如同到澳洲中国公使馆一般!”

但是住在“澳洲中国公使馆”的P先生,却如同古寺里的老僧似的,外面狂舞酣歌,他却是不闻不问,下了班就躲在他自己的书室里,到了吃饭时候才出来,同客人略一招呼,就低头举箸。倒是S常来招他说话,欢笑承迎。饭后我常常同他进入书室,在那里,他的话就比较的多。虽然我是外行,他也不惮烦的告诉许多关于地质土壤的最近发现,给我看了许多图画,照片,和标本。父亲也有时捧了烟袋,踱了进来,参加我们的谈话。他对P的印象非常之好,常常对我说:“P就是地质本身,他是一块最坚固的磐石。S和一般爱玩漂亮的人玩腻了,她知道终身之托,只有这块磐石最好,她究竟是一个聪明人!”

我离开北平的时候,到她祖父那里辞行,顺便也到P家走走。那时S已是三个孩子的母亲,院子里又添上了沙土池子,秋千架之类。家里人口添了不少,有保姆,浆洗缝做的女仆,厨子,园丁,司机,以及打杂的工人等等。所以当S笑着说“后方见”的时候,我也只笑着说:“我这单身汉是拿起脚来就走,你这一个‘公使馆’如何搬法?”P也只笑了笑,说:“×先生,你到那边若见有地质方面新奇的材料,在可能的范围内,寄一点来我看看。”

从此又是三年——

忽然有一天,我在云南一个偏僻的县治旅行,骑马迷路。那时已近黄昏,左右皆山,顺着一道溪水行来,逢人便问,一个牧童指给我说:“水边山后有一个人家,也是你们下江人,你到那边问问看,也许可以找个住处。”我牵着马走了过去,斜阳里一个女人低着头,在溪边洗着衣裳,我叫了一声,她猛然抬起头来,我几乎不能相信我的眼睛,那用圆润的手腕,遮着太阳,一对黑大的眼睛,向我注视的,不是S是谁?

我赶了过去,她喜欢的跳了起来,把洗的衣服也扔在水里,嘴里说:“你不嫌我手湿,就同我拉手!你一直走上去,山边茅屋,就是我们的家。P在家里,他会给你一杯水喝,我把衣裳洗起就来。”

三个孩子在门口草地上玩,P在一边挤着羊奶,看见我,呆了一会,才欢呼了起来。四个人把我围拥到屋里,推我坐下,递烟献茶,问长问短。那最大的九岁的孩子,却溜了出去,替我喂马。

S提着一桶湿衣服回来,有一个小脚的女工,从厨房里出来,接过,晾在绳子上。S一边擦着手笑着走了进来,我们就开始了兴奋而杂乱的谈话,彼此互说着近况,从谈话里知道他们是两年前来的,我问起她的祖父,她也问起我的父亲。S是一刻不停的做这个那个,她走到哪里,我们就跟到哪里谈着。直到吃过晚饭,孩子们都睡下了,才大家安静的,在一盏菜油灯周围坐了下来。S补着袜子,P同我抽着柳州烟,喝着胜利红茶谈话。

S笑着说:“这是‘公使馆’的‘山站’,我们做什么就是得像什么!×叔叔!这座茅屋,就是P指点着工人盖的,门都向外开,窗户一扇都关不上!拆了又安,安了又拆,折腾了几十回。这书桌,书架,‘沙发’椅子都是P同我自己钉的,我们用了七十八个装煤油桶的木箱。还有我们的床,那是杰作,床下还有放鞋的矮柜子。好玩的很,就同我们小时玩‘过家家’似的,盖房子,造家具,抱娃娃,做饭,洗衣服,养鸡,种菜,一天忙个不停,但是,真好玩,孩子们都长了能耐,连P也会做些家务事。我们一家子过着露营的生活,笑话甚多,但是,我们也时常赞谈自己的聪明,凡事都能应付得开。明天再带你去看我们的鸡栅,羊圈,蜂房,还有厕所……总而言之,真好玩!”

我凝视着她,“真好玩”三字就是她的人生观,她的处事态度,别的女人觉得痛苦冤却的工作,她以“真好玩”的精神,“举重若轻”的应付了过去。她忙忙的自己工作,自己试验,自己赞叹,真好玩!她不觉得她是在做着大后方抗战的工作,她就是萧伯纳所说的“在抗战时代,除了抗战工作之外,什么都可以做”的大艺术家!

当夜他们支了一张行军床——也是他们自己用牛皮钉的——把我安放在P的书室里,这是三间屋子里最大的一间,兼做了客室,储藏室等等。墙上仍是满钉着照片图画,书架上摞着满满的书,墙角还立着许多锄头,铁铲,锯子,扁担之类。灭灯后月色满窗,我许久睡不着,我想起北平的“澳洲中国公使馆”,想起我的父亲,不知父亲若看了这个山站，要如何想法！

阳光射在我的脸上，一阵煎茶香味，侵入鼻管。我一睁眼，窗外是典型的云南的海蓝的天，门外悄无声息。我轻轻的穿起衣服，走了出来，看见S蹑手蹑脚的在摆着早饭，抬头看见我，便笑说："睡得好吧？你骑了一天马，一定累了，我们没有叫你。P上班去了，孩子们也都上学了，我等着你一块儿吃粥。"说着忙忙的又到厨房里去了。

我在外间屋里，一面漱洗，一面在充满阳光的屋子里，四周审视。"公使馆"的物质方面，都已降低，而"公使馆"的整洁美观的精神，尽还存在，还添上一些野趣。饭桌上蒙着一块白地红花的土布，一个大肚的陶罐里，乱插着红白的野花。桌上是一盘黄果——四川人叫做广柑——对面摆着两个白盘子，旁边是两把红柄的刀子，两双红筷子，两个红的电木的洗手碗，两块白地红花的饭巾……正看着，S端了一盘鸡蛋炸馒头片进来，让我坐下，她自己坐对面。我们一面剥黄果，一面谈话。

白天看S，觉得她比三年前瘦了许多，但精神仍旧是很好，身上穿着蓝地印白花的土布衫子，短袜子，布鞋；脸上薄施脂粉，指甲也染得很红。我笑说："你的化妆品都带来了罢？"她也笑说："都带来了，可是我现在用的是鹅蛋粉和胭脂棉。凤仙花瓣和白矾捣了也可以染指甲。"

我们吃着S自制的咸鸭蛋和泡菜，吃过稀饭，又喝了煎茶。坐了一会，S就邀我去参观她的环境。出到门外，菜园里红的是辣椒，西红柿，绿的是豆子，黄的是黄瓜，紫的是茄子，周围是一片一片的花畦，阳光下光艳夺目，蜂喧蝶闹。菜园的后面，简直像个动物园！十几只意大利的大白鸡，在沙地上吃食，三只黑羊，两只狼犬——我的那匹马也拴在旁边——还有小孩子养的松鼠和白兔。一只极胖的蓝眼睛的暹罗猫，在篱隙出入跳跃。

转到山后，便看见许多人家，S说这便是市中心，有菜场，有邮政代办所，有中心小学校。P的地质调查所是全市最漂亮高大的房子，砖墙瓦顶，警察岗亭就设在门边。我们穿过这条"大街"的时候，男女老幼，村的俏的，都向S招呼，说长道短。有个妇人还把一个病孩子，从门洞里抱出来给S看。当我们离开这人家的时候，我笑说："S，如今你不是公使夫人，而是牧师太太了！"她笑了一笑。

大街尽头，便是五六幢和S的相似的房子，那是地质调查所同人的住宅。S也带我进去访问。那些太太们大都是外省人，看见我去都很亲热，让坐让茶。她们的房间和S的一样，而陈设就很乱很俗，自己是乱头粗服，孩子们也啼哭喧闹。这些太太们不住的向我道歉，说是房间又小，佣人又笨，什么都不趁手，哪能像北平，上海那样的可以待客呢？我无聊的坐了一会，也就告辞了出来。

回来的路上，S请我先走，说她还要到小学里去教一堂课。我也便不回来，却走到地质调查所去找P，参观了他们的工作。等到P下班，我们一同走出来，三个孩子十分高兴的在门口等着，说是"妈妈炖了鸡，烤了肉，蒸了蛋羹，请客人回去吃大馒头去！"

午后我睡了一大觉，醒起便要走路，S和P一定不肯，说今晚要约几个朋友来和我谈谈。S笑说还有几位漂亮的太太。我说："假如你们可怜我，就免了这一套吧，我实在怕见生人；还有，你也搬演不出‘公使馆’那一出！”P说：“也好，你再住一天，我们不请客人好了。”S想了一会，笑了，说：“晚饭以前，我还有事，你们带这几个孩子到对山去玩去，六时左右，带些红杜鹃花回来。”我们答应了，孩子们欢呼着都跑在前面去了。

我和P对躺在山头草地上，晒着太阳。我说：“你们这一对儿真好，你从前是那样稳静，现在也是那样稳静。S从前是那样活泼，现在也是那样活泼，不过比从前更老练能干了，真是难得。”P沉默了一会，说：“×先生，你只知道S活泼的一方面，还没有看见她严肃的一方面。她处处求全，事事好胜，这一二年来，身体也大不如从前了！她一个人做着六七个人的事，却从不肯承认自己的软弱。你知道她欢喜引用中文成语——英文究竟是她的方言，她睡梦中常说英语——有时文不对题的使人发笑。有一天，我下班回来，发现她躺在床上，看见我就要起来。我按住她，问她怎么了，她说没有什么，只觉得有一点头晕。我在床边坐了一会，她忽然说：‘P：我这个人真是“心比天高，命比纸薄”。’我心里忽然一阵难过，勉强笑说：‘别胡说了，你知道“薄命”这两个字，是什么意思？’她却流下泪来，转身向里躺着去了。×先生，你觉得……”

P说不下去了，我也不觉愣住，便说：“我自然看出S严肃的一方面，她如果不严肃，她不会认得你，她如果不严肃，她不会到内地来。她的身体是不如从前了，你要时时防护着她！至于她所说的那两句话你倒不必存在心里，她对于汉文是半懂不懂的。”P不言语，眼圈却红了。

这时候孩子们已抱着满怀的红杜鹃花，跑了上来，说：“我们该回去了，晚饭以前，我们还要换衣服呢！”

一进家门，那“帮工”的李嫂，穿着一身黑绸的衣裤，系着雪白的围裙，迎了出来，嘴里笑着说：“客人们请客厅坐。”我们进到中间屋里，看见餐桌上铺着雪白的桌布，点着辉煌的四支红烛，中间一大盘的红杜鹃花，桌上一色的银盘银箸，雪白的饭巾。我们正在诧愕，李嫂笑着打起卧房的布帘子，说：“太太！客人来了。”S从屋里笑盈盈的走了出来，身上穿着红丝绒的长衣，大红宝石的耳坠子，脚上是丝袜，金色高跟鞋，画着长长的眉，涂上红红的嘴唇，眼圈边抹上淡淡的黄粉，更显得那一双水汪汪的俊眼——这一双俊眼里充满着得意的淘气的笑——她伸出手来，和我把握，笑说：“×先生晚安！到敝地多久了？对于敝处一切还看得惯罢？”我们都大笑了起来。孩子们却跑过去抱着S的腿，欢呼着说：“妈妈，真好看！”回头又拍手笑说：“看！李嫂也打扮起来了！”李嫂忍着笑，走到厨房里去了。

我们连忙洗手就坐。因为没有别的客人，孩子们便也上席，大家都兴高采烈。饭后，孩子们吃过果点，陆续的都去睡了。S又煮起咖啡，我们就在廊上看月闲谈。看着S的高跟鞋在月下闪闪发光，我就说：“你现在没有机会跳舞玩牌了罢？”S笑说：“才怪！P的跳舞和玩牌都是到了这里以后才学会的。晚饭后没事，我就教给P打‘蜜月’纸牌，也拉他跳舞。他一天工作怪累的，应当换一换脑筋。”P笑说：“我倒不在乎这些个，我在北平的时候，就不换脑筋。我宁可你在一天忙累之后，早点休息睡觉，我自己再看一点轻松的书。”我说：“S，你会开汽车罢？”S说：“会的，但到这里以后，没有机会开了。”我笑说：“你既会开车，就知道无论多好多结实的车子，也不能一天开到二十四小时，尤其在这个崎岖的山路上。物力还应当爱惜，何况人力？你如今不是过着‘电气冰箱，抽水马桶’的生活了，一切以保存元气为主，不能一天到晚的把自己当做一架机器，不停的开着……”S连忙说：“正是这话！人家以为我只会过‘电气冰箱，抽水马桶’的生活……”我拦住她：“你又来，总是好胜要强的脾气！你如果把我当做叔叔，就应当听我的话。”S笑了一笑，抬头向月，再不言语。

第二天一早，我就骑着马离开这小小的镇市。P和S和三个小孩子都送我到大路上，我回望这一群可爱的影子，心中忽然感激，难过。

回到我住处的第三天，忽然决定到重庆来。在上飞机之前，匆匆的给他们写一封短信，谢谢他们的招待，报告了我的行踪，并说等我到了重庆以后，安定下来，再给他们写信——谁知我一到陪都，就患了一个月的重伤风，此后东迁西移，没有一定的住址。直到两月以后，才给他们写了一封很长的信，许久没有得到回音。又在两月以后，我在一个大学里，单身教授的宿舍窗前，拆开了P的一封信：

×先生：

我何等的不幸，S已于昨天早晨弃我而逝！原因是一位同事出差去了，他的太太忽然得了急性盲肠炎。S发现了，立刻借了一部车子，自己开着，送她到省城。等到我下班，看见了她的字条，立刻也骑马赶了去……那位太太已入了医院，患处已经溃烂，幸而开刀经过良好，只是失血太多，须要输血。那时买血很贵，那位太太因经济关系，坚持不肯。S又发现她们的血是同一类型，她就输给那太太二百CC的血。……我要她同我回来，她说那太太须要人照料，而又请不起特别护士，她必须留在那里，等到她的先生来了再走。我拗她不过，所中公务又忙，只得自己先走……三星期之后，S回来了，瘦得不成样子！原来在三星期之内，她输给那太太四百CC的血。从此便躺了下去，有时还挣扎着起来，以后就走不动了。医生发现她是得了黍形结核症，那是周身血管，都有了结核细菌，是结核症中最猛烈最无可救药的一种！病源是失血太多，操劳过度，营养不足，……这三个月中，急坏了S，苦坏了孩子，累坏了我，然而这一切苦痛，都不曾挽回我们悲惨的命运！……她生在上海，长在澳洲，嫁在北平，死在云南，享年三十二岁……

如同雷轰电掣一般，我呆住了，眼前涌现了S的冷静而含着悲哀的，抬头望月的脸！想到她那美丽整洁的家，她的安详静默的丈夫，她的聪明活泼的孩子……

忽然广场上一声降旗的号角，我不由自主的，扔了手里的信，笔直的站了起来。我垂着两臂，凝望着那一幅光彩飘扬的国旗，从高杆上慢慢的降落了下来。在号角的余音里，我无力的坐了下去，我的眼泪，不知从哪里来的，流满了我的脸上了！

冰心：《冰心选集》第一卷，四川人民出版社，1983 年 3 月，第 252—264 页。

◆◆◆ 冰心导读

◎ 王晓琴

被“五四”运动震上文坛的冰心，很快便博得一片喝彩。这是因为伴随着欧风美雨，西方女权主义思想冲进中国，妇女问题已引起广泛关注。新文化运动先驱者纷纷撰文，倡导妇女解放，男女共同“改良社会，促进文化”。正是在这样的时代氛围中，冰心在“人”的意义上发现自我，以文学创作进行女性的价值认知。

冰心作品最鲜明的特征，是率真自然。她主张文学“发挥个性，表现自己”，笔下自然具有鲜明的女性性别特征。正如郁达夫所指出的：“读了冰心女士的作品，就能够了解中国一切历史上的才女的心情；意在言外，文必己出，哀而不伤，动中法度，是女士的生平，亦即是女士的文章之极致。”①

《两个家庭》发表于 1919 年，是冰心第一篇反映妇女问题的小说。同时发表的杂感《破坏与建设时代的女学生》，可作为“参照文本”。小说采用对比手法，强调“女子教育”的重要性。女大学生“我”的三哥和陈先生，一同从英国学成归来，都是志向远大的知识青年。但是由于家庭主要是主妇的不同，造成迥然相异的命运。三嫂是受教育的知识新女性，“精明强干”，与丈夫相爱相知，“红袖添香对译书”，“助夫之事业成功”；把房间整治得洁净美观，使孩子健康、活泼成长，“教养子女成人”；不断提高本身的文化素养，自立自强，取得“自己事业之成功”。因而三哥事业、家庭幸福美满。陈太太是未受教育的宦家旧式小姐，“十分娇惰”，整天打扮得珠围翠绕出去打牌应酬，家政凌乱无章，儿女啼哭喧嚷，与丈夫吵闹不休，致使其借酒浇愁，终身染肺疾英年早逝。故而陈先生事业、家庭失败痛苦。显而易见，冰心以此说明女子教育对家庭与社会的重要性。

40 年代，在颠沛流离的生活中，冰心亲眼目睹炮火下女性的伟大和坚强，认识到“世界上若没有女人，这世界至少要失去十分之五的‘真’、十分之六的‘善’、十分之七的‘美’”。于是她把对女性价值的新发现，融注到小说集《关于女人》中，从男性的角度热烈赞美女性。《我的学生》即是其中的名篇，小说集的《后记》亦可作为“参照文本”。

小说中“我”的学生 S，是一个“生在上海”、“长在澳洲”的北平大学生。她外表有着欧美少女的开放、活泼，“处处求全，事事好胜”，学业异常优秀，课余忙于赛球、骑车、散步、溜冰、演讲、排戏；而内里又不失中国女子的沉静、娴淑，与“除读书外很少活动”的学

---

① 郁达夫：《中国新文学大系·散文二集导言》，良友图书印刷公司，1936 年。

者P相爱结婚，抗战后流徙滇边深山，整天盖茅屋、钉家具、洗衣服、种菜园、喂鸡羊、做餐食……“举重若轻”地料理各种繁杂家务，“一个人做着六七个人的事”，最后因为抢救同事的太太输血过多身亡。S正如作者在《后记》中所云，“既不是诗人笔下的天仙，也不是失恋人心中的魔鬼，她只是和我们一样的，有感情有理性的动物”，她身上所迸发出的璀璨的火花，说明“任何生物，只要一带上个‘女’字，她就这样‘无我’的，无条件的爱着，鞠躬尽瘁，死而后已！”这样就从性别比较的角度，充分肯定了女性的社会价值，显示了从自我体验出发的现代女性意识。

冰心在小说文体上，主张“白话文言化，中文西文化”。因此审美意境和遣词造句，交织“古今”、融汇中西，富有灵性和才情，形成女性写作中独具一格的“冰心体”、“冰心风”。

虽然，自冰心登上文坛，就有人讥讽其为“小姐的代表”、“贵族性的女性”，但她所塑造的现代女性的美丽心灵，以及所表达的对女性的社会价值的认知，都是前所未有的，因而她无可争议地成为中国现代女性文学史上最早的、最有代表性的女作家。

冰心研究资料链接

范伯群编：《冰心研究资料》，北京出版社，1984年。

卓如：《冰心全传》，河北教育出版社，2002年。

段慕元编：《一个真实的冰心》，东方出版社，2006年。

李勇：《论冰心早期问题小说的公共性》，《中国现代文学研究丛刊》，2009年第1期。

萧乾、文洁若：《冰心与萧乾》，上海三联书店，2010年。

王炳根、傅光明编：《永远的冰心》，安徽文艺出版社，2010年。

庐隐

庐隐(1899—1934),原名黄淑仪,又名黄英。生于福建闽侯。因出生之日恰逢外祖母去世,被父母视为不祥,童年时期备受家人歧视与冷落。1905年父亲去世,随母亲到北京舅舅家居住。1908年被母亲送入教会办的慕贞书院小学部。1912年考入女子师范学校。1917年毕业后任教于北平公立女子中学、安徽安庆小学及河南女子师范学校。1919年考入北京高等女子师范国文系。1921年加入文学研究会。次年大学毕业后先后在安徽宣城中学、北平师范大学附中任教。1923年冲破阻力与有妇之夫郭梦良结婚。1925年出版第一部小说集《海滨故人》。此后几年,庐隐的母亲、丈夫、哥哥和挚友石评梅先后辞世,悲哀情绪浸透在她这一时期出版的作品集《灵海潮汐》和《曼丽》之中。1930年,庐隐与小她8岁的年轻诗人李唯建结婚,由此进入第二个创作高峰期,先后有长篇小说《归雁》、《象牙戒指》、《女人的心》以及小说集《玫瑰的刺》问世。婚后曾一度在东京居住。1931年起担任上海工部局女子中学国文教师。1934年因难产死于上海大华医院。

男人和女人

一个男人，正阴谋着要去会他的情人。于是满脸柔情的走到太太的面前，坐在太太所坐的沙发椅背上，开始他的忏悔："琼，在这个世界上只有你能谅解我——第一你知道我是一个天才，琼多幸福呀，做了天才者的妻！这不是你时常对我的赞扬吗？"

太太受催眠了，在她那感情多于意志的情怀中，漾起爱情至高的浪涛，男人早已抓住这个机会，接着说道："天才的丈夫，虽然可爱，但有时也很讨厌，因为他不平凡，所以平凡的家庭生活绝不能充实他深奥的心灵，因此必须另有几个情人；但是琼你要放心，我是一天都离不得你的，我也永不会同你离婚，总之你是我的永远的太阳，你明白吗？我只为要完成伟大的作品，我不能不恋爱，这一点你一定能谅解我，放心我的，将来我有所成就，都是你的赐予，琼，你够多伟大呀！尤其是在我的生命中。"

太太简直为这技巧的情感所屈服了，含笑的送他出门——送他去同情人幽会，她站在门口，看着那天才的丈夫神光奕奕的走向前去，她觉得伟大，骄傲，幸福，真是哪世修来这样一个天才的丈夫！

太太回到房里，独自坐着，渐渐感觉得自己的周围，空虚冷寂，再一想到天才的丈夫，现在正抱在另一个女人的怀里："这简直是侮辱，不对，这样子妥协下去总是不对的。"太太陡然如是觉悟了，于是"娜拉"那个新典型的女人，逼真的出现在她心头："娜拉的见解不错，抛弃这傀儡家庭，另找出路是真理！"太太急步跑上楼，从床底下拖出一只小提箱来，把一些换洗的衣服装进去。正在这个时候，门砰的一声响，那个天才的丈夫回来了，看见太太的气色不大对，连忙跑过来搂着太太认罪道："琼！恕我，为了我们两个天真的孩子您恕我吧！"

太太看了这天才的丈夫，柔驯得像一只绵羊，什么心肠都软了，于是自解道："娜拉究竟只是易卜生的理想人物呀！"跟着箱子恢复了它原有的地位，一切又都安然了！

男人就这样永远获得成功，女人也就这样万劫不复的沉沦了！

钱虹编：《庐隐散文选集》，百花文艺出版社，1990年6月，第241—242页。

父亲（节选）

十月六日

可笑！我今天十二点钟到那边，父亲还在做梦，继母的头还不曾梳好，院子弄得乱七八糟，为诚早不知道跑到什么地方玩去了。这种家庭连我都处不来，何况她呢？近来我父亲似乎很恨她，因为有一次父亲要在她那里住下，她生气，独自搬到客厅的沙发上，睡了一夜。我父亲气得天还不曾亮，就回那边去了。其实像我父亲那样的人，本应当拒绝他，可是他是最多疑，不要以为是我捣的鬼呢，这倒不能不小心点不要叫她吃亏吧！她已经是可怜无告的小羊了，再受折磨她怎禁受得起呵！

我好多次想鼓起勇气，对她说："我真实的爱你。"但是总是失败。我有时恨我自己怯弱，用尽方法自己责骂自己，但是这话才到嘴边，我的心便发起抖来；真是没用。虽然，男子们对于一个女人求爱，本不是太容易的事呵！忍着吧！总有一天会达到我的目的。

今天下午有一个朋友来看我，他尖锐的眼光，只在我身上绕来绕去。这真奇怪，莫非他已有所发见吗？不！大概不至于，谁不知道她是我父亲的妻呢。许是贼人胆虚吧？我自己这么想着，由不得好笑起来！人们真愚呵！

她这几天似乎有些不舒服，她沉默得使我起疑；但是我问她有病吗，她竭力辩白说："没有的事！"那么是为什么呢？

晚上她更忧抑了，晚饭都不曾吃，只恹恹的睡在沙发上。我不知道怎样安慰她才好。唉！我的脑子真笨。桌上三炮台的烟卷，我已经吸完两枝了，但是脑子依旧发滞，或者是屋里空气不好吧？我走到廊下，天空鱼鳞般的云现着淡蓝的颜色，如弦的新月，正照在庭院里，那几盆菊花，冷清清地站在廊下。一种寂寞的怅惘，更扰乱了我的心田。呵！天空地阔，我仿佛是一团飞絮飘零着，到处寻不到着落，直上太空，可怜我本是怯弱的，哪有这种能力；偃卧在美丽的溪流旁边吧，但又离水太近了。我记得儿时曾学过一只曲子："飞絮徜徉东风里，漫夸自由无边际！须向高，莫向低，飞到水面飞不起。"呵！我将怎么办？

她又弹琴了，今天弹的不是《闺怨》了，这调子很新奇，仿佛是《古行军》的调子，比《闺怨》更激昂、更悲凉。我悄悄走到她背后，她仿佛还不觉得，那因她正低声唱着。仿佛是哽着泪的歌喉，最后她竟合上琴长叹了。当她回头看见我站在那里的时候，她仿佛很吃惊，脸上立刻变了颜色，变成极娇艳的淡红色。我由不得心浪狂激，我几乎说出"我真实的爱你"的话了；但我才预备张开我不灵动的唇的时候，她的颜色又惨白了。到这时候，谁还敢说什么。她快快的对我说："我今天有些不舒服，要早些睡了。"我只得应道："好！早点睡好。"她离了客厅，回她的卧房去，我也回来了。

奇异呵！我近来竟简直忘记她是我的庶母了。还不只此，觉得她还是十七八岁青春的处女呢。——她真是一朵美丽的玫瑰，我纵然因为找她，被刺刺伤了手，便是刺出了血，刺出了心窝里的血，我也绝不皱眉的。我只感谢上帝，助我成功，并且要热诚的祈祷了。

十月十二日

今天我们都在客厅看报，——她最喜欢看报上的文艺。今天她看了一篇翻译的小说，是《玫瑰与夜莺》。她似解似不解，要我替她说明这里面的意思。后来她又问我，"西洋人为什么都喜欢红玫瑰？"我就将红玫瑰是象征爱情的话告诉她，并且又说："西洋的青年，若爱一个少女，便要将顶艳丽的玫瑰送给那少女。"她听完，十分高兴道："这倒有意思！到底她们外国人知道快活，中国人谁享过这种的幸福，只知道女儿大了嫁了就完了，真是一点意思都没有！"

我得到这种好机会，我绝不能再轻易错过了，我因鼓勇对她说："你也喜欢红玫瑰吗？"她怔了一怔含泪道："我现在一切都完了！"

唉！我又没有勇气了！我真是不敢再说下去，倘若她怒了，我怎么办呢！当时我只默默不语；幸亏她似乎已经不想了，依旧拿起报纸来看。

午饭后父亲来了，坐在她的屋子里。我心里真不高兴，这固然是没理由，但我的确觉得她不是父亲的，她的心从来没给过父亲，这是我敢断定的。至于别的什么名义咧！……那本不是她的，父亲纵把得紧紧的也是没用。她是谁的呢？别人或者要说我狂了，诚然我是狂了，狂于爱恋，狂于自我呵！

睡觉前，我忽然想到我如果送她一束红玫瑰，不知道她怒我，还是感激我……，或者也肯爱我？……我想象她抱着我赠她的那束红玫瑰，含笑用她红润的唇吻着，那我将要发狂了，我的心花将要尽量的开了。这种幸福便是用我的生命来换，我也一点不可惜呢！简直说，只要她说"她爱我"，我便立刻死在她的脚下，我也将含着欢欣的笑靥归去呢！

说起来，我真有些惭愧！我竟悄悄学写恋歌。我本没有文学的天才，我从来也不曾试写过。今夜从十点钟写起，直写到十二点，可笑只写两行，一共不到十个字。我有点妒嫉那些诗人，他们要怎么写便怎么写，他们写得真巧妙，女人们读了，真会喜欢得流泪呢！——他们往往因此得到许多胜利。

我恨自己写不出，又妒诗人们写得出，他们不要悄悄的把恋歌送给她吧，倘若他们有了这机会，我一定失败了！……红玫瑰也没用处了！

她的心门似乎已开了一个缝，但只是一个缝，若果再开得大一点，我便可以扁着身体走进去。但是用什么法子，才能使她更开得大一点呢！——我真想入非非了。不过无论如何，到现在还只是幻想呵，谁能证实她也正在爱恋我呢。

在这世界上，我不晓得更有什么东西，能把我心的地盘占据了，像她占据一样充实和坚固。我觉得我和她正是一对，——但是父亲呢，他真是赘疵呵！——我忽然想起，我不能爱她，正是因为父亲的缘故，倘若没有父亲在里头作梗，她一定是我的了。

这个念头的势力真大，我直到睡觉了，我梦里还牢牢记着，她不能爱我，正是因为父亲的缘故。

十月十五日

我一直沉醉着，醉得至于发狂，若果再不容我对她说"我真实的爱你"，或者她竟拒绝我的爱;我只有……只有问她是不是因为父亲的缘故,若果我的猜想不错,那么我只得恳求父亲,把她让给我了。父亲未必爱她,但也未必肯把她让给我,而且在人们听来,是很不好听的呵!世界上哪有做儿子的,爱上父亲的妻呢?呵!我究竟是要绝望的呵!……但是她若肯接受我的爱,那倒不是绝对想不出法子的呵。……

我早已找到一个顶美的所在,——那所在四面都环着清碧的江水,浪起的时候,激着那孤岛四面的崖石,起一阵白色的飞沫,在金黄色的日光底下,更可以看见钻石般缥碧的光辉。在那孤岛里,只要努力盖两间的小房子,种上些稻子和青菜,我们便可以生存了,——并且很美满的生存。若再买一只小船,系在孤岛的边上,我们相偎倚着,用极温和的声调,唱出我心里的曲子,便一切都满足了。……

我幻想使我渐渐疲倦了,我不知不觉已到梦境里了。在梦里我看见一个形似月球的东西,起先不停的在我面前滚,后来渐渐腾起在半空中。忽见她,披着雪白云织的大衣,含笑坐在那个奇异的球上,手里抱着一束红玫瑰轻轻的吻着,仿佛那就是我送她的,我不禁喜欢得跪下去,我跪在沙土的地上,合着最恳切的感谢对她说:"我的生命呵!……这才证实了我的生命的现实呵!"我正在高声的祈祷着,那奇异的球忽然被一阵风,连她一齐卷去了。我吓得失心般叫起来,不觉便醒了。

自从梦里惊醒以后,我再睡不着了。我起来,燃着灯,又读几页《破舟》,天渐渐亮了。

十月十六日

因为昨晚上梦里的欣悦,今天还觉余味尚在,并且顿时决心一定要那么办了。我不等她起来,便悄悄出去了,那时候不过七点钟。秋末的天气,早上的凉风很尖利,但我并没有感到一点不舒服。我觉在我的四周都充满了喜气,我极相信,梦里的情景是可以实现的,只要我找红玫瑰。……

我走到街尽头,已看见那玻璃窗里的秋海棠向我招手,龙须草向我鞠躬,我真觉得可骄傲,——但同时我有些心怯,怎么我的红玫瑰,却深深藏起,不以她的笑靥,对她忠实的仆人呢!

花房渐近了。我轻轻推那玻璃门时,有一个二十多岁的男人,含笑招呼我道:"先生早呵!要买什么花?这两天秋海棠开得最茂盛,龙须草也不错。"他指这种说那种固然殷勤极了,但我只恨他不知道我需要是什么?我问他:"红玫瑰在哪里?"他说:"这几天正缺乏这个,先生买几枝秋海棠吧,那颜色多鲜艳呵!也比红玫瑰不差什么……不然,先生就买几朵黄月季吧!"其实那秋海棠实在也不坏,花瓣水亮极了,平常我也许要买他两盆摆在屋里,现在我却不需要这个了。我懒懒辞别那卖花的人,又折出这条街,向南走了。又经过两三个花铺,但都缺少红玫瑰。我真懊丧极了,但我今天买不到,就绝不回去。

还算幸运,最后买到了。只有一束,用白色的绸带束着,下面有一个小小竹子编的花盆很精巧,再加上那飘带,像蝴蝶般翩舞着,真不错!我真感谢这家花铺的主人,他竟预备我所需要的东西了。

我珍重着，把这花捧到家里，已经过了午饭的时候，但是她还只愿坐着等我呢！我不敢把这花很冒昧就递给她，我悄悄把它放在我的屋里，若无其事般的出来，和她一同吃完午饭。

她今天似乎很高兴，午饭后我们坐在堂屋里闲谈。她问我今天一早到什么地方去，我真想趁这机会告诉她我是为她买红玫瑰去了，但是我始终不是这样回答，我只说："我买东西去了。"她以后便不再往下问了。我回到屋里，想了半天；我便把这红玫瑰捧着，来到她的面前。她初看见这美艳的花，不禁叫道："真好看，你哪里买来的？"她似乎已忘了我上次对她说的话，我忙答道："好看吗？我打算送给你！"我这时又欣悦，又畏怯。她接了花，忽然像是想起什么来了。她迟迟的说："你不是说红玫瑰……我想你是预备送别人的吧！我不应当接收这个。"我赶忙说："真的，我除了你没有一个人可以送的，因为在这世界上，我是最孤零的；也正和你一样。"她眼里忽然露出惊人的奇光，抖颤着将玫瑰花放在桌上，仿佛得了急病，不能支持了。她睡在沙发上，眼泪不住的流。咳！这使我懊悔，我为什么使她这样难堪，我恨我自己，我由不得也伤心的哭了。

在这种极剧烈的刺激里，在她更是想不到的震恐。就是我呢，也不曾预想到有这种的现象；真的，我情愿她痛责我。唉！我真孟浪呵！为什么一定要爱她！……我心里觉得空虚了，我还不如飞絮呵！我不但没有着落，并且连飞翔的动力也都没有了！

阿妈进来了，我勉强掩饰我的泪痕。我告诉阿妈，把她扶进屋里，将她安放在床上，然后我回我自己的屋子。伏在枕上，痛切的流我忏悔的眼泪，但我总不平，我不应该受这种责罚呵！

十月二十日

她一直病了！直到现在不曾减轻。父亲虽天天请医生来，但是有什么用处呢？唉！父亲真聪明！他今天忽然问我，她起病的情形，这话怎能对父亲说呢？我欺骗父亲说："我不清楚！"父亲虽然怒骂我"糊涂！"我真感激他，我只望他骂得更狠一点，我对于她的负疚，似乎可以减轻一点。

医生——那李老头子真讨厌，他哪里会治病呵！什么急气攻心咧，又是什么外感内热咧，用手理着他那三根半的鼠须，仰着头瞪着眼，简直是张滑稽画。真怪！世界上的人类，竟有相信这些糊涂东西的话……我站在窗户下面，听他捣鬼，真恨不得叫他快出去呢！

父亲也似乎有些发愁！他预备晚上住在这边。她仿佛极不高兴，她对父亲说："我这病只是心烦，你在这里，我更不好过，你还是到那边去吧！"父亲果然仍回那边去了。

八点多钟的时候，我正在屋里伤心，阿妈来找我，她在叫我。其实我很畏怯，我实在对不起她呵！在平常一个妇女的心里，自然想着这是不可能的事情，并且也告诉别人不得的,总算是不冠冕的事呵!唉!……

她拥着一床淡湖色的绉被,含泪坐在床上。她那憔悴的面容,无告而幽怨的眼神,使我要怎样的难过呵!我不敢仰起头来,我只悄悄站在床沿旁边。她长叹了一声,这声音只仿佛一口利剑,我为着这个,由不得发抖,由不得落泪。她喘息着说:“你来!你坐下!”我抖战着,怯怯的傍着她坐下了。她伸出枯瘦的手来,握着我的手说:“我的一生就要完了,我和你父亲本没有爱情,我虽然嫁了十年,我总不曾了解过什么是爱情。你父亲的行为,你们也都明白,我也明白,但是我是女子,嫁给他了,什么都定了,还有我活动的余地吗?有人也劝我和他离婚,——这个也说不定是与我有益的。但是世界上男人有几个靠得住的,再嫁也难保不一样的痛苦,我一直忍到现在!——我觉得是个不幸的人。你不应当自己害自己,照我冷眼看来,你们一家也只有你一个是人,我希望你自己努力你的前途!”

唉!她诚实的劝诫我,真使我惭愧,真使我懊悔!我良心的咎责,使我深切的痛苦。我对她说什么?我只有痛哭,和孩子般赤裸裸无隐瞒的痛哭了!她抚着我的头和慈母般的爱怜,她说:“你不用自己难过,这不是你的错,只是你父亲……”她禁不住了,她伏在被上呜咽了。

父亲来了,我仍回我自己的屋里去,除了痛切的哭,我实在不知道怎样处置我自己呵!如果这万一的希望,是不能存在了,我还有什么生趣。

十一月一日

她的病越来越重,父亲似乎知道没希望了。他昨天曾对我说:“你不要整天坐在家里,看看就有事情要出来了,你也应当替我帮帮忙。”我听了他吩咐,不敢不出去,预备接头一切,况且又是她的事情。但不知怎么,我这几天仿佛失了魂似的,走到街上竟没了主意,心里本想向南去,脚却向北走。唉!

晚上回来的时候,父亲恰好出去了。我走到她的床前,只见她红光满面,神采奕奕比平时更娇艳,她含着泪,对我微笑道:“你的心我很知道,就是我也未尝不爱你,但他是你的父亲呵!”我听了这话,立刻觉得所有环境都变了。我不敢再踌躇了,我跪在她的面前,诚挚的说:“我真实的爱你!”她微笑着,用手环住我的脖颈,她火热的唇,已向我的唇吻合了。这时我不知是欣悦是战兢,也许这只是幻梦,但她柔软的头发,正覆在我的颊上,她微弱的气息,一丝丝都打透我的心田,她松了手,很安稳的睡下了。她忽对我说:“红玫瑰呢?”

我陡然想起,自从她病后,我早把红玫瑰忘了,——忙忙跑到屋里一看,红玫瑰一半残了,只剩四五朵,上面还缀着一两瓣半焦的花瓣。我觉得这真不是吉兆——明知花草没有不凋谢的,但不该在她真实爱我时凋谢了呵!且不管她这九片残瓣,也足以使我骄傲,若不是这一束红玫瑰,那有今天的结果——呵!好愚钝的我!不因这一束红玫瑰她怎么就会病，或者不幸而至于死呵……我真伤心，我真惭愧，我的眼泪，都滴在这残瓣上了。

我将这已残的红玫瑰捧到她的床前，她接过来轻轻吻着，落下泪来。这些滴在残瓣上的，是我的泪痕还是她的泪痕，谁又能分清呢？

从此她不再说话，闭上眼含笑的等着，等那仁慈的上帝来接引她了。今夜父亲和我全不曾睡觉，到五点多种的时候，她忽睁开眼，向四周看了看，见我和父亲坐在她的旁边，她长叹了一声便断了气。

父亲走过去，把手放在她的鼻孔旁，知道是没有了呼吸，立时走出来，叫人预备棺木。

我只觉一阵昏迷，不知什么时候已躺在自己床上了。

她死得真平静，不像别的人有许多号哭的烦扰声。这时天才有一点淡白色的亮光，衣服已经都穿好了。下棺的时候她依旧是含笑，我把那几瓣红玫瑰放在她的胸前，然后把棺盖关上。唉！——多残酷的刑罚呵！我只觉我的心被人剜去了，我的魂立刻出了躯壳，我仿佛看见她在前面。她坐在一个奇异的球上披着白云织就的大衣，含笑吻着十束红玫瑰——便是我给她的那束红玫瑰，真奇异呵！……

唉！我现在清醒了！那有什么奇异的月球，只是我回溯从前的梦境罢了。

十一月三日

今天是她出殡的日子，埋在城外一块墓地上——这墓地是她自己买的。她最喜欢西洋人的墓，这墓的样子，全仿西洋式作的，四面用浅蓝色的油漆的铁栏，围着一个长方的墓，墓头有一块石牌，刻着她的名字，还有一个爱神的石像，极宁静的仰视天空，这都是她自己生前布置的。

下葬后，父亲只跺了跺脚，长叹了一声，就回去了。等父亲走后，我将一束红玫瑰放在坟前，我心里觉得什么都完了。我决定不再回家去。我本没有家，父亲是我的仇人，我的生命完全被他剥夺净了。我现在所有的只是不值钱的躯壳，朋友们只当我已经死了——其实我实在是死了。没有灵魂的躯壳，谁又能当他是人呢，他不过是个行尸走肉呵！

我的日记也就从此绝笔了。我一生不曾作过日记，这是第一次也是末一次。我原是为了她才作日记，自然我也要为了她不再作日记了。

绍雅念完了，我很顽皮的趁逸哥回头的工夫，那本书已掷到逸哥头上了。逸哥冷不防吓了一跳，我不觉很好笑！同时也觉得心里怅怅的，不知为什么？

这寂寞冷清的一天算是叫我们消遣过了。但是雨呢，还是丝丝的敲着窗子，风还是飒飒摇着檐下的竹子，乌云依旧一阵阵向西飞跑，壁上的钟正指在六时上，黄昏比较更凄寂了，我正怔怔坐着，想消遣的法子，忽听得绍雅问道：“我的小说也念完了，你们也听了，但是我糊涂,你们也糊涂,这篇小说,到底是个什么题目啊。”被他这一问,我们细想想也不觉好笑起来。逸哥从地下拾起那本书来,掀着书皮看了看,只见这书皮是金黄色,上面画着一个美少年,很凄楚的向天空望着;在书面的左角上斜标着“父亲”两个字。

逸哥也够滑稽了,他说:“这谁不知道,谁都有父亲吧!”我们正笑着,又来了一个客人,这笑语便告了结束。

(原载《小说月报》1925 年第 16 卷第 1 号)

庐隐:《庐隐小说全集(上)》,时代文艺出版社,1997 年 3 月,第 205—216 页。

庐隐导读

◎ 刘 堃

自从茅盾给庐隐下了“五四产儿”的定义,这位女作家名字就总是与“五四”联系在一起被阅读。的确,读庐隐的作品必须注意“五四”的大语境。1919 年进入北京女高师——这一背景意味着庐隐获得了那个时代最时髦的双重身份:知识青年和觉醒了的女性。如火如荼的思想解放运动和妇女运动不可能不在庐隐敏感多忧的心灵中激起波澜。然而,追问人生意义与价值、追求个性独立与解放、向往自由爱情与幸福婚姻……这些听起来就让人激动的时代命题,在庐隐这里却被同一个判断所消解,那就是悲哀与无常的人生底色。由于童年缺少亲情的爱与温暖,生活经历坎坷,庐隐对佛教“空苦观”和叔本华哲学服膺甚深;同时她又是一个生性天真、执着求真的人。也许是时代风暴给她和她周围的青年以太高的人生期许,当“五四”落潮的残酷现实呈现在面前时,她无法不怀疑、不悲观。苏雪林说庐隐的作品“总是充满了悲哀苦闷,愤世嫉邪,视世间事无一当意,世间人无一惬心”(《二三十年代作家与作品》)。而庐隐对自己作品的悲观倾向有更清醒的认识:“我的努力是打破人们的迷梦揭开欢乐的假面具……我简直是悲哀的叹美者。”(《庐隐自传》)

庐隐以一系列觉醒而痛苦的知识女性形象深刻地反映着时代。这些女性形象既是“五四”新文化运动的产物,更是妇女解放运动的直接结果。她们义无反顾地冲出了封建营垒却发现前途一片茫然,她们执着于人生意义的追寻又痛苦于无路可走。处在封建专制压迫和桎梏下的蒙昧女性是不会思考人生意义的,因为人生对她们来说就是老老实实做男性中心社会的奴隶,所以,对人生意义的追寻成为女性走向光明历史的里程碑。然而当时思想文化层面的妇女解放运动并不能为女性指出真正的出路。以庐隐的成名作《海滨故人》主人公为代表的新青年发出了这样的感慨:“人生最痛苦的事是梦醒了无路可以走!”由于“五四”时期的妇女解放运动未能向更根本的经济制度层面推进,出走的

"娜拉"们只有两条路:堕落或者回去。庐隐1924年写的杂文《中国妇女运动问题》表达了和鲁迅同样冷峻的思考,而这一思考在小说创作中是以对新式婚姻与家庭的批判来揭示的。她的小说《前尘》、《胜利以后》、《何处是归程》均以新式家庭为题材,反映新式家庭对女性而言仍是"人间的牢笼"。杂文《花瓶时代》向女性发出警告——社会没有给女性应有的位置与生命空间,女性从封建时代的"工具"变成了"花瓶",依然是男权社会可有可无的点缀,可以轻易被男人们厌弃而"打碎"。

庐隐关心女性生存的种种境遇,而最为她所关注的是恋爱。她主张"精神生活",笔下的恋爱也是"精神恋爱",其实质是对现实生活和实际婚姻的逃避与反抗。"五四"青年所热衷的"家庭革命",在庐隐看来不过是如螳臂当车般徒劳的斗争。《父亲》写一个旧式家庭里的青年对年轻纯洁、被无耻的父亲所欺骗的庶母由同情产生了"精神恋爱",但无力解救她,只能在她抑郁而终之际,以一束玫瑰告慰她的灵魂。作为没有任何经济地位和伦理地位的子辈,青年们反抗父亲尚且不能,面对社会又何从反抗?而在新式家庭里,"精神恋爱"的美丽光环同样消弭,婚姻关系的实质仍是男性对女性的主宰。散文《男人与女人》用略带嘲弄而又无奈的口吻,塑造了一个对丈夫万分崇拜的妻子形象,她认为连丈夫找情人都是"伟大"的表现,暂时的反抗念头也在"娜拉不过是作家的理想而已"这样自欺、自慰的心理中消解。

庐隐的作品有着鲜明的个人风格,她常以弱化客观时空、强化主观心境的方式,极力渲染主观情绪,用强烈的抒情独白把内心感情的郁结一泻而出。华丽的辞藻、丰富的想象、诗歌的意象与韵律,使她的作品给人以美的享受;而粗糙的情节、松散的结构、喃喃自语般无逻辑的行文,又常使她的作品为批评家所诟病。从西方女性主义理论角度看,庐隐的语言或可说是典型的"女性语言"。她所喜欢采用的书信体和日记体形式,也可归于典型的"女性叙事策略"——最大限度地高扬叙述的真实性,以期建立叙述权威与男性中心的意识形态分庭抗礼。因此,我们对庐隐的阅读,就不宜仅停留在对其创作内容方面的关注,而还应努力探寻其作品的文体特征和文本价值。

庐隐研究资料链接

肖凤:《庐隐传》,北京师范大学出版社,1982年。

肖凤:《庐隐 李唯建》,中国青年出版社,1995年。

岁涵:《彷徨歧路的拓荒者——庐隐女性意识及其价值》,华中师范大学2001年硕士学位论文。

张衍芸:《春花秋叶——中国五四女作家》第三章,人民文学出版社,2002年。

肖凤:《庐隐评传》,中国社会出版社,2008年。

林幸谦:《时代女性与女性病体——重读庐隐小说的身体书写》,《南开学报(哲学社会科学版)》,2008年第2期。

白薇

白薇(1894—1987),原名黄彰、黄白薇,另有笔名素如女士、楚洪等。湖南省资兴县人。1918年为反抗包办婚姻离家,在日本待了数年。1924年她结识杨骚,两人的恋爱给白薇的生理、心理都造成极大伤害,这在她的作品中,多有体现。白薇的生活常常处在贫病交加的状态下,结束了和杨骚的爱情之后,她一直独身。

白薇1926年回国,是"左联"和"剧联"的早期成员,曾和楼适夷、袁殊等人组织了"曙星剧社",与"剧联"直属剧团大道剧社也有密切联系。白薇以剧作家名世,她的主要作品基本上创作发表于二三十年代,叩开文学之门的处女作《苏斐》(三幕剧)1922年开始写作,1926年发表;同年刊出的尚有独幕剧《访雯》,和她称之为"剧曲"的成名作《琳丽》;代表作《打出幽灵塔》原名《去,死去》,1927年写完后被某位剧作家一借不还,1928年她"捕形拾影"又写了出来。此外,尚有独幕剧《革命神受难》(1928,后改作《乐土》)、《姨娘》(1929)、《蔷薇酒》(1929)、两幕剧《莺》(1931)等剧本,小说《炸弹与征鸟》(1928)、《爱网》(1930)、《悲剧生涯》(1936)等,以及为数不少的诗作和情书集《昨夜》(1933,与杨骚合著)。湖南人民出版社1983年出版了《白薇作品选》。

打出幽灵塔（节选）

主要人物

胡荣生（土豪劣绅）
胡巧鸣（他的儿子）
郑少梅（他的娇妾）
萧月林（他的养女）
萧　森（妇联委员）
凌　侠（农协委员）

副人物

贵　一（老账房）
红　桃（丫头）
灵　香（丫头）
春　花（丫头）
警　察（一人）
狱　监（一人）
农　民（五人）
委　员（四人）
男　仆（五人）
女　工（七人）

场所

第一幕　城外的西式客厅
第二幕　荣生的书房兼少梅化妆室
第三幕　贵一的睡房（暗室）

第一幕

[景：城外的西式客厅，五月的阳光，充满室中。室宽大，中央置长方桌，椅子环列。正面壁炉，两旁各一大窗，窗下花台，各放盆花。左壁下沙发，靠右壁圆圆的小桌，椅子两张。左右上首各一门，左门通内室，右门通外面。壁上许多图画。

一个五十多岁的肥绅，身穿麻灰色的洋服，挺着怒气的肚子在室中走来走去。

内室传出钢琴声]

荣生　（往左户口，有气的）喂，阿！阿！

男仆　（约三十多岁，谨慎的，自左门出）做什么，老爷？

荣生　你去叫少爷莫弹琴了！真吵得不耐烦！

男仆　哦哦。（恭敬的点头退去）（少间）

（郑少梅穿时髦的淡红长衣，风骚的样子走上。她俏丽的风情，一种贵妇人特有的高慢，绝不象个做妾的身份。年约二十七岁）

少梅　他弹琴弹得好好的，你为什么叫他不要弹了呢？（笑指他）我看你这样的怒气，正要他替你弹消呵。（琴声止）

荣生　无非是你要听！（气毒毒的）你就叫他整天整夜的弹给你听吧！可是我的地方，我是不许可的。

少梅　唔！（惊向他）你说话要留意呀！（骄慢的稍有反感的望着他）

荣生　留意又怎么样？不留意又怎么样？……横直我老了，什么都是你们的天下。

少梅　是啊，青年人自然有青年人的心思。那能拿你那种老朽来打比呢？（讥笑的调子，室中轻步慢走的）而且我郑少梅是一个很正直的女子，象你那肮脏的脑袋，你是不配管束我的。

荣生　你就可以管束我，我就连说说你的笑话也不能了吗？（笑摸她）

少梅　哎呀！（跳跳的）可以一同而论的吗？……你一天到晚调戏月林，或者在想方法要如何调戏她，这是你一天一天的功课。……我有什么？难道我爱听音乐也有罪吗？还是你想借此加我一个罪名，要和我来抵消么？（睁开眼睛，威迫他面前）

荣生　（怒消魔来，卑屈的拍她玩）我对你说，我实在有点不愿意看你站在他面前听他弹琴。你是我最爱的咧。（攀她的颈）

少梅　（撒开他，严正的）啐！你嫉妒么？

荣生　（对她讨好的巧笑去抱她）那里，我心里并不曾疑过你。我不过有点讨厌巧鸣那东西。

少梅　（无语）

荣生　巧鸣一天到晚坐在家里，他好象想月林想疯了的。你看他们近来的光景怎么呢？

少梅　我知道的大概你都知道。（淡淡的，拖开长桌上方的椅子坐下）

荣生　不然，不然，（热心的搂住她）月林那孩子近来把父亲都忘了。她骗着我进党务学校进了那许久，你是知道的，我却不知道。听说她最近又爱了什么农民协会的委员哪，又是爱巧鸣爱到分不开哪……他们到底是怎么弄的？

少梅　你最好是不要盘问吧？横直那是他们青年们的世界。

荣生　你说！……尽你所知道的说呀！（坐在她旁边，拥抱）

少梅　（推开他，摇头默笑）

荣生　你怎么不说？你们都合成一块反叛我么？（愤愤的，低头默走）哦，（兴奋的）

我想出了法子！明天就不许月林去学校里了，对，明天就不许她再进党务学校。（思索）女子也革命，要革到天上去么？女子也讲究革命，看她革掉父亲啊！……（停）对对，我还有个法子！明天就要巧鸣独立去。巧鸣有了这么大，我做父亲的养他养到二十五岁了，现在叫他去谋独立生活，该没有错吧？

（望望少梅，求她同意状，又无聊的抽烟，独语）巧鸣那孩子真不听话！（恼恨恨的）我好好的叫他去学商业，他偏偏玩什么音乐哪，干什么革命哪！尤其是他前晚上对我说的话，简直是侮辱老子！（怒气蹬足，大拍桌子）

少梅　（轻轻立起，讥讽冷笑的）他说错了什么话？值得你这样发脾气。

荣生　什么话吗？……他前晚上不是说……他叫我暂为退开，让他去乡下粜谷。并且给他在这里和那些无聊的农工，作个圆满的解决。他不是这样说吧？……你看，这简直是儿子叫老子退位了！

少梅　时势是这样来了，他说的一点也不错。

荣生　嘿！（加怒）我辛辛苦苦弄来的财产，给他来做便宜人情，还说他不错吗？

少梅　不，你不过是一个资本家，地主，你的财产，是榨取贫民的膏血得来的。现在的革命，就是被榨取的起来，寻着榨取的算账的时候哟。

荣生　哎呀呀！无怪乎你们都要搬到省城来学时髦！洪水猛兽的口号，你也唱起来了呀！（手舞舞的蛮相）

少梅　二十世纪的思想，二十世纪的战争，是劳动者与资本家的抗争哟，你要看清现代的潮流，不要做时代的落伍者！

荣生　罢了，罢了！你学得一口的时髦话，莫在我面前摆臭格！（逐出少梅的样子）

（胡巧鸣自左门碰上来，他是一个阴郁气分很重的青年，穿着很漂亮的黑洋服，低头自左向右去）

荣生　（兴奋的注视巧鸣，暂不惊动他，忍气让他通过。忽然大声的）巧鸣！

巧鸣　（走到右门处，忽停步反过头来）

荣生　你又那里去？

巧鸣　（靠在门口，不声也不动）

荣生　我问你那里去，你的耳朵呢？

少梅　（柔和的向荣生）是去学校里接他爱人吧。（向巧鸣微笑）

荣生　怎么？你每天到学校里去接月林吗？

巧鸣　（默认的表示，沉默）

荣生　你不能不和她早点断绝。（横暴的）

巧鸣　那是做得到的事情吗?！（强调的）

荣生　兄妹中间弄出不名誉的事来，你看我的腕力呀！（举臂示巧鸣）

巧鸣　呒，你的腕力有什么用！（冷笑）

荣生　吓，（怒鸣）好大的胆子！要藐视老子了！

巧鸣　我安顿不久就和她结婚。

荣生　反了！造反了！（气煞，大拍桌子）

少梅　你真是个专制魔王！婚姻是自由的，他们两个既然那么相爱了，月林又不是你亲生的女儿，他们愿意自由结婚，有什么不可呢？

荣生　月林原来是个丫头，我的儿子是配丫头的吗？

巧鸣　请你不要说那样的破话！那是没有人要听的，我爱她。

荣生　妖孽！（凶指巧鸣）

巧鸣　我要同她结婚的。（很认真的表情）

荣生　你是准备父子革命吗？（迫视巧鸣）

巧鸣　儿子不是生成来革父亲的命吗？（风快的驰退）

荣生　（败气的回向少梅，满肚子的气）生出这样不中用的儿子，我们还置什么家业？不如卖了田地，自己快乐一世好了吧。

少梅　老实说，你置家业，你发财致富，何尝是为子孙计呢？一边是为满足你发财欲望，一边还是为自己的快乐啊。

荣生　为什么你近来说话，总是锋刺刺的？我待你不好么？（抚抱她）

少梅　怎么？我说错了么？你待我自然是再好也没有了。譬如你那些姨太太和太太，都把她们放在家里，你随便到那里去，总是把我带在身边的。我何能说你待我不好呢？……可是我跟你也有十一年了，你爱新恶旧的心思，总不免的。

荣生　我又爱了那个？我自从讨了你之后，还娶了什么女人么？

少梅　你对月林，就好象是发狂似的……

荣生　你不要向我捣乱吧！你有心败坏我的家风，情愿你走别的路去吧。（鼓起眼睛，很凶的样子）

男仆　（自左上）老爷！来了好些农民，要会你老人家。

荣生　哦哦……（慌张）你快去回信，说我不在家。

男仆　（点头退场）

（凌侠率农民五人自右登场同向荣生行礼）

农甲　（向荣生进两步）前天你们家里打伤了我的哥哥，我已经报告了农民协会。

荣生　你现在弄这许多人来，安顿和我怎么办？

凌侠　那事要候农民协会开会讨论了以后才知道，我今天不过是来调查确实的情形。他哥哥到底犯了什么法？你们把他打得那么厉害。

荣生　他是一个暴徒，怂恿一些农夫和我捣乱。并且还打我家里的仆人，我的仆人回手打了他，那是一辈还一辈的，怎么怪我呢？

农丙　糊涂！怎么不怪呢？（气忿忿跳向荣生）

农丁　混账！简直是你叫他们打的。（同样的）

农甲　你欺负我们，我哥哥当代表说话，你不许他开口，反而叫了许多奴隶出来，捉起我们来打，几个凶一点的，就象一群豺狼扛了一只羊似的，把我哥哥打个半生半死。你想你是多么残暴？

荣生　当时假若不是你们胡闹，如何会闹出事来？

农丁　放屁！你卡死我们工钱，不发谷子给我们。

荣生　发给你们，你们不要，你们要故意寻我捣乱……

农甲　（抢进荣生前）你不要辩！听我向农民协会的委员来申诉。你的田地被大水冲了，你招了许多农夫替你修筑，当时说好了是三角钱一天的工钱，有的领了你的现钱，大多数是向你兑谷的。可是你狡猾，你看了当时的谷价便宜，老不肯发谷我们。一直等到谷价贵极了，你才把谷子贵得要命的兑给我们。我们都是一般穷百姓，谁愿意把钱买你的贵谷子呢？所以要求你照欠工钱的时候的谷价发给我们。你不但不肯，而且骂我们瞎闹，赶了我们出去。我们没有法子，只得请求把工钱发给我们。你又怪我们的要求反复无常，对我们大发雷霆，还打伤我哥哥。请问是谁没有道理？

凌侠　（豪快爽直的，向荣生）他说的有什么不对么？

农丙　（快锐的）简直句句逼真，只欠没有做出他当时候的暴虐。

荣生　（闷气想逃）

少梅　（从他背后推荣生，给他的暗示）

凌侠　这件事我明白了。（向荣生）请你到农民协会去吧！

荣生　（落胆的）你们的意思要怎么样？（向农甲）我给几块钱把你，替你哥哥请医生吧！

同声　哈哈！哈哈哈……

农乙　我还有几句话讲：我是为一乡两镇做代表来的，外面跟着我来到你（指荣生）府上买谷的人多得很，求你老人家赶快开仓，把谷子快粜出去救济救济乡党邻里的百姓！我们地方上自遭了上次的水灾兵灾，不但谷米几乎烧完了，灾民好几千，都是流离失所，冻的饿的，……现在赈灾会想求你捐出五十担谷。

荣生　你们的意思和百姓的痛苦，我很明白。可是我的谷已经粜空了，剩下的只够自己家里吃。（假笑）

农戊　我晓得，你的谷还没有粜出十分之一。自去年冬天各乡各市闹饥馑，别人家的谷一块钱粜两斗的，粜一斗八升；你的谷只粜一斗五升，那时候没有哪个要你的。今年三月水灾以后，到处的谷都粜二斗三升，你们少爷在乡下，各地方的人都赶来要你少爷开仓，你少爷刚刚粜了半天，后来被你阻着了。前两天你自己在乡下粜，只粜一斗四升，除了真怕会饿死的人，其余又是谁都不要你的。你的谷哪里去了？

农乙　既然是这样，何必同他讲那许多道理。头一句问他捐不捐出五十担？其次，由我们农民协会议定，要他便宜粜出就是。

荣生　东西是我的，我有我的主张。（挺起肚子，横气的）

凌侠　财产是国有的，转眼你没有说这话的权利。老老实实请你照我们的话答应吧！

荣生　暴徒！暴徒！（大怒跳起来，一边按呼铃）

凌侠　你这样叫有什么意思呢？我们还是和你讲得最文明呀。（好意的）你现在的谷不肯捐也不肯粜，将来把你的都拿去充公你就没有话说了。

荣生　混账！我的财产要你干涉……

农乙　在这里是和他说不清的，还是把他带到农民协会去吧。

一同　赞成！赞成！（凌侠默想）

少梅　（机敏的自右退场）

（男女仆人一群，凶头凶脑的自左涌出。农民们见仆人，冷笑的、愤愤的彼此相望）

荣生　（困惑中忽然欢喜，向奴仆）你们快替我赶开他们！（指挥）

农甲　（吹哨，右门外哄哄的声音）

（仆人们赶农民，室中混乱喧喧）

凌侠　拿倒！（擒起荣生）请你和我们同去吧！（拖他走出右门）

（台上人骚骚嚷嚷自右退场）

（舞台暂时空虚）

（萧月林登场，穿潇洒的长衣，黑绒绒的短发，深厚厚覆在水汪汪的明眸上，天真有魅力的娇颊，浮出神秘味的恬淡。灵秀的长眉，鲜红的娇嘴，配着雪白的肌肤，越显得处女美。风度似藤花细腻，身材似新竹苗条。优容的气宇，仿佛有无限的缠绵；沉默的神采中，显得多少凄凉味。看来约十八九岁。探求的样子自左门上）

女工　（随月林后背上）这里空着，就请她到这里坐吧。

月林　她是来会七姨太太的，把她带到七姨太太楼上不好吗？

女工　七姨太太不在家，她的厅子锁了，房门也锁了。

月林　那么，你去请她进来！

女工　哦。（自右去）

月林　（整顿器物）

女工　（女工引萧森显自右门）小姐！客来了。（消去）

月林　哦，请进！（径往右门迎接）

（萧森登场，穿一套极浅的蓝紫色的衣裳，短发，戴衣色的帽子，穿肉色的鞋袜，手上拖一个皮包，瘦削的风姿，脸色苍白，英秀的美眼，鼻梁美而极高，是尊严的风度，是热情的心怀。玛瑙般的美齿，一笑还有令人迷离的魅力。看来约三十零岁。一见月林，惊奇的注意她）

萧森　胡太太不在家么？（清脆的音调，流丽的眼光支配在月林身上）

月林　是的。（半羞半奇怪的望望萧森）

萧森　就会回来么？

月林　我刚从外面回来，不知道。

萧森　(立门口想进不进的)我约她三点半来的,(看表)现在刚刚是三点半。

月林　请坐一会吧!大约她就会回来。(引她同坐在沙发上,二人沉默)

萧森　胡太太倒有几分爽快,(取下帽子放在膝上玩弄)她就是小姐的令堂么?(巧妙的窥月林)

月林　她是我的第七个姨妈。

萧森　哦……她说她家里有一位小姐,很聪明可爱的。不就是说你吗?

月林　我父亲没有别的女儿,就只有我这一个养女。

萧森　你父亲一定很爱你的。(细看她的表情)

月林　难说哩。(感伤,深深叹气)

女工　(拿茶上,又搬一只小桌,通通安放她们面前)请喝茶!(看着萧森,退场)

萧森　(越发用心注视月林,拿着一杯茶要喝不喝的)做别人的养女,总没有在自己的父母面前那样好么?

月林　做自己的父母亲的儿女,到底是怎样的滋味,我并不知道。

(倾心萧森的样子,默默喝茶)

萧森　怎么?……你不去看你的父母亲么?

月林　我并不知道我的父母亲是哪个。(羞垂着颈)

萧森　哦!(非常难过,沉默一会)

月林　孤女的生涯,写出来真是一本小说。(悲酸立起走走)

萧森　怎么?(热心的望着她)

月林　我一生下地来,就是一个孤儿。(眼泪要流下的样子,又走)经了许多变化,才做别人的养女。

萧森　一个孤儿做了大家庭的养女,而且简直是一位大家闺女,这还不幸福吗?(强制感情,尊严的)

月林　什么大家庭!这是幽灵塔哟。不知道哪一天,我才可以从幽灵塔下打出来!

萧森　假若你们的家庭真是幽灵塔,你果然有打出幽灵塔的志愿,那不是很容易吗。(走向月林)你们胡太太已经在妇女联合会提起了离婚,做女儿的假若要提起脱离家庭,那更不成问题,我想最容易解决的。

月林　可是我不比七姨太,我在这家里所处的地位,比她还黑暗十倍。

萧森　怎么呢?……

月林　……(凄凄悲楚,倒坐在中央桌旁椅上)

萧森　(温柔抚她)看你这样的年华,脸上就刻着许多辛酸的痕迹,不待说也知道你曾有过很可怜的生涯。但是现代的人,不应该被旧环境所苦恼。环境需要我们改造,人生也需要我们去改造。

月林　对,(恍然大悟,微笑向萧森)我一听你的话,就觉得安慰。

萧森　不,(微笑轻摇头)要一边把自己的环境改造了,一边再向改造的路走,才有安慰可说。

月林　（肃然起敬）我心里不知道是感激还是愉快？我二十年来寄人篱下的黑暗生涯，今天遇着先生，仿佛前途才有一点光明。

萧森　我心里也是奇怪，也是快乐，怎么会做梦一般的遇着你？……又好象什么时候，我们曾见过面。（不可解的愉快，沉默瞬间）

月林　（欢喜的，追想）我不曾见过你？

萧森　（阴气的离开桌，静静的）你怎么知道咧？

月林　我若见过你，一定会有很深的印象。怎么会一点也记不起呢？

萧森　我也不知道是哪一年见过的，也不知道是见过你还是见过你的母亲。只记得象你一个样的少女，很伶俐，很洒落的，但是她从心的深处，总显出些凄凉凄凉的意思。（注意看她脸上）

月林　你或者是看过我的母亲，我想我母亲，一定是同我一样的命运。

萧森　你还想你母亲吗？你既然没有看过她，想也没有用呀。

月林　没有母亲的孩子，一看见别人有母亲，心里真的难过。（流泪）

萧森　你不要难过吧！我也是很寂寞的，你若是喜欢和我谈谈玩玩，我非常欢迎你。我看你嘴唇边的一颗黑痣，我总觉得是在哪里看过你。（想去扪她，迷惑的样子，退开）

月林　这颗痣我顶讨厌！（自己扪着痣）我小的时候在育婴堂，别人都笑我是一颗好吃痣。

萧森　这好看得很。西洋人尽画美女，常常要在这里（指痣处）故意画一颗黑痣，点缀雪白的脸部愈显得美。

月林　东洋人的审美同西洋人不一样，我记得育婴堂的阎馥蘅先生，她还叫了个人替我点痣。我被那点痣的割了一刀，呱的一声哭跑了，到头没有割掉。

萧森　啊，你就在阎馥蘅先生的孤儿院么？（惊，痉挛的往左行，凝视月林）

月林　是，我在那边有六七年。

（郑少梅再登场）

少梅　（不安的样子自右走上，进来后，欢喜的）啊，萧先生！（行礼）真对不起，来了好久吧？

萧森　刚来不久，胡太太忙吧？（走向右门）

少梅　不忙什么，刚刚农民协会来了几个人，把她爸爸带了去，我也跑到外面走了一趟，害你老等，真对不住！（拖开右方的椅子）请坐！请坐！（自己站着）

萧森　胡先生怎么呢！……哦，你也请坐！

少梅　不要紧的，他太古板，农民委员把他带去说清白就会放他回来。月林！你去泡茶！（和她对坐）

月林　（拿了茶盆自左退去）

萧森　（自沙发取了皮包，仍来右壁桌前坐下，取出文件）你是要和你丈夫离婚咧？

(翻文件看)

少梅　是,我是这么想。

萧森　你要离婚的理由呢?(取出自来水笔,记写)

少梅　不论是精神上,不论是肉体上,我再不能同他做一块了。

萧森　本来有了你这两句话就够了。无奈还要费一趟呈文的手续,请你将你们夫妇的经过说一说吧!

少梅　我们根本就不能说是夫妇,我是他的第七个小。

萧森　那么,你做他的小的来历,也略略说一点。

少梅　我本是乡下的农家女,十七岁那一年,我在野外采桑,忽然被胡荣生看见,他走近来,说我如何如何好,就跟着我家里的人到我家来求婚。当时我父亲还在,死不肯把我许给她做妾;而且我也曾在高等小学毕过业,我颇有以女学生自负的心理,宁死不愿嫁给他做妾。不久我父亲死了,我的叔父吸鸦片烟吸得糊里糊涂,他贪了胡家的钱,就强迫我,把我嫁来了。(伤怀,自袋中探巾揩泪)

萧森　(在小册上记写,忽停笔难过的望着少梅)

少梅　嫁来以后,我是非常得宠爱的。可是胡荣生有七个老婆,我总觉得这是过地狱生活。

萧森　你何以不早和他脱离呢?

少梅　第一,胡荣生比我大三十岁,我那么年轻轻的落到他手里了,他那里肯放我呢?第二,我既然嫁了他,再出去,又怕不能谋生活,而且那时候女子没有好告状的地方。

萧森　或许是结婚后你喜欢他,现在你嫌他老了。(玩笑的)

少梅　不,不,结婚后我不能说我不喜欢他,但现在是他嫌我了,他别有所爱了。他天天以调戏……(悲恼,停)

萧森　(记写,笑笑的)他调戏别的女人,你好管他呀。你就因为这点事情,要和他脱离吗?

少梅　先生!你不要看得我这样浅薄!(立起抗争的)我是从黑暗的地狱里醒过来的了。头一层我是不愿意再做别人的妾,我想把我这剩余的身子,替革命军的红十字会当看护去;二一层他不论昼夜是那样调戏他的养女,与其日后被他丢我,不如及早自己和他脱离。

萧森　怎样!(不可思议的惊跳)调戏他的养女?!(惊眼翻转)就是方才和我谈话的那一个么?

少梅　对,那女孩子原来是一个丫头,经了好几卖才卖到这里来,我们太太喜欢她聪明,收上她做养女,还送她读了好些书。不料太太一死,他对于自己的养女,就象畜生似的。

萧森　唔,(很不安,闭着眼睛默想)你的话都说完了咧?

少梅　这就够了,烦萧先生替我早点弄清楚!

萧森　我务必替你办得快，大约个把礼拜就可以解决吧。（收文件，立起）

（月林和女仆送茶果来）

少梅　你们的茶怎么弄得这样久？（摆茶果）

月林　临时找点心哪。（恋恋不舍的依萧森立）

少梅　（注好茶，先劝萧森喝）请随便吧！（进点心）

萧森　小姐呢？（让月林坐）

少梅　灵香，你快替小姐拿只茶杯来！

（女仆自左门退去）

萧森　小姐今年几岁了？（和乐乐的饮茶）

月林　十九岁。

萧森　进过什么学校呢？

月林　前年在中学毕业了，现在在党务学校。

少梅　她很想做点党务工作……

萧森　我正替她这样想，几时我替你介绍吧。

（笑向月林）

月林　费神！（女仆拿茶杯来，少梅替月林添茶，一同共饮）

萧森　你没有事可以去找我，我就在省议会后面妇女联合会。（给月林一张名片）你的名字呢？（给她纸笔）

月林　（在她的纸上写着）

萧森　哦！萧……萧月林！（窒息的样子，沉默瞬间，忽立起，离坐）再会！

少梅　请再坐一会儿吧！

萧森　等事情发表了的时候我再来。（自右退场，依依望着月林）

（少梅、月林送出他，同自右门消去）

（女仆自左来收拾茶点，把点心放在口里大嚼）

（月林自右折入帮忙，见咀嚼着的女仆，天真的发笑）

月林　快吞！（替女仆敲背）给姨太太看了没有脸皮。赶快吞！

女仆　哎！……（噎噎不下，白了眼睛用劲吞，自左退场）

（巧鸣自左门跳出，向月林，甜蜜的）

巧鸣　你今天怎么不等我去接，就一个人回来呢？

月林　我是为了避避那老妖精的眼睛。你不知道，他常常探听我们的举动，他嫉妒的火焰，已经达到了极点了。

巧鸣　管他做什么！（从背后抱着她）

月林　不避避他的怒锋，是会撞祸的哟。

巧鸣　我的想法与你正相反对，我还想今晚上和你一同坐个马车出去看戏。（愉快的携她坐在沙发上，挨近并坐下）

月林　这样一来,他越发要气死。你为什么总要和他作斗?

巧鸣　(慢慢吸烟)不斗,不斗,我们要死在这幽灵塔里吗?

月林　过于反抗,你自己的生命危险;其次……

巧鸣　他会杀我吗?……他就杀我,我也要和他决斗,他纵然打死了我,我乐得血淋淋的死……横直我嫌我的生命太长了。我在这丑恶万态的家庭生长了二十五年,简直是在幽灵塔下做了半世的愁鬼!我苦恼,厌倦,厌倦到了极点。(兴奋,忧伤,稍默)假使我没有你,没有你时常给我一些新鲜的意思,替我这垂死的生命上添了许多雨露,我早就自杀了。(间)只因为有了你,(将手搭在月林膝上,悲伤消,渐渐展开欢乐)我还是爱生,执着生,赞美生,将要红火般的热烈的生起来。

月林　对了!你要转过来才好,悲伤是青年的坟墓。我们快快乐乐生吧。(爱娇的握他)

巧鸣　(抱起月林,爱抚一回)我想不久就和你结婚。

月林　呃?……(娇灵的眼望他一下,突如触电般的痉挛,羞羞伏默)

巧鸣　(立起回走)你的意思怎么样?……我想,若不是这样,我怎么也表示不出来我对你这片深奥深奥的爱情。喂,(轻拍她的肩,柔情极度的)你不要总是那副娇嫩嫩娇嫩嫩的面孔,情势是这么逼来了的咧。喂,(轻摇她)你的意思到底怎样?你这娇羞的样子就能够结局的吗?……你还是执着那神秘的梦幻,老以为我们这种美丽的爱,是不要结婚的咧?

月林　(红潮涨上,迷朦的羞态,推开巧鸣,在沙发的一端,抱着头)

巧鸣　从前我也是同你一样神秘,但近来越觉得非把神秘打破不可了,爱情不达到结婚,总感不到相爱的密度。(把她左看右看,热烈的紧抱,接吻)

月林　怎么你的思想变得这样快?(娇灵的样子,双手按在他胸上)

巧鸣　这是我的思想进步了。(愉快的笑)

月林　还说是你的思想进步了咧!……你俗化了哟。(轻轻推开他)

巧鸣　哪里,你还是小孩的想法。从前我也是个尊重梦幻的迷儿,极厌恶现实界的形形色色,凡事一到了现实的境地,就想法子逃避;现在却首先就追究现实了,什么都是非常执着的。觉得愈是执着的里面,愈有生命。

月林　哦!(奇怪的样子,感叹)我只觉得我怪爱你,我的心,真是每一秒钟都在想恋着你哟。(妖美动人的笑)我却不想……

巧鸣　人生不过是几十年,青春的时代飞也似的快。我们何不痛痛快快的生活起来呢?

月林　不,我不想。(骄傲的摇头)

巧鸣　(一边吸烟一边低着头想)你不想,这也没有办法。一句总话,我们不能不在这几天之内,逃出这个幽灵塔。不然,那个老恶魔,不是吃掉你就是吃掉我。

月林　这简直对极了!我也是这样感觉。

巧鸣　你想怎么办呢?

月林　我们都出去干党务工作好么?或者你仍复到大学里上课去。

巧鸣　那样的破学校,谁还爱进去呢!

月林　你既然那么爱音乐,或者你就到德国留学去。(毅然向他)

巧鸣　(阴郁一会)我怎么能够把爱到不得了的人离开去呢?

月林　为你的学业,我们不能不暂时分开。也要是这样,你父亲才有钱给你念书咧。(严正的)

巧鸣　月林!(热情的,面有多少悲意)我现在只想你,除了你之外,什么都不能给我安慰。(兴奋的想去抱她,忽沉默)

月林　若是你定要是那样做,包你是自讨失败的啊。

巧鸣　是呀,我的心都裂了!(苦闷)但无论怎么样,我们总要一同逃出去的。纵然暂时实际上不结婚,也要借个结婚的名词,好一同出去。

月林　那不行,我的脸皮没有那么厚。

巧鸣　大饭桶!要不是这样,我父亲那个幽灵,也还会追了来破坏我们的爱哩!(间)

月林　那末,我们要明明白白告诉凌侠。

巧鸣　啊啊!我忘了你还爱他!(酸笑的样子,强作静定)

月林　我现在虽然不是什么爱他,我总觉得他很可怜。(默靠桌边)

巧鸣　我知道你是想把我们的三角剧延长再展开多演几幕的。……而结婚的幸福,绝对不是我和你。(忧闷,双手抱着头,凭在桌上)

月林　(跳起来)你这话真是混账极了!我认识他先,认识你后,他是我从小当丫头时的最好的朋友,他母亲待我那末厉害,若不是他为我、救我,我早就死了,……他对我那么诚心,他的心始终不变,我是没有牺牲他的勇气的。

巧鸣　(悲伤的驰向左方)

月林　(激急的追住他,热烈的投在他怀里)

(凌侠自右门爽快的走上,见状,惊站着)

凌侠　啊!(走向他们)

(二人急离开)

凌侠　我非常羡慕你们,——羡慕你们公子小姐的闲暇。(一只手握一个,俏皮的笑)象我,工作那么忙,简直就没有工夫来参加我们的 Romance 的喜剧。(隐隐的难过)

巧鸣　(带些惭愧,诚意的紧握凌手)你不要难过吧!我们三个人这出剧,我看悲剧主人公总是归我演的,喜剧一定是你们的了。不过我还活着一天,我不能轻轻的把它放过去。(呆着)

凌侠　说什么感伤话哩!不要总是这副诗人型的苦闷!我们都鼓起勇气把它演下去吧,老弟,(抱着他的肩)我们互相不妨害,我们互相爱。只是我因为工作太忙了,不能

时常来一块儿玩,这是我难过的呀。(反身握月林手)

巧鸣　你知道我父亲那个幽灵,他对于月林怎样万分野心勃勃哩。他把这家庭弄得幽灵塔一样了,我是他幽灵塔下的第一个囚人……

凌侠　现在还怕他做什么?你趁着这机会走呀!(热情的拍他)

巧鸣　我想再等三四天,我要下乡把那些谷便宜粜出去。

凌侠　我特为抽了身来叫你们走的,你们要赶快走出这个屋子!

巧鸣　事实上不可能,乡党的饥荒,那么靠我们的谷救命,我非下乡去粜谷不可,我自己没有一个钱用,也要靠那里的钱。

凌侠　你在做梦!你父亲被农民协会拿去了,你还唧里咕噜不走吗?

巧鸣　嘿!怎么?(如在梦中)

凌侠　就是为前几天的事。这些事倒不紧,或许即刻就会放他回来。但据调查:你父亲确实私贩鸦片烟,即刻就要派人来搜,还恐怕会弄出暴动,你们暂为避开吧!

(挽着月林,迫巧鸣出)

巧鸣　(静静的,又呆又恼)我不走。

凌侠　你要听候别人来捉你么?走呀!(急样)

巧鸣　我不走。这不是根本的办法。(呆立)

月林　你想怎么办呢?走出去说吧。(急迫他走)

巧鸣　你同侠哥去好了,我要在这里等农民协会的人来。

凌侠　你一个人在这里有什么意思呢?你难道敌得他们那许多人住吗?走呀!(迫他)走!(拖他走了两步)

巧鸣　你好好的照顾月林去好了,我是无论如何不会走的。(顽强的)

月林　请你不要发痴!我们一同走。(柔和的,拖他)

巧鸣　(古怪的沉默,向左走入里边去)

月林　鸣哥!(追他)

凌侠　(挽着月林,柔和的)不要管他好了。(飞快的抱她)我们快点走吧。(推她出)快走!

月林　他不走我也不走。(强站着)

凌侠　他去死你也去死吗?(带忿的)

月林　说不定。(表出强烈的不满,直向左走去)

凌侠　月林!(驰向左门槛拉住她)你很讨厌我了咧?

月林　你刚才这句话是多么讨厌?!……未必他去死你就看着他死么?这句话是害了你自己的人格!你那么爽快的人是不应该说这样的话。(严重的)

凌侠　愿你恕我!(将头伏在她双腕中,再携她走入中央几步)你是我的灵魂,你是我的全世界。七年以前,我就把我一切的心思都交给你了……

月林　但是你母亲把我卖了;我自卖到胡家,便象下了牢狱,假如不是鸣哥那样爱我，我早就被他父亲那个畜生蹂躏了。

凌侠　我那么火一般的爱你，为什么你又不肯同我走呢？（轻抱）

月林　（轻离他）我和鸣哥那么狂了一般的互爱着，鸣哥劝我逃出去和他结婚，我为什么不答应他呢？（表出魅人的美眼）

凌侠　（飞跃的抱她，自己指心）你还爱着我？

月林　你是头一次打碎了我的心的人；不过我和鸣哥，格外的陶醉，格外的调和。我一生爱着你们两个。

（里面巧鸣的哀叫声）

声音　呀！……

月林　不得了！（惊骇驰向左，退去）

凌侠　啊！（急追月林背后，消去）

—幕—

第二、三幕（略）

白薇：《白薇作品选》，湖南人民出版社，1985年3月，第245—268页。

白薇导读

◎苏　琼

白薇是中国现代文学史上第一个专门从事戏剧创作并有重要贡献的女作家，在中国现代女作家中，白薇被公认是戏剧创作领域成就最高、影响最大的一位。虽然她也写小说，但她的小说远不如戏剧有成就，她自己也说她"归戏剧家一类适宜些"。

白薇的作品无论是戏剧还是小说，一方面展示了初步具有女性自觉意识的青年知识分子澎湃的激情，她们对两性之爱的狂热追求与反思；另一方面揭示了从"五四"到大革命阶段的女性命运，她们对专制家庭和男权社会的反抗。这些作品坚持女性解放的主题，即使今天看去，仍会被其中蕴含着的"五四"情绪——抗争的勇气、愤怒的火焰、青春的激情——深深感染，它们仍旧是白薇作品中最能打动我们的那部分。

"五四"女作家的创作往往带有自叙传的色彩，透过她们的作品可以反观作家本身，白薇是其中极具代表性的一位。她的自传体长篇小说《悲剧生涯》中苇和展的爱情，就是以她和杨骚的恋爱悲剧为原型的，它详细记载着"一个从封建社会势力脱走后的'娜拉'"在社会中的真实生活，她所受到的心灵上的种种创伤，她的苦痛、挣扎与奋斗。她切身体味着女性所受到的各种压迫与不公，她比任何人都渴望女性解放，并不断地寻求女性的真相。

白薇极具悲剧气质与悲剧意识，她的个人经历本身就如同一出现代意义上的女性戏剧。她自云是个"现在与未来的境界上的受难者"，是"十字路口的受难者"，又无限感伤地预言："我一生有'三无'：生无家，爱无果，死无墓。"①六、七岁时，她母亲喝了人家的一碗鸡蛋汤随随便便将她许了婆家，这种草率开启了她悲剧生涯的大幕。她的生活：婚姻、恋爱、创作，都被涂上了浓厚的悲剧意味。《悲剧生涯·序》中，她告诉我们，她抒写的就是这样一颗苦痛的灵魂。

白薇对女性的悲剧命运体味得最深，感受到自身出路的虚无，她欲从社会乃至社会革命中寻求出路，并把家庭、社会革命最终纳入性别革命的轨道。在她本人，"幽灵塔"不止是胡荣生之流所代表的"父亲"的家，它还成为整个男权中心社会、文化的象征。"打出幽灵塔"，寥寥数字集中体现了白薇作为一个女性主义者的先锋意识。

从《打出幽灵塔》起，她描写旧家庭的剧作演进为以家庭革命表现社会革命的政治性主题，而剧作者从此成为"文坛上的第一流人物"。社会革命之于白薇，出发点和连接点均为被侮辱被损害的女性反叛男权中心主义。社会革命情绪的起落同她对异性的失望、怀疑、仇视程度成正比，由此也就与性别革命紧密相连。家庭、社会、性别三者环环相扣互相促动，这是白薇作品潜藏着的女性三重革命。

白薇拿起笔的初衷为的便是反抗，以文学为武器向那个旧的世界宣战，打倒旧宇宙创造一个新的美的宇宙。她将自己对女性解放之路的思索具像于剧作，而且有比其他女剧作者笼统的"出走"更为明晰更为复杂的看法，这就是女性的出路一定要靠她们自己的"打"去实现。白薇喜欢用"打"一词来称谓反抗，她常说光明的前途是"打"出来的。然而"打"出旧家庭这座"幽灵塔"，只不过是她自我实现的追求中迈出的第一步。她尚需与她的姐妹们联手打出社会、异性联手建造的"幽灵塔"。

《打出幽灵塔》就表现在黑暗中潜藏的一种女性抗争的力量。这种力量靠被损害与被侮辱者的女性群起反抗来体现。剧本以大革命为背景，将阶级冲突、父子冲突与两性冲突编织在一起，其中心为两性冲突。它是作者对女性从家庭革命、父子革命中获得解放的殷切期望。这种解放不是口头上的"我打倒你，我要代你"，是更进一步"人心的解放"。她借一位女仆的口道出了对男性统治的不满："男人家总把中国弄不好的，你们男家伙都要退位去！"从而将所有的反抗与革命的矛头对准了男性及其统治下的旧家庭、旧传统、旧制度，"幽灵塔"由此也成为"封建父权统治结构的整体象喻"②。萧森、郑少梅、萧月林这三位女性身上，寄予着作者反抗男权社会的希望、期望妇女自我觉醒的心声。通过她们的命运，作者向妇女们指出一条求得自身解放的光明道路，恰如王瑶指出的：《打出幽灵塔》"像易卜生的《娜拉》一样，正是一种叫醒那些沉睡在家庭中作傀儡的不幸妇女们的声音。"③

① 白薇、杨骚：《昨夜》，南强书局，1933年，第30、77页。
② 刘思谦：《"娜拉"言说——中国现代女作家心路历程》，上海文艺出版社，1993年，第215页。
③ 王瑶：《中国新文学史稿》，上海文艺出版社，1982年，第306页。

娜拉“出走”时潇洒苍凉的手势给一般中国青年留下了极深的印象。从《娜拉》一剧，青年女性学会了出走。关于“娜拉走后怎样”这个问题，鲁迅有个著名论断：“从事理上推想起来，娜拉或者也实在只有两条路：不是堕落，就是回来。”①白薇既没有堕落也没有归来。她像一只征征的飞鸟，不屈地在社会中左冲右闯，征征地往前飞。她是胡适所说的在“社会里‘奋斗的生活’”着的人。当那数不尽的磨折要瓦解生命，生命若断若续时，会有两个观念急剧地冲突：一个是悲愤之极，求永远的安息；一个是千倍勇敢，为胜利去奋斗！白薇选择了后者。

白薇研究资料链接

方英：《白薇论》，黄人影编：《当代中国女作家论》，上海光华书局，1933年。

贺玉波：《白薇女士在爱网中》，《中国现代女作家》，上海复兴书局，1936年。

白舒荣、何由：《白薇评传》，湖南人民出版社，1983年。

孟悦、戴锦华：《浮出历史地表——现代妇女文学研究》第十章，河南人民出版社，1989年。

刘思谦：《“娜拉”言说——中国现代女作家心路纪程》第八章，上海文艺出版社，1993年。

谭力：《论白薇及其作品的女性解放意识》，《社会科学》，1999年第6期。

李静、李玲、苏琼：《“打出幽灵塔”——五四女性文学研究》第八章，南方出版社，2001年。

朱卫兵：《女性反抗的凄厉之声——论白薇的戏剧创作》，《艺术百家》，2001年第4期。

杨玉锋：《中国女性主义戏剧的先河——解读〈打出幽灵塔〉》，《作家》，2008年第22期。

郑春凤：《放逐与救赎——白薇戏剧的女性主义解读》，《戏剧文学》，2010年11期。

① 鲁迅：《娜拉走后怎样》，《妇女杂志》第10卷第8号，1924年。注：着重号为原文所加。

冯沅君

冯沅君(1900—1974),河南唐河人,原名冯淑兰,冯友兰之妹,笔名淦女士。"五四"时期重要的女性作家。文学史上一般将她与创造社成员放在一起,虽然她不是正式的创造社成员,但是她最早的作品是在创造社刊物上发表的,而且她明显受前期创造社文艺思想的影响,讲求内心的写作。冯沅君的小说创作开始于1923年,代表作是1926年出版的《卷葹》,曾由鲁迅编选并列入《乌合丛书》,内收《旅行》、《隔绝》、《隔绝之后》、《慈母》等四篇小说,另有《春痕》、《劫灰》两个短篇集。冯沅君从事文学创作的时间不长,作品数量也不算多,自1929年以后就完全放弃了小说创作,从此致力于中国古典文学研究。

她的小说大胆泼辣,情感激烈,有较强的主观性和自传性,多让女主人公置身于家庭伦理之爱和异性男女之爱的矛盾冲突中,来表现追求自由的思想,揭示反封建的主题。特别是,她敢于将笔触伸进青年男女的恋爱生活,展现女性细腻复杂的恋爱心理,显得真实可信。鲁迅曾说,《卷葹》的女主人公"实在是五四运动之后,将毅然和传统战斗,而又怕敢毅然和传统战斗,遂不得不复活其'缠绵悱恻之情'的青年们的真实的写照"。

隔绝之后

无论是谁处在我现在这样的地位，都要悲痛得心烦意乱的。试想一个从小在一起长大的同伴，活泼泼的忽然死了，并且是自杀的，是多样惨的事啊！但是，这桩事给我的刺激太强了，使我不能不记了下来；至于词句的巧拙，那是我现在顾不到来讲究的了。

自从昨天代隽华把那封信送给士轸后，我心中觉得很舒畅，好象积了大功德似的。她也很快乐，以为这种监狱式的生活，不要十几点钟，就可告终了。不过我们俩心中都十二分的着急，如同将开往前敌的军士一样：因为防我的姑妈——她的母亲——的疑心起见，我就劝她不要那样固执了。并且说情人的恩意固然是可宝贵的，但以之与母亲的爱相较，直同石头比黄金一样。她也假装着眼中流了几点眼泪，默默的点了点头，表示她已经回心转意了。我的姑妈见此情形，自是异常欢喜，格外的忙着给她预备成礼那天的衣服和首饰。

晚十点钟后，我的姑妈忽然胃痛了，请医生，买药，直到三点多钟，大家方才睡下。我因为心中有事，所以当他们都刚睡着，就偷偷的起来，溜到她的前窗下，只见一盏灯半明不明的燃着。她面朝里，在床上躺着。我顿时狐疑了起来，怎的她这样不知轻重，现在是什么时候，还在做梦吗？三步合二步，匆匆的跑进房内，坐在床沿上，将她的身体一搬，呀：原来她不曾闭眼，只是问她的话，她已不能答应了，只用手往枕头下边乱摸，最后取出一信来给我看。我还忍得看吗？

"亲爱的阿母！我去了！我和你永别了！你是我一生中最爱的最景慕的人。少年抚育之恩未报，怎肯就舍你而去？但是我爱你，我也爱我的爱人，我更爱我的意志自由，在不违背我后二者的范围内，无论你的条件是怎样苛刻，我都可以服从。现在，因为你的爱情教我牺牲了意志自由和我所最不爱的人发生最亲密的关系，我不死怎样？阿母！我姊妹四个，我最淘气，最倔强，阿母为我不知费了多少心血。现在，我可知道点人事了，不但不能好好的侍奉你老人家，并且连累了你受社会上不好的批评。我的罪恶比泰山还要高，比海还要深，你看见我死了，只当我们家谱上去了个污点，千万不要难受！阿母！你也不要怨我，我也不怨你，破坏我们中间的爱情的，是两个不相容的思想冲突，假如以后这样的冲突不消灭，这种惨剧决不能绝迹在人类的舞台上。我最亲爱的阿母呵！我最后再向你要求桩事，必待你实行之后，我方能瞑目。就是你看见了这封遗书后，务必到××旅馆叫士轸来看我咽最后的一口气！亲爱的哥哥嫂嫂们！都再见罢！我的手软了，不能再写了。"

"万箭攒心"的成语用来形容我那时心中的痛楚，也觉不切了。我没有等看完，我就抱着她大哭起来。

晴空中的霹雳似的，一家人都从梦中惊了起来。一家中上上下下都知道五小姐吃了毒药，都忙得大难临头似的，也可以说同热锅上的蚂蚁一样。但是，他们有什么法？不过请请医生来看看受的是什么毒，好想法来解。其实据医生说：她吃的是几种有毒的化学药品的混合物，解药也是难收效的。

从这时候，我才相信 Irving 的“母亲的爱是超乎一切的”的话了。我的姑妈的胃痛，本来刚刚好点，现在又遇着这样不幸的事，当她听见我的哭声，外面的褂子同鞋都来不及穿，就往这边跑。苍白的头发，披在枯瘦而且满了皱纹的脸上，深凹的眼睛充满了热泪，颤颤抖抖的把她从我的手中接了过去，儿一声，乖一声的叫。她此时心中大概还清楚，翻着眼朝着她的脸望望，泪也流了。

夏天天亮得早，不到二点钟的光景，东方已经发亮了。始而作鱼腹色，继而上面又添上些绛色的朝霞。窗外的树木发出来的清鲜的气息，隔着窗纱送进来。室内的灯光此时失却它的灿烂的光彩，一种模糊朦胧的光统治了全室内。但是，这样清幽的景色，终于被凄惨的空气战败了。她的气色更不如从前了，目中的光彩也失却了。医生说她的生命至多不过延长一点钟。

忽而听差在外面说了声“有客”，还未待里面的回音，一个消瘦的面色灰白的青年走了进来。由他无光彩的眼睛，匆促错落的行动，可判断他的神经差不多已经错乱极了。他此时好象不觉屋内还有别人，更不觉她的半身是躺在我的姑妈的怀里，进了门，直向床边跑，跑到床前，一瞥见她那种惨淡的气色，便一只手放在她的头下——我的姑妈的手上——一只手抚着她的心窝，极热烈的在她没有血色的唇上接了个吻。低低的叫道：

“华！你的士轸在这里……我们终是胜利的。”

此外并不曾说什么，只两只眼呆呆的看着她的脸。她的眼有时也勉强睁一下，嘴唇也勉强动一动，但是不能成声。

大家——尤其是我的姑妈——都被爱神的魔力镇慑着了，望着这对不幸的爱人只是泪珠满面，你看我，我看你，没有一个人敢哼出个干涉的字眼。室内沉寂得绣花针儿落在地上也可以听得出声音。但是气象之惨比经过兵变的荒村还要十倍，黑夜内经过丛冢，也没有这样可怕。

她的气息随着钟上的秒针走的声音，渐渐微了。他此时也不怎样落泪，只在袖中摸了点东西，放在口内吃了下去。短针在四与五之间，长针正和它成个直线，他们在人世间的使命算完结了。她终归一句别的话也没说，他只说了句“等我一等”。

他们两人的订交是在我考进××大学那年的冬天，他们双方的介绍人就是一个文学会。因为士轸在文学会的出版物上读了她的作品，一颗爱种从此便深深的种在心灵深处。士轸虽不是专门研究文学的人，然以他得天独厚，无论是说句话，写封信，都自有一种清秀之气流露于笔下舌尖。所以他的一番痴情，并未白用，不到三年，他已将她对于异性的爱情赢了来。他们互相勉励着。他说：她就是他的上帝，他的一切都交付她了。她说：她为他可以牺牲世间一切权利，只要他的心不变。

恋爱的路上的玫瑰花是血染的，爱史的最后一叶是血写的，爱的歌曲的最终一阕是失望的呼声。她在未解人事以前，由她的父母代她找了个土财主的儿子作了未婚夫。他也在中学毕业后,和个素未相识的女子结了婚。但是这样的环境,对于他们爱的花是肥料,不是沙砾;对于他们爱的火是油,不是水。他们自愿为争恋爱自由而牺牲的先声,他们常说:纵然老虎来吃他们,他们也要携手并肩的葬在老虎的肚里。

隽华是天性最厚的人,对她母亲最为孝顺,但她的母亲,却以年纪上的关系,要她和那个土财主的儿子结婚。服从了母亲的话,爱人和意志自由便要受委屈了,不然,母亲又要伤心。这种矛盾的爱情,在她肚中争雄称霸,差不多有六年之久。这就是她精神上痛苦的来源,也就是她在北京六年不归的主因。

但是从前她总有托辞,说路上荒乱,不便归省。今年暑假,她的哥哥从德国回来了,在省垣任事,把她的母亲接了出来。她老母就左一封快信,右一封快信催她回省。

她明知她母亲要她回去的意思,不只是想叙六年阔别之情,回去不啻自投罗网。但她说爱情都是绝对的,无限的,绝不能因为甲部分牺牲乙部分。她竟为母亲的爱而冒险了,她竟被她的母亲幽禁起来了。士轸虽是同她一起去的,但也被隔绝了。

她被禁的生活,只过了三整天。最后这一天,因为嫁期已近,她特请我转信给士轸说:她晚上要跳墙逃走。这就是我在前面所说的那封信。谁知晚上她的母亲闹病,一家未睡。她未得逃脱,就将她回来时带的毒药吃了。

这是多么凄惨的一幕悲剧呵,尤其是对于一个从小长大的同伴!我的心烦乱得麻一般的了。

尤敏、屈毓秀:《中国女作家小说选》(上),江苏人民出版社,1981年12月,第58—62页。

◆◆◆ 冯沅君导读

◎ 佐　菊

冯沅君的小说一直以大胆、真切著称。“五四”时期,在冯沅君之前的女作家,还未能直接大胆地描写青年男女的恋爱生活。她的小说最早地表现了女性的恋爱心理过程,向旧礼教展开了批判和挑战。其小说多用第一人称进行叙述,给人强烈的真实感。她的《隔绝》、《旅行》、《慈母》和《隔绝之后》在内容上互为补充,形成了一个连续的整体,共同讲述了一个叫人愤叹的爱情悲剧。其中,《隔绝》和《隔绝之后》在内容和情感上联系得尤为紧密。正如两个题名所表明的,它们是同一事件的先后阶段。

《隔绝之后》的叙述人是悲剧女主角隽华的表妹,她是隽华和士轸爱情故事的知情者和支持者,也曾极力帮助他们以获得斗争的胜利,并且还是隽华自杀的第一个发现者。所谓旁观者清,由她的角度,我们可以对悲剧的根源和发生有一个最清楚的认识。

相恋前,隽华由父母做主与一个土财主的儿子定了婚,而士轸则在初中毕业后,和一个素未谋面的女子结了婚,是大学的文学会给了他们相识的机会,因为对文学和情感的共同的感悟,他们走到了一起。悲剧发生在隽华和母亲分别六年后的重逢,在六年的时间,隽华一直呆在学校,没有回家,原因只有一个:躲避婚约。之所以这次回家,纵然有以前"路上荒乱,不便归省"的借口已不再成立的因素,但最重要的原因还在于隽华的"爱情都是绝对的,无限的,绝不能因为甲部分而牺牲乙部分"的信念。在她的思维中,爱情既指男女之爱,也指母女之情,万不可顾此失彼。因而她敢于为母爱而冒险。最终,她明白了,悲剧的发生并不在于自己和母亲个人的过错,而是横亘其间的封建制度,正如她的遗书中所言:"阿母!你也不要怨我,我也不怨你,破坏我们中间的爱情的,是两个不兼容的思想的冲突。"

"五四"运动给中国人的最大的影响就在于思想的解放,尤其是爱情、婚姻观念的转变,当然多集中在受过新式教育的知识青年身上,具体表现为反对包办婚姻,追求恋爱自由。为此,家庭成了斗争的场所,父母则是斗争的对手。要自由的男女之爱,就必得忤逆最伟大的亲情,这便是那些时代青年最大的困惑和矛盾。几千年的家族制度和孝道观念,对中国人的影响是巨大的,在精神和心理上,家庭和父母是一道永难逾越的门槛。常常地,斗争的结果是青年一方的妥协和放弃,这是悲剧的一种,为了亲情而舍弃了爱情。但也有些青年,由于找不到解决难题的途径,而又不愿失去任何一方的感情,最终选择了死亡,用自己年轻的生命去对抗那残酷的黑暗。如果说前一类是隐忍的偷生,那么这一种就是决绝的永生,在尘世不得活,只有驱逐肉体,放飞灵魂。

青年的血是可贵的,它震惊了活着的人,给他们以斗争的勇气。但冰冻三尺,非一日之寒,要彻底改变封建制度和封建思想是异常艰难的,那是一套完整、严密的伦理价值体系。这是时代的悲剧,是历史发展进程中最不应该却又不可避免地发生的悲剧。冯沅君以饱蘸爱恨的笔触记录了这段特定的历史和人们心理的变迁,具有宝贵的思想价值。特别难能可贵的是,她大胆而真实地描写了女性的情爱心理。在写作中,她并不回避男女双方的互相渴慕,亲密的接触和性交往,并且还用纯洁的口吻进行描绘,突出了爱情的神圣和美妙,表现了一代女性的心声。

冯沅君研究资料链接

鲁迅:《中国新文学大系·小说二集》导言,《鲁迅全集》第6卷,人民文学出版社,1958年。

陈一辉:《试论冯沅君的创作》,《中国现代文学研究丛刊》,1984年第2期。

刘思谦:《徘徊于家门内外:冯沅君小说解读》,《中州学刊》,1991年第4期。

王绯:《新纪元:"空白之页"上的女性书写》,《中国文化研究》,1995年第3期。

钱理群、温儒敏、吴福辉:《中国现代文学三十年》(修订本)第三章,北京大学出版社,1998年。

张衍芸:《春花秋叶——中国五四女作家》第四章,人民文学出版社,2002年。

严蓉仙:《冯沅君传》,人民文学出版社,2008年。

张莉:《阅读与写作:塑造新女性的方式——以冯沅君创作为例》,《中国文学研究》,2008年第1期。

程光炜、吴晓东、孔庆东、郜元宝、刘勇主编:《中国现代文学史》第四章,中国人民大学出版社,2011年。

凌叔华

凌叔华(1900—1990),原名凌瑞唐,笔名叔华(SUHUA)、素心等。生于北京。七岁师从宫廷画师缪素筠习画,同时跟随辜鸿铭学习英文和中国古典诗词,后又拜画家王竹林、郝漱玉为师,受到了良好的书画和文学教育。在天津北洋直隶第一女子师范求学时积极投身"五四"学生运动,曾为《今报》写稿。1921 年考入燕京大学,先在动物学专业学习,后改入外文系,1924 年经周作人推荐,其处女作《女儿身世太凄凉》发表于《晨报副镌》,署名瑞唐。1925 年成名作《酒后》在《现代评论》上的发表奠定了凌叔华在文坛上的地位。1927 年与陈西滢结婚。从二十年代中期到三十年代中期,凌叔华发表了几十篇短篇小说,这些作品大多收入小说集《花之寺》、《女人》、《小孩》、《小哥儿俩》。文风淡雅温婉,贴近生活又内蕴幽深,"适可而止的描写了旧家庭中的婉顺的女性","是世态的一角,高门巨族的精魂"。(鲁迅语)1947 年和丈夫定居欧洲,后在伍尔芙的鼓励下用英文写作带自叙传小说,名为《Ancient Melodies》(傅光明译为《古韵》)。1990 年 5 月 16 日清晨,由女儿和外孙陪护再游北海和凌家老宅——史家胡同幼儿园。同年 5 月 22 日,病逝于北京。

绣 枕

大小姐正在低头绣一个靠垫，此时天气闷热，小巴狗只有躺在桌底伸出舌头喘气的份儿，苍蝇热昏昏的满玻璃窗上打转。张妈站在背后打扇子，脸上一道一道的汗渍，她不住的用手巾擦，可总擦不干。鼻尖的刚才干了，嘴边的又点点凸了出来。她瞧着她主人的汗虽然没有她那样多，可是脸热的酱红，白细夏布褂汗湿了一背脊，忍不住说道：

“大小姐，歇会儿，凉快凉快吧。老爷虽说明天得送这靠垫去，可是没定规早上或晚上呢。”

“他说了明儿早上十二点以前，必得送去才好，不能不赶了。你站过来扇扇。”小姐答完仍旧低头做活。

张妈走过左边，一面打着扇子，一面不住眼的看着绣的东西，叹口气道：“我从前听人家讲故事，说那头面长得俊的小姐，一定也是聪明灵巧的，我总想这是说书人信嘴编的，那知道就真有。这样一个水葱儿似的小姐，还会这一手活计！这鸟绣得真爱死人！”大小姐嘴边轻轻的显露一弧笑涡，但刹那便止。张妈话兴不断，接着说：

“哼，这一对靠枕儿送到白总长那里，大家看了，别提有多少人来说亲呢。门也得挤破了。……听说白总长的二少爷二十多岁还没找着合式亲事。唔，我懂得老爷的意思了，上回算命的告诉太太今年你有红鸾星照命主，……”

“张妈，少胡扯吧。”大小姐停针打住说，她的脸上微微红晕起来。

此时屋内又是很寂静，只听见绣花针噗噗的一上一下穿缎子的声音和那扇子扶扶轻微的风响，忽听竹帘外边有一个十三四岁的女孩子叫道：

“妈，我来了。”

“小妞儿吗？这样大热天跑来干什么？”张妈赶紧问。小妞儿穿着一身的蓝布裤褂，满头满脸的汗珠，一张窝瓜脸热得紫涨，此时已经闪身入到帘内，站在房门口边，只望着大小姐出神。她喘吁吁的说：

“妈，昨儿四嫂子说这里大小姐绣了一对甚么靠垫，已经绣了半年拉，说光是那只鸟已经用了三四十样线，我不信。四嫂子说，不信你赶快去看看，过两天就要送人啦。我今儿吃了饭就进城，妈，我到那儿看看，行吗？”

张妈听完连忙赔笑问：

“大小姐，你瞧小妞儿多么不自量，想看看你的活计哪！”

大小姐抬头望望小妞儿，见她的衣服很脏，拿住一条灰色手巾只擦脸上的汗，大张着嘴，露出两排黄板牙，瞪直了眼望里看，她不觉皱眉答——

“叫她先出去，等会儿再说吧。”

张妈会意这因为嫌她的女儿脏，不愿使她看的话，立刻对小妞儿说：

“瞧瞧你鼻子上的汗，还不擦把脸去。我屋里有脸水。大热天的这汗味儿可别薰着大小姐。”

小妞儿脸上显出非常失望的神气，听她妈说完还不想走出去。张妈见她不动，很不忍的瞪了她一眼，说：

“去我屋洗脸去吧。我就来。”

小妞儿噘着嘴掀帘出去。大小姐换线时偶尔抬起头往窗外看，只见小妞拿起前襟擦额上的汗，大半块衣襟都湿了。院子里盆栽的石榴吐着火红的花，直映着日光，更叫人觉得暑热，她低头看见自己的膈肢窝汗湿了一大片了。

光阴一晃便是两年，大小姐还在深闺做针线活，小妞儿已经长成和她妈一样粗细，衣服也懂得穿干净些了。现在她妈告假回家的当儿，她居然能做替工。

夏天夜上，小妞儿正在下房坐近灯旁缝一对枕头顶儿，忽听见大小姐喊她，便放下针线，跑到上房。

她与大小姐捶腿时，有一搭没一搭的说闲话：

“大小姐，前天干妈送我一对枕头顶儿，顶好看啦，一边是一只翠鸟，一边是一只凤凰。”

“怎么还有绣半只鸟的吗？”大小姐似乎取笑她说。

“说起我这对枕头顶儿，话长哪。咳，为了它，我还和干姐姐呕了回子气。那本来是王二嫂子给我干妈的，她说这是从两个大靠垫子上剪下来的，因为已经弄脏了。新的时候好看极哪。一个绣的是荷花和翠鸟，那一个绣的是一只凤凰站在石山上。头一天，人家送给她们老爷，就放在客厅的椅子上，当晚便被吃醉了的客人吐脏了一大片；另一个给打牌的人，挤掉在地上，便有人拿来当作脚踏垫子用，好好的缎地子，满是泥脚印。少爷看见就叫王二嫂捡了去。干妈后来就和王二嫂要了来给我，那晚上，我拿回家来足足看了好一会子，真爱死人咧，只那凤凰尾巴就用了四十多样线。那翠鸟的眼睛望着池子里的小鱼儿真要绣活了，那眼睛真个发亮，不知用什么线绣的。”

大小姐听到这里忽然心中一动，小妞儿还往下说：

“真可惜，这样好看东西毁了。干妈前天见了我，教我剪去脏的地方拿来缝一对枕头顶儿。那知道干姐姐真小气，说我看见干妈好东西就想法子讨了去。”

大小姐没有理会她们呕气的话，却只在回想她在前年的伏天曾绣过一对很精细的靠垫——上头也有翠鸟与凤凰的。那时白天太热，拿不得针，常常留到晚上绣，完了工，还害了十多天眼病。她想看看这鸟比她的怎样，吩咐小妞儿把那对枕顶儿立刻拿了来。

小妞儿把枕顶片儿拿来说，

“大小姐你看看这样好的黑青云霞缎的地子都脏了。这鸟听说从前都是凸出来的，现在已经踏凹了。您看——这鸟的冠子，这鸟的红嘴，颜色到现在还很鲜亮。王二嫂说那翠鸟的眼球子，从前还有两颗真珠子镶在里头。这荷花不行了，都成了灰色，荷叶太大，做枕顶儿用不着。……这个山石旁还有小花朵儿……”

大小姐只管对着这两块绣花片子出神，小妞儿末了说的话，一句都听不清了。她只回忆起她做那鸟冠子曾拆了又绣，足足三次，一次是汗污了嫩黄的线，绣完才发现；一次是配错了石绿的线,晚上认错了色;末一次记不清了。那荷花瓣上的嫩粉色的线她洗完手都不敢拿,还得用爽身粉擦了手,再绣。……荷叶太大块,更难绣,用一样绿色太板滞,足足配了十二色绿线……做完那对靠垫以后,送给了白家,不少亲戚朋友对她的父母进了许多谀词。她的闺中女伴,取笑了许多话,她听到常常自己红着脸微笑。还有,她夜里也曾梦到她从来未经历过的娇羞傲气,穿戴着此生未有过的衣饰,许多小姑娘追她看,很羡慕她,许多女伴面上显出嫉妒颜色。那种是幻境,不久她也懂得。所以她永远不愿再想起它来撩乱心思。今天却不由得一一想起来。

小妞儿见她默默不言,直着眼,只管看那枕顶片儿。便说道:

"大小姐也喜欢她不是?这样针线活,真爱死人呢。明儿也照样绣一对儿不好吗?"

大小姐没有听见小妞儿问的是什么,只能摇了摇头算答复了。

凌叔华:《凌叔华经典作品》,当代世界出版社,2004年9月,第138—141页。

凌叔华导读

◎ 杨秀明

"五四"是一个破旧立新的时代,文坛上不乏挑战旧礼教,张扬新思想的激动人心的文学作品。从追求自由恋爱、批判旧礼教的冯沅君,到"五四"落潮觉醒而痛苦的庐隐,《莎菲女士的日记》则直面个性解放中新女性灵与肉的冲突,新女性的形象在文学作品中层出不穷。而凌叔华的特殊之处在于将敏锐的目光投向那些脱离时代步伐的"深闺"中的旧女性。1925年发表在《现代评论》的短篇小说《绣枕》正是如此。

大小姐苦心打造、精心呵护的绣枕走出闺房进入男性世界后的悲惨遭遇象征了封建礼教训导下女性虚妄理想的破灭,揭露了男权社会为女性编织的极富诱惑的两性关系的谎言。"哼,这一对靠枕儿送到白总长那里,大家看了,别提有多少人来说亲呢。门也得挤破了。"张妈直白的话言中了绣枕对女性的意义。在中国传统文化里,男女授受不亲,以媒人或信物沟通,"静女其娈,贻我彤管。彤管有炜,说怿女美"(《诗经·邶风·静女》)。女性的价值体现在女红的精致上,"绣枕"作为佳人的化身进入才子的视野,供其品玩和鉴赏,它的唯一价值就是代表女性得到男性的肯定。大小姐的一针一线都融入了自己内心深处对爱情、婚姻理想的向往,这种渴望让她"做那鸟冠子曾拆了又绣,足足三次","白天太热,拿不得针,常常留到晚上绣,完了工,还害了十多天眼病"。不过处在新旧制度夹缝中的才子们,或是吃酒,或是打牌,似乎少有对"绣枕"的兴趣。在传统女性思维中,鉴赏者的不在场直接导致了女性价值的失落。凌叔华给我们带来的思考是"绣枕"只能做才子书房的附庸吗?显然"绣枕"的价值应该取决于它本身的艺术含量而非特定男性的好恶。

“绣枕”还要绣下去，但是它是作为制作者——女性的意义存在。如《绮霞》中的高先生，她放弃了贤妻良母的社会角色，奏出了迷人的琴韵。凌叔华自幼习画，其山水画自然天成，意境高远。同样作为女性创作的艺术品，凌叔华的画作在世界各地展出，产生了很大的文化社会影响，在特定时期还贴补了在欧洲学习的费用。走出闺房的“绣枕”既成就了自身的价值又推动了女性的发展。

自古以来，旧女性在两个维度上被锁入“深闺”。空间上，传统社会要求女性“大门不出，二门不迈”，严格控制女性的活动范围。大小姐只能在屋内“低头绣”，视野最远至院里的盆栽，远不及小妞儿可走动的范围，更别提跟随绣枕见识客厅里男人们的形态。空间上的“隔绝”使女性不论在行为方式还是在思想意识方面都和几千年前并无二样。“光阴一晃便是两年，大小姐还在深闺做针线活”，两年的时间被一笔带过，而倘若是两百年、两千年呢？不是笔墨上的经济，浓缩的时间传达的是同样身为女性的苦涩的苍老的悲哀。女性的青春年华竟是如此一文不值。深闺里的时间似乎是静止的，“只听见绣花针噗噗的一上一下穿缎子的声音和那扇子扶扶轻微的风响”，全然不理会外面社会经济、政治、文化变革的风起云涌。

男女两性参与社会活动的不平等，或是鲁迅先生说的女性经济上缺乏独立是禁锢女性自由的重要原因，也是外部原因。凌叔华以自己的女性经验（凌福彭的十女儿）揭示了旧女性的普遍存在和艰难困境，指出女性的自由和解放更重要的是摒弃千古封建女训下的女性角色设置，从女性内在原因出发，发掘自身价值，为女性主体意识的建构画上了着重号。

此外，凌叔华绘画上的技艺深深滋养了她的文学写作。其短篇小说在修辞上富于色彩美和音乐美，而且结构精巧，气韵非凡。叙事高潮处的转折和开放式的结尾常常使作品充满变化，如简淡的国画般诱发观者的多重想象。无论从思想性还是艺术性上，凌叔华在中国现代文学上的地位都是无法代替的。

凌叔华研究资料链接

茅盾：《再谈儿童文学》，《文学》，1936年第6卷第1号。

苏雪林：《凌叔华的〈花之寺〉与〈女人〉》，《新北辰》，1936年第2卷第5期。

朱光潜：《论自然画与人物画》，《天下周刊》，1946年第1期。

刘思谦：《“娜拉”言说——中国现代女作家心路纪程》第五章，上海文艺出版社，1993年。

陈西滢、凌叔华：《双佳楼梦影》，江苏文艺出版社，1996年。

陈学勇编：《凌叔华文存》，四川文艺出版社，1998年。

孟悦、戴锦华：《浮出历史地表——现代妇女文学研究》第五章，中国人民大学出版社，2004年。

傅光明：《凌叔华：古韵精魂》，大象出版社，2004年。

郑丽园：《如梦如歌——英伦八访文坛耆宿凌叔华》，《文学界》（专辑版），2008年第12期。

宋生贵编：《凌叔华的古韵梦影》，东方出版社，2008年。

凌叔华著、陈学勇编：《中国儿女——凌叔华佚作·年谱》，上海书店出版社，2008年。

林幸谦：《身体与社会/文化：凌淑华的女性身体叙事》，《鲁迅研究月刊》，2010年第6期。

石评梅

石评梅(1902—1928),学名石汝璧,乳名心珠,字评梅,笔名波微,山西省平定县小河村人(现划归阳泉市)。她出身书香门第,幼时受到良好的家庭教育。石评梅于1914年考入太原女子师范学校,1919年又考入了北京女子高等师范学校体育系。1923年于北京女高师毕业后,担任北京师范大学附属中学女子部学级主任兼体育教员。1928年,兼任公立北平第一女子中学国文教员,及若瑟女子师范学校体育教员。她还曾担任《京报·妇女周刊》和《世界日报·蔷薇周刊》的编辑工作。1928年7月30日,因患脑膜炎病逝。

石评梅在北京女高师就读时即热心于文学创作。1921年12月20日,她的诗歌《夜行》在山西大学"新共和学会"办的刊物《新共和》第一卷第一号上正式刊出,这是她第一次发表作品。其后,她在《晨报副刊》、《京报副刊》、《语丝》、《妇女周刊》、《蔷薇周刊》、《诗学半月刊》等报刊上发表诗歌、散文、游记、小说等作品百余篇。1929年,庐隐为她整理、出版了小说、散文集《偶然草》,由北平华严书店印行。1930年,由庐隐、陆晶清整理、出版了她的散文集《涛语》,由上海神州国光社印行。1983年,山西人民出版社出版了《石评梅选集》。1983年至1985年,北京书目文献出版社先后出版了《石评梅作品集》三种(散文、诗歌小说及戏剧游记书信)。

墓畔哀歌

一

我由冬的残梦里惊醒，春正吻着我的睡靥低吟！晨曦照上了窗纱，望见往日令我醺醉的朝霞，我想让丹彩的云流，再认识我当年的颜色。

披上那件绣着蛱蝶的衣裳，姗姗地走到尘网封锁的妆台旁。呵！明镜里照见我憔悴的枯颜，像一朵颤动在风雨中苍白凋零的梨花。

我爱，我原想追回那美丽的皎然，祭献在你碧草如茵的墓旁，谁知道青春的残蕾已和你一同殉葬。

二

假如我的眼泪真凝成一粒一粒珍珠，到如今我已替你缀织成绕你玉颈的围巾。

假如我的相思真化作一颗一颗的红豆，到如今我已替你堆集永久勿忘的爱心。

哀愁深埋在我心头。

我愿燃烧我的肉身化成灰烬，我愿放浪我的热情怒涛汹涌，天呵！这蛇似的蜿蜒，蚕似的缠绵，就这样悄悄地偷去了我生命的青焰。

我爱，我吻遍了你墓头青草在日落黄昏！我祷告，就是空幻的梦吧，也让我再见见你的英魂。

三

明知道人生的尽头便是死的故乡，我将来也是一座孤冢，衰草斜阳。有一天呵！我离开繁华的人寰，悄悄入葬，这绯艳的爱情一样是烟消云散，昙花一现，梦醒后飞落在心头的都是些残泪点点。

然而我不能把记忆毁灭，把埋我心墟上的残骸抛却，只求我能永久徘徊在这垒垒荒冢之间，为了看守你的墓茔，祭献那茉莉花环。

我爱，你知否我无言的忧哀，怀想着往日轻盈之梦。梦中我低低唤着你小名，醒来只是深夜长空有孤雁哀鸣！

四

黯淡的天幕下，没有明月也无星光，这宇宙像数千年的古墓。皑皑白骨上，飞动闪映着惨绿的磷花。我匍匐哀泣于此残锈的铁栏之旁，愿烘我愤怒的心火，烧毁这黑暗丑恶的地狱之网。

命运的魔鬼有意捉弄我弱小的灵魂，罚我在冰雪寒天中，寻觅那凋零了的碎梦。求上帝饶恕我，不要再残害我这仅有的生命，剩得此残躯在，容我杀死那狞恶的敌人！

我爱，纵然宇宙变成烬余的战场，野烟都腥；在你给我的甜梦里，我心长系住于虹桥之中，赞美永生！

五

我镇天踟蹰于垒垒荒冢，看遍了春花秋月不同的风景，抛弃了一切名利虚荣，来到此无人烟的旷野，哀吟缓行。我登了高岭，向云天苍茫的西方招魂，在绚烂的彩霞里，望见了我沉落的希望之陨星。

远处是烟雾冲天的古城，火星似金箭向四方飞游！隐约地听见刀枪搏击之声，那狂热的欢呼令人震惊！在碧草萋萋的墓头，我举起了胜利的金觥，饮吧我爱，我奠祭你静寂无言的孤冢！

星月满天时，我把你遗我的宝剑纤手轻擎，宣誓回长空；愿此生永埋了英雄儿女的热情。

六

假如人生只是虚幻的梦影，那我这些可爱的映影，便是你赠与我的全生命。我常觉你在我身后的树林里，骑着马轻轻地走过去。常觉你停息在我的窗前，徘徊着等我的影消灯熄。常觉你随着我唤你的声音悄悄走近了我，又含泪退到了墙角。常觉你站在我低垂的雪帐外，哀哀地对月光而叹息！

在人海尘途中，偶然逢见个像你的人，我停步凝视后，这颗心呵！便如秋风横扫落叶般冷森凄零！我默思我已得到爱的心，如今只是荒草夕阳下，一座静寂无语的孤冢。

我的心是深夜梦里，寒光闪灼的残月，我的情是青碧冷静，永不再流的湖水。残月照着你的墓碑，湖水环绕着你的坟，我爱，这是我的梦，也是你的梦，安息吧，敬爱的灵魂！

七

我自从混迹到人世间，便忘却了我自己；在你的灵魂我才知是谁？

记得也是这样夜里。我们在河堤的柳丝中走过来，走过去。我们无语，心海的波浪也只有月儿能领会。你倚在树上望明月沉思，我枕在你胸前听你的呼吸。抬头看见黑翼飞来掩遮住月儿的清光，你抖颤着问我：假如苍黑的翼是我们的命运时，应该怎样？

我认识了欢乐，也随来了悲哀，接受了你的热情，同时也随来了冷酷的秋风。往日，我怕恶魔的眼睛凶，白牙如利刃；我总是藏伏在你的腋下趑趄不敢进，你一手执宝剑，一手扶着我践踏着荆棘的途径，投奔那如花的前程！

如今，这道上还留着你斑斑血痕，恶魔的眼睛和牙齿仍是那样凶狠。但是我爱，你不要怕我孤零，我愿用这一纤细的弱玉腕，建设那如意的梦境。

八

春来了，催开桃蕾又飘到柳梢，这般温柔慵懒的天气真使人恼！她似乎躲在我眼底有意缭绕，一阵阵风翼，吹起了我灵海深处的波涛。

这世界已换上了装束，如少女般那样娇娆，她披拖着浅绿的轻纱，蹁跹在她那姹紫嫣红中舞蹈。伫立于白杨下，我心如捣，强睁开模糊的泪眼，细认你墓头，萋萋芳草。

满腔心酸与谁道？愿此恨吐向青空将天地包。它纠结围绕着我的心，像一堆枯黄的蔓草，我爱，我待你用宝剑来挥扫，我待你用火花来焚烧。

九

垒垒荒冢上，火光熊熊，纸灰缭绕，清明到了。这是碧草绿水的春郊。墓畔有白发老翁，有红颜年少，向这一抔黄土致不尽的怀忆和哀悼，云天苍茫处我将魂招；白杨萧条，暮鸦声声，怕孤魂归路迢迢。

逝去了，欢乐的好梦，不能随墓草而复生，明朝此日，谁知天涯何处寄此身？叹漂泊我已如落花浮萍，且高歌，且痛饮，将一醉烧熄此心头余情。

我爱，这一杯苦酒细细斟，邀残月与孤星和泪共饮，不管黄昏，不论夜深，醉卧在你墓碑旁，任霜露浸凌罢！我再不醒。

十六年清明陶然亭畔

石评梅著，刘屏选编：《石评梅文集》，北京燕山出版社，1998年2月，第258—262页。

弃　妇

一个清晨，我刚梳头的时候，琨妹跑进来递给我一封信，她喘着气说：

“瑜姐，你的信！”

我抬头看她时，她跑到我背后藏着去了，我转过身不再看她，原来打扮得非常漂亮，穿着一件水绿绸衫，短发披在肩上，一个红绫结在头顶飞舞着，一双黑眼睛藏在黑眉毛底，像一池深苍的湖水那样明澈。

“呵！这样美，你要上哪里去，收拾得这样漂亮？”我手里握着头发问她。

“母亲要去舅妈家，我要她带我去玩。上次表哥给我说的那个水莲公主的故事还未完呢，我想着让他说完，再讲几个给我听；瑜姐，你看罢，回来时带海棠果给你吃；拿一大篮子回来。”说到这里她小臂环着形容那个大篮子。

“我不信，母亲昨天并未说要去舅妈家，怎么会忽然去呢？”我惊疑地问她。

“真的，真的，你不信去问母亲去；谁爱骗你。母亲说，昨夜接着电报，姥姥让母亲快去呢。”她说着转身跑了，我从窗纱里一直望着她的后影过了竹篱。

我默想着，一定舅妈家有事，不然不会这样急促地打电报叫母亲去。什么事呢？外祖母病吗？舅父回来了吗？许多问题环绕着我的脑海。

梳好头，由桌上拿起那封信来，是由外埠寄来的，贴着三分邮票，因为用钢笔写的，我不能分别出是谁寄来的。拆开看里面是：

瑜妹：

我听说你已由北京回来，早想着去姑母家看望你，都因我自己的事纠缠着不得空，然而假使你知道我所处环境时，或许可以原谅我！

你接到这信时，我已离开故乡了，这一次离开，或者永远没有回来的机会。我对这样的家庭，本没有什么留恋，所不放心的便是茹苦含辛，三十年在我家当奴隶的母亲。

我是踢开牢狱逃逸了的囚犯，母亲呢，终身被铁链系着，不能脱身。她纵然爱我，而恶环境造成的恶果，人们都归咎到我的身上；当我和这些恶势宣战后，母亲为她不肖的儿子流了不少的泪，同时也受了人们不少的笑骂！

我更决心，觉着母亲今日所受的痛苦，便是她将来所受的痛苦，我无力拯救母亲现实的痛苦，我确有力解除她将来的痛苦，因之我才万里外归来，想着解放她同时也解放我，拯救自己同时也拯救她。

如今我失败了，我一切的梦想都粉碎了！我将永远得不到幸福，我将永远得不到愉快，我将永远做个过渡时代的牺牲者，我命运定了之后，我还踌躇什么呢？我只有走向那不知到何处是归宿的地方去。

我从前确有一个梦想，这个梦想像一个毒蟒缠绕着我，已经有六年了。我孕育了六年的梦想，都未曾在任何人面前泄露，我只隐藏着，像隐藏一件珍贵的东西一样的，我常愿这宝物永远埋葬着，一直到黄土掩覆了我时，这宝物也不要遗失，也不要现露。这梦想，我不希望她实现，我只希望她永久作我的梦想。我愿将我的灵魂整个献给她，我愿将我的心血永远为她滴，然而，我不愿她知道我是谁？

我园里有一株蔷薇，深夜里我用我的血我的泪去灌溉她，培植她；她含苞发蕾以至于开花，人们都归功于园丁，有谁知是我的痴心呢！然而我不愿人知，同时也不愿蔷薇知。

深夜，人们都在安息，花儿呢也正在睡眠；因之我便成了梦想中的园丁。

我已清楚的认识了自己的命运，我也很安于自己命运而不觉苦痛，但是，这时确有一个人为了我为了她自己，受着极沉长的痛苦，是谁呢？便是我名义上的妻。

我的家庭你深知。母亲都是整天被人压制驱使着做奴隶，三十年到我家，未敢抬起头来说句高声话。祖母脾气又那样暴烈，一有差错，跪在祖宗像前一天不准起来。母亲这样，我的妻更比不上母亲了，她所受的苦痛，更不堪令人怀想她。可怜她性情迟钝，忠厚过人；在别人家她可做一个好媳妇，在我家里，她便成了一个仅能转动的活尸。

我早想着解放了她，让她逃出这个毒恶凌人的囚狱；无论到什么地方去，都比我的家自由幸福多了，我呢，也可随身漂泊，永无牵挂；努力社会事业，以毁灭这万恶的家庭为志愿；不然将我这残余生命浮荡在深涧高山之上，和飞鸟游云同样极止无定的飘浮着。

决志后，我才归来同家庭提出和我的妻子正式离婚，哪知道他们不明白我是为她，反而责备我不应半途弃她；更捉风捕影的，猜疑我别有怀抱。他们说我妻十年在家，并未曾犯七出例条，他们不能向她家提出。更加父亲和她祖父是师生关系，更不敢起这个意。他们已经决定要她受这痛苦，我所想的计划完全失败了。不幸的可怜的她，永远的在我名下系缚着，一直到她进了坟墓。这是多么残酷的事情，我懊丧着，我烦恼着，也一直到我进了坟墓。一切都完了，我还说什么呢？

瑜妹！我给你写这封信的动机，便是为了母亲。母亲！我不能不留恋的便是母亲！我同家庭决裂，母亲的伤痛可想而知，我不肖，不能安慰母亲。瑜妹！我此后极止何处，我尚不知。何日归来，更无期日；望你常去我家看看我的母亲。你告诉她，我永远是她的儿子，我永远在天之涯海之角的世界上，默祝她的健康！

瑜妹！我家庭此后的情形真不敢想，我希望他们能为了我的走，日后知道懊悔。我一步一步离故乡远了，我的愁一丝一丝的也长了。

再见吧！祝你健福！

徽之

我读完表哥的信，母亲去舅舅家的原因我已猜着了，表哥这样一走，舅母家一定又闹得不了。不然不会这样焦急地催母亲去。我同情母亲的苦衷，然而我更悲伤表嫂的命运，结婚后十年，表哥未曾回来过，好容易他大学毕业回来了；哪知他又提起离婚。外祖母家是大家庭，表嫂是他们认为极贤德的媳妇，哪里让他轻易说道离婚呢？舅父如今不在家，外祖母的脾气暴躁极了，表哥的失败是当然的，不过这么一闹，将来结果怎样真不敢想；表哥他是男人，不顺意可以掉下家庭跑出去；表嫂呢，她是女人，她是嫁给表哥的人，如今他不要她了，她怎样生活下去呢？想到这里我真为这可怜的女子伤心！我正拿着这封信发愣的时候，王妈走进来说：

“太太请小姐出去。”

我把表哥的信收起后，随跟着王妈来到母亲房里。母亲正在房里装小皮箱里的零碎东西，琨妹手里提着一小篮花；嫂嫂在台阶上看着人往外拿带去的东西。

“瑜！昨夜你姥姥家来电，让我去；我不知道为的什么事，因此我想着就去看。本来我想带你去，因为我不知他们家到底有什么事，我想还是你不去好。过几天赶你回京前去一次就成了，你到了他们家又不惯拘束。琨她闹着要去，我想带她去也好，省得她留在家里闹。”母亲这样对我说的时候，我本想把表哥的事告诉她，后来我想还是不说好了，免得给人们心上再印一个渺茫的影子。

我和嫂嫂送母亲上了火车，回来时嫂嫂便向我说，“瑜妹，你知道表哥的事吗？听说他在上海念书时，和一个女学生很要好，今年回来特为的向家庭提出离婚。外祖母家那么大规矩，外祖母又那么严厉，表嫂这下可真倒霉极了。一个女子——像表嫂那样女子，她的本事只有俯仰随人，博得男子的欢心时，她低首下心一辈子还值得。如今表哥不要她了，你想她多么难受呢！表哥也太不对，他并不会为这可怜旧式环境里的女子思想；他只觉着自己的妻不如外边的时髦女学生，又会跳舞，又会弹琴，又会应酬，又有名誉，又有学问的好。”她很牢骚地说着。我不愿批评，只微微地笑了笑，到了家我们也莫再提起表哥的事。

但是我心里常想到可怜的表嫂，环境礼教已承认她是表哥的妻子了——什么妻，便是属于表哥的一样东西了。表哥弃了她让她怎样做人呢？她此后的心将依靠谁？十年嫁给表哥，虽然行了结婚礼表哥就跑到上海，不过名义上她总是表哥的妻。旧式婚姻的遗毒，几乎我们都是身受的。多少男人都是弃了自己家里的妻子，向外边饿鸦似的，猎捉女性。自由恋爱的招牌底下有多少可怜的怨女弃妇被践踏着！同时受骗当妾的女士们也因之增加了不少，我想着怎样才能拯救表嫂呢？像她们那样家庭，幽怨阴森简直是一座坟墓，表嫂的生命也不过如烛在风前那样悠忽！

过了三天，母亲来信了，写得很简，她报告的消息真惊人！她说表哥走后，表嫂就回了娘家，回去第二天的早晨，表嫂便服毒死了！如今她的祖父和外祖母闹得很厉害，舅父呢不在家，表哥呢，他杀了一个人却鸿飞渺渺地不知哪里去了。因此舅母才请母亲去商量怎样对付。现在还毫无头绪，表嫂的尸骸已经送到外祖母家了，正计划着怎样讲究的埋葬她！母亲又说琨妹也不愿意在了，最好叫人去接她回来，因为母亲一时不能回来，叮咛我们在家用心的服侍父亲。

嫂嫂看完母亲的信哭了！她自然是可怜表嫂的末遇，我不能哭，也不说话，跑到院子里的葡萄架下站着，望着晴空白云枝头小鸟，想到表哥走了，或者还有回来的一天。表嫂呢，她永远不能归来了！为了她的环境，为了她的命运，我低首默祷她永久地安眠！

石评梅著，刘屏选编：《石评梅文集》，北京燕山出版社，1998 年 2 月，第 10—15 页。

石评梅导读

◎王　萌

石评梅深受新文化运动的影响。20世纪20年代，在新文化运动的影响下，一批在北京求学的女性开始创作，形成文坛上一道亮丽的风景线，石评梅就是其中之一。由于当时新文化运动已经退潮，令人窒息的社会环境使得这些觉醒的女性在创作中都呈现出较为明显的苦闷、彷徨情绪，带有浓重的感伤色彩。而石评梅由于自身的情感遭遇，这一特征就更为显著。哀伤的笔调、凄艳的辞藻，是石评梅几乎所有作品的特色。

石评梅的创作时间不长，而且正值她的感情饱受折磨之时，所以她的作品不少都与此有关。石评梅与高君宇相识之后，高君宇深深地爱上了她，多次向其表白感情，但石评梅由于曾经受到过感情的伤害，再加上高君宇有妻子，所以她一直试图回避感情问题。而高君宇的突然病逝，使石评梅产生了强烈的内疚心理，本来犹豫不决的感情突然转化为一种忠贞不渝的生死之恋。这种女性的情感变化历程在石评梅的创作中反映较多，如《天辛》、《"殉尸"》、《象牙戒指》、《我只合独葬荒丘》等。《墓畔哀歌》是其中颇具代表性的一篇，这篇散文写于高君宇去世之后，道出了石评梅的无尽相思之情，"假如我的眼泪真凝成一粒一粒珍珠，到如今我已替你缀织成绕你玉颈的围巾"，"假如我的相思真化作一颗一颗的红豆，到如今我已替你堆集永久勿忘的爱心"。可以说，石评梅有意无意地为自己营造了一个虚幻的爱情空间，并发出了"愿此生永埋了英雄儿女的热情"的誓言，把自己年轻的生命禁锢其中。石评梅有关爱情的散文，大都写在其爱情悲剧的帷幕落下之后，因而带有浓厚的回忆和反思色彩。

作为一个知识女性，石评梅对女性的命运和遭遇格外关注。在新文化运动中，男性知识分子精英多是津津乐道于自由恋爱、自主婚姻，他们关注的是田亚梅(《终身大事》)式的新女性，她们敢于挣脱家庭，寻求自己的幸福；而女性更多地关注到了挣脱家庭之后的新女性的尴尬处境和固守在封建家庭中的旧女性的悲惨遭遇。不少女性已经敏锐地意识到了男性的许诺并没有带给女性应有的幸福，她们在创作中比同时期的男性更为深刻地揭示了新旧交替时代女性的遭遇和情感，尤其是旧女性难以言说的悲哀与无奈，石评梅的《弃妇》就是这其中之一。主人公"我"同情于表哥为追寻自己的幸福、摆脱无爱婚姻的行为，但是作为一个女性，"我"更同情于表嫂——一个无辜的牺牲品，她无路可走，只好结束自己的生命。男性挣脱封建家庭，追寻自己的幸福，"或者还有回来的一天"；而被他抛弃的女性，却"永远不能归来了"。女性往往做了男性挣脱枷锁的牺牲品，但最后却常常连男性的怜悯也得不到。

由于早逝，石评梅的创作时间较短，她的才华在创作中没有充分地展示出来。随着时间的流逝，她也被越来越多的读者慢慢淡忘。

石评梅研究资料链接

蔷薇社编:《石评梅纪念刊》,世界日报社,1928 年。

蹇先艾:《追忆石评梅师》,《山西文学》,1983 年第 3 期。

石评梅著、杨扬编:《石评梅作品集·诗歌 小说》,书目文献出版社,1984 年。

刘思谦:《"娜拉"言说——中国现代女作家心路纪程》第三章,上海文艺出版社,1993 年。

都钟秀:《石评梅传:春风青冢》,北岳文艺出版社,1994 年。

柯兴:《风流才女——石评梅传》,群众出版社,1999 年。

卫建民编选:《魂归陶然亭——石评梅》,人民文学出版社,2002 年。

卢建平:《以"血泪画写在历史之一页上"的生命之痕——试论石评梅诗歌在中国现代诗歌史上的地位》,《作家》,2007 年第 12 期。

林幸谦:《濡泪滴血的笔锋——论石评梅的女性病痛身体书写》,《文学评论》2010 年第 5 期。

苏雪林

苏雪林(1897—1999),原名苏梅,字雪林,笔名绿漪。祖籍安徽省太平县,生于浙江省瑞安县一个封建家庭。1914 年和 1919 年先后进入安徽省立第一女子师范学校和北京女子高等师范学校学习。1921 年考入由李石曾、蔡元培等创办的海外中法大学,学习西洋绘画和文学。1925 年因母病辍学回国,奉家长之命缔结了并不幸福的旧式婚姻。她先后执教于苏州东吴大学、上海沪江大学、安徽省立大学和国立武汉大学,1949 年赴香港。其成名作为散文集《绿天》(北新书局,1927 年)和长篇小说《棘心》(北新书局,1929 年)。当时曾与冰心、凌叔华、冯沅君、丁玲等女作家齐名。抗战期间,苏雪林针对当时的社会问题撰写评论,并创作了一批以古喻今的历史小说,结为《蝉蜕集》、《青鸟集》和《屠龙集》出版。1952 年以后在台湾师范大学、台南成功大学教书,出版散文集多种。晚年著有自传《浮生九四》,另有《李义山恋爱事迹考》、《玉溪诗迷》、《昆仑之迷》、《唐诗概论》、《中国文学史》、《中国二三十年代作家》以及屈赋研究等方面的学术论著。

绿　天

康的性情是很孤僻的，常常对我说："我想寻觅一个水木清华的地方，建筑一所屋子，不和俗人接见。在那里，你是夏娃，我便是亚当。"

我的脾气，恰恰和他的相反，爱热闹，虽不喜交际，却爱有几个知心的朋友，互相往来，但对于尘嚣，也同他有一样的厌恶，因为我的祖父，都是由山野出来的，我也在乡村生活过多少时候，我原完全是个自然的孩子啊！

康因为职务的关系，住在S埠，我和他同居在一处，他每天到远在二三十里外的工厂去上工，早上六点钟动身，晚上六点钟才得回家，只有星期日方得自由。

他上工去后，我就把自己关闭在一个又深又窄的天井底，沉沉寂寂，度过我水样的年华。偶然出门望望；眼只看见工厂烟囱袅袅上升的黑烟，耳只听见隆隆轧轧的电车和摩托卡，我想念着我从前所爱的花、鸟、云、阳光……但这些东西不但闪躲着，不和我实际相接触，连我的梦境里都不来现一现了，于是我的心灵便渐渐陷于枯寂和烦闷之中了。

我曾读过都德《磨房文牍》，最爱"西简先生的小羊"那一篇，咳，现在我也变成这小白羊了，虽然系在芳草芊芊的圈子里，却望着那边的崇山峻岭，幻想着那垂枝的青松，带刺的野参华，银色的瀑泉，晚风染紫了的秋山。鼻子向着遥天，"咩！"发出一声声悠长的叫唤。

某年，即S埠为五十年未有之大热所燃烧的一年，某月，即秋声和鸿雁同来之一月，我们由S埠搬到S城里来了。

起先，康接着S城某大学的聘书，请他为该大学理科主任，并允许由学校赁给我们屋子一所。那时我们并不知新屋是怎样一个形式，理想那或是几间平房，有一个数丈长宽的庭院，庭中或者还有一二棵树，但这于我已经很好，我只要不再做天井底的蛙，耳畔不再听见喧闹的车马声，于愿已足，住屋就说狭小，外边旷阔清美的景物，是可以补偿这个缺点的；所以康接到聘书之后，心里尚在踟蹰不决，我却极力的怂恿，呵！西简先生的小羊，已经厌倦了栅和圈了，它要毅然投向大自然的怀抱里去。

康于是决定了赴S城教书的计划。

行李运去之后，康先去布置，我于第二天带了些零碎的东西离开了S埠。

我虽然已在S城生活过半年，但新屋的路却不认识，同车夫又说不明白，我便到H女学校请校长洛女士引导，因为我曾在这个学校授过课，和洛女士颇有交情。

洛女士是美国人，性情极为和蔼，见我来很高兴，听见康也来S城教书，更为欢喜，她请我坐了，请出她朋友沙女士来陪我，又倒给我一杯冰柠檬水。两个钟头在火车里所受的暑热，正使我焦渴呢，喝了那杯水真有甘露沁心般的爽快。

我谈起请她引导去看新屋的话，洛女士说："那屋子很好，我常想住而不可得，你们能够赁到这样的屋，运气真不错呀！"

“她们住在这样精雅的屋子里还羡慕我们屋么?”我暗想。

喝完冰水后,她和沙女士引我走出学校,逆着刚才来的道路,沿着河走了十分钟,进了一堵墙,我们便落在一片大空场之中,场中只有一个小茅庐,余无别物。我正在疑惑,洛女士指着屋后一道矮墙和一丛森森的树木说:

“你们的屋子在这墙里。”

推开板扉,走进那园,才发现了一座极幽倩的庭院。

呵!这真是“山穷水尽疑无路,柳暗花明又一村!”

走到屋前,康听见我们的声音,含笑由屋中走出,洛女士和他寒暄了几句话,便作别去了。

等她转过身去,我就牵着康的手,快乐得直跳起来:

——有这样一个好地方,我真做梦也没有想到!

我们牵着手在园里团团的走了一转,这园的风景便都瞭然了。

园的面积,约有四亩大小,一座坐北朝南半中半西的屋子,位置于园的后边,屋之前面及左右,长廊团绕,夏可以招凉风,冬可以负暄日。

这园的地势太低而且园中杂树蒙密,日光不易穿漏,地上有些潮湿。所以屋子是架空的,离地约有六七尺高,看去似乎是楼,其实并不是楼,屋子下面不能住人,只好堆煤,积柴,或者放置不用的家具。

园中尚有一个土墩,土墩上可以眺望墙外广场中青青的草色,和那一双秀丽的塔影。

园中的草似乎多时没人来刈除了,高高下下长了许多杂草,草里缠纠着许多牵牛花和茑萝花,猩红万点,映在浅黄浓绿间,画出新秋的诗意。还有白的雏菊,黄的红的大丽花,繁星似的金钱菊,丹砂似的鸡冠,也在这荒园里杂乱的开着,秋花不似春花,桃李的秾华,牡丹芍药的妍艳,不过给人以温馨之感,你想于温馨之外,更领略一种清远的韵致和幽峭的情绪么?你应当认识秋花。

讲到树,最可爱的莫如那几株合抱的大榆树了,树干臃肿丑怪,好像画上画的古木,青苔覆足,长春藤密密的蒙盖了一身,测其高寿至少都在一二百岁以上。西边一株榆树已经枯死了,紫藤花一株,附它的根蜿蜒而上,到了树巅,忽又倒挂下来,变成渴蛟饮涧的姿势,可惜未到春天,藤花还没有开。不然绿云深处,香雪霏霏,手执一卷书,坐在树下,真如置身华严界里呢。

有一株双叉的榆树最高,天空里闲荡的白云,结着伴儿常在树梢头游来游去,树儿伸出带瘿的突兀的瘦臂,向空奋擎,似乎想攫住它们,云儿却也真乖巧,只永远不即不离的在树顶上游行,不和它的指端相触,这样撩拨得树儿更加愤怒:臂伸得更长,好像要把青天抓破!

春风带了新绿来,阳光又抱着树枝接吻,老树的心也温柔了,它抛开了那些讨厌的云儿,也来和自然嬉戏,你看,它有时童心发作,将清风招来密叶里,整天飘飘渺渺地奏出仙乐般的声音。它们拼命使叶儿茂盛,苍翠的颜色,好像一层层的绿波,我们的屋子便完全浸在空翠之中，在树下仰头一望，那一片明净如雨后湖光的秋天，也几乎看不见了，呀！天也给它们涂绿了！绿天深处，我们真个在绿天深处！

“这园子虽荒凉，却富有野趣，”康笑着对我说，“如果隔壁没有别人搬来，便可以算做我们的地上乐园了啦！”

我没有答他的话，只注视着那些大榆树，眼前仿佛涌现了一个幻象：

杲杲秋阳，忽然变得眩目的强烈，似乎是赤道下的日光。满园的树，也像经了魔杖的指点，全改了样儿；梧桐亭亭直上，变成热带的棕榈，扇形大叶，动摇微风中，筛下满地的日影，榆树也化成参天拔地的大香木，缀着满树大朵的花和累累如宝石如珊瑚的果实，空气中香气蓊勃，非檀非麝，令人欲醉。

长尾的猴儿，在树梢头窜来窜去，轻捷如飞，有时用臂儿钩着树枝，将身悬在空中，晃晃荡荡地打秋千顽玩。骄傲的孔雀，展出它们锦屏风般的大尾，带着催眠的节拍，徐徐打旋，献媚于它们的雌鸟。红嘴绿毛的鹦哥和各色各样的珍禽异鸟，往来飞舞，不住地唱出妙婉的歌声。

树下还有许多野兽哩，但它们都驯扰不惊的。毛鬣壮丽的狮子却抱着小绵羊睡觉，长颈鹿静悄悄地在数丈高的树上摘食新鲜叶儿，摆出一副哲学家的神气，金钱豹和梅花鹿在林中竞走，白象用鼻子在河中汲水，仰天喷射，做出一股奇异的喷泉，引得河马们，张开阔口，哈哈大笑。

这里没有所谓害人的东西，鳄鱼懒洋洋地躺在岸边，做它们沙漠之梦去了，一条条红绿斑斓的蛇，并不想噬人，也不想劝人偷吃什么智慧的果子，只悠闲地蟠在树上，有时也吱吱的唱它们蛇的曲子，那声音幽抑，悠长，如洞箫之咽风。

这里的空气是鸿蒙开辟以来的清气，尚未经过市场尘埃的溷浊，也没有经过潘都兰箱中虫翅的扰乱，所以是这样澄洁，这样新鲜，包孕着永久的和平，快乐，和庄严灿烂的将来。

林之深处，瀑布如月光般静静泻下，小溪儿带着沿途野花野草的新消息，不知流到什么地方去，朝阴夕阳，气象变化，林中的光景也就时刻不同的；时而包裹在七色的虹霓光中，时而隐现于银纱般的雾里，……

流泉之畔，隐约有一男一女在那里闲步。那就是人类的始祖，上帝用黄土抟成的人，地上乐园的管领者。

……

“你又痴痴儿地在想什么呢？我们进屋里去罢。”康用手在我肩上一拍，呵！一切的幻象都消失了，我们依然在这红尘世界里。

世上那有绝对的真的幸福呢？我们又何妨将此地当做我们的“地上乐园”。

一切我们过去生命里的创痕，一切时代的烦闷，一切将来世路上不可避免的苦恼，都请不要闯进这个乐园来罢，让我们暂时做个和和平平的好梦。

乌鸦，休吐你的不祥之言，画眉，快奏你新婚之曲！

祝福，地上的乐园。祝福，园中的万物。祝福，这绿天深处的双影！

苏雪林著，蔡清富编：《苏雪林散文选集》，百花文艺出版社，2004年第2版，第1—9页。

苏雪林导读

◎ 陈　宁

当我们今天重读新文学早期女作家的作品时，无疑可以从很多方面对其在思想观念上所表现出的历史局限性提出质疑，然而与此同时，却也无法否认很多作品在当时的确曾产生过相当大的社会影响。苏雪林的成名作——长篇小说《棘心》正是这样一部充满内在矛盾的作品。不少研究者指出，作者虽为“五四”新女性，但作品的思想内核中仍有对封建伦理道德的皈依，其女性意识也并非完全独立。然而，就是这样一部书，当时竟在青年读者中大受欢迎，连续发行10余版。

《棘心》主要描写的是上个世纪20年代一位知识女性在事业、爱情等方面的追求与彷徨，欢欣与痛苦。主人公杜醒秋的人生经历与作者苏雪林本人十分相似。她生在一个旧式家庭，受“五四”新思潮影响走出家庭，走上社会，甚至迈出了国门。然而她既不像《卷葹》（冯沅君）中的女主人公那样，毅然决然地反抗封建包办婚姻，也不像《莎菲女士的日记》（丁玲）中的莎菲女士那样，孤傲狂狷地追求情爱理想。在她的生活经历中，始终难以摆脱封建伦理道德的束缚与羁绊，而这束缚与羁绊主要又恰是来自深受封建思想浸染的慈母。这种母女之间的冲突实质上是“五四”新思潮与传统旧观念的相争，而彰显“母爱”几乎是所有女作家潜意识中企图规避矛盾的最好方式。她们将对母爱的赞颂与对现实生活中封建礼教的妥协融合在一起，试图从中为自己寻得解脱，然而这却恰恰给当时的一些青年读者带来犹疑、迷惑。这一点在苏雪林的创作中体现得尤为突出。

醒秋曾做过一定的努力，希望冲破传统思想的束缚，创造新的生活，然而她最终却还是蛰伏于“母爱”掩盖下的礼教压迫，不仅放弃了婚姻自主的权利，而且牺牲了自己的学业。方英曾说：“在苏绿漪笔下所展开的姿态，只是刚从封建社会里解放下来，才获得资产阶级的意识，封建势力仍然相当的占有着她的伤感主义的女性的姿态。”（《绿漪论》）可以说，《棘心》这部小说比较真实地再现了“五四”后一部分青年女知识分子，在旧观念被否定，新认识尚未确立时那种思想上的脆弱、迷茫，它成为中国女性心路历程的时代记录。

苏雪林的散文曾受到很多读者的喜爱。她擅长以率真、清新、隽丽的文字书写童心、自然、母爱，而以歌咏自然的文字最为动人。在作者丰富的想象和精细的描绘中，大自然的生机与诗意、绝妙与奇幻令读者沉醉。她的散文虽然不曾蕴涵超绝的思想，但那种蕴藉委婉、微带忧伤的抒情格调往往能够打动读者的心。《绿天》即为其代表作之一。文中写一对向往自然的新婚夫妇觅得一处远离尘嚣的住所时的欣喜之情，表达了作者对温馨家园的渴望和对恩爱夫妻生活的憧憬。作者文笔清新、雅致、流畅，写景句式颇得骈文神韵，有桐城遗风，显示出深厚的古典文学功底。文中的景物描写很有特色，作者把一个快乐新娘天真可爱、顽皮活泼的情态心神赋予一草一木，将自然景物人格化，充满童话般的诗情与野趣。题目“绿天”也十分新颖贴切：被树木染绿的一小片天空，笼罩着幸福和谐的“伊甸园”。作者在此展开幻想，陶醉于创世之初的瑰奇景象与亚当夏娃的亲密俪影之中。当她清醒后发现仍置身红尘，就向命运发出祈愿：“一切将来世路上不可避免的苦恼，都请不要闯进这个乐园来罢，让我们暂时做个和和平平的好梦。”

但苏雪林的祈愿并未得到上天恩许，30 多年名存实亡的婚姻让她饱尝“失乐园”之痛和漂泊无依之苦。在出版散文集《绿天》时所写的自序中，她称自己“善于画梦，渴于求爱”，用文字编造“美丽的谎”来安慰自己。然而，水月镜花如梦幻影，终不能化解现实的苦痛，苏雪林选择了将这苦痛升华为创作与学术研究的动力。这正应了她的一句诗：“百事都从缺陷好，只容心里贮浓春。”

“五四”以后文学作品中描写青年追求恋爱婚姻自由的作品相当多，然而表现夫妻婚后爱情生活的却很少。《绿天》以此为题材，写出了自然健康的生命活力与情趣，写出了理想中人情的温暖与人性的芬芳，这或许正是《绿天》能够在读者中长久地富于魅力的原因。苏雪林笔下“绿天”的美妙境界是令人陶醉的，但却游离于作者的实际生活和她所处的时代。这些美丽的文字带给作者的，是一种心灵的安慰；而其间失落的，则是直面生活矛盾的勇气。

苏雪林研究资料链接

盛英主编：《二十世纪中国女性文学史》第一编第七章第一节，天津人民出版社，1995 年。

王宗法：《苏雪林论(上、下)》，《华文文学》，2000 年第 2 期，第 3 期。

沈晖编选：《绿天雪林》，人民文学出版社，2001 年。

石楠：《另类才女苏雪林》，东方出版社，2004 年。

方维保：《苏雪林：荆棘花冠》，广西师范大学出版社，2006 年。

方维保：《出游与回归：现代知识分子的成长寓言——论苏雪林的早期创作》，《中国文学研究》，2008 年第 4 期。

丁玲

丁玲(1904—1986),原名蒋伟,字冰之,湖南临澧人。1922年离开湖南,辗转于上海、南京、北京等地求学、求职,探求人生之路。1924年结识青年诗人胡也频并开始共同生活。1927年在苦闷迷茫之中写成小说《梦珂》,第一次以“丁玲”为笔名发表于《小说月报》。紧接着《莎菲女士的日记》发表于1928年2月《小说月报》卷首位置,此为丁玲的成名作。1928年第一个短篇小说集《在黑暗中》出版。1930年加入左联,文风开始转变。经《韦护》、《一九三〇年春上海》等“革命加恋爱”模式的小说到1931年秋《水》的发表,标志着这种转变的完成,其中胡也频的被杀害是一个重要因素。1931年主编左联机关刊物《北斗》。1932年加入中国共产党。1933年被国民党绑架,拘禁于南京达三年之久。1936年秋逃离南京到达陕北,成为苏区文艺活动和抗日根据地抗日宣传战线的组织者和领导者,此期的创作也多为通讯、速写等体裁,1941年《我在霞村的时候》、《在医院中》等小说作品发表。1942年3月9日《解放日报》发表丁玲现实针对性很强的杂文《“三八节”有感》,同年延安文艺整风中丁玲受到批判。1949年实践毛泽东文艺思想的长篇小说《太阳照在桑干河上》出版,获1951年斯大林文艺奖。新中国成立以后丁玲曾担任文艺界多项领导职务。1955年和1957年,丁玲相继被打成“丁(玲)陈(企霞)反党集团”和“丁玲、冯雪峰右派反党集团”主要成员,被下放到北大荒劳动,“文革”期间被投到秦城监狱五年。1979年才回到北京。1984年8月,中组部发出《关于为丁玲同志恢复名誉的通知》,为丁玲彻底平反。1985年,创办主编《中国》杂志。1986年2月,美国文学艺术院授予丁玲荣誉院士称号。1986年3月4日,丁玲病逝于北京。

莎菲女士的日记（节选）

三月二十二

在心的忙乱中，我勉强竟写了这些日记了。早先因为蕴姊写信来要，再三再四的，我只好开始写。现在蕴姊死了好久，我还舍不得不继续下去，心想为了蕴姊在世时所谆谆向我说的一些话便永远写下去纪念蕴姊也好。所以无论我那样不愿提笔，也只得胡乱画下一页半页的字来。本来是睡了的，但望到挂在壁上蕴姊的像，忍不住又爬起，为免掉想念蕴姊的难受而提笔了。自然，这日记，我是除了蕴姊不愿给任何人看。第一因为这是为了蕴姊要知道我的生活而记下的一些琐琐碎碎的事，二来我怕别人给一些理智的面孔给我看，好更刺透我的心；似乎我自己也会因了别人所尊崇的道德而真的感到像犯罪一样的难受。所以这黑皮的小本子我许久以来都安放在枕头底下的垫被的下层。今天不幸我却违背我的初意了，然而也是不得已，虽说似乎是出于毫未思考。原因是苇弟近来非常误解我，以致常常使得他自己不安，而又常常波及我，我相信在我平日的一举一动中，我都能表示出我的态度来。为什么他不懂我的意思呢？难道我能直接的说明和阻止他的爱吗？我常常想，假设这不是苇弟而是另外一人，我将会知道怎样处置是最合法的。偏偏又是如此令我忍不下心去的一个好人！我无法了，只好把我的日记给他看。让他知道他在我的心里是怎样的无希望，并知道我是如何凉薄的反反复复的不足爱的女人。假使苇弟知道我，我自然会将他当做我惟一可诉心肺的朋友，我会热诚的拥着他同他接吻。我将替他愿望那世界上最可爱，最美的女人……日记，苇弟看过一遍，又一遍了，虽说他曾经哭过，但态度非常镇静，是出我意料之外的。我说：

"懂得了姊姊吗？"

他点头。

"相信姊姊吗？"

"关于哪方面的？"

于是我懂得那点头的意义。谁能懂得我呢，便能懂得这只能表现我万分之一的日记，也只令我看到这有限的伤心哟！何况，希求人了解，以想方设计用文字来反复说明的日记给人看，是多么可伤心的事！并且，后来苇弟还怕我以为他未曾懂得我，于是不住的说：

"你爱他，你爱他！我不配你！"

我真想一赌气扯了这日记。我能说我没有糟踏这日记吗？我只好向苇弟说："我要睡了，明天再来吧。"

在人里面，真不必求什么！这不是顶可怕的吗？假设蕴姊在，看见我这日记，我知道，她会抱着我哭："莎菲，我的莎菲！我为什么不再变得伟大点，让我的莎菲不至于这样苦啊……"但蕴姊已死了，我拿着这日记应怎样的痛哭才对！

三月二十三

凌吉士向我说："莎菲！你真是一个奇怪的女子。"我了解这并不是懂得了我的什么而说出的一句赞叹。他所以为奇怪的，无非是看见我的破烂了的手套，搜不出香水的抽屉，无缘无故扯碎了的新棉袍，保存着一些旧的小玩具，……还有什么？听见些不常的笑声，至于别的，他便无能去体会了，我也从未向他说过一句我自己的话。譬如他说"我以后要努力赚钱呀"，我便笑；他说到邀起几个朋友在公园追着女学生时，"莎菲那真有趣"，我也笑。自然，他所说的奇怪，只是一种在他生活习惯上不常见的奇怪，并且我也很伤心，我无能使他了解我而敬重我。我是什么也不希求了，除了往西山去。我想到我过去的一切妄想，我好笑！

三月二十四

当他单独在我面前时，我觑着那脸庞，聆着那音乐般的声音，心便在忍受那感情的鞭打！为什么不扑过去吻他的嘴唇，他的眉梢，他的……无论什么地方？真的，有时话都到口边了："我的王！准许我亲一下吧！"但又受理智，不，我就从没有过理智，是受另一种自尊的情感所裁制而又咽住了。唉！无论他的思想怎样坏，他使我如此癫狂的动情，是曾有过而无疑，那我为什么不承认我是爱上了他咧？并且，我敢断定，假使他能把我紧紧的拥抱着，让我吻遍他全身，然后他把我丢下海去，丢下火去，我都会快乐的闭着眼等待那可以永久保藏我那爱情的死的来到。唉！我竟爱他了，我要他给我一个好好的死就够了……

三月二十四夜深

我决心了。我为拯救我自己被一种色的诱惑而堕落，我明早便到夏那儿去，以免看见凌吉士又痛苦，这痛苦已缠缚我如是之久了！

三月二十六

为了一种纠缠而去，但又遭逢着另一种纠缠，我不得不又急速的转来了。我去夏那儿的第二天，梦如便去了。虽说她是看另一人去的，但使我感到很不快活。夜晚，她大发其对感情的一种新近所获得的议论，隐隐的含着讥刺向我，我默然。为不愿让她更得意，我睁着眼，睡在夏的床上等到天明，才忍着气转来……

毓芳告诉我，说西山房子已找好了，并且另外替我邀了一个女伴，也是养病的，而这女伴同毓芳又是很好的朋友。听到这消息，应该是很欢喜吧，但我刚刚在眉头舒展了一点喜色，一种默然的凄凉便罩上了。虽说我从小便离开家，在外面混，但都有我的亲戚朋友随着我。这次上西山，固然说起来离城只是几十里，但在我，一个活了二十岁的人，开始一人跑到陌生的地方去，还是第一次。假使我竟无声无息的死在那山上，谁是第一个发现我死尸的？我能担保我不会死在那里吗？也许别人会笑我担忧到这些小事，而我却真的哭过。

当我问毓芳舍不舍得我时，毓芳却笑，笑我问小孩话，说这一点点路有什么舍不得，直到毓芳答应我每礼拜上山一次，我才不好意思的揩干眼泪。

下午我到苇弟那儿去，苇弟也说他一礼拜上山一次，填毓芳不去的空日。

回来已夜了，我一人寂寂寞的地收拾东西，想到我要离开北京的这些朋友们，我又哭了。但一想到朋友们都未曾向我流泪，我又擦去我脸上的泪痕。我又将一人寂寂寞寞的离开这古城了。

在寂寞里，我又想到凌吉士了，其实，话不是这样说，凌吉士简直不能说"想起""又想起"，完全是整天都在系念到他，只能说："又来讲我的凌吉士吧。"这几天我故意造成的离别，在我是不可计的损失，我本想放松他，而我把他捏得更紧了。我既不能把他从心里压根儿拔去，我为什么要躲避着不见他的面呢？这真使我懊恼，我不能便如此同他离别，这样寂寂寞寞的走上西山……

三月二十七

一早毓芳便上西山去了，去替我布置房子，说好明天我便去。为她这番盛情，我应怎样去找得那些没有的字来表示我的感谢？我本想再呆一天在城里，也不好说了。

我正焦急的时候，凌吉士才来，我握紧他双手，他说："莎菲！几天没见你了！"

我很愿意这时我能哭出来，抱着他哭，但眼泪只能噙在眼里，我只好又笑了。他听见明天我要上山时，显出的那惊诧和嗟叹，很安慰到我，于是我真的笑了。他见到我笑，便把我的手反捏得紧紧的，紧得使我生痛。他怨恨似的说："你笑！你笑！"

这痛，是我从未有过的舒适，好像心里也正锥下去一个什么东西，我很想倒向他的手腕，而这时苇弟却来了。

苇弟知道我恨他来，他偏不走。我向凌吉士使眼色，我说："这点钟有课吧？"于是我送凌吉士出来。他问我明早什么时候走，我告他；问他还来不来呢，他说回头便来；于是我望着他快乐了，我忘了他是怎样可鄙的人格，和美的相貌了，这时他在我的眼里，是一个传奇中的情人。哈，莎菲有一个情人了！……

三月二十七晚

自从我赶走苇弟到这时已整整五个钟头了。在这五点钟里，我应怎样才想得出一个恰合的名字来称呼它？像热锅上的蚂蚁在这小房子里不安的坐下，又站起，又跑到门缝边瞧，但是——他一定不来了，他一定不来了，于是我又想哭，哭我走得这样凄凉，北京城就没有一个人陪我哭吗？是的，我应该离开这冷酷的北京，为什么我要舍不得这板床，这油腻的书桌，这三条腿的椅子……是的，明早我就要走了，北京的朋友们不会再腻烦莎菲的病。为了朋友们轻快舒适，莎菲便为朋友们死在西山也是该的！但如此让莎菲一人看不着一点热情孤孤寂寂的上山去，想来莎菲便不死，也不会有损害或激动于人心吧……不想了！不想！有什么可想的？假使莎菲不如此贪心攫取感情，那莎菲不是便很可满足于那些眉目间的同情了吗？……

关于朋友，我不说了。我知道永世也不会使莎菲感到满足这人间的友谊的！

但我能满足些什么呢？凌吉士答应来，而这时已晚上九点了。纵是他来了，我会很快乐吗？他会给我所需要的吗？……

想起他不来，我又该痛恨自己了！在很早的从前，我懂得对付哪一种男人应用哪一种态度，而现在反蠢了。当我问他还来不来时，我怎能显露出那希求的眼光，在一个漂亮人面前是不应老实，让人瞧不起……但我爱他，为什么我要使用技巧？我不能直接向他表明我的爱吗？并且我觉得只要于人无损，便吻人一百下，为什么便不可以被准许呢？

他既答应来，而又失信，显见得是在戏弄我。朋友，留点好意在莎菲走时，总不至于是一种损失吧。

今夜我简直狂了。语言，文字是怎样在这时显得无用！我心像被许多小老鼠啃着一样，又像一盆火在心里燃烧。我想把什么东西都摔破，又想冒着夜气在外面乱跑，我无法制止我狂热的感情的激荡，我躺在这热情的针毡上，反过去也刺着，翻过来也刺着，似乎我又是在油锅里听到那油沸的响声，感到浑身的灼热……为什么我不跑出去呢？我等着一种渺茫的无意义的希望到来！哈……想到红唇，我又癫了！假使这希望是可能的话——我独自又忍不住笑，我再三再四反复问我自己："爱他吗？"我更笑了。莎菲不会傻到如此地步去爱上南洋人。难道因了我不承认我的爱，便不可以被人准许做一点儿于人无损的事？

假使今夜他竟不来，我怎能甘心便恝然上西山去……

唉！九点半了！

九点四十分！

三月二十八晨三时

莎菲生活在世上，要人们了解她体会她的心太热太恳切了，所以长远地沉溺在失望的苦恼中，但除了自己，谁能够知道她所流出的眼泪的分量？

在这本日记里，与其说是莎菲生活的一段记录，不如直接算为莎菲眼泪的每一个点滴，是在莎菲心上，才觉得更切实。然而这本日记现在要收束了，因为莎菲已无需乎此——用眼泪来泄愤和安慰，这原因是对于一切都觉得无意识，流泪更是这无意识的极深的表白。可是在这最后一页的日记上，莎菲应该用快乐的心情来庆祝，她从最大的失望中，蓦然得到了满足，这满足似乎要使人快乐得死才对。但是我，我只从那满足中感到胜利，从这胜利中得到凄凉，而更深的认识我自己的可怜处，可笑处，因此把我这几月来所萦萦于梦想的一点"美"反缥缈了，——这个美便是那高个儿的丰仪！

我应该怎样来解释呢？一个完全癫狂于男人仪表上的女人的心理！自然我不会爱他，这不会爱，很容易说明，就是在他丰仪的里面是躲着一个何等卑丑的灵魂！可是我又倾慕他，思念他，甚至于没有他，我就失掉一切生活意义了；并且我常常想，假使有那末一日，我和他的嘴唇合拢来，密密的，那我的身体就从这心的狂笑中瓦解去，也愿意。其实，单单能获得骑士般的那人儿的温柔的一抚摩，随便他的手尖触到我身上的任何部分，因此就牺牲一切，我也肯。

我应当发癫，因为这些幻想中的异迹，梦似的，终于毫无困难的都给我得到了。但是从这中间，我所感到的是我所想象的那些会醉我灵魂的幸福吗？不啊！

当他——凌吉士——晚间十点钟来到时候，开始向我嗫嚅的表白，说他是如何的在想我……还使我心动过好几次；但不久我看到他那被情欲燃烧的眼睛，我就害怕了。于是从他那卑劣的思想中发出的更丑的誓语，又振起我的自尊心！假使他把这串浅薄肉麻的情话去对别个女人说，一定是很动听的，可以得一个所谓的爱的心吧。但他却向我，就由这些话语的力，把我推得隔他更远了。唉，可怜的男子！神既然赋与你这样的一副美形，却又暗暗的捉弄你，把那样一个毫不相称的灵魂放到你人生的顶上！你以为我所希望的是"家庭"吗？我所欢喜的是"金钱"吗？我所骄傲的是"地位"吗？"你，在我面前，是显得多么可怜的一个男子啊！"我真要为他不幸而痛哭，然而他依样把眼光镇住我脸上，是被情欲之火燃烧得如何的怕人！倘若他只限于肉感的满足，那末他倒可以用他的色来摧残我的心；但他却哭声的向我说："莎菲，你信我，我是不会负你的！"啊，可怜的人，他还不知道在他面前的这女人，是用如何的轻蔑去可怜他的这些做作，这些话！我竟忍不住笑出声来，说他也知道爱，会爱我，这只是近于开玩笑！那情欲之火的巢穴——那两只灼闪的眼睛，不正宣布他除了可鄙的浅薄的需要，别的一切都不知道吗？

"喂，聪明一点，走开吧，韩家潭那个地方才是你寻乐的场所！"我既然认清他，我就应该这样说，叫这个人类中最劣种的人儿滚出去。然而，虽说我暗暗的在嘲笑他，但当他大胆的贸然伸开手臂来拥我时，我竟又忘了一切，我临时失掉了我所有的一些自尊和骄傲，我完全被那仅有的一副好丰仪迷住了，在我心中，我只想，"紧些！多抱我一会儿吧，明早我便走了"。假使我那时还有一点自制力，我该会想到他的美形以外的那东西，而把他像一块石头般，丢到房外去。

唉！我能用什么言语或心情来痛悔？他，凌吉士，这样一个可鄙的人，吻了我！我静静默默地承受着！但那时，在一个温润的软热的东西放到我脸上，我心中得到的是些什么呢？我不能像别的女人一样晕倒在她那爱人的臂膀里！我张大着眼睛望他，我想："我胜利了！我胜利了！”因为他所使我迷恋的那东西，在吻我时，我已知道是如何的滋味——我同时鄙夷我自己了！于是我忽然伤心起来，我把他用力推开，我哭了。

他也许忽略了我的眼泪，以为他的嘴唇给我如何的温软，如何的嫩腻，把我的心融醉到发迷的状态里吧，所以他又挨我坐着，继续说了许多所谓爱情表白的肉麻话。

“何必把你那令人惋惜处暴露得无余呢？”我真这样的又可怜起他来。

我说：“不要乱想吧，说不定明天我便死去了！”

他听着，谁知道他对于这话是得到怎样的感触？他又吻我，但我躲开了，于是那嘴唇便落到我手上……

我决心了，因为这时我有的是充足的清晰的脑力，我要他走，他带点抱怨颜色，缠着我。我想“为什么你也是这样傻劲呢？”他直挨到夜十二点半钟才走。

他走后，我想起适间的事情。我用所有的力量，来痛击我的心！为什么呢，给一个如此我看不起的男人接吻？既不爱他，还嘲笑他，又让他来拥抱？真的，单凭了一种骑士般的风度，就能使我堕落到如此地步吗？

总之，我是给我自己糟踏了，凡一个人的仇敌就是自己，我的天，这有什么法子去报复而偿还一切的损失？

好在在这宇宙间，我的生命只是我自己的玩品，我已浪费得尽够了，那末因这一番经历而使我更陷到极深的悲境里去，似乎也不成一个重大的事件。

但是我不愿留在北京，西山更不愿去了，我决计搭车南下，在无人认识的地方，浪费我生命的余剩；因此我的心从伤痛中又兴奋起来，我狂笑的怜惜自己：“悄悄的活下来，悄悄的死去，啊！我可怜你，莎菲！”

张炯主编：《丁玲全集》第三卷，河北人民出版社，2001 年 12 月，第 69—78 页。

我在霞村的时候

因为政治部太嘈杂，莫俞同志决定要把我送到邻村去暂住，实际我的身体已经复元了，不过既然有安静的地方暂时修养，趁这机会整理一下近三月来的笔记，觉得也很好，我便答应他到霞村去住两个星期，那里离政治部有三十里路。

同去的还有一位宣传科的女同志，她大约有些工作，她不是一个好说话的人，所以一路显得很寂寞，加上她是一个“改组派”的脚，我的精神也不大好，我们上午就出发，可是太阳快下山了，才到达目的地。

远远看这村子，也同其他的村子差不多。但我知道，这村子里还有一个未被毁去的建筑得很美丽的天主教堂，和一个小小的松林，我就将住在靠山的松林里，从这里可以直望到教堂。现在已经看到靠山的几排整齐的窑洞和窑洞上的一大块绿色的树林，我觉得很满意这村子。

从我的女伴口里，我对这村子的认识是很热闹的。但当我们走进村口时，却连一个小孩子，一只狗也没有碰到，只是几片枯叶轻轻地被风卷起，不多远又坠下来了。

“这里从先是小学堂，自从去年鬼子来后就打毁了，你看那边台阶，那是一个很大的教室呢。”阿桂（我的女伴）告诉我，她显得有些激动，不像白天那样沉默了。她接着又指着一个空空的大院子：“一年半前这里可热闹呢，同志们天天晚饭后就在这里打球。”

她又急起来了：“怎么今天这里没有人呢？我们是先到村公所去，还是到山上去呢？咱们的行李也不知道捎到什么地方去了，总得先闹清才好。”

村公所的大门墙上，贴了很多白纸条，上面写着“××会办事处”、“××会霞村分会”、“……”。但我们到了里边，却静悄悄地找不到一个人，几张横七竖八的桌子空空地摆在那里。我们正奇怪，匆匆地跑来一个人，他看了一看我，似乎想问什么，接着又把话咽下去了，还想往外跑，但被我们叫住了。

他只好连连地答应我们：“我们的人嘛，都到村西口去了。行李？嗯，是有行李，老早就抬到山上了，是刘二妈家里。”他一边说一边打量着我们。

我们知道了他是农救会的人，便要求他陪同我们一道上山去，并且要他把我写给这边一个同志的条子送去。

他答应替我送条子，却不肯陪我们，而且显得有点不耐烦的样子，把我们丢下独自跑走了。

街上也是静悄悄的，有几家在关门，有几家开着，里边却又黑漆漆的，我们也没找到人。幸好阿桂对这村子还熟，她引导着我走上山，这时已经黑下来了，冬天的阳光是下去得快的。

山不高，沿着山脚上去，错错落落有很多石砌的窑洞，也有土窑洞，也常有人站在空坪上眺望着。阿桂明知没有到，但一碰着人便要问：

“刘二妈的家是这样走的么？”“刘二妈的家还有多远？”“请你告诉我怎样到刘二妈的家里？”或是问：“你看见有行李送到刘二妈家去过么？刘二妈在家么？”

回答总是使我们满意的，这些满意的回答一直把我们送到最远的、最高的刘家院子里，两只小狗最先走出来欢迎我们。

接着便有人出来问了。一听说是我，便又出来了两个人，他们掌着灯把我们送进一个院子，到了一个靠东的窑洞里。这窑洞里面很空，靠窗的炕上堆得有我的铺盖卷和一口小皮箱，还有阿桂的一条被子。

他们里面有认识阿桂的，拉着她的手问长问短，后来索性把阿桂拉出去了。我一个人留在这屋子里，只好整理铺盖。我刚要躺下去，她们又涌进来了。有一个青年媳妇托着一缸面条，阿桂、刘二妈和另外一个小姑娘拿着碗、筷和一碟子葱同辣椒，小姑娘又捧来一盆燃得红红的火。

她们殷勤地督促着我吃面，也摸着我的两手、两臂。刘二妈和那媳妇也都坐上炕来了。她们露出一种神秘的神气，又接着谈讲着她们适才所谈到的一个问题。我先还以为她们所诧异的是我，慢慢我觉得不是这样的，她们只热心于一点，那就是她们谈话的内容。我只无头无尾的听见几句，也弄不清，尤其是刘二妈说话之中，常常要把声音压低，像怕什么人听见似的那么耳语着。阿桂已经完全变了，她仿佛满能干似的，很爱说话，而且也能听人说话的样子，她表现出很能把住别人说话的中心意思。另外两人不大说什么，不时也补充一两句，却那么聚精会神地听着，深怕遗漏去一个字似的。

忽然院子里发生了一阵嘈杂的声音，不知有多少人在同时说话，也不知道闯进了多少人来。刘二妈几人慌慌张张地都爬下炕去往外跑，我也莫名其妙地跟着跑到外边去看。这时院子里实在完全黑了，有两个纸糊的红灯笼在人丛中摇晃，我挤到人堆里去瞧，什么也看不见，他们也是无所谓的在挤着而已，他们都想说什么，都又不说，只听见一些极简单的对话，而这些对话只有更把人弄糊涂的：

"玉娃，你也来了么?"

"看见没有?"

"看见了，我有些怕。"

"怕什么，不也是人么，更标致了呢。"

我开始以为是谁家要娶新娘子了，他们却答应我不是的；我又以为是俘虏兵到了，却还不是的。我跟着人走到中间的窑门口，却见窑里挤得满满的是人，而且烟雾沉沉的看不清，我只好又退出来。人似乎也在慢慢地退去了，院子里空旷了许多。

我不能睡去，便在灯底下又整理着小箱子，翻着那些练习簿、相片，又削着几枝铅笔。我显得有些疲乏，却又感觉着一种新的生活要到来以前的那种昂奋。我分配着我的时间，我要从明天起遵守着规定下来的生活秩序，这时却有一个男人嗓子在门外响起了：

"还没有睡么？××同志。"

还没有等到我答应，这人便进来了，是一个二十岁左右的，还文雅的乡下人。

"莫主任的信我老早就看到了，这地方还比较安静，凡事放心，都有我，要什么尽管问刘二妈。莫主任说你要在这里住两个星期，行，要是住得还好，欢迎你多住一阵。我就住在邻院，下边的那几个窑，有事就叫这里的人找我。"

他不肯上炕来坐，地下又没有凳子，我便也跳下炕去：

"呵，你就是马同志，我给你的一个条子收到么？请坐下来谈谈吧。"

我知道他在这村子上负点责，是一个未毕业的初中学生。

"他们告诉我，你写了很多书，可惜我这里没有买，我都没有见到。"他望了望炕上开着口的小箱子。

我们话题一转到这里的学习情形时，他便又说："等你休息几天后，我们一定要请你做一个报告，群众的也好，训练班的也好，总之，你一定得帮助我们，我们这里最难的工作便是‘文化娱乐’。”

像这样的青年人我在前方看了很多很多，当刚刚接触他们的时候常常感到惊讶，觉得这些同自己有一点距离的青年们实在变得很快，我又把话拉回来。

“刚才，他们发生了什么事么？”

“刘大妈的女儿贞贞回来了。想不到她才了不起呢。”即刻我感到在他的眼睛里面多了一样东西，那里面放射着愉快的，热情的光辉。

我正要问下去时，他却又加下说明了：“她是从日本人那里回来的，她已经在那里干了一年多了。”

“呵！”我不禁也惊叫起来了。

他打算再告诉我一些什么时，外边有人在叫他了，他只好对我说明天他一定叫贞贞来找我。而且他还提起我注意似的，说贞贞那里“材料”一定很多的。

很晚阿桂才回来睡，她躺到床上老翻来覆去地睡不着，不往地唉声叹气。我虽说已经疲倦到极点了，仍希望她能告诉我一些关于今晚上的事情。

“不，××同志！我不能说，我真难受，我明天告诉你吧，呵！我们女人真作孽呀！”于是她把被蒙着头，动也不动，也再没有叹息，我不知道她什么时候才睡着的。

第二天一早我到屋外去散步，不觉得就走到村子底下去了。我走进了一家杂货铺，一方面是休息，一方面买了他们很多枣子，是打算送给刘二妈家里煮稀饭吃的。我请他们派个人帮我拿枣子同我一道回去，那杂货铺老板听说我住在刘二妈家里，便眨着那双小眼睛，有趣地低声问我道：

“她那侄女儿你看见了么？听说病得连鼻子也没有了，那是给鬼子糟蹋的呀。”他又转过脸去朝站在里边门口的他的老婆说：“亏她有脸回家来，真是她爹刘福生的报应。”

“那娃儿向来就风风雪雪的，你没有看见她早前就在这街上浪来浪去，她不是同夏大宝打得火热么？要不是夏大宝穷，她不老早就嫁给他了么？”那老婆子拉着衣角走了出来。

“谣言可多呢，”他转过脸来抢着又说。这次他的眼睛已不再眨动了，却做出一副正经的样子：“听说起码一百个男人总‘睡’过，哼，还做了日本官太太，这种缺德的婆娘，是不该让她回来的。”

我忍住了气，因为不愿同他吵，就走出来了，我并没有再看他，但我感觉得他又眨着那小眼睛很得意地望着我的背影。

走到天主堂转角的地方，又听到有两个打水的妇人在谈着，一个说：

“还找过陆神父，一定要做姑姑，陆神父问她理由，她不说，只哭，知道那里边闹的什么把戏，现在呢，弄得比破鞋还不如……”

另一个便又说：“昨天他们告诉我，说走起路来一跛一跛的，唉，怎么好意思见人！”

“有人告诉我，说她手上还戴得有金戒指，是鬼子送的哪！”

“说是还到大同去过，很远的，见过一些世面，鬼子话也会说哪。……”

这散步于我是不愉快的，我便走回家来了。这时阿桂已不在家，我就独自坐在窑洞里读一本小册子。

我把眼睛从书上抬起来，看见靠墙立着两个粮食篓子，那大约很有历史的吧，它的颜色同墙壁一般黑，我把一块活动的窗户纸掀开，就看见一片灰色的天(已经不是昨天来时的天气了)和一片扫得很干净的土地，从那地的尽头，伸出几株枯枝的树，疏疏朗朗地划在那死寂的铅色的天上。

院子里简直没有什么人走动。

我又把小箱子打开，取出纸笔来写了两封信。怎么阿桂还没回来呢？我忘记她是有工作的，而且我以为她是将与我住下去似的了。

冬天的日子本来是很短的，但这时我却以为它比夏天的日子还长呢。

后来我看见那小姑娘出来了，于是跳下炕去到门外去招呼她，但她只望着我笑了一笑，便跑到另外一个窑洞去了。我在院子里走了两个圈，看见一只苍鹰飞入那教堂的树林子里边去了。那院墙里有很多大树。

我又在院子里走起来，我走到靠右边的尽头，我听见有哭泣的声音，是一个女人，而且在压抑住自己，时时都在擤鼻涕。

我努力地排遣自己，思索着这次来的目的和计划，我一定要好好休养，而且按着自己规定的时间去生活，于是我又回到房子里来了，既然不能睡，而写笔记又是多么无聊呵！

幸好不久之后刘二妈来看我了，她一进来，那小姑娘跟着也来了，后来那媳妇也来了。她们都坐到我的炕上，围着一个小火盆。那小姑娘便检阅着那小方炕桌上的我的用具。

“那时谁也顾不到谁，”刘二妈述说着一年半前鬼子打到霞村来的事，“咱们住在山上的还好些点，跑得快，村底下的人家有好些都没有跑走，也是命定下的，早不早迟不迟，这天咱们家的贞贞却跑到天主堂里去了，后来才知道她是找那外国神父要做姑姑去的，为的也是风声不好，她爹正在替她讲亲事，是西柳村的一家米铺的小老板，年纪快三十了，填房，家道厚实，咱们都说好，就只贞贞自己不愿意，她向着她爹哭过。别的事她爹都能依她，就只这件事老头子不让，咱们老大又没儿，总企望把女儿许个好人家，谁知道贞贞却赌气跑下天主堂去了，就那一忽儿，落在火坑了哪，您说做娘老子的怎不伤心……”

“哭的是她的娘么？”

“就是她娘。”

“你的侄女儿呢？”

“侄女儿么，到底是年轻人，昨天回来哭了一场，今天又欢天喜地到会上去了，才十八岁呢。”

“听说做过日本人的太太，真的么？”

“这就难说了，咱也摸不清，谣言自然是多得很，病是已经弄上身了，到那种地方，还保得住干净么！小老板的那头亲事，还不吹了，谁还肯要鬼子用过的女人，的的确确是有病，昨天晚上她自己也就说了。她这一跑，真变了，她说起鬼子来就像说到家常便饭似的，才十八岁呢，已经一点也不害臊了。”

“夏大宝今天还来过呢，娘！”那媳妇悄声地说着，用探问的眼睛望着刘二妈。

“夏大宝是谁呢？”

“是村底下磨房里的一个小伙计，早先小的时候同咱们贞贞同过一年学，两个要好得很，可是他家穷，就连咱们家也不如，他正经也不敢怎样的，偏偏咱们贞贞痴心痴意，总要去缠着他，一来又怪了他；要去做姑姑也还不是为了他，自从贞贞给日本鬼弄去后，他倒常来看看咱们老大两口子。起先咱们大爹一见他就气，有时骂了他，他也不说什么，骂走了第二次又来了，倒是一个有良心的孩子，现在自卫队当一个小排长呢。他今天又来了，好像向咱们大妈求亲来着呢，只听见她哭，后来他也哭着走了。”

“他知不知道你侄女儿的情形呢？”

“怎会不知道，这村子里就没有人不清楚，全比咱们自己还清楚呢。”

“娘，人都说夏大宝是个傻孩子呢。”

“嗯，这孩子总算有良心，咱是愿意这头亲事的。自从鬼子来后，谁还再是有钱的人呢？看老大两口子的口气，也是答应的。唉，要不是这孩子，谁肯来要呢，莫说有病，名声就实在够受了。”

“就是那个穿深蓝色短棉袄，带一顶古铜色翻边毡帽的。”小姑娘闪着好奇的眼光，似乎也很了解这回事。

在我记忆里出现了这样一个人影：今天清晨我出外散步的时候，看见了这么一个年轻的小伙子，有着一副很机灵也很忠厚的面孔，他站在我们院子外边，却又并不打算走进来的样子；约莫当我回家时，又看他从后边的松林里走出来。我只以为是这院子里人或邻院的人，我那时并没有很注意他，现在想起来，倒觉得的确是一个短小精悍、很不坏的年轻人。

我的休养计划是怕不能完成的了，为什么我的思绪这样地乱？我并不着急于要见什么人，但我幻想中的故事是不断地增加着。

阿桂现出一副很明白我的神气，望着我笑了一下便走出去了。

我也明白她的意思，于是来回在炕上忙碌了一番；觉得我们的铺、灯、火都明亮了许多。我刚把茶缸子搁在火上的时候，果然阿桂已经回到门口了，我听见她后边还跟得有人。

“有客人来了，××同志！”阿桂还没有说完，便听见另外一个声音噗哧一笑：“嘻……”

在房门口我握住了这并不熟识的人的手了。她的手滚烫，使我不能不略微吃惊。她跟着阿桂爬上炕去时，在她的背上，长长地垂着一条发辫。

这间使我感到非常沉闷的窑洞，在这新来者的眼里，却很新鲜似的，她用满有兴致的眼光环绕地探视着。她身子稍稍向后仰地坐在我的对面，两手分开撑住她坐的铺盖上，并不打算说什么话似的,最后把眼光安详地落在我脸上了。阴影把她的眼睛画得很长,下巴很尖。虽在很浓厚的阴影之下的眼睛,那眼珠却被灯光和火光照得很明亮,就像两扇在夏天的野外屋宇里洞开的窗子,是那么坦白,没有尘垢。

我也不知道如何来开始我们的谈话,怎么能不碰着她的伤口,不会损坏到她的自尊心。我便先从缸子里倒了一杯已经热了的茶。

“你是南方人吧?我猜你是的,你不像咱们省里的人。”倒是贞贞先说了。

“你见过很多南方人吗?”我想最好随她高兴说什么我就跟着说什么。

“不,”她摇着头,仍旧盯着我瞧,“我只见过几个,总是有些不同。我喜欢你们那里人,南方的女人都能念很多很多的书,不像咱们,我愿意跟你学,你教我好么?”

我答应她之后忽的她又说了:“日本的女人也都会念很多很多书,那些鬼子兵都藏得有几封写得漂亮的信:有的是他们的婆姨来的,有的是相好的,也有不认识的姑娘们写信给他们,还夹上一张照片,写上好些肉麻的话,也不知道她们是不是真心,总哄得那些鬼子当宝贝似的揣在怀里。”

“听说你会说日本话,是么?”

在她脸上轻微地闪露了一下羞赧的颜色,接着又很坦然地说下去:“时间太久了,跑来跑去一年多,多少就会了一点儿,懂得他们说话很有用处。”

“你跟着他们跑了很多地方么?”

“并不是老跟着一个队伍跑的,人家总以为我做了鬼子官太太,享富贵荣华,实际我跑回来过两次,连现在这回是第三次了。后来我是被派去的,也是没有办法,我在那里熟,工作重要,一时又找不到别的人。现在他们不再派我去了,要替我治病。也好,我也挂牵我的爹娘,回来看看他们。可是娘真没有办法,没有儿女是哭,有了儿女还是哭。”

“你一定吃了很多的苦吧。”

“她吃的苦真是想也想不到,”阿桂又做出一副难受的样子,像要哭似的,“做了女人真倒霉,贞贞,你再说点吧。”她更挤拢去,紧靠她身边。

“苦么,”贞贞像回忆着一件辽远的事一样,“现在也说不清,有些是当时难受,于今想来也没有什么;有些是当时倒也马马虎虎地过去了,回想起来却实在伤心呢。一年多,日子也就过去了。这次一路回来,好些人都奇怪地望着我,就说这村子的人吧,都把我当一个外路人,有亲热我的,也有逃避我的。再说家里几个人吧,还不都一样,谁都爱偷偷地瞧我,没有人把我当原来的贞贞看了。我变了么,想来想去,我一点也没有变,要说,也就心变硬一点罢了。人在那种地方住过,不硬一点心肠还行么,也是因为没有办法,逼得那么做的哪!”

一点有病的样子也没有,她的脸色红润,声音清晰,不显得拘束,也不觉得粗野。她并不含一点夸张,也使人感觉不到她有什么牢骚,或是悲凉的意味,我忍不住要问到她的病了。

“人大约总是这样,哪怕到了更坏的地方,还不是只得这样,硬着头皮挺着腰肢过下去，难道死了不成？后来我同咱们自己人有了联系，就更不怕了。我看见日本鬼子吃败仗，游击队四处活动，人心一天天好起来，我想我吃点苦，也划得来，我总得找活路，还要活得有意思，除非万不得已。所以他们说要替我治病，我想也好，治了总好些。这几天病倒不觉得什么了，路过张家驿时，住了两天，他们替我打了两次药针，又给了一些药我吃。只有今年秋天的时候，那才厉害，人家说我肚子里面烂了，又赶上有一个消息要立刻送回来，找不到一个能代替的人，那晚上摸黑我一个人来回走了三十里，走一步，痛一步，只想坐着不走了。要是别的不关紧要的事，我一定不走回去了，可是这不行哪，唉，又怕被鬼子认出我来，又怕误了时间，后来整整睡了一个星期，才又拖起了身。一条命要死好像也不大容易，你说是么？"

她并没有等我的答复，却又继续说下去了。

有的时候，她也停顿下来，在这时间，她也望望我们，也许是在我们脸上找点反应，也许她只是思索着别的。看得出阿桂是比贞贞显得更难受，阿桂大半的时候沉默着，有时说几句话，她说的话总只为的传达出她的无限的同情，但她默着时，却更显得她为贞贞的话所震慑住了，她的灵魂在被压抑，她感受了贞贞过去所受的那些苦难。

我以为那说话的人是丝毫没有意识到要博得别人的同情，纵是别人正为她分担了那些罪行，她似乎也没有感觉到，同时也正因为如此，就使人觉得更可同情了。如果她说起她的这段历史的时候，并不是像现在这样，心平气和，甚至使你以为她是在说旁人那样，那是宁肯听她哭一场，哪怕你自己也陪着她哭，都是觉得好受些的。

后来阿桂倒哭了，贞贞反来劝她。我本有许多话准备同贞贞说的，也说不出口了，我愿意保持住我的沉默，当她走后，我强制住自己在灯下读了一个钟头的书，连睡得那么邻近的阿桂，也不去看她一眼，或问她一句，哪怕她老是翻来覆去的睡不着，一声一声地叹息着。

以后贞贞每天都来我这里闲谈，她不只说她自己，也常常好奇地问我许多那些全不属于她的生活中的事。有时我的话说得很远，她便显得很吃力地听着，却是非常要听的。我们也一同走到村底下去，年轻人都对她很好；自然都是那些活动分子。但像杂货店老板那一类的人，总是铁青着脸孔，冷冷地望着我们，他们嫌厌她，卑视她，而且连我也当着不是同类的人的样子看待了。尤其那一些妇女们，因为有了她才发生对自己的崇敬，才看出自己的圣洁来，因为自己没有被人强奸而骄傲了。

阿桂走了之后，我们的关系就更密切了，谁都不能缺少谁似的，一忽儿不见就会彼此挂念。我喜欢那种有热情的，有血肉的，有快乐，有忧愁，又有明朗的性格的人；而她就正是这样。我们的闲谈常常占去了很多时间，我总以为那些谈天，于我的学习和休养，都是非常有帮助的。可是日子一天天过去，贞贞对我并不完全坦白的事，竟被我发觉了；但我绝不会对她有一丝怨恨，而且我将永远不去触她这秘密，每个人一定有着某些最不愿告诉人的东西深埋在心中，这是指属于私人感情的事，与旁人毫无关系，也不会关系于她个人的道德。

到了我快走的那几天了，贞贞忽然显得很烦躁，并没有什么事，也不像打算要同我谈什么的，却很频繁地到我屋里来，总是心神不宁的，坐立不是的，一会儿又走了。我知道她这几天吃得很少，甚至常常不吃东西。我问过她的病，我清楚她现在所担受的烦扰，决不只是肉体上的。她来了，有时说几句毫无次序的话；有时似乎要求我说一点什么，做出一副要听的神气。但我看得出她却在想一些别的，那些不愿让人知道的，她是正在掩饰着这种心情，装出无所谓的样子。

有两次，我看见那显得精悍的年轻伙子从贞贞母亲的窑中出来，我曾把他给我的印象和贞贞一道比较，我以为我非常同情他，尤其当现在的贞贞被很多人糟踏过，染上了不名誉的、难医的病症的时候，他还能耐心地来看她，向她的父母提出要求，他不嫌弃她，不怕别人笑骂。他一定觉得她这时更需要他，他明白一个男子在这样的时候对他相好的女人所应有的气概和责任。而贞贞呢，虽说在短短的时间中，找不出她有很多的伤感和怨恨，她从没有表示过她现在很希望有一个男子来要她，或者就说是抚慰吧；但我以为她是受过伤的，正因为她受伤太重，所以才养成她现在的强硬，她就有了一种无所求于人的样子。可是如果有些爱抚，非一般同情可比的怜惜，去温暖她的灵魂是好的。我喜欢她能哭一次，找到一个可以哭的地方去哭一次。我希望我有机会吃到这家人的喜酒，至少我也愿意听到一个喜讯再离开。

“然而贞贞在想着一些什么呢？这是不会拖延好久，也不应成为问题的。”我这样想着，也就不多去思索了。

刘二妈，她的小媳妇，小姑娘也来过我房子，估计她们的目的，无非想来报告些什么，有时也说一两句。但我总不给她们说话的机会，我以为凡是属于我朋友的事，如若朋友不告诉我，我又不直接问她，却在旁人那里去打听，是有损害于我的朋友和我自己，也是有损害于我们的友谊的。

就在那天黄昏，院子里又热闹起来了，人都聚集在那里走来走去，邻舍的人全来了，他们交头接耳，有的显得悲戚，也有的满感兴趣的样子。天气很冷，他们好奇的心却很热，在严寒底下耸着肩，弓着腰，笼着手，他们吹着气，在院子中你看我，我看你，好像在探索着很有趣的事似的。

开始我听见刘大妈的房子里有吵闹的声音，接着刘大妈哭了。后来还有男人哭的声音，我想是贞贞的父亲吧。接着又有摔碗的声音，我忍不住分开看热闹的人冲进去了。

“你来的很好，你劝劝咱们贞贞吧。”刘二妈把我扯到里边去。

贞贞把脸收藏在一头纷乱的长发里，却望得见有两颗狰狰的眼睛从里边望着众人。我走到她旁边便站住了，她似乎并没有感觉我的到来，或者也把我当作一个毫不足介意的敌人之一罢了。她的样子完全变了，几乎使我不能在她的身上回想起一点点那些曾属于她的洒脱、明朗、愉快，她像一个被困的野兽，她像一个复仇的女神，她憎恨着谁呢，为什么要做出那么一副残酷的样子？

“你就这样的狠心，你全不为娘老子着想，你全不想想这一年多来我为你受的罪……”刘大妈在炕上一边捶着一边骂，她的眼泪像雨点一样，有的落在炕上，有的落在地上，还有的就顺着脸往下流。

有好几个女人围着她，扯着她，她们不准她下炕来。我以为一个人当失去了自尊心，一任她的性情疯狂下去的时候，真是可怕。我想告诉她，你这样哭是没有用的，同时我也明白在这时是无论什么话都不会有效的。

老头子显得很衰老的样子，他垂着两手，叹着气。夏大宝坐在他旁边，用无可奈何的眼光望着两个老人。

“你总得说一句呀，你就不可怜可怜你的娘么？……”

“路走到尽头总要转弯的，水流到尽头也要转弯的，你就没有一点弯转么？何苦来呢？……”

一些女人们就这样劝贞贞。

我看出这事是不会如大家所希望的了。贞贞早已表示不要任何人可怜她，她也不可怜任何人。她是早已决定，没有弯转的，要说赌气，就算赌气吧。她现在是咬紧了牙关要坚持下去的神情。

她们听了我的劝告，让贞贞到我的房里边去休息，一切问题到晚上再谈。于是我便领着贞贞出来了。可是她并没有到我的房中去，她向后山上跑了。

“这娃儿心事大呢！……”

“哼，瞧不起咱乡下人了……”

“这种破铜烂铁，还搭臭架子，活该夏大宝倒霉……”

聚集在院子中的人们纷纷议论着，看看已经没有什么好看的了，便也散去了。

我在院子中踌躇了一会，便决计到后山去。山上有些坟堆，坟周围都是松树，坟前边有些断了的石碑，一个人影子也没有，连落叶的声音都没有。我从这边穿到那边，我叫着贞贞的名字，似乎有点回声，来安慰一下我的寂寞，但随即更显得万山的沉静。天边的红霞已经退尽了，四周围浮上一层寂静的、烟似的轻雾，绵延在远近的山的腰边。我焦急，我颓然坐在一块碑上，我盘旋着一个问题：再上山去呢，还是在这里等她呢？我希望我能替她分担些痛苦。

我看见一个影子从底下上来了，很快我便认出就是夏大宝。我不做声，希望他没有看见我，让他直到上面去吧。但是他却在朝我走来。

“你找了么？我到现在还没有看见她。”我不得不向他打个招呼。

他走到我面前，就在枯草地上坐去。他沉默着，眼望着远方。

我微微有些局促。他的确还很年轻呢，他有两条细细的长眉，他的眼很大，现在却显得很呆板，他的小小的嘴唇紧闭着，也许在从前是很有趣的，但现在只充满着烦恼，压抑住痛苦的样子，他的鼻是很忠厚的，然而却有什么用呢？

“不要难受，也许明天就好了，今天晚上我定要劝她。”我只好安慰他。

“明天，明天，……她永远都会恨我的，我知道她恨我……”他的声音稍稍有点儿哑，是一个沉郁的低音。

“不，她从没有向我表示过对人有什么恨。”我搜索着我的记忆，我并没有撒谎。

“她不会对你说的，她不会对任何人说的，她一定到死都不饶恕我的。”

“为什么她要恨你呢？”

“当然啰……”忽的他把脸朝着我，注视着我，“你说，我那时不过是一个穷小子，我能拐着她逃跑么？是不是我的罪？是么？”

他并没有等到我的答复就又说下去了，几乎是自语：“是我不好，难道不是我害了她么？假如我能像她那样有胆子，她是不会……”

“她的性格我懂得，她永远都要恨我的。你说，我应该怎样？她愿意我怎样？我如何能使她快乐？我这命是不值什么的，我在她面前也还有点用处么？你能告诉我么？我简直不知我应该怎样才好，唉，这日子真难受呀！还不如让鬼子抓去……”他不断地喃喃下去。

当我邀他一道回家去的时候，他站起来同我走了几步，却又停住了，他说他听见山上有声音。我直望到他的影子没入更厚的松林中去时，才踏上回去的路，天色已经快要全黑了。

这天晚上我虽然睡得很迟，却没有得着什么消息，不知道他们怎么过的。

等不到吃早饭，我把行李都收拾好了，马同志答应今天来替我搬家，我准备回政治部去，并且回到延安去；因为敌人又要大举“扫荡”了，我的身体不准许我再留在这里，莫主任说无论如何要先把这些伤病员送走。我的心却有些空荡荡的，坚持着不回去么？身体又累着别人；回去么？何时再来呢？我正坐在我的铺盖上沉思着的时候，我觉得有人悄悄地走进我的窑洞。

她一耸身便跳上炕来坐在我的对面了，我看见贞贞脸上稍稍有点浮肿，我去握着那只伸在火上的手，那种特别使我感觉刺激的烫热又使我不安了，我意识到她有着不轻的病症。

“贞贞！我要走了，我们不知何时再能相会，我希望，你能听你娘……”

“我就是来告诉你的，”她一下就打断了我的话，“我明天也要动身了。我恨不得早一天离开这家。”

“真的么？”

“真的！”在她的脸上那种特有的明朗又显出来了，“他们叫我回……去治病。”

“呵！”我想我们也许要同道的，“你娘知道了么？”

“不，还不知道，只说治病，病好了又回来，她一定肯放我走的，在家里不是也没有好处么？”

我觉得她今天显得稀有的平静。我想起头天晚上夏大宝说的话了。我冒昧地便问她道：

"你的婚姻问题解决了么?"

"解决,不就是那么么?"

"是听娘的话么?"我还不敢说出我对她的希望,我不愿想着那年轻人所给我的印象,我希望那年轻人有快乐的一天。

"听她们的话,我为什么要听她们的话,她们听过我的话么?"

"那么,你果真是和她们赌气么?"

"……"

"那么,……你真的恨夏大宝么?"

她半天没有回答我,后来她说了,是更为平静的:"恨他,我也说不上。我总觉得我已经是一个有病的人了,我的确被很多鬼子糟踏过,到底是多少,我也记不清了,总之,是一个不干净的人。既然已经有了缺憾,就不想再有福气,我觉得活在不认识的人面前,忙忙碌碌的,比活在家里,比活在有亲人的地方好些。这次他们既然答应送我到延安去治病,那我就想留在那里学习,听说那里是大地方,学校多;什么人都可以学习的。大家扯在一堆并不会怎样好,那就还是公开,各奔各的前程。我这样打算是为了我自己;也为了旁人,所以我并不觉得有什么对不住人的地方,也没有什么高兴的地方。而且我想,到了延安,还另有一番新的气象。我还可以再重新做一个人,人也不一定就只是爹娘的,或是自己的。别人说我年轻,见识短,脾气别扭,我也不辩,有些事哪能让人人知道呢?"

我觉得非常惊诧,新的东西又在她身上表现出来了。我觉得她的话确值得我们研究,我当时只能说出我赞成她的打算的话。

我走的时候,她的家属在那里送我,只有她到公所里去了,也再没有看见夏大宝。我心里并没有难受,我仿佛看见了她的光明的前途,明天我将又见着她的,定会见着她的,而且还有好一阵时日我们不会分开的。果然,一走出她家的门,马同志便告诉了我关于她的决定,证实了她早上告诉我的话很快便会实现了。

一九四〇年

张炯主编:《丁玲全集》第四卷,河北人民出版社,2001年12月,第214—233页。

◆◆◆ 丁玲导读

◎ 降红燕

在中国现代女性文学史乃至20世纪文学史上,从其人生经历和创作历程看,丁玲均占据着一个独特的不可代替的位置。

丁玲最突出的特点是其作品中鲜明的女性意识,而这一女性意识又多是通过小说中的女性形象体现出来的,正如王蒙所言,"她特别善于写被伤害的被误解的倔强多情多思而且孤独的女性”(《我心目中的丁玲》)。发表于1928年的成名作《莎菲女士的日记》,是一篇心理化的日记体小说,作品由34篇日记组成。小说主人公莎菲有两个“自我”:一个思考着的自我,一个是在“观看”着行动中的自我。全篇就是对这两个自我的行动和思考的记录。小说为现代文学提供了一个全新的女性形象——具有鲜明的女性主体自我意识的莎菲。莎菲独自一人漂泊在外,举目无亲,身患肺病,而身体已有病痛的她,精神上更经受着另一重折磨。在她身边有两个追求她的异性男子——苇弟和凌吉士,苇弟的忠厚善良却又优柔怯懦不能让她满足,她爱上了那个有着丰仪的凌吉士,但在终于认识到凌吉士的漂亮外表下有的只是卑污的灵魂后,莎菲一脚踢开了凌吉士,独自南下。《莎菲女士的日记》发表后曾让一些男性评论家震惊,主要在于作品袒露了女性的性爱心理,在此前的女作家笔下是找不到如此坦率的性爱心理描写的。女人在历史上一直处于被看的位置,而现在莎菲发出了惊世骇俗的“那高个儿可真漂亮”的话语,表露出女性积极主动的主体意识。然而,莎菲又不仅仅是在“性”的意义上,而是在“人”的意义上寻求女性的生存价值,她追求的是一种情爱和性爱相统一的爱情。和冰心笔下温柔贞静的现代贤妻良母、庐隐笔下感伤悲观的弱女们相比,丁玲的莎菲尽管孤苦却不落魄,穷困却不潦倒,而充满一种叛逆的反抗精神和积极的向上力量,是“心灵上负着时代苦闷的创伤的青年女性的叛逆的绝叫者”(茅盾《女作家丁玲》)。

丁玲第一个小说集《在黑暗中》的命名无疑具有强烈的象征意义,如果说莎菲们仍处在“在黑暗中”的时代,那么到了解放区明朗的天空下,女性的生存就一片光明吗?写于1940年的小说《我在霞村的时候》对此作出了回答,穷人家的女孩贞贞被日本人抓去作了随军妓女,后来利用身份当我方情报员,应该说她也以自己微薄的力量投入了抗日战争。然而当她带着性病回来时,全村除了原来的恋人夏大宝还同情她,村里人包括自己的父母都在嫌弃她。这篇小说揭示出封建文化观念对女性的冷酷压抑,也昭示出女性解放道路的漫长和艰辛:社会的解放并不必然带来妇女的解放。更为可贵的是,丁玲通过贞贞指出了一条女性的自我救赎之路。贞贞没有接受夏大宝娶她的建议,而是到延安去治病,学习,投入新的生活。贞贞是又一个光彩照人的形象。

与《莎菲女士的日记》和《我在霞村的时候》形象传达不同,写于1942年3月8日清晨的杂文《“三八节”有感》则是丁玲对女性生存和境遇的直陈。此时的丁玲已在延安六年,她亲眼看到了延安妇女的幸与不幸。“我自己是女人,我会比别人更懂得女人的缺点,但我却更懂得女人的痛苦。”文章表达了丁玲作为女性的愤激的呐喊。丁玲更提出了“女人要取得平等,得首先强己”的必由之路。而文章开头“‘妇女’这两个字,将在什么时代才不被重视,不需要特别的被提出呢?”的诘问,到今天都具有强烈的警示意义。

在现当代女性作家中,丁玲是一个情感生命意识和政治生命意识都很强烈的作家,两种意识在不同的时期有所侧重,并在丁玲的创作中打上了鲜明的印记,使其创作呈现出复杂的面貌。丁玲的女性创作集中在两个时期:一是她初登上文坛时,一是40年代初。女性自我似乎是丁玲无法摆脱的“今生辙”(刘思谦《“娜拉”言说》),所以我们才看到了莎菲、贞贞和《“三八节”有感》。另一方面，丁玲自小受具有民主革命思想的母亲的影响，立下当社会活动家的志向，这一点能让我们更好地理解从《莎菲女士的日记》到《水》，又从《我在霞村的时候》到《太阳照在桑干河上》的丁玲。新中国成立后，在“作家是政治化了的人”信条的指导下，加之客观上丁玲的创作生命受到剥夺，丁玲的女性意识从其创作中彻底消失。这对于作家本人和读者而言，都不能不说是一个遗憾。然而丁玲已有的作品为我们留下了一笔丰厚的资产。上个世纪30年代，丁玲有感于当时一些妇女刊物打着妇女解放旗号而不真正为妇女说话的状况，曾说过“我卖稿子，不卖女字”的名言，这对于我们今天商业化境遇下的女性写作来说，犹不失为一剂清醒的良药。

丁玲研究资料链接

茅盾：《女作家丁玲》，1933年7月15日《文艺月报》第1卷第2期。

孟悦、戴锦华：《浮出历史地表——现代妇女文学研究》第七章，河南人民出版社，1989年。

刘思谦：《“娜拉”言说——中国现代女作家心路纪程》第六章，上海文艺出版社，1993年。

刘慧英：《走出男权传统的樊篱——文学中男权意识的批判》第五章第二节，三联书店，1995年。

周良沛：《丁玲传》，北京十月文艺出版社，1996年。

郜元宝、孙洁编：《三八节有感——关于丁玲》，北京广播学院出版社，2000年。

王增如：《无奈的涅槃：丁玲最后的日子》，上海书店出版社，2003年。

郑笑枫：《丁玲在北大荒》，中共党史出版社，2008年。

舒非：《飞蛾扑火，非死不止——琐忆丁玲》（特约专稿），《散文》（海外版），2009年第2期。

丁言昭：《丁玲传》，复旦大学出版社，2011年。

袁良骏：《丁玲研究资料》，知识产权出版社，2011年。

中国丁玲编委会《丁玲与中国当代文学》论文编选组编：《丁玲与中国当代文学第11次（国际）丁玲学术研讨会论文集》，厦门大学出版社，2012年。

林徽因

林徽因(1904—1955),诗人、作家、教授。原名林徽音,福建闽侯人,生于杭州。童年时随家迁居北京,1920年随父亲到英国伦敦读中学,一年后回国,开始文学创作。1923年到美国宾州大学美术学院学习,主修建筑学。1927年毕业后转入耶鲁大学戏剧学院学习舞台美术设计。1928年归国,同年与梁思成结婚。1930年在沈阳东北大学建筑系任教。"九一八"事变后返回北平,从事古代建筑研究。抗日战争爆发后,到昆明居住。1941年迁至四川宜宾。抗战胜利后回北平。新中国成立后,任清华大学建筑系教授、北京市都市计划委员会委员,曾参加中华人民共和国国徽、人民英雄纪念碑的设计工作。1955年于北京病逝。林徽因于1921年开始文学创作,30年代开始发表作品,其中诗作散见于《新月》和《诗刊》等。主要作品有诗歌《笑》、《别丢掉》、《你是人间的四月天》、《深夜里听乐音》等,小说《九十九度中》、《模影零篇》等,另有散文和未完成的多幕剧《梅真同他们》。《林徽因诗集》和《中国现代作家选集·林徽因》分别由人民文学出版社1985年和1992年出版,其中,《林徽因诗集》共收集林徽因1931年至1948年所写的新诗55首,其中绝大部分是发表在三四十年代的报刊上,个别篇章是她的亲属所珍藏的手稿,第一次问世。1999年4月由百花文艺出版社出版的梁从诚主编的《林徽因文集·文学卷》被公认为迄今为止搜集林徽因遗存各类文字最全的版本。

笑

笑的是她的眼睛，口唇，
和唇边浑圆的漩涡。
艳丽如同露珠，
朵朵的笑向
贝齿的闪光里躲。
那是笑——神的笑，美的笑；
水的映影，风的轻歌。

笑的是她惺忪的鬈发，
散乱的挨着她耳朵。
轻软如同花影，
痒痒的甜蜜
涌进了你的心窝。
那是笑——诗的笑，画的笑
云的留痕，浪的柔波。

林徽因：《林徽因经典作品》，当代世界出版社，2004年2月，第55页。

九十九度中（节选）

喜燕堂正厅里挂着金喜字红幢，几对喜联，新娘正在服从号令，连连地深深地鞠躬。外边的喧吵使周围客人的头同时向外面转，似乎打听外面喧吵的缘故。新娘本来就是一阵阵地心跳，此刻更加失掉了均衡；一下子撞上，一下子沉下，手里抱着的鲜花随着只是打颤。雷响深入她耳朵里，心房里……

"新郎新娘——三鞠躬"——"……三鞠躬"。阿淑在迷惘里弯腰伸直，伸直弯腰。昨晚上她哭，她妈也哭，将一串经验上得来的教训，拿出来赠给她——什么对老人要忍耐点，对小的要和气，什么事都要让着点——好像生活就是靠容忍和让步支持着！

她焦心的不是在公婆妯娌间的委曲求全。这几年对婚姻问题谁都讨论得热闹，她就不懂那些讨论的道理遇到实际时怎么就不发生关系。她这结婚的实际，并没有因为她多留心报纸上，新文学上，所讨论的婚姻问题，家庭问题，恋爱问题，而减少了问题。

“二十五岁了……”有人问到阿淑的岁数时，她妈总是发愁似的轻轻地回答那问她的人，底下说不清是叹息是啰嗦。

在这旧式家庭里，阿淑算是已经超出应该结婚的年龄很多了，她知道。父母那急着要她出嫁的神情使她太难堪！他们天天在替她选择合适的人家——其实哪里是选择！反对她尽管反对，那只是消极的无奈何的抵抗，她自己明知道是绝对没有机会选择，乃至于接触比较合适，理想的人物！她挣扎了三年，三年的时间不算短，在她父亲看去那更是不可信的长久…

“余家又托人来提了，你和阿淑商量商量吧，我这身体眼见得更糟，这潮湿天……”父亲的话常常说得很响，故意要她听得见，有时在饭桌上脾气或许更坏一点。“这六十块钱，养活这一大家子！养儿养女都不够，还要捐什么钱？干脆饿死！”有时更直接更难堪：“这又是谁的新褂子？阿淑，你别学时髦穿了到处走，那是找不着婆婆家的——外面瞎认识什么朋友我可不答应，我们不是那种人家！”……懦弱的母亲低着头装作缝衣：“妈劝你将就点……爹身体近来不好，……女儿不能在娘家一辈子的……这家子不算坏；差事不错，前妻没有孩子不能算填房。……”

理论和实际似乎永不发生关系，理论说婚姻得怎样又怎样，今天阿淑都记不得那许多了。实际呢，只要她点一次头，让一个陌生的，异姓的，异性的人坐在她家里，乃至于她旁边，吃一顿饭的手续，父亲和母亲这两三年——竟许已是五六年来——来的难题便突然地，在他们是觉得极文明地解决了。

对于阿淑这订婚的疑惧，常使她父亲像小孩子似的自己安慰自己：阿淑这门亲事真是运气呀，说时总希望阿淑听见这话。不知怎样，阿淑听到这话总是很可怜父亲，想装出高兴样子来安慰他。母亲更可怜；自从阿淑订婚以来总似乎对她抱歉，常常哑着嗓子说：“看我做母亲的这份心上面。”

看做母亲的那份心上面！那天她初次见到那陌生的，异姓的异性的人，那个庸俗的典型触碎她那一点脆弱的爱美的希望，她怔住了，能去寻死，为婚姻失望而自杀么？可以大胆告诉父亲，这婚约是不可能的么？能逃脱这家庭的苛刑（在爱的招牌下的）去冒险，去漂落么？

她没有勇气说什么，她哭了一会儿，妈也流了眼泪，后来妈说：阿淑你这几天瘦了，别哭了，做娘的也只是一份心。……现在一鞠躬，一鞠躬地和幸福作别，事情已经太晚得没有办法了。

吵闹的声浪愈加明显了一阵，伴娘为新娘戴上戒指，又由赞礼的喊了一些命令。

迷离中阿淑开始幻想那外面吵闹的原因：洋车夫打电车吧，汽车轧伤了人吧，学生又请愿，当局派军警弹压吧……但是阿淑想怎么我还如是焦急，现在我该像死人一样了，生活的波澜该沾不上我了，像已经临刑的人。但临刑也好，被迫结婚也好，在电影里到了这种无可奈何的时候总有一个意料不到快慰人心的解脱，不合法，特赦，恋人骑着马星夜奔波地赶到……但谁是她的恋人？除却九哥！学政治法律，讲究新思想的九哥，得着他表妹阿淑结婚的消息不知怎样？他恨由父母把持的婚姻……但谁知道他关心么？他们多少年不来了，虽然在山东住的时候他们曾经邻居，两小无猜地整天在一起玩。幻想是不中用的，九哥先就不在北平，两年前他回来过一次，她记得自己遇到九哥扶着一位漂亮的女同学在书店前边，她躲过了九哥的视线，惭愧自己一身不入时的装束，她不愿和九哥的女友做个太难堪的比较。

感到手酸，心酸，浑身打颤，阿淑由一堆人拥簇着退到里面房间休息。女客们在新娘前后彼此寒暄招呼，彼此注意大家的装扮。有几个很不客气在批评新娘子，显然认为不满意。"新娘太单薄点。"一个摺着十几层下颏的胖女人，摇着扇和旁边的六姨说话。阿淑觉到她自己真可以立刻碰得粉碎；这位胖太太像一座石臼，六姨则像一根铁杵横在前面，阿淑两手发抖拉紧了一块丝巾，听老妈在她头上不住地搬弄那几朵绒花。

随着花露水香味进屋子来的，是锡娇和丽丽，六姨的两个女儿，她们的装扮已经招了许多羡慕的眼光。有电影明星细眉的锡娇抓把瓜子嗑着，猩红的嘴唇里露出雪白的牙齿。她暗中扯了她妹妹的衣襟，嘴向一个客人的侧面努了一下。丽丽立刻笑红了脸，拿出一条丝绸手绢蒙住嘴挤出人堆到廊上走。望着已经在席上的男客们，有几个已经提起筷子高高兴兴地在选择肥美的鸡肉，一面讲着笑话，顿时都为着丽丽的笑声，转过脸来，镇住眼看她。丽丽扭一下腰，又摆了一下，软的长衫轻轻展开，露出裹着肉色丝袜的长腿走过另一边去。

年轻的茶房穿着蓝布大褂，肩搭一块桌布，由厨房里出来，两只手拿四碟冷荤，几乎撞住丽丽。闻到花露香味，茶房忘却顾忌地斜过眼看。昨晚他上菜的时候，那唱戏的云娟坐在首席曾对着他笑，两只水钻耳坠，打秋千似的左右晃。他最忘不了云娟旁座的张四爷，抓住她如玉的手臂劝干杯的情形。笑眯眯的带醉的眼，云娟明明是向着正端着大碗三鲜汤的他笑。他记得放平了大碗，心还怦怦地跳。直到晚上他睡不着，躺在院里板凳上乘凉，随口唱几声"孤王……酒醉……"才算松动了些。今天又是这么一个笑嘻嘻的小姐，穿着这一身软，茶房垂下头去拿酒壶，心底似乎恨谁似的一股气。

"逸九你喝一杯什么？"老卢做东这样问。

"我来一杯香桃冰淇凌吧。"

"你去拣几块好点心，老孟。"主人又招呼那一个客。午饭问题算是如此解决了。为着天热，又为着起得太晚，老卢看到点心铺前面挂的"卫生冰淇凌，咖啡，牛乳，各样点心"这种动人的招牌，便决意里面去消磨时光。约到逸九和老孟来聊天，老卢显然很满意了。

三个人之中，逸九最年少，最摩登。在中学时代就是一口英文，屋子里挂着不是"梨娜"就是"琴妮"的相片，从电影杂志里细心剪下来的，圆一张，方一张，满壁动人的娇憨——他到上海去了两年，跳舞更是出色了，老卢端详着自己的脚，打算找逸九带他到舞场拜老师去。

"哪个电影好，今天下午？"老孟抓一张报纸看。

邻座上两个情人模样男女，对面坐着呆看。男人有很温和的脸，抽着烟没有说话；女人的侧相则颇有动人的轮廓，睫毛长长的活动着，脸上时时浮微笑。她的青纱长衫罩着丰润的肩臂，带着神秘性的淡雅。两人无声地吃着冰淇凌，似乎对于一切完全的满足。

老卢、老孟谈着时局，老卢即是机关人员，时常免不了说“我又有个特别的消息，这样看来里面还有原因”，于是一层一层地做更详细原因的检讨，深深地浸入政治波澜里面。

逸九看着女人的睫毛，和浮起的笑涡，想到好几年前同在假山后捉迷藏的琼两条发辫，一个垂前，一个垂后地跳跃。琼已经死了这六、七年，谁也没有再提起过她。今天这青纱长衫的女人，单单叫他心底涌起琼的影子。不可思议的，淡淡的，记忆描着活泼的琼。在极旧式的家庭里淘气，二舅舅提根旱烟管，厉声地出来停止她各种的嬉戏。但是琼只是敛住声音低低地笑。雨下大了，院中满是水，又是琼胆子大，把裤腿卷过膝盖，赤着脚，到水里装摸鱼。不小心她滑倒了，还是逸九把她抱回来。和琼差不多大小的还有阿淑，住在对门，他们时常在一起玩，逸九忽然记起瘦小、不爱说话的阿淑来。

“听说阿淑快要结婚了，嬷嘱咐到表姨家问候，不知道阿淑要嫁给谁！”他似乎怕到表姨家。这几年的生疏叫他为难，前年他们遇见一次，装束不入时的阿淑倒有种特有的美，一种灵性……奇怪今天这青纱长衫女人为什么叫他想起这许多……

“逸九，你有相当的聪明，手腕，你又能巴结女人，你也应该来试试，我介绍你见老王。”

倦了的逸九忽然感到苦闷。

老卢手弹着桌边表示不高兴：“老孟你少说话，逸九这位大少爷说不定他倒愿意去演电影呢！”种种都有一点落伍的老卢嘲笑着翩翩年少的朋友出气。

青纱长衫的女人和她朋友吃完了，站了起来。男的手托着女人的臂腕，无声地绕过他们三人的茶桌前面，走出门去。老卢逸九注意到女人有秀美的腿，稳健的步履。两人的融洽，在不言不语中流露出来。

“他们是甜心！”

“愿有情人都成眷属。”

“这女人算好看不？”

三个人同时说出口来，各各有所感触。

午后的热，由窗口外嘘进来，三个朋友吃下许多清凉的东西，更不知做什么好。

“电影院去，咱们去研究一回什么‘人生问题’‘社会问题’吧？”逸九望着桌上的空杯，催促着卢、孟两个走。心里仍然浮着琼的影子。活泼、美丽、健硕，全幻灭在死的幕后，时间一样的向前，计量着死的实在。像今天这样，偶尔地回忆就算是证实琼有过活泼生命的唯一的证据。

林徽因：《林徽因经典作品》，当代世界出版社，2004 年 2 月，第 189—194 页。

林徽因导读

◎ 孙晓娅

林徽因天生丽质，气韵高雅，聪慧过人，被世人公认为“一代才女”，加之其一生至情至性，无论从哪方面看，林徽因都堪称20世纪中国知识女性的杰出代表和光辉典范。

就人而论，林徽因20年代在旧北京上层文化圈子里已经相当出名，但是，她成为作家则是自30年代初开始受人注意的。1931年春，林徽因开始发表自己的诗作，毋庸置疑，林徽因初涉诗坛时受英国唯美派影响的同时，也吸纳了徐志摩的诗风。其诗作就思想内容而言，主要是以个人情绪的起伏和变动为主线，探索着生活和爱的哲理，是一种恬静生活中内向的精神发掘。例如《笑》、《别丢掉》、《你是人间的四月天》等便是这一类诗篇的代表作。《笑》以笑为题，写出了诗的主人公“她”的欢愉的心态所化生而涌现的笑，奇美似花朵朵，浮现在或流动在她的眼中、口角和唇边，那笑是“神的笑，美的笑”，“涌进了”那恋人的“心窝”！诗歌文质兼备，风格清新纯净，一时无二，尽显诗人独特的个性。《别丢掉》是徐志摩逝世四周年之际，诗人写诗纪念之作。虽然时过境迁，一切都已经改变，但林徽因对于过去的那段感情仍怀恋在心，所以诗人全部的情感和“过往的热情”都浸润在“别丢掉”的声声叹息和回味中。该诗感情真挚，少雕饰，清雅中回荡着浓郁的诗情和性灵的诗思。此外，林徽因还写有不少表现诗人忧思民族命运、表露爱国之情的诗篇，以《年关》、《八月的忧愁》为代表。

见过林徽因的人都赞叹她的才气，我们从其诗歌创作中可窥见一斑。梁从诫称他的母亲具有“建筑家的眼睛，诗人的心灵”，如此概括实在精辟。林徽因虽然不是专业作家，但她的诗歌几乎都是精品。她的诗歌受新月派的影响，却不像新月诗人那样恪守于方块格律，其学贯中西的学识和自由奔放、热情开朗的性格，使之能够自如地将口语融入古典的和外国的词语，创造出独特的意象、诗境，格调高雅不流于世俗。在诗歌形式的建设上，她游走于多种样式，既创作过格律诗、半格律诗，还采用了自由诗的形式，达到内容与形式的和谐统一。在诗歌语言和艺术手法上，很少因循守旧，别有创新。她选用的语言明快隽永，既能生动地捕捉世间万象和瞬息万变的思绪，又富有乐感，朗读她的诗，如同欣赏被谱过曲子的歌音，加之她对绘画艺术的天赋和建筑的专长，她的诗歌中常常呈现出洋溢着个性色彩的场景和画面。

对于多才多艺而又主攻建筑学的林徽因而言，文学创作应该算是她的业余活动，可事实证明，她却取得了专业作家所无法企及的成就，但毕竟一个人的精力有限，因此，就作家本人的才华和发展潜力而言，很多人对林徽因的创作表示过遗憾，认为她写得“太少、太少了”①。作为京派女作家，在她为我们留下的“太少”的文学作品中，小说《九十九度中》颇为引人惊叹。谈及小说创作，林徽因强调作品最主要的是诚实，她认为诚实比题

① 萧乾:《一代才女林徽因》，选自刘小沁编选《窗子内外忆徽因》，人民文学出版社，2001年，第11页。

材新鲜、结构完整和文字的流丽更为重要。[①] 受这一观点的影响,《九十九度中》为我们展现了特定历史时空中多种人生的横切面。在一个溽暑的北平,作者不厌琐屑地将一个胡同里生活着的各色人等一天的生活披露在我们眼前,看似零散,却深藏条理,看似缺乏技巧,却处处透露匠心。写一位女性被动的命运,作者却时刻不忘生活的本色,在那个平凡却熙熙攘攘的世界,有多少被动!在纷乱的头绪中,作者以诗人才情四射的笔致,自由、活跃地渗入她的细密而蕴蓄的情感和对人生的思考,展现出酷暑中北京城各阶层人的生老病死、贫富哀乐。小说虽然没有纯正京派小说的悠然自在的田园牧歌情怀,却体现了京派从容自如的书写风范和俊拔高雅的韵致,很多研究者称这部小说最富有现代性,并且达到了很高的造诣。

林徽因研究资料链接

梁从诫:《建筑家的眼睛 诗人的心灵》,《读书》,1983 年第 2 期。

韩石山:《寻访林徽因》,人民文学出版社,2001 年。

刘小沁编选:《窗子内外忆徽因》,人民文学出版社,2001 年。

张红萍:《一个纯美主义者的激情:林徽因画传》,二十一世纪出版社,2005 年。

刘炎生:《中国第一才女林徽因》,湖北人民出版社,2006 年。

张清平:《林徽因传》,百花文艺出版社,2007 年。

辛禄高、韩锋:《"建筑家的眼睛,诗人的心灵"——论林徽因作品的"建筑意"》,《电影文学》,2008 年第 4 期。

吕新梅:《林徽因诗歌审美品格探寻》,《作家》,2008 年第 4 期。

陈学勇:《莲灯微光里的梦:林徽因的一生》,人民文学出版社,2008 年。

班业新:《论林徽因的文学思想及其文学创作》,南京师范大学硕士论文,2008 年。

① 林徽因选辑:《大公报文艺丛刊小说选》,上海大公报,1936 年 8 月,序言第 3 页。

萧红

萧红(1911—1942),本名张迺莹,黑龙江省呼兰县人。幼年丧母,父亲张廷举。1920年在祖父的支持下得以进入本县南关小学读书。1925年,又进入本县第一女子高小读书。1927年离开故乡呼兰县,进入哈尔滨市东省特别区立第一女子中学读书,在此期间,她开始对文学和美术发生兴趣。1930年萧红的祖父去世,从此她失去家庭中唯一的保护人。父亲在继母的唆使下,为萧红订婚,并串通女子中学校长取消萧红的学籍,萧红被迫回到家中。为了抗拒包办婚姻,萧红离家出走,开始过漂泊流浪的生活。萧红在危难之中认识了萧军,并开始相依为命的生活。1933年,在东北进步作家的影响下,萧红开始从事文学创作,并陆续在《大同报》的"夜哨"副刊及"大同俱乐部"发表短篇小说、散文和诗。1934年,萧红将自己的5个短篇小说与萧军的6个短篇小说合编成小说集《跋涉》,在友人的帮助下自费出版。

1934年萧红和萧军离开了东北,在青岛完成了长篇小说《生死场》的创作。1935年《生死场》在鲁迅先生的直接关怀下得以出版,鲁迅先生亲自为该书写序。在随后的日子里是萧红文学创作的丰收季节,她住在上海,写作并出版了抒情散文集《商市街》。1936年夏,萧红只身东渡日本。1936年10月,萧红得知鲁迅先生逝世的消息,为此写散文《海外的哀悼》,还发表诗作《拜墓诗——为鲁迅先生》。1937年从日本回到北京,先后到上海、武汉等地。1938年到达山西,在民族革命大学任教,后随丁玲率领的"西北战地服务团"前往西安。在当年初夏,与萧军分手并与端木蕻良结婚。1940年出版短篇小说集《朦胧的期待》。萧红与端木蕻良从重庆辗转香港,这时萧红的身体十分虚弱,在香港期间她创作了两部长篇《呼兰河传》、《马伯乐》,以及《小城三月》、《后花园》等一批短篇小说以及散文。1942年1月22日,饱经颠沛流离之苦的萧红病逝,这时她只有31岁。

呼兰河传（节选）

第三章

一

呼兰河这小城里边住着我的祖父。

我生的时候，祖父已经六十多岁了，我长到四五岁，祖父就快七十了。

我家有一个大花园，这花园里蜂子、蝴蝶、蜻蜓、蚂蚱，样样都有。蝴蝶有白蝴蝶、黄蝴蝶。这种蝴蝶极小，不太好看。好看的是大红蝴蝶，满身带着金粉。

蜻蜓是金的，蚂蚱是绿的，蜂子则嗡嗡地飞着，满身绒毛，落到一朵花上，胖圆圆地就和一个小毛球似的不动了。

花园里边明晃晃的，红的红，绿的绿，新鲜漂亮。

据说这花园，从前是一个果园。祖母喜欢吃果子就种了果园。祖母又喜欢养羊，羊就把果树给啃了。果树于是都死了。到我有记忆的时候，园子里就只有一棵樱桃树，一棵李子树，因为樱桃和李子都不大结果子，所以觉得他们是并不存在的。小的时候，只觉得园子里边就有一棵大榆树。

这榆树在园子的西北角上，来了风，这榆树先啸，来了雨，大榆树先就冒烟了。太阳一出来，大榆树的叶子就发光了，它们闪烁得和沙滩上的蚌壳一样了。

祖父一天都在后园里边，我也跟着祖父在后园里边。祖父带一个大草帽，我戴一个小草帽，祖父栽花，我就栽花；祖父拔草，我就拔草。当祖父下种，种小白菜的时候，我就跟在后边，把那下了种的土窝，用脚一个一个地溜平，哪里会溜得准，东一脚，西一脚地瞎闹。有的把菜种不单没被土盖上，反而把菜子踢飞了。

小白菜长得非常之快，没有几天就冒了芽了，一转眼就可以拔下来吃了。

祖父铲地，我也铲地；因为我太小，拿不动那锄头杆，祖父就把锄头杆拔下来，让我单拿着那个锄头的“头”来铲。其实哪里是铲，也不过趴在地上，用锄头乱勾一阵就是了。也认不得哪个是苗，哪个是草。往往把韭菜当做野草一起地割掉，把狗尾草当做谷穗留着。

等祖父发现我铲的那块满留着狗尾草的一片，他就问我：

“这是什么？”

我说：

“谷子。”

祖父大笑起来，笑得够了，把草摘下来问我：

“你每天吃的就是这个吗？”

我说：

"是的。"

我看着祖父还在笑,我就说:

"你不信,我到屋里拿来你看。"

我跑到屋里拿了鸟笼上的一头谷穗,远远地就抛给祖父了。说:

"这不是一样的吗?"

祖父慢慢地把我叫过去,讲给我听,说谷子是有芒针的。狗尾草则没有,只是毛嘟嘟的真像狗尾巴。

祖父虽然教我,我看了也并不细看,也不过马马虎虎承认下来就是了。一抬头看见了一个黄瓜长大了,跑过去摘下来,我又去吃黄瓜去了。

黄瓜也许没有吃完,又看见了一个大蜻蜓从旁飞过,于是丢了黄瓜又去追蜻蜓去了。蜻蜓飞得多么快,哪里会追得上。好在一开初也没有存心一定追上,所以站起来,跟了蜻蜓跑了几步就又去做别的去了。

采一个倭瓜花心,捉一个大绿豆青蚂蚱,把蚂蚱腿用线绑上,绑了一会,也许把蚂蚱腿就绑掉,线头上只拴了一只腿,而不见蚂蚱了。

玩腻了,又跑到祖父那里去乱闹一阵,祖父浇菜,我也抢过来浇,奇怪的就是并不往菜上浇,而是拿着水瓢,拼尽了力气,把水往天空里一扬,大喊着:

"下雨了,下雨了。"

太阳在园子里是特大的,天空是特别高的,太阳的光芒四射,亮得使人睁不开眼睛,亮得蚯蚓不敢钻出地面来,蝙蝠不敢从什么黑暗的地方飞出来。是凡在太阳下的,都是健康的、漂亮的,拍一拍连大树都会发响的,叫一叫就是站在对面的土墙都会回答似的。

花开了,就像花睡醒了似的。鸟飞了,就像鸟上天了似的。虫子叫了,就像虫子在说话似的。一切都活了。都有无限的本领,要做什么,就做什么。要怎么样,就怎么样。都是自由的。倭瓜愿意爬上架就爬上架,愿意爬上房就爬上房。

黄瓜愿意开一个谎花,就开一个谎花,愿意结一个黄瓜,就结一个黄瓜。若都不愿意,就是一个黄瓜也不结,一朵花也不开,也没有人问它。玉米愿意长多高就长多高,他若愿意长上天去,也没有人管。蝴蝶随意的飞,一会从墙头上飞来一对黄蝴蝶,一会又从墙头上飞走了一个白蝴蝶。它们是从谁家来的,又飞到谁家去?太阳也不知道这个。

只是天空蓝悠悠的,又高又远。

可是白云一来了的时候,那大团的白云,好像洒了花的白银似的,从祖父的头上经过,好像要压到了祖父的草帽那么低。

我玩累了,就在房子底下找个阴凉的地方睡着了。不用枕头,不用席子,就把草帽遮在脸上就睡了。

二

祖父的眼睛是笑盈盈的,祖父的笑,常常笑得和孩子似的。

祖父是个长得很高的人，身体很健康，手里喜欢拿着个手杖。嘴上则不住地抽着旱烟管，遇到了小孩子，每每喜欢开个玩笑，说：

“你看天空飞个家雀。”

趁那孩子往天空一看，就伸出手去把那孩子的帽给取下来了，有的时候放在长衫的下边，有的时候放在袖口里头。他说：

“家雀叼走了你的帽啦。”

孩子们都知道了祖父的这一手了，并不以为奇，就抱住他的大腿，向他要帽子，摸着他的袖管，撕着他的衣襟，一直到找出帽子来为止。

祖父常常这样做，也总是把帽放在同一的地方，总是放在袖口和衣襟下。那些搜索他的孩子没有一次不是在他衣襟下把帽子拿出来的，好像他和孩子们约定了似的：“我就放在这块，你来找吧！”

这样的不知做过了多少次，就像老太太永久讲着“上山打老虎”这一个故事给孩子们听似的，哪怕是已经听过了五百遍，也还是在那里回回拍手，回回叫好。

每当祖父这样做一次的时候，祖父和孩子们都一齐地笑得不得了。好像这戏还像第一次演似的。

别人看了祖父这样做，也有笑的，可不是笑祖父的手法好，而是笑他天天使用一种方法抓掉了孩子的帽子，这未免可笑。

祖父不怎样会理财，一切家务都由祖母管理。祖父只是自由自在地一天闲着；我想，幸好我长大了，我三岁了，不然祖父该多寂寞。我会走了，我会跑了。我走不动的时候，祖父就抱着我；我走动了，祖父就拉着我。一天到晚，门里门外，寸步不离，而祖父多半是在后园里，于是我也在后园里。

我小的时候，没有什么同伴，我是我母亲的第一个孩子。

我记事很早，在我三岁的时候，我记得我的祖母用针刺过我的手指，所以我很不喜欢她。我家的窗子，都是四边糊纸，当中嵌着玻璃。祖母是有洁癖的，以她屋的窗纸最白净。

别人抱着把我一放在祖母的炕边上，我不假思索地就要往炕里边跑，跑到窗子那里，就伸出手去，把那白白透着花窗棂的纸窗给捅了几个洞，若不加阻止，就必得挨着排给捅破，若有人招呼着我，我也得加速的抢着多捅几个才能停止。手指一触到窗上，那纸窗像小鼓似的，嘭嘭地就破了。破得越多，自己越得意。祖母若来追我的时候，我就越得意了，笑得拍着手，跳着脚的。

有一天祖母看我来了，她拿了一个大针就到窗子外边去等我去了。我刚一伸出手去，手指就痛得厉害。我就叫起来了。那就是祖母用针刺了我。

从此，我就记住了，我不喜她。

虽然她也给我糖吃，她咳嗽时吃猪腰烧川贝母，也分给我猪腰，但是我吃了猪腰还是不喜她。

在她临死之前，病重的时候，我还会吓了她一跳。有一次她自己一个人坐在炕上熬药，药壶是坐在炭火盆上，因为屋里特别的寂静，听得见那药壶骨碌骨碌地响。祖母住着两间房子，是里外屋，恰巧外屋也没有人，里屋也没人，就是她自己。我把门一开，祖母并没有看见我，于是我就用拳头在板隔壁上，咚咚地打了两拳。我听到祖母"哟"地一声，铁火剪子就掉了地上了。

我再探头一望，祖母就骂起我来。她好像就要下地来追我似的。我就一边笑着，一边跑了。

我这样地吓唬祖母，也并不是向她报仇，那时我才五岁，是不晓得什么的，也许觉得这样好玩。

祖父一天到晚是闲着的，祖母什么工作也不分配给他。只有一件事，就是祖母的地棕上的摆设，有一套锡器，却总是祖父擦的。这可不知道是祖母派给他的，还是他自动的愿意工作，每当祖父一擦的时候，我就不高兴，一方面是不能领着我到后园里去玩了，另一方面祖父因此常常挨骂，祖母骂他懒，骂他擦得不干净。祖母一骂祖父的时候，就常常不知为什么连我也骂上。

祖母一骂祖父，我就拉着祖父的手往外边走，一边说：

"我们后园里去吧。"

也许因此祖母也骂了我。

她骂祖父是"死脑瓜骨"，骂我是"小死脑瓜骨"。

我拉着祖父就到后园里去了，一到了后园里，立刻就另是一个世界了。绝不是那房子里的狭窄的世界，而是宽广的，人和天地在一起，天地是多么大，多么远，用手摸不到天空。

而土地上所长的又是那么繁华，一眼看上去，是看不完的，只觉得眼前鲜绿的一片。

一到后园里，我就没有对象地奔了出去，好像我是看准了什么而奔去了似的，好像有什么在那儿等着我似的。其实我是什么目的也没有。只觉得这园子里边无论什么东西都是活的，好像我的腿也非跳不可了。

若不是把全身的力量跳尽了，祖父怕我累了想招呼住我，那是不可能的，反而他越招呼，我越不听话。

等到自己实在跑不动了，才坐下来休息，那休息也是很快的，也不过随便在秧子上摘下一个黄瓜来，吃了也就好了。

休息好了又是跑。

樱桃树，明是没有结樱桃，就偏跑到树上去找樱桃。李子树是半死的样子了，本不结李子的，就偏去找李子。一边在找，还一边大声地喊，在问着祖父：

"爷爷，樱桃树为什么不结樱桃？"

祖父老远地回答着：

"因为没有开花，就不结樱桃。"

再问：

“为什么樱桃树不开花?”

祖父说：

“因为你嘴馋,它就不开花。”

我一听了这话,明明是嘲笑我的话,于是就飞奔着跑到祖父那里,似乎是很生气的样子。等祖父把眼睛一抬,他用了完全没有恶意的眼睛一看我,我立刻就笑了。而且是笑了半天的工夫才能够止住,不知哪里来了那许多的高兴。后园一时都让我搅乱了,我笑的声音不知有多大,自己都感到震耳了。

后园中有一棵玫瑰。一到五月就开花的。一直开到六月。

花朵和酱油碟那么大。开得很茂盛,满树都是,因为花香,招来了很多的蜂子,嗡嗡地在玫瑰树那儿闹着。

别的一切都玩厌了的时候,我就想起来去摘玫瑰花,摘了一大堆把草帽脱下来用帽兜子盛着。在摘那花的时候,有两种恐惧,一种是怕蜂子的勾刺人,另一种是怕玫瑰的刺刺手。好不容易摘了一大堆,摘完了可又不知道做什么了。忽然异想天开,这花若给祖父戴起来该多好看。

祖父蹲在地上拔草,我就给他戴花。祖父只知道我是在捉弄他的帽子,而不知道我到底是在干什么。我把他的草帽给他插了一圈的花,红通通的二三十朵。我一边插着一边笑,当我听到祖父说：

“今年春天雨水大,咱们这棵玫瑰开得这么香。二里路也怕闻得到的。”

就把我笑得哆嗦起来。我几乎没有支持的能力再插上去。

等我插完了,祖父还是安然的不晓得。他还照样地拔着垅上的草。我跑得很远的站着,我不敢往祖父那边看,一看就想笑。所以我借机进屋去找一点吃的来,还没有等我回到园中,祖父也进屋来了。

那满头红通通的花朵,一进来祖母就看见了。她看见什么也没说,就大笑了起来。父亲母亲也笑了起来,而以我笑得最厉害,我在炕上打着滚笑。

祖父把帽子摘下来一看,原来那玫瑰的香并不是因为今年春天雨水大的缘故,而是那花就顶在他的头上。

他把帽子放下,他笑了十多分钟还停不住,过一会一想起来,又笑了。

祖父刚有点忘记了,我就在旁边提着说：

“爷爷……今年春天雨水大呀……”

一提起,祖父的笑就来了。于是我也在炕上打起滚来。

就这样一天一天的,祖父,后园,我,这三样是一样也不可缺少的了。

刮了风,下了雨,祖父不知怎样,在我却是非常寂寞的了。去没有去处,玩没有玩的,觉得这一天不知有多少日子那么长。

三

偏偏这后园每年都要封闭一次的，秋雨之后这花园就开始凋零了，黄的黄、败的败，好像很快似的一切花朵都灭了，好像有人把它们摧残了似的。它们一齐都没有从前那么健康了，好像它们都很疲倦了，而要休息了似的，好像要收拾收拾回家去了似的。

大榆树也是落着叶子，当我和祖父偶尔在树下坐坐，树叶竟落在我的脸上来了。树叶飞满了后园。

没有多少时候，大雪又落下来了，后园就被埋住了。

通到园去的后门，也用泥封起来了，封得很厚，整个的冬天挂着白霜。

我家住着五间房子，祖母和祖父共住两间，母亲和父亲共住两间。祖母住的是西屋，母亲住的是东屋。

是五间一排的正房，厨房在中间，一齐是玻璃窗子，青砖墙，瓦房间。

祖母的屋子，一个是外间，一个是内间。外间里摆着大躺箱，地长桌，太师椅。椅子上铺着红椅垫，躺箱上摆着朱砂瓶，长桌上列着座钟。钟的两边站着帽筒。帽筒上并不挂着帽子，而插着几个孔雀翎。

我小的时候，就喜欢这个孔雀翎，我说它有金色的眼睛，总想用手摸一摸，祖母就一定不让摸，祖母是有洁癖的。

还有祖母的躺箱上摆着一个座钟，那座钟是非常希奇的，画着一个穿着古装的大姑娘，好像活了似的，每当我到祖母屋去，若是屋子里没有人，她就总用眼睛瞪我，我几次的告诉过祖父，祖父说：

“那是画的，她不会瞪人。”

我一定说她是会瞪人的，因为我看得出来，她的眼珠像是会转。

还有祖母的大躺箱上也尽雕着小人，尽是穿古装衣裳的，宽衣大袖，还戴顶子，带着翎子。满箱子都刻着，大概有二三十个人，还有吃酒的，吃饭的，还有作揖的……

我总想要细看一看，可是祖母不让我沾边，我还离得很远的，她就说：

“可不许用手摸，你的手脏。”

祖母的内间里边，在墙上挂着一个很古怪很古怪的挂钟，挂钟的下边用铁链子垂着两穗铁包米。铁包米比真的包米大了很多，看起来非常重，似乎可以打死一个人。再往那挂钟里边看就更希奇古怪了，有一个小人，长着蓝眼珠，钟摆一秒钟就响一下，钟摆一响，那眼珠就同时一转。

那小人是黄头发，蓝眼珠，跟我相差太远，虽然祖父告诉我，说那是毛子人，但我不承认她，我看她不像什么人。

所以我每次看这挂钟，就半天半天的看，都看得有点发呆了。我想：这毛子人就总在钟里边呆着吗？永久也不下来玩吗？

外国人在呼兰河的土语叫做“毛子人”。我四五岁的时候，还没有见过一个毛子人，以为毛子人就是因为她的头发毛烘烘地卷着的缘故。

祖母的屋子除了这些东西，还有很多别的，因为那时候，别的我都不发生什么趣味，所以只记住了这三五样。

母亲的屋里，就连这一类的古怪玩艺也没有了，都是些普通的描金柜，也是些帽筒、花瓶之类，没有什么好看的，我没有记住。

这五间房子的组织，除了四间住房一间厨房之外，还有极小的、极黑的两个小后房。祖母一个，母亲一个。

那里边装着各种样的东西，因为是储藏室的缘故。

坛子罐子、箱子柜子、筐子篓子。除了自己家的东西，还有别人寄存的。

那里边是黑的，要端着灯进去才能看见。那里边的耗子很多，蜘蛛网也很多。空气不大好，永久有一种扑鼻的和药的气味似的。

我觉得这储藏室很好玩，随便打开那一只箱子，里边一定有一些好看的东西，花丝线、各种色的绸条、香荷包、搭腰、裤腿、马蹄袖、绣花的领子。古香古色，颜色都配得特别的好看。箱子里边也常常有蓝翠的耳环或戒指，被我看见了，我一看见就非要一个玩不可，母亲就常常随手抛给我一个。

还有些桌子带着抽屉的，一打开那里边更有些好玩的东西，铜环、木刀、竹尺、观音粉。这些个都是我在别的地方没有看过的，而且这抽屉始终也不锁的。所以我常常随意地开，开了就把样样，似乎是不加选择地都搜了出去，左手拿着木头刀，右手拿着观音粉，这里砍一下，那里画一下。后来我又得到了一个小锯，用这小锯，我开始毁坏起东西来，在椅子腿上锯一锯，在炕沿上锯一锯。我自己竟把我自己的小木刀也锯坏了。

无论吃饭和睡觉，我这些东西都带在身边，吃饭的时候，我就用这小锯，锯着馒头。睡觉做起梦来还喊着：

“我的小锯哪里去了？”

储藏室好像变成我探险的地方了。我常常趁着母亲不在屋我就打开门进去了。这储藏室也有一个后窗，下半天也有一点亮光，我就趁着这亮光打开了抽屉，这抽屉已经被我翻得差不多的了，没有什么新鲜的了。翻了一会，觉得没有什么趣味了，就出来了。到后来连一块水胶，一段绳头都让我拿出来了，把五个抽屉通通拿空了。

除了抽屉还有筐子笼子，但那个我不敢动，似乎每一样都是黑洞洞的，灰尘不知有多厚，蛛网蛛丝的不知有多少，因此我连想也不想动那东西。

记得有一次我走到这黑屋子的极深极远的地方去，一个发响的东西撞住我的脚上，我摸起来抱到光亮的地方一看，原来是一个小灯笼，用手指把灰尘一划，露出来是个红玻璃的。

我在一两岁的时候，大概我是见过灯笼的，可是长到四五岁，反而不认识了。我不知道这是个什么。我抱着去问祖父去了。

祖父给我擦干净了，里边点上个洋蜡烛，于是我欢喜得就打着灯笼满屋跑，跑了好几天，一直到把这灯笼打碎了才算完了。

我在黑屋子里边又碰到了一块木头，这块木头是上边刻着花的，用手一摸，很不光滑，我拿出来用小锯锯着。祖父看见了，说：

“这是印帖子的帖板。”

我不知道什么叫帖子，祖父刷上一片墨刷一张给我看，我只看见印出来几个小人。还有一些乱七八糟的花，还有字。祖父说：

“咱们家开烧锅的时候，发帖子就是用这个印的，这是一百吊的……还有伍十吊的十吊的……”

祖父给我印了许多，还用鬼子红给我印了些红的。

还有戴缨子的清朝的帽子，我也拿了出来戴上。多少年前的老大的鹅翎扇子，我也拿了出来吹着风。翻了一瓶莎仁出来，那是治胃病的药，母亲吃着，我也跟着吃。

不久，这些八百年前的东西，都被我弄出来了。有些是祖母保存着的，有些是已经出了嫁的姑母的遗物，已经在那黑洞洞的地方放了多少年了，连动也没有动过，有些个快要腐烂了，有些个生了虫子，因为那些东西早被人们忘记了，好像世界上已经没有那么一回事了。而今天忽然又来到了他们的眼前，他们受了惊似的又恢复了他们的记忆。

每当我拿出一件新的东西的时候，祖母看见了，祖母说：

“这是多少年前的了！这是你大姑在家里边玩的……”

祖父看见了，祖父说：

“这是你二姑在家时用的……”

这是你大姑的扇子，那是你三姑的花鞋……都有了来历。

但我不知道谁是我的三姑，谁是我的大姑。也许我一两岁的时候，我见过她们，可是我到四五岁时，我就不记得了。

我祖母有三个女儿，到我长起来时，她们都早已出嫁了。

可见二三十年内就没有小孩子了。而今也只有我一个。实在的还有一个小弟弟，不过那时他才一岁半岁的，所以不算他。

家里边多少年前放的东西，没有动过，他们过的是既不向前，也不回头的生活，是凡过去的，都算是忘记了，未来的他们也不怎样积极地希望着，只是一天一天地平板地、无怨无尤地在他们祖先给他们准备好的口粮之中生活着。

等我生来了，第一给了祖父的无限的欢喜，等我长大了，祖父非常地爱我。使我觉得在这世界上，有了祖父就够了，还怕什么呢？虽然父亲的冷淡，母亲的恶言恶色，和祖母的用针刺我手指的这些事，都觉得算不了什么。何况又有后花园！

后园虽然让冰雪给封闭了，但是又发现了这储藏室。这里边是无穷无尽地什么都有，这里边宝藏着的都是我所想象不到的东西，使我感到这世界上的东西怎么这样多！而且样样好玩，样样新奇。

比方我得到了一包颜料，是中国的大绿，看那颜料闪着金光，可是往指甲上一染，指甲就变绿了，往胳臂上一染，胳臂立刻飞来了一张树叶似的。实在是好看，也实在是莫名其妙，所以心里边就暗暗地欢喜，莫非是我得了宝贝吗？

得了一块观音粉。这观音粉往门上一划，门就白了一道，往窗上一划，窗就白了一道。这可真有点奇怪，大概祖父写字的墨是黑墨，而这是白墨吧。

得了一块圆玻璃，祖父说是“显微镜”。他在太阳底下一照，竟把祖父装好的一袋烟照着了。

这该多么使人欢喜，什么什么都会变的。你看他是一块废铁，说不定他就有用，比方我捡到一块四方的铁块，上边有一个小窝。祖父把榛子放在小窝里边，打着榛子给我吃。在这小窝里打，不知道比用牙咬要快了多少倍。何况祖父老了，他的牙又多半不大好。

我天天从那黑屋子往外搬着，而天天有新的。搬出来一批，玩厌了，弄坏了，就再去搬。

因此使我的祖父、祖母常常地慨叹。

他们说这是多少年前的了，连我的第三个姑母还没有生的时候就有这东西。那是多少年前的了，还是分家的时候，从我曾祖那里得来的呢。又哪样哪样是什么人送的，而那家人家到今天也都家败人亡了，而这东西还存在着。

又是我在玩着的那葡蔓藤的手镯，祖母说她就戴着这个手镯，有一年夏天坐着小车子，抱着我大姑去回娘家，路上遇了土匪，把金耳环给摘去了，而没有要这手镯。若也是金的银的，那该多危险，也一定要被抢去的。

我听了问她：

“我大姑在哪儿？”

祖父笑了。祖母说：

“你大姑的孩子比你都大了。”

原来是四十年前的事情，我哪里知道。可是藤手镯却戴在我的手上，我举起手来，摇了一阵，那手镯好像风车似的，滴溜溜地转，手镯太大了，我的手太细了。

祖母看见我把从前的东西都搬出来了，她常常骂我：

“你这孩子，没有东西不拿着玩的，这小不成器的……”

她嘴里虽然是这样说，但她又在光天化日之下得以重看到这东西，也似乎给了她一些回忆的满足。所以她说我是并不十分严刻的，我当然是不听她，该拿还是照旧地拿。

于是我家里久不见天日的东西，经我这一搬弄，才得以见了天日。于是坏的坏，扔的扔，也就都从此消灭了。

我有记忆的第一个冬天，就这样过去了。没有感到十分的寂寞，但总不如在后园里那样玩着好。但孩子是容易忘记的，也就随遇而安了。

四

第二年夏天,后园里种了不少的韭菜,是因为祖母喜欢吃韭菜馅的饺子而种的。

可是当韭菜长起来时,祖母就病重了,而不能吃这韭菜了,家里别的人也没有吃这韭菜的,韭菜就在园子里荒着。

因为祖母病重,家里非常热闹,来了我的大姑母,又来了我的二姑母。

二姑母是坐着她自家的小车子来的。那拉车的骡子挂着铃当,哗哗啷啷的就停在窗前了。

从那车上第一个就跳下来一个小孩,那小孩比我高了一点,是二姑母的儿子。

他的小名叫“小兰”,祖父让我向他叫兰哥。

别的我都不记得了,只记得不大一会工夫我就把他领到后园里去了。

告诉他这个是玫瑰树,这个是狗尾草,这个是樱桃树。樱桃树是不结樱桃的,我也告诉了他。

不知道在这之前他见过我没有,我可并没有见过他。

我带他到东南角上去看那棵李子树时,还没有走到眼前,他就说:

“这树前年就死了。”

他说了这样的话,是使我很吃惊的。这树死了,他可怎么知道的?心中立刻来了一种忌妒的情感,觉得这花园是属于我的,和属于祖父的,其余的人连晓得也不该晓得才对的。

我问他:

“那么你来过我们家吗?”

他说他来过。

这个我更生气了,怎么他来我不晓得呢?

我又问他:

“你什么时候来过的?”

他说前年来的,他还带给我一个毛猴子。他问着我:

“你忘了吗?你抱着那毛猴子就跑,跌倒了你还哭了哩!”

我无论怎样想,也想不起来了。不过总算他送给我过一个毛猴子,可见对我是很好的,于是我就不生他的气了。

从此天天就在一块玩。

他比我大三岁,已经八岁了,他说他在学堂里边念了书的,他还带来了几本书,晚上在煤油灯下他还把书拿出来给我看。书上有小人、有剪刀、有房子。因为都是带着图,我一看就连那字似乎也认识了,我说:

“这念剪刀,这念房子。”

他说不对：

“这念剪，这念房。”

我拿过来一细看，果然都是一个字，而不是两个字，我是照着图念的，所以错了。

我也有一盒方字块，这边是图，那边是字，我也拿出来给他看了。

从此整天的玩。祖母病重与否，我不知道。不过在她临死的前几天就穿上了满身的新衣裳，好像要出门做客似的。说是怕死了来不及穿衣裳。

因为祖母病重，家里热闹得很，来了很多亲戚。忙忙碌碌不知忙些个什么。有的拿了些白布撕着，撕得一条一块的，撕得非常的响亮，旁边就有人拿着针在缝那白布。还有的把一个小罐，里边装了米，罐口蒙上了红布。还有的在后园门口拢起火来，在铁火勺里边炸着面饼了。问她：

“这是什么？”

“这是打狗饽饽。”

她说阴间有十八关，过到狗关的时候，狗就上来咬人，用这饽饽一打，狗吃了饽饽就不咬人了。

似乎是姑妄言之、姑妄听之，我没有听进去。

家里边的人越多，我就越寂寞，走到屋里，问问这个，问问那个，一切都不理解。祖父也似乎把我忘记了。我从后园里捉了一个特别大的蚂蚱送给他去看，他连看也没有看，就说：

“真好，真好，上后园去玩去吧！”

新来的兰哥也不陪我时，我就在后园里一个人玩。

五

祖母已经死了，人们都到龙王庙上去报过庙回来了。而我还在后园里边玩着。

后园里边下了点雨，我想要进屋去拿草帽去，走到酱缸旁边（我家的酱缸是放在后园里的），一看，有雨点拍拍地落到缸帽子上。我想这缸帽子该多大，遮起雨来，比草帽一定更好。

于是我就从缸上把它翻下来了，到了地上它还乱滚一阵，这时候，雨就大了。我好不容易才设法钻进这缸帽子去。因为这缸帽子太大了，差不多和我一般高。

我顶着它，走了几步，觉得天昏地暗。而且重也是很重的，非常吃力。而且自己已经走到哪里了，自己也不晓，只晓得头顶上拍拍拉拉地打着雨点，往脚下看着，脚下只是些狗尾草和韭菜。找了一个韭菜很厚的地方，我就坐下了，一坐下这缸帽子就和个小房似的扣着我。这比站着好得多，头顶不必顶着，帽子就扣在韭菜地上。但是里边可是黑极了，什么是看不见。

同时听什么声音，也觉得都远了。大树在风雨里边被吹得呜呜的，好像大树已经被搬到别人家的院子去似的。

韭菜是种在北墙根上，我是坐在韭菜上。北墙根离家里的房子很远的，家里边那闹嚷嚷的声音，也像是来在远方。

我细听了一会，听不出什么来，还是在我自己的小屋里边坐着。这小屋这么好，不怕风，不怕雨。站起来走的时候，顶着屋盖就走了，有多么轻快。

其实是很重的了，顶起来非常吃力。

我顶着缸帽子，一路摸索着，来到了后门口，我是要顶给爷爷看看的。

我家的后门坎特别高，迈也迈不过去，因为缸帽子太大，使我抬不起腿来。好不容易两手把腿拉着，弄了半天，总算是过去了。虽然进了屋，仍是不知道祖父在什么方向，于是我就大喊，正在这喊之间，父亲一脚把我踢翻了，差点没把我踢到灶口的火堆上去。缸帽子也在地上滚着。

等人家把我抱了起来，我一看，屋子里的人，完全不对了，都穿了白衣裳。

再一看，祖母不是睡在炕上，而是睡在一张长板上。

从这以后祖母就死了。

六

祖母一死，家里继续着来了许多亲戚，有的拿着香、纸，到灵前哭了一阵就回去了。有的就带着大包小包的来了就住下了。

大门前边吹着喇叭，院子里搭了灵棚，哭声终日，一闹闹了不知多少日子。

请了和尚道士来，一闹闹到半夜，所来的都是吃、喝、说、笑。

我也觉得好玩，所以就特别高兴起来。又加上从前我没有小同伴，而现在有了。比我大的，比我小的，共有四五个。

我们上树爬墙，几乎连房顶也要上去了。

他们带我到小门洞子顶上去捉鸽子，搬了梯子到房檐头上去捉家雀。后花园虽然大，已经装不下我了。

我跟着他们到井口边去往井里边看，那井是多么深，我从未见过。在上边喊一声，里边有人回答。用一个小石子投下去，那响声是很深远的。

他们带我到粮食房子去，到碾磨房去，有时候竟把我带到街上，是已经离开家了，不跟着家人在一起，我是从来没有走过这样远。

不料除了后园之外，还有更大的地方，我站在街上，不是看什么热闹，不是看那街上的行人车马，而是心里边想：是不是我将来一个人也可以走得很远？

有一天，他们把我带到南河沿上去了，南河沿离我家本不算远，也不过半里多地。可是因为我是第一次去，觉得实在很远。走出汗来了。走过一个黄土坑，又过一个南大营，南大营的门口，有兵把守门。那营房的院子大得在我看来太大了，实在是不应该。我们的院子就够大的了，怎么能比我们家的院子更大呢，大得有点不大好看了，我走过了，我还回过头来看。

路上有一家人家，把花盆摆到墙头上来了，我觉得这也不大好，若是看不见人家偷去呢！

还看见了一座小洋房，比我们家的房不知好了多少倍。若问我，哪里好？我也说不出来，就觉得那房子是一色新，不像我家的房子那么陈旧。

我仅仅走了半里多路，我所看见的可太多了。所以觉得这南河沿实在远。问他们：

“到了没有？”

他们说：

“就到的，就到的。”

果然，转过了大营房的墙角，就看见河水了。

我第一次看见河水，我不能晓得这河水是从什么地方来的？走了几年了。

那河太大了，等我走到河边上，抓了一把沙子抛下去，那河水简直没有因此而脏了一点点。河上有船，但是不很多，有的往东去了，有的往西去了。也有的划到河的对岸去的，河的对岸似乎没有人家，而是一片柳条林。再往远看，就不能知道那是什么地方了，因为也没有人家，也没有房子，也看不见道路，也听不见一点音响。

我想将来是不是我也可以到那没有人的地方去看一看。

除了我家的后园，还有街道。除了街道，还有大河。除了大河，还有柳条林。除了柳条林，还有更远的，什么也没有的地方，什么也看不见的地方，什么声音也听不见的地方。

究竟除了这些，还有什么，我越想越不知道了。

就不用说这些我未曾见过的。就说一个花盆吧，就说一座院子吧。院子和花盆，我家里都有。但说那营房的院子就比我家的大，我家的花盆是摆在后园里的，人家的花盆就摆到墙头上来了。

可见我不知道的一定还有。

所以祖母死了，我竟聪明了。

七

祖母死了，我就跟祖父学诗。因为祖父的屋子空着，我就闹着一定要睡在祖父那屋。

早晨念诗，晚上念诗，半夜醒了也是念诗。念了一阵，念困了再睡去。

祖父教我的有《千家诗》，并没有课本，全凭口头传诵，祖父念一句，我就念一句。

祖父说：

“少小离家老大回……”

我也说：

“少小离家老大回……”

都是些什么字，什么意思，我不知道，只觉得念起来那声音很好听。所以很高兴地跟着喊。我喊的声音,比祖父的声音更大。

我一念起诗来,我家的五间房都可以听见,祖父怕我喊坏了喉咙,常常警告着我说:

"房盖被你抬走了。"

听了这笑话,我略微笑了一会工夫,过不了多久,就又喊起来了。

夜里也是照样地喊,母亲吓唬我,说再喊她要打我。

祖父也说:

"没有你这样念诗的,你这不叫念诗,你这叫乱叫。"

但我觉得这乱叫的习惯不能改,若不让我叫,我念它干什么。每当祖父教我一个新诗,一开头我若听了不好听,我就说:

"不学这个。"

祖父于是就换一个,换一个不好,我还是不要。

"春眠不觉晓,处处闻啼鸟,夜来风雨声,花落知多少。"

这一首诗,我很喜欢,我一念到第二句,"处处闻啼鸟"那处处两字,我就高兴起来了。觉得这首诗,实在是好,真好听"处处"该多好听。

还有一首我更喜欢的:

"重重叠叠上楼台,几度呼童扫不开。

刚被太阳收拾去,又为明月送将来。"

就这"几度呼童扫不开",我根本不知道什么意思,就念成西沥忽通扫不开。

越念越觉得好听,越念越有趣味。

还当客人来了,祖父总是呼我念诗的,我就总喜念这一首。

那客人不知听懂了与否,只是点头说好。

就这样瞎念,到底不是久计。念了几十首之后,祖父开讲了。

"少小离家老大回,乡音无改鬓毛衰。"

祖父说:

"这是说小的时候离开了家到外边去,老了回来了。乡音无改鬓毛衰,这是说家乡的口音还没有改变,胡子可白了。"

我问祖父:

"为什么小的时候离家?离家到哪里去?"

祖父说:

"好比爷像你那么大离家,现在老了回来了,谁还认识呢?

儿童相见不相识,笑问客从何处来。小孩子见了就招呼着说:

你这个白胡老头,是从哪里来的?"

我一听觉得不大好,赶快就问祖父:

"我也要离家的吗?等我胡子白了回来,爷爷你也不认识我了吗?"

心里很恐惧。

祖父一听就笑了：

“等你老了还有爷爷吗？”

祖父说完了，看我还是不很高兴，他又赶快说：

“你不离家的，你哪里能够离家……快再念一首诗吧！念春眠不觉晓……”

我一念起春眠不觉晓来，又是满口的大叫，得意极了。完全高兴，什么都忘了。

但从此再读新诗，一定要先讲的，没有讲过的也要重讲。

似乎那大嚷大叫的习惯稍稍好了一点。

“两个黄鹂鸣翠柳，一行白鹭上青天。”

这首诗本来我也很喜欢的，黄梨是很好吃的。经祖父这一讲，说是两个鸟，于是不喜欢了。

“去年今日此门中，人面桃花相映红。

人面不知何处去，桃花依旧笑春风。”

这首诗祖父讲了我也不明白，但是我喜欢这首。因为其中有桃花。桃树一开了花不就结桃吗？桃子不是好吃吗？

所以每念完这首诗，我就接着问祖父：

“今年咱们的樱桃树开不开花？”

九

除了念诗之外，还很喜欢吃。

记得大门洞子东边那家是养猪的，一个大猪在前边走，一群小猪跟在后边。有一天一个小猪掉井了，人们用抬土的筐子把小猪从井吊了上来。吊上来，那小猪早已死了。井口旁边围了很多人看热闹，祖父和我也在旁边看热闹。

那小猪一被打上来，祖父就说他要那小猪。

祖父把那小猪抱到家里，用黄泥裹起来，放在灶坑里烧上了，烧好了给我吃。

我站在炕沿旁边，那整个的小猪，就摆在我的眼前，祖父把那小猪一撕开，立刻就冒了油，真香，我从来没有吃过那么香的东西，从来没有吃过那么好吃的东西。

第二次，又有一只鸭子掉井了，祖父也用黄泥包起来，烧上给我吃了。

在祖父烧的时候，我也帮着忙，帮着祖父搅黄泥，一边喊着，一边叫着，好像拉拉队似的给祖父助兴。

鸭子比小猪更好吃，那肉是不怎样肥的。所以我最喜欢吃鸭子。

我吃，祖父在旁边看着。祖父不吃。等我吃完了，祖父才吃。他说我的牙齿小，怕我咬不动，先让我选嫩的吃，我吃剩了的他才吃。

祖父看我每咽下去一口，他就点一下头，而且高兴地说：

“这小东西真馋，”或是“这小东西吃得真快。”

我的手满是油，随吃随在大襟上擦着，祖父看了也并不生气，只是说：

"快蘸点盐吧，快蘸点韭菜花吧，空口吃不好，等会要反胃的……"

说着就捏几个盐粒放在我手上拿着的鸭子肉上。我一张嘴又进肚去了。

祖父越称赞我能吃，我越吃得多。祖父看看不好了，怕我吃多了。让我停下，我才停下来。我明明白白的是吃不下去了，可是我嘴里还说着：

"一个鸭子还不够呢！"

自此吃鸭子的印象非常之深，等了好久，鸭子再不掉到井里，我看井沿有一群鸭子，我拿了秫秆就往井里边赶，可是鸭子不进去，围着井口转，而呱呱地叫着。我就招呼了在旁边看热闹的小孩子，我说：

"帮我赶哪！"

正在吵吵叫叫的时候，祖父奔到了，祖父说：

"你在干什么？"

我说：

"赶鸭子，鸭子掉井，捞出来好烧吃。"

祖父说：

"不用赶了，爷爷抓个鸭子给你烧着。"

我不听他的话，我还是追在鸭子的后边跑着。

祖父上前来把我拦住了，抱在怀里，一面给我擦着汗一面说：

"跟爷爷回家，抓个鸭子烧上。"

我想：不掉井的鸭子，抓都抓不住，可怎么能规规矩矩贴起黄泥来让烧呢？于是我从祖父的身上往下挣扎着，喊着：

"我要掉井的！我要掉井的！"

祖父几乎抱不住我了。

萧红著，迟玉绂摄：《呼兰河传》，山东画报出版社，2003年1月，第64—95页。

生死场（节选）

六、刑罚的日子

房后的草堆上，温暖在那里蒸腾起了。全个农村跳跃着泛滥的阳光。小风开始荡漾田禾，夏天又来到人间，叶子上树了！假使树会开花，那么花也上树了！

房后草堆上，狗在那里生产。大狗四肢在颤动，全身抖擞着。经过一个长时间，小狗生出来。

暖和的季节，全村忙着生产。大猪带着成群的小猪喳喳地跑过，也有的母猪肚子那样大，走路时快要接触着地面，它多数的乳房有什么在充实起来。

那是黄昏时候，五姑姑的姐姐她不能再延迟，她到婆婆屋中去说：

“找个老太太来吧！觉着不好。”

回到房中放下窗帘和幔帐。她开始不能坐稳，她把席子卷起来，就在草上爬行。收生婆来时，她乍望见这房中，她就把头扭着。她说：

“我没见过，像你们这样大户人家，把孩子还要养到草上。‘压柴，压柴，不能发财。’”

家中的婆婆把席下的柴草又都卷起来，土炕上扬起着灰尘。光着身子的女人，和一条鱼似的，她爬在那里。

黄昏以后，屋中起着烛光。那女人是快生产了，她小声叫号了一阵，收生婆和一个邻居的老太婆架扶着她，让她坐起来，在炕上微微地移动。可是罪恶的孩子，总不能生产，闹着夜半过去，外面鸡叫的时候，女人忽然苦痛得脸色灰白，脸色转黄，全家人不能安定。为她开始预备葬衣，在恐怖的烛光里四下翻寻衣裳，全家为了死的黑影所骚动。

赤身的女人，她一点不能爬动，她不能为生死再挣扎最后的一刻。天渐亮了。恐怖仿佛是僵尸，直伸在家屋。

五姑姑知道姐姐的消息，来了，正在探询：

“不喝一口水吗？她从什么时候起？”

一个男人撞进来，看形象是一个酒疯子。他的半面脸，红而肿起，走到幔帐的地方，他吼叫：

“快给我的靴子！”

女人没有应声，他用手撕扯幔帐，动着他厚肿的嘴唇：

“装死吗？我看看你还装不装死！”

说着他拿起身边的长烟袋来投向那个死尸。母亲过来把他拖出去。每年是这样，一看见妻子生产他便反对。

日间苦痛减轻了些，使她清明了！她流着大汗坐在幔帐中，忽然那个红脸鬼，又撞进来，什么也不讲，只见他怕人的手中举起大水盆向着帐子抛来。最后人们拖他出去。

大肚子的女人，仍胀着肚皮，带着满身冷水无言地坐在那里。她几乎一动不敢动，她仿佛是在父权下的孩子一般怕着她的男人。

她又不能再坐住，她受着折磨，产婆给换下她着水的上衣。门响了她又慌张了，要有神经病似的。一点声音不许她哼叫，受罪的女人，身边若有洞，她将跳进去！身边若有毒药，她将吞下去！她仇视着一切，窗台要被她踢翻。她愿意把自己的腿弄断，宛如进了蒸笼，全身将被热力所撕碎一般呀！

产婆用手推她的肚子：

“你再刚强一点，站起来走走，孩子马上就会下来的，到了时候啦！”

走过一个时间，她的腿颤颤得可怜。患着病的马一般，倒了下来。产婆有些失神色，她说：

"媳妇子怕要闹事，再去找一个老太太来吧！"

五姑姑回家去找妈妈。

这边孩子落产了，孩子当时就死去！用人拖着产妇站起来，立刻孩子掉在炕上，像投一块什么东西在炕上响着。女人横在血光中，用肉体来浸着血。

窗外，阳光洒满窗子，屋内妇人为了生产疲乏着。

田庄上绿色的世界里，人们洒着汗滴。

四月里，鸟雀们也孵雏了！常常看见黄嘴的小雀飞下来，在檐下跳跃着啄食。小猪的队伍逐渐肥起来，只有女人在乡村夏季更贫瘦，和耕种的马一般。

刑罚，眼看降临到金枝的身上，使她短的身材，配着那样大的肚子，十分不相称。金枝还不像个妇人，仍和一个小女孩一般。但是肚子膨胀起了！快做妈妈了！妇人们的刑罚快擒着她。

并且她出嫁还不到四个月，就渐渐会诅咒丈夫，渐渐感到男人是严凉的人类！那正和别的村妇一样。

坐在河边沙滩上，金枝在洗衣服。红日斜照着河水，对岸林子的倒影，随逐着红波模糊下去！

成业在后边，站在远远的地方：

"天黑了呀！你洗衣裳，懒老婆，白天你做什么来？"

天还不明，金枝就摸索着穿起衣裳。在厨房，这大肚子的小女人开始弄得厨房蒸着气。太阳出来，铲地的工人掮着锄头回来。堂屋挤满着黑黑的人头，吞饭、吞汤的声音，无纪律地在响。

中午又烧饭，晚间烧饭，金枝过于疲乏了！腿子痛得折断一般。天黑下来卧倒休息一刻。在她迷茫中她坐起来，知道成业回来了！努力掀起在睡的眼睛，她问：

"才回来？"

过了几分钟，她没有得到答话。只看男人解脱衣裳，她知道又要挨骂了！正相反，没有骂，金枝感到背后温热一些，男人努力低音向她说话：

"……"

金枝被男人朦胧着了！

立刻，那和灾难一般，跟着快乐而痛苦追来了。金枝不能烧饭。村中的产婆来了！她在炕角苦痛着脸色，她在那里受着刑罚，王婆来帮助她把孩子生下来。王婆摇着她多经验的头颅：

"危险，昨夜你们必定是不安着的。年青什么也不晓得，肚子大了，是不许那样的。容易丧掉性命！"

十几天以后金枝又行动在院中了！小金枝在屋中哭唤她。

牛或是马在不知觉中忙着栽培自己的痛苦。夜间乘凉的时候，可以听见马或是牛棚做出异样的声音来。牛也许是为自己的妻子而角斗，从牛棚撞出来了。木杆被撞掉，狂张着，成业去拾了耙子猛打疯牛，于是又安然被赶回棚里。

在乡村，人和动物一起忙着生，忙着死……

二里半的婆子和李二婶子在地端相遇：

"啊呀！你还能弯下腰去？"

"你怎么样？"

"我可不行了呢？"

"你什么时候的日子？"

"就是这几天。"

外面落着毛毛雨。忽然二里半的家屋吵叫起来！傻婆娘一向生孩子是闹惯了的，她大声哭，她怨恨男人：

"我说再不要孩子啦！没有心肝的，这不都是你吗？我算死在你身上！"

惹得老王婆扭着身子闭住嘴笑。过了一会傻婆娘又滚转着高声嚷叫：

"肚子疼死了，拿刀快把我肚子给割开吧！"

吵叫声中看得见孩子的圆头顶。

在这时候，五姑姑变青脸色，走进门来，她似乎不会说话，两手不住地扭绞：

"没有气了！小产了，李二婶子快死了呀！"

王婆就这样丢下麻面婆赶向打鱼村去。另一个产婆来时，麻面婆的孩子已在土炕上哭着。产婆洗着刚会哭的小孩。

等王婆回来时，窗外墙根下，不知谁家的猪也正在生小猪。

萧红：《生死场》，京华出版社，2005年7月，第48—52页。

萧红导读

◎ 骆晓戈

萧红出生在辛亥革命爆发的年头，成长在具有维新倾向的乡绅之家。其父张廷举（字选三）是呼兰教育界的头面人物，加入了国民党，并带头破除迷信创办女学。这使萧红在童年时代就接受了"五四"新文化的启蒙，具有向封建礼教挑战的自觉。争取独立是她青少年时代的主要人生目标。其时，她已经经历了母亲的死、祖父的死，经历了被父亲作为礼品送人那样包办婚姻的痛苦，经历了离家出走、流浪、分娩的痛苦和失去亲子的伤痛。这使年轻的她一开始就站在了纯文学的高度，在表现惨烈的阶级压迫的同时，单刀直入地切入了生殖和死亡的主题，并且使之成为贯穿她全部创作的一个母题。这样高的起点，使她远远超越了她同时代的作家。

萧红很年轻就进入左翼文艺阵营，受到鲁迅等前辈作家的关爱。但这并没有根本改变她的不幸命运，她逃脱了父亲的专制统治，进入左翼文艺阵营之后，仍然强烈地感受到男权文化的压迫。她的一生都在逃亡，逃避日本侵略者的铁蹄，逃避男权文化的钳制。她是同时代女作家中的唯一一个既没有像同时代大多数左翼女作家赴“延安”，也没有留在“西安”，而是独自去了香港，但最终仍然死于日本侵略者的炮火中，她的逃亡和叛逆均以失败告终。但这悲剧的经历，为她成为一个伟大作家奠定了基础，使人们无论怎样感叹她的悲惨命运，都不能简单地把她归入弱女子的行列。她在她的时代，挣扎过、探索过。她坚持了自己的信仰，她为自由解放而战，既是为了民族，也是为了个人。她是一个可歌可泣的勇士，用短暂的一生书写了一部觉醒女性的奋斗史。

萧红无疑是一个有着深刻思想的作家。她由幼稚到成熟，由投身左翼文艺思潮到逐渐独立并有意识地疏离主流的意识形态话语，思想经历了明显的前后两个发展阶段。萧红身为女性，很早就感觉到男权文化的压迫。她的女权思想由来已久，一直是她创作的重要主题之一。《生死场》中金枝的遭遇，《牛车上》五云嫂的悲惨故事，《小城三月》中翠姨的被迫而死，一直到《呼兰河传》中关于老爷庙和关帝庙的讽刺性叙述，特别是对小团圆媳妇充满哀怜的叙述，都贯穿着女权思想。如果说上述这些作品，还是以艺术形象婉转地表达了她对男权社会的愤恨，那么散文《烦扰的一日》、《三个无聊的人》和《〈大地的女儿〉与〈动乱时代〉》等，则直述出处于男权中心文化中的女性无奈的处境。不仅是在旧式的家庭中，就连左翼文艺阵营内部，在进步的文化人中，男尊女卑的观念仍然顽固地统治着人们的头脑。萧红一生都追求独立，却一次又一次地陷落在男权话语的圈套中，以至于临终的最后一句话是：“我一生最大的痛苦和不幸都是因为我是个女人。”

萧红的晚期作品，还触及人生与人性的隐秘之处。短篇《后花园》讲述的仍然是乡土人生的寻常故事，但没有了阶级压迫和民族矛盾，感人至深的是主人公对人生意义的追问。尽管没有结论，但那亘古的忧愁，却使小说的主题极为深刻，显示了思想家的风度。而默默的生死之中，所蕴含的悲剧底蕴，则是萧红以女性独有的方式，洞察人生的独特心得。这与她早期对生殖与死亡的独特敏感相呼应，成为贯穿她全部创作的线索。

萧红的思想这样深刻而丰富，很难为她的同时代人所体会。那是一个救亡压倒一切的时代，她只能行进在布满荆棘的不归之路上。她后期的几部作品都没有得到应有的关注，只有茅盾为《呼兰河传》作了序，虽然对其艺术价值给予了很高的评价，但其中对她寂寞心态的剖析，则典型地代表了当时主流意识形态话语对萧红的误解。萧红的思想是深刻的，她的目光穿透了漫长的世纪，望着人类的未来。她属于那种永远不会被人们遗忘的作家。

萧红虽然极有思想，却极少意识形态的说教。她几乎是用女性独到的经验洞察历史，成功地逃离逻各斯中心主义的男权话语。忠实于自己的感觉，使她能以细致的笔触，深入到语言所不能抵达的隐秘之处。早在她写作《生死场》的时候，人物的身体和动作就具有强烈的隐喻性，推动着叙事的发展，甚至人与物之间也有互喻的效果，使作品具有高层次的语义暗示性。正如鲁迅的评价："这自然还不过是略图，叙事与写景，胜于人物的描写，然而北方人民对于生的坚强，对于死的挣扎，却往往已经力透纸背了。女性作家的细致的观察和越轨的笔致，又增加了不少明丽和新鲜。"所谓"力透纸背"正是这种女性独特洞察感知方式带来的艺术效果。

萧红的感知方式是充分感性化和个性化的，这使她的作品具有鲜活生动的特征。或者说充分的感性化与个性化，使她把女性特有的感知方式推向了极致。这在她的散文中表现得最为突出。《商市街》里记叙了她在哈尔滨艰难的生活，不仅细节生动、文字饱满，而且各种感觉都写得细致入微。诸如饥饿、寒冷、寂寞、孤独、绝望等等，都具有极深的心理体验的内容和感人至深的艺术效果。

萧红的艺术才华还表现在表述方式的充分自由。她认为"一个有出息的作家，在创作上应该走自己的路。有人认为小说要有一定的格局，要有一定的要素，不写则已，一写就要像托尔斯泰、巴尔扎克那样，否则就不是小说。其实有各式各样的生活，有各式各样的作家，也就有各式各样的小说。"萧红的这些观点，80年代曾一再地被人们援引，成为中国当代小说文体变革的重要理论依据，也说明萧红作为一个成功的作家，从创作实绩到理论，对中国当代文学的杰出贡献。

萧红是伟大的，她用生命和鲜血书写了自己的跋涉之路，这既是整个民族的解放之路，也是现代女性艰辛的解放之路。她以自己的思想和才华昭示着后人。作为一个先行者，她也以自己的作品而永垂不朽。

萧红研究资料链接

骆宾基：《萧红小传》，北方文艺出版社，1987年。

葛浩文：《萧红新传》，三联书店，1989年。

孟悦、戴锦华：《浮出历史地表——现代妇女文学研究》第十一章，河南人民出版社，1989年。

李重华主编：《呼兰学人说萧红》，哈尔滨出版社，1991年。

丁言昭：《萧红传》，江苏文艺出版社，1993年。

王小妮：《人鸟低飞：萧红流离的一生》，长春出版社，1995年。

季红真：《萧红传》，北京十月文艺出版社，2000年。

骆晓戈主编：《沉默的含义》，湖南师范大学出版社，2000年。

王丽娟：《萧红和她的爱情小说》，《作家》，2008年第2期。

林贤治：《漂泊者萧红》，人民文学出版社，2009年。

萧军：《为了爱的缘故：萧红书简辑存注释录》，金城出版社，2011年。

葛浩文：《萧红传》，复旦大学出版社，2011年。

梅娘

梅娘(1920—2013),本名孙嘉瑞,吉林长春市人。为富豪之家的私生女,生母被赶出家门。故自小饱尝世态炎凉,梅娘即“没娘”的谐音。1936 年上高中时,在作文中抒发心中的爱与恨,集为处女作《小姐集》出版。后赴日留学,与中国留学生柳龙光相恋结婚,同封建大家庭彻底决裂。回国后,在长春《大同报》工作,开始小说创作。1938 年随夫再度赴日,创作成名作、代表作:中篇小说《蚌》、《鱼》、《蟹》,也称水族系列小说,反映封建大家庭女性的苦难与挣扎,带有浓厚的自叙传性质。1942 年回北京定居,任《妇女杂志》编辑,先后出版小说集《鱼》、《蟹》,引起强烈反响。后又创作长篇小说《小妇人》、《夜合花开》,在报刊连载,亦颇受欢迎。新中国成立后,任农业电影制片厂编剧。1957 年被定为右派,到农场劳改。1978 年彻底平反,重新拿起笔,创作大量散文和回忆录。1997 年北京出版社整理出版了《梅娘小说散文集》。梅娘注重从婚恋角度,反映中国现代女性的生存状态与历史命运,而又构思精巧,写出女性“灵魂的深”,其曾与张爱玲齐名,享有“南玲(张爱玲)北梅(梅娘)”之誉,同是沦陷区最受喜爱的女作家。

鱼

别那样冷冷的吧！琳，我求你，风飕着，雨不久就会停的，停了你再走，你不是为避雨才到我这儿来的吗？撇开我俩之间的一切，单按着人情来说，你也可以多留一会的。你能看着你的朋友的太太，带着一个小孩的软弱女人，独自在一所大房子里，听着风吼，听着雨啸，为恐惧的声响吓得颤抖着而吝于给与一线壮胆的慰藉吗？而且，灯灭了，天，灯为什么要在这一瞬间坏了呢。

琳，好琳，你别那样，你稍稍把脸转过来一点，你听，风更大了，不，风哭了，它在哭着呼唤着一点什么，它是在寻找着一点失去的东西吧，琳，你再待一会，到电灯修复了再走，我想电灯一会就会好的。看，连路灯也坏了，他们不会叫它黑得太久的，不是吗？

我的孩子睡熟了，你容许我把他放到卧室里去吗？我记得我的抽屉里还有半截蜡的，有了它，我们可以光亮一点的。

琳，我知道你厌倦，不，我知道你对我是过去新鲜的时候了。你根本没有爱我，琳，你也不过是基于怜悯的一点同情而已。但这对我已经足够了，你给我的最大的启示是叫我明白了我自己。而且你叫我知道了爱，爱原不是糊糊涂涂就可以享受得到的。

琳，为什么你那样一点点地挪开你的椅子，你以为我没察觉到吗？放心，先生，我是不会触及你一根手指的，我要的是爱，从心底涌出的真正理解的爱。拥，抱，吻，抚摩，那算得什么，我很容易就可以从我丈夫那儿得到，虽然他给我的拳头相等于爱抚，但与其强取之于你，我是宁肯违心地去接受他所给与的一切的，你……

啊！你站起来了，你预备走是不是？是的，我忘了你说给我的，“人们的飞短流长”。对，今晚正是给人以飞短流长的绝好资料，外面是暴雨，屋里是昏昏蜡灯，我的懂事的孩子又睡了，这里只有我和你，我和你单独地在昏暗里相对。你怕说，你为什么来呢？

你不愿意回到你的寓所去，那里只有寂寞，你想我这儿无论如何比起寓所来是好的。你可以得到一杯茶，一杯热的红茶，另外一块流着乳酪的点心，而且我一定要用干毛巾擦干了你的濡湿的头发，还许温存地替你拧落裤管上的积水，你可以懒懒地坐在沙发上，瞧着一个自以为是获得了你的爱情的女人在为你布置着一切。但你得要明白，她以为有爱，她才那样做的。她知道她的爱情也不过是换得了你的一时消遣之后呢？

噢，对了，你可以说是为看望我的丈夫才来的。告诉你，他虽然是昨天才从P城的他的家中返回来，但刚才，在你来的半点钟之前，他和我闹翻了出去，今晚是不会回来过夜的。这情形你都可以想象得出的。不是吗？

你更烦了，那闪亮的电光已经把你的脸清清楚楚地照给我，虽是那样短短的一瞬间，我已经看明白了你皱到一起的眉毛，你用你的牙啮着你的唇，你在骂我也不一定。你要走开，趁早别想，你动一步我就嚷，我说你趁着你的表哥不在的时候强奸了他的太太，你怕什么我说什么，你要脸，你要面子，你就一点别动。你骗得我够了，也该我享受一回。

雨这样大，风摇得屋子仿佛要倒了似的，雷响得震耳，我怕，我一人没勇气在这样的暴风雨里支持着这样大的一所房子，我要你陪我一回，到灯来，到雨住，我会放你走的，你放心吧。

琳！别那样静静地站在窗前，你连到椅上坐一会都不肯吗？你可怜我一回，我再不会麻烦你的，你别看轻我，我绝不叨扰你什么。我们是友好地爱上的，也叫我们好好地分离。今晚，你知道我是多么难过吗？琳，像往日我们相会时那样，张开双臂，叫我在你的怀中蜷曲一会吧！我的心激烈地撞着胸腔，它要能挤出来倒好，它不，它只那样激打着我，那样剧烈的，琳，我说不出我是恨是爱。但是，琳，恨也是爱的，琳，你可怜我，你给我的怜悯的爱我也要，你抱我一回好吗？我刚才受了过分的刺激，又加上这暴风雨，我的胎儿在体内不安地转辗着，我的跳动的心因着它的转动是这样的空虚，头也昏得难过。今夜也许会流产的，我觉得我的腿麻得利害，你叫我靠着你休息一会儿，容我暂时闭上眼睛，容我暂时享受一点抚慰吧！琳，你知道我们刚才是怎样剧烈地吵过了吗？

琳！你的手真热，有你这一只手已经够温暖我了，我觉得我恢复了一点，琳，你不屑于张开你的眼睛吗？我知道我今夜的形状足相等于鬼的，你不张开眼睛也好，你留着你记忆中的我的美丽的印象吧！你曾无数次地说过我好看，我美丽，你曾无数次吸干我眼中满储着的泪水，因为你的爱，我才有委屈的泪。今晚我的泪枯涩了，我的全身因为少了往日的温存的泪水的滋润，干得快裂了，骨节痛着，两点钟前受的击打还残存在身上。琳，你肯用你的热手轻轻地抚摩我一下吗？

啊！琳，你还是爱我的是不是，你抱得我这样紧，琳，别把头俯在我的肩上，让我看一下你。琳，我现在相信我明白你甚于明白我自己。我知道你爱我，而且我知道你爱我到什么程度，但你是懦怯的。你抵抗不了周围的一切，你才想抛弃了我。你是舒服惯的公子，你抛不开你的安乐，你没有决心和我一块奔出去和饥饿斗争。我呢？琳，我也是不会累你的，你该明白。离开家的这三年中，我明白生活的担子的重量，我决不会把我和孩子的重担放在你的肩头。如果我的丈夫真的踢开我们，我是宁死也要养起我的孩子来的，我什么都可以作，甚至可以去出卖肉体。我幸而生得美丽，而且我还年轻，一个二十四岁的好看的女人想还不至于十分难于获得职业。孩子失去爸爸，但他有妈，我要竭尽毕生的精力做一个好妈妈。没钱的寡妇不也都没自杀吗？琳，你相信我，我要取之于你的是爱，是同情，是理解。我……琳！我太孤独了，我没有一个亲人，我很早地失去了妈妈，我的爸爸是跟我离得太远了，我们之间有的只是恨，他恨我不肖，他恨我扫了他的门面。弟妹们小，而且从爸爸那儿袭得了骄纵的性格，他们看不起我，给我的同情，不，可怜，还不及我邻居的大嫂给我的多。我，我自作自受，我原是可以听从他们的主张嫁出去，做一个安逸的少奶奶。我背叛了他们，我挣出来我自己，三年前穿着我的绣花鞋时我就有受苦的决心。现在，我觉得我进步了，虽然生活的艰辛磨光了幻想的棱角，但我并没有气馁。琳，我的有钱的少爷，我知道你是留恋于一杯咖啡甚于一杯冷水的，你当初爱我也不过因为我好看，而你在这儿是寂寞的关系。琳，我后悔于这样的爱，这样的爱我已经从我丈夫那儿得到了一回，不同的只是他是起于新奇，你是起于怜悯而已。琳，我的话中伤了你是不是？你又生气了，你别开头去。琳，你再转回脸来，我不说了就是。琳，我不是说我要享受这一晚上吗？让我们偎傍着，看看那电光在漆黑的天上怎样闪动。外面仿佛正有人在撞着电线杆子，大概正修理着，灯一会就会亮的，我说过了灯亮就放你走，我不叫今晚破了我从来没跟你说过瞎话的例。我真傻，这样短短的瞬间，我为什么单找不痛快呢。

琳！为什么那样看着我，我像鬼，我刚才受了剧烈的踢打，你容我再向你申诉一回吗？就这一回，我预想我们今天以后不会再见了。明天，我的丈夫回来，我们之间的一切总会找出个结果来。我，我看破了，网里的鱼只有自己找窟窿钻出去，等着已经网上来的人再把它放在水里，那是比梦还飘渺的事，幸而能钻出去，管它是落在水里，落在地上都好，第二步是后来的事。若怕起来，那就只好等在网里被提去杀头，不然就郁死，不是吗？琳，你不这样想吗？

你笑什么？琳，你笑我又是说的空话，也难怪你笑我，我以往的懦怯连我自己都觉得可耻。不，那不是懦怯，那是糊涂，那是我还不知道怎样迈动我的腿。今天，我知道了，我一定得要走，走一步被打死、被杀害我也是走了一步。你不相信我有那么大的勇气是不是？

琳，你听，风哭了。想到以后不能再见你，我的心，像有圈粗绳子纠搏着似的痛楚，我想嚷一下，我想吐尽胸中气地大叫一声。我羡慕风，那样自由地随心所欲席卷天空，把心中窝藏的雨滴洒下，就那样嚎哭的一瞬间，已经足以泄尽心中郁烦了。我，哭时得饮泣，泪得叫它往肚里流，爱的不能说，不爱的得曲意奉承。这只因为我是人，我是这男性中心社会中的一个作了人妻的女人。人们不拿我当人，只当我是林省民的一个附属品。我的朋友这样说："得问问你们先生。"下人说："这可得问问少爷。"林家的人更来得厉害，说："什么东西，骚老婆，民儿还不把她一脚踢出去！"林省民自己说："凭什么你白吃我饭，吃我饭就得听我说，我叫你往东你休想往西。"这就是我受的待遇的全部，这就是出了嫁的女人所被安排的地位。这都是应该的，这都是你们认为对的，女孩子从生下来，就被诅咒，幸而碰见了明白的父母让读书，让明白了点什么，这明白的一点更给自己招祸。如果我是个安分的，你们认为典型的女人，我接受了林家的意见，归到林家去，安安分分地作林省民的二姨太太，好好地养着林家的承继人——我的儿子，忏悔我以往和林省民的恋爱，不，该说是忏悔我自己引诱林家少爷的下贱，那样我就能享福，能使奴唤婢。林省民爱别人，随他去，男人有几个不爱那道的。这样，我就对了，我是好人，人家都恭敬我，我可以离开这个照料着孩子又得做饭洗衣服的龌龊的小屋子，我可以穿得像个样，孩子有人替我带走，我自己垂着两只手纳福。我为什么那样做，原来爱林省民时也没预备享他的福，我不能叫我儿子也长成那样糊涂的人。林省民碰了个机会骗了我来，厌了，想找个机会再抛出去。他明知我不会回到他家去，不会甘心做他的二姨太太，他就挟了他的势力——这社会承认男人应有的一切权益，压迫我，虐待我。我能听他，他少了麻烦，不听滚你的,穿破了的鞋原是该扔掉的。凭林局长的儿子还怕找不着烫头发的女人。

刚才,就是这样吵起的,他从外面回来,喝了很多的酒,粗着嗓子大声唱。小民看着害怕,哭。小民愈害怕他愈唱,声音干得鬼嚎似的。抱着小民坐在墙角,我的心遮上来无限的悒闷。他昨天才从林家回来,我们已经半月多没见。昨夜说是有约出去走到那会才回来,回来就那样惹得孩子只哭,这是离别了半月又见面的结婚刚二年的恩爱夫妇吗?

一会,小民好容易睡了,他过来摸孩子的脸,不叫摸,他就说:“不是我的儿子吗?你若说不是,我就不摸!”让人回答不得。我只好不出声。不出声更招祸,“好!”他说,“你外边有人了。不爱理我,这不是我姓林的家吗?”抄起花瓶就往地上摔,溅了我满身水。我跑到洗脸间拿手巾擦干水渍这个工夫,屋里可砸的便都摔了。我不知怎样才好,站在洗脸间流着泪。一会儿,他旋风似的拥到洗脸间来,而且摘下来我眼前的镜子。这回我真忍不住了,我说:“别这么砸,有话明说,我也没赖着你,干吗这样呢?”

“没赖着我,你不滚?”

“滚?那么容易!你想爱便爱,不爱便甩,这又不比你泡窑姐。”我几乎气炸了胸,这样回撞着他。

“啊!”他蔑笑地张大了眼睛,“你自己觉着不错,你比窑姐高多少,反正不是整货,我不要你,你要饭都摸不着门。”

“好!”我说,“林先生!人都得有良心,我知道,你,你跟你爸爸一样,就认得钱,再不就认得姑娘。你爸爸让你扔了我,你跟我也算屈得可以了,你走你的,你走回林家去做那份少爷,你爸爸有的是造孽的钱,我的儿子可不能归你,你叫我滚,我自己会走,我饿死外面,算我自己瞎眼,怎么就千挑万选地遇上了你。”我赌气地往屋里走去抱小民,他扯着了我的膀子,“走!你走把我的衣裳给我脱下来。”我们就那样地撕扯起来,他不分头脑地捶了我一顿,自己跑了出去。

他走,我自己在地上滚着,胎儿受了剧烈的刺激猛烈的在体内转动着,肚子痛得眼前只发黑,心里泛着欲呕吐的恶心,我无法平静我那已经达到高潮点的愤怒,我球似的翻滚着,我撕扯着自己的头发和衣裳。我狠狠地啮着自己的双手,嘴痉挛地嘶哑地说着什么。我愿意我的胎儿流产,我不愿林省民的孩子在我的身里成长起来。我想少一个孩子少一份累赘,我决心离开他,我决心再教育自己一回。

小民醒了,傍他躺在床上,看着那红润的寓着希望的小脸,我看见我生命中的一点光明。抚摩着那柔软的小头,我的泪滴在他的小脸上,想到孩子的爸爸,我突然歇斯底里地大声哭了出来。小民被这意外的声响吓得大哭,小头紧紧地钻在我的怀里,我又后悔那样忘形的大哭。吓坏了孩子,才是我最可怕的事。孩子只等于我的生命,我要教育起我的儿子来,我要教他成一个明白人,这社会上多一个明白人,女人就少吃一份苦。抚着小民的小脸,我喃喃地说:“小民,你原谅妈,妈快憋得疯了,妈爱你,妈誓死也不离开你,那样的爸爸,有没有都可,小民,我的!”我忍不住地再次抽泣起来。

就那样怔怔地傻了似地抱着小民坐着,望着灯,听着突然袭来的暴风雨,心翻腾着,旋转于恐怖与绝望之间。

突然，我听见了叫门声，我疑惑我自己的耳朵，我想也许是小民的爸爸又跑回来。我恨他，但我不能说一点爱他的心思都没有，三年来的日积月累的相对，我觉得我不是那样说离开他就可以走得了的。我下意识地盼他回来，我想要一点抚慰。感情真是奇怪的东西。我那样地恨了他，决心离开他，他若回来，我想我们也许会再和好的。因为我们已经有了孩子。多么矛盾的想法啊！多么矛盾的感情啊！

敲门声又起，再倾听，那是另一个熟稔的声音，我想到你，我仿佛看见阴天上升起的太阳。但立刻，我记起来你这几天说给我的话，你的若即若离的态度，我抽回来要为你开门而跑出去的双腿，我踌躇着。

风突然吹折了一切似地怒吼起来。

想着外面的冷雨，这时电光闪动了，跟着雷来，那样干裂的立劈下来的巨响，我不由地颤动起来，我没再犹疑地跑出去为淋湿了的你开了门。

就在那样兴奋的情绪下接待了冷淡的你，我说了许多气你的话。琳，你生我气吗？我，琳，别给我擦，随泪流下去吧，哭了我也许会痛快一点的。我，我知道你，你原没有爱我，只是因为你寂寞，常来我这儿一点，我们过从得亲密些，生了较普通友情还浓郁的一点感情就是了。所以你可以说，怕人家说闲话，怕你的表哥——我的丈夫不理你，跟你拼。这在真正的爱情中，都不是能够成为问题的事，不是吗？

我呢，琳，我今晚才知道，才知道我一样的并没有真爱着你。只是因为你安慰了我，在我觉得过分的孤独时给了慰藉。仔细想起来，你对我只如遥远的一盏灯，你的光亮照及了我，但我不能把那灯握在手里，用它的光亮来伴着我冲出黑暗。你安分，你不像我丈夫那样放荡，你努力于你以为人生之极的音乐。不过琳，你别生气，你送来的那一套贝多芬的交响乐，我只在受了委屈后唱了一张，但我没感到它的美好。一个忙于家事而又为孩子纠缠得心绪不宁的女人，是没有闲情去理解那种崇高之美的。

还有，琳，使我觉得对你负疚最深之点，就是我从你太太手里抢过来你——不，这样说，太抬举我自己了。该说是我侵占了你应该回家去和你太太欢聚的时间。我不愿意我的丈夫在该回家的时候留在外面，你的太太当然也和我一样。我没有从她手里抢过来你的权利。所以，琳，还是你爱唱的那句："这样分离是最好，在你也好，我也好。"

啊！灯亮了，听！琳，雨也仿佛小多了，你走吗？我……

琳，雨真凉，我有一点冷，我的鞋里也进来水了，小民许醒了也不一定，我不送你了，再……见，至晚到明天这个时候我一定会离开这儿的。你……你保重啊！

啊！琳，是你，是你吗？你什么时候走回来的，刚才我听见好像有人踏雨走过来，我以为是邻家的先生，你为什么不叫门呢？你吓了我一跳，我看见门玻璃上恍惚的有个人影，我以为是贼，我屏息地窥看了好久，闭了灯后，影清晰了，觉得有点眼熟，但也不敢断定是你,后来才索性大胆地开了门。你进来坐一会吗?我还没睡,在整理着一点东西。

琳,你愿意听我讲给你一点什么吗?一点我和我的丈夫怎样爱了和我走出我父亲的家的故事,说了,我会痛快一点的,你也不会像一般人那样笑我的,是不?

还有两个月要结束高中的生活了,同学们都耸起了双眉,惋惜着那最后一点的黄金的学生生活,而且那城里是没有女子的最高学府的,毕业就等于失学,一般家庭谁肯花好些钱把挺大的姑娘送到浮华的都市里去呢,认两个字就可以了,女孩子念的什么书!

我才烦呢,那时候,本来上高中就是因为妈一力主张,高中完了,我也快结束我的十九岁了,爸爸不会再放我过去的,他一定要把我嫁出去,他的信条是,女孩子过不得二十,过二十就没人要了。

还有,琳,你别笑我,我正偷偷地爱着一位教我们国文的年轻的温柔又沉默的先生。他并不理我,只看我和一般学生一样,甚至说,他并没觉得有我的存在也可以的。

那时候班上的同学,大多都比我大,正是需要爱情灌溉的年龄。但在女学校,那种拘束你也许是知道的吧,住校的学生除了星期和例假是不准出去的,即或出去也不过是买点东西看回电影。隔绝了一切和外面交接的机会,那样蓬勃地生长着的活泼的姑娘们,那样尼姑似的生活是怎样捆压了丰富的还没经过折磨的纯洁的感情呀!

这样,姑娘们的神经都尖锐着,一听着一点爱情的故事便都借着别的话哄笑起来,班上有一个同学恋爱了,不,也不过是刚认得了一个陌生的男人,就哄传得全校皆知。

一天,那样悦人的一个初夏的薄暮,挟了倍地尔的《妇人进化论》,我从教室里跑出来,我想到礼堂后面去读完它,礼堂后面有一个寂静的遮满了白杨的荫影的小丘,丘上有软草,丘下有我们同年级的两组种的五色的草花,那一小块地带是划归我们做一个小小的公园的。平常,除了用功的同学很少有人到那儿去。礼拜六的午后,除了花香只有鸟语的。

我愉快地走着,晴明的蓝天上飘飞着白云,初夏特有的软软的小风,吹拂着我的白绸的短衫,我暂时忘去了一切——那盘旋在我脑中的一切都是烦闷的将来,我走着,唱着短歌。

拨开白杨根旁的茂密的羊齿草,我爬上了小丘,琳,那一刹那间,我轰地一下觉得血都从头顶射了出去,你猜我看见了什么?

我看见了他,那位国文教员,他蹲着,用着手里的草棍在地上画着字。对面,和我穿着一样白衫黑裙的姑娘。那是我们叫她小玉的一个和我同年级乙组班上的同学,她手里也拿着一根草棍。她抬起了头。

脸上,是那样起之于心的甜蜜呀。

一阵不由自己的战栗通过我的全身,我觉得我的脸仿佛立刻发白了,我不记得我胡乱地说了一句什么,我抽回我的身子,两步便迈下小丘来。

我开始跑着，竭尽我全身的力量，心里并无目的，只是想跑开那儿，那儿有的是鬼，那鬼是会吞了我的。

跑，不知怎样跑到操场，眼前什么东西都蒙在雾里，我看不见一切竖立在我面前的东西。

猛然，一个人扯着了我的膀子，我立定了脚，那是……琳，你不笑吗，那是一个挺喜欢我的我们的级任先生。

“为什么那样低着头紧跑呢？差一点撞着篮球柱子。”

他说着放开了手。

篮球柱子的新刷的淡蓝的漆在夕晖里反射着光亮。

我定了定神，瞧着级任先生的脸，我才觉出我的眼里不知什么时候储满了泪水。我无言地旋过脚来，两步并一步地跑向宿舍去。

在我身后起了群众的哄笑声。

到宿舍，扯过被来蒙着头，我蟹一样地在被里左右转动着我的身体，我的心跌宕于受挫与忌妒之间，那样强烈的处女的忌妒呀！

那时，我们学校里正为着水灾筹备着公演话剧，公演期就是下一个星期六。我担任《哑妻》中的女主角，小玉是扮演《孔雀东南飞》中的兰芝的。我想我在公演期间一定可以压倒她，我自信她不如我。琳，你笑我这无意识的自骄吗？

但我不能消去我心中的不快，一连几天我都心神不属，我惘然若失——这之间，一个关于我的谣言开始流传在同学之间了。关于我和那位级任先生，多么没影的事啊！我平常很少和级任先生单独相对，除了事务上的接洽。因为我正是我们班上的级长，这谣传更增加了我的悒郁，我甚至想退学才好。女学校中的学生，因为生活圈子的束缚和年龄的要求，多半把没处发泄的蓬勃的感情倾向于年轻的先生们。由于忌妒，某先生与某学生等等的话是最快的消息。琳，你想不想这是无耻的，跟一般人那样。你不觉得那一群要爱而无从爱起的女孩子们可怜吗？

公演的日子到了，我竭尽了我的能力做着戏。我听见了台下不止一次的掌声，我兴奋得双颊红红的。我仿佛得到了爱，我恢复了我的骄傲的自尊心。我多高兴啊！琳，那个时候，我心里把我拟成那次公演的演员中的凤凰，卸装后披了我的制服上衣，我高高兴兴地跑向观览席去。

在门口，我遇见了国文先生，他戴着帽子，他刚来，他是专为看《孔雀东南飞》来的。

刹那间，我丢了我的魂，我不相信我的眼睛，灯正辉煌地照耀着，我看得挺清楚的是他依旧穿着那天在小丘后面的灰色的衣服。

我倒退着，把身子贴在墙上。

他笑着向我说：“完了吗？”接着不听我的回答，就立刻走进剧场去。

我完全傻了，站了有五分钟，才明白了一点似的跑向剧场的后面去，

那是一个很大的花园，园正中有水池，池中的鹤嘴正喷着细碎的水珠，我驰近了它，

风把凉的水珠一阵又一阵地吹到我的脸上。

我疯狂地绕着水池走着,那近两千的观众的掌声也不及那“完了吗?”给我的刺激之深。我甚至想死,一切我以往认为对的事情都被推翻,我怀疑我所有的一切,我想我是连那个最笨的王瑛也不如的。

我想那时我的脸一定是青色的。

许久,兴奋平静了一点,我站着,手插在衣袋里,不动地望着眼前的灯,泪无声地沿着颊流到翕张的唇里。

苦咸的泪通过了火热的喉头流到心上去。琳,那是我第一次感到了现实是一个怎样残酷的东西,我第一次否定了自己,

谁轻轻地叫着,我转过来身子。

一个陌生的穿得挺漂亮的男人,手里拿着一条红边的白手帕。

“是您的吧!”他说,而且递过来手帕。

手帕正是我的,我不知道什么时候从我的衣袋中落下去的。

我点了点头。

“因为只有您往这里走,我想一定是您的,剧场里的空气太坏了。”他说着。抚摩着在流得很整齐的中分的头发下宽阔的额。

那个宽大的园里果然只有我们两个,剧场里正笑语盎然,想是在休息的时间中。

想起以往曾被轻薄的男人窘过的事,我的心跳了起来。

“谢谢!”我说着,向剧场走去。

“我是!”他微笑着,追了上来递给我一张名片,“您不至讨厌于认识一个希望认识您的人吧!”

片子是:林省民

外交部××科

抬头,我看见了一张温柔地笑着的脸。

琳,你觉得这是一个有趣的相逢吗?

公演后不久就考毕业了,和国文先生之间我们保持着僵了的关系,我的谣言也因为我的异常冷漠的态度消沉下去。我本想立刻就离开学校,除了必要的上课,我停止了一切课外的活动,我连球都不打了。

琳,这时我受了一个致命的打击,我的衰弱的母亲死了,我失了魂地从学校奔到家里,从家里又回到学校,每天幽灵似地起来,睡下,一切人生的希望、乐趣都从我的心中飞出去。我觉得我十九岁的前程充满了黑暗。

学校的生活完全结束,我也结束了我的梦想的爱情,我拒绝所有的同学们的挽留,在一个郁热的晚上,一个人登上了回家之路。

在车上。琳,我简直不知道用什么话才能说给你我那时的难过。没有母亲的家,真比牢狱还苦,我的顽固的爸爸,妖媚的姨妈,甚至可以说是像陌路人一样的叔叔和婶婶

们，我怎样伺候他们去呢？我，琳，我抱了像去接受活埋一样的勇敢的心境向家走，国文先生给我的刺激强烈地烙在我的心上。我想我一切都不如人，我没有跟人竞争的能力，只好毙在那牢狱一样的家里，等棺材来装了我去。

蜷曲在车座的一角上，这一切都陌生的车中的空气，稍稍地自由了我窘住的呼吸，我开始愿意车慢一点，永不停止才好，我回的什么家，那家有什么理由可以称作我的呢。

车到P城了，这是这条铁路的中点，车站内喧哗着，卖包子的举着冒着热气的屉，站外的高大的建筑物上，霓虹灯闪烁着，放着刺眼的光辉。

站起来，扶着车窗，我觉得仿佛应该做点什么，是的，我该吃点什么了。

望着蜂拥上来的乘客，我算计着通到饭车上去需要的时间和困难，我不由得气馁地再坐下来，因为坐下来，好像饿的意识也更清楚了一点似的。我从拉开的窗口间，把头伸出去。

一个漂亮的白衣的男性招呼着我。

"谁呢？"我搜寻着我的记忆，我并不认识他。我怔了一会，这期间，车动了，我没有买成我要买的东西。

这时白衣的人已经站在我的身前，再笑着招呼着我。

噢，是那一个，那个在××剧场为我拾取了手帕的人。

他笑着在我身旁的座位坐下，放下了手中的小小的提包。

我觉得有一点窘，两次为一个生人看见了正在闷烦中的自己，我觉得不大自在起来，我不知道怎样回答他的招呼，我稍稍地把脸偏向了他一点。

他也沉默着。

一会，他轻轻地：

"到C城去吗？"

我点点头。

"我也是，我回去上班，我的家在P城。"

他说着，我想起了他的片子，那是写着外交部的。

"府上在C城吗？"他说着，站起来，脱去了上衣。

我只能再点着我的头。

"毕业考试结束了吧！"

我惊诧于他对我的清楚，那一晚上不会是无意地拾取了手帕的吧！不然为什么单就他也到园里去呢？

我感到一点惶恐，但能为一个漂亮的年轻男人所注意，又不自禁地高兴。

"那么，"他接着，"我们有盘桓的机会了。"他望着我的脸，用年轻的男人特有的温和的眼光。

我觉得有一点局促，但又不愿为他看出，我笑了，低下我升上来赧红的脸。

窗外急骤地袭来了暴雨，车窗上一层又一层地印上了粗大的雨滴，在豪壮的雨声中，车的奔驰声被压了下去。

凉爽了，我的心也晴朗了许多，把脸贴在窗玻璃上，望着外面漆黑的夜色，我忘了我正是在旅途上，而且不久这辆车子就要停了的。

他仿佛几次要说什么，因为我的沉默，他噤了口。

快到C，他要求我写给他我的地址。他说他住在X区的独身公寓里。

我犹疑了一会，终于在他片子的背面上写了我家的地址。

到站，他拿下来我的东西，说："我送您去好吗？"

我拒绝了他。

这样，我们结束了第二回的相见，我的单纯的心里印上那颀高的温柔的影子，我觉得我喜欢他甚于那位国文先生了。

到家，听了爸爸一套长长的训斥后，我开始我的小姐生活。很晚才起来，慢慢地吃饭，在姨娘的女客三缺一的时候，陪她们摸会儿牌。

但我的胸里却汹涌着愤怒的高潮，那行尸似的生活加重了我的烦恼，一回到我的小屋子时，便拿许多不会说话的家具出气，我踢开它们，捡回来，捡回来又踢出去。

我的书信都经过管事的三叔检阅过才给我拿进来。小说是一概不许看的，闷极了的时候便看家里藏的一些木版的唐宋史什么的。

琳，多么无聊的生活呀！我简直要闷死了，我时常梦想我有一天能从窗户飞出去。

因为闷，幻想的时候最多，我常常整天地躺在床上，随着脑子去想，想累了的时候便蒙头一睡。那样，精神愈加郁闷。头一天痛到晚，我原来是很健康的，舒服的家却使我病了。

一天，琳，我接得了一封信，一封封得好好的白色的信，这封信所以没被拆开，是因为被托付管教我们的三叔恰巧吃喜酒去了。

封面上写着很大的"林"，我的心惊恐地剧烈地跳动着，无缘由地给了替我拿来信的打杂的小五一块钱。

小五出去，闩了门，放下帘子，我急急地拆开了它。

信上写了敬慕但不失于谄媚的话，字写得很好看，我完全满意于那封信。我高兴得跳跃起来，我在我的小屋子里走着，跳着，扬起了手下的东西。我半年多没那样高兴了，这兴奋的感情一直使我跳得喘息了的时候，才把身子摔在床上。

温软的床更助长了我美丽的幻想，琳，你不笑我吗？我虚拟了许多两人在一起玩乐的甜蜜的情景，我抱吻着我的枕头，床柱，还有我床旁的小小座灯。

不久，那兴奋的感情过去，我第一次受挫于爱的创痕鼓动着，我再次地怀疑了自己，我想这一次我一定还是扮演悲哀的角色。那位漂亮的人是不会看上我的。

这样我哭了好久，泪干了的时候便睡去。

第二天我整个为惊惧所占有，我怕再有信来，我想象我们全家知道了一个男人给我写信后的愤怒和嘲笑的姿态，我想着爸爸的铁青了的脸，和姨娘撇到耳根上去的涂得猩红的嘴。我咽不下去饭,不能诉说的难过的感情充满了我的胃。我不时地特意地通过内账房,偷窥着三叔的脸。

一天无事地过去了。我躺在我的小床上,庆幸地,又觉得失望地,结果带着泪睡去。

第二天,我的两个住在C地的同学来看我,她们带给我C地银行招考女职员的消息,征求着我的意见。

托她们替我报名,办理一切投考的手续,我决心换换我的生活,我想着疏通爸爸的方法。

那一天晚上我写了回信,给林。

我冷冷地说了我家的一切,暗示给他别再来信的意思。

那封信的冷语,伤了我自己的心,我恨自己的愚笨,怎么就想不出一个两全的办法来,我想象信去后的一切情景,我自己切断了自己的希望,我还不如切断了喉管来得痛快,我揪着梳得光光的头发,虐待另一个人似的搥打了自己。

一夜,我不能睡,一会儿懊丧,一会儿兴奋,我的幼稚的感情和想象激打着我,我失去了我所有的可怜的理性。

用一只母亲遗下来的翠镯,又加上那两位同学再三保证工作时只有女人,我买通了为爸爸宠幸的姨,得到了到C银行去投考的允许。

我侥幸被录取了。

我的心为这次能再留在外面的生活欢喜得颤动着,我用着最虔诚姿态听着爸爸的教训,我竭力地装着好女儿的模样。我向我的家人说着冠冕堂皇的话,我显示着学优登仕的女史的颜色。

我出了笼的鸟一样地飞着,叫着,做着我的简单又简单的工作,但我不能晚一分钟回家去。

工作熟习了,孤寂再开始袭来,我想着那位漂亮的男人。我变得沉默了,我需要的不是外形离开我的家,我要的是精神的解放,我要爱。我感到家的重量对我更重了,我为什么一定要在那定规的时间内回去呢。

男女同事间闹着恋爱,我哂笑他们,多么无聊的勾当!刚见了就爱,糊涂得连名字都没认清楚的爱。

我躲避着他们,但,琳,与其说我看不起他们还不如说是忌妒他们,我不能爱,我有一层门关闭着我,渴望于爱的人,真可怜啊!

有一天,琳,我在街上又遇见林省民了,他要求我和他去吃茶,那是午间休息的时候,我去了,带着惊惧与快乐的心。

我们很快地就互相地爱上了,以后,他把信寄到我的班上,我们利用着短暂的午休时相会。我完全不能判断我的行为的当否,我为一种从未经验过的愉快笼罩着,我不想一切不利于我的,我沉醉在我盲目的爱里。

那真是我过去的生命中最快乐的时光,我曾无故地受挫于爱,一次能这样轻易地得到，我真快乐得忘形，我觉得自己是凤凰，那一些与我同时也在演着恋爱的把戏的女人，在我面前仿佛褪去了颜色，我自傲我的爱人是人间最漂亮最懂得爱的人。

我完全不能忍耐家中的生活，回家便写信，写得再热烈也没有。那些信有时候寄出去，有时因为太兴奋了，写得自己看去都羞涩，便在我床前的小小的壁炉中焚了。我尽我所有的智慧早一分钟离开家，待到班上，又希望早一分钟从班上出去。

一天，琳，我得着晚上外出的机会了，爸爸带了姨和三叔为了一项房产的事到 M 城去。婶婶们平常就是不留心我的。我照常地吃了晚饭，支开了纠缠的弟妹们，一人假说头痛地躺在小屋子里。

一会儿，天完全暗了下来，我加意地装扮了自己，从后院的一个小门溜出去。

到街上，唤了一部车子，我驰向 X 区的独身公寓去。

到了，茶房带我走过了长长的甬道到他的屋中去。

他的屋子黑着，茶房不在意地替我开了门。屋里排着铺得挺厚的床和软软的椅子。在那扭亮了的六十烛的灯光下，他的半身像向我温存地笑着。

站在门口，过度的失望使得我丢失了我的智慧，我不知我那时怎样做才好，是回去还是……

“您进去候一会吧！林先生就回来的。”

茶房提醒了我，我是应该进去等一会儿的，多么难得的出来的机会呀！

在那布置得相当精致的屋子里，我徘徊着，强捺着为等待而焦灼的心。

一点钟过去了。

又一点钟过去了。

我捧着那张笑着的半身像，仔细地瞧着眉，瞧着眼，瞧着嘴，那一切地方都说给我爱，安慰着我的焦灼。

我终于不能再等了，再晚我家的门就会关的，我一定得要在我家没关大门之前回去，九点钟了，可恨的又慢又快的时间啊！

我找到了纸和笔，我开始写了一张纸条。不同的情绪在我的胸里汹涌着，我不知道是写恨，写爱，写失望，写焦灼好。

蘸着笔，泪从特意擦了粉的颊上流下来。

掷了笔，拿起了小小的钱包，我拉开了门，在临行的再一回顾，那摔在床上的像片，仿佛委屈着似的半掩在床单里。

我想我是该把那照片摆在原来的地方的。

我旋回来我的脚。

这时，甬道上响起来我熟知的皮鞋声，擦干了眼睛，我把带着跳动的心的身子，迅速地藏到门后去。

他进来了，因为自己的不在而门开了的事情诧异的“咦！”着，随即把手中的包裹扔在椅上，过来关上了门。

这一瞬间，他瞧见了我。

琳，那时我在他脸上寻找到的是怎样的高兴啊！

“啊！是你，我的小天使。”他捉着了我，热烈地这儿那儿地吻着。

“你怎会出来呢。”

抱着我，他这样问。“等了好久了吧！”

我点着头，由衷的喜悦加上刚才的委屈，禁不住地泪流了下来。

“原谅我，小亲亲，我太闷了，出去走走，被一个朋友拉着喝了酒，我，我太笨了，我怎么就没预想到你会来呢。”

擦去我的泪，他揪着自己的头发，强烈的酒气从他身上飘了过来。

我脱开他的手。

“我要回去了。”我说。

“什么？”他跳了起来，“回去？刚见着又走，生我气了，不，不走，芬是最能原谅人的。”

他再次拥着了我，眼睛直看着我的眼睛。

我完全没有主意，家和爱在我心中交战着。抬头，钟已经是九点半了。

我的心一沉，这会回去，我已经是得特意招呼门了。

一个不幸的预感攫住了我，倚在沙发上，我的心惶惑地跳着，我说不出话来。

这时，他过去在他的门上加了锁。

糊糊涂涂地坐在沙发上，我瞧着他关了门，拽下来窗帘，再打开刚拿来的包裹。

“吃一块搪，这本来是预备明天带给你的。”他在我的身边坐下，拉起来我的手，“怎样出来的，告诉我呀！”

我说了我是怎样从家里出来的。

他高兴得跳起来，拍着他的手，“那样，更不用忙着回去了，谁也不能知道你出来。你放心，没一个人能到你的屋子去。我担保。多么难得的相会呀！小芬，你不高兴吗？”

他的话使我安心一点，实在我也不能骤然地从那甜蜜的屋中走出去的。

我吃着糖，听他软软地在我耳边说着热爱的话。

在爱抚中的时间是过得多么快呀！

到我再想起走的时候，已经午夜了。

“走，不走，芬，信我，没人会发觉你出来的，你这会回去倒不好了。我们再说一会话，芬，你爱我，你不走啊！”

他抱我到床上，灭了灯。

许多复杂的感情泛滥在我的心上，我想着不幸的未来，我想着我的家，我的周围的嘲笑，我的心剧烈地惊恐地跳动着。

但一方我又遏止不住那由于爱抚唤起来的兴奋。我把头藏在被里，完全失去了清醒的意识，那时，琳，身边是悬崖，我自己也不会阻止着自己而不滚落的。

那一夜，我失身了。

第二天，他忏悔着，解释着，谴责着自己，他的一切的话都从我的耳边嗡嗡地飞走，我听不出来他说的是什么，躺在床上，瞧着白白的天棚，泪，大粒的无声的从我眼里滚流出来。

我的外宿很快的传遍了我的家中，当然我的爸爸震怒了，他气得颤抖着，咯咯地啮着自己的牙齿，他替我辞去了银行的职务。

一切比预料中还残酷的责难落在我的身上，我在众人前连吃一口饭的自由都失去了，他们放我在我的小屋子中，用一个老妈子软禁着我。仿佛我不是人，而是一个疯子，孩子们因为大人的态度，有的也学着别人嘲笑着，有的惊异地看着我，像是要在我的脸上发现点什么。

我躺在床上真如临刑的囚人，什么思索都从我的心中爬出去。又仿佛一切思索都僵死在胸里，我不晓得他们要怎样处置我，我的心盘桓在死亡，被逐，饥饿，责打上。

这样的第三天，他们命令我嫁给一个他们早已预定了的公司的经理的儿子。

我的荒唐的爱情在我胸中作祟，我拒绝了那命令，我不能委身于那位只会跑狗的少爷。

这样，我再次惹怒了我的爸爸，他骂着我，从我死去的妈妈一直到妈妈的妈妈，都遭受了无辜的诅咒，最后，他撵逐着我，他盛气地说他没有那样的女儿。

琳，一个巨大的问题临到了我，我迷茫的停在院中的柳枝前，我不知道怎样做才对，那时，生活还没教给我一点厄难，我不以为离开家就会挨饿，我想什么地方都活人，凭我还会饿死！还有，我的爱情鼓动着我，我想到“两人同心土变金”的故事，我一点都不疑惑我的爱人。我躲开姨妈教给我的怎样去祈求爸爸的宽恕，也盛气地跑出了家。

他依旧用最大的热烈欢迎着我，拥抱着，请求着前夜的宽恕，他尚不知发生在我身边的一切事情，他只知道我三天没去上班了，他担心着我已受到不堪的责难。

躺在那只曾一次睡过的床上，我的激动的神经逐渐平静，也因为平静了，许多我想象中可能的离家后的一切不幸的预想，再在我胸间澎湃起来。

泪从我涩了的眼中源源地流出来。

他抱着我，用着不能相比的温存，这样，我诉说了我的一切。听后，他抬起脸来望着天棚，许久没有说什么。

那一夜，我以着极度不安的心留住他那里，他也似乎失去了往日的特别高兴的情致，虽然我们依旧抱抚着，但我的心上抹上了阴暗的影子。

琳，以后又经过了我的三叔两次恫吓式的斡旋，我都拒绝了，这样，激怒了我的家人，我任性地离开了那长住了二十年的家，从那富裕的家里带出来的只有一只母亲遗下来的戒指和一颗二十岁的不懂世故的心。

这样，他觅到了房子，我们搬进去，组织起小小的家庭来。

我是怎样的高兴啊！我在我的小小的房间里跳跃着，歌唱着，布置着简单的家具摆着我们的小安乐窝。我在我心里造了许多楼阁，我计划着几天后我去找事，两人一块上班去,回来在小屋子里读书,吃饭,招待客人,把两人的年轻的精力奉献给社会。

但是,琳,第一天我的快乐便被打了折扣。那一天,我收拾好了屋子,用着生疏但小心的双手做好了我们的晚饭,但我的爱人并没在应该回家的时候回来。

我等待着,尽可能地在胸中找寻着可以原谅他的理由,但我如何也削不去心中的焦灼和寂寞,我有点怀疑我的爱人,但又不敢往那上面想。

夜深,他才回来,喝了很多的酒,并不理会我脸上表现的寂寞与期待便一下把我拉到怀中,不容我询问的,"我准知道你在等着我,我就不着急回家了,我喝酒了,你别生我气。"说了,便横到床上睡去。

我僵立着,爱情从我的头中飞出去,我愤恨得啮着自己的牙齿,我撕碎了所有可以撕碎的东西,摔了所有的能摔的家具。气稍微平静了一点的时候,躺到沙发上委屈地睡去。夜半,我被抱到床上,在爱抚后,受到了几乎不堪的蹂躏。

第二天,我想是该有一番抚慰的,他没有,他一直睡到快到上班去的时候才起来,穿好了衣服就预备走。在门口,他回过头来半玩笑的,"别要小姐脾气,小芬,这是我的家,不是你们公馆,摔了东西得我的钱买呀!"完了,扬长地走了出去。

我一人躺在床上,狠命地哭了好久,哭够了,洗完脸,便跑到公园去。

初秋的太阳晒着我,我木立在池边,池里有人划船,水在船尾不安地跳动着,曳着长长的白线,白线上飘动着一枚黄了尖的柳叶。追随着那枚颠簸的憔悴的叶子,我仿佛看到自己的缩影,一想到明天它就将全黄而腐蚀的时候,泪便禁不住地涔涔地流出来。

彷徨在园中,爱情给我的兴奋已经一点无余,扮演着悲哀角色的预想,眼前的景况证实了它。想到刚离开的家,家好像退去了残酷的外衣,那外衣披在了两天前我还当神仙供奉的爱人身上。我感到过分的孤独,多么空旷的世界啊!我第一次疑惑了人是感情的东西。

抚摩着残花,搜集着枯草,它们都与我有着同一的命运,不久就会蚀化成泥吧!我呢,时光不久也会带了我去的,我已经从时光的齿轮中转落出来,就要落到沟壕里去的。

日暮了,苍灰的暝色映到我的心上,瞧着哑哑的寻巢的乌鸦,我觉得家的可爱了,但我失去了它,我没有一个可以让我休息的地方。那个刚筑成的爱巢里有着一只苍蝇的,我的自尊心支持着我,我不能屈服地回去。

天逐渐黑了下来,夜无声息地沉重地从我的身边掠过,秋凉透过了我的绸衫,在我的皮肤上撒下了冰凉的颗粒,我开始轻轻地颤抖着。

下意识地盼望他来接我,又胡乱地算计着口袋内的钱数,计算着手上的戒指,我想去觅一个旅馆,想象着怎样去度过明天的生活,我寻觅的职业,哪一天会发现呢。

幽灵似地踽踽地走出园门来,我想招呼一部车子,一想到去处,一想到钱,我的话从唇边反咽回去。望着眼前的灯光,我茫然地握起了小小的口袋。

一部车子急急地驶过来,在园口停住,他急急地跳了下来。

立刻,他搜寻的眼光看到了我,两步便跑了过来。

"唉呀！小亲亲，你可吓坏了我了，是你能去的地方都找遍了，这儿若再见不着你，我就要报警察了，明儿府上赖我拐卖，我说破了嘴也洗不清这罪名呀！"

见了他，我已经消失了早上的怒气，剩余的只有哀怨了，我无言地接受了他的安慰。

这样，琳，我们的同居生活继续着，他，不时出去，喝酒，游逛。问急了的时候就说是为我，为了我们的不名誉的结合，人们要挟了他，要他请客。

我呢，琳，那时我才明白了生活是怎样一件艰苦的工作，我的职业一直没有着落，在我的身体中一个小小的生命在开始孕育着。为消遣我的寂寞，贪婪地读着所有的我身边的书籍，因为他的挥霍，经济拮据着，我摒除了一切娱乐，我尽力爱他，我努力做一个好的妻子。

我的身边的人们蔑笑着我，连我的朋友也说："就这么的就算了，多冤，连结婚式都没有。"我只有忍受这些蔑笑，忍受这些非难，爱的时候不容选择，留给我走的只有这一条路，我走了，"诽笑"是他们的权利，我用我的大度安慰着自己，但一想到爱也空虚了的时候，便自己流着泪。

不久，小民生了，我添下许多麻烦的工作，连一点看书的时间也被夺去了，从厨房到卧室，从卧室到厨房，我的世界只有煤烟与孩子的啼哭。我的丈夫对我更一天一天地冷淡下去，常常几夜不肯回来。

我把全副的希望放在孩子身上，闷极了的时候便抱着孩子悄悄地哭。

孩子逐渐可爱了。丈夫仿佛安定了一点，他有几天按时回来，引逗着孩子，我们中间再响起了欢笑。我高兴着，在那一点短暂的甜蜜上又放上了我的全部希望。

一天，琳，那是认识你的一天了，多么美丽的初夏呀！那一天是礼拜日，我的丈夫很早地起来，装扮了自己，又帮助我收拾了孩子，他要带我们到许久未去的公园去。

在园里，在那我曾伫立过的池边，你来了，带着愉快的微笑，走近了我们。你们仿佛预先约过，是不是，琳。他介绍了你后，便让你坐在椅上，自己跑了开去。

那时，琳，我正高兴着，我觉得我重新得到了爱，我的丈夫回到了我的身边，我想着怎样去欢乐我的小小的家庭，我的郁悒的心上开放了花朵。

但你沉默着，你只简单地说了你刚到这儿来，将来要打扰的话。我抱着孩子，孩子用柔软的小手去摸那飘飞着的柳叶，我顺从着他的意思，来回地走着，追随着那摆动的柳枝。

我们愉快地笑着。

你像心里藏了一点什么，时时偷窥我们，又时而把眼光避开去。因为初识，虽然我觉察了你的态度，我只故意地装着并不知道什么。

好久，我的丈夫才回来，他有一点慌张，他说他特意跑出去买了××戏院的票，请你一块去听刚来C城的名角××的戏。

因为有你，我没问询什么，我厌恶听戏，我的丈夫是知道的，尤其是孩子不堪戏院的喧嚣的呀！

在戏院里，你仿佛活泼了一点，你曾两次站起来，和隔着很远的人打着招呼，我的丈夫暧昧地走了出去，又暧昧地走回来，一会，他抱走了孩子。

孩子在那边突然哭了起来，我仔细地注意了孩子的方向，他正被抱在一个老的女人的手里，我的丈夫站在那女人面前说着什么。

你看到了我脸上的不豫，故意不知道似地侧转了头，我觉到一切你们之间的跷蹊，我猜想着那位老女人，我再仔细地瞧着。

我只能看到她的背影，而且来往的人，扰乱了我的视线，我只觉得那背影我很熟习，其实我并不认识她，但她很像一个我熟识的人儿。

这时我的丈夫回来了，台上正响着大声的锣鼓，你们交换了短暂的我没听明白的话后，你便告辞了走去，我的丈夫陪我坐在那儿。

我问着他，他只含糊地回答我，一会儿，孩子睡了，我们便离开了那喧闹的地方。

那一天晚上，我的丈夫很晚的才回来，他送我们到家之后便匆忙地走开。我的愉快的心上又蒙上了暗影，我听见了一个不好的传说，那传说说是我的丈夫早已有了太太，和家人一块住在P城的家中。我独自地忖度着白天的事情，我想一定是借你来C城的方便，他的家人随了来，叫你在我身边，以便他们看我的，后来你的话证明了我那天忖度的不错。琳，最近的事故都是以那天的事情为近因而爆发的，那个老女人是你的姑姑，我的丈夫的妈妈，她看中了我的儿子，也并不觉得我脸上有下贱相，她还没有孙子，所以愿意把我们收拣回去。

我的丈夫呢？他，他原不是怎样爱我的。琳，你别笑我，我这会才明白，才确切地知道了这件事情。他为了我们的小家庭在经济上也窘得够了，所以他愿意我回到他的家里去，他一方面可以和有权势的爸爸再和好，另一方面也可以得到再去骗一个女人的自由的。

琳，我呢，我叛逆了我的家，自以为是获得了新生，用着细嫩的小姐的手做起了一切粗事，耐心地看护孩子，摒去一切娱乐，在暗淡的灯光下寂寞地等候着丈夫。但我得到的是什么呢？我的爸爸骂我不肖，我的朋友说我胡闹，林家的人以为我不要脸。我的丈夫结过婚，家里放着太太，他用他的爱情上的伎俩诱过来我，结果我得随他回去做姨太太，不那样，我就得受着蔑笑，受着责骂，我的丈夫说："细米白肉的就那么白养着你啊！"我说什么呢？女人就只有这样一个吃人家的细米白肉的地位。琳，我说不出来，夫妇的真义是什么呢？

琳，我的丈夫不愿轻易抛开我，也许是可怜我，也许是怕我反赖上他。但他又不肯听我的，我自然不会随他回去，结果就只有吵，这些天我受的剧烈的踢打都是为了这原因的。

我忙着，收拾好了屋子做饭，吃完了，又是孩子。孩子睡了洗，一天直到晚，好容易有一点坐着的工夫了，他就吵。琳，我心里的苦我真不知道用怎样的话才能述说给你，我只有怨我自己，怨我自己的轻率。仔细的想起来，自己也不该怨，我是人，我需要爱，我的要爱的途径只有这一条路的。

前几天，我心里还有一点光亮，那就是你，我在受尽了欺凌之后，一想到你，我的心便温暖了。我不止一次地重想着那一天，我们初吻的那一天。琳，多么甜蜜的日子呀！记得吗？琳，同样的雨呀！

你来了，那正是在我知道了我的丈夫已经有了太太的时候。那天，我哭了很久，到泪流干的时候，便抱了孩子傻坐着，我的丈夫正回P城去，我知道没有人会光临到我的小屋子里来，便任兴奋的感情支配着，把屋子搅得一塌糊涂，仅仅扫出来床叫小民睡去。

但我听见了敲门的声音。

虽然想也许是你，但因为听说你那几天到另一个地方去了，我又不敢相信。琳，那时，我实在是盼望着你的，只有你一个人没对我洒下了蔑笑，而给与了同情。

我稍稍地清理了自己，开开了门。

当我看见你时，一切的委屈都涌上心来，我是用着怎样的努力才压下去那升上来的泪水呀！

你进来，我羞涩于你看见那样的凌乱，我那时在你面前还端着架子，我竭力装着我是幸福的，我是被爱的妻子。但，那一天，一切都揭开了，在你面前，我已不想再掩饰，我想我们之间的一切，你是比我还明白的。

你站着，瞧着屋里的情况，轻轻地叹了。

"民哥今天回来吗？"站了一会，你硬找出来这样一句话问着。

我摇着我的头。

"已经这样了，珍重自己一点吧！"

好一会，你坐下，脸看着地，像对我又像对自己说。

多么温存的话呀！那久违了的温存的语调翻起了我竭力地忍住的所有悲痛，我把头藏在挂着的衣衫里，拭去抑压不住的眼泪，你走了过来。

琳，那时我的心是怎样地跳动着啊！我怕又希望，我预感到你会来安慰我的。

你揭开我遮在脸上的衣衫。

"芬！"你第一次叫着我的名字，"不哭了，瞧我，瞧。"你做了一个可笑的鬼脸，同时拉起来我的双手。

你的紧握的双手拂去了我心中所有的悲痛，你直视着我，一点都不动地，那眼中是燃烧着怎样的爱情啊！

那爱暖了我的心，我觉得我心中有一点什么生出来了，那是两次欲投无处的一点爱之芽。躲过你的逼视，我的心开始慌乱着，许多受过的责难和蔑笑踢打着我的神经，想到我的丈夫，心无缘由地痉挛起来。我忍不住地投到你的怀中，尽情地哭了出来。琳，那是我有生以来的最痛快的哭泣，难得的哭泣呀！

你扶起来我的头，温存地吻了我含泪的眼。

琳，就只那一吻，我已经该感激你了，那样温存地，它说给我一切爱情的甜蜜，它启示给我人与人间的温暖的关系，你记得在你的双唇下我是为感激支使得怎样战栗着。

那以后不久，我的丈夫便在我面前揭明了以往一直隐瞒着的一切。他说，他是结过婚，但那并非是他的本意，他说他的父亲是那样地震怒，为了我们的不名誉的结合。他说他后悔于自己的轻率，他应该在没和我发生关系以前遣走他的妻子。但现在晚了，一切都过去了。惟一的方法只有我归到他的家去，用我们的小孩来赎买我们的自作的孽，他的父亲是急于一见孙子的，他的那个妻子没有生育过，他们随便就可以处置了她。总归一句，他不能在外面受苦挨骂，他不能背叛他的父亲。

琳，他的话夺去了我全部的幻想和希望，以往，对他的放荡，我以着女性最大的忍耐原谅着他，我只想他是一时气愤，我并不疑惑我们之间的爱情。但他推开了我心上的窗子，叫我看清楚了外面究竟是怎样一个世界，那窗子外面的阴云，虽然我很早地就知道它是快压到了我，但我骗着我自己，我想那阴云后面就是晴朗的天，只要一阵风来，那阴云就会被吹走的。多么懦怯的我呀！

在他还没说明一切之前，在我们的爱情间，我苦恼着，一面我不能拒绝你所给予的慰藉，一面又谴责着对丈夫的不忠，所以时常在你来的时候，我怔怔着，我不敢接受你的抚慰，以致惹怒了你。

但是，琳，现在我明白了，我试着站到窗前去，我明白一切阻力都是可以抵抗的，我知道了我的丈夫给予我的是什么，我也知道了你的。我想以往我是太珍贵我自己了，在你的爱中。你只是一个富人，并没在意地扔出了你手中的面包，结果饿得要死的我拾得了，便自以为是无比的恩惠，你，琳，你并没有爱我，你只是随手地抛出了你一点闲适的感情而已，我这样说，你生气吗？

我说了许多话，你不讨厌我吗？我知道说出这些来是多么没用，但我说了，我想你是比较知道我一点的，我想解放我一点，我为我自己的自尊束缚得够了。我多傻呀！为什么我要在人前装着我丈夫是爱我的，为什么我要隐瞒着我们是没结婚就有了小孩子的事，为什么我夸耀着事实上早已和我没关系的我的家，为什么我逢人杜撰着理由证明我的丈夫是没结过婚的，我为什么一定要顺从着人们的意思委屈着自己呢？我为什么要一般人承认我是和他们一样的人呢？

我做的事情并没有错，我需要爱，结果爱了。我要创造我自己的家，那我自然应该走出我爸爸的家。我并没有侵害谁，我并没有给谁不便，我做的，都是只有一条路可走的。我还要我自己，我就只好走这一条路，我为什么要一定依照别人的意思呢？

如果我的家不是那样逼我，我也许不会那么轻率地爱上了林省民，如果林省民不是那么欺凌着我，我也无由接受你的抚慰。但我的家是对的，林省民是对的，你哪？你也是对的。不好都是我。那我担起来这不好有什么关系，我为什么斤斤于这些不必要的计较呢？说对就真对了吗？

我不能随林省民回去做姨太太，我就只好离开他，他不能背叛他的爸爸，我却有背叛他爸爸的自由的。真正的快乐不是依赖别人所能获得的。我不能忍耐目前的生活，那就只好自己去打开另一条生活的路子。你不认为对吗？琳。

琳，今晚，你原谅我，我不否认我是一个多么渴于爱情的女人，我知道你对我的爱，我理解你几次为人蔑笑后生出来的对我关系中止的意念。你原是随意掷出你的面包来的，既然有人说扔的不对，你犯不上为这一点事情惹起公愤，不扔对你也无所谓损失。但人究竟还有感情，感情不是那么说揪就两断的东西，这也就是你今晚所以来了，也就是我迟疑着不能从林省民的怀中离去的原因。

我明白你，我知道我自己，但我不能放你走出去，我知道在暴风雨里一人独坐是什么滋味，我要那温煦的慰藉，我要一个存放我的丰盛的感情的地方。我知道我要的不该是你，但我，琳，我身边只有你接近了我，我，琳，你原谅我吗，你生我气吗？你……

原载 1941 年 7 月 5 日《中国文艺》第 1 卷第 5 期

张泉选编：《梅娘小说散文集》，北京出版社，1997 年 9 月，第 75—110 页。

◆◆◆ 梅娘导读

◎ 王晓琴

抗战时期，处于“低气压时代”的北方沦陷区文坛，却奇迹般地出现了梅娘。生母的不幸，使其决心“要自立于人世，不要依赖男人生活”。而沦陷区报刊和出版业的兴盛，使得文学创作成为很实际的谋生手段。于是她拿起笔，从自我体验出发，展示女性的生存状态及其命运的哀歌。

梅娘作品最鲜明的特征是在奋力鞭挞男权社会禁锢女性身心时，并没有泯灭对光明理想的憧憬。故她的笔，既反映了女性的不幸，也表达了“以自己的微光灼亮黑暗世界的一角”的探求。

写于 1939 年的《蚌》，揭示了男权镣铐下的女性，如同蚌“才一开壳/肉仁就被啄去”。作品中显宦巨贾家庭庶出的小姐梅丽，接受新思想，大胆追求爱情幸福，与税局同事琦热烈相爱。但是，家族里妻妾嫡庶倾轧争斗，父母为攀附豪门巨富，强迫其嫁给狂嫖滥赌一身脏病的朱少爷。税局同事心怀嫉妒，小报记者制造流言，致使其辞职远去。在这“原不是给女人预算的”社会里，她承受着心灵和肉体的创伤，只能悲愤呼喊：“什么地方有给女人留着的路呢？”显然，这是对男权中心带墙壁牢笼所发出的叛逆的绝叫。

《鱼》写于 1941 年，以女性独白形式，倾诉女性争取性爱自由，如同“网里的鱼只有自己找窟窿钻出去”。作品中女高中生芬，为摆脱封建包办婚姻，“把没处发泄的蓬勃感情”倾泻给年轻的国文老师，但单恋受挫。此时，宦门纨绔子弟林省民乘虚而入，诱骗占有她，又“挟了他的势力——这社会承认男人应有的一切权益”，百般虐待她。芬不甘心忍受这种非人的生活，与丈夫的表弟琳大胆相爱。可是琳怯懦地退却了。芬只能向着暴风雨的黑夜高声呼唤："我要的只是爱，从心底涌出的真正理解的爱。"这说明，女性作为人所合理需求的性爱，在男权体系的网里，"那是比梦还缥缈的事"。

毋庸置疑，梅丽和芬的身上都融入了作者的生命体验，深刻反映了其对女性自我的体认和追问。她通过女性受压抑的痛苦，猛烈抨击了男权社会的罪恶，"他们只不过是玩女人，玩女人消遣生命"，又通过女性反叛的战叫，说明只有消灭了"养"和"被养"的界限，"地位同等之后，才会有真的女人和男人，才会消失了叹息和苦痛"。①

在写作技巧上，梅娘构思精巧，擅长以象征手法、寓言形式，进行隐喻和暗示，具有一种新奇、朦胧的诗意。又采用精神分析、意识流写法，将女性独特的生理与心理欲望表现得淋漓尽致。语言文字舒展有致，兼备质朴辛辣和温馨抒情的散文笔致，对践踏女性的男人世界极尽揶揄之能事，对饱受磨难的女性弱势群体则给以深切同情。所以这两篇作品精致优雅，女人味儿十足，不啻是女性写作的精品。

梅娘研究资料链接

张泉：《沦陷时期北京文学八年》，中国和平出版社，1994 年。

张泉主编：《寻找梅娘》，香港明镜出版社，1998 年。

陈晓帆编选：《又见梅娘》，人民文学出版社，2002 年。

孙中田：《梅娘的故家与中学时代》，《作家杂志》，2006 年第 4 期。

周伟华：《试论梅娘小说中的女性世界》，《电影文学》，2008 年第 4 期。

包学菊：《梅娘：爱的执著与孤独》，《文艺争鸣》，2008 年第 5 期。

① 鲁迅：《关于妇女解放》，《鲁迅全集》第 4 卷，人民文学出版社，2005 年，第 615 页。

苏青

苏青(1914—1982),本名冯允庄,浙江宁波人。曾考入南京中央大学外文系,后因结婚、怀孕而中途退学。1935年,为抒发产女苦闷,写作散文《产女》,以"冯和仪"名投稿给林语堂主办的刊物《论语》,后改题为《生男与育女》发表,是为创作的开始。40年代初因婚姻变故而成为以文为生的职业作家,作品主要发表于《宇宙风》、《逸经》、《古今》、《风雨谈》、《天地》等杂志。1943年,代表作品长篇自传体小说《结婚十年》开始在《风雨谈》连载,一时被目为"大胆女作家"而毁誉纷纷。该书次年出版单行本,半年内再版9次,到1948年底,已有18版之多。1947年,《续结婚十年》出版。苏青写作了大量散文小品,结集为《浣锦集》、《涛》、《饮食男女》、《逝水集》,此外还有长篇小说《歧途佳人》等。苏青同时也进入出版界,曾主办《天地》杂志,创办《小天地》杂志及四海出版社。抗战胜利后,苏青作为"落水作家"被传讯。新中国成立后留居上海,担任越剧团的专职编剧。"文革"中多次受批斗。1982年病逝。1994年,上海书店出版社编辑出版了《苏青文集》上、下两册。

由于作品主要关注现代女性在都市生活及婚姻家庭中的困境,苏青在当时与张爱玲齐名,同是沦陷区的上海文坛最引人注目的女作家。

结婚十年（梗概）

中华民国二十一年十月十日下午，是我出嫁的日子。女眷们满满地围了一屋子，使得我就连上厕所都显得是个奢侈的想法。情急之下，我趁着她们转头看男宅抬过来的花轿时，把枕套拉开，偷偷向里面撒尿。顽皮的我，即将为人妇，并不知前路的风险。

婚礼很热闹，18岁的我和20岁的贤，结合了。贤有个相貌丑陋的妹妹，这妹妹笑起来甚至让人觉得恶心。婚礼上，还有个打扮入时，举手投足却透露着风骚的小寡妇，我注意到贤和她似乎很是亲热，这让我内心充满狐疑和惆怅。

洞房花烛夜，我紧张又忐忑。那些闹洞房的客人不知道哪里来的动力，竟然闹到两点多才肯离去。我和贤早已疲惫不堪。贤劝我去睡觉，但不通晓男女之事的我却局促不安，不知道该怎么样做才好。正当我如坐针毡之时，贤抽完了几根香烟，竟然径直钻进了被窝。这让本来就紧张的我更加不安，在他面前脱下上衣，然后钻进了被子里。颇奇怪的是，他这一夜不知怎么，究竟是太累了还是没有心情，竟然没有碰我。

第二天，我患了伤风。晚上时，我从公婆处请安回来，走回房门外，竟然听到一男一女的谈话声，我仔细听，谈话的内容竟然和我有关。男主角是贤，女主角是那个风流的小寡妇瑞仙，这让我吃了一惊，好在还有第三个人的声音传出，证明房子里没有太多的故事。他们的话语中，对我充满了排斥和敌意。我不怀好意地推开门，把三人奚落了一阵，心里却十分懊恼。在给婆婆过完寿之后，我下决心回到学校念书，摆脱他们的影响。

在学校中，我感受到了一种少妇思春的滋味。宿舍女生们各有人追求，而我却无人理睬。我床上的臭虫很多，趁我熟睡时啃咬我的身体，而我的寂寞也像这些虫子一样，慢慢渗透到我的身体内部。但缘分总出现在适当的时候。一天，我在图书馆里阅读书籍，有个穿着一身灰色袍子，戴着一副近视镜的男生与我搭讪，我们就渐渐熟悉了。宿舍里，门房突然呼喊我的名字，说我有客来访。我惊奇之下，发现正是那个男生，他叫应其民。他对我的关怀让我一时间竟忽略了丈夫贤的存在。心想贤在家里肯定有瑞仙陪，因此就回信拒绝了贤要求我寒假归家的请求。应其民并不活跃，但是个老实、庄重的人。他对我关怀备至，但我觉得似乎少了点情趣。

我最担心的事情终于来了。妊娠所带来的连锁反应，让我在应其民面前彻底没有了隐私。我不得不告诉他，我是结过婚的人。这一信息给他带来长久持续的打击，尽管他故作潇洒和平静。我突然恨我肚里的这块肉，如果没有这个孩子，我和应其民之间也许就没有了障碍。其民表现出一个男子汉的大度胸襟，他给我看有关孕育知识的书籍，他还把从书上学得的知识，都运用到日常生活中。他体贴的爱，让我感觉到了久违的温暖，甚至会给我造成，他才是孩子父亲的错觉。尽管我闪过打胎的念头，但看到街上橱窗里漂亮的孩童服装，我就下不了狠心了。孩子六个月的时候，我写信给贤，把这一消息告诉他，期待他担负起父亲的责任。我和贤约定的日期近了，我就要离开学校，而其民也将毕业。两人心中无限悲楚凄惶。其民最后送我一串好看的红樱桃。然后又摘掉几个,只剩下两个。其民半开玩笑,却不失悲壮地认为,他便是被摘掉的多余的那个,而剩下的两个就是我和我丈夫,我们就在这样诗意而悲凉的背景下分手了。

怀孕的喜讯传播速度快得惊人,我回到家自然是贵宾的待遇。婆婆对我言听计从,母亲也关怀备至。公公都想好了一大串未来孙子的姓名。大家都指望着我产出一枚男婴,好传续香火。但事与愿违,我偏偏生了个女孩。生下女孩之后,世界一下子就凉了下来。婆婆甚至连我给女儿喂奶的资格都要剥夺,她说让我养好身体,明年再生个孙子。新生女儿叫簇簇,她被一个短胖的奶妈照料着,我竟然成了她的陌生人。这样空虚寂寞的少奶奶生活,是一个上过大学的我无法接受的。

我通过自己的关系找到了一份小学教员的工作。本可以通过这份工作打发无聊,但正因为我是女人的缘故,总要遭致一些流言蜚语,而这些流言蜚语是婆婆及小姑无法忍受的。婆婆以家里需要照顾我为借口把我拉回来,我的三个月教员生涯也结束了。

结婚之后,我发现我自己和母亲的关系也发生了变化。总觉得不像结婚之前那么亲密无间。对于看似必然的疏远我也无可奈何。贤要接我去上海,我一方面憧憬着摆脱了大家族的小家庭,另一方面又担心他和在上海的瑞仙有什么瓜葛。然而我还是怀着希望去了上海,开始经营小家庭生活。

小家庭并不如想象中如意。我成为了家庭主妇,就必须要把内政料理得妥当。尽管有林妈主厨,但我还要参与其中。可怜我并不会做饭菜,于是就让贤的朋友们看了笑话。客人散了之后,贤和我大吵了一架。我觉得命运不公,贤觉得我太不够格。两个人的冲突远没有结束。经济问题成了我们之间最大的争端。贤的收入不多,又不好意思向父母伸手要钱。而我没有经济来源,只能处处向贤伸手。贤慢慢显出不情愿、无奈甚至愤怒的神色来。慢慢地,经济纠纷导致一次次激烈的争吵。争吵过后,贤便不管不顾地离家出走,只剩我孤单守望着。我渐渐明白经济上不独立,在家里就没有话语权。于是我开始在报纸上找工作,出于对一本杂志的热爱,我试着向这本杂志投稿,竟然收到了用稿函和稿费。我实在是太兴奋了,兴奋之后,我想用稿费买上叉烧和酒,让贤对我刮目相看一番,没想到贤只是冷冷地机械地吃下这些东西,我的杂志他连看都不看。不过,我的写作生涯从这时正式开始了。

当簇簇四岁时,公婆催我们生出一个孙子来。我也听话地怀孕了。但此时的上海时局动荡,战事即将席卷而来。逃难的人向四围散去。夹杂着炮声轰隆,我的孩子在医院出生了,然而不巧的是,又是个女孩。我实在无颜面对公婆期盼的目光,心想哪怕死在上海,也绝对不回 N 城了。但想法敌不过冰冷的现实。战争正式打响,老百姓挣着逃难活命,就连安宁都成了奢侈。我动摇下来,心想无论如何活下来总是最重要的。回到老家之后,公婆尽管看到孙女有些失望,但看到大家都平安归来,也算万幸。过了一段时间,上海的战争平息了。我决计要回到上海去。公婆提出,小女儿太小,不方便带走,又不能断奶,就放在乡下的一户人家养大吧。我尽管心中不舍,但在乱世中也实属无奈。然而这个小女儿连名字也没有，就在乡村人家的疏忽和粗心之下，葬送了性命。

到上海之后，贤的生意兴隆起来。我也过了一段时间衣食无忧的生活。我又生了一个女儿，叫做菱菱。贤很爱这个女孩，只要他得空，就总要和菱菱玩耍。看着她吃饭睡觉，甚至看着她洗澡撒尿。离我家最近的余白和丽英夫妇经常来我家里串门，余白是个文学家，大学教授，丽英很爱打扮，也很精明。

菱菱尽管是我和贤的宝贝，但无奈的是，周岁之后，菱菱就必须断奶，原因是我又怀孕了。贤对我十分不满，因为他只喜欢菱菱这一个女儿。我思念着我另一个女儿，于是就写信劝公婆带着簇簇来上海住。在我的劝说下，他们终于来了。但簇簇和我，和贤，和菱菱，显得那么生疏。乡村和城市之间的冲突也慢慢地显现。

变故出现了，对于我们这个小家庭来说，是致命的。贤不再做律师，收入也锐减了许多。公婆不想拖累我们，就搬回老家，临走公公还嘱咐我，希望他明年能看到孙子的出生，就是看一眼，对于他也算能合上眼了。总算不负众望，我生下了元元，一个胖并健壮的儿子。我生下儿子后，立即给公婆写信，让他们方便时过来看看孙子。

贤又重新过上了堕落的生活，从早到晚，不知去哪里鬼混，收入并不稳定，但脾气却在增长。而余白和丽英的离婚，把丽英这样美丽贤惠的女人间接地送到了贤的怀里。贤不放过这次机会。在我知道了他们的奸情之后，决定离婚。我给公公婆婆写了一封长信，信里把贤在上海的作为完整地告诉了公婆。公公大动肝火，严厉地训斥了贤一番，自己也因为动气伤了身体，再加上其余顽疾，竟然一病不起，他最后也没有遂看孙子的愿。我和贤没有登报声明，只是找到了一个医生来证明。这个医生问我，你究竟有过爱的人吗？这时的我，反倒想起那两颗红樱桃的故事。

（鄢冬撰写）

◆◆◆ 苏青导读

◎ 李宪瑜

苏青出现在20世纪40年代的上海文坛，虽颇令人侧目，倒也不是一个“异数”。在沦陷区的上海，尽管有着种种来自政治环境的掣肘，散文小品依然出现了一个多少有些畸形的繁荣。究其“更深层的动因”，则“来自这一时期对‘个人生活’和个体生命存在的特殊关怀”。[①] 无论是童年忆旧、描摹风物，还是抄录古书、纵论文史，乃至于家长里短、饮食男女，均被一种“重新发现”的心态而书写，而潜藏在字面之下的，又往往是挥之不去的哀恸与苍凉。

---

① 谢茂松、叶彤、钱理群：《中国沦陷区文学大系·散文卷导言》，广西教育出版社，1998年。

苏青也大致如此。倘说独特，则在于她对女性——尤其是现代都市中的职业女性——的独特体验与艰苦生存之执着而彷徨的描摹。

苏青作品最鲜明的特征是她大胆率直的作风。在她笔下，少有一般女性作家的缠绵悱恻与旖旎情怀，而是泼辣明朗，又往往一针见血。譬如她最著名的“经典改写”：“饮食男，女人之大欲存焉”；又如“上流女人是痛苦的，因为男子只对她们尊敬，尊敬有什么用？要是卖淫而能够自由取舍对象的话，这在上流女人的心目中，也许倒认为是一种最能够胜任而且愉快的职业”（《谈女人》），就均以其惊世骇俗道出一个赤裸的真相。但是，若据此认定苏青是一个女权“斗士”，就未免是过于简单的结论了。苏青作品的主旨，说到底是“男女”，她在“男与女”之间揣度进退，撕开男欢女爱温情脉脉的伪装，直视的既有现代男性虚伪冷漠的本质，也有现代女性矫饰苍白的内心，当然，其深层是“教育”与“被教育”的性别机制。这样来理解苏青的关于女性的写作，并非是揭示其“不彻底性”，而是要在苏青既明朗又彷徨的书写下，把握更丰富也更复杂的“女性意识”与“文本意识”。

《谈女人》一篇，发表于1944年3月《天地》第6期，是苏青散文中探讨女性主题的代表性作品。此外，还有两个“参照文本”值得一提：其一是苏青的《谈男人》，可视为同一问题的另一面；其二是张爱玲发表于同期《天地》的同题散文。苏青和张爱玲交谊甚厚，她们的写作主张、性别见解等也有一致之处，两篇《谈女人》，恐怕有可能是《天地》主编苏青的命题与设计。张文中大段引用了一本“专门骂女人的英文小册子《猫》”，虽然从上下文看来，张爱玲对这些所谓“与女人有关的隽语”并不以为然，但也并不以为忤。她关注的是“大神勃朗”中的“地母”形象。相比之下，苏文没有那么“超越”，其泼辣与愤激，以及“务实”的解决之道，更应该来自苏青本人的甘苦体验。

说到苏青本人的体验，势必提及《结婚十年》这部“自传体小说”。如果说我们在钱钟书笔下领略了一个方鸿渐等男性的婚姻“围城”，那么在《结婚十年》里，我们看到的无疑是女性“围城”。这个围城里面有家居生活的姑嫂婆媳，有夫妇之间的摩擦使气，还有主妇的持家之道和“不安于室”的知识女性的心灵困惑：“我觉得生命渐渐的失去光彩了，有时候静下来，心头像有种说不出的怅惘，仿佛有一句诗隐隐绰绰的在脑际，只是记不起来。”但值得指出的是，如果我们从《结婚十年》读到《续结婚十年》，我们还是会看到同一个女性的身影，在婚姻的“围城”外逡巡、流连。

此外，对苏青这样一个曾经大红大紫、继而在文学史上“失踪”、最后又被重新“发掘”出来的作家，比较合适的一种理解方法可能是放在文学史及接受史中来考虑。无疑，苏青在40年代的“走红”，多少与市民读者将女作家“明星化”的阅读倾向相关，因而相当大程度上，《结婚十年》这样的自传体式是问题的核心。“五四”以来，女作家的写作有不少均带着“自叙传”的成分，但像苏青这样将自我的生活集中在“结婚”（恋爱、婚姻、生育等）方面的，到底是极少。虽然在当时不可避免地引动了某些人的“有色”阅读，但正是如此，新文学的写作开始深入到一个与现代女性息息相关的领域，并开拓了这个领域。20世纪80年代，一些女性学者对苏青的“发现”，则与女性主义及相关理论有关，突出的是其中的女性以及女性与男性对抗的成分，无论是对苏青的激赏，还是带点缺憾的不满，均是从这一角度着眼。90年代以来，苏青进入更大规模的阅读，一方面与张爱玲热相关，一方面也与本期的女性写作有暗中的呼应，也就是说，苏青的女性写作方式又一次彰显了其独特意义。由这样的背景出发，我们再对包括《谈女人》、《小心眼儿》在内的苏青作品重新阅读，应该有更具开放性的思考。

苏青研究资料链接

孟悦、戴锦华：《浮出历史地表——现代妇女文学研究》第十三章，河南人民出版社，1989年。

胡凌芝：《苏青论》，《中国现代文学研究丛刊》，1993年第1期。

苏青著，于青等编：《苏青文集》，上海书店出版社，1994年。

沈泯：《苏青与戏曲》，《上海戏剧》，1995年第4期。

王安忆：《寻找苏青》，《上海文学》，1995年第9期。

王一心：《苏青传》，学林出版社，1999年。

李伟：《乱世佳人——苏青》，上海书店出版社，2001年。

彼茗：《民国女子苏青》，《当代》，2002年第2期。

李建军：《女性意识的沉睡与觉醒——苏青作品中的女性意识及意义》，《作家》，2008年第10期。

毛海莹：《苏青评传》，中国社会科学出版社，2010年。

王一心：《海上花开》，安徽文艺出版社，2011年。

张爱玲

张爱玲（1921—1995），乳名张瑛，生于上海，祖籍河北丰润。祖父张佩纶官至晚清御史，祖母为李鸿章之女。张爱玲颖悟早慧，6岁即开始尝试写作，中学期间在圣玛丽亚女校校刊上发表短篇小说处女作。后考取英国伦敦大学，因战争关系未能成行，转入香港大学就读。1941年太平洋战争爆发，张爱玲中断学业返回上海，与姑母同住，并投入文学创作。1943年5月在周瘦鹃主持新创刊的《紫罗兰》杂志上连载中篇小说处女作《沉香屑·第一炉香》、《沉香屑·第二炉香》，一鸣惊人。此后，在《杂志月刊》、《万象》月刊（柯灵主编）、《天地》月刊（苏青创办）等多家报刊上刊出《倾城之恋》、《白玫瑰与红玫瑰》等一系列小说和散文，产生了很大影响。而1943年11月小说《金锁记》的发表，尤为引人瞩目。次年，张爱玲结集出版了短篇小说集《传奇》和散文集《流言》。另写有剧本《太太万岁》、《南北一家亲》等。20世纪50年代中期，她旅居美国，转入小说考证及翻译。著有《红楼梦魇》（收《五详红楼梦》等7篇论文）、《海上花注译》，并完成了《海上花列传》英译本和海明威《老人与海》的翻译；出版文集《张看》，散文、小说集《余韵》及公开大量照片的《对照记》。1995年，张爱玲在洛杉矶寓所悄然长逝。

金锁记（梗概）

三十年前的上海，一个有月亮的晚上。麻油店老板的女儿曹七巧嫁到了姜家。姜家是当地的大户，嫁到这里，本应是曹七巧的福气。但她嫁的却是姜家老二，一个瘫痪在床的男人。她的父亲和哥哥之所以这样，只不过是贪图钱财。然而曹七巧只是个普通的女人，姜家老二残疾的身体并不能给予她性的快乐和满足。她喜欢姜家老三姜季泽，但姜季泽是个花花公子，曹七巧面对姜季泽的诱惑心中十分忐忑，既充满期待又担心危险；姜季泽有心拨动七巧的心，但又担心事情败露对他有损，所以也没有轻易下手。

七巧的哥哥曹大年，贪图姜家的富贵，上门来向七巧讨要钱财。七巧见到大哥，心中的怨恨倾巢而出，哥哥嫂嫂自知理亏，也没有应嘴，只是敷衍应付着。七巧心里终归善良，纵然有怨气，但木已成舟。所以还是给了他们一些金银首饰，他们满意而回。

十年后，七巧的丈夫和婆婆都过世了。她变成了寡妇。在姜家的地位越发尴尬。分家的日子终究来临。九老太爷主持分家，但七巧逃脱不了被欺凌的命运。她并没有得到应有的照顾，反而和大家一样，平分了家产，这对于她这个失了顶梁柱的女人来说，就要省吃俭用节约这笔家产，拉扯大一男一女，实在过于辛苦。此后，七巧带着儿子长白和女儿长安租了一幢房子住下，和姜家各房很少再联系。一日，姜季泽找上门来，让七巧十分纳闷。七巧心里担心他贪图钱财，妄图再度欺凌她们孤儿寡母。姜季泽先是问候寒暄，接下来谈到他要卖自己的房产，希望七巧能来买。这一举动极大刺激了曹七巧，七巧的防备之心差点就被他的甜言蜜语攻破，最后时刻才发现他只不过是来试探并伺机骗取曹七巧的钱财。曹七巧神经质一般把姜季泽赶了出去。

曹七巧对自家财产的占有欲，随着这一次曝光而越加强烈。侄子春熹，原本上城办事，临时住在曹七巧家。他和长白长安玩在一块，但却被曹七巧看做危险之事。她认定春熹也是冲着他们家财产而来，所以赶走了春熹，并认真教育女儿要处理好男女关系，哪怕是对表哥也要防着。不光是言语刺激，她还要下决心让女儿和她一样缠脚。语言和行为两方面的束缚，确保女儿不轻易做“出格”的事情。

长安辍学了，原因是不堪学校和家庭双重的压力。曹七巧表面上狠狠教育女儿，内心却十分欢喜，因为这样可以省下一大笔学费。她带领几个老妈子去学校要学费，虽然没有把学费要回来，却羞辱了校长一番。长安闲在家里，耳濡目染，竟然学成了另一个曹七巧。提亲的人虽然有，但曹七巧要么就是担心对方贪图他们家的钱财，要么就是对方不够热心，总之也一年年耽搁下去；长白的婚事却刻不容缓，因为儿子不仅经常去赌钱，还和三叔姜季泽逛起了窑子。七巧见事情严重，于是慌忙定亲，帮儿子娶了一个袁家的小姐，小名叫芝寿。芝寿在曹家却并未长寿。曹七巧的刻薄，让芝寿坐立不安。曹七巧对儿子的占有欲，又让芝寿感到无奈。最终，芝寿在曹七巧尖刻的语言之下，在长白冷漠的目光中，病死了。

长安已然成了老姑娘，年龄的增大使得她更少有人问及亲事。姜季泽的女儿长馨却是个热心人，她给长安介绍同学的表叔童世舫。这童世舫从国外归来，多年没见故国的女子。见长安颇有些韵致，又是传统女孩，于是心里有意。长安对童世舫也颇有好感。长馨见这情形刚好，就想继续热心下去，劝说她的母亲兰仙，去向曹七巧说媒。曹七巧病体沉重，也没顾得上斟酌，就含糊答应了。长安和世舫两人定了亲。既然关系已定，两人自然约会起来。长安有了爱情的滋润，不仅性情大变，曹七巧如何奚落她她都不还嘴，就连曹七巧教儿子女儿抽的大烟，也想戒掉，试图以健康的形象迎接未来的新郎。曹七巧心里又不平衡起来，她认为女儿迫不及待跳出她的家门。同时她又四处打听童世舫的情况，听说这童世舫原本在乡下有订下的太太，只是没过门就退掉了，外洋也有一个，同样的情形。她于是判定这个男人并非真的爱自己的女儿，无非贪图钱财而来。七巧对长安劝说，但怎奈情到深处无怨尤，长安自然执迷不悟。兰仙要和七巧商量婚期，七巧越发觉得这个事件必须有个了结。她变本加厉地用言语刺激女儿，长安终于承受不住，心想与其让童世舫受母亲的气，不如自己了结这段感情。她打电话给童世舫，约定见面时间地点，见面之后提出了分手，童世舫并不解长安的意图。世舫毕竟接触些新思想，觉得既然对方提出分手，也应该理性解决。但他们解除了婚约，童世舫却还是对长安放不了手。长安心中对世舫有些牵挂，纵然放手也不是一朝一夕的事情，所以两人继续保持着交往。

风言风语又传到曹七巧耳朵里，曹七巧决定来个了断。她背着长安，让长白约世舫来吃饭。世舫听说之后，心想一定是姜家想为难他，但又不得不去。和长白酒过后，并未提及长安，突然长白站起身，曹七巧走进来。曹七巧告诉世舫，长安正在抽大烟，并添油加醋地诋毁长安，说这孩子抽烟已经十几年了，根本戒不了。世舫大惊失色，他日思夜想的古典女子竟然是抽鸦片长大的，这让他实在接受不了。他借故告辞，长安却意外地走了出来，跟在后面，长安唤他，他只是敷衍打了一下招呼。长安自知此事已没有回头路，只能遥望世舫的背影，对爱情的渴望就此冻结。

三十年了。曹七巧躺在烟铺上。她回忆这三十年她的作为，发现自己带着一副沉重的枷锁，并用沉重的枷角杀死了几个人。她也自知并没有多少时日，鸦片已经把她躯壳内的热气都慢慢驱散出去。她产生了若干的幻想，心想，如果当时不是父兄财迷心窍把她嫁入姜家，她是否会和一个心爱的人结合，从而过上安稳、平静而不乏幸福的日子呢？

（鄢冬撰写）

◆◆◆ 张爱玲导读

◎王　越

仿佛一夜之间，张爱玲的名字和她独特的文风成为20世纪40年代“孤岛文学”的一个醒目标记。在中华大地风雨飘摇的时代环境中，当多数女作家的个人生存体验为社会意识和民族解放意识所遮蔽，在严峻的现实面前表现出心系“大我”的创作姿态时，张爱玲却兀自从容地在她的艺术世界里营造出一系列庸常男女在都市的凡俗烟火中忐忑求生的世相。

最能衬出张爱玲之迥异于时代的，是她的创作“不合时宜”地流淌着浓厚的世俗气息。在她看来，“生命是一袭华美的袍，爬满了虱子”。（《我的天才梦》）因此，她十分自觉地致力于从表面安稳的生活中发掘琐碎而有丰富意味的细节，津津乐道，试图借此消解由人生的虚无和荒凉所带来的心灵恐慌。张爱玲的笔触大多集中在平凡男女的婚姻、恋爱与同居生活上，有意识地放大并细化市民阶层的生活理想。就她笔下的女性而言，“虚荣、爱美、舒适的生活，饮食男女的调调儿，就是这种理想的全部内涵”[①]。这位女作家有着悟透人生窘境的智能，她那细腻流利的笔触生动描画出女性在男性中心社会的夹缝中求生存的窘迫情态，并进一步将敏锐细密的知觉直指女性内心，揭开附着在男女关系上的虚伪的温情脉脉，道破许多女性为“谋生”而“谋爱”的本质：“以美好的身体取悦于人，是世界上最古老的职业，也是极普遍的妇女职业。”（《谈女人》）——情爱夹杂了太多的杂色和破绽，已无法掩盖人在物欲支配下的锱铢必较。

《金锁记》是公认的张爱玲小说代表作。张爱玲于此一反她通常在作品中有意追求的参差对照而又未至极端的和谐风格，塑造了一个“彻底的”在旧式婚姻中灵魂毁灭的人物——曹七巧。在新文学创作中，作家在表现封建家庭婚姻悲剧时，往往侧重于控诉旧式婚姻本身及宗法家庭的残酷，同时对受压迫受损害的妇女充满同情。张爱玲却没有陷入这样的套路，她发挥自己天才的创造力，着力去表现外部的生存压力是怎样激发了一个女人内心的阴暗面，使其一步步走进没有光的所在，最终演变为十足的恶魔。

值得注意的是，在张爱玲笔下，“金锁”未必像人们通常所认为的那样，仅象征着黄金和情欲，而是同时还隐喻了在传统的男性中心社会里女性无可遁逃的人生现实。就最初的七巧而言，她试图改变人生命运的愿望本来是合理的，然而这却注定要与现实发生剧烈冲突：她要追求黄金，也即追求一种稳定的物质生活，但是财富掌握在男性主宰者手中，于是她只有以女性的性别和身体为交易的筹码，以期通过出嫁从富家手中讨生活；她要追求情爱和正常的生理满足，但丈夫的残疾注定了其情欲要被深深压抑；她倾注真心于季泽，最终却发现对方所看重的其实是她手中的金钱；她用半辈子心血换来了执掌家庭经济的大权，而其实质却不过是将自己的依靠对象由具体的男性转化为金钱和权力。最终，曹七巧在异化为男性权力代行者的同时依然逃不掉丧失自身，在占有黄金的同时生命为黄金所占有，仍不免沦为物化生存的奴隶。曹七巧的形象是高度个性化的，然而就她作为女性的命运来说，实质上却与无数生活在旧制度下的普通妇女殊途同归。

《谈女人》是1944年3月《天地》杂志第6期发表的两篇同题散文之一。另一篇为苏青所作。在这篇散文中，张爱玲大量引用一本“专门骂女人”的英文小册子《猫》，并由此

---

① 费勇：《张爱玲传奇》，广东人民出版社，2000年。

生发感想，集中明确地阐释了自己的女性观："女人是最普遍的，代表四季循环，土地，生老病死，饮食繁殖。女人把人类飞跃太空的灵智拴在踏实的根桩上。"她所热爱并推崇的女性形象，有如奥涅尔笔下《大神勃朗》中的"地母"，混合了"广大的同情，慈悲，了解，安息"的神性与出自女人生命自然欲求的人性。这样的理解将女性从"圣母"或"淫女"二元对立的极端价值判断体系中解放出来，解构了"圣母"膜拜背后所隐藏着的男性话语。类似的观点在张爱玲《忘不了的画》、《自己的文章》、《有女同车》等文章中都有所流露。

张爱玲之前，"五四"时期女性意识的觉醒主要体现在对女性作为独立的人与外部世界关系的发现和认识上。女作家们大多更注目于社会环境对女性的压迫，而未尝进入对女性自身的认真剖析。正因为如此，张爱玲对女性本体的自觉观照显然具有建设性意义。她从女性本位的立场出发，一方面在创作中反省女性生命的负面，毫不留情地揭穿女性病态的真相，另一方面对造就这种病态的社会制度和传统性别文化作了含蓄而富于穿透力的剖示。她在创作中所揭示的父权制度下两性格局给妇女带来的戕害，令人深思；而其中所体现的女性自审意识的觉醒，则蕴含着现代女性意识成长过程中的重要进展。

张爱玲研究资料链接

迅雨(傅雷)：《论张爱玲的小说》，《万象月刊》，1944 年 5 月。

胡兰成：《评张爱玲》，《杂志月刊》，1944 年 5 月。

水晶：《张爱玲的小说艺术》，台湾大地出版社，1973 年。

胡兰成：《今生今世》，台北远行出版社，1976 年。

陈炳良：《张爱玲短篇小说论集》，台湾远景出版社，1983 年初版，1985 年第 2 版。

唐文标主编：《张爱玲资料大全集》，台北时报文化出版公司，1984 年。

谭正壁：《论苏青与张爱玲》，《苏青文集》(下册)，上海书店出版社，1994 年。

陈子善编：《私语张爱玲》，浙江文艺出版社，1995 年。

张子静：《我的姐姐张爱玲》，台北时报文化出版公司，1996 年。

费勇：《张爱玲传奇》，广东人民出版社，1996 年。

余彬：《张爱玲传》，广西师范大学出版社，2001 年。

林幸谦：《女性主体的祭奠：张爱玲女性主义批评 II》，广西师范大学出版社，2003 年。

王德威：《落地的麦子不死：张爱玲与"张派"传人》，山东画报出版社，2004 年。

刘川鄂：《张爱玲之谜》，中国书店，2007 年。

(美)李欧梵：《苍凉与世故》，三联书店，2008 年。

林幸谦：《女性主义的先驱性锋芒——张爱玲"新作"〈小团圆〉的解读》，《百家文学杂志》，2009 年第 3 期。

袁良骏：《张爱玲论》，华龄出版社，2010 年。

许子东：《张爱玲晚期小说中的男女关系》，《文学评论》，2011 年 2 期。

郑敏

郑敏,1920年9月18日生于北京。祖籍福建闽侯。父亲是留法学生。1939年,郑敏考入西南联大学习外国文学,入学后又转入哲学系,攻读西方古典哲学。当时的西南联大集合了一大批现代中国最优秀的知识分子,他们的思想和学校的学术空气猛烈地冲击着郑敏年轻的心灵,她开始写诗。著名诗人冯至先生是她的德文老师,她始终和冯先生保持较为密切的联系,经常把写好的诗拿给冯先生看,得到了冯先生指点和鼓励。郑敏在当时和穆旦、杜运燮并称"联大学生诗人中的三星"。1943年郑敏赴美入布朗大学学习,半工半读,备感中国留学生在20世纪40年代的美国的艰难处境。1950年后郑敏转入伊利诺州立大学继续读研究院。1955年回国从事科研与教学工作。郑敏的诗结集出版的有:1949年文化生活出版社出版的《文学丛刊》之郑敏《诗集》(1942—1947)、《九叶集》(九人合集;1981年,江苏人民出版社)、《八叶集》(八人合集;1984年,香港三联书店)、《寻觅集》(1986年,四川文艺出版社)、《心象》(1991年,人民文学出版社)、《早晨,我在雨里摘花》(1991年,香港突破出版社)。郑敏长期从事西方古典哲学、英美诗歌研究,主要诗学著作有:《英美诗歌戏剧研究》、《结构-解构视角:语言·文化·评论》、《诗歌与哲学是近邻——结构-解构诗论》等。

金黄的稻束

金黄的稻束站在
割过的秋天的田里,
我想起无数个疲倦的母亲
黄昏的路上我看见那皱了的美丽的脸
收获日的满月在
高耸的树巅上
暮色里,远山是
围着我们的心边
没有一个雕像能比这更静默。
肩荷着那伟大的疲倦,你们
在这伸向远远的一片
秋天的田里低首沉思
静默。静默。历史也不过是
脚下一条流去的小河
而你们,站在那儿
将成了人类的一个思想。

选自《诗集一九四二——一九四七》(一九四九·四)

吴欢章主编:《中国现代十大流派诗选》,上海文艺出版社,1989 年 5 月,第 439 页。

来 到

那轻轻来到他们心里的
不是一根箭,
那太鲁莽了;
也不是一艘帆船,
那太迟缓了,
却是一口温暖的吹嘘,

好像在雪天里
一个老人吹着他将熄的灰烬；
在春天的夜里
上帝吹着沉黑的大地；
在幸福来到之前。
所需要的是
那么一种严肃与仁慈。

于是才能像幻景的泄露，
他们为赞美所惊愕，
你想象一座建筑那样
凝结在月夜的神秘里，
他们听不见彼此的心的声音
好象互相挽着手
站在一片倾逝的瀑布前
只透过那细微的雾珠
看见彼此模糊了的面影。

选自《诗集一九四二——一九四七》(一九四九·四)

郑敏:《中国现代诗歌名家名作原版库·郑敏诗集》,中国文联出版社,2002年5月,第39—40页。

◆◆◆ 郑敏导读

◎ 荣光启

"九叶"诗人中的郑敏是很独特的一位,她是一位优秀的诗人,又是一位杰出的女性。据袁可嘉回忆,郑敏在当时(20世纪40年代初)和穆旦、杜运燮并称"联大学生诗人中的三星",三人诗歌各有特色:"穆旦深受艾略特和里尔克的启迪,在诗作中表现出一个知识分子在旧社会苦难中自我搏斗的形象;杜运燮吸收奥登的技巧,写机智活泼的诗;郑敏向里尔克学习,擅长写意象新颖、思想深沉的抒情诗。他们的诗反映现实,却又有现代风格,在推进新诗现代化方面做出了贡献。"郑敏的诗歌成就在于,她优美、深沉而有力的抒情既是"现代境遇"的凸现,又是"现代女性境遇"的表达。

用学者荒林的话说,郑敏诗中"那个言说的'女性自我'一方面面向'时代'(当它是'属于女性时'),另一方面背向时代(当它是'非属于女性时'),她自始至终需要一种参照来确立言说角度，又自始至终以女性生命存身、经验浮现为核心”。在郑敏的诗歌中(如《渴望：一只雄师》)，既有自我与时代的冲突——“在我的身体里有一张张得大大的嘴/它像一只在吼叫的雄狮/它冲到大江的桥头/看着桥下的湍流/那静静滑过桥洞的轮船/它听见时代在吼叫”，又有女性自我对时代的独特打量——“它回头看着我/又走回我身体的笼子里/那狮子的金毛像日光/那象的吼声像鼓鸣/开花样的活力回到我的体内/狮子带我去桥头/那里，我去赴一个约会”。女性自我的“雄狮”与男性自我的“雄狮”是不一样的，在一个“吼叫”时代，她保留了女性的内敛、犹疑、隐秘的盼望、个体的经验与活力。《金黄的稻束》，是一次具有现代性和反现代性的女性经验和母性形象的重新书写。丰收是以稻束的收割为前提的，母亲正如割过的稻束站在秋天的田野，疲倦的母亲，时代的丰收是因为她们被收割过的肉体。这是一种现代性的女性经验表述。但诗人正是赞美这伟大的疲倦。收获日的满月挂在高耸的树巅，暮色里，远山围着我们的心，没有一个雕像能比这更静默。静默，其实是对于疲倦的母亲，伟大的女性在现代性的线性时间链条上的发展的历史的反思。女性，站在那儿，成为人类的一个思想。女性个体经验的时间和历史，是与男权话语、现代性话语里面的时间、历史关系不大的，是永恒，是静默。在这里，诗人以反现代性的女性经验呈现了特定时代女性生命的一种真实。一种崇高而真实的女性形象“浮出历史地表”。

1949 年唐湜在《郑敏：静夜里的祈祷》中谈到郑敏的诗及其风格时说：“郑敏的诗仿佛是朵开放在暴风雨前的一刻历史性的平静里的时间之花，时时在微笑里倾听那在她心头流过的思想的音乐，时时任自己的生命化入于一幅画面，一个雕像，或一个意象。让思想流涌出一个个图案，一种默思的象征，一种观念的辩证法，丰富、跳荡，却又显现了一种玄秘的静凝。”她是一个“用清明的数学家的理智来写诗的诗人。……在她的诗中，思想的脉络与感情的肌肉常能很自然和谐地相互应和……她虽常不自觉地沉潜于一片深情，但她的那萧然物外的观赏态度，那种哲人的感喟却常跃然而出，歌颂着至高的理性”。唐湜意在赞叹郑敏诗歌内在平静而博大的哲思、动人的形象，并有意将她的抒情姿态描画成“静夜里的祈祷”。郑敏的诗歌是安静的，因为她对于时代的思虑是发自自我生命感觉、女性内在经验的，同时她又是深沉的、内在变动的，因为她的抒情确是一种“祈祷”。现代中国人在诗歌里的祈祷的抒情方式来自于西方，尤其是对奥地利的大诗人里尔克的学习。冯至的《十四行集》就是祈祷。冯至是郑敏学诗的导师。从里尔克到冯至、郑敏，抒情成为了祈祷。祈祷是什么？在里尔克，是对那位自有永有、至高至大者(“我们在天上的父”)的关于自身罪性的忏悔和生存本身的感恩。但在中国语境里，由于上帝和耶稣基督的历史性、人为性缺席，对创世纪和十字架上的救恩、复活事实的无法了然，我们学习里尔克(包括艾略特、叶芝、奥登)只能是技术上的学习，即学习他诗歌上的现代技艺，即：“思想知觉化”、“抽象的肉感”(瓦雷里语)、叙事性等等。我们将里尔克对于上帝的感恩替代为对存在万物的感恩(即海德格尔所说的将“存在”替代为“存在者”)，我们将里尔克的悔罪性的倾诉化为对时代、个性的牢笼囚禁心灵的不满、批判——但这样已经不错了,我们确实已经诞生了杰出的《十四行集》、《诗集》(1942—1947),那种对存在的感恩的抒情方式是我们从来没见过的,干净、可感、深沉、博大,足以叫我们感动。难以抒写的事物、纠缠不清心灵触动,在一个高处的对象的关怀中用语言表达出来,这是人的福分。《来到》,什么来到?只能是一种难以言说的情感、心的颤动,但诗人的表达如此空疏又细致、纯净又具体。

郑敏的写作超过了"女性诗歌"的概念,她的写作立足于女性经验,但有一个对存在的虔敬心态和自身的内在审视,她的诗歌有一种属神性(上帝)的东西,区别于一般女作家在自我意识、潜意识、想象与现实中分辨不清的自恋式写作。她的博大、深沉、细致是写作应有的普遍本质,而不仅仅是对女性诗人的要求。

郑敏研究资料链接

阿垅:《人和诗》之"关于行列",上海书报杂志,1949年。

唐湜:《郑敏静夜里的祈祷》,《新意度集》,三联书店,1989年。

孙玉石:《郑敏:攀登不息的诗人》,《当代作家评论》,1992年第5期。

蓝棣之:《郑敏:从现代到后现代》,《当代作家评论》,1992年第5期。

袁可嘉:《欧美现代主义文学在中国》,《欧美现代派文学概论》,上海文艺出版社,1993年。

王圣思:《九叶之树长青——"九叶诗人"作品选》前言,华东师范大学出版社,1994年。

游友基:《郑敏:一座具有流动美的雕像》,《九叶诗派研究》,福建教育出版社,1997年。

荒林:《女性现代性文本》,荒林、王光明《两性对话:20世纪中国女性与文学》,中国文联出版公司,2001年。

王光明:《归来:从"人"到"诗"》,《现代汉诗的百年演变》,河北人民出版社,2003年。

吴思敬、宋晓冬编:《郑敏诗歌研究论集》,学苑出版社,2011年。

第二篇

芳草天涯

林海音

林海音(1918—2001),原名林含英,小名英子。台湾苗栗县人。生于日本大阪。父亲是爱国知识分子。林海音出生后不久即随父母回到台湾,旋即迁居北京。她少年和青年时代的25年时光在北京度过。曾就读于北平女子师范学校和北京世界新闻专科学校,毕业后任北京《世界日报》记者。1948年与丈夫夏承楹去台湾,任《国语日报》编辑;1951年任《联合报》副刊主编;1967年创办并主编《纯文学》月刊;1972年独立经营台北纯文学出版社。主要作品有长篇小说《城南旧事》、《晓云》、《春风丽日》、《孟珠的旅程》,短篇小说集《冬青树》、《烛芯》、《剪影话文坛》,散文集《作客美国》、《两地》等。

林海音的创作开始于1951年。她的作品感情真挚,风格细腻,文字优美,充满思亲怀乡之情。她也是现代台湾女性文学的开路人,评论家认为林海音"创造出了一个女性书写的新空间",对当代台湾文学的发展做出了重要贡献。

城南旧事（节选）

长亭外，古道边，芳草碧连天。晚风拂柳笛声残，夕阳山外山。天之涯，地之角，知交半零落。一斛浊酒尽余欢，今宵别梦寒。

惠安馆传奇

（一）

太阳从大玻璃窗透进来，照到大白纸糊的墙上，照到三屉桌上，照到我的小床上来了。我醒了，还躺在床上，看那道太阳光里飞舞着的许多小小的、小小的尘埃。宋妈过来掸窗台，掸桌子，随着鸡毛掸子的舞动，那道阳光里的尘埃加多了，飞舞得更热闹了，我赶忙拉起被来蒙住脸，是怕尘埃把我呛得咳嗽。

宋妈的鸡毛掸子轮到来掸我的小床了，小床上的棱棱角角她都掸到了，掸子把儿碰在床栏上，格格地响，我想骂她，但她倒先说话了：

“还没睡够哪！”说着，她把我的被大掀开来，我穿着绒褂裤的身体整个露在被外，立刻就打了两个喷嚏。她强迫我起来，给我穿衣服。印花斜纹布的棉袄棉裤，都是新做的，棉裤筒多可笑，可以直立放在那里，就知道那棉花够多厚了。

妈正坐在炉子边梳头，倾着身子，一大把头发从后脖子顺过来，她就用篦子篦呀篦呀的，炉上是一瓶玫瑰色的发油，天气冷，油凝住了，总要放在炉子上化一化才能擦。

窗外很明亮，干秃的树枝上落着几只不怕冷的小鸟，我在想，什么时候那树上才能长满叶子呢？这是我们在北京过的第一个冬天。

妈妈还说不好北京话，她正在告诉宋妈，今天买什么菜。妈不会说“买一斤猪肉，不要太肥。”她说：“买一斤租漏，不要太回。”

妈妈梳完了头，用她的油手抹在我的头发上，也给我梳了两条辫子。我看宋妈提着篮子要出去了，连忙喊住她：

“宋妈，我跟你去买菜。”

宋妈说：

“你不怕惠难馆的疯子？”

宋妈是顺义县的人，她也说不好北京话，她说成“惠难馆”，妈说成“灰娃馆”，爸说成“飞安馆”，我随着胡同里的孩子说“惠安馆”，到底哪一个对，我不知道。

我为什么要怕惠安馆的疯子？她昨天还冲我笑呢！她那一笑真有意思，要不是妈紧紧拉着我的手，我就会走过去看她，跟她说话了。

惠安馆在我们这条胡同的最前一家，三层石台阶上去，就是两扇大黑门凹进去，门上横着一块匾，路过的时候爸爸教我念过：“飞安会馆”。爸说里面住的都是从“飞安”那个地方来的学生,像叔叔一样,在大学里念书。

“也在北京大学?”我问爸爸。

“北京的大学多着呢,还有清华大学呀!燕京大学呀!”

“可以不可以到飞安——不,惠安馆里找叔叔们玩一玩?”

“做唔得!做唔得!”我知道,我无论要求什么事,爸终归要拿这句客家话来拒绝我。我想总有一天我要迈上那三层台阶,走进那黑洞洞的大门里去的。

惠安馆的疯子我看见好几次了,每一次只要她站在门口,宋妈或者妈就赶快捏紧我的手,轻轻说:“疯子!”我们便擦着墙边走过去,我如果要回头再张望一下时,她们就用力拉我的胳臂制止我。其实那疯子还不就是一个梳着油松大辫子的大姑娘,像张家李家的大姑娘一样!她总是倚着门墙站着,看来来往往过路的人。

是昨天,我跟着妈妈到骡马市的佛照楼去买东西,妈是去买擦脸的鸭蛋粉,我呢,就是爱吃那里的八珍梅。我们从骡马市大街回来,穿过魏染胡同,西草厂,到了椿树胡同的井窝子,井窝子斜对面就是我们住的这条胡同。刚一进胡同,我就看见惠安馆的疯子了,她穿了一件绛紫色的棉袄,黑绒的毛窝,头上留着一排刘海儿,辫子上扎的是大红绒绳,她正把大辫子甩到前面来,两手玩弄着辫梢,愣愣地看着对面人家院子里的那棵老洋槐。干树枝子上有几只乌鸦,胡同里没什么人。

妈正低头嘴里念叨着,准是在算她今天共买了多少钱的东西,好跟无事不操心的爸爸报账,所以妈没留神已经走到了“灰娃馆”。我跟在妈的后面,一直看疯子,竟忘了走路。这时疯子的眼光从洋槐上落下来,正好看到我,她眼珠不动地盯着我,好像要在我的脸上找什么。她的脸白得发青,鼻子尖有点红,大概是冷风吹冻的,尖尖的下巴,两片薄嘴唇紧紧地闭着。忽然她的嘴唇动了,眼睛也眨了两下,带着笑,好像要说话,弄着辫梢的手也向我伸出来,招我过去呢。不知怎么,我浑身大大地打了一个寒战,跟着,我就随着她的招手和笑意要向她走去。可是妈回过头来了,突然把我一拉:

“怎么啦,你?”

“嗯?”我有点迷糊。妈看了疯子一眼,说:

“为什么打哆嗦?是不是怕——是不是要溺尿?快回家!”我的手被妈使劲拖拉着。

回到家来,我心里还惦念着疯子的那副模样儿。她的笑不是很有意思吗?如果我跟她说话——我说:“嘿!”她会怎么样呢?我愣愣地想着,懒得吃晚饭,实在也是八珍梅吃多了。但是晚饭后,妈对宋妈说:

“英子一定吓着了。”然后给我沏了碗白糖水,叫我喝下去,并且命令我钻被窝睡觉。……

这时,我的辫子梳好了,追了宋妈去买菜,她在前面走,我在后面跟着。她的那条恶心的大黑棉裤,那么厚,那么肥,裤脚绑着。别人告诉妈说,北京的老妈子很会偷东西,她们偷了米就一把一把顺着裤腰装进裤兜子,刚好落到缚着的裤脚管里,不会漏出来。我在想,宋妈的肥裤脚里,不知道有没有我家的白米?

经过惠安馆，我向里面看了一下，黑门大开着，门道里有一个煤球炉子，那疯子的妈妈和爸爸正在炉边煮什么。大家都管疯子的爸爸叫“长班老王”，长班就是给会馆看门的，他们住在最临街的一间屋子。宋妈虽然不许我看疯子，但是我知道她自己也很爱看疯子，打听疯子的事，只是不许我听我看就是了。宋妈这时也向惠安馆里看，正好疯子的妈妈抬起头来，她和宋妈两人同时说“吃了吗？您！”爸爸说北京人一天到晚闲着没有事，不管什么时候见面都要问吃了没有。

出了胡同口往南走几步，就是井窝子，这里满地是水，有的地方结成薄薄的冰，独轮的水车来一辆去一辆，他们扭着屁股推车，车子吱吱扭扭地响，好刺耳，我要堵起耳朵啦！井窝子有两个人在向深井里打水，水打上来倒在一个好大的水槽里，推水的人就在大水槽里接了水再送到各家去。井窝子旁住着一个我的朋友——和我一般高的妞儿。我这时停在井窝子旁边不走了，对宋妈说：

“宋妈，你去买菜，我等妞儿。”

妞儿，我第一次是在油盐店里看见她的。那天她两只手端了两个碗，拿了一大枚，又买酱，又买醋，又买葱，伙计还逗着说：“妞儿，唱一段才许你走！”妞儿眼里含着泪，手摇晃着，醋都要洒了，我有说不出的气恼，一下窜到妞儿身旁，插着腰问他们：

“凭什么？”

就这样，我认识了妞儿。

妞儿只有一条辫子，又黄又短，像妈在土地庙给我买的小狗的尾巴。第二次看见妞儿，是我在井窝子旁边看打水。她过来了，一声不响地站在我身边，我们俩相对笑了笑，不知道说什么好。等一会儿，我就忍不住去摸她那条小黄辫子了，她又向我笑了笑，指着后面，低低的声音说：

“你就住在那条胡同里？”

“嗯。”我说。

“第几个门？”

我伸出手指头来算了算：

“一，二，三，四，第四个门。到我们家去玩儿。”

她摇摇头说：“你们胡同里有疯子，妈不叫我去。”

“怕什么，她又不吃人。”

她仍然是笑笑地摇摇头。

妞儿一笑，眼底下鼻子两边的肉就会有两个小漩涡，很好看，可是宋妈竟跟油盐店的掌柜说：

“这孩子长得俊倒是俊，就是有点薄，眼睛太透亮了，老像水汪着，你看，眼底下有两个泪坑儿。”

我心里可是有说不出的喜欢她。喜欢她那么温和，不像我一急宋妈就骂我的：“又跳？又跳？小暴雷。”那天她跟我在井窝子边站一会儿，就小声地说：“我要回去了，我爹等着我吊嗓子。赶明儿见!”

我在井窝子旁跟妞儿见过几次面了,只要看见红棉袄裤从那边闪过来,我就满心的高兴,可是今天,等了好久都不见她出来,很失望,我的绒褂子口袋里还藏着一小包八珍梅,要给妞儿吃的。我摸摸,发热了,包的纸都破烂了,黏乎乎的,宋妈洗衣服时,我还得挨她一顿骂。

我觉得很没意思,往回家走,我本来想今天见妞儿的话,就告诉她一个好主意,从横胡同穿过到我家,就用不着经过惠安馆,不用怕看见疯子了。

我低头这么想着,走到惠安馆门口了。

“嘿!”

吓了我一跳!正是疯子。咬着下嘴唇,笑着看我。她的眼睛真透亮,一笑,眼底下就像宋妈说的——怎么也有两个泪坑儿呀!我想看清楚她,我是多么久以前就想看清楚她的。我不由得对着她的眼神走上了台阶。太阳照在她的脸上,常常是苍白的颜色,今天透着亮光了。揣在短棉袄里的手伸出来拉住我的手,那么暖,那么软。我这时看看胡同里,没有一个人走过。真奇怪,我现在怕的不是疯子,倒是怕人家看见我跟疯子拉手了。

“几岁了?”她问我。

“嗯——六岁。”

“六岁!”她很惊奇地叫了一声,低下头来,忽然撩起我的辫子看我的脖子,在找什么。“不是。”她喃喃地自己说话,接着又问我:

“看见我们小桂子没有?”

“小桂子?”我不懂她在说什么。

这时大门里疯子的妈妈出来了,皱着眉头怪着急地说:

“秀贞,可别把人家小姑娘吓着呀!”又转过脸来对我说:

“别听她的,胡说呢!回去吧!等回头你妈不放心。嗯——听见没有?”她说着,用手扬了扬,叫我回去。

我抬头看着疯子,知道她的名字叫秀贞了。她拉着我的手,轻摇着,并不放开我。她的笑,增加了我的勇气,我对老的说:

“不!”

“小南蛮子儿!”秀贞的妈妈也笑了,轻轻地指点着我的脑门儿,这准是一句骂我的话,就像爸爸常用看不起的口气对妈说“他们这些北仔鬼”是一样的吧!

“在这玩不要紧,你家来了人找,可别赖是我们姑娘招的你。”

“我不说的啦!”何必这么嘱咐我?什么该说,什么不该说,我都知道。妈妈打了一只金镯子,藏在她的小首饰箱里,我从来不会告诉爸爸。

“来!”秀贞拉着我往里走,我以为要到里面那一层一层很深的院子里去找上大学的叔叔们玩呢,原来她把我带进了他们住的门房。

屋里可不像我家里那么亮,玻璃窗小得很,临窗一个大炕,中间摆了一张矮桌,上面堆着活计和针线盒子。秀贞从矮桌上拿起了一件没做完的衣服，朝我身上左比右比，然后高兴地对走进来的她的妈妈说：

“妈，您瞧，我怎么说的，刚合适！那么就开领子吧。”说着，她又找了一根绳子绕着我的脖子量，我由她摆布，只管看墙上的那张画，那画的是一个白胖大娃娃，没有穿衣服，手里捧着大元宝，骑在一条大大的红鱼上。

秀贞转到我的面前来，看我仰着头，她也随着我的眼光看那张画，满是那么回事地说：

“要看炕上看去，看我们小桂子多胖，那阵儿才八个月，骑着大金鱼，满屋里转，玩得饭都不吃，就这么淘……”

“行啦行啦！不——害——臊！”秀贞正说得高兴，我也听得糊里糊涂，长班老王进来了，不耐烦地瞪了秀贞一眼说她。秀贞不理会她爸爸，推着我脱鞋上炕，凑近在画下面，还是只管说：

“饭不吃，衣服也不穿，就往外跑，老是急着找她爹去，我说了多少回都不听，我说等我给多做几件衣服穿上再去呀！今年的衬褂倒是先做好了，背心就差缝钮子了。这件棉袄开了领子马上就好。可急的是什么呀！真叫人纳闷儿，到底是怎么档子事儿……”她说着说着不说了，低着头在想那纳闷儿的事，一直发愣。我想，她是在和我玩“过家家儿”吧？她妈不是说她胡说吗？要是过家家儿，我倒是有一套玩意儿，小手表，小算盘，小铃铛，都可以拿来一起玩。所以我就说：

“没有关系，我把手表送给小桂子，她有了表就有一定时候回家了。”可是，——这时我倒想起妈会派宋妈来找我，便又说：“我也要回家了。”

秀贞听我说要走，她也不发愣了，一面随着我下了炕，一面说：“那敢情好，先谢谢你啦！看见小桂子叫她回来，外面冷，就说我不骂她，不用怕。”

我点了点头，答应她，真像有那么一个小桂子，我认识的。

我一边走着一边想，跟秀贞这样玩，真有意思；假装有一个小桂子，还给小桂子做衣服。为什么人家都不许他们的小孩子跟秀贞玩呢？还管她叫疯子？我想着就回头去看，原来秀贞还倚着墙看我呢！我一高兴就连跑带跳地回家来。

宋妈正在跟一个老婆子换洋火，房檐底下堆着字纸篓、旧皮鞋、空瓶子。

我进了屋子就到小床前的柜里找出手表来。小小圆圆的金表，镶着几粒亮亮的钻石，上面的针已经不能走动了，妈妈说要修理，可一直放着，我很喜欢这手表，常拿来戴在手上玩，就归了我了。我正站在三屉桌前玩弄着，忽然听见窗外宋妈正和老婆子在说什么，我仔细听，宋妈说：

“后来呢？”

“后来呀，”换洋火的老婆子说，“那学生一去到如今就没回来！临走的时候许下的，回他老家卖田卖地，过一个月就回来明媒正娶她。好嘛！这一等就是六年啦！多傻的姑娘，我眼瞧着她疯的。……”

“说是怎么着？还生了个孩子？”

“是呀！那学生走的时候，姑娘她妈还不知道姑娘有了，等到现形了，这才赶着送回海甸义地去生的。”

“义地？”

“就是他们惠安义地，惠安人在北京死了就埋在他们惠安义地里。原来王家是给义地看坟的，打姑娘的爷爷就看起，后来又让姑娘她爹来这儿当长班，谁知道出了这么档子事儿。”

“他们这家子倒是跟惠难有缘，惠难离咱们这儿多远哪？怎么就一去不回头了呢？”

“可远喽！”

“那么生下来的孩子呢？”

“孩子呀，一落地就裹包裹包，趁着天没亮，送到齐化门城根底下啦！反正不是让野狗吃了，就是让人捡去了呗！”

“姑娘打这儿就疯啦？”

“可不，打这儿就疯了！可怜她爹妈，这辈子就生下这么个姑娘。唉！”

两个人说到这儿都不言语了，我这时已经站到屋门口倾听。宋妈正数着几包丹凤牌的红头洋火，老婆子把破烂纸往她的大筐里塞呀塞呀！鼻子里吸溜着清鼻涕。宋妈又说：

“下回给带点刨花来。那——你跟疯子她们是一地儿的人呀？”

“老亲喽！我大妈娘家二舅屋里的三姐算是疯子她二妈，现在还在看坟，他们说的还有错儿吗？”

宋妈一眼看见了我，说：

“又听事儿，你。”

“我知道你们说谁。”我说。

“说谁？”

“小桂子她妈。”

“小桂子她妈？”宋妈哈哈大笑，“你也疯啦？哪儿来的小桂子她妈呀？”

我也哈哈笑了，我知道谁是小桂子她妈呀！

（二）

天气暖和多了，棉袄早就脱下来，夹袄外面早晚凉就罩上一件薄薄的棉背心，又轻又软。我穿的新布鞋，前头打了一块黑皮子头，老王妈——秀贞她妈，看见我的新鞋说：

“这双鞋可结实哟——把我们家的门坎踢烂了，你这双鞋也破不了！”

惠安馆我已经来熟了，会馆的大门总是开着一扇，所以我随时可以溜进来。我说溜进来，因为我总是背着家里的人偷着来的，他们只知道我常常是随着宋妈买菜到井窝子找妞儿，一见宋妈进了油盐店，我就回头走，到惠安馆来。

我今天进了惠安馆，秀贞不在屋里。炕桌上摆着一个大玻璃缸，里面是几条小金鱼，游来游去。我问王妈：

“秀贞呢？”

“跨院里呢！”

“我去找她。”我说。

“别介，她就来，你这儿等着，看金鱼吧！”

我把鼻子顶着金鱼缸向里看，金鱼一边游一边嘴巴一张一张地在喝水，我的嘴也不由得一张一张地在学鱼喝水。有时候金鱼游到我的面前来，隔着一层玻璃，我和鱼鼻子顶牛儿啦！我就这么看着，两腿跪在炕沿上，都麻了，秀贞还不来。

我翻腿坐在炕沿上，又等了一会，还不见秀贞来，我急了，溜出了屋子，往跨院里去找她。那跨院，仿佛一直都是关着的，我从来也没见过谁去那里。我轻轻推开跨院门进去，小小的院子里有一棵不知什么树，已经长了小小的绿叶子了。院角地上是干枯的落叶，有的烂了。秀贞大概正在打扫，但是我进去时看见她一手拿着扫帚倚在树干上，一手掀起了衣襟在擦眼睛，我悄悄走到她跟前，抬头看着她。她也许看见我了，但是没理会我，忽然背转身子去，伏着树干哭起来了，她说：

“小桂子，小桂子，你怎么不要妈了呢？”

那声音多么委屈，多么可怜啊！她又哭着说：

“我不带你，你怎么认得道儿，远着呢！”

我想起妈妈说过，我们是从很远很远的家乡来的，那里是个岛，四面都是水，我们坐了大轮船，又坐大火车，才到这个北京来。我曾问妈妈什么时候回去，妈说早着呢，来一趟不容易，多住几年。那么秀贞所说的那个远地方，是像我们的岛那么远吗？小桂子怎么能一个人跑了去？我替秀贞难过，也想念我并不认识的小桂子，我的眼泪掉下来了。在模模糊糊的泪光里，我仿佛看见那骑着大金鱼的胖娃娃，是什么也没穿啊！

我含着眼泪，大大地倒抽了一口气，为的不让我自己哭出来，我揪揪秀贞裤腿叫她：

“秀贞！秀贞！”

她停止了哭声，满脸泪蹲下来，搂着我，把头埋在我的前胸擦来擦去，用我绵绵软软的背心，擦干了她的泪，然后她仰起头来看看我笑了，我伸出手去调顺她的揉乱的刘海儿，不由得说：

“我喜欢你，秀贞。”

秀贞没有说什么，吸溜着鼻涕站起来。天气暖和了，她也不穿缚腿棉裤了，现在穿的是一条肥肥的散腿裤。她的腿很瘦吗？怎么风一吹那裤子，显得那么晃荡。她浑身都瘦的，刚才蹲下来伏在我的胸前时，我看那块后脊背，平板儿似的。

秀贞拉着我的手说：

“屋里去，帮着拾掇拾掇。”

小跨院里只有这么两间小房，门一推吱吱扭扭的一串尖响，那声音不好听，好像有一根刺扎在人心上。从太阳地里走进这阴暗的屋里来，怪凉的。外屋里，整整齐齐地摆着书桌，椅子，书架，上面满是灰土，我心想，应该叫我们宋妈来给掸掸，准保扬起满屋子的灰。爸爸常常对妈说，为什么宋妈不用湿布擦，这样大掸一阵，等一会儿，灰尘不是又落回原来的地方了吗？但是妈妈总请爸爸不要多嘴，她说这是北京规矩。

走进里屋去，房间更小一点，只摆了一张床，一个茶几。床上有一口皮箱，秀贞把箱子打开来，从里面拿出一件大棉袍，我爸爸也有，是男人的。秀贞把大棉袍抱在胸前，自言自语地说：

“该翻翻添点棉花了。”

她把大棉袍抱出院子去晒，我也跟了去。她进来，我也跟进来。她叫我和她把箱子抬到院子太阳底下晒，里面只有一双手套，一顶呢帽和几件旧内衣。她很仔细地把这几件零碎衣物摊开来，并且拿起一件条子花纹的褂子对我说：

“我瞧这件褂子只能给小桂子做夹袄里子了。”

“可不是，”我翻开了我的夹袄里给秀贞看，“这也是用我爸爸的旧衣服改的。”

“你也是用你爸爸的？你怎么知道这衣服就是小桂子她爹的？”秀贞微笑着瞪眼问我，她那样子很高兴，她高兴我就高兴，可是我怎么会知道这是小桂子她爹的？她问得我答不出，我斜着头笑了，她逗着我的下巴还是问：

“说呀！”

我们俩这时是蹲在箱子旁，我很清爽地看着她的脸，刘海儿被风吹倒在一边，她好像一个什么人，我却想不出。我回答她说：

“我猜的。那么——”我又低声地问她：“我管小桂子她爹叫什么呀？”

“叫叔叔呀！”

“我已经有叔叔了。”

“叔叔还嫌多？叫他思康叔叔好了，他排行第三，叫他三叔也行。”

“思康三叔，”我嘴里念着，“他几点钟回家？”

“他呀，”秀贞忽然站起来，紧皱着眉毛斜起头在想，想了好一会儿才说：“快了。走了有个把月了。”

说着她又走进屋，我再跟进去，弄这弄那，又跟出来，搬这搬那，这样跟出跟进忙得好高兴。秀贞的脸这时粉嘟嘟的了，鼻头两边也抹了灰土，鼻子尖和嘴唇上边渗着小小的汗珠，这样的脸看起来真好看。

秀贞用袖子抹着她鼻子上的汗，对我说：“英子，给我打盆水来会不会？屋里要擦擦。”

我连忙说：

“会，会。”

跨院的房子原和门房是在一溜沿的，跨院多了一个门就是了，水缸和盆就放在门房的房檐下。我掀开水缸的盖子，一勺勺地往脸盆里舀水，听见屋里有人和秀贞的妈说话：

"姑娘这程子可好点了吗？"

"唉！别提了，这程子又闹了，年年开了春就得闹些日子，这两天就是哭一阵子笑一阵子的，可怎么好！真是……"

"这路毛病就是春天犯得凶。"

我端了一盆水，连晃连洒，泼了我自己一身水，到了跨院屋里，也就剩不多了。把盆放在椅子上，忽然不知哪儿飘来炒菜香，我闻着这味儿想起了一件事，便对秀贞说：

"我要回家了。"

秀贞没听见，只管在抽屉里翻东西。

我是想起回家吃完饭还要到横胡同去等妞儿，昨天约会好了的。

又凉又湿的裤子，贴在我的腿上，一进门妈妈就骂了：

"就在井窝子玩一上午？我还以为你掉到井里去了呢？看弄这么一身水！"妈一边给我换衣服，一边又说："打听打听北京哪个小学好，也该送进学堂了，听说厂甸那个师大附小还不错。"

妈这么说着，我才看见原来爸爸也已经回来了，我弄了一身水，怕爸爸要打骂我，他厉害得很，我缩头看着爸爸，准备挨打的姿势，还好他没注意，吸着烟卷在看报，漫应着说：

"还早呢，急什么。"

"不送进学堂，她满街跑，我看不住她。"

"不听话就打！"爸的口气好像很凶，但是随后却转过脸来向我笑笑，原来是吓唬我呢！他又说："英子上学的事，等她叔叔来再对他说，由他去管吧！"

吃完饭我到横胡同去接了妞儿来，天气不冷了，我和妞儿到空闲着的西厢房里玩，那里堆着拆下来的炉子、烟筒，不用的桌椅和床铺。一只破藤箱子里，养了最近买的几只刚孵出来的小油鸡，那柔软的小黄绒毛太好玩了，我和妞儿蹲着玩弄箱里的几只小油鸡。看小鸡啄米吃，总是吃，总是吃，怎么不停啊！

小鸡吃不够，我们可是看够了，盖上藤箱，我们站起来玩别的。拿两个制钱穿在一根细绳子上，手提着，我们玩踢制钱，每一踢，两个制钱打在鞋帮上"嗒嗒"地响。妞儿踢时腰一扭一扭的，显得那么娇。

这一下午玩得好快乐，如果不是妞儿又到了她吊嗓子的时候，我们不知要玩到多么久。

爸爸今天买来了新的笔和墨，还有一叠红描字纸。晚上，在煤油灯底下，他教我描红模字，先念那上面的字："一去二三里，烟村四五家，亭台六七座，八九十枝花。"

爸爸说：

"你一天要描一张，暑假以后进小学，才考得上。"

早上我去惠安馆找秀贞，下午妞儿到西厢房里来找我，晚上描红模字，我这些日子就这么过的。

小油鸡的黄毛上长出短短的翅膀来了，我和妞儿喂米喂水又喂菜，宋妈说不要把小鸡肚子撑坏了，也怕被野猫给叼了去，就用一块大石头压住藤箱盖子，不许我们随便掀开。

妞儿和我玩的时候，嘴里常常哼哼唧唧的，那天一高兴，她竟扭起来了，她扭呀扭呀比来比去，嘴里唱着："……开哀开门嗯嗯儿，碰见张秀才哀哀……"

"你唱什么？这就是吊嗓子吗？"我问。

"我唱的是打花鼓。"妞儿说。

她的兴致很好，只管轻轻地唱下去，扭下去，我在一旁看傻了。她忽然对我说："来！跟我学，我教你。"

"我也会唱一种歌。"不知怎么，我想我也应当露一露我的本事，一下子想起了爸爸有一回和客人谈天数唱的一首歌，后来爸曾教了我，妈还说爸教我这种歌真是没大没小呢！

"那你唱，那你唱。"妞儿推着我，我却又不好意思唱了，她一定要我唱，我只好结结巴巴地用客家话念唱起来：

"你听着——想来么事想心肝，紧想心肝紧不安！我想心肝心肝想，正是心肝想心肝……"

我还没数完呢，妞儿已经笑得挤出了眼泪，我也笑起来了，那几句词儿真拗嘴。

"谁教你的？什么心肝想心肝，心想心肝想的，哈哈哈！这是哪国的歌儿呀！"

我们俩搂在一堆笑，一边瞎说着心肝心肝的，也闹不清是什么意思。

我们真快乐，胡说胡唱胡玩，西厢房是我们的快乐窝，我连做梦都想着它。妞儿每次也是玩得够不够的才看看窗外，忽然叫喊："可得回去了！"说完她就跑，急得连"再见"都来不及说。

忽然一连几天，横胡同里接不到妞儿了，我是多么地失望，站在那里等了又等。我慢慢走向井窝子去，希望碰见她，可是没有用。下午的井窝子没那么热闹了，因为送水的车子都是上午来，这时只有附近人家自己推了装着铅桶的小车子来买井水。

我看见长班老王也推了小车子来，他一趟一趟来好几趟了，见我一直站在那里，奇怪地问我：

"小英子，你在这儿发什么傻？"

我没有说什么，我自己心里的事，自己知道。我说：

"秀贞呢？"我想如果等不到妞儿，就去找秀贞，跨院里收拾得好干净了。但是老王没理我，他装满了两桶水，就推走了。

我正在犹豫着怎么办的时候，忽然从西草厂口上，转过来一个熟悉的影子，那正是妞儿，我多高兴！我跑着迎上去，喊道："妞儿！妞儿！"她竟不理我，就像不认识我，也像没听见有人叫她。我很奇怪，跟在她身边走，但她用手轻轻赶开我，皱着眉头眨眼，意思叫我走开。我不知道是怎么回事，但是她身后几步远有一个高大的男人，穿着蓝布大褂，手提着一个脏了的长布口袋,袋口上露出来我看见是一把胡琴。

我想这一定是妞儿的爸爸。妞儿常说“我怕我爹打”、“我怕我爹骂”的话,我现在看那样子就知道我不能跟妞儿再说话了,便转身走回家,心里好难受。我口袋里有一块滑石,可以在砖上写出白字来,我掏出来,就不由得顺着人家的墙上一直画下去,画到我家的墙上。心里想着如果没有妞儿一起玩,是多么没有意思呢!

我刚要叫门,忽然听见横胡同里咚咚咚有人跑步声,原来是妞儿气喘着跑来了,她匆匆忙忙神色不安地说:“我明儿再来找你。”没等我回答,她就又跑回横胡同了。

第二天早晨,妞儿来找我,我们在西厢房里,蹲下来看小油鸡。掀开藤箱盖子,我们俩都把手伸进去摸小鸡的羽毛,这样摸着摸着,谁也没说话。我本是要说话的,但是没有出声,只是心里在问她:“妞儿,为什么好多天没来找我?”“妞儿,是你爸爸很厉害不许你来吗?”“妞儿,昨天为什么不许我跟你说话?”“妞儿,你一定有什么难受的事吧?”真奇怪,这些话都是我心里想的,并没有说出口,可是她怎么知道的,竟用眼泪来回答我?她不说话,也不用袖子去抹眼,就让眼泪滴答滴答落在藤箱里,都被小油鸡和着小米吃下去了!

我不知怎么办好了,从侧面正看见她的耳朵,耳垂上扎了洞用一根红线穿过去,妞儿的耳朵没有洗干净,边沿上有一道黑泥。我再顺着她的肩膀向下看,手腕上有一条青色的伤痕,我伸手去撩起她的袖口看,她这才惊醒了,吓得一躲闪,随着就转过头来向我难过地笑笑。早晨的太阳,正照到西厢房里,照到她的不太干净的脸上,又湿又长的睫毛,一闪动,眼泪就流过泪坑淌到嘴边了。

忽然,她站起来,撩开袖口,撩起裤角,轻轻地说:

“看我爸爸打的!”

我是蹲着的,伸出手正好摸到她的腿上那一条条肿起的伤痕。我轻轻地摸,倒惹得她哭出声音来了。她因为不敢放声,嘤嘤的小声哭,真是可怜。我说:

“你爸爸干吗打你?”

她当时说不出话来,哭了好一会儿才说:

“他不许我出来玩。”

“是因为在我家待太久了?”

妞儿点点头。

因为在我家玩久了,害得她挨打,我又难过,又害怕,想到那个高大的男人,我不由得说:

“那么你快回去吧!”她站着不动,说:

“他一早出去还没回来。”

“那么你妈呢?”

“我妈也拧我,她倒不管我出来的事。爸爸也打她。打了她,她就拧我,说是我害的。”

妞儿哭了一阵子好些了，又跟我说这说那的，我说我从来没见过她的妈妈，妞儿说她的妈妈有点跛，一天到晚就是坐在炕头上给人缝补衣服赚钱。

我告诉妞儿，我们从前不住在北京，是从一个很远的岛上来的，她也说：

“我们从前也不住在这儿，我们住在齐化门那边。”

“齐化门？”我点点头说，“我知道那地方。”

“你怎么会也知道齐化门呢？”妞儿奇怪地问我。

我想不出我是怎么知道的，但我的确知道，好像有什么人大清早曾带我去过那里，而且我也像看见了那里的样子似的，不，不，不是，我所看见的很模糊，也许那是一个梦吧？因此我就回答妞儿说：“我梦见过那个地方，有没有城墙？有一天，有一个女人抱着一个包袱，大清早上，偷偷地向城墙走去……”

“你是讲故事吧？”

“也许是故事，”我斜着头又深深地想了想，“反正我知道齐化门就是了。”

妞儿笑了笑，手伸过来搂着我的脖子，我的手也伸过去搂住她的。但当我捏住她的肩头，她轻轻喊了一声“疼！疼！”

我的手连忙松开，她又皱着眉说：“连这儿都给我抽肿了！”

“什么抽的？”

“掸子。”停了一下她又说：“我爸，还有我妈，他们——”但她顿住不说了。

“他们怎么样？”

“不说了，下回再跟你说。”

“我知道，你爸爸教你唱戏，要你赚钱给他们花。”这是我听宋妈跟妈妈讲过的，所以一下子就给说出来了。“要你赚钱还打你，凭什么！”我说到后来气愤起来了。

“呵呵，你瞧你什么都知道，我不是要跟你说唱戏的事，你哪儿知道我要跟你说什么呀！”

“到底要说什么呢？说嘛！”

“你这么猴急，我就不说了。你要是跟我好，我有好些话要跟你说，就是不许你跟别人说，也别告诉你妈。”

“我不会，我们小声地说。”

妞儿犹豫了一会儿，伏在我的耳旁小声而急快地说。“我不是我妈生的，我爸爸也不是亲的。”

她说得那样快，好像一个闪电过去那么快，跟着就像一声雷打进了我的心，使我的心跳了一大跳。她说完后，把附在我耳旁的手挪开，睁着大眼睛看我，好像在等着看我听了她的话，会怎么个样子。我呢，也只是和她对瞪着眼，一句话也说不出。

我虽然答应妞儿不讲出她的秘密，可是妞儿走了以后，我心里一直在想着这件事，我越想越不放心，忽然跑到妈妈面前，愣愣地问：

“妈，我是不是你生的？”

“什么?”妈奇怪地看了我一眼,“怎么想起问这话?”

“你说是不是就好了。”

“是呀,怎么会不是呢?”停一下妈又说,“要不是亲生的,我能这么疼你吗? 像你这样闹,早打扁了你了。”

我点点头,妈妈的话的确很对,想想妞儿吧!“那么你怎么生的我?”这件事,我早就想问的。

“怎么生的呀,嗯——”妈想了想笑了,胳膊抬起来,指着胳肢窝说:

“从这里掉出来的。”

说完,她就和宋妈大笑起来。

(三)

我手里拿着一个空瓶子和一根竹筷子,轻轻走进惠安馆,推开跨院的门,院里那棵槐树,果然又垂着许多绿虫子,秀贞说是吊死鬼,像秀贞的那几条蚕一样,嘴里吐着一条丝,从树上吊下来。我把吊死鬼一条条弄进我的空瓶里,回家去喂鸡吃,每天可以弄一瓶。那些吊死鬼装在小瓶里,骨碌骨碌地动,真是肉麻,我拿着装了吊死鬼的瓶子,胳膊常常觉得痒麻麻的,好像吊死鬼从瓶里爬到我的手上了,其实并没有。

我在把一条吊死鬼往瓶里装的时候,忽然想到了妞儿,心里很不安。她昨天又挨揍了,拿了两件衣服偷偷地找我,进门就说:

“我要找我亲爹亲妈去!”她的脸有一边被打得红肿了。

“他们在哪儿呢?”

“我不知道,到齐化门,再慢慢地找。”

“齐化门在哪儿呢?”

“你不是说你也知道那地方吗?”

“我是说我好像做梦梦见过那地方的。”

妞儿把两件衣服塞在西厢房的空箱子里,很有主意地抹干了眼泪,恨恨地说:

“我非找着我亲爹不可。”

“你知道他长得什么样子吗?”我真佩服她,但觉得这是一件太大太大的事。

“我一天一天地找,就会找到我亲爹跟我亲娘。他们的样子我心里知道。”

“那么——”我也不知道要说什么,因为我一点主意也没有。

妞儿临走的时候说,她不定哪天就要偷偷地走了,但一定会先来这里跟我说一声,并且带走存在这里的两件衣服。

我昨天一直在想妞儿的事,心里很不舒服,晚上就吃不下饭了,妈妈摸摸我的头说:

“好像有点热,不吃也好,早点去睡。”

我上了床,心里还是不舒服,又说不出,就哭起来了,妈妈很奇怪,她说:

“哭什么？哪儿不舒服？”我不知怎么一来竟哭着说：

“妞儿她爸爸啊……”

“妞儿她爸爸？怎么啦？她爸爸怎么着你啦？”宋妈也过来了，她说：

“那个不是东西的，准是骂了我们英子了，还是打了你啦？”

“不是！”我忽然觉出我说了什么糊涂话，便撒赖地哭喊：“我要找我爸爸！”

“是要找你爸爸呀！唉！吓人！”宋妈和妈妈都笑了。妈妈说：

“你爸爸今天去看你叔叔，回来得晚点，你先睡吧！”她又对宋妈说：“英子一生下来，就给她爸爸惯的，一不舒服，爸爸抱着睡。”

“羞不羞？”宋妈用一个手指头划我的脸，我不理她，转过脸冲着墙闭上眼睛。

今天我早晨起来就好得多了，不像昨天那样不安心。但是现在又想起妞儿，手里不由得停止了捉虫子的工作，呆呆地想，不知道什么时候，妞儿就会离开我。

我把瓶子扔在树下，站起来走到窗下向里看。秀贞正在里屋床前的一把杌凳上坐着，面向着床，我只看到她那小平板儿似的背影，辫子也没梳好。她比手划脚，又扬手哄苍蝇，其实哪里有苍蝇？我轻轻地走进屋里，在外屋桌旁靠着，傻看她在干什么，只听她说：

“我准知道你昨儿晚上没吃饭就睡觉了，是不是？那怎么行！”

咦！真奇怪，秀贞怎么知道我昨晚没吃饭就睡觉了呢？我倚在里屋的门框说：

“谁告诉你的？”

“啊？”她回过头来看见我愁眉不展的样子，很正经地对我说：

“还用人告诉我吗？这碗粥一动也没动呀！”说完指着床旁茶几上的一个碗和一双筷子。

我这才知道秀贞说的不是我。自从天气暖和了，打开一向深闭的跨院门以后，秀贞就一天到晚在这两间屋里出出进进，说着那我又懂、又不懂的话。最先我以为是秀贞跟我玩“过家家儿”，后来才又觉得并不是假装的事情，它太像真事了！

秀贞又向着那空床发呆看了一会儿，转过头来，轻手轻脚地拉着我走到屋外来，小声地说：

“睡着了，让他睡去吧！这一场病也真亏他，没亲没故的！”

外屋书桌上摆着那缸春天买的金鱼，已经死了几条，可是秀贞还是天天勤着换水，玻璃缸里还加了几根水草，红色的鱼在绿色的水草中钻来钻去，非常好玩。我怎么知道鱼是红的草是绿的呢？妈妈教过我，她说快考小学了，老师要问颜色，要问住在哪儿，要问家里有几个人。秀贞还养了一盒蚕，她对我说过：“你要上学，我们小桂子也该上学了，我养点蚕，吐了丝，好给小桂子装墨盒用。”

有几条蚕已经在吐丝了，秀贞另外把它们放在一个蒙了纸的茶杯上，就让它们在那纸上吐丝。真有趣，那些蚕很乖，就不会爬到茶杯下面来。另外的许多蚕还在吃桑叶。

秀贞在打扫蚕屎，她把一粒粒的蚕屎装进一个铁罐里，她已经留了许多，预备装成一个小枕头,给思康三叔用。因为他每天看书眼睛得保养,蚕屎是明眼的。

我在旁边静静地看着鱼缸,看着吐丝。院子里的树,正靠在窗下,这屋里荫凉得很,我们俩都不敢大声说话,就像真的屋里躺着一个要休息的病人。秀贞忽然问我:

“英子,我跟你说的事记住没有?”

我一时想不起是什么事,因为她对我说过的事,真真假假的太多了。她说过将来要我跟小桂子一块去上学,小桂子也要考厂甸小学。她又告诉我从厂甸小学回家,顺着琉璃厂直到厂西门,看见鹿犄角胡同雷万春的玻璃窗里那对大鹿犄角,一拐进椿树胡同就到家了。可是她又说过,她要带小桂子去找思康三叔,做了许多衣服和鞋子,行李都打点好了。

我最记得秀贞说过的话,还是她讲的生小桂子的那回事。有一天,我早早溜到这里找秀贞,她看见我连辫子都没梳,就端出梳头匣子来,从里面拿出牛角梳子,骨头针和大红头绳,然后把我的头发散开来,慢慢地梳。她是坐在椅子上的,我就坐在小板凳上,夹在她的两腿中间,我的两只胳膊正好架在她的两腿上,两只手摸着她的两膝盖,两块骨头都成了尖石头,她瘦极了。我背着她,她问我:“英子,你几月生的?”

“我呀?青草长起来,绿叶发出来,妈妈说,我生在那个不冷不热的春天。小桂子呢?”秀贞总把我的事情和小桂子的事情连在一起,所以我也就一下子想起小桂子。

“小桂子呀,”秀贞说,“青草要黄了,绿叶快掉了,她是生在那不冷不热的秋天。那个时光,桂花倒是香的,闻见没有?就像我给你擦的这个桂花油这么香。”她说着,把手掌送到我的鼻前来晃一晃。

“小——桂——子。”我吸了吸鼻子,闻着那油味,不由得一字字地念出来,我好像懂得点那意思了。

秀贞很高兴地说:

“对了,小桂子,就是这么起的名儿。”

“我怎么没看见桂花树?这里哪棵树是桂花?”我问。

“又不是在这屋子里生的!”秀贞已经在编我的辫子了,编得那么紧,拉着我的头发根怪痛的,我说:

“为什么用这么大的力气呀?”

“我当时要是有这么大力气倒好了,我生了小桂子,浑身都没劲儿,就昏昏沉沉地睡,睡醒了,小桂子不在我身边了。我睡觉时还听见她哭,怎么醒了就没了呢?我问,孩子呢?我妈要说什么,我婶儿接过去了,她瞥了我妈一眼,跟我和和气气地说:你的身子弱,孩子哭,在你身边吵,我抱到我屋去了。我说,噢。我又睡着了。”秀贞说到这儿停住了,我的辫子已经扎好,她又接着说:

“仿佛我听我妈对我婶说:不能让她知道。真让人纳闷儿,到底是怎么档子事儿?我怎么到这儿就接不下去了呢?是她们把孩子给——?还是扔——决不能够!决不能够!”

我已经站起来，脸冲着秀贞看，她皱着眉头，正呆呆地想。她说话常常都会忽然停住了，然后就低声地说“真让人纳闷儿，到底是怎么档子事儿？”的话。她收梳头匣子的时候，我看见我送小桂子的手表在匣子里，她拿起手表，放在掌心里，又说：

“小桂子她爹也有个大怀表，可是死了当了，当了那个表，他才回的家，这份穷，就别提了！我当时就没告诉他我有了。反正他去个把月就回来，他跟我妈说，放心，他回家卖了山底下的白薯地，就到北京来娶我。千山万水，去一趟也不容易，我要是告诉他我有了，不也让他惦记着！你不知道他那情意多深！我也没告诉我妈我有了，说不出口，反正人归了他了，等嫁了再说也不迟……。”

“有了什么了？”我不明白。

“有了小桂子呀！”

“你不是刚说什么没有了吗？”我更不明白。

“有了，没了，有了，没了，小英子，你怎么跟我乱扰？你听我给你算。”她把我给小桂子的表收起来，然后用手指捏着算给我听：

“他是春天走的。他走的那天，天儿多好，他提着那口箱子，都没敢多看我，他的同乡同学，有几个送他到门口儿的，所以他就没好再跟我说什么。好在头天晚上我给他收拾箱子的时候，我们俩也说得差不多了。他说，惠安的日子很苦，有办法的都到海外谋生去了，那儿的地不肥，不能种什么，白薯倒是种了不少。他们家，常年吃白薯，白薯饭，白薯粥，白薯干，白薯条，白薯片，能叫外头去的人吃出眼泪来。所以，他就舍不得让我这个北边人去吃那个苦头儿。我说可不是，我妈就生我独一个儿，跟了你去吃白薯，她怎么舍得我！他说，你是个孝女，我也是个孝子，万一我母亲扣住了我，不许我再到北京来了呢？我说，那我就追你去。”

“送他到门口，看他上了洋车，抬头看看天，一块白云彩，像条船，慢慢地往天边儿上挪动，我仿佛上了船，心是飘的，就跟没了主儿似的。”

“我送他出去，回到屋里来，恶心要吐，头也昏，有点儿后悔没告诉他这件事，想追出去，也来不及了。”

“日子一天天地挨，他就始终没回来，我肚子大了，瞒不住我妈，她急得盘问我，让我说不出道不出的，可是我也顾不得害臊了，就都告诉了我妈。我说，他总有一天回来，他不回来，我去！我妈听了拿手堵住我的嘴，直说：姑娘，可别这么说了，这份丢人呀！他真要是不回来，咱们可不能嚷嚷出去。就这样，把我送回了海甸。”

“小桂子生下来，真不容易，我一点劲儿都没有，就闻着窗户外头那棵桂花树吹进来的一阵阵香气，我心说，生个女的就叫小桂子。接生的老娘婆叫我咬住了辫子，使劲，使劲，总算落了地，呱呱呱，哭声好大呀！”

秀贞说到这儿，喘了一大口气，她的脸色变青了，故事接不下去，就随便说了，她说：

“小英子，你不心疼你三婶吗？”

“谁是三婶？”

“我呀！你管思康叫三叔，我就是你三婶，你还算不过这账来。叫我一声。”

“嗯——”我笑了，有些难为情，但还是叫了她：“三婶。秀贞。”

“你要是看见小桂子就带她回来。”

“我怎么知道小桂子什么样儿？”

“她呀，”秀贞闭上眼睛想着说：“粉嘟嘟的一个小肉团子，生下来我看见一眼了，我睡昏过去那阵儿，听我妈跟老娘婆说，瞧！这真是造孽，脖子后头正中间儿一块青记，不该来，非要来，让阎王爷一生气用手指头给戳到世上来的！小英子，脖子后头中间有指头大一块青记，那就是我们小桂子，记住没有？”

“记住了。”我糊里糊涂地回答。

那么，她现在问我说的事记住没有，就是这件事吗？我回答她说：“记住了，不是小桂子那块青记的事吗？”

秀贞点点头。

秀贞把桌上的蚕盒收拾好，又对我说：

“趁着他睡觉，咱们染指甲吧。”她拉我到院子里。墙根底下有几盆花，秀贞指给我看，“这是薄荷叶，这是指甲草。”她摘下来了几朵指甲草上的红花，放在一个小瓷碟里，我们就到房门口儿台阶上坐下来。她用一块冰糖在轻轻地捣那红花。我问她：

“这是要吃的吗？还加冰糖？”

秀贞笑得呵呵的，说：

“傻丫头，你就知道吃。这是白矾，哪儿来的冰糖呀！你就看着吧。”

她把红花朵捣烂了，要我伸出手来，又从头上拿下一根卡子，挑起那烂玩意儿，堆在我的指甲上，一个个堆了后，叫我张着手不要碰掉，她说等它们干了，我的手指甲就变红了，像她的一样，她伸出手来给我看。

我的手，张开了一会儿，已经不耐烦了，我说：

“我要回家去了。”

“你回家非弄坏了不可，别走，听我给你讲故事儿。”她说。

“我要听三叔的故事。”

“小声点儿，”她向我摆手，轻轻地说，“让我先看看他醒过来没有，他要不要喝水。”她进去了一下，又出来了，坐下后，手支撑在大腿上托着下巴颏儿，忽然向着槐树发起呆来。

“说呀！你。”我说。

她惊了一下，“嗯？”好像没听见我的问话，但跟着眼泪掉下来了，“还说呢，人都没影儿了，都没影儿了！老的！小的！”

我一声不响，她自己抽抽噎噎地哭了一会儿，才又大喘了一口气，望我笑了，那泪坑！我就觉得在什么地儿看见过秀贞这个人，这个脸。

秀贞用手指抹抹泪，拉过我的手托在她的手上，这样，我就轻松点，不觉得张开染指甲的手很累了。她又侧起身子看着跨院门，好像在张望什么人。她自言自语地说：

“就是这时节他来的，一卷铺盖，一口皮箱，搬进了这小屋里。他身穿一件灰大褂，大襟上别着一支笔。我正在屋里没打扫完呢！爹领他进来的，对他说，‘会馆里正院房子都住满了，陈家二老爷让给您腾出这两间小屋来。’他说：‘好，好，这样就很好。’爹给他打开行李，把那床又薄又旧的棉被摊开，我心想，他怎么过这北京的大冬天？小英子，住在会馆念书的学生，有几个有钱的？有钱的就住公寓去了。我爹常说，想当年，陈家二老爷上京来考举，还带着个小碎催伺候笔墨呢！二老爷中了举，在北京做官，就把这间会馆大翻修了一回，到如今，穷学生上京来念书，都是找着二老爷说话。二老爷说，思康是他们乡里的苦学生，能念出书来，要我们把堆煤的这两间小屋收拾了给他住。”

“我还在赶着擦玻璃呢，没正眼看他。我爹对他说，这床被呀！过不了冬。爹真爱管人家的事，他准是不好意思了，就乱嗯嗯啊啊的没说出什么来。爹又问他在哪家学堂，他说在北京大学，喝！我爹又说了，这道不近，沙滩儿去了！可是个好学堂呀！”

“爹帮着他收拾那几件破行李，就出去了，临走看见我还在擦玻璃，他说，行啦，姑娘。我跟出来了，回头看了他一眼，谁知道他也正抬眼看我呢！我心里一跳，迈门坎儿差点摔出去！看他那模样儿，两只眼儿到底有多深！你还没看清楚他，他就把你看穿了。回到屋里来，我吃饭睡觉，眼前都摆着他的两只那么样看人的眼睛。这就是缘分，会馆一年到头，来来往往的大学生多了，怎么我就——我就，……咳！”

秀贞的脸微微红涨，抬起我的手，看我染的指甲干了没有，她轻轻地吹着我的指甲，眼皮垂下来，睫毛像一排小帘子，她问我：

“小英子，你明白了吗？缘分。”她并不一定要我回答她，我也没打算回答她，只是心里想着，这样的长睫毛，有一个人也有的，我想到西厢房我那位爱哭的朋友了。秀贞又接着唠叨：

“我天天给他送开水去，这件事本该是我爹做的。早晚两趟，我们烧了大壶开水，送到各屋里给先生们洗脸，泡茶。爹走惯了正院，总是把跨院给忘了。有时候思康就自己到我们窗根底下来要。‘长班。’他就是这么轻轻地叫一声，‘有滚水吗？’爹这才想起来，赶紧给人家补送去。有时爹倒是没等叫就想起来了，可是他懒得再走，就支使我去。一来二去，这件差事——到跨院送开水，仿佛就该是我做的了。”

“我送水，一句话也没跟他说过，我进了屋，他在书桌前坐着，就着灯看书呢，写字呢，我就绷着脸儿，打开那茶壶盖儿，刷——的，就听见开水灌进壶的声儿。他胆子小着呢，连眼都不敢斜过来，就那么搭着眼皮坐着。有一天，我也好新鲜，往前挪了一步，微探着身子看他写什么，谁知他也扭过头来了，说：‘认得字吗？’我摇了摇头。打这儿起，我们俩就说话了。”

“那时小桂子在哪儿呢？”我忽然想起这个跟秀贞有关系的人。

“她呀！”秀贞笑了，“还没影儿呢！对了，小桂子到底哪儿去了？你给找着没有？那是我们俩的命根子呀？我还没跟你说完呢，他有一天拉起我的手，就像我这么拉你的手，说：‘跟了我吧！’他喝了点儿酒，我也迷糊了，他喝酒是为的取暖，两间屋子，生一个小火，还时有时无的。那天风挺大,吹得门框直响,我爹跟我娘回海甸取地租去了,让舅妈来陪我,她睡了,我就溜到这跨院里来。他的脸滚烫,贴着我的脸,他说了好多话,酒气喷着我,我闻也闻醉了。

他常爱喝点儿酒,驱驱寒意,我就偷偷地买了半空儿花生,送到他的屋里来,给他下酒喝。北风打着窗户纸,响得吹笛儿似的。我握着他的手,暖乎乎的,两个人就不冷了。

他病了,我一趟一趟地跑,可瞒不住我妈了。那天我端着粥,要送给他吃,妈说:'避点儿嫌疑,姑娘,懂得不懂得?'我一声也没言语。"

我从秀贞的眼里,仿佛看见了躺在里屋床上的思康三叔了;他蓬着头发,喝水也没力气,吃饭也没力气,就哼哼着。

"后来呢?好了没有?"我不由得问。

"不好怎么走的?我可直要倒下了!原来是小桂子来了!"

"在哪儿?"我转回头去看跨院门,并没有人影儿。在我的幻想中,跨院门边,应当站着一个女孩子,红花的衫裤,一条像狗尾巴似的黄毛辫子,大大的眼睛,一排小帘子似的长睫毛,一闪一闪的,在向我招手呢!我头有点昏,好像要倒下来,闭了一下眼睛,再睁开,门那边,果然有个影子,越走越近了,那么大的一个东西,原来——原来是秀贞的妈正向我招手,她说:

"秀贞,怎么让小英子在老爷儿里晒着?"

"刚才这地方没太阳。"秀贞说。

"快挪开,这边儿不是有荫凉吗?"老王妈过来拉起我。

那幻影在我眼中消失了,我忽然又想起秀贞还没讲完的故事。我说:

"妞儿,不,小桂子在哪儿呢?我刚说的?"

秀贞扑哧笑了,指着她的肚子:

"在这儿呢,还没生呢!"

秀贞的妈是来这院里晾衣服。一根绳子从树枝上牵到墙那边,她正一件件地往上晾。

秀贞看了说:

"妈,裤子晾在靠墙边去吧,思康出来进去的不合适。"

王妈骂说:"去你的!"

秀贞被她妈妈骂一句,并不生气,又对我说:

"我妈倒是也疼思康,她跟我爹说,咱们没儿子,你这老东西又没念过书,有个读书识字的人在咱们家也是好事儿。我爹这才答应了。我刚才说到哪儿啦!噢,他好了我不是病了吗?他就说都是他害的我,他不是说要娶我,教我念书吗?就在这时候,他家里来了电报,他妈病了,叫他赶快回去。……"

"小英子,"王妈忽然截住秀贞的话,对我说:"你怎么那么爱听她那颠三倒四的废话?也真怪,小孩子都怕她,躲着她,就是你不。"

"妈,您别搅,我这儿还没说完呢!我还有事托小英子呢!"

老王妈不理她,只顾对我说:

"小英子,该回去了,刚才我听见宋妈在胡同里叫你,我不敢说你在这儿。"

老王妈说完拿着空盆走了。秀贞看见她妈妈走出了跨院门,才又说:"思康这一去,有……"她掰着手指头算:"有一个多月了,有六年多了,不,还有一个多月就回来,不,还有一个月我就生小桂子了。"

不管是六年,是一个多月,秀贞跟我一样的算不清楚。她这时把我的手拿起来看看,便把指甲上的干烂花剔开,哟,我的指甲都是红的了!我高兴极了,直笑直笑,摆弄着我的手。

"小英子,"她又低声说,"我有件事托你,看见小桂子就叫她来,一块儿找她爹去,我们要是找到她爹,我病就好了。"

"什么病?"我看着秀贞的脸。

"英子,人家都说我得了疯病,你说我是不是疯子?人家疯子都满地捡东西吃,乱打人,我怎么会是疯子,你看我疯不疯?"

"不。"我摇摇头,真的,我只觉得秀贞那么可爱,那么可怜,她只是要找她的思康跟妞儿——不,跟小桂子。

"他们怎么都走了不回来了呢?"我又问。

"思康准是让他妈给扣住了。小桂子呢,我也纳闷是怎么档子事儿,没在海甸,没在我婶儿屋里。我一问,妈急了,说:'扔啦!留那么一个南蛮子种儿干吗?反正他也不回来了,坑人!'我一听,当时就昏倒了,醒了,他们就说我是疯子。小英子,我千托万托你,看见小桂子就带她来,我什么都预备好了。回去吧。"

我听愣了,脑子里好像有一幅画,慢慢越张越大,我的头也有点不舒服似的,我一边答应:"好好,好好。"一边跑出跨院,跑出惠安馆,一路踢着小石块,看着我手上的红指甲,回到了家。

(四)

"看你脸晒得那么红!快来吃饭。"妈妈看见我满头大汗地回来,并没有太责备我。

但是我只想喝水,不想吃饭,我灌了几杯凉开水下去,坐到饭桌上,喘着气,拿起筷子,可是看我自己的指甲玩。

"谁给你染的?"妈问。

"小妖精,小孩子染指甲,做唔得!"爸爸也半生气地说。

"谁给你染的?"妈又问。

"嗯——"我想了一下,"思康三婶。"我不敢,也不肯说秀贞是疯子。

"跑到外面去认什么阿叔阿婶!"妈给我挟了一碟子菜,又对我说:"你叔叔说,还有一个月就要考小学了，你到底会数到什么数了？算算看，不会数就考不上的。”

“一，二，三，……十八，十九，二十，二十六，……”我的脑筋实在有些糊涂，只想扔下筷子去床上躺一会儿，但是我不肯这样做，因为他们会说我有病了，不许我出去。

“乱数！”妈妈瞪了我一眼，“听我给你算，二俗，二俗录一，二俗录二，二俗录三，二俗录素，二俗录五，……”

在旁边伺候盛饭的宋妈首先忍不住笑了，跟着我和爸爸都哈哈大笑起来，我乘此扔下筷子，说：

“妈，听你的北京话，我饭都吃不下了，二十，不是二俗；二十一，不是二俗录一；二十二，不是二俗录二……”

妈也笑了，说：

“好啦好啦，不要学我了。”

我没有吃饭，爸妈都没注意。大概刚才喝了凉开水，人好些了，我的头已经不晕了。爸妈去睡午觉，我走到院子里，在树下的小板凳上坐着，看那一群被放出来的小油鸡。小油鸡长得很大了，正满地啄米吃，树上蝉声“知了知了”地叫，四下很安静。我捡起一根树枝子在地上画，看见一只油鸡在啄虫吃，忽然想起在惠安馆捉的那瓶吊死鬼忘记带回来。

我虽这样想着，但是竟懒得站起身来，好像要困了，不由得闭上了眼睛，随着俯下身子来，两手抱住头，深深地埋在大腿上。

在这像睡不睡的梦中，我的眼前一片迷乱：在跨院的树下捉蚕，吊死鬼在玻璃瓶里蠕动着，一会儿又变成了秀贞屋里桌上的蚕，仰着头在吐丝，好像秀贞把蚕放在我的胳膊上爬，一发痒，猛睁开眼抬起头来看，原来是两只苍蝇在我的胳膊上飞绕。我扬扬手轰开苍蝇，又埋头睡下了。这回是一盆凉水，顺着我的脊背浇下来，凉飕飕的，我抱紧了头，不行，又是一盆凉水从脖子上灌下来，又凉又湿，我说冷啊！旁边有人咯咯的笑，我挣扎着站起来，猛下子醒了，睁开眼，闹不清这是什么时候了？因为天好像一下子暗了，记得我坐这里的时候是有阳光的呀！站在我面前的是妞儿，她在笑，我还觉得背脊是湿的冷的，用手背向后面去摸，却又不是湿的。但身上还是有些凉意，不禁打了一个哆嗦，随着又打了两个喷嚏，妞儿笑容收敛了，说：

“你怎么啦？傻乎乎的睡觉直说梦话。”

我好像还没醒来，要站不住，便赶快又坐下来。这时雷声响了，从远处隆隆地响过来。对面的天色也像泼了墨一样地黑上来，浓云跟着大雷，就像一队黑色的恶鬼大踏步从天边压下来。起了微微的风，怪不得我身上觉得凉。我不由得问妞儿：

“你冷不冷？我怎么这么冷。”

妞儿摇摇头，惊疑地看着我，问：

“你现在的样子真特别，好像吓着了，还是挨打了？”

“没有，没有，”我说，“爸爸只打我手心，从来不会像你爸爸打你那么凶。”

“那你是怎么了呢？”她又指指我的脸，“好难看啊！”

"我一定是饿的,中午没吃饭。"

这时雷声更大了,好大的雨点滴落下来,宋妈到院子来收衣服,把小鸡赶到西厢房里。我和妞儿也跟着进来。宋妈把小鸡扣好在鸡笼里,就又跑出去,嘴里还说着:

"要下大雨了,妞儿回不去。"

宋妈出去了以后,可不是,雨立刻下大了。我和妞儿倚着屋门看下雨。雨声那样大,噼噼啪啪地打落在砖地上,地上的雨水越来越多了,院角虽然有一个沟眼,但是也挤不过那么多的雨水。院子的水涨高了,漫过了较低的台阶,水溅到屋门来,溅到我们的裤脚上了,我和妞儿看这凶狠的雨水看呆了,眼睛注视着地上,一句话也不讲。忽然妈妈在北屋里窗内向我说话又扬手,话我听不见,扬手的意思是叫我们不要站在门口被雨溅湿了。我和妞儿便依着妈妈的手势进屋来,关上了门,跑到窗前向玻璃外面看。

"不知道要下多久?"妞儿问。

"你可回不去了。"我说完,连着又打了两个喷嚏。

我望着屋里,想找个地方倒下来,最好有一床被让我卧在里面。屋里虽然有旧床铺,但床上堆了箱子和花盆,并且满是灰尘。我受不住了,不由得走向床那边去,靠在箱子上。忽然想起妞儿存在空箱里的两件衣服,便打开拿了出来。

妞儿也过来了,她问:"你要干吗?"

"帮我穿上,我冷了。"我说。

妞儿笑笑说:

"你好娇啊! 下一点雨,就又打喷嚏,又要穿衣服的。"

她帮我穿上一件,另一件我裹在腿上。我们坐在一块洗衣板上,挤在墙角,这样我好像舒服一些。但是妞儿却心疼被我裹在腿上的衣服,说:

"我就这两件衣服,别给我拉扯坏了呀!"

"小气鬼,你妈给你做了好多衣服呢! 借我一件都舍不得!"也许我的头又发晕,不知怎么,嘴里说妞儿的妈,心里可想到秀贞屋里炕桌上一包小桂子的衣服。

妞儿瞪大了眼,指着她自己的鼻子说:"我妈? 给我做好多衣服? 你睡醒了没有?"

"不是,不是,我说错了。"我仰起头,靠在墙上,闭上眼,想了一下才说:

"我是说秀贞。"

"秀贞?"

"我三婶。"

"你三婶,那还差不多,她给你做了好多衣服,多美呀!"

"不是给我做,是给小桂子做的。"我转过头,对着妞儿的脸看,她的一个脸,被我看成两个脸,两个脸又合成一个脸。是妞儿,还是小桂子,我分不清了,我心里想的,有时不是我嘴里说的,我的心好像管不住我的嘴了。

"干吗这么瞪我?"妞儿惊奇地把头略微闪躲了我一下。"我在想一个人,对了,妞儿,讲讲你爸跟你妈的故事吧!"

“他们有什么可讲的！”妞儿撇了一下嘴，“我爸爸在前清家有皇上的时候，不用做事，一天到晚吃喝玩乐，后来前清家没有了，他就穷了，又不会做事，把钱全花光了，就靠拉胡琴赚钱，他教我唱戏，恨不得我一下子就唱得跟碧云霞那么好，那么赚钱。嘿！小英子，我现在上天桥唱戏去了，围一圈子人听，唱完了我就捧着个小箩筐跟人要钱，一要钱人都溜了，回来我爸爸就揍我！他说，给钱的都是你爷爷，你得摆个笑脸儿，瞧你这份儿丧！说着他就拿棍子抡我。”

“你说的那个碧云霞也在天桥唱呀？”

“哪儿呀！人家在戏院子里唱，城南游艺园，离天桥也不远，听碧云霞的才都是大爷哪！可是我爸爸常说，在戏园子唱的，有好些是打天桥唱出来的。他就逼着我学，逼着我唱。”

“你不是也很爱唱吗？怎么说是他逼的。”

“我爱随我自己，愿意唱就唱，愿意给谁听就给谁听，那才有意思。就比如咱们俩在这屋里，我唱给你听。”

是的，我想起刚认识妞儿的那天，油盐店的伙计要她唱，她眼睛含着泪的那样子。

“可是你还得唱呀！你不唱赚不了钱怎么办！”

“我呀，哼！”妞儿狠狠地哼了一声，“我还是要找我亲爹亲妈去！”

“那么你怎么原来不跟你亲爹亲妈在一起呢？”这是我始终不明白的一件事。

“谁知道！”妞儿犹豫着，要说不说的样子。外面的雨还是那么大，天像要塌下来，又像天上有一个大海的水都倒到地上来。

“有一天，我睡觉了，听我爸跟我妈吵架。我爸说：‘这孩子也够拗的，嗓门儿其实挺好，可是她说不玩就不玩，可有什么办法呢！’我那瘸子妈说：‘你越揍她，越不管事儿。’我爸说：‘不揍她，我怎么能出这口气！捡来的时候还没冬瓜大，我捧着抱着带回家，而今长得比桌子高了，可是不由人管了。’我妈说：‘你当初把她捡回来就错了主意，跟亲生亲养的到底不一样，说老实话，你也没按亲生那么疼她，她也不能拿你当亲爹那么孝顺。’我爸叹了口气，又说：‘一晃儿五、六年了！我那天也真邪行，走到齐化门，屎到屁门了。’我妈说：‘是呀，你说一大早儿捡点煤核来烧，省得让人看见怪寒碜的，每天你不都是起来先出恭才漱口洗脸吗？那天你忙得没上茅房，饶着煤没捡回来，倒捡了个不知谁家的私生的小崽子来。’我爸又说：‘我想着找城根底下蹲蹲吧，谁知道就看见个小包袱了呢！我先还以为我要发邪财了，打开一看，敢情是她，活玩意儿，小眼还骨碌骨碌直转哪！’我妈妈说：‘哼！你如今打算在她身上发财，赶明儿唱得跟碧云霞那么红，可不易。’……”

我又闭上眼睛，仰头靠着墙在听妞儿絮絮叨叨地说，我好像听过这故事，是谁讲的呢？还说大清早就把那孩子裹包裹扔到齐化门城根去？也许我是做梦，我现在常常做梦，宋妈说我白天玩疯了晚饭又吃撑了，才又咬牙又撒呓症的。是吗？我就闭着眼问妞儿：

“妞儿，你跟我说了好几遍这故事啦！”

“胡说，我跟谁也没说过。我今儿头一回跟你说。你有时候糊里糊涂的，还说要上学呢！我瞧你考不上。”

“可是，我真是知道的呀！你生的那时候，正是青草要黄了，绿叶快掉了，那不冷不热的秋天，可是窗户外头倒是飘进来一阵子桂花的香气。……”

妞儿推推我，我睁开眼，她奇怪地问：

“你在说什么？是不是又睡着了撒呓症？”

“我刚才说了什么？”我有些忘了，刚才也许是在梦中。

妞儿摸摸我的头，我的胳膊，她说：“你好烫啊！衣服穿多了吧！把我的衣服脱下来吧！”

“哪里热，我心里好冷啊！冷得我直想打哆嗦！”我说着，看自己的两条腿，果然抖起来。

妞儿看着窗外说：

“雨停了，我该回去了。”

她要站起来，我又拉住她，搂住她的脖子说：“我要看你后脖子上的那块青记，小桂子，你妈说你后脖子有块青记，让我找找……”

妞儿略微地挣开我，说：“你怎么今天总说小桂子小桂子的？你现在这样儿，就像我爸爸喝醉了说胡话一样！”

“是呀！你爸爸就爱喝口酒，冬天为的驱驱寒意，那天风挺大，你妈给他打了点酒，又买了半空儿花生。……”

我糊里糊涂地说着，拉开妞儿那条狗尾巴小辫儿，可不是，可不是，恍恍惚惚地，我看见在那杂乱的黄头发根里面，中间是有一块指头大的青记。我浑身都抖起来了。

妞儿把她的脸贴在我的脸上，惊奇地说：“你怎么啦？你的脸好热啊！都红了，是不是病了？”

“没有，我没病。”我这时精神起来了，但是妞儿把我搂在她的怀里，我正好看到妞儿尖尖的下巴。她低下头来，一对大眼睛里，忽然含满了泪。我也好像有什么委屈，实在我是觉得头发重，支持不住了。妞儿这么搂着我，抚摸着我，一种亲爱的感觉，使我流出泪来了。妞儿说：

“英子，好可怜，身上这么烫！”

我也说：

“你也好可怜，你的亲爹、亲妈啊，妞儿，我带你找你的亲妈去，你们再一块儿去找你亲爹。”

“上哪儿找去？你睡觉吧，我怕你，你别瞎说了。”说着，她又搂紧我，拍哄我。但是我听了她的话，立刻从她怀里挣扎起来，喊着说：

“我不是瞎说！我是知道你亲妈在哪儿，就在不远。”我又搂着她的脖子附在她耳旁小声说：“我一定要带你去，你亲妈说的，教我看见你就带你去，就是，不错，脖子后面有块青记的嘛!”

她又奇怪地望着我,好一会儿才说:

“你的嘴好臭,一定是吃多了上火了。可是,真有这回事吗?……你说我亲妈?”

我看着她那惊奇的眼睛,点点头。她的长睫毛是湿的,我一说,她微笑了,眼泪流到泪坑上!我觉得难过,又闭上眼,眼前冒着金星,再睁开眼,她变成秀贞的脸了,我抹去了眼泪再仔细看,还是妞儿的。我这时又管不住我的嘴了,我说:

“妞儿,晚上你吃完饭来找我,咱们在横胡同口见面,我就带你上秀贞那儿去,衣服你也不用带,她给你做了一大包袱,我还送了你一只手表,给你看时间。我也要送秀贞一点东西。”

这时我听见妈在叫我。原来雨停了,天还是阴的。妞儿说:

“你妈叫你呢!咱们先别说了,那就晚上见吧!”说着她就站起身,匆匆地推门出去了。

我很高兴,所以有一股力气站起来了,脱下妞儿的衣服,扔在鸡笼上。我推门出去,院子里一阵凉风吹着我,地上满是水,妈妈叫我顺着廊檐走,可是我已经趟水过来了。妈妈拉起我的手,刚想骂我吧,忽然她又两手在我手上,身上,头上乱按,惊慌地说:

“怎么浑身这样烧,病了,看是不是?中午从太阳底下晒回来,脸通红,刚才又淋了雨,现在又趟水。水,总是要玩水!去躺下吧!”

我也觉得浑身没有力气了,随着妈妈拖我到小床来。她给我脱了湿的鞋,换了干的衣服,把我安置在床上躺下来,裹在软绵绵的被里,我的确很舒服,不由得闭上眼睛就睡着了。

醒来的时候,觉得热了,踢开了被。这时屋里漆黑,隔着布帘子空隙,可以看见外屋已经点了灯。我忽然想起一件要紧的事,大声叫:“妈,你们是不是在吃饭?”

“这样混,她居然要吃饭呢!”是爸爸的声音。跟着,妈妈进来了,端进来煤油灯放在桌上。我看见她的嘴还动着,嘴唇上有油,是吃了“回肉”吗?

妈妈到床前来,吓唬着我说:“爸爸要打你了,玩病了还要吃。”

我急了,说:

“我不是要吃饭,我今天根本一天没吃饭呀!就是问问你们吃饭了没有?我还有事呢!”

“鬼事!”妈妈把我又按着躺下,说:“身上还这样热,不知你烧到多少度了,吃完饭我去给你买药。”

“我不吃药,你给我药吃,我就跑走,你可别怪我!”

“瞎说!等一会儿宋妈吃完饭,叫她给你煮稀粥。”

妈不理会我的话,她说完就又回外屋去吃饭了。我躺在床上,心里着急,想着和妞儿约会好吃完饭在横胡同口见面,不知她来了没有?细听外面又有淅淅沥沥的雨声,虽然不像白天那样大,可是横胡同里并没有可躲雨的地方,因为整条胡同都是人家的后墙。

我急得胸口发痛，揉搓着，咳嗽了，一咳嗽，胸口就像许多针扎着那么痛。

妈妈这时已经吃完饭，她和爸爸进来了。我的手按着嘴唇，是想用力压着别再咳嗽出来，但是手竟在嘴上发抖；我发抖，不是因为怕爸爸，我今天从下午起一直在抖，腿在抖，手也抖，心也抖，牙也抖。妈妈这时看见我发抖的样子，拿起我放在嘴唇上的手，说：

"烧得发抖了，我看还是你去请趟山本大夫吧！"

"不要！不要那个小日本儿！"

爸爸这时也说：

"明天早晨再说吧，先用冰毛巾给她冰冰头管事的。我现在还要给老家写信，赶着明早发出去呢！"

宋妈也进来看我了。她向妈妈出主意说：

"到菜市口西鹤年堂家买点小药，万应锭什么的，吃了睡个觉就好。"

妈妈很听话，她向来就听爸爸的话，也听宋妈的话，所以她说：

"那好嘛，宋妈，我们俩上街去买一趟。英子，乖乖地躺着，吃了药赶快好了好上学。等着，我还顺便到佛照楼给你带你爱吃的八珍梅回来。"

现在，八珍梅并不能打动我了，我听妈和宋妈撑了伞走了，爸爸也到书房去了，我满心想着和妞儿的约会。她等急了吗？她会失望地回去了吗？

我从被里爬出来，轻手轻脚地下了地，头很重，又咳嗽了，但是因为太紧张，这回并没有觉到胸口痛。我走到五屉橱的前面站住了，犹豫了一会儿，终于大胆地拉开了妈妈放衣服的那个抽屉，在最里面，最下面，是妈妈的首饰匣。妈妈开首饰匣只挑爸爸不在家的时候，她并不瞒我和宋妈的。

首饰匣果然在衣服底下压着，我拿了出来打开，妈妈新打的那只金镯在里面！我心有点儿跳，要拿的时候，不免向窗外看了一眼，玻璃窗外黑漆漆的，没有人张望，但我可以照到自己的影子，我看见我怎样拿出金镯子，又怎样把首饰匣放回衣服底下，推阖了抽屉，我的手是抖的。我要给秀贞她们做盘缠，妈妈说，二两金子值好多好多钱，可以到天津，到上海，到日本玩一趟，那么不是更可以够秀贞和妞儿到惠安去找思康三叔吗？这么一想，我觉得很有理，便很放心地把金镯子套在我的胳膊上面了。

我再转过头，忽然看玻璃窗上，我的影子清楚了，不！吓了我一跳，原来是妞儿！她在向我招手，我赶快跑了出去，妞儿头发湿了，手上也有水，她小声对我说：

"我怕你真在横胡同等我，我吃完饭就偷偷跑出来了。我等了你一会儿，想着你不来了，我刚要回去，听见你妈跟宋妈过去了，好像说给谁买药去，我不放心你，来看看，你们家的大门倒是没栓上，我就进来了。"

"那咱们就去吧！"

"上哪儿去？就是你白天说的什么秀贞呀？"

我笑着向她点了头。

"瞧你笑得怕人劲儿！你病糊涂了吧！"

“哪里!”我挺起胸脯来,立刻咳嗽了,赶快又弯下身子来才好些,我把手搭在她的肩上说:“你一去就知道了,她多惦记你啊! 比着我的身子给你做了好些衣服。对了,妞儿,你心里想着你亲妈是什么样儿?”

“她呀,我心里常常想,她要思念我,也得像我这么瘦,脸是白白净净的,……”

“是的,是的,你说得一点儿都没错儿。”我俩一边说着,一边向门外去,门洞黑乎乎的,我摸着开了门,有一阵风夹着雨吹进来,吹开了我的短褂子,肚皮上又凉又湿,我仍是对她说:

“你妈妈,她薄薄的嘴唇,一笑,眼底下就有两个泪坑,一哭,那眼睛毛又湿又长,她说:‘小英子,我千托万托你,……’”

“嗯。”

“她说,小桂子可是我们俩的命根子呀! ……”

“嗯。”

“她第一天见着我,就跟我说,见着小桂子,就叫她回来,饭不吃,衣服也不穿,就往外跑,急着找她爹去……”

“嗯。”

“她说,叫她回来,我们娘儿俩一块儿去,就说我不骂她……”

“嗯。”

我们已经走到惠安馆门口了,妞儿听我说,一边“嗯,嗯”地答着,一边她就抽答着哭了,我搂着她,又说:

“她就是……”我想说疯子,停住了,因为我早就不肯称呼她是疯子了,我转了话口说:“人家都说她想你想疯啦! 妞儿,你别哭,我们进去。”

妞儿这时好像什么都不顾了,都要我给她出主意,她只是一边走,一边靠在我的肩头哭,她并没有注意这是什么地方。

上了惠安馆的台阶,我轻轻地一推,那大门就开了。秀贞说,惠安馆的门,前半夜都不拴上,因为有的学生回来得很晚,一扇门用杠子顶住,那一半就虚关着。我轻声对妞儿说:

“别出声。”

我们轻轻地,轻轻地走进去,经过门房的窗下,碰到了房檐下的水缸盖子,有了响,里面是秀贞的妈,问:

“谁呀?”

“我,小英子!”

“这孩子! 黑了还要找秀贞,在跨院里呢! 可别玩太晚了,听见没有?”

“嗯。”我答应着,搂着妞儿向跨院走去。

我从没有黑天以后来这里,推开跨院的门,吱扭地一声响,像用一根针划过我的心,怎么那么不舒服! 雨地里,我和妞儿迈步,我的脚碰着一个东西,我低头看是我早晨捉的那瓶吊死鬼，我拾起来，走到门边的时候，顺手把它放在窗台上。

里屋点着灯，但不亮。我开开门，和妞儿进去，就站在通里屋的门边。我拉着妞儿的手，她的手也直抖。

秀贞没理会我们进来，她又在床前整理那口箱子，背向着我们，她头也没回地说：

“妈，您不用催我，我就回屋睡去，我得先把思康的衣服收拾好呀！”

秀贞以为进来的是她的妈妈，我听了也没答话，我不知道怎么办好了，我想说话，但抽了口气，话竟说不出口，只愣愣地看着秀贞的后背，辫子甩到前面去了，她常常喜欢这样，说是思康三叔喜欢她这样打扮，喜欢她用手指绕着辫梢玩的样子，也喜欢她用嘴咬辫梢想心思的样子。

大概因为没有听我的答话吧？秀贞猛地回转身来“哟！”地喊了一声，“是你，英子，这一身水！”她跑过来，妞儿一下子躲到我身后去了。

秀贞蹲下来，看见我身后的影子，她瞪大了眼睛，慢慢地，慢慢地，侧着头向我身后看，我的脖子后面吹过来一口一口地热气，是妞儿紧挨在我背后的缘故，她的热气一口比一口急，终于哇的一声哭出来，秀贞这时也哑着嗓子喊叫了一声：

“小桂子！是我苦命的小桂子！”

秀贞把妞儿从我身后拉过去，搂起她，一下就坐在地上，搂着，亲着，摸着妞儿。妞儿傻了，哭着回头看我，我退后两步倚着门框，想要倒下去。

过了好一会儿才松开妞儿，又急急地站起来，拉着妞儿到床前去，急急地说：

“这一身湿！换衣服，咱们连夜地赶，准赶得上，听！”是静静的雨夜里传过来一声火车的汽笛声，尖得怕人。秀贞仰头听着想了一下又接着说：“八点五十有一趟车上天津，咱们再赶天津的大轮船，快快快！”

秀贞从床上拿出包袱，打开来，里面全是妞儿，不，小桂子，不，妞儿的衣服。秀贞一件一件给妞儿穿上了好多件。秀贞做事那样快，那样急，我还是第一回看见。她又忙忙叨叨地从梳头匣子里取出了我送给小桂子的手表，上了上弦给妞儿戴上。妞儿随秀贞摆弄，但眼直望着秀贞的脸，一声也不响，好像变呆了。我的身子朝后一靠，胳膊碰着墙，才想起那只金镯子。我撩起袖子，从胳膊上把金镯子取下来，走到床前递给秀贞说：

“给你做盘缠。”

秀贞毫不客气地接过去，立刻套在她的手腕上，也没说声谢谢，妈妈说人家给东西都要说谢谢的。

秀贞忙了好一阵子，乱七八糟的东西塞了一箱子，然后提起箱子，拉着妞儿的手，忽然又放下来，对妞儿说道：“你还没叫我呢，叫我一声妈。”秀贞蹲下来，搂着妞儿，又扳过妞儿的头，撩开妞儿的小辫子看她的脖子后头，笑道：“可不是我那小桂子，叫呀！叫妈呀！”

妞儿从进来还没说过一句话，她这时被秀贞搂着，问着，竟也伸出了两手，绕着秀贞的脖子，把脸贴在秀贞的脸上，轻轻而难为情地叫：

“妈!”

我看见她们两个人的脸,变成一个脸,又分成两个脸,觉得眼花,立刻闭住眼扶住床栏,才站住了。我的脑筋糊涂了一会儿,没听见她们俩又说了什么,睁开眼,秀贞已经提起箱子了,她拉起妞儿的手,说:“走吧!”妞儿还有点认生,她总是看着我的行动,并伸出手来要我,我便和她也拉了手。

我们轻手轻脚地走出去,外面的雨小些了,我最后一个出来,顺手又把窗台上的那瓶吊死鬼拿在手里。

出了跨院门,顺着门房的廊檐下走,这么轻,脚底下也还是噗吱噗吱的有些声音。屋里秀贞的妈妈又说话了:

“是英子呀?还是回家去吧!赶明再来玩。”

“嗳。”我答应了。

走出惠安馆的大门,街上漆黑一片,秀贞虽提着箱子拉着妞儿,但是她们竟走得那样快,秀贞还直说:

“快走,快走,赶不上火车了。”

出了椿树胡同,我追不上她们了,手扶着墙,轻轻地喊:

“秀贞!秀贞!妞儿!妞儿!”

远远的有一辆洋车过来了,车旁暗黄的小灯照着秀贞和妞儿的影子,她俩不顾我还在往前跑。秀贞听我喊,回过头来说:“英子,回家吧,我们到了就给你来信,回家吧!回家吧……”

声音越细越小越远了,洋车过去,那一大一小的影儿又蒙在黑夜里。我趴着墙,支持着不让自己倒下去,雨水从人家房檐直落到我头上、脸上、身上,我还哑着嗓子喊:

“妞儿!妞儿!”

我又冷,又怕,又舍不得,我哭了。

这时洋车从我的身旁过去,我听车篷里有人在喊:

“英子,是咱们的英子,英子……”

啊!是妈妈的声音!我哭喊着:

“妈啊!妈啊!”

我一点力气没有了,我倒下去,倒下去,就什么都不知道了。

(五)

远远地,远远地,我听见一群家雀在叫,吱吱喳喳,吱吱喳喳。那声音越来越近了……不是家雀儿,是一个人,那声音就在我耳边。她说:

“……太太,您别着急了,自己的身子骨也要紧,大夫不是说了准保能醒过来吗?”

“可是她昏昏迷迷的有十天了!我怎么不着急!”

我听出来了，这是宋妈和妈妈在说话。我想叫妈妈，但是嘴张不开，眼睛也睁不开，我的手，我的脚，我的身子，在什么地方哪？我怎么一动也不能动，也看不见自己一点点？

"这在俺们乡下，就叫中了邪气了。我刚又去前门关帝庙给烧了炷香，您瞧，这包香灰，我带回来了，回头给她灌下去，好了您再上关帝庙给烧香还个愿去。"

妈妈还在哭，宋妈又说：

"可也真怪事，她怎么一拐能拐了俩孩子走？咱们要是晚回来一步，咱们英子就追上去了，唉！越想越怕人，乖乖巧巧的妞儿！唉！那火车，俩人一块儿，唉！我就说妞儿长得俊倒是俊，就是有点薄相……"

"别说了，宋妈，我听一回，心惊一回。妞儿的衣服呢？"

"鸡笼子上扔的那两件吗？我给烧了。"

"在哪儿烧的？"

"我就在铁道旁边烧的。唉！挺俊的小姑娘！唉！"

"唉！"

两个人唉声叹气的，停了一会儿没说话。

等再听见茶匙搅着茶杯在响，宋妈又说话了：

"这就灌吧？"

"停一会儿，现在睡得挺好，等她翻身动弹时再说。——家里都收拾好了？"妈问。

"收拾好了，新房子真大，电灯今天也装好了，这回可方便喽！"

"搬了家比什么都强。"

"我说您都不听嘛！我说惠安馆房高墙高，咱们得在门口挂一个八卦镜照着它，你们都不信。"

"好了，不必谈了，反正现在已经离开那倒霉的地方就是了。等英子好了，什么也别跟她说，回到家，换了新地方，让她把过去的事儿全忘了才好，她要问什么，都装不知道，听见了没有？宋妈。"

"这您不用嘱咐，我也知道。"

她们说的是什么，我全不明白，我在想，这是怎么回事儿？有什么事情不对了吗？我想着想着觉得自己在渐渐地升高，升高，我是躺在这里，高、高、高，鼻子要碰到屋顶了，"呀！"我浑身跳了一下，又从上面掉下来，一惊疑就睁开了眼睛。只听宋妈说：

"好了，醒了！"

妈妈的眼睛又红又肿，宋妈也含着眼泪。但是我仍说不出话，不知怎么样才可以张开嘴。这时妈妈把我搂抱起来，捏住我的鼻子，我一张嘴，一匙水就一下给我灌了下去，我来不及反抗，就咽下了，然后我才喊：

"我不吃药！"

宋妈对妈说：

"我说灵不是？我说关帝老爷灵验不是？喝下去立刻就会说话。"

妈给我抹去嘴边的水，又把我弄躺下来。我这时才奇怪起来，看看白色的屋顶，白色的墙壁，白色的门窗和桌椅，这是什么地方？我记得我是在一个？……我问妈妈说：

“妈，外面在下雨吗？”

“哪儿来的雨，是个大太阳天呀！”妈说。

我还是愣愣地想，我要想出一件事情来。

这时宋妈挨到我身边来，她很小心地问我：

“认得我吗？英子！”

我点点头：“宋妈。”

宋妈对妈笑笑。妈又说：

“你发烧病了十天了，爸爸和妈妈给你送到医院来住，等你好了，我们就回到新的家去，新的家还装了电灯呢！”

“新的家？”我很奇怪地问。

“新的家，是呀！我们的新家在新帘子胡同，记着，老师考你的时候，问你家住在哪儿？你就说，新——帘——子胡同。”

“那么……”有些事情我实在想不起来了，所以要说什么，也不能接下去，我就闭上眼睛。妈说：

“再睡会儿也好，你刚好还觉得累，是不是？”妈妈说着就抚摸我的嘴巴，我的眼皮，我的头发，忽然一个东西一下碰了我的头，疼了一下，我睁开眼看，是妈妈手上套的那只——那只金镯子！我不由得惊喊了一声：“镯子！”妈没说什么，把金镯子又推到手腕上去。我的眼睛直望着妈妈的金镯子，心想着，这只金镯子不是——不就是我给一个人的那只吗？那个人叫什么来着？我糊涂了，但不敢问，因为我现在不能把那件事情记得很清楚。我怎么就生病，就住到这医院里来了呢？我是一点儿也不清楚。

妈妈拍拍我说：

“别发呆了，看你发烧睡大觉的时候，多少人给你送吃的、玩的东西来！”

妈妈从床头的小桌上拿起来一个很好看的匣子，放在枕边，一边打开来，一边说：

“匣子是刘婆婆给你买的，留着装东西用，里面，喏，你看，这珠链子是张家三姨送你的。喏，这枝自动铅笔是叔叔给你的。你自己玩吧！”她便转头跟宋妈说话去了。

我随着妈妈的说明，一件件从匣里拿出来看，我再摸出来的是一只手表，上面镶了几颗钻，啊！这是我自己的东西！但是我手举着表，一动也不动地看着，想着，它怎么会在这只匣子里？它不是，也被我送给人了吗？

“妈！”我不禁叫了一声，想问问。妈回过头看见，连忙接过表去，笑着说道：

“看，这只表我给你修理好了，你听！”

妈把表挨近我的耳朵，果然发出小小滴答滴答的声音。然而这时我想起了一些事情，我想起了一个人，又一个人。她们的影子，在我眼前晃。

“妈！”我再叫一声还想问问。

妈妈慌忙又从匣子里拿出别的玩意来哄我：

“喏，再看这个，是……”

我忽然想起好些事情来了，我跟一个人，还有一个人的事情，但是妈妈为什么那样慌慌忙忙地不许人问？现在我是多么的思念她们！我心里太难受，真想哭，我忽然翻身伏在枕头上，就忍不住大声地哭起来。嘴里喊：“爸爸！爸爸！”

妈妈和宋妈赶着来哄我，妈妈说：

“英子想爸爸了，爸爸知道多高兴，他下班就会来看你！”

宋妈说：

“孩子委屈喽，孩子这回受大委屈喽！”

妈妈把我抱起来搂着我，宋妈拍着我，她们全不懂得我！我是在想那两个人啊！我做了什么不对的事吗？我很怕！爸爸，爸爸，你是男人，你应当帮助我啊！我是为了这个才叫爸爸的。

我哭了一阵子很累了，闭上眼睛偎在妈妈的怀里。妈妈轻轻摇着我，低声唱她的歌：

“天乌乌，要落雨，老公仔举锄头顺水路，巡着鲫仔鱼要娶某，龟举灯，鳖打鼓……”她又唱：

“ㄏ一ㄏㄨㄇ，饲阉鸡，阉鸡饲大只，刣给英子吃，英子吃不够，去后尾门仔眯眯哭！”那轻轻的摇动使我舒服多了，听到这里，我不由得睁开眼笑了。妈妈很高兴地亲着我的脸说：

“笑了，笑了，英子笑了。宋妈已经把家里的油鸡杀了给你煮汤喝呢！”

宋妈从桌底下拿出一只小锅，打开来还冒着热气，她盛了一碗黄黄的汤还有几块肉，递到我面前，要我喝下去。我别过脸去不要看，不要吃。碗里是西厢房的小油鸡吗？我曾经摸着它们的黄黄软软的羽毛，曾经捉来绿色的吊死鬼喂它们，曾经有一个长长睫毛大眼睛里的泪滴落在它们的身上……我不说什么，把头钻进妈妈的胸怀里。妈妈说：

“她不想吃，再说吧，刚醒过来，是还没有胃口。”

我在医院住了十几天，刚可以起床伏在楼窗口向下面看望，爸爸就雇来一辆马车，把我接回家。

马车是敞篷的，一边是爸，一边是妈，我坐在中间，好神气。前面坐了两个赶马车的人，爸爸催他们快一点，皮鞭子抽在马身上，马蹄子得得得得，得得得得，一路跑下去。马车所经过的路，我全不认识。这条大街长又长，好像前面没尽没了。

我觉得很新鲜，转身脸向着车后，跪在座位上，向街上呆呆地看。两边的树一棵棵地落在车后面，是车在走呢，是树在走呢？

我仰起头来，望见了青蓝的天空，上面浮着一块白云彩，不，一条船。我记得她说：“那条船，慢慢儿地往天边上挪动，我仿佛上了船，心是飘的。”她现在在船上吗？往天边儿上去了吗？

一阵小风吹散开我的前刘海，经过一棵树，忽然闻见了一阵香气，我回头看妈妈，心

里想问:“妈,这是桂花香吗?”我没说出口,但是妈妈竟也嗅了嗅鼻子对爸说:

“这叫做马缨花,清香清香的!”她看我在看她,便又对我说:“小英子,还是坐下来吧,你这样跪着腿会疼,脸向后风也大。”

我重新坐正,只好看赶马车的人狠心地抽打他的马。皮鞭子下去,那马身上会起一条条的青色的伤痕吗?像我在西厢房里,撩起一个人的袖子,看见她胳膊上的那样的伤痕吗?早晨的太阳,照到西厢房里,照到她那不太干净的脸上,那又湿又长的睫毛一闪动,眼泪就流过泪坑淌到嘴边了!我不要看那赶车人的皮鞭子!我闭上眼,用手蒙住了脸,只听那得得的马蹄声。

太阳照在我身上,热得很,我快要睡着了,爸爸忽然用手指逗逗我的下巴说:

“那么爱说话的英子,怎么现在变得一句话都没有了呢?告诉爸,你在想什么?”

这句话很伤了我的心吗?怎么一听爸说,我的眼皮就眨了两下,碰着我蒙在脸上的手掌,湿了,我更不敢放开我的手。

妈妈这时一定在对爸爸使眼色吧?因为她说:

“我们小英子在想她将来的事呢!……”

“什么是将来的事?”从上了马车到现在,我这才说第一句话。

“将来的事就如英子要有新的家呀,新的朋友呀,新的学校呀,……”

“从前的呢?”

“从前的事都过去了,没有意思了,英子都会慢慢忘记的。”

我没有再答话,不由得在想——西厢房的小油鸡,井窝子边闪过来的小红袄,笑时的泪坑,廊檐下的缸盖,跨院里的小屋,炕桌上的金鱼缸,墙上的胖娃娃,雨水中的奔跑,……一切都算过去了吗?我将来会忘记吗?

“到了!到了!英子,新帘子胡同到了,新的家到了!快看!”

新的家?妈妈刚说这是“将来”的事,怎么这样快就到眼前了?

那么我就要放开蒙在脸上的手了。

林海音:《林海音经典作品选》,当代世界出版社,2007 年 9 月第 2 版,第 79—123 页。

林海音导读

◎ 程国君

《城南旧事》这部乡愁文学的代表作,叙事对于其有两层重要的意义:

一、以儿童视角和女性视角来凸现主旨。文本通过对儿童世界和女性世界难解难分相互纠缠的描述,表现出一种对生命成长的思考:父辈们的世界支离破碎,留给“英子”们的,唯有他们无力时的格言——“无论什么困难的事,只要硬着头皮去做,就闯过去了”。

作品中的英子，相对于母亲、秀贞和宋妈来说，一种文化、一种习俗对她的规定似乎要少得多。作为一种比照，由她来审视男权中心文化对秀贞为代表的女性的压迫，反观女性处境，具有凸现作品主题的审美意蕴。在《惠安馆传奇》中，英子不懂秀贞与思康的那种爱（其实她的母亲和周围人谁也不懂）；在《兰姨娘》中，她不懂兰姨娘与德先叔、爸爸的暧昧，甚至不懂由其引发的爸爸与妈妈的龃龉；在《驴打滚儿》里，她不懂奶妈宋妈与其丈夫“黄板牙儿”那种无法割舍的联系。这种叙述策略或设计，使《城南旧事》有了一种深刻的现实意味：这里的“不懂”不是叙述者“不懂”，而是主人公英子不懂，它仿佛戏剧里的表演者之间的“不懂”而观众清楚。这里的“不懂”实际上是对男权社会里女性的真实处境“不懂”，对那个时代里女人的种种规范“不懂”。人物的“童年色彩”于此填补了与叙述者间有可能出现的不和谐。因为，把秀贞叫疯子实际上如同鲁迅小说《狂人日记》把狂人叫疯子一样，反映的是一种文化环境的愚昧，或者说反映的是女性的总体处境。而反过来看，英子在有些事情上又相当聪明：当秀贞妈不叫她把来她们家的原因归于秀贞时，英子认为那简直是多余：“何必这么嘱咐我？什么该说，什么不该说，我都知道。妈妈打了一只金镯子，藏在她的小首饰箱里，我从来不会告诉爸爸。”当兰姨娘和她爸爸打情骂俏而妈妈吃醋时，英子巧妙地把兰姨娘和德先叔拉在一起，表现出相当高的智能。而英子帮助秀贞和小桂子逃跑，那简直是救人于危难的杰作。在所有这些行为中，英子代表的是一种良知，一种人之本当具备的品格，一种精神。作者的深刻用意也许正在于，把这样一种人类精神、品格让儿童来承担，让一个未成熟的“人”来负载，表明在人类粗糙的日常生活中，真善美太容易被误解了！也太容易遭伤害了！这层意思在小说的情节设计中也有表现：秀贞与思康叔的爱情、小偷对弟弟的期望、宋妈对小桂子的母爱，都被一种“认真”“合法”的态度消解了，而事实上这才是真的真善美！女性的悲剧被女性误解着，文本借助于女性（宋妈与老婆子）的视角叙述故事来凸现。这里的好处是，第一人称叙述视角没有放弃，而引入了宋妈等的视角，最后又极自然地回到第一人称的叙述视角，叙述的转换相当自然，并通过叙述视角的设计，展示了女性思考的主题。如果我们不仅从具有意识形态和政治特征的女性主义角度思考问题，而是从符号化与写作艺术的角度看，这无疑体现着女性书写的一个高度。

二、插曲式叙述扩大视野，丰富小说内涵。小说第一部分《惠安馆传奇》，结构十分精致、细密，缘于一种插叙式的叙述方式。这一部分写了英子的四进惠安馆：一次是早上起来随宋妈买菜的空儿她到了惠安馆，发现了秀贞和小桂子的秘密，答应打听小桂子的下落。第二次是知道了思康三叔其人。第三次是在惠安馆里槐树底下捉虫子，这一次知道了秀贞与思康之间的故事和她发疯的原因。第四次引导秀贞与小桂子相见，并帮助逃跑。简单的四进惠安馆，因为大量插叙的运用，相当完整地写出了秀贞与小妞子两人的命运。而且，正是这种插叙的使用，为秀贞悲剧设计了背景，营造了氛围。英子早起梳头的短短时间里，插叙了她日前会见惠安馆秀贞的经典画面，这与宋妈卖菜的间隙时间里英子初进惠安馆，喜欢上了秀贞和通过宋妈和老婆子说秀贞的经历相互组合，巧妙地叙述了“惠安馆传奇”的缘起。开头对人物(秀贞)的形塑:“忽然她的嘴唇动了,眼睛也眨了两下,带着笑,好像要说话,弄着辫梢的手也向我伸过来,招我过去呢”,暗示了她美好的过去与现在的命运:思康就喜欢秀贞笑着,手弄着辫梢的样子。作品中反复出现的这一形象,也印证了小说的女性主题:作为一个传统社会的女子,男人就是她命运与悲剧的主宰。

林海音研究资料链接

鲁原、刘敏言主编:《中国当代文学史纲》,中国文联出版公司,1993 年。

盛英主编:《二十世纪中国女性文学史》下卷附编二“林海音及其文学创作”,天津人民出版社,1995 年。

舒乙、傅光明编:《林海音研究论文集》,北京台海出版社,2001 年。

吕正惠、赵遐秋:《台湾新文学思潮史纲》,昆仑出版社,2002 年。

傅光明:《林海音:城南依稀梦寻》,大象出版社,2002 年。

夏祖丽:《从城南走来——林海音传》,三联书店,2003 年。

关园园:《林海音小说中的女性形象分析》,《现代语文》(文学研究版),2006 年第 10 期。

赵立寰:《林海音小说中女性角色类型及女性议题反思》,《台湾文学评论》,2009 年第 9 卷第 4 期。

张秀亚

张秀亚(1919—2001),河北沧州人,7 岁随家迁居天津。少年时代即开始在天津《益世报》、《大公报》等报刊上发表诗歌、散文。1938 年考入北平辅仁大学中文系,后转西洋语文学系。毕业后在辅仁大学研究所史学组任编译员。1948 年赴台湾。后任教于台中静宜英专、台北辅仁大学。著作 70 余种,尤以散文蜚声文坛,曾多次获奖。出版散文集《三色堇》、《牧羊女》、《北窗下》、《水仙辞》、《石竹花的沉思》、《湖水秋灯》、《白鸽紫丁花》及《张秀亚散文集》等;另有小说、诗歌集、传记、翻译、西方艺术史等。

张秀亚的散文作品反映了一代知识女性的家国之忧、情感世界及其丰富的精神旨趣。她笔下书写津门以及北京古城的散文,是台湾"乡愁文学"的重要组成部分和精彩乐章;她作为一代知识女性的生活漫笔,或写坎坷的生命体验,或造凄迷的人生境界,或论艺术的至美追求,典雅隽永,天籁自成。

寻梦草

黄昏的湖上，淡淡的，吐发着草叶的青色气息……

月亮色的，又带点淡蓝光辉的湖水，轻轻吸吮着岸。

水下面，盘结着大团的，多思虑的暗紫色水草。对岸的树，荫密得分不清叶子，像一大片青苔，从天边绿来。

岸上是清静的，没有树，没有花，只有一撮撮小草，几滴海水似的绿着。

水在脚下做着汩汩响声，湖的那一边，在看不清的堆云的山后，有人生涩地吹着笛管；那声音，尖而细，间断的像是一只雄孔雀呼唤同伴。

白头发的佟山伯伯——通常我是喊作老朋友的——坐在湖边那块青石上，抱着肩，纵容着风在他的白胡子上，作着滑流的游戏，静静的，吸他的烟管。我睁着眼睛，看他口中吐出蚯蚓般弯曲的青烟，消失在更蓝的天上，随即，我静静的阖上眼皮。记得昨夜，我有过像五色玻璃窗样的梦，古怪而美丽，此刻，我打算闭上眼睛，到这个世界以外那个世界去找它。

佟山伯伯轻轻地摇醒了我：

"孩子，醒醒，看看天空，洁净得像水晶，雪白的云彩，平滑的湖面，……多么一个适于你心灵跳舞的好场地呵，不要闭上眼睛寻梦去了，知道吗？梦神是黠慧的，当你去寻觅时，它便飘远了，只有在你不注意的当儿，它也许又悄悄地偎近了你。在这里，我给你说一个故事，——寻梦草，这是一种神奇的草的名字。"

"什么叫寻梦草呢？"

"你问什么叫寻梦草么？连我也没有见过的。听说，这种草有着细长的叶子，开的花，通常像星星。不过，它是很奇怪的，它不按照地球上气候冷暖开花，却随应着心灵的季节开花。"

于是，我揉着眼睛，逐去了那夏天云彩般压到头上来的睡意，听他讲下去：

多少年前，这湖边，有一座石砌的屋子，唔，石头砌的，白色的石头。

想一想，孩子，该是多么美丽的光景，一座玲珑的石头屋子，那么光润，那么整齐秀丽，远远地看去，正像一只温驯的白鸽，才洗刷净了它的羽毛，停留在清澈的水边。……这屋子，原先是没有人住的。

有一天，有那么一天，我已经记不清岁月了，只记得是一个到处听得见水鸪鸪叫，看得见白蝴蝶飞的日子。来了一个女人，像一切史诗、神话里边的女人一般，她有一个精巧的外貌，和比丝绸还细致的灵魂。披一袭乌黑的纱衣，就像每一个黄昏湖边景物的一部分，具有悲哀的美丽、晦暗的颜色。她来了，就住在这所屋子里，住在那座白石屋子里了。

我还忘了说，这女人还有修长茁密的睫毛，眼光从那后面投射出来，宛如滤过秋苇的月光，有这样眼睛的人，必定是多梦的。

她只是一个人，没有仆从，更没有伴侣，孤单而美丽，正像一弯眉月。

夜间，她在湖边那一间白石屋里，点起一盏大的、宫廷款式的青纱灯。那青的灯，这时候，依稀还在我眼前燃烧，散发着那像杯龙井茶的淡淡光辉……那灯光，照到透明如云片的窗纸上，于是，那精巧的小屋子，便临水散放光辉了。

夜夜，当北斗星，牧童星，小熊星，相继出来的时候，湖上，烘托出一片青的灯光。石屋的窗内，闪动着一个黑色人影。当月亮和星星相率归去的时候，当灯光也要疲倦欲睡的时候，那女人便出来了，离开她那间白石屋。

显明的，告诉人她出来消息的，是她那比夜色更黑的影子，还有她手中那一柄白鹅毛扇子，好像一朵芦花白色的影子，静静的散播在湖上。

起先，我听见人说过，却没有见过。

我还要插进一句话去，那时候，我和父亲是靠捕鱼生活的。我们的家，在夏秋季，便是泊在水上的一只小小渔船。清早，我们代表着地球，迎接由东方地平线上升起的太阳，夜里，我们便漂在水上，大大小小，像一些鹭鸶。我那时，额上飞着一小束歪卷的毛发，快活而顽皮。白天，我帮父亲摇着船，拉着网，唱着小曲儿，夜里，我便仰卧在船板上安安静静地睡去，安静得连个梦也没有。

然而，没有人永远没有梦的。不久，我便也有了梦……

有一夜，容我想一想——大概是由于月亮太明的缘故吧，我醒了，并且再也睡不下去。于是，我便光着脚，爬到船头来了。船板沾了一层夜露，我的脚底触着，有些潮湿。湖水在船底微响着，似乎有睡醒来的小鱼儿在跳高哩。我扬起手臂，看看月亮，和洒满了月光的夜空草地，还有水……

那景色，美得我的眼皮颤抖，像朵灯花。孩子，也许你还没见过那么好的月亮呢。真的，那太美了。平常人说月光像银，像雪，那都不对。月光像什么，像秋天时候，一片就要辞枝的叶子，有点黄，然而，还微微的像留着点陈旧的记忆，也有一点儿淡绿。那山尖，那树林聚成的小峰，那湖水，在月光下也都像默默有所记忆，一齐染着点淡绿的忧郁。

我的眼前，突然有点什么在飞动了，起先，我还以为那是一只水鸟脱落的羽毛……

后来，那影子逐渐近了，更近了，我发现是那个黑纱衣裳的女子，用掩在她袖中的长手，握着一把比素白还要白过十倍的鹅毛扇。另外一只手呢，打着一盏小玻璃灯，淡红的光，随着她的影子飘行，就像一只流动的萤虫。

我看她缓缓走过山前那条小道，又穿进那一带如画的小松林，于是，她衣服的颜色，便溶化在深灰得近于黑色的树荫里。几条月光，从枝梢流到她的肩上。只见她钻进树林里，伸手到树枝上像摘寻什么，然而半晌过去了，她似乎一无所得，举起来的手是空空的，又徒然地垂下去了。于是，她叹息，那声音清而细，仿佛用一根轻巧的羽毛，就可以将这声音闷住似的。但是，那声音，却悠长得直迈进我的心坎。

她走出那树林了，拖着长长的衣裳，停留在那浅浅的草地上。她俯着身子，撩着株株小草。我凝视着她，看见她一只手，像一片小云彩似的，在草地上漫游着，草上起了一种有褶痕的波纹，月光从她身后照射过来，将草的颜色，反映在她的脸上。这一阵，静寂极了，鸟儿也噤住了，昆虫也不再拍动它们透明的翅膀。我抱着双肩，立在船头，几乎不敢呼吸了，担心一口气吹散了眼前这片幻景。

我看见那一朵小云片渐渐的飞高——她提高了她的手——直立起她的身子。她离开了草地……

以后呢，她又和月亮的影子，一齐落在山上了。正像一座美丽的碑碣。我仰着脸，然而，我看不清她的动作，只猜得她依然是寻觅着那件希望发现的东西。那山，我是时常攀登的，知道那顶上，有一块伸出的，像鸟翅的青石。旁边，有一条细得像丝线的小溪。山径上，铺满了成熟的清香松子。那时候，杜鹃花已开过了，山上寂寞得令人难过。我想，她到山上寻什么呢？她如果是寻什么，一会儿，一定会失望地空着手下来的。

果然，过了不久，她下来了。那夜，露水很重，山石湿而滑，她从那斜坡上，急快的走下来，像一颗滑落的水珠。

到了山脚下，她又轻快的，跑到湖边。

湖边恰恰系着一只船，一只没有篷缆的旧船，她轻轻地跳上了那只船。有些卧在芦草丛里的野凫，听到船拍水的声响，一齐惊惶地向对岸飞去了。

她叫那只小船，在月光下，慢慢的游向前去，叫水轻轻吻着她那在风中四飞的衣裳边沿。她低着头，眼睛注视着水，修长的手，伸到水中去。睡莲花醒来，轻摇着她头上的大帽，和细长的颈子；湖底一些细小猬集的水生植物，发出微诧的呻吟，似乎在问：夜这么深了，是谁来惊扰我们的好梦呢？

她不顾水的深浅，将船划到湖心，以后，又沿着湖边，飞绕了一个大圈子，船在青石板似的湖上，划着银亮的线条。双桨下，绽开了白菊样的水花，水面被长桨敲打出风声雨声来。

后来，那桨声渐渐地倦怠了，她将船划到岸边。抛掉了木桨，回到湖边的住屋去了。这时月亮已经落下去了，星光，也苍白得像露珠……后来，孩子，这奇怪的幻景，在我竟像是一个继续不断的梦了。每个早晨，我对昨夜有所记忆，对今夜有所盼望。我甚至于厌弃白昼，厌弃了太阳……那裁剪小片夜色为翅膀的蝙蝠，却成了我祝福的天使了。因为，一到蝙蝠出飞的时候，夜不就近了么？

夜夜，我在船头，等待那美丽新鲜光景，在湖边投生。这样，过去了夏天，过去了秋天，一直到了冬天来的时候……

有一夜，是冬天来了的一夜，燕雀都早已回去了，百草都结了籽粒渐渐地变白了，湖水也似乎有了结冰的念头，鱼儿也不大出来溜跶了。世界变得异样寂寞。我的父亲，许多天以前，便收拾起他的网罟了，他催促着我说："孩子，我们回去吧，回到山后面去，用稻草和木头，修筑我们去年被大雪压倒了的小屋，以后，我就要擦亮了那把猎枪，趁落雪以前，该打射白兔和狐狸去了。你呢，也得背了你那枝小鸟枪，跟我到林中去练习打几只山鹊呀。"

然而，我不愿意。我总是撅着嘴对他央求："父亲，我们再在湖上留一些时候吧。"——随着说，我的眼睛还凝望着湖的对岸。你该记得的，湖的对岸，站着一座精巧的白石小屋。

北风渐渐的起了，吹着光裸的树，夜变得十分寒冷了。星光闪动着，像冰花一样。就在这一夜，这特别寒冷的一夜，那个古怪女人又出来了。这夜，没有月光，湖面、山上，都是一片阴黑，只有仁慈的、殷勤的几点星光，微微照亮了山前小径。……她依然提了那一盏玲珑的玻璃灯，在各处寻觅着，走遍了枯寂的树林，衰萎的草地，光秃的小山，和那欲结冰的湖面……等到她下了船，一只脚才踏上湖岸的时候，她滑倒了……

直立船头上的我，惊骇得高呼出声了。那时，夜是那么深，那么冷，静默的湖上，除了我之外，又悄然的连半个人影也没有。……除了我以外，没有一个人会来扶她的。于是，我便伸开了手臂，像一只水鸟似的，扑下水去，游泳到对岸，我赶忙跑近她身边。呵，她已经晕倒了……我撩起了衫襟，拭干了我的小手掌，拿了一根水草，穿进她的鼻孔。希望她打个喷嚏，苏醒了过来……

终于，她醒来了，睁开了她的眼睛，惊疑地看着我：

"你是谁？"

孩子，我认识她，然而她却不认识我。我那时不知怎的，感到异样的悲哀。

我突然觉得像害过一场伤寒症，悲哀而无力。我低声地说："我是那只小渔船上的孩子。夜夜，我立在船头，等待一个梦来……我看见你，夜夜，你像是在寻着什么，你到底在寻什么呢？什么宝贵的东西呢？"

她喃喃的，半闭着眼睛说：

"……一株寻梦草，我在寻着一株寻梦草哪！它长着秀美细长的叶子。按照心灵的季节开花，开着耀目的，星一样的花。这种草，是没有一定生长地带的。有时，和诸葛菜一同生在山坡；有时，和鱼儿一起隐在水底；有时，混集在别种杂草里；有时，高高的，爬在山毛榉树上生根。什么地方它也能生长；然而，却不容易寻到它。……只要一寻到它，就可以很幸福的寻着梦了。它一在你眼前开花的时候，梦便在你眼前开花了。……听说，很久很久以前，那时候，天上还只有日头和月亮，没有星星，……有一个女孩子，到处寻着这种草。最后，她在月光下，在这个湖边寻到了。她眼睛快乐得放光，拉着女伴，快乐的跳起草裙舞来。在狂欢的舞蹈当中，不小心，这株草就从她的指缝滑落出来！被一阵风吹去了，吹到天上去了。寻梦草便在天上生长了，在天上开了花。开了耀眼的金色花……，便是一点点的星星。所以，抬起你那小脑瓜，看看满天星星，便忍不住做梦的想头……

"这以前，我天天在追寻着梦。然而，梦却永远不像一只喂养熟了的黄鸟，一唤便飞到跟前来。……为了要寻找梦，我到这湖边来找寻梦草来了。我想，如果我能够寻到了它，便握住了它，不容它再被风吹走了。……但是，寻了这么些时候，我终于没有寻到。……疲倦了我的肢体，也疲倦了我的心灵。"

她说完,阖上了眼皮,这时,一片灰云,将月亮蒙住。灰色的阴影,飞上她净白下垂的眼睑……

从此湖上的屋子空了,湖对岸,也熄灭了那灯光,那淡得像杯龙井茶的灯光……

我听着,我低下了头,我仿佛听到那个女人临终无力的呼吸,比发丝还要细弱。

“从那夜,湖上没有了那找寻梦草的女人,白石屋里的灯光熄灭了。连带着熄灭的,还有那夜夜期待梦影的孩子的梦。”——他的梦,像湖上失去了那女人的影子,任它来吧,丢失了的,便也任它丢失了吧!像丢失了你美丽的年纪一样。不要寻它,不听见说过么?寻梦草是那么难寻的,寻着,还是那么容易丢失的。

“梦是可爱的,但是,也是可怕的。可怕处,便在它太可爱了。”

“孩子,懂了我的话吗?约束住你的手指呵!寻梦草,是不可寻的。为了免得你红润的嘴唇,吐出灰云一样的叹息。而你年轻光润的额头,也不致为悲哀的镰刀所伤了。”

“今夜的月光真好,又像当年我住船头上望见的,……呵,怎么,我又有了寻梦的念头了,那是,那是,因为今夜的月色太好了,像一片将要辞枝的叶片,有点黄,但又像残留着陈旧的记忆,也有一点儿淡绿……孩子,还是回去吧,离开这多梦的湖边,回到我们山后的小屋,拉起褪色的蓝窗帏,遮起了明灿的月色,如同遮去了昨日的梦一样……”——纪小瑗瑗的梦——

赵立忠、田宏选编:《张秀亚作品选》,陕西人民出版社,1987年6月,第36—45页。

张秀亚导读

◎ 程国君

对于张秀亚这一代台湾女性散文家来说,像林海音、琦君一样,20世纪中国动荡而风云变幻的现实所赋予她们的丰富的人生阅历,以及传统男性中心社会文化崩溃夹缝中的生命体验,成就了她们创作丰富的精神向度,也使她成为台湾“乡愁文学”的杰出代表。张秀亚说自己的创作个性是在好讲故事的母亲明慧温存的怀抱里形成的。这一“夫子自道”应当是可信的,因为现代文学后来的那种在复杂历史语境下壁垒分明的“唇枪舌战”,尤其是海峡两岸一段时间里渗入文坛的意识形态龃龉,确实与她的创作无关。她只认“美”。她把生命看作一涧溪水,她曾经参透的世界真相的本质是“婉娈美丽”。因而,在其60余年的创作中,始终保持了凄迷幽幻、典雅妍婉的艺术个性。

《寻梦草》是张秀亚18岁时的作品,文后题辞:“纪小瑗瑗的梦。”该文通过一个美丽而感伤的故事,表现了作者的幻美追求与人生感悟。瑗瑗已经到了爱做“五彩玻璃窗样梦”的年龄,并到这个世界以外的那个世界去找它。然而佟山伯伯以自身悲凉的经验告诉他:“梦是可爱的,但也是可怕的。可怕处,便在它太可爱了”,“为了免得你红润的嘴唇，吐出灰云一样的叹息，你年轻光润的额头，也不致为悲哀的镰刀所伤"，那就不要做梦吧，离开这多梦的湖边，如他，遮去昨日的梦。佟山伯伯劝瑗瑗："梦来了，便任它去吧！丢失了的，便也任它丢失吧，像丢失了你美丽的年纪一样。不要去寻它，不听见说过么？寻梦草是那么难寻的，寻着，还是那么容易丢失的。"这个故事离奇浪漫，形象迷离飘忽，情调忧郁感伤。张秀亚说这故事中的那"没有仆从，更没有伴侣，孤单而美丽"的寻梦的女子构成了她生命的谶语，因而此文（也包括她后来相当多的散文）有着忧郁感伤的调子，时隐时现着孤身女子在风雨中踽踽前行的影子。

抒情散文《风雨中》是张秀亚美丽、坚强的人格的写照，从中我们看到一个自立于世界的女性丰富的内心世界和精神持守。作品借一个为人母者雨中接孩子回家的日常"本事"，巧妙而自然地反映了为人母者独自担待这个世界的方式："但当还未找到机会为真理为人类而献身时，我只默默地走着一个平凡的女性的路子：恨我所该恨的，爱我所当爱的，对于邪恶，我决不妥协。在人生的舞台上，我唱的是最吃力的独角戏，导演者是环境的大手，制造效果的是电闪雷鸣。在我的台词中，没有闪光的口号美丽的谎言，但我忠实的，以全心，全力，全意爱了人类稚弱无依的两个！"作者自比"蔷薇花"，对自身生命有深刻的省思，"风雨中"显然是作者生命之旅的象征。此文记载的其实也正是蔷薇花般的作者在风雨中的身影："这些年来，我已惯于一个人在风雨中跋涉了，走吧，风雨有停歇的时候，路也终有个尽头啊！"凄凉但执着，孤独但内心富有，这便是现代世界里女性中独特的"这一个"，那发自"北窗下"的美丽的声音。

张秀亚研究资料链接

赵立忠、田宏选编：《张秀亚作品选》，陕西人民出版社，1987 年。

张秀亚：《我为什么要写作》，《台港文学选刊》，1987 年第 2 期。

严文井：《〈张秀亚作品选〉小引》，《张秀亚作品选》，陕西人民出版社，1987 年。

侯江：《张秀亚沦陷时期作品浅析》，《中国现代文学研究丛刊》，1994 年第 1 期。

倪金华：《凄清妍婉　典雅动人——张秀亚散文艺术论》，《台湾散文新观察》第十二章，海峡文艺出版社，2002 年。

王春雷：《凄婉、精致、细腻——评台湾女作家张秀亚的散文》，《作家》，2008 年第 8 期。

陈若曦

陈若曦(1938—),原名陈秀美,台湾台北市人。祖父、父亲是世代木匠。童年和少年时代生活清苦。1957 年考入台湾大学外文系。毕业后留学美国,在麻省圣橡山女子学院进修,主修英国文学,获硕士学位。1966 年在丈夫段世尧取得博士学位后回国。时值“文革”,他们在北京闲居两年。后陈若曦被分配到华东水利学院教英文,其间曾被派往农场参加劳动。在大陆生活 7 年,1973 年全家迁居香港,次年赴加拿大定居。1979 年移居美国,曾在美国加州大学一分校及旧金山柏克莱亚洲研究中心工作。20 世纪 90 年代中期后定居台湾,皈依佛教,做了证严法师的弟子。

陈若曦的创作始于大学时代。1959 年,与台大外文系同学白先勇、王文兴、欧阳子、刘绍铭、叶维廉、李欧梵等发起成立了“南北社”。1960 年又一起筹款创办了《现代文学》杂志,以系统地传播欧美现代主义的文学理论与作品为宗旨。创作以小说、散文见长,出版作品译著 20 余种,包括短篇小说集《尹县长》、《老人》、《自选集》、《城里城外》,长篇小说《归》、《突围》、《远见》、《纸婚》,散文集《“文革”杂忆》、《无聊才读书》、《生活随笔》等,其中《尹县长》有 8 国译文,影响深远。

最后夜戏

一阵急骤的擂鼓之后，铜锣孤单地呼响。

金喜仔跨出前台，优雅地举起双手，分别在两颊一碰，下颔一比。然后袖拢了手，应和着锣声向前迈步，一步踩一声“铛”地走向台前中央。含混地念过一句对联，便转身，低头，进门，走两步到桌案前。从案旁拉过一把椅子，她坐下来。“啊——”一声，锣铜哑去，金喜仔沙哑的嗓子开始干燥地播出：“奴家——雪梅……”

她麻木地念着台词，一面浑浑噩噩地瞧着戏目板上贴着的大红纸条。最后一夜戏，《大宋英烈传》好不容易做完了，为了招徕观众，加演《雪梅思君》。那四个疏疏朗朗的墨笔字在她眼前飞舞，令她有点昏旋。她觉得嘴唇干裂，舌头粘答答的，一句句台词都像在石磨子下压挤出来似的，艰涩又稀松。只要喝口糖水就好了，她心底开始呻吟。

她望着前方，迷迷糊糊地，在一堆黄黄黑黑的人头上，忽然瞧见一杯糖水。透明的玻璃杯，盛着淡黄光亮的糖水。贪婪地，她瞪着它。玻璃杯开始膨胀。它上下左右地伸展，伸展；糖水逐渐晃动，晃动，接着像波浪般汹涌泛滥，终至把戏院的屋顶，墙壁，人头全吞淹了去……

梆子突然敲响，三弦琴开始呜咽。她微微吃了一惊，下意识地站起身来，向台前移步，同时张口唱起来：

雪梅自叹命薄——思念夫君——泪双垂——

她在台前唱着，无聊地，眼睛打量着观众：三十排的木板椅子只坐了一半，多半是老人和小孩。老太婆摇着纸扇，斜睨着眼睛；男人们喷着纸烟，大口地吞汽水；孩子们在后头奔跑，打架。卖冰棒的小孩低声吆喝着，一只眼搜索顾客，另一眼盯着台上的她。后台传来拆卸重物，搬移箱柜的声响，钝重的，不耐的拖拉声。

她觉得既疲倦又失望。来芦洲乡三次了，虽每况愈下，但总没像这次这样恶劣。还记得第一次来时是十八岁，那已是十年前的事了，戏票老早抢购一空，还卖了成百张的“站票”。赏银的红纸条，一直贴到大门口。多少男女迷着她，每晚等在后台门口，只为了再瞧她一眼。四年前来时，附近盖了一家电影院，正放映一部美国片，女人不穿上衣，露出大腿，和男人亲嘴。但这戏院里总还坐满人，散了戏，客人在回家的路上还议论着金喜仔的唱工和做工。

歌仔戏是一年不如一年了，台上台下，大家都知道。

她恍惚看到一个肿胖的妇人单独坐在墙角里，模样儿真像荷花。灯光太暗，隔得又远，她看不清楚。她觉得纳闷，荷花该是明日才会来的，前几天托人捎信来，预备抱走阿宝。要不要让她扑个空……像上次一样？她实在舍不得阿宝。那不会是荷花吧？她又偷望一眼。哎，她想，自己一定眼花。

现在，她觉得四肢无力，浑身开始软绵绵起来，只想蹲下来或躺在地上，捉住一样什么东西，捏得紧紧的，咬它一口。她感到胃开始收缩，翻腾；眼睛越来越迷离；脚微微颤抖，尽了最大的努力，也只能让他们暂时不脱离地面。

梆子开始催紧，弦琴奏得又快又急，调门转高了。她用力吸一口气，扯直喉咙，张大了嘴，没有声音。嗓门干枯了，一滴声音也流不出来。她唱不上去。弦琴独个儿奏着，梆子孤单地敲着。台下的人哄动起来，嗡嗡的声音此起彼落。有人尖声怪叫起来。一根香烟屁股落在金喜仔的脚边，男人恶声恶气地哄笑着。

她站在台前，遮盖在长袖里的手捏得紧紧的，长指甲深深掐进肉里；脸上的毛孔一下子全张大，热汗直往外冒出。琴师和梆子手都瞪着她，敲得更响，拉得更急。

就在这一刹那，她把胸一挺，牙根一咬，全身的血液似乎全鼓涨起来，脚颤抖着，像台风中的树干。她张开嘴，榨尽全身力气，从喉咙底下硬往外迫出一句唱腔"啊——"。观众的嗡嗡声骤然低落下去，个个向戏台拉长了脖子，微张了嘴，颇感意料之外似地拿眼瞧她。

她觉得喉头是一片久旱的土地，正起着龟裂，渗出一滴滴的血，一滴滴，随着她的唱词，往外流滴。胃壁像鼓风炉一般，可怕地伸缩着，四肢像寒风中的柳枝一般瑟缩。

她感到全身发冷，站不稳，马上就要倒下来。拼了命似地，她同自己挣扎，心里声嘶力竭地喊着："唱下去！"

这时，一个小孩子从后台出来，端了一杯糖水给她。高举起左袖掩了脸，她用右手接了杯子，送上嘴唇，一口灌下，还贪婪地用舌尖舔了一下杯口。嘴角湿湿地，她也无暇抹干，便紧和着弦琴唱下去。

糖水暂时使她恢复了一点力气和神智。她看见丫环上场。她听到后台有小孩的哭声。那任性的哭声是阿宝的，她知道，他等着吃奶。她突然记起那算命先生。前个月在杨梅镇，算命的告诉她：这孩子天生的"过继"命，不送给别人恐怕养不大……

我不信！她摇摇头。摇到一半，忽然想起自己正在唱戏。一边熟练地念台词，她一边扫视一下观众。墙角那个女人正在打瞌睡，那倒像荷花，荷花是天塌了也无动于衷的。阿宝的哭闹声越来越大，她觉得自己又支持不住了，眼泪鼻涕似乎全要涌出来，不戳一针绝对支持不了……

四十支烛光的电灯当中悬在后台，昏黄的光落在不规则堆放着的衣箱、戏服，面具、桌椅上，造成一块块凹凸不平的黑影。金喜仔揭开布幕，踉跄地撞进来。灯光和黑影在她眼前交织飞舞，同事扮好的脸谱在眼前闪烁，扭曲，扩张。一下子，金喜仔的世界成了一片幻影，她摸索到墙角的小桌，扶着椅子坐下来，拉开抽屉，极力睁大了眼睛找寻针筒。

"哇……哇……"阿宝肆虐的哭喊敲打她的耳鼓，刺穿她的心。有人在附近拆布景，槌子不规则地敲着。她看不见人。她看不进附近任何东西，她的世界里只闪烁着注射针。顾不得这一切，她匆匆套上针头，插入一只小瓶。左手向上一举，长袖子滑落下来，她昂起头，针定定地瞧着左手臂，右手急速地把针管刺进肉里。

她闭一下眼，睁开来，眼前的一切开始明朗起来。她看到乱糟糟的打开来的箱子，墙上像尸体一般罗列着的戏服。她嗅到那熟悉的霉烂味。汗水夹杂着“乐园”牌香烟的辣味,和着铅粉油膏的腻味,形成一股粘鼻的,潮湿的气味,悬凝在空中,无所不在。

不久,后台逐渐光亮起来,一切道具都抹上一层金光。她身旁的桌椅全改换了形状,一下子变得富丽堂皇。桌旁挂的一丛员外胡子开始颤动,向她微笑,她觉得自己轻飘飘起来,柔和得像一块冰糖投进滚水,火速地软化,融解。一种被男人拥抱在怀里的温暖,浸透了全身,她觉得无比满足,满足得想不起任何事。

突然,一声凄厉暴虐的哭叫在空中爆炸,碎裂的声音射穿她的耳膜。她受了一震,一眨眼后,她看见了阿宝,还有老何婶。

阿宝在何婶的怀里哭喊,两只小手撕扯着那老太婆的上衣,火柴棒样的小腿一楞一楞地往上踢。鼻涕和眼泪泛滥在铅色的脸上,造成一片泥沼,淹没了小眼睛,小鼻尖。暗黑的嘴唇扭曲成漏斗状,唇皮波动着。他声嘶力竭地哭喊,把一张脸哭成一只剥了壳的臭皮蛋。老何婶闭着眼睛,吃力地抱着他摇晃,嘴里含糊地念着什么哄他。突然一个支持不住,孩子从她怀里滚出来,跌到地板上,浑身抽搐,颤抖,瘫成一团,像一只刺猬。

金喜仔急急走过去。随着孩子四肢的抽搐,她的心开始往下沉。让荷花抱去吧!她觉得厌倦起来。老何婶把孩子一把举起来;孩子蜷在她手上,瑟缩地哭泣着。化妆师跑过来为金喜仔卸下外面的戏服。然后,她从何婶手中接过孩子,何婶蹒跚着走去冲奶粉。孩子在金喜仔的怀里翻滚,寻找奶头,鼻涕和眼泪在她胸口挖了两道深沟。她解开胸衣,露出左边干瘪的奶。孩子咬住奶头,用力吮,哭声逐渐低沉。金喜仔眉毛紧皱起来;孩子初长成的牙齿咬啮她的奶头,直啃进她的肺叶,她的心脏。

“何婶!”她闭上眼呻吟起来。“快,快!”

何婶把冲好的奶粉倒进奶瓶。

“加不加白粉?”老太婆问。

孩子吮不出奶水,狠力把奶头往外拉扯。金喜仔的手指一节节痉挛起来。

“加!”

何婶嘟哝着,无奈何地摇着头。她摇摇晃晃地走到金喜仔方才休息的地方,打开抽屉,取出一小包吗啡精。抖开了倒进奶瓶,她盖上奶嘴,摇晃两下,这才走过来递给金喜仔。

望着孩子贪婪地吮吸奶瓶,金喜仔的心又酸又凉,霎眼间对孩子的憎恶全化成了歉疚。我的宝贝,母亲的罪恶通过奶水全遗传给你啦!奶头隐隐作痛,她蹙着眉忍受。

“奶粉快完了,金喜仔。”何婶提醒着,走过去帮小工打点行李。

金喜仔不想。她懒得想。

铜锣又响起。

金喜仔赶紧把孩子送到何婶怀里,一边站起来,一边扣上胸衣,化妆师跑过来替她套上戏袍。梆子第二遍催起,她急步冲向前台。化妆师尾随着,一边儿把腰带为她从后系上。

奸臣闻喜在后花园楼台上挑逗雪梅,雪梅在闺房里刺绣。

金喜仔坐在前台边角上,做着穿针,引线,咬线头的身段。台上鸦雀无声,只有弦琴幽咽着。心里太烦,她对于这一台拿手戏完全失去兴趣,只是刻板地重复着记忆里的动作。斜眼望着台下,角落里的女人已经不在;她突然觉得有点失望。

阿宝抽搐的脸取代了那女人的位置。越过黄黄黑黑的人头,她瞧见阿宝痉挛的、碎皮蛋似的脸。啊,让荷花收养吧,她的决心开始动摇。抚养阿宝的艰苦一下子全浮上脑海。她愿意为孩子牺牲一切,只要保有他;也就是为这一点决心,她放弃一次嫁人做续弦的机会,也失去观众的爱戴……可是,这一切似乎只换来更悲惨的结果。

她简直不敢想象。几乎一闭上眼,一个徘徊赌窟的吸毒流氓的模样便呼之欲出。这便是我的孩子的将来?这念头令她颤抖。她尝试戒毒的,为了阿宝,在坐月子的时候痛苦了好几次,但从不曾成功过。为了生活,她要不断地上台。在这个歌仔戏没落的时代,戏旦已经远非昔比了。十年前,旦角由她挑,唱一台戏的收入可以吃喝一个月。现在,老板只要不满意,可以随时解雇她。她早已看出这个连环锁:生存、吸毒、生存……它紧紧锁住了她,再也逃不掉。她爱唱戏,除了唱戏,她想不出还会做什么事。一般旦角的下场她很清楚,老来不是嫁做商人妇,像荷花一样,便是买几个养女,到头来开茶室,娼馆。可是她才廿八岁呢!如果她振作的话,她很可以再唱几年,积一点钱。但是,那样就得花半年戒毒,而且,还得放弃孩子。呵,仔细一想,一切便乱如麻了。

戏收场时,一个跑龙套的出来向观众鞠躬。他涂了三点白粉在鼻头,歪戴了一顶红瓜皮帽。

“诸位兄弟姐妹,本剧团在贵地演出十天,多蒙诸位爱顾,我们非常感激。本团已决定于明天去桃园大华戏院演出,希望诸位兄弟姐妹时常光临指导,若各位要讨取照片纪念的,欢迎留下。”

观众纷纷站起,有的交头接耳,有的叭嗒叭嗒地摇纸扇,开始走开。有几个留在原地观望的看到别人都走开也跟着离开。一会儿,整个戏院冷清而空虚,只有一个女侍懒懒地合上一扇扇的窗户。

全团都扫兴,金喜仔尤其泄气。打鼓的,敲锣的,拉弦琴的,都扔掉乐器,张开大口打哈欠。后台嘈杂起来,呼噜呼噜喝水的声音,箱柜拖离地板的嘎嘎声,加上嘲笑,谩骂,混成一片。

她正在拆头饰。阿宝爬到她脚边,扶着她的脚站起来,仰着小脸滴溜着眼睛看她。何婶已经擦干他的眼泪鼻涕,小脸显得干净利落。她忘了自己脸上浓厚的油膏和铅粉,一把抱起他来,亲他的脸和小手。孩子眉开眼笑,露出三颗小牙齿,小手拍着母亲的鼻尖,嘴里不时哼着“抹”“抹”。她的心一下子晴朗起来。她把阿宝抱得紧紧的,一再亲他的小脸。

“金喜仔,你明天跟大家一道儿走吧?衣箱要不要清理?”一个工人站在她衣箱前面,大声问她。

“嗯……哦……理吧。”她只管捧着孩子的脸把自己的唇膏频频抹上去。何婶在角落里摇头。金喜仔睨了她一眼，装作没看见。我的孩子呀……多可爱的小脸！

“金喜仔！”

她抬起头，发现戏团老板已经站在她面前，脸上肌肉拉成长条，凶暴的眼光直射向阿宝。她觉得有点不安，像做贼心虚似的，心忍不住加速跳起来。

“你今晚的嗓门怎么回事？你的声音越来越低，阿宝倒越叫越凶！”

“实在失礼，何婶忙不过来喂他奶……”

“早告诉过你啦，歌仔戏院不是养孩子的地方，那个时候那么想要孩子，为什么不跟了那茶商去？嘿嘿，今晚居然没有讨照片的！金喜仔，不是我翻脸不认人，这样下去总不是办法，弟兄们要吃饭哪。合同下个月满，你多多考虑考虑吧。我可是把话说在前了。”

他摇晃着肥胖的身躯头也不回地走开，剩下她愣在那儿。

后台嘈杂的声音在金喜仔的耳中鼓荡，加强，终至爆炸。她闭上眼。

“妈妈妈……”阿宝在怀里跳跃。她睁开眼，孩子对她露齿笑，眼睛笑嘻嘻的眯起来，唇皮薄薄的，展成弧形，带着一份逗弄的，惹人怜爱的神情。

她一眼一霎地注视着这笑容。它逐渐扩大，扩大……于是她看见当年的那朵笑容：充满了诱惑，野性。她突然感到困惑，紧张，觉得又被它压得喘不过气来。

这朵笑容已经被自己埋藏了一年多，现在偏在阿宝身上复活。一刹那间，那一段荒唐、堕落的日子，那金喜仔竭力要忘记的一串的日子，都回来了。那朵笑容曾经可怕地吸引了她，使她为它疯狂，为它吸毒，甚至怀孕。那是一段可怕的日子呀！金喜仔痛苦地回想着，觉得喉咙被它噎住，颈子被它挟住，转不过头，换不成气；回忆令她浑身禁不住战抖起来。

孩子对她笑着，眯着眼，薄薄的唇展成媚人的弧线，三颗牙齿露出来，吃吃地对她笑着。

金喜仔瞪着他，瞪着，瞪着，自己的脸扭曲起来。突然，她站起来，把孩子放在地上。

“喂，不必给我理箱子，荷花明天来，我要晚一天走。”

何婶听了，在角落里坐直了身子，不相信地揉着眼睛。金喜仔站起来，挺直了腰，自己动手继续拆头饰。孩子独个儿在地上爬。

原载一九六一年九月十五日《现代文学》第十期

陆士清等编：《台湾小说选讲》（上册），复旦大学出版社，1983年10月，第387—395页。

陈若曦导读

◎ 程国君

陈若曦的创作大体有三个阶段。大学毕业前后是其现代主义书写阶段。此阶段陈若曦比较关注那些弱势群体的生存,在艺术表现上一度充满幻想,追求神秘,又曾迷恋卡夫卡以及象征手法。《最后夜戏》是这个时期小说代表作。小说以台湾歌仔戏旦角金喜仔在芦州乡演出的最后一夜戏为中心,反映了台湾女艺人的悲惨命运。作品运用现代主义的意识流、幻觉等手法展现歌仔戏女演员金喜仔的生存困境,注意力集中在反映人物的精神和肉体的异常性方面,使颇具现实性和乡土气息的小说,染上了现代主义色彩。金喜仔作为一个女人,无法摆脱强大的男权社会所强行赋予她的种种诱惑与压迫。先是被其吸引,继之为之陶醉。她吸毒、养孩子,不想做商人妇,又无力在歌仔戏生涯中生存,面临被解雇的危险。不过,与"现代派"女作家欧阳子、施叔青有所不同的是,陈若曦通过对死亡和性的率直大胆的描写来揭示女性在男权中心文化中的劣势地位,进而由女性的这种现实处境,反观女性即使萌生了一点点自主意识,也不免被强大的生存困境扼杀的事实真相。在小说中,金喜仔没有像别的女人那样追随茶商去依附一个男人,但孩子折腾得她演不成戏,因之被戏团老板嘲笑而面临被解雇。这正是生为女演员所特有的人生挣扎和悲剧命运。

第二阶段的创作始于20世纪70年代中期离开大陆后。为了排遣心中郁积的块垒,在搁笔12年后,陈若曦创作了具有深远影响的小说《尹县长》以及其他一系列反映"文革"时期中国人民苦难的小说。有论者认为,《尹县长》率先反思那场民族灾难,比大陆文坛上《班主任》的发表还早3年,堪称是"伤痕文学"的先声。作者借自己"文革"中的所见所闻、亲身感受,写就了这篇震撼人心的政治小说。作品揭示当代中国的政治悲剧,并对那场给中华民族带来深重灾难的所谓"文化大革命"的荒诞,及其反人性、反人类性的本质进行了巧妙的批判。在作者"欲擒故纵"式的叙事中,对女性的描写不乏精彩之笔:贫穷的生存状态中,首先是女性穿不上裤子;丈夫挨斗时,老婆要受牵连(尹县长之妻以及其妹妹的遭遇);荒诞的争斗中,女性成为帮凶。作者通过对女性的描写,对那场灾难背后的专制、反人性和男权中心进行了尖锐的揭露和掊击。作品中女性的无名状态、她们的依附性正好说明了那场灾难同历史上任何封建社会的灾难一样,其反人类与反人性不可避免地会殃及女性。《尹县长》还开创了此后小说创作中某一类型的女性形象模式:这些女性往往身为女秘书、女干部,她们屈服于专制,不自觉地充当着政治恶势力或男权的帮凶。与早期创作相比,陈若曦此期艺术风格明显变化,冷静、客观的叙述代替了强烈的主观情绪的抒发。

20世纪70年代末赴美后,陈若曦的创作进入第三个阶段。此期她以中西文化为背景,创作了大量长篇小说与散文。从散文《久违了,曼荷莲学院》、《纸婚》等作品看,陈若曦此阶段的创作多写海外华人知识分子的生活与命运,大体可归入"留学生文学"的范畴;同时又多涉及社会风俗,显示出中美两国在文化方面的种种差异。这些作品一方面具有强烈的民族意识，另一方面蕴涵着丰富的文化信息。“文革”小说的嘲讽基调，已化为一种深沉、幽默的语言风格。文字朴实凝练，形象传神。

陈若曦研究资料链接

郑永孝：《陈若曦的世界》，书林出版有限公司，1985 年。

林承璜：《论陈若曦的“三通文学”》，《特区文学》，1987 年第 2 期。

纯人、铁燮：《人性：回归与超越——读陈若曦的〈纸婚〉》，《文艺评论》，1988 年第 2 期。

应凤凰：《正义在身 胆识过人——侧写女作家陈若曦》，《当代作家评论》，1989 年第 3 期。

王震亚：《天然生出的花朵——陈若曦与〈纸婚〉》，《台湾小说二十家》，北京出版社，1993 年。

盛英主编：《二十世纪中国女性文学史》下卷附编七：“陈若曦的生平及创作”，天津人民出版社，1995 年。

梦花：《不该忘记的悲剧》，白舒荣主编《华人女作家与成名作》，北京台海出版社，1999 年。

吕雅清：《性别角色的文化反思——海外华文女作家陈若曦婚恋小说简论》，《名作欣赏》，2005 年第 16 期。

黄菲：《家·国·桃花源——记台湾女作家陈若曦》，《文学与人生》，2007 年第 7 期。

钱虹：《从“不幸的夏娃”到“自觉的信女”——论中国台湾女作家陈若曦小说中的女性形象》，《南开学报》（哲学社会科学版），2010 年第 6 期。

聂华苓

聂华苓(1925—),生于湖北应山,长于武汉。抗战期间,她十四岁就当流亡学生,跟着湖北联合中学满处转。后来考上四川长寿国立第十二中,毕业后进入当时的中央大学。1949 年大学刚毕业,就拖着妈妈弟妹一家五口流亡到台湾。第一次婚姻的不幸,也没有击垮她,她独立抚养、教育两个幼小的女儿。为了养家,她在台北加入雷震主编的《自由中国》杂志。早在大陆时,聂华苓就曾以“思远”为笔名发表过几篇文章,此时,她继续在业余时间进行创作,渐渐引起人们的瞩目。中篇小说《葛藤》和短篇小说集《翡翠猫》的相继出版,为她带来了更多的声誉。1960 年,《自由中国》被迫停刊,主编雷震被捕坐牢,聂华苓也受到监视,进而和外界失去了联络。她所仅剩的与外界沟通的工具就是正在写作中的《失去的金玲子》。1961 年,聂华苓开始在台湾大学和东海大学担任副教授,教授创作和现代文学。1963 年,她结识了后来成为其丈夫的美国诗人保罗·安格尔。1964 年,聂华苓离台赴美,在美国开始了新的人生。她在美国继续从事创作和翻译,先后有长篇《桑青与桃红》、《青山外,水长流》和译作《德莫福夫人》、《没有点亮的灯》问世。同时,她还和安格尔一道主持“国际写作计划”,为世界文学交流作出了巨大贡献。

珊珊，你在哪儿？

“喂，喂，等一等！”李鑫跳上车，一把抓住车门后的铜柱，将车票递给车掌，喘咻咻地问道：“这是十二路车吗？”

车掌绷着她那被职业硬化了的脸，“嗯”了一声，一面将票根递给他。刚从花莲来台北的李鑫不大习惯这种冷漠的表情，瞅了她一眼，就在右边靠车头的位子上坐下来，从裤袋里掏出手帕拭去额头的汗，然后又由上衣口袋中掏出袖珍记事本，翻了好几页，才找到珊珊的地址，他又默念了一遍：“吉林路九十七巷六号。”

“小姐！”他转向了车掌。车掌的脸柔和了一些，望着他。

“到了吉林路那一站，请你告诉我一下！”

不知是因为那一声小姐，还是李鑫那一副热切的傻样儿，她点头时竟牵动嘴角笑了一下，然后转过头去看街，街上正有一个穿着花裙的女孩走过。

现在是下午三点多钟，不是上下班时刻，车上的乘客连李鑫一起才只有四个人。“这倒像是一辆专车送我去看珊珊的。”他一面想，一面将记事本放回袋内。“十五年了，她该还认得我吧！”多少年来，每当他想到珊珊的时候，他的情绪早已没有一丝儿波动了。但此刻，他的心开始有点儿激动起来，不觉将手中的票根搓成了一团。

珊珊是他生命中第一个女孩，一直供奉在他心坛上最隐秘、最神圣的一角。但真正说起来，他们在一起的时光并不多，他们甚至于没有谈过多少话。他对她的感情是那么飘忽，他对她的记忆几乎是空无所有，但多少年来，他却常常会想起她。她象征他少年时代的一个梦，一个飘渺而又美丽的梦。他不是作家，也不是艺术家，但他爱一切美好的事物，好幻想，好新奇。他早听说珊珊也在台湾，已经是好几个孩子的母亲了。直到这一次因公由花莲出差到台北，他才有机会去看她。

车子快到第二站，车掌在喉咙管里哼了一声：“有人下车吗？”没人理会，她吹了一声哨子，车子直驶了过去。李鑫向车上的人扫了一眼：他正对面坐着一个六十开外的老头儿和一个中年男人，对面靠车尾坐着一个中年妇人。那老头儿方头大耳，端端正正的五官，穿着一身黄卡叽中山装，李鑫觉得他不是挺有气魄的样子，心想：“这老头儿年轻时必是老太太们相女婿的好对象。”那中年男人想必是近一两年来才发了福，西装已经胀得扣不上了，但他看上去并不结实，软稀稀的，像是一皮囊的面糊，这是李鑫看他第一眼的印象。至于那个中年妇人，李鑫只看到了她那个红头儿酒糟鼻子。

正当李鑫如此打量那几个人的时候，车子已到了北门站，上来一个西装笔挺的中年人，打着一条红艳艳的麻质领带。“这个人就像是木匠手里的木头人，斧子太利，一溜手把两边的脸庞削得太多了！”李鑫望着他那尖削的脸似笑非笑地这样想。

“请你先买票！”车掌拦住那上车的人说道。

“我下一站补票！”

“不行,你先买票!”

“我就是不,看你把我怎么样!”那人双手在胸前一叉,硬着脖子。

车掌仍用手拦住车门,脸像刚浆过的粗布,硬板板的。

“你到底让不让我上来?你神气什么?”那上车的人用一只手指着车掌的鼻尖喝道,“你知道我是什么人?我可不是骗你这一张票的人!”他又指了指自己的鼻尖。

“好啦,好啦,我这里有票!”那老头儿撕了一张票递给了车掌。

“谢谢,老先生,”那新上车的人在老先生与那位发福的先生之间坐下了。

“等一下我下车买了票还你!”他一面说,一面用眼睛狠狠地瞪了车掌一眼。她正在用手绢拭眼泪。

“用不着了!听你口音,好像贵处是江西?”

“不错,你老先生也是江西?”

老头儿微笑着点了点头:“请问贵姓?”

那人连忙在衣袋内掏出皮夹,抽出了一张名片,递给了老头儿。

“啊,作家,是的,作家,是的,是的!”老头儿余音犹缭绕不绝。

另外那个人伸长了脖子看老头儿手中的名片,嚅动着嘴唇念道:“作家齐志飞。”然后眼珠子一上一下地想了一会,忽然叫了起来:“啊,齐志飞,我拜读过你的小说,什么——‘樱花再开的时候’,是吧?”

齐志飞脸上的怒气全消了,堆着一脸的笑,忙将右手伸了过去:“是的,请指教,请问你老兄——”

那人一面握住了齐志飞的手,一面用左手在自己上衣口袋内,也抽出一张名片,递给了齐志飞。

“啊,吴大有。你老兄可真了不起,一张名片前后全印满了头衔!这总共有二十好几个吧!”齐志飞仍握着对方的手不放。

“不敢当,都是空头衔,没有实权的。”吴大有这才将手抽了回去。

这时,齐志飞才想起了他的老乡,转过身来。“请问老先生贵姓?”

“敝姓秦。”

“秦老先生在什么地方得意?”

“我现在是三军总司令,在家管鸡子、鸭子、狗,呵呵,我们现在没有用了!”

“哪里,老前辈,老前辈。”齐志飞欠了欠身子,“你以前在大陆——”

“我以前干过几任县长,在四川干过行政专员,来台湾以后我就赋闲了。唉,这一说都说十几年以前的事罗!”

四川,十几年以前,这些极普通的字眼,在今天的李鑫心中都有了特殊的意义。他可不就是十几年以前在四川第一次看到珊珊?她是妹妹的初中同学,那时还是一个十四五岁的小女孩子,说正读高中。有一天傍晚,他站在门前,远远的,看见大路上有个小女孩背着落日走来,穿着一件柔蓝的衣服,身后是一片耀眼的金辉,仿佛她就是由那天国的光辉中走出来的。她和妹妹在一起，他走过去和她搭讪，她除了点头摇头之外，就是用手绢捂着嘴笑。他听见了她的南京腔，和她开玩笑，喊她南京大萝卜，她啐了他一口："呸！我叫赖玉珊，她们都喊我珊珊！"说完又连忙用手绢捂着嘴笑。妹妹暗地告诉他，珊珊摔跤摔缺了一小块门牙，不愿让人看见她的缺牙齿。他笑着逗妹妹："没关系，她反正比你漂亮，她有个小酒涡！"小女孩们在一块儿总是唧唧哝哝的，他一走过去，她们就住了嘴；他一走开，她们就大笑。后来妹妹才告诉他："珊珊喊你瘦猴儿！""小鬼！"他笑着骂了一句，但他心里确实恨自己太瘦。

"哈，妙论！"

李鑫一抬头，那个捂着嘴笑的小女孩不见了，原来是眼面前的秦老先生大叫了一声。只听见吴大有一本正经地说道："……我的女朋友可以分三类：一类是父母有地位，小姐自己没有学问；一类是小姐自己有学问，父母没有地位；一类是父母没有地位，小姐自己也没有学问。所以——这事很伤脑筋。"吴大有连连摇头。

"你自己结婚与别人父母有什么关系？"齐志飞笑着问道。

"呵，关系可很大，"吴大有双眉紧锁，"有了父母，第一，下女走了，我们可以有地方吃饭；第二，我们吵起架来，可以有人从中调解；第三，孩子生多了，可以有人照顾；第四——"

没等他说下去，齐志飞和秦老先生就哄然大笑了起来；车尾那位酒糟鼻子太太望着他们瘪了一下嘴；李鑫也抿着嘴想笑。只有吴大有一个人可没有笑意，他好像想起了什么更重要的事，对齐志飞说道："齐先生，你写小说是怎么个写法？我要向你请教。我这一辈子，嗨，"他摇了摇头，"啰啰嗦嗦的事可也不少！可以写好几部爱情小说。"

"写小说可也不那么容易，"齐志飞扬了扬眉尖，"你首先要把你的全部感情放进去，你必须和你的人物一起哭，一起笑，一起叹气……"

"唉！"吴大有真的叹了一口气，不知是想起了他那悲哀的浪漫史，还是因为有感于创作的艰难。

"写小说的手法也多得很，一言难尽。"齐志飞沉吟了一下，"至于我自己，我是什么手法都用：写实主义，浪漫主义，自然主义，象征主义——"他还翻着白眼在想。

"啊，这么多主义！"吴大有一下子愣住了。

"这年头，东一个主义，西一个主义，把人都搅昏了。我们以前就很少听说什么主义，一样吃饭过日子。"秦老先生摇头叹气。

李鑫在对面好像坐包厢看戏一样，不觉暗自好笑。他不想再听下去。转过身去看街。车子正好经过一个小果摊，上面摆满了五颜六色的水果，李鑫一眼就看见了那黄澄澄的橘子。怎么回事？今天的一事一物都与珊珊发生了关联？来台湾十几年，哪一年不看见橘子！唯独这一次，他就想起了当年和珊珊、妹妹一道去橘林偷橘子的情景。

初冬的太阳照着广漠的田野。田野尽头是一片橘林，好像一道金边，镶在蓝天绿野之间。珊珊、阳光、田野、橘林，这一切都使人兴奋得心跳。李鑫提议去橘林偷橘子，两个小女孩拍手叫好。四川的橘子很便宜，他们不是买不起。但那不是寻常的偷窃，没有偷窃者的辛酸，有的只是新鲜的刺激，只是青春的焕发。少年时代的一切罪过都含有美丽的诗。他还记得，那天珊珊穿着一件黑丝绒短外衣，配着一条石榴红的羊毛围巾，她的脸也像个小太阳一样，照得人的眼发亮，照得人的心暖暖的。她和妹妹沿途扯野草编小花篮，一面唱着歌；他诌些笑话逗她们笑，珊珊笑得好开心，竟忘了用手绢捂嘴。现在回想起来，那些笑话可真肤浅，但那时候确实使两个小女孩快活得像两只小鹿一样，在金色的田野上跳跳蹦蹦的。他们分配好了工作：李鑫爬树偷橘；珊珊和妹妹分站在橘林的两头放哨。他们约好了一个最顺口的信号，假若捉"贼"的人来了，放哨的人只要高呼一声"喂——"他们就逃掉。李鑫一向是文绉绉的，那一天不知是哪儿来的一股劲，真像个"瘦猴儿"一样，跳下了这一棵树，又爬上了那一棵，树底下扔了一大堆金光闪闪的"赃物"。有一会儿，他坐在树上，蓝色的空气中荡漾着橘子的清香，远远地看见珊珊像一只受惊的小兔子，东瞅一下，西瞅一下。他不禁向她招了招手，她含笑跑来了。他由树上溜下，说道："来，上去，不要怕，我帮你！"他没想到那小女孩竟是如此灵巧，他没费多大力就帮她爬上了树。他们分坐两个枝丫上。他只顾拣最大最熟的橘子摘给珊珊，自己也忘了吃，透过密密层层的树叶与橘子，是蓝水晶的天盖；风，像个调皮小仙人，只用它的小翅膀那么轻轻一扇，他们四周的树叶与橘子就哗哗哗地逐渐响开来。珊珊坐在树丫上，荡着两腿，一面吃，一面东张西望，嘴边的小酒涡荡呀荡的，仿佛装满了一涡橘汁似的，李鑫恨不得凑过去用舌尖轻轻舔一口。突然，远处竹林里传来狗叫声，李鑫抬头一看，不好了，捉"贼"的来了！竹林里跑出了一条狂叫的恶狗，后面跟着一个头缠白布的高大女人，口里大声吆喝，手里的竹竿不断在地上敲打。李鑫先跳下树，然后站在树下接珊珊下来。她慌忙一跳，正好撞在他的怀里，珊珊的脸一下像火烧似的红了。他的脸也热辣辣的，一直热到耳根。他顾不了那一堆辛苦"偷"来的"赃物"了，拉着珊珊就跑。正在这时，只听见远处有人直着嗓子怪叫："喂来了，喂来了，喂来了！"那是妹妹的声音，吓得走了腔。珊珊拉着他的手跑得脸绯红，石榴红的围巾随风飘起，正好拂在他的脸上。他们和妹妹在一座竹林后田埂上会合了，妹妹用裙子兜了一兜橘子，脸像刚出笼的馒头，直冒气。一见面，妹妹就撅着嘴说道："珊珊，怪你，你放哨的，跑到树上吃橘子去了！"李鑫指着妹妹兜着的橘子笑道："你呢，你还不是只顾摘橘子去了！"珊珊对他挤挤眼儿，酒涡又荡了一下。他们讲起刚才的狼狈情景，笑成一团，珊珊差一点儿跌到水田里去了。

"哎哟，笑死人的，我笑不得了！"

李鑫吃了一惊，是谁也在笑？扭过头一看，车掌背后有两个女人在笑，其中一个正是一上车就看见了的那个酒糟鼻子，不知什么时候由对面移到这边坐位上来了。另一个女人，大概是在他胡思乱想的当儿上来的吧，正好坐在车掌紧背后，只看得见挺在外面的一个大肚子和一双浮肿的脚。两个女人之间有两个小孩跪在位子上看街。

"哎哟，天下有这种事？自己生孩子生不出来，骂别人，哎哟，我笑不得了！"一听就知道那是一个南方人打官腔的口音。

"你这一个多大?"酒糟鼻子的声音。

"才一岁半!"

"你也真密,头一个不满一岁就又怀了!"

"告诉你了,我年年大肚子,我早不想要了,就是他爸爸!"

两个女人挤在一堆叽叽咕咕了一阵子,接着又是一阵笑声。酒糟鼻子突然不笑了,叫道:"你看,那不是崔小姐! 哪,在那辆三轮车上!"

"那个老处女! 五十岁了! 我看了她就恶心,要找男人也不趁早,到老了反而打扮得像个妖精。你看她那一副干柴相,谁要?"

"你别说,她一个人,总得有点依靠,比不得在大陆。"

"谁叫她年轻的时候田里选瓜,越选越差! 到老了就乱抓了。她那男人比她年轻二十岁,年轻二十岁呀! 她可以做他的老娘! 那个老处女,我们都叫她老处女。那男人当初追一个小姐,刚好那个小姐又喜欢他爸爸的一个同事,他有一栋房子,手里还有许多美金,他太太在大陆,又好看,又能干,他也花了一番功夫才讨到她,花了好大功夫啊! 她生肺病,别的男朋友都走了,只有他天天带一把花去,就只有他一个人天天带一把花去呀。他们家那条狼狗呀,真凶! 我去过他们家,布置得才叫漂亮! 那条狗是英国种,他们没有儿子,把狗当儿子一样……"

李鑫皱了皱眉头,心里想:这真是一只语无伦次的话匣子! 对面三个人本来还嗡嗡的在谈什么,现在也都没劲了。车子像个大摇篮,一颠一晃,再加上窗口射进来的微温的阳光,秦老先生和吴大有似乎昏昏沉沉地想打盹;齐志飞衔着一根香烟,眯着眼望窗外,大概又在想他的小说吧。

车掌一声哨子,车子又到了一站,上来了一个女孩子,杏黄衬衫,白毛衣,墨绿裙子,腋下夹着一本洋装书,她空着位子不坐,偏直挺挺地站在那两个唠叨不休的女人面前。只听见那个打官腔的女人说道:"我还显得年轻? 老罗! 我要不是大生小产的这么多胎,比现在还要显得年轻! 我现在都怕照镜子,他爸爸说我变得简直像只大母鸭一样了!"接着是一阵鸭叫的笑声。

那新上车的女孩,皱了一下眉心,刚好跪着的两个小孩子要转过身坐下来,有一个孩子又踹了那女孩一脚,裙子上沾一块灰印子,她用手掸了掸,转身悻悻地走到车头来,扶着司机背后的铜柱子站着。李鑫看了看身旁的空位子,挪动了一下身子,又望了望那女孩。但她却是个石雕木刻的人,昂着头,尖着鼻子,眼睛盯着前方。

"女孩儿家差不多都是这么怪里怪气的,就像一世界的人都在她脚底下!"李鑫心里这样想,眼睛仍盯在那女孩的脸上。乍一看,她长得太单薄,尖下巴,细眼睛,但她那修长的个头,那松散的长发,以及那眉梢眼角所流露的孤芳自赏的神情,使人有一股清逸之感。"这女孩大概二十左右吧!"李鑫如此打量她。但紧接着,他的思想又飘回珊珊身上去了。"胜利那年在重庆碰到珊珊的时候,她不就是这样的年龄吗?"恍惚之中,他又看见了她远远走来那风韵嫣然的样儿。

那一年夏天，他大学刚毕业，买好了回家的船票，在上清寺那条路上闲荡。迎面走来一个女孩，穿着一件银灰撒花府绸旗袍，戴着一副墨镜，打着一把浅紫小阳伞。他的眼睛不由自主地瞪在那女孩身上，心想："好一个匀称的身段！"却不防那女孩走近身来，取下墨镜一笑："你不认得我了？"他再一看原来就是珊珊！自从他离家到重庆升学以后，他们有四年没见过面。他第一眼就发觉她的缺牙齿已经没有了。她已经由一个娇憨的小女孩子长成一个娉娉婷婷的少女了！不知为什么，那一次见面使他很尴尬，他结结巴巴地什么也说不出来，问了几句不相干的话之后，就向她要了她寄住人家的地址。她是暑期到重庆考大学的。当天晚上，他在她门外徘徊了好久才有勇气去敲门，但开门的女佣人告诉他珊珊不在家，刚刚和同学上街去了。第二天一清早，他就上了船。复员以后，听说珊珊结婚了。"假若那一晚见到了她，她是否——"

这时，只听见他面前"呼"地一下，他眨了一下眼，原来是车上那个女孩的大裙子在他面前掠过去了。她被他瞪得恼了火，撅着嘴移到对面车尾空位子前站着，谁也别想再看她。李鑫无可奈何地苦笑了一下，转过脸去看窗外。车子正好走过堤上，远处耸立着火葬场的黑色烟囱。堤上有一长串人正呜哩哇啦地在送殡。李鑫回头一看，秦老先生和吴大有不再打瞌睡了，坐直了身子看窗外，齐志飞转身用胳臂碰了一下他身旁的吴大有："喂，你看了这送殡的，有何感想？"他嘴角吊着一个意味深长的微笑。

"像这样死法也可说是备极哀荣了！"吴大有回答道。

秦老先生转身背着窗外，皱着眉头，看样子，他既不愿看送殡，也不愿听人谈到死这个问题。

"你猜我想的是什么？"齐志飞嘴角吊着的那个微笑这一下可笑开了，用手整了一下他的红领带，掸了掸身上的灰，对着窗玻璃上自己的影子得意地瞥了一下。"我们写小说的人就是要会利用生活。别人看上去没有一点意义的事，在我们眼里就有了意义。你懂吗？譬如看见了这些送殡的，我一下子就有了个灵感！"

"啊！"吴大有脖子一伸。

秦老先生也好奇地转向齐志飞，张着嘴听他讲。

"我突然想到一个爱情故事：一个男的死了，他在生时一表不凡，风流倜傥——"

"就和你老兄一样！"吴大有打断了他的话。

齐志飞笑了一下，急忙又拾起了自己的话。"有两个女的同时爱他，一个像月亮，温柔美丽；一个像太阳，热得像一团火——"

"那真艳福不浅！"吴大有又忍不住插了一句。

"呵呵！"秦先生的兴致更大了。

"你听我讲，"齐志飞又用胳臂碰了一下吴大有，"这两个女的都爱他。好，那个男的死了，两个女人都来送殡，这一下了可碰上了！"齐志飞还用两个食指头尖互点了一下。

"嘿！那她们还不打起架来？"吴大有一脸严肃的神色。

"呵呵，有意思，有意思！"秦老先生连连点头。

“哪里还打得起架来!”齐志飞不屑地望了吴大有一眼,“她们碰上了之后——”他用手摸了一下他那油光水滑的烦恼丝,“嗯——,这以后我还要想一想,还要好好地想一想。”齐志飞歉然一笑之后,便不作声了。

李鑫正高兴可以安静一会儿了,车掌背后那两个女人的声音又像夏天的绿头苍蝇一样,嗡到这边来了,挥不掉,打不开。

“……我这个儿子呀!”是那南腔北调的声音,“他爸爸像命根一样。你看,跟他爸爸一模一样!他和其他几个小鬼是不同,我打针催生把他催下来的呀,就是要他刚好在腊月初六那一天生,命才好!果然他就不同,会看人脸色,花样又多,从不吃亏,说话跟大人一样,有板有眼,刁得很!……”

“你们平时作何消遣?”酒糟鼻子显然对别人儿子不感兴趣,转换了一个话题。

“打打小牌!嗨,前天我和了一副巧牌!”

“怎么样的一副牌?”酒糟鼻子的兴趣来了,声音也宏亮了一些。

“条子清一色,一条龙,还有一般高!”

“真叫绝!以后你们三缺一的时候,我来凑一脚!”

“你只管来,我们那里有三个脚,你来了总凑得起来。我打牌呀,可是要看人来,牌品不好的不来;一个小钱一个小钱零掏的不来,我——”

“我也一样,我们的性情倒是很合得来!”

她们俩人越谈越亲热,最后酒糟鼻子竟把别人命根子儿子抱在怀里,说要认他做干儿子。车子正经过翻修的马路,碰着了一个大坑,猛然颠动了一下。“哎哟!”那女人一双手捧着大肚子叫了一声,“他老是不要我出来,我在家闷不住,就带两个孩子出来逛逛街。”

“你们先生真好,疼你得很!”

“哪个先生不疼太太!”那南腔北调的声音更扬高了,“我打牌,他就乖乖地守在旁边,乖乖地。我打一夜,他就坐一夜,你叫他去睡,他都不睡。有一次,别人都看不过去了,劝我不要打了,说他第二天要上班。我说:‘不行!我这一百三十六张可比他亲爱得多!’”

两个女人又咯咯笑了一阵。

李鑫厌烦得恨不得用手捂住耳朵。他看了看表,车子已走了二十五分钟了。他转过头去问车掌:“怎么还没有到?”

“修路嘛,车子要绕路走。快了!”这一次,车掌可多说了两句话。

快了!他快要看到分别十五年的珊珊了!不由得又掏出那个袖珍记事本,将珊珊地址念了一遍:“吉林路九十七巷六号。”他的心开始噗噗地跳了起来。他看到她时称呼什么呢?还喊她珊珊吗?对一个做了几个孩子的母亲仍叫小名,似乎总不太合适;喊她邱太太吗?也别扭。这样一称呼,就像他们之间没有一点儿关系似的,他不甘心!他决定什么也不称呼,他只要用眼睛那么深深地望她一眼,再低声问她一句:“还记得我吗?”她也许起先会怔怔地望着他,然后淡淡地一笑,点一下头。于是,她的酒涡又轻轻一荡,缺牙齿又露出来了。啊,不,那是她小时候的样儿,她在重庆时就没有缺牙齿了。他极力要幻想出珊珊此时的神态,但那捂着嘴笑的娇憨神情,在树上荡着两条小腿吃橘子的贪婪样儿,总是来打扰他的幻想。她现在也许松松地挽了一个髻,用一根柔蓝的缎带绾在脑后,就和他第一次看到她时那衣服的颜色一样,那种柔和的颜色只有配在她身上才调和。她不像小时候那么爱笑了,静静地抱着孩子坐在角落里,眼睛里有一种少女时代所没有的东西,迷迷蒙蒙的,看起来叫人有点儿愁。她一定会叫她的孩子们来挨着他。他会特别喜欢她的女儿,因为她更像她妈妈小时候的样儿。他要把她女儿抱在身上,问她认不认得他。她当然认得他的,因为妈妈常常向孩子们讲到他,用一种低沉的、柔美的声调讲到他。

"先生,先生,吉林路到啦! 先生!"

李鑫惊得一抖,转过头去,已经有人下车了。

"我喊了你好多遍啦,吉林路到啦!"车掌说道。

李鑫忙站起身来,但手上的票根不知到哪儿去了。他弯着身子,在位子上下四周一一看过,都没有。

"快点啦! 只等你一个人!"车掌已将哨子放在嘴里。

他直起身子,那酒糟鼻子正对着窗外高声叫道:"邱太太,我哪天来陪你打小牌。你多少巷? 我又忘了!"

"吉林路九十七巷,六号!"那南腔北调的声音在窗外回应。

李鑫一下子怔住了!

"慢点! 小毛头,你想死呀!"那一声"小毛头"却是纯粹的南京腔,由车外无情地钻进李鑫耳中。

一辆大卡车从公共汽车旁擦了过去。

李鑫想扭头去看窗外,但他扭不过去,扶着那冷冰冰的铜柱子,无力地倒在车凳上。

"你到底下不下车呀!"车掌发火了。

"我——我不下车了!"李鑫吃力地说出了这句话,眼睛愣愣的。

车掌不耐烦地吹了一声哨子,咔哒一下将车门关上了,咕噜了一句:"莫名其妙!"

车上的人都觉得李鑫的神色不对。秦老先生摇摇头:"唉,这年头,古怪事越来越多!"酒糟鼻子弯着身子,伸长了脖子来看李鑫;吴大有转动着他空洞的眼珠子看看这个,看看那个,不知道自己究竟应该如何反应;齐志飞若有所思地望着李鑫,然后掏出了记事本,在上面沙沙地写着,说不定李鑫这一下子就荣任了他那篇送殡小说的主角。

连那个高踞在世人之上的女孩竟也扭过头来瞅了李鑫一眼。

陆士清等编:《台湾小说选讲》(上),复旦大学出版社,1983 年 10 月,第 273—286 页。

◆◆◆ 聂华苓导读

◎ 王雅丽

聂华苓是一个“相当安分”的小说家，这种“安分”，不仅指她对小说客观“真实”的执着追求，或是对传统叙述性的倚重，也是当我们尝试以女性主义文学批评态度来看聂华苓时，感受到的那种“安分”。在她这里我们没有看到很多女作家都具有的那种积极的“女性”的姿态，因为，聂华苓并不是一个激进的女权主义作家。她认为，“文学除供人欣赏的乐趣之外，最重要的是使人思索，使人不安，使人探究”。她实际是一个思考者，她思考着给他们那一代人带来沉重精神痛苦的历史灾难，而她的女性身份，将她的思考带入到了男性思考者们很难触及到的某些领域。我们从她这里看到的，是一份由女性来书写的历史。

在聂华苓身上，典型地体现出一个海外女作家的双重边缘特征。从大陆到台湾，再从台湾到美国，不断的逃亡，而其结果是使自身越来越走到了母体文化的边缘上去，此其一；其二，身为女人，本就长期处在主流文学的边缘。双重的边缘性，双重的精神痛苦，强化了其作品中人物的苦闷、迷惘和彷徨失措。聂华苓早年的短篇小说便集中体现出一种对现实的不满和焦虑。正是这种焦虑不满，使得聂华苓的小说在当时为数众多的“乡愁”书写者中显得独树一帜。

《珊珊，你在哪儿?》是她早期的代表作之一。引人注目的是，这是一个女作家用男性的视角所讲述的故事，而故事的实际主角，是这个男人在寻找的那个名叫珊珊的女人。男人带着梦去寻找他生命中最美丽最神圣的那个影子，最后却发现当年那个有个小酒窝的少女珊珊已经变成了一个庸俗不堪的妇人了。现实的堕落，击碎了残留的青春梦，幻灭的悲剧使小说具有了某种控诉的力量。究竟是什么使那个天真浪漫的少女堕落的呢?这种控诉的确是直接指向当时社会那令人苦闷的现实，但是进一步，我们也看到，珊珊的悲剧其实具有一种跨越时代的普遍性。同是珊珊，做少女时和做妇人时竟完全判若两人，由此可见传统的婚姻和家庭对女人灵性的残酷伤害。在父权的社会里，被困于家庭的女人最终只能沦落为生育的工具。

聂华苓最著名的作品当属《桑青与桃红》。此书曾被亚洲周刊评为20世纪一百部最佳中文小说之一。“这篇小说以个人的解体，比喻政治方面国家的全面瓦解，不但异常有力，而且视域广阔，应该算是台湾芸芸作品中最具雄心的一部。”[①]而从这部小说中，我们似乎也可窥见聂华苓对社会人生的所做的思考的全貌。从整个作品来看，桑青的一生就是在不断的奔逃。不幸的是她每一次奔逃的结局不是更美好更光明，而是更黑暗更压抑，台湾时期暗无天日的阁楼生活使这种黑暗和压抑达到了顶点。桑青不得不做了一次最后的诀别，她只有完全抛弃了自己的过去，才有可能获得新生。在这里我们注意到“阁

---

① 白先勇:《流浪的中国人——台湾小说的放逐主题》，转引自张葆莘编:《台湾作家小说选集》第二集，中国社会科学出版社，1982年5月，第263页。

楼”这一意象的复杂内涵。“阁楼”是传统女性生活的基本场所,阁楼狭小的空间,严重的压抑了女性的生命力,从某种意义上来讲,“阁楼”即意味着整个父权社会对女性的压迫,如果不从“阁楼”中逃出,女性就要面临被异化或者被逼疯的结局。然而,逃出后就一定能获得幸福吗?桑青逃了出来,最后却成了人格分裂的疯子。桑青的故事仿佛再次向我们揭示出“娜拉”式的悖论,如果不逃离,灵魂势必因为受到压抑而窒息,如果逃离,则又不知去向何处而面临失根的痛楚。这正是传统女性无法摆脱的命运。

《桑青与桃红》在台北《联合报》副刊的连载曾经引起轩然大波。最后被迫中止了连载。这样不仅作家成了边缘人,作品也被“边缘化”了。1980 年,中国青年出版社出版了它的国内版本,但删改也很多。聂华苓却为之欢欣鼓舞,在长期的被放逐后,作品得到了作家本人生长的文化母体的承认,作家也终于因此获得了某种归属感,“浪子的悲歌回到老家来唱了——那却是非常美丽、非常动人、非常有意义的一刻”①。

聂华苓研究资料链接

张葆莘:《聂华苓二三事》,《上海文学》,1979 年第 3 期。

聂华苓:《浪子的悲歌》,《桑青与桃红》前言,中国青年出版社,1980 年。

萧乾:《湖北人聂华苓》,《桑青与桃红》,中国青年出版社,1980 年。

陆士清、王锦园:《论桑青(桃红)》,《台湾香港文学论文选》,福建人民出版社,1983 年。

王晋民:《从现代主义走向现实主义——在美国与聂华苓谈她的小说》,《小说评论》,1989 年第 4 期。

陈天庆、张超:《“说老实话”的三种艺术境界——聂华苓长篇小说漫论》,《福建论坛》(文史哲版),1992 年第 1 期。

黄志杰、钱如玉:《聂华苓小说的比喻艺术》,《社会科学论坛》(学术研究卷)(下半月刊),2006 年第 1 期。

师彦灵:《对抗的迁徙——聂华苓〈桑青与桃红〉中的女性身体迁徙》,《甘肃社会科学》,2011 年第 2 期。

① 聂华苓:《浪子的悲歌》,《桑青与桃红》前言,中国青年出版社,1980 年,第 7 页。

於梨华

於梨华(1931—),浙江省镇海县人。生于上海。1948 年父亲去台湾,第二年於梨华也去台并转学到台中女子中学。1949 年考入台湾大学外文系,后转到历史系。在大学读书时不断写作,初期的小说大都发表在夏济安主编的《文学杂志》上,在同学中颇负文名。1953 年毕业,同年 9 月赴美留学。1954 年入美国洛杉矶加州大学攻读新闻系。在学期间,以一篇用英文写的小说《扬子江头几多愁》获米高梅征文比赛首奖。1956 年获硕士学位。1965 年后任教于纽约州立大学奥尔巴巴分校并从事创作。著有长篇小说《梦回青河》、《变》、《又见棕榈,又见棕榈》、《焰》、《考验》、《傅家的儿女们》、《三人行》,中篇小说集《也是秋天》,短篇小说集《归》、《雪地上的星星》、《白驹集》、《会场现形记》、《相见欢》,散文集《新中国的女性及其它》、《一个夏天的收获》、《谁在西双版纳》等。

又见棕榈，又见棕榈（节选）

第五章

他熄了桌上的台灯，一身子往后一靠，闭了眼睛，虽然一天的应酬下来很累了，可是一点也不倦。以前晚上喝咖啡从不影响到他睡眠的。也许喜临门的咖啡特别浓，还是回来才几天，还脱不了美国的时间？在美国现在应该正是白天呢！远处传来笛子的声音，好像在巷口的街上。啊，当然，是按摩人的笛声吧？他记起他在台大读书，有时星期六晚上送眉立回宿舍之后回家，多半一两点左右，骑车从新生南路一段来到东门町，这时的东门町沉寂下来了，路边几个小面摊，几辆三轮车。天冷的时候车夫缩在篷里，炎夏时他们坐在脚踏上瞌睡，有的就蹲在车旁，也被疲倦带进了与世无争的梦乡。这时他常看到按摩者，吹着凄楚的，但又带着诗意的笛子，缓慢地往前摸索着，两个黑洞洞的眼睛，一张稍稍往上仰的木然的脸，走在寂静的街上，寂静的夜里。欢乐的人，辛苦的人都已休息了，而他却把那一声声寂寞的笛子吹进人家的梦里。

隔了这么些年，笛子的声音听起来既陌生又熟悉，唤回了多少大学时代的回忆，当时并不觉得特别好，现在却愿用一生幸福去换回那些无拘无忧的日子！他站起来推开纱门蹑足走过走廊，穿过客厅，在玄关找到了鞋，夹在腋下，然后把玻璃门用力往上提起，再慢慢地移开。出了门，才将鞋子穿好，把门栓移开，开了大门，反手把门掩上，马上快步的跑出寂寞无声的巷子，站在巷口，往左右一看，并没有按摩者，他走出巷口，才看见一个穿黑衫裤的夜行人，在信义路二段和杭州南路交叉处踽踽独行，他踏着大步赶上去，但快走近的时候又迟滞了下来。他需要按摩吗？不，他只需要和他说说话。

告诉他，他的口笛声引起了他多少感触。他听见这个声音才觉得他真正的回来了，在自己的家里，自己的人群中。但是那个按摩人怎么会懂呢？他需要的是钱，养活他自己，养活他一家人的钱。他会懂得一个有了钱有了学位有了职业以后的人所要的却是回到没有这一切的那种日子的欲望吗？一个为生存挣扎的人，怎能懂得除了生存之外还有其他的烦恼呢？

他折转身，失落了似的慢慢地走回自己的巷口，巷口旁边的油条摊上围了几个车夫模样的人，一股烧饼夹着油味的香气直往他冲来。他在口袋里摸到些角子，就向油条摊走去。那个正在炸油条的老板看见他来，忙忙地丢下勺子，把双手在油黑的围巾上一擦，堆下一脸的笑说：

“牟少爷，还没睡？吃副油条烧饼吧？”

他有点讶然。回来之后还从未来光顾过，怎么人家知道他的姓？老板看见了他的神色，忙说：

“您的老太爷常来照顾我们这个小摊呢！您还没回来，您老太爷就跟我们说哪，您在美国多少年，读了多少书，赚了多少美金，您老太爷笑得合不拢口呢！他说您在美国教大学堂，那多不容易呀！中国人做美国人的老师！”

天磊被他说得十分窘迫，红着脸，几个车夫见老板这样说，朝他望，满脸的钦羡。老板又忙着让天磊在条凳上坐下，还把他面前一小方块的桌面抹了好几次，才把烧饼油条放在他面前，他见大家都站着吃，也不肯坐，更不愿意大家用那种眼光看他，只好学他们的样子，对着烧饼夹油条粗鲁地咬了一口，张着嘴嚼起来，含糊地说：

“诸位辛苦了吧！这样晚还在做生意？”

有一个车夫用手背一抹嘴，吐了口唾沫在地上，看见天磊不由自主地皱眉，忙用脚将它揉入沙尘里。“有什么办法，一家六口要吃饭哪，你先生有几位少爷小姐啊？”

那老板说：“人家牟少爷还没媳妇呢，这次回来就是来娶亲的，那位小姐我也瞧见过，长得可真标致呢！结完婚就一起回到美国去，是不是这样的，牟少爷？”

“哪里，哪里。”他说，心里恨他父亲多事！巴巴地把家里大小事来报告给油条摊的老板，也太过分了。“我因为多年在外，特意回来看看家里的。”

另一个车夫说：“好多留洋的人都回来探亲来了，包我车子那家巫太太，她大儿子也刚回来，给她带来一个钻戒有眼珠子那么大，啊！巫太太说她儿子在美国一年赚的钱到台湾来用，可以过一辈子呢！啧啧啧！我的儿子，哪怕我把这双腿蹬断，也要想法把他送到美国去赚大钱。”

天磊再也吃不下手里的东西，他把口袋里所有的角子都掏出来放在桌上，窘迫地说：“不知够不够付大家的？谢谢你，老板。”就忙忙地走了，也不回巷子，只往信义路三段的方向走，走得很急，好像走得快就可以把那些话早点忘记似的。

当时自己出国的目的是什么呢？还是没有目的，只因为大家毕了业都出国，出国就成了一种时髦？大家嘴里嚷着找不到事，他倒很侥幸的一毕业就在一家英文报馆找到校对的工作，待遇当然不够好，但他住在家里，一个月的薪水除了给家里一点，自己零用也勉强够了。那么他为什么还要急急地出去？出去后，和他同期毕业没有出国的同学，他偶尔还有联络，他们当然负着重重的生活担子，可是他们也过着平顺的生活呀！他们的烦恼也许正是和他相反的，为了没有出成国而烦恼，而他的，则实在比这种没有达到目的的烦恼深得多，那是一种达到目的之后，发现完全不是那么回事的幻灭的烦恼。也许那些同学们在心里羡慕他的衣锦荣归，他的博士及他的成就。可是谁能猜测到这些是支付了他全部的青春活力去换来，而活力与梦想支付出去之后，虽然换来了这些只能给予安全而不能给予快乐的荣耀，而他所感觉到的只是一个空字呢？何况，十年来在国外所受到的不能避免的种族歧视，自己的辛苦，以及读文科所受的种种生活与学业的挫折以及无穷无尽，比雾还迷濛、比海还浩瀚、比冰还要寒心的寂寞！这份空洞他是没有办法向人解释的，没有人能懂的，除非，是和他一样在海外努力了十载的留学生，而留学生与留学生之间，当然也无须解释这份空洞了！

不知不觉已经走到以前读书的学校了，路灯下望过去，觉得和记忆中的已经完全不一样了。操场的尽头，本是一片荒原，现在在黑夜里立着笔直的大厦，远远的，通到男生宿舍去的那块空地也竖立着一幢高楼。他踯躅前走，看见了那排小木屋似的临时教室，居然还在，不免涌起一种见到旧友似的悲喜。他像个夜游人似的，顺着一排排的教室走，从玻璃窗望进去，黑黑的，依稀看得到一排排的座位。临时教室，带回他大学一年级的日子，似乎可以看见自己骑着车子从矮冬青的边门进来，吹着嘹亮的口哨，看见侧门女生宿舍门口进进出出的人，要看而不敢看，看了又不敢盯着看的那种憨态，多傻然而又是多好的年代——逝去了，逝去了！比比他在南伊大读硕士那年的凄怆惶惶的心情，简直要对自己的愚蠢悲恸，然而一切都过去了，好的，坏的。

他顺着小石路走到大门口，再转回身来看那几棵高大挺直的棕榈树，在黑夜向天空毫不畏缩地伸展着，记得他离开台湾前，也独自来到学校门前道别，对着几棵棕榈许愿！自己也要像它们的主干一样，挺直无畏而出人头地。他默默地顺着来的路回去，低着头，十年来不但谈不上出人头地，反而变得畏缩胆小了。

畏缩胆小。人要在遭到重要或紧急的事件时，才能看到自己的真面目的。在事情发生之前，没有勇气去阻挡，事情发生之后，没有勇气前行，这就是他——被留学生的生活夺去了大学生时代的冲劲的他。他和佳利之间的事，就令他清楚地看到了自己面目。

那个初冬的傍晚，他在图书馆门口碰见佳利。其实他已知道她常去借书而故意骑车到那里去转的。他见到她抱着一大堆书，忙上去接过来，放在单车后面的书筐里。

“你喜欢他的东西吗？”他看见她借的尽是亨利·詹姆斯的书。他现在已不称她为陆太太，但又不敢当面叫她佳利。“我可不喜欢他，一句句子长到五六行，看到第六行，早已忘了第一行说的是什么。”

她微仰头笑笑。“我以前也有你这种感觉，认为他最累赘，我觉得他故意卖弄他的文句。他形容一个女人，从不写她眼睛怎样，鼻子怎样，只让读者感到她的样子，这点我以前也不喜欢，现在看惯了，觉得他是独特的，没有一个人能学到他的风格，也许只有依德丝·华顿的《暗礁》还有点他的味道。我比较欣赏他的几个短的长篇，尤其是 Aspen Papers，你看过吗？”

“没有。”

“有机会可以看看，把那个活在回忆里的老女人，整个写活了。他后期的几个长篇，以前试着看过，不行，这次一定要把它们看完。你来我家吃饭吧，伯渊不在。”她没有坚持，他也没有推却。她先回家，他骑车到隔街的人家去接芒芒，接回来时，佳利已替他泡了一杯茶。

“我一个人在家除了早晨之外，从来想不起喝茶的，家里寄来许多茶叶，下次带来送给你。”他说。

她边替芒芒脱外衣，边说：“喝茶要有空闲，大家坐在一起，慢慢品茶，才有味道。不要说你没有时间，就连我这样一个家庭主妇，都没得半天闲，要是有人问我整天忙些什么？我却一样都报不出来。你陪芒芒玩玩他的电火车，我去烧几样好吃的。”

晚餐的桌上是粉蒸肉，豆腐干炒榨菜肉丝，还有一大碗罗宋汤。他雀跃地说：

“啊！豆腐干，好多好多年没有吃到了，在哪儿买的?”

她给芒芒的碗里搛了菜，说：“买？除非到纽约去，或是让台湾航空寄来，是我自己做的呢！来美国这些年，别的没有学到，却悟到了一个大道理：想吃什么，唯一的办法是自己做，否则不要去想它。出国的时候，抱着多大的希望，好像要在美国轰轰烈烈地做一番事业似的。我那时的志愿，是要挤进美国的文坛。但是，读完了书，发现再不结婚就有做老处女的危险，于是忙忙地结了婚。结了婚之后，觉得该生个孩子，赶走一些两个人相对的空洞，于是忙忙地生了孩子，孩子生下来之后，起码交给他五年的时间，五年，这五年里自己的希望一个个破灭了，等到孩子上了学校，手上有一大堆空的时间，但是已没有当年打天下的雄心，怎么办呢？只好把自己的牢骚和希望用笔写下来，好像泄恨，又好像找个事情做做。”

“……其次就是试着做各种自己喜欢吃而吃不到的东西。你知道，纽约有好几个太太，自己会炸油条！”

天磊一面听一面津津有味地吃，吃了三碗饭，打破了几年来的纪录。佳利望着他，眼里带着她望芒芒时闪动的纵容的光亮。“不要吃得过饱，等下胃要不舒服的。帮我去洗碗好吗？我送芒芒上楼睡觉。”

每次来吃饭，或是消磨一个夜晚，最可爱的时间，是从小芒芒上床之后才开始。对天磊讲来，和佳利坐在一室，即使不交谈一句话，他还是快乐的。他不知道她的感觉是否和他一样，但他知道她愿意也希望他和她在一起。

“哦！纽约的朋友寄来了一张中国唱片，都是些旧歌，要听吗?”佳利让孩子睡了，下楼来，泡了两杯茶，然后把唱片放在转盘上。刚开始，天磊就把人坐得笔直的，那是他熟悉得会背而又生疏得记不清的旧曲《万里长城》，那两句充满了相思、平顺又满是哀愁的“万里长城万里长，长城外面是故乡”的词字一声声敲进他被忙碌的生活封锢起来的心，而又掏出了那些童年少年以及青年时代细碎的往事。他突然抑不住，而猛地低下了头，把脸放在手掌里。从指缝里又漏进来第二支歌《念故乡》，第三支《春夜洛城闻笛》，第四支古老遥远的《苏武牧羊》，这支歌使他尖锐地忆起他小时，他母亲在灯下一面缝衣服，一面哼“苏武……牧羊北海边，雪地又冰天……”，他坐在一边，一面听，一面做功课的情景。突然，手指挡不住，掌心盛不住的眼泪匆促地奔流下来。

佳利已在他身边，她先轻轻拍两下他的肩，然后轻轻扳开他的手。放了两张细软的纸在他手掌里。他抬起头来，看见她脸上的表情，也顾不及他脸上的泪，就把脸深深埋在她的手掌里，深深地吻着她的掌心，混合着：流浪人思乡，游子思亲，失意的弟弟想获得姐姐的同情，男人对女人——不管是已婚或是未婚的——久藏的爱慕，以及多年的寂寞想得到的共鸣的复杂的感情。唱片完了的时候，她才将手抽回去。她没有再将它反过来唱下去，却去洗澡间，绞了一把手巾出来，交在他手里。

他觉得心里舒服得多，让情感流放了出来之后，所感到的和平与安静，以及说不出来的满足。擦了脸，把手巾叠成一个小方块，然后他站起来说：“我该回去了，还没有写报告。”

佳利到走廊的衣柜里拿了他的上衣，见它并不厚实，又抽了一条伯渊的羊毛围巾一齐交在他的手里：“外面起风了，围着这个。”

他对她凝望着，不是单身男孩对已婚女人那种视而不见的看，而是一个男的想探索一个女的心理的眼光：“我怎么还回来呢？”

她没有躲避他的眼光，但也没有用同样的载负了许多复杂感情的眼光回看他，然后她却毫不犹疑地说：“你明天送回来就是了。”

可是他不敢再去。他知道。如果再去一次，他就要完全被自己的真情征服。那么佳利会怎样呢？如果她拒绝他，他就受到伤害。如果她接受他，她伤害了她的丈夫和孩子。他咬了牙到邮局把围巾寄回去，咬了牙使自己不去看她。但是他每晚失眠，失眠的夜里，他骑车在她家的四周兜圈子，有时到拂晓时才回地下室。

感恩节时，柏城一家中国人请吃饭，他知道佳利会在那儿，不敢去。到十二月初，大雪纷飞的夜里，他还夜夜骑车去她家兜，终于圣诞节前一周，他受了寒，染了当时流行性的感冒，就病倒了。那次的病，他永生忘不了。放假第一天晚上，半夜醒来，觉得房里烧着火似的燥热，迷糊中以为房子着火了，想起来逃出房，但刚坐起来，觉得脑壳上压了个重锤似的动弹不了，慌乱中捻亮了床头的灯，一看，房里一粒火星都没有，这才知道，热是从自己身上发出来的，一摸额角，手指像被咬了一口似的弹开，额角烫得像烧焦了似的！这才知道自己扎扎实实地病了。来美国后最严重的病也不过是重伤风，没有时间没有金钱生病，病倒是真的没有生。

他慢慢地跨下床，在书桌的抽屉里拿了两粒阿斯匹灵，倒了冷水喝了才躺下，躺下后想量量自己的温度，也没有温度表，就算了。下半夜，睡得很不安宁，阿斯匹灵的药效过了之后，他身上又烧得烫了，但是他也没有劲下床拿药，就迷糊到天亮。他的地下室只有一扇门通到房子的后院，所以和房东一家人等于是隔绝的一样。天亮之后，他想起来在房东处打个电话，但他身上软得一点没有力量，就无力地躺在床上。下午勉强起来，上楼敲房东的门，也没有人应门，想必出去了，只好扶着栏杆，挨回自己的地下室，倒了一杯冷水，吃了阿斯匹灵再躺下。等到一觉醒来，又是晚上了，知道小古他们放假的晚上不会到学校去，而一时又把他家里的电话忘了，也懒得再查而去打扰他们，就这样发着烧饿着肚子又过了一夜。第三天，他挣扎着去房东处打电话给另一个中国同学小关，房东看他那个样子，吓得脸色苍白，等到小古他们来了，大家马上叫了急救车将他送到医院里去。

圣诞节也在病床上，白色的床单，白衣的护士，窗外白色的雪，他心里一片苍白。医院里充满了圣诞的气氛，圣诞歌，包着彩纸的礼物，探病亲友带进来的脸上的笑。他心里没有一丝兴奋。圣诞节的那天，他同房家里送来一棵树，他的妻子带着两个十岁左右的男孩子，三个人围着树挂灯，灯下是耀眼的彩纸包着的礼物，对着他同房的病人，是他家人的耀眼的笑，他想不看他们，却没办法看不见，他想不听他们的谈笑，也一句没有遗漏地听进去了。他一个访客都没有，有家的中国人，忙着过节。没有家的，为了躲避圣诞节左右特别刺激异乡人的萧寥，早早地藏匿到朋友家的欢乐中去了。他焦惶地等着，希望有人来看他，任何人，任何人，帮他抵制从邻床涌过来的别人的快乐。他不敢希冀佳利会来看他，因为他不知道她是否知道他病了，即使她知道，她也不会来看他，那将是她生活正轨之外的行动。

一直到傍晚，都没有人来。护士送晚餐进来：火鸡，甜酱，面包团，青豆，和一大碟翠绿色薄荷冰淇淋。邻床的病人兴高采烈地吃着，天磊怕他看出自己心情的黯淡，也勉强拿起刀叉，还没有入咽，眼泪莫名其妙地流了下来。连忙放了刀叉，披了衣服到走廊，走廊的角上放着一棵庞大的白色圣诞树，红绿小灯把整个走廊都照亮了。他连忙踅入洗手间，那里总算像平时一样，没有那股迫人的喜气。他站在窗前，望着窗外飘落的雪，想着自己飘落无定的前途，望着窗外空漠的世界，想着自己空漠的将来，那种悲怆再也止不住。反正没有人，就干脆由眼泪痛快地流下来。晚上邻床的家人来时，他已经平静了一些，看他们兴奋地说笑，高兴地拆礼物，他也能忍受一些了，他们还送了他一条领带，这使他很意外，因此，也使他很感激。

圣诞节的第二天，他就出院了，医生吩咐他要好好地在家休息两星期。出院的下午，佳利来看他。她带了些加州的大柑子，和一些中国小说和杂志。她进了这间狭小、屋顶交叉地架着热气管、地下铺着冰冷的石板、只有小半个窗子露在地面上，仅靠电灯带来一丝光亮的地下室，她的心被怜悯割得节节粉碎。当她看到他苍白削瘦的脸上，那双灌满了那么多复杂的感情的眼睛盯在她身上时，她由不得自己，坐在他狭小的床沿上，顺着他薄弱的力气，由他将她朝他脸的方向拉过去。

他从台大的大门口踅转，顺着新生南路走回家。夜已很深了，没有一个行人，偶尔有人骑自行车从他身边擦过，总忍不住回头看看这个深夜的独行人。他干脆转进一个公共汽车站，在长椅上坐了下来。这些年一直不敢回忆的他和佳利事件的最后一段，他今天一定要重活一次，然后，然后为了意珊，他应该将它完全忘却。

从佳利来探他病到他拿到博士那几个月，他们经常在一起。佳利常到他的地下室来，和他聊天，替他烧一两个菜，或者就静静地坐在一边。独身的留学生她遇见的太多太多了，有的在寂寞艰苦中成长成熟而变得坚强，有的变得麻木，有的在寂寞中萎谢，像天磊一样。如果他向她要的，而且也是她能给的，是一份驱逐他的寂寞而能使他强壮起来的力量，她愿意给他。何况，她也是寂寞的，丈夫忙于事业，孩子在玩伴中忘了她，她也需要给予。起先仅是柏拉图式的，但是柏拉图式的界线应该划在哪里呢？而划下了之后怎么能不变动呢？而经过了一次的变动，怎么能禁止自己不再变动呢？她做了他的情妇，没有条件，没有留一丝余地，把所有的界线都擦去了的情妇。

那是他最快乐的几个月。所有的偷来的，借来的，或是意外获得的快乐都是最快乐的。有时他会要求她嫁给他，佳利从不正面答复他，而反问他：

“你是一个不顾一切的人？如果你是，我可以向伯渊提出离婚要求。”

他从来不曾回答过她。但是他们两人都知道他绝对不是个不顾一切的人，他永不会是。他怕伤害对他寄厚望的父母,他们怎么会赞成他娶一个离了婚的女人?他也不敢伤害意珊,她是个正青春的女孩,应该享受一个美好的人生。同时,佳利比他大,而且有了小芒芒,他对孩子没有兴趣。他需要佳利,正如一个在冬寒里没有衣服穿的人需要一件温暖的大衣一样,它是一件温馨柔软的大衣,他知道,但是他不是一年四季都要它。他从未问过佳利,如果他真要娶她,她真能和陆伯渊离婚吗?因为他知道她能,并不是她对伯渊和小芒芒没有感情或留恋,而是她比他勇敢,她肯为她得到的快乐——如果他给予她快乐的话——牺牲另外一些东西。第一次看见佳利时,他就知道她是个勇敢的女人。也因为她比较勇敢,在他得到博士学位的第二天,是她先来向他告别的。

"恭喜,牟博士。走完了人生最寂寞而艰苦的一段。"

他想吻她,她已走出他的范围了。

"这是我送你的一个小礼物。"那是一只精致的领带别针,一个白银的圆底上立着一粒珠子,圆银底上刻着她的名字的英文字母。她随即把它别在他的领带上。他要将她拥住时,她已转身拿了瓶香槟酒来。"我连开瓶的东西都带来了,让我单独为你庆祝一下,也向你道别。"

他的脸马上变得惨白:"你要到哪里去?"

她一仰头笑起来。"不到哪里去,但也不来这里了。"

"佳利……"

"你拿到了博士学位,不光是学业上走完了一段路,也是在人生中对做学生的生活告了一个段落。不管你教书,做事,你都是个十足的大人了。大人的意义,套句美国话,是站在自己的两条腿上。然后走到另外一个生活里去,有事业、有家的生活。在那个生活里,应该没有我,因为我已经有了我的。"

"但是佳利,我还没有走。"

"我知道。但是我必须走了。这几个月的生活,对我来讲,好像是一个小孩子,没有经过父母的允许,不留在她父母为她布置得很舒服的小房间,而偷偷跑到外面,和别的孩子玩,玩得很好,两个人都很开心,但是她该及时回家,不然,她父母知道了而责罚她时,不但父母要生气,同时也损坏了刚才和别人玩时的快乐。所以我该回到自己的地方去了。如果你坚持一直等你离开柏城时我们才分手,当然也可以。但是我希望你想想,这样是否更好一点?昨天你拿学位,应该是件大喜事,趁你特别高兴的时候,失去了和我单独在一起的机会,也许会减少一些你的欢喜,但至少不会完全赶走它。"

"今晚我去借车,我们进城,你和我一起出去庆祝,佳利,我求你,这是我们分手前我对你的一个要求,不要拒绝我!"

她思忖了一会,然后坚决地说:"也好,那么我把这瓶酒留着。"

晚上他们到那家她喜欢去的亚斯地去,坐在他们惯坐的进门的角落的桌子,叫了牛排,侍者提了一小桶冰水,把香槟酒放在桶内。佳利穿了那件他喜欢的墨绿大衣,墨绿西装,小圆领,小腰身,窄袖口。她的脸是经过细心化妆而不浓艳,涂了银绿眼膏,香槟红闪银的唇膏，嘴上眼上的光芒正托出衣饰的绿，而衣服的绿更衬出脸上的光彩。开了香槟，他们碰杯，碰杯时没有说一句话。天磊不会喝酒，但是他一饮而尽，佳利是个会喝酒的女人，却慢慢啜着。正餐来时他们才谈话，她问他将去何处，对意珊怎么安排，是否会回台湾探亲，尽是些关注而不亲昵的话，侍者又为他倒了一满杯，他端起来，碰碰佳利的杯子说：

“我要说感谢的话，说不出，也说不尽，不说谢的话，心里对你感谢实在盛得太满了。所以，谢谢，佳利，谢谢你给我的快乐。”

她端起杯，喝了一口说：“套句美国话：我也一样。”

“我对你已这样习惯了，有什么事对你说，喜欢的，不喜欢的，都对你说，我对人对事的感觉，我看到的好书，读到的诗，都得告诉你，你已经成了我自己的一部分，我不能想象，忽然你走出了我的生活，我的生活里还会剩下什么？”

“空虚。然后你会用别的东西把那块空填起来的，不要说你永远不会，世界上不会有永远的固定，一切都随时随地在变更。”

他不响，自己把瓶里的酒倒满在杯里，一仰头，全喝光了，然后就专心一意地看着佳利。她笑着说：

“快吃点东西，不要破坏了庆祝的气氛，吃完了我们去跳舞，十二点以前我一定要回家的。”

跳舞时，她闻到他嘴里的酒气，颊上的酒气，颈上的酒气，他们跳慢的，在温情的，充满乡思的音乐中忘了现实的世界。快步舞的时候他们坐在小圆桌前，不说话。快到十二点他送她返家。她还没有出车门他就伏在她身上哭起来了。她扶着他的头，手指理着他早该剃的发。

“记得我下午对你说的话吗？坚强一点，像个成熟的男人。”

“我不能，我不能。”

“不是你不能，而是你不肯。”然后她将他扶起来，像下午那样用手扶着他的脸，看着他的眼睛说：“只要你试，你一定能的，这比念一个博士学位容易多了。每次想哭的时候，就记得，坚强的男人能得到女人的尊敬，而懦弱的，只能得到她们的同情。”

“你是同情我而对我这样好？”

她不答，只看着他。他忽然记起很久以前，他曾问过她是否快乐的事，她也没有回答。但是这两件事，他多么多么想知道。“我要进去了，你好好地开车，再见。”

他迟缓地从公共汽车站的长椅上站起来，拖着迟迟的步子走向信义路。忽然他想起这次回台湾时，经过日本，他到珠宝店去，想买一颗好的养珠带回来送意珊。珠宝店里，铺着红缎的玻璃柜内闪闪的，满是闪着丰润的光彩的养珠，他请店员选了一颗最好的，放在掌心里滚动，站在边上一个美国老太太望着他笑着说：

“小心呀！不要让它滚丢了，丢了就再也找不到同样好的啰。”

佳利就是一颗小巧精致的珠子，不但好，而且真，但他却永生都找不到她了。

回到信义路，他从边上的人行道走回家，这样油条摊老板就看不见他。到了家门口，脱了鞋，挟在胁下，才轻轻地走进去。东北角上，已经有一丝晨光了。

於梨华：《又见棕榈，又见棕榈》，福建人民出版社，1980年9月，第46—59页。

◆◆◆ 於梨华导读

◎刘 堃

20世纪60年代前后，台湾大批的中国留学生负笈海外（尤其是美国），学成后留在当地定居的人数增多，其中研究文学或原来就从事过文学创作的人也随之增加，于是在台湾文坛便出现了被称之为“留学生文学”的创作。最初，此类创作所涉及的大多是留学生的切身问题：学业、工作、爱情，来自本国和异国的精神和生活压力以及面对的种族歧视等。在这一创作潮流中，於梨华被誉为“留学生文学的鼻祖”，“无根一代的代言人”。《又见棕榈，又见棕榈》既可以说是她本人那一时期的代表作，也可以说是台湾“留学生文学”中具有代表性的作品。

於梨华是从大陆去台湾的，后来又移居美国，过的是“飘泊无着落”“过一天是一天的生活”，心头笼罩着“难以解脱的孤寂”。于是，她一次又一次返回台北，想去抓住那“快要模糊的记忆”，企望在自己人生中“摇落这些年来跟随我的无寄的心情”。但台湾毕竟也不是旧时的家乡。於梨华的心中有着时代的苦闷——“我的心里空空荡荡，了无着落”。而《又见棕榈，又见棕榈》中的牟天磊的感伤情绪，就是“没有根的一代”的寂寞与苦闷。小说出版后，“没有根的一代”之说在台湾及海外广泛流传，产生了广泛影响。《又见棕榈，又见棕榈》在结构上也很有特色，作品中同时存在着三个时间段落：过去、现在和未来，也存在着三个空间范围：美国、中国台湾和中国大陆。作者巧妙利用“时空交错”的技巧，把多重时空组织在一起，避免了对登场人物作传记性的长篇倒叙，而是让人物始终保持着意识的流动，在触景生情的回忆中，片断地展示其过去的生活。于是现在交织着过去，欢乐唤来了辛酸，幸福变成了忧伤。这样写来，不仅把牟天磊的感伤越写越浓，而且也真切表现了徒自忆念着过去、不能充分地享受现在、空茫地面对未来的那种“没有根的一代”的苦闷和寂寞的心态。

近年，“留学生文学”这一名称，除了文学史研究者提及，一般情形下不常听到了，然而却并非意味着这一写作风潮趋于沉寂。事实上，它的影响业已形成，并注入了世界华人文学的生命体。於梨华的许多作品均以华人留学生在美国的遭遇为背景，写出了他们身处异域他乡，在学业、感情、事业困顿中的挣扎拼搏。如果说80年代《又见棕榈，又见棕榈》还透着一种年轻时代“无根”状态下的感伤情绪，那么在滤尽青春的惆怅迷惘之后，她的新作《在离去与道别之间》中水落石出的，是透骨的淡定、从容与冷峻。《在离去与道别之间》问世后在海内外引起了很大的反响。诺贝尔物理学奖得主杨振宁博士认为於梨华在塑造人物,特别是用长句短句描述人物复杂的情感方面“比张爱玲还要成功”。台湾著名文学家、诗人痖弦赞誉它是“北美版《围城》”和“北美版《儒林外史》”。

《在离去与道别之间》中写的是美国的一个大学里,两个华裔女教授段次英和方如真从相识、相交、共事到疑猜、龃龉、冲突乃至最后决裂的故事。本来变化不大的场景,单一的人物阶层,很容易失之于单调拖沓,然而作者凭借驾驭结构和多种叙述方法的功力,使整个故事像旋转着的彩色陀螺,吸引读者的思绪也跟着它紧张地旋转。故事背景是现代美国,而其深层寓意实不止于两个中国女人之间的勾心斗角。方如真在和段次英的交往中不仅看清了段,也看清了围绕在自己和段周围的一大批浮沉于美国学界的中国男性。方如真对他们就像对段次英一样,最后也只剩下“鄙夷厌恶”。故事同时也描画了不少进退有据、从容坦荡的西方女性。它的潜在叙事,是一个心地纯洁、毫无偏袒而又善于观察的中国知识女性在美国学术界的中西文化之争中暗暗做出的一种比较、一种评判。男女两性之间的吸引与排斥,女性之间的妒羡与争夺,在中西文化的冲突中被放大。

读罢作品,感到有种现象令人深味:《儒林外史》里,奔走于社会上下的知识分子中,没有一个是女性;《围城》时代,社会上的知识女性已三五成群地出现,然则总体尚属“万绿丛中一点红”,她们大多只是寻求经济独立,尚未更深广地发挥能量;而到了《在离去与道别之间》,知识界的女性几成半壁之势,其斗志和才智也欣欣然堪与男性平分秋色。尽管如此,在小说中,当她们面对新的生存困境时,人性与性别的弱点并没有被缩小而是得到了凸现。

於梨华研究资料链接

刘俊:《浓重的心理投影——论於梨华及其留学生题材小说》,《当代作家评论》,1990 年第 1 期。

盛英主编:《二十世纪中国女性文学史》下卷附编六:“於梨华与留学生女作家丛甦、赵淑侠”,天津人民出版社,1995 年。

许晶:《绿叶对根的眷恋——於梨华与留学生文学》,《中州学刊》,1999 年第 6 期。

刘艳:《落地生根后的文化抉择——兼谈於梨华创作的文化品格》,《理论学刊》,2003 年第 4 期。

刘艳:《美国华文女性写作的历史嬗变——以於梨华和严歌苓为例》,《中国文学研究》,2009 年第 4 期。

张晓风

张晓风(1941—　),笔名晓风、桑科、可叵,原籍江苏铜山(今徐州)。1941年出生于浙江金华,1949年随父母到台湾。小学期间与同学成立"绿野文艺社"。1952年考入台北第一女子中学,后转学屏东女中。1958年考入东吴大学中文系,毕业后留校任教。1975年后任教于阳明医学院。张晓风60年代中期开始创作,她的创作路子较宽,散文之外兼写小说、戏剧、诗歌、杂文等,发表了《画爱》、《第五墙》、《武陵人》、《自烹》、《和氏璧》等戏剧作品;以现代主义手法创作的小说《钟》和科幻题材小说《潘渡娜》在台湾文坛也颇有影响。但是,张晓风的文学成就主要在散文上。1968年,她的散文《地毯的那一端》获中山文艺散文奖,是该奖项最年轻的得主。1971年,她又作为最年轻的编委主编了《中国现代文学大系》散文卷。20世纪60年代以来,她先后出版了《地毯的那一端》、《愁乡石》、《步下地毯之后》、《你还没有爱过》、《再生缘》、《三弦》、《我在》、《从你美丽的流域》等十多部散文集。

潘渡娜

回想起来，那些往事渺茫而虚幻，像一帖挂在神案上的高祖父的画像，明知道是真的，却给人一种不真实的感觉。但也幸亏不真实，那种刺痛的感觉，因此也就十分模糊。

那一年是一九九七年，廿世纪已被人们过得很厌倦了，日子如同一碟泡得太久的酸黄瓜，显得又软又疲。

那时候，我住在纽约离市区不太远的公寓里，那栋楼里住着好几百户人家，各色人等都有，活像一个种族博览会。我在我自己的门上用橘红色油漆刷了一幅八卦图——不然我就找不到自己的房子，我没有看门牌的习惯，有时候我甚至也记不得自己的门牌，我老是走错。

就因着那幅八卦图，我认识了刘克用。而因为认识刘克用，我们便有了那样沉痛的故事。

那是一个周末的下午，他到这里来找房子，偶然看到那幅八卦，便跑来按了铃。

“这是哪一位画家的手笔?”他用英文问我。

“不是什么画家，”我也用英文回答，“是一个油漆匠随便刷的。”

“美国没有这样的油漆匠！他们不懂，他们只会把油漆放在喷漆桶里，再让它喷出来。”

“是美国的中国油漆匠刷的。”

“是你?”他迷惘地望着我。

“是我。”

“你看，我就知道不是美国人画的，”他高兴地伸出手来，“而且，能画这样的画，也不是油漆匠。”

“跟油漆匠差不多，我是一个广告画家。”

“对不起，你能说中国话吗?”

“我能。”

“我是刘克用，我想来看看房子，想不到看到这幅画，可惜是画在门上的，不然我就要买去了。”

“我也后悔把它画在门上了，否则的话倒捡到一笔生意了。”

那天我请他到房间里面坐坐——结果我们谈了一下午，并且一起吃了罐头晚餐，而他的决定是不租房子了，反正他原来的意思也只是想偶然休假的时候，找个离实验室远一点的地方休息一下，现在既然跟我这么相契，以后尽管来搭个临时的床就算了。

他是一个生化学家，我从来还没有这么体面的朋友呢！

重新有机会说中国话的感觉是很奇妙的，好像是在某一种感触之下，忽然想起了一首儿时唱过的歌，并且从头唱到尾以后，胸中所鼓荡起的那种甜蜜温馨的感觉。

我和刘克用的感情，大概就是在那种古老语言的魅力下培养出来的。

一开头，我就觉察出来刘克用是一个很特殊的人，他是一个处处都矛盾的人，我想，他也是一个痛苦的人——正如我是一个痛苦的人一样。

他有一个特别突出的前额，和一双褐得近于黑色的凹下去的眼睛，但他其他的轮廓却又显得很柔和，诸如淡而弯的眉毛，圆圆的鼻头，以及没有棱角的下巴。

据他自己说，作生化学家是一件很简单的事，只需要把一个试管倒到另一个试管，再倒到另一个试管里去就行了。

“做广告画家更简单，”我说，“你只要把一罐罐的颜料放到画布上去就行了。”

“你不满意你的职业吗?”我们几乎同时这样问对方。

然后，我们又几乎同时说“不”。

可是，我知道，事实上，他一方面也深深以此为荣。我不同，我从来没有以我的职业为荣过，我所以没有辞职是因为我喜欢安定。有一次，是好多年以前了，我拿定主意要去找一个新职业，我发动我的车，想到城里去转一下，看看有什么地方招工。可是，忽然间，我发现我糊糊涂涂地竟把车子又开回广告社去了。

从那以后，我就认命了。

“像我这种工作，”我说，“倒也不一定要‘人’来做。”

“哈，”他笑了起来，“你当别人都在做人的工作吗？你说说看，现在剩下来，非要人做不可的事有几桩?”

“大概就只有男人跟女人的那件事了!”

我原以为他会笑起来，但他却忽然坐直了身子，眼睛里放出了交叠的深黑阴影，他那低凹而黯然的眼睛像发生了地陷一样，向着一个不可测的地方坍了下去。

长长的一个夏天，我不知道刘到哪里去了。我当然并不十分想他，但闷得发慌的时候就不免想起那次一见如故的初晤，想起那些特别触动人某些情感的中国话，想起彼此咒骂自己的生活，想起他那张很奇怪的脸。

有一天，已经很晚了，他忽然出现在我的门口，拎着一个旧旅行袋，疲倦得像一条用得太久的毛巾，我下意识地伸出手去抢着扶他，等我们彼此觉察的时候，我连忙缩回手，他也赶快站直了身子。

“那实验会累死人的。”他撇着嘴苦笑，但等他喝了一杯水，却又马上有了开玩笑的力气了，“喂，张大仁，如果今天晚上我死了，你应该去告诉他们，这种搞法是违法的，是不人道的，是谋杀。”

“去中国法庭呢？还是美国法庭?”

“去国际法庭吧!”他把鞋子踢了，赤脚坐在地板感，像要坐禅似的。

“你知道我今天来做什么?”

“不是真的留遗言吧？”

“不是，来告诉你，今天是七夕，很有意思的，是吧？”

我忽然哽咽起来，驾那么远的车，拖那么累的身子，就为告诉我这一点吗？

我曾经读过那些美丽的古典故事，那些古人，像子期和伯牙，像张邵和范式，但那不是一九九七，一九九七的七夕能有一个驶车而来的刘克用就已经够感人了。

“我照了一张相片，”他说，“很有意思的，带来给画家看看。”

那是一张放大的半身像，在实验室照的，事实上看得清楚的部分只有半个脸，他的头俯下去，正在看一列试管，因此眉毛以下的部分全都看不见，只有一个突出的额头，像帽檐似的把什么都遮住了。

而相片上大部分的东西是那些成千垒万的玻璃试管，晶亮晶亮的，像一堆宝石，刘克用的头便虚悬在那堆灿烂的宝石上。

“还好吗？”

“不止是好，它让我难过。”

“你也难过吗？说说看它给你什么感觉。”

“我说不出来。”

“我来说吧，这是我们实验室里的自动照相设备照的，事实上并不是照我，而是照我那天做的一组实验。但我偶然看到了，大仁，我想流泪了，大仁，你看，那像不像一个罪人，在教堂里忏悔，连抬头望天都不敢。”

“我倒想起另外一个故事，一则托尔斯泰写的小故事，他说，从前有一个快乐的小村庄，大家都用手工作，大家都很快活，但有一天，魔鬼来了，魔鬼说：‘为什么你们不用脑子工作呀？’”

“你是指我的大脑袋吗？”

“正是，你就是拿脑子去工作的。”

“我不过就是脑袋大罢了。我并不比别人多有脑子。”

我们又把那张相片看了一下，真是杰作——可惜是电眼照的。

“我带来一根笛子，”他说，“你喜欢的吧？”

“喜欢，你能吹吗？”

“不太能，但就让它放在膝上，陪我们过今年的七夕，不也就很奢侈了吗？”

“古人是没有什么悲剧的想象力的，”我说，“他们所能想出的最惨的故事就是两人隔了一条河，一年才见一次面。而事实上呢？不要说两人，就是一个人，有时一辈子也没有被自己寻到啊！”

“好啦，老兄，为那个不善写悲剧的时代干杯吧！”他举起了他的盛满水的杯子。

我也举起我的。

可惜我们没有一座瓜棚，不然我们就可以窃听遥远的情话。

那一夜他没有吹笛，我不久就睡了。但在梦里，我却听到很渺然的笛声。很像我小时候在浓浓的树荫下所听到的，那种类似牧歌的飘满了中国草原的短笛。

又过了两年，一九九九年的感恩节，我接到他的电话。

“我要去看你，”他说，“你托我的事我给你办好了。”

“我没托你什么事！”

“啊，也许没托吧？不过总之我替你解决了你需要解决的问题。”

“可是，什么是我需要解决的问题？”

“我到的时候你就知道了。”

他来了，满脸神秘。我浑身不安起来。“我要给你介绍一个女朋友，很漂亮的。”

“唔，可是，你为什么不留着给自己？”

“老弟，听我说，”他忽然激动起来，“你三十五，我却四十三了，我不会结婚了，你懂吗？我没有热情可以奉献给婚姻生活了，我永世永世不会走入洞房了，我只会留在实验室里。”

“你比我更有资格结婚，你有一切，我却什么都没有。”

“但婚姻是给‘人’的恩赐，我差不多等于不是人了，大仁，你也许还不大认识我，你只和度假中的我谈过话。”

“好了，刘，如果只是介绍女朋友。你就径自带来好了，这不是什么严重的事。”

“可是，可是比女朋友严重些，我是要你们结婚的，你明白吗？”

“我对任何女人都没有偏见，只是，我怎么晓得我该不该接受，我怎么能保证我要她。她是什么人？天哪，刘，你真是冒失得有点滑稽了。”

“并不完全跟你相像的一般滑稽，大仁，古老的年代里人们找个瞎子，合个八字就行了，奇怪，爱情跟瞎眼的关系似乎总是很密切的。更古老的年代更简单，做男人的只要揪住女人的头发拖她回洞，而女人也只要装做力不胜敌的样子就可以了——这就是所谓发妻的由来吧！”

“刘，你老实说吧，你是哪里来的灵感？你是什么时候想起要当月老的？”

“从第一眼看到你，大仁，她，那个女孩子，需要一个艺术家。”

“我不是艺术家，”不知为什么，提起这个头衔，我就觉得被损伤，“我开头就告诉了，我只是个油漆匠！”

“我也开头就告诉你了，”他提高了嗓门，“你不是，你是一个艺术家，艺术家就是艺术家，艺术家可以去擦皮鞋，但他还是一个艺术家。”

“艺术家又怎么样？”我很不高兴地说。

“艺术家给一切东西以生命，你难道不知道吗？你没有读过那个希腊神话吗？那雕刻者怎样让他的石像活了过来，你不羞吗？你不去做你该做的，整天只嚷着自己是个油漆匠。”

“好吧！你要我干什么，我只是一个男人，我不是神。跟我结婚的女人从我处得不到什么，除了一个妻子该得的以外。”

“好了，你听着，有一个女孩子，叫做潘渡娜的，是一个美丽而纯洁的女孩子，我不知道该怎么形容她，我爱她——像爱女儿一样地爱她，否则，我就要娶她了。”

“潘渡娜？你是说她是中国人吗？”

“为什么姓潘就一定是中国人？她不是任何民族，她只是这地球上的人。”

“好吧，我倒也不太在乎她是哪里人，她多大了？”

“你为什么一定要知道她的年龄呢？总之，你看到的时候，你就会知道，她当然是年轻的，年轻而迷人。”

“她住在哪里？刘，你为什么看来这样神秘。”

“她当然住在一个地方，但我不能告诉你，除非你对她有兴趣。”

“我当然对她有兴趣，我对任何女人都有兴趣，只是我不一定有娶她的兴趣。”

“好吧，我不相信你不着迷，大仁，她的背景很单纯，她没有父母，她随时可以走入你的家，她受过持家和育婴的训练，我知道她该得到你的爱，我知道，我是她的监护人。”

他说着，忽然激动起来，深凹的眼眶里贮满了泪水，他便不住的拿手绢去擦泪，而他擦泪的手竟抖得不能自抑。

“她是全世界最完美的女人！你凭什么不信，大仁，你可以杀我，但她是全世界最完美的女人，至少比夏娃好，比耶和华上帝造的那个女人高明。”

他哭了。

“你喝了酒吗？刘，你不能平静一点吗？为什么弄出一副老父嫁女的苦脸来呢？”

“因为，”他黯然地望着我，“事实上差不多就等于老父嫁女了。”

“她在哪里，你打算带她什么时候来？”

“在旅馆，明天来怎么样？”

“好吧。”我虽然觉得有些不妥，但想想也犯不着那么认真，刘或许是真的喝了酒，我还是别跟他争论算了。

潘渡娜真的来了，跟在刘克用的背后。

有些女人的美需要长期相处以后才能发现，但潘渡娜不是，你一眼就看得出她的美。

她的皮肤介于黄白之间，头发和眼睛是深棕色的，至于鼻子，看起来比中国人挺，比白种人塌，身材长得很匀称，穿一身白色的低胸长裙，戴一顶鹅黄镂空纱的小帽，很是明艳照人。

她显然受过很好的教养，她端茶的样子，她听别人说话时温和的笑容，她临时表演的调鸡尾酒，处处显得她能干又可亲。

什么都好，让人想起那篇形容古美人的赋，真是所谓“增之一分则太长，减之一分则太短，着粉则太白，施朱则太赤”。

真的，潘渡娜给人的印象就是这样的，她像是按着尺码订制的，没有一个地方不合标准。譬如说她的头发，便是不粗不细，不滑不涩，不多不少，不太曲也不太直。而她的五官也那样恰到好处地安排着，她很美丽，但不至于像绝色佳人。很能干，但不至于掠美男人。很温柔，但不至于懦弱。很聪明，但不至于像天才人物。

总之，她恰到好处。

但是，我一想起她来，就觉得模糊，她简直没有特征，没有属于自己的什么，我对她既不讨厌也不喜欢。

她像我柜子里的那些罐头食物，说不上是美味，但也挑不出什么眼儿。

“我们的潘小姐很可爱的，是吗？”

我没有想到刘当面就这样说话。

“是的，”我很不自在，“的确是让人动心的人物。”

“谢谢你们。”她用一种不十分自然的腔调说着中国话。

“如果你愿意，”刘又说，“随时可以到张大仁这里来，他是一个艺术家。”

“哦，艺术家。”她轻轻地叹了一口气。

“唔，并不是随时可以来，星期一到星期五，我要上班，下午一点钟才回家，圣诞节快到了，我们很忙呢！”

“没关系，上班时间我不会来的。”

我暗暗吃了一惊，她的意思是不上班的时间都要来吗，但后来想想，也没有什么，有些女孩是生来就比较大方的。

“潘小姐不上班吗？”

“现在还没有，不过有一个服装设计师要我做他的模特儿。”

她的确很适合做立体的衣架子，她有那么标准的身段。

我们的初晤既不罗曼蒂克，也没有留下任何回忆，其实如果把女人分为端庄的和性感的两种，潘渡娜倒是比较偏于后者的——只是，不知为什么，她一点都不使人动心，她应该只适于做空中小姐或是女秘书或是时装模特儿，但决不是好的情人。

其实许久以来我一直想着一个家，一个女人。我的同事们都只想片面解决，我却留恋着旧有的一劳永逸的办法。但，潘渡娜让人有触到塑胶的感觉——虽然不至于像触到金属那么糟。

但真正糟糕的地方也许就在这里，她并没有像金属那样触手成冷，我也就没有立刻伸回我的手。

那些日子很冷，早落的雪把人们的情绪弄得很不好。

潘渡娜常来，自己带着酒，我真喜欢那些酒，还有那些她做的酒菜。

有一天晚上潘渡娜刚回去，电话就响了。

“你到底打算不打算写订货单？”

口气很强硬，我一时愣住了，不知对方是什么意思。

“喂，我说，你打算不打算写订货单？”

这一次是用中文说的,我晓得除了刘克用没有别人。

“什么货单?”

“潘渡娜,”他说,“她等着结婚,她贴不起那么多的旅馆钱和酒钱了。”

“唔,”我说,“我的周薪你是晓得的。”

“我晓得,她不白吃你的,她有一笔财产,每个礼拜可以领到二百块的利息——她花不了你一百的,你只会赚不会赔的。”

“那更糟,刘,我不喜欢有钱的女人,人都很自私,都想在婚姻生活里占上风,我怕我伺候不了潘渡娜。”

“听着,大仁,你如果一定要拒绝幸运,我也没有办法,潘渡娜还不至于找不到丈夫。”

“这倒是真的。”

“可是我希望是你。”我沉默了,如果和潘渡娜结婚,事实上也没有什么不好。但我有一点怕她,记得小时候,我从不敢去插电插头,我怕那偶然跳出来的惨绿的火花。我对所有新奇的东西天生就有一份排拒心理。

“大仁,你决定了吗?”

我仍然沉默,因为我不知道除了沉默我还能做什么。

“这样吧,我想不必拖太久了,十二月二十四日怎么样?我带她去找你,然后我们一起上教堂,我就先和牧师约好,否则那一天他们准没有空。一切都简简单单就行了。”

“再拖几天吧!我要交一批货。”

刚说完,我就后悔了,我这样说等于承认了。

“啊!”我立刻听到一声欢呼,“当然,延几天也好,潘渡娜也需要准备准备。”

那天晚上,我洗了澡,照例喝一杯冰牛奶,就去睡觉了——我奇怪我睡着得那么快,我简直连一点兴奋的感觉都没有。

婚期订在十二月三十一号的晚上,一九九九年的最后一天。

中午,潘渡娜和刘来了,她穿着嫣红的曳地旗袍,外面罩着同质料的披风,头上结着银色的阔边大缎带,看起来活像一盒包扎妥当的新年礼物。

教堂就在很近的地方,刘把我们载了去,有一个又瘦又长的牧师已经在那里等着我们了。

那几天雪下得不小,可是那天下午却异样的晴了,又冷又亮的太阳映在雪上,倒射出刺目的白芒,弄得大家都忍不住地流了泪。

牧师的白领已经很黄很旧了,头发也花斑斑的不很干净,他的北欧腔的英语听来叫人难受。

“刘,你是带她来赴婚礼的吗?”他照例问了监护人。

他叫“刘”的时候,像是在叫李奥(Leo),刘跟那个一世纪的大主教有什么关系?

刘忙不迭地点了头,好像默认他就是李奥了。

牧师大声地问了我和潘渡娜一些话，我听不清楚，不过也点了头。

于是他又祈祷，祈祷完，他就按了一下讲台旁边的按钮，立时音乐就响起来了。我和潘渡娜就踏着音乐走了出来，瘦牧师依然站在教堂中，等我们上了车，他就伸手去按另一个钮，音乐便停止了。

我们的车子一路回来。车轮在雪地上转动，吱然有声。刺人的白芒依然四边袭来，我忍不住地掏出手帕来揩眼泪。

回到公寓，走进有八卦图的门，我舒了一口气。

刘克用很兴奋，口口声声嚷着要请我们去吃中国饭，我和潘渡娜各人坐在沙发的一头，尴尬得像旧式婚姻中的新人。

潘渡娜换了一件紫红色的晚礼服，松松地搭着一条狐裘披肩。

我这才注意到，不管世纪的轮子转得多快，男人把世界改成了什么模样，女人仍然固执地守着那几样东西——晚礼服、首饰、帽子和狐裘披肩。

我们吃了炒面，很不是味儿，正确点说，应该是“切丝的牛排炒条状的麦糊”。

我们又喝了酸辣汤，并且最后还来了一道甜得吓人的八宝饭。

然后我们留在那里看表演，那时候我才很吃惊地发现，虽然在纽约住了10年，我所知道的却只限于从公寓到广告社之间的那条街，夜总会的节目竟翻新得叫人咋舌。第一个节目是三个身上除了油漆外什么也没有的男女的合舞，两个女人，一个漆成豹，一个漆成老虎，那个男人则漆成胸前有V字纹的灰熊。当她们扭舞的时候，侍者就给每人一只水枪，里面装着不知是什么的液体，大伙儿疯了一样地去射她们，水枪射及之处，油漆便软溶溶地化了，台上不再有野兽，台上表演者的胴体愈来愈分明。相反地，台下的都成了野兽，大厅之中，吊灯之下，到处是一片野兽的喘息声，呐喊的声音听来有一种原始的恐怖。而侍者说，这只是开锣戏，下面一个比一个刺激。

当着新婚的妻子，我只是捧场性地，射了几枪，潘渡娜和刘克用也射了，都是很文雅的动作。

“我们走吧！”刘说，“春宵一刻值千金哪！”

我们于是在惊人的混乱中离开了，我们婚后的第一个节目便告结束。

回到家，洗了澡，已经十一点了。

“我能在起坐间打个盹吗？新郎官。我今天太兴奋，喝了太多的酒，又开了太多的车，现在天已晚，路又滑，我怕我是很难赶回去了。”

我愣了一下，但我想到这些日子来他的友谊便尽快地点了头。

“不要讨厌我，”他说，他的语调在刹那间老了十年，在寒夜里显得疲乏而苍凉，“天一亮我就走。”

然后他叫过潘渡娜，吻了她。

“也许我再不会看见你了，潘渡娜。从今天起做大仁的妻子，你要克尽妇职。”

然后他又叫过我，把潘渡娜的手交给我。

“潘渡娜的英文名字是 Pandora，你知道吗？在古希腊的年代，众天神曾经选过一个极完美的女人，作为礼物，送给一个男人。而潘渡娜是我送给你的，她是一个礼物，珍惜她吧！”

那一刹间，我深深地感动了，刘哭了，他看来好像真正的牧师，给了我们真正的祝福。

不过，那只是一刹间。很快地，他的深深的眼睛中流过一种阴阴冷冷的冰流，他的近于歹毒的目光使我又迷惑又惊然。

·

那是一九九九年的最后一夜，那是我和潘渡娜的第一夜。我们躺着，黑暗把我们包裹起来，我忽然想起晚餐后的那些节目，人和兽的分野在哪里？

我们开始彼此探索，为什么男人和女人的认识总是借着黑暗，而不是光亮？

渐渐地，我听到她满意的低吟，我的肌肉也渐渐松弛下来，就在那时候，我听到教堂的钟响，那样震彻天地的，沉沉的世纪之钟。二十世纪结束了，新的世纪悄然移入。

突然间，烟火像爆米花一样地在广大的天空里炸开了，那些诡谲的彩色胡乱地跳跃着，撒向十二月沉黑的夜。潘渡娜裸体的身躯上也落满那些光影，使她看来有一种恐怖的意味。

好久，好久，那些声音和烟花才退去，我恍恍惚惚地沉入渴切的睡眠里。

可是，是哪里传来笛声，那属于中国草原风味的牧歌，那样凄迷落寞的调子。

我的生活还是老样子，只是我很久不曾看见刘了，那天早晨他很早就走了，我起来的时候，起坐间里只有缭缭绕绕的余烟。

我打电话给他，他们说他已经辞职了，新的住址不详，我只好留下电话号码。其实留不留都一样，他早就有我的电话号码了。

潘渡娜是一个很能干的主妇，只是有些时候她着实有点太特别。

“他们教我好多东西，”她说，“他们天天告诉我一百遍从起床到睡觉的侍候丈夫的要诀。”

“他们有时教我中文，有时教我英文，”她又说，“不过他们还是希望我嫁给一个中国人，一个东方的艺术家比较合适。”

和大多数的丈夫一样，起先我没有注意她说些什么，时间久了，我不免有些怀疑起来。

“他们是谁，你从前没有提起过。”

“他们从前不准我说，所以我没说。”

“他们是些什么人？”

“他们就是一些人，他们教我很多东西，他们教我吃饭，教我走路，教我说话，教我各种学问。”

“你的意思是指你的父母吗?”

“不是,我没有父母。”

“胡说,你只是不晓得你的父母在哪里,人人都有父母的。”

“没有,真的没有,”她忽然得意地笑了,“刘克用说,虽然世界人口有六十亿,不过只有我一个人是没有父母的。”

“潘渡娜,你不能想想吗?你小时候的事你一样都想不起来了吗?”

“我没有小时候,我记得我本来就有这么大。”

“潘渡娜,你真荒谬,你不要这样,你再这样,我就要带你去看心理医师了。”

“我很正常。”她很不高兴地走开了。

这也许就是刘急于把潘渡娜弄出手的原因,她或许有轻微的幻想狂,其实,这也没有什么。我想,也许她是一个弃婴,曾经有一段时间失去过记忆。

我没有想到我完全错了。

有一天,那是二月初的一个下午,早春的消息在没有花没有树的地方还是被嗅出来了。

那天工作很闲,我提早回家,准备到郊外去画一幅写生,好几天前我就把我的颜料瓶都洗干净了,许多年没有画,所有的瓶瓶罐罐都脏成一团。

但一进门,我就愣住了,我的瓶罐都堆在地板上,潘渡娜伏在那些东西上面,用一种感人的手势拥抱着它们,她的长发披下来,她的脸侧向一边,眼泪沿腮而下。

看见我进来,她抬了一下头,随即又伏下去。

“你这是干什么,潘渡娜?”

她幽幽地哭了,让人心酸的哭。

“不要,潘渡娜,这些瓶子容易破,它会扎着你的。”

“我想起来了,”她说,“我的生命便是这样来的,那里有很多很多玻璃瓶子,我被倒来倒去,我被加热,被合成,我被分解。大仁,我就是这样来的。”

“潘渡娜,”我说,“如果你喜欢瓶子,你尽可以拿去玩,如果你喜欢玻璃玩意儿,我可以给你买一些,但不要说这种奇怪的话,知道吗?”

她抬头望我,一句话也不说,豆大的眼泪扑簌簌地滴着,我忍不住拿起我的帽子,走出小屋,她使我吃惊了,这个女人。但我得承认,共同生活了两个月,我第一次发现她用这种神圣庄严的态度去爱一样东西,那决不是一种小女孩对玩物的情感,那是一种动人的亲情。平常她做每一件事都规矩而不苟,她做每一件该做的事,像一只上足了发条而又走得很准的钟,很索味,可是无懈可击。但今天,她的悲哀使她看来跟平常不同了。

胡乱地走着,我的心情意外的乱。

我还能说她什么,潘渡娜,她不曾使我吃一点苦,不曾花我一分钱,她漂亮而贞节,她不懂得发脾气,她只知道工作。所有好妻子的条件她都具备,所有属于人性的弱点她都没有。

但为什么我总是不能爱她，我们相敬如宾，但我们似乎永远不会相爱。

那些肌肤相亲的夜，为什么显得那样无效，那些性爱为什么全然无补于我们之间的了解？每次，当我望着她，陌生的寒意便自心头升起，潘渡娜啊！我将怎样得救？

走着，走着，来到一处广场，许多车子停在那里，我疲倦地坐下来，四面的车如重重的丛林，我是被女巫的法围困在其中的囚犯。

不知为什么，我忽然想起了中国，又是江南春水乍绿的时节，不知是否有白鹅的红掌在拍打今岁的春歌。

我又想起我的母亲，我很小的时候她就死了，她是一个苍白美丽的妇人，有着挑起的削肩，光莹的前额，极红极薄的嘴唇。没有人告诉过我，她到底死于什么病，我想或许是悒郁，她的眉总是锁着，眼睛总是很恍惚地望着什么地方。

寒冷的冬夜里，她总是起来给我盖被，她一路走过来的时候，我便听见她文雅的咳嗽声，我多么爱她！我常常故意踢掉被子，好让她的手轻轻地为我拉上，我有时也故意发几声呓语，好骗她俯下身来，给我温热的一吻。

但我八岁那年，她就死了。

我发誓要成为一个画家，并且要画一张她的像，这或许是我后来有机会到美国以后选择了艺术系的真正原因，但这都是很久以前的事了，我终于没有画她的像，也没有成为一个画家。

而此刻，头上是浅湖色的二月天空，雪已化尽，空气中有嫩生生的青草气息。我迷惘地坐着，我是什么人？我从哪里来，我要往何处去？

而潘渡娜，我的妻子尚留在地板上，拥抱那一堆冰冷而无情的玻璃罐子，在那里哭泣。

必是她的哭泣里有些什么，使我无端地想起中国，想起江南，想起我早逝的母亲。

我起来，走到街角那里，打一个电话给刘。

“他不在这里，他离开了。”对方的口气十分不耐。

“他去哪里？他不再回来吗？”

“谁晓得，”他说，“他在疯人院里。”

我吃惊地忘记说话，对方已把话筒掷下了，我后悔没问他是什么医院。

沿着大街走回来，我的心绪紊乱得有如扑帘的弱絮。二十一世纪的第一个春天，在还没有绽放的时候，已被这些莫名其妙的事践踏了。

按着电话簿打了十几个电话，终于有一个医院承认有刘克用这个病人。

“李奥并不严重，”他们也念不准那个字，“他只是有些幻想狂，他老是说他是上帝。”

“他在几号病房？”

“不，他自己住在一个安静的别墅里，他的机关有特别护士照应他——可能是很重要的人物吧！”

他把别墅的地点告诉了我。

那天下午我便开车去找他，我终于找到一栋年代颇久的红砖房，房前的草地上开遍了灿黄的水仙。

特别护士告诉我他这两天非常安静，此刻正在后园里。

我走近他的时候，他正背对着我，向一片墙角的乍酱草而出神。他穿着一件宽袍，袖口上绣满了金线。

“我命令你们要生长，”他大声地说，用英文，“我是上帝，我是生命的掌握者。”

“这里有一位客人要见你。”

“带他过来。”他很庄严地说。

我走近他，面对面地注视着他的脸。

才两个月，他竟有了这般的变化，他的头发和眉毛都已落尽，前额因而显得更大更光秃了。深凹的眼眶也因此显得更低了。他的嘴松松地挂下，像一个放置太久的炸圈饼。

我们彼此注视着而不发一言。

“你是张大仁。”他用中文说。

“你是刘克用。”

“你错了，我是上帝。”

“是的，我刚听说了，但以前，在你还没有当上帝以前，你是刘克用，是吗？”

“是的，不过，我以前也是上帝，只是我到后来才发现罢了。”

“哪一天发现的？”

“第一次认识你那天我就发现了，以后逐步证实，直到你的新婚之夜，我得到了完全的证实。”

“你做上帝和我有关吗？”

“和你并没有太大的关系，和潘渡娜有关。”

“我可以知道吗？”

“可以，”他转过身去叫护士，“喂，天使长，给我们拿饮料来。”

饮料放在石桌上，我们便坐在石凳上。

“潘渡娜很好吗？”

“很好，只是昨天还抱着一大堆玻璃罐哭，她说，那是她生命中早期的居处。”

“她这样说吗？”他霍地站起身来，“她竟记得那么清楚吗？”

“记得什么？”

“好，我先问你，你可曾觉得潘渡娜跟真的女人有什么不同吗？”

“和真的女人不同？她有很多说不上来的与人不同的地方，但她并不是假女人，为什么要和真女人不同？”

“好吧，大仁，让我告诉你吧，潘渡娜并不是普通女人，她是我造的，听着，她无父无母，她是我造的，她是从试管里合成的生命，那些试管就是怀孕她的子宫。我是造她的，你是用她的，好了，我说得够清楚了吧？”

我骇然地站起来。

“护士小姐，”我说，“他需要打针吗？”

“打针，哈，打什么针，我很正常。朋友，我很对不起你，我利用了你，但你也没吃什么亏，我辛辛苦苦造的女人，你却坐享其成。”

“刘，你为什么要这样想呢？创造生命明明是不可能的。”

“不可能，谁告诉你的，半个世纪以前人们就已经掌握DNA和RNA的秘密了，生命并不像你想象的那么神秘，生命只是受精卵分裂后的形成物，我们只要造出一个精虫，一个卵子，我们只要掌握那些染色体，那些蛋白质和那些酸和碱，生命是很容易的。”

我哑然地望着他。

“潘渡娜是我们第一次的成功，我们不眠不休地弄了十五年，做了上兆次的实验，仅仅合成二个受精卵，不过已经够顺利了，那时候我把她交给另外一个小组，用试管代替子宫来抚育，但只有潘渡娜顺利发展成为胎儿。我们用一种激素促进细胞的分裂，在很短的时间内，她便成了一个女婴，我们来不及等她再过二三十年了，我们需要尽快观察她，我们让她在药物的帮助下尽快生长，事实上，她和你结婚的时候，她才不到三岁。”

“这是卑鄙的，刘，”我跳上去掐住他，“你这假冒伪善的，你这猪。”

没有字眼可以形容我当时的悲愤，我发现我成为一种淫秽的工具，我是表演者，供他们观察，使他们能写长篇的报告。

护士小姐急速跑过来，拉开我们。

“我要叫警察逮捕你，”她狠狠地推我，“你不人道，你欺侮一个精神不正常的科学家。”我这才想起他们都是一路的人。

“好吧，倒看是谁不人道，我要控告你们，你们这批下流的东西，你们设下这样的骗局，我不会甘休的，呸。”

“你冷静点，大仁，”他慢吞吞地扣上被我拉开的钮扣，“你想你究竟损失了什么，潘渡娜是一个女人，一点没错的女人，跟夏娃的后裔没有什么不同，如果我不说，你一辈子也不知道。”

我气得语结了，我扶着头，一言不发。

“你忘了吗？第一次见面的时候，我们谈过彼此的职业，你说你的工作只要机器便可以操纵了，我说，如今世上剩下来只有人才能做的事也不多了，你说，大概就剩男人和女人之间的那件事吧！”

我不会忘记，他那天曾以那样黑黝黝的眼望着我。

“你使我吃惊，你刚好说中了我的心事，那时的潘渡娜只是一个合成卵，但我却在替她物色一个对象，我知道她所缺少的，我希望能找到一个东方艺术家，她是纯粹的物质合成物，也许你能给她另一种生命，大仁，我没有恶意。”

他的秃头渐渐低垂，向晚的夕阳照在其上，一片可怜的荒凉。

“当然，我们可以另造一个男人，让他们结合，但我们不能以两个假设的人互证，那是不合逻辑的，我们选择了你。那个夏夜，当我去看你的时候，潘渡娜已经是一个女婴了。她是一个很美的女婴，各种成分都照份量配合得很正确。那时候我们仍然没有把握，直到去年感恩节，我发现他们的合作已经把潘渡娜塑成一个美丽的人物了。他们利用她的潜意识，把她每一分智慧都放在学习上了，他们利用‘学习阶次’的秘诀，那就是说，一个婴孩可能在第五天的上午学眨眼最有效，可能在第十天的下午学挥动手脚最有效，可能在一百七十六天到一百七十九天学语言单音最有效，可能在二百天到二百一十九天学长句最有效，他们一秒也没有浪费。”

“我们的步骤是合成小组，受精小组，培育小组，刺激生长小组和教导小组，我们花在她身上的金钱比太空发展多得多，至于人力，差不多是九千个科学家的毕生精力，大仁，你想想，九千个人的一生惟一的事业便是要看她长大——大仁，相信我，人类最伟大的成功就是这一桩，而我是这个计划的执行人，大仁，我难道不是上帝吗？他们居然还说不是。”

他越说越激动起来，护士小姐又送上两瓶饮料，我这才注意到护士在倒饮料的时候，预先在他的杯里放了一片什么东西。

“大仁，老实说吧，耶和华算什么，他的方法太古旧了，必须一个男人和一个女人，然后十月怀胎，让做母亲的痛得肝摧肠断，然后栽培抚养，然后长大，然后死亡。”

“大仁，这一切太落伍了，而且产品也不够水准，大多数的人性都是软弱的，在身体方面他们容易生病，在心灵方面他们容易受伤，而潘渡娜不是的，她不生病，她不犯罪，她不受伤。”

也许是药物发生了作用，他渐渐平息下来。

“她是骡子吧，”我大声地嘲笑着，“我不会有孩子的。”

“她会有的，她一定会。我们造她的时候，既然给了她检验合格的证书，她就能，如果不能，那是你不能——其实她不必生孩子，那太麻烦，我们可以另外造——但目前我们先要她生，我们要证实一下。作为以后的参考。”

“如果她有，她不会爱，因为她不曾有父母的爱。”

“她会，我们会给她足够的黄体素，你以为母爱是什么？你以为那是多么值得歌颂的？那只不过是雌性动物在生产后分泌的一种东西，那种东西作怪，那些妈妈便一个个显出一副慈眉祥目的样子。”

“刘，你太过分了，什么鬼思想把你迷住了，我告诉你，你可以有你的解释，但我仍记得我的母亲，永生永世都记得。春天的早晨她坐在窗前编柳条篮，编好了，就拉着我的手走到溪边，在那里，我玩着清浅的溪水，而她，什么也不做，只怔怔地望我。”

“大仁，不管怎么说，母爱是很荒谬的东西，母爱只是自爱的一种延长，只是另一种形式的自私。母爱如果真是一种够神圣的爱，所有的母亲都该被这种爱净化了。如果所有的母亲净化了,今天的世界不是这个样子。”

“大仁,其实婴儿并不需要母亲,有人拿一组黑猩猩做实验,给它们一些柔软温暖而可抱的物品,它们便十分满足。又有人每天喂一只小鸭,它便出入追随,以为这人是一只母鸭子。”

“那么,大仁,只要我们能给孩子口腔的满足,肠胃的满足,拥抱的满足,爱抚的满足,母爱就可以免了。”

那时,夕阳完全沉没,只剩下一片凄艳的晚霞。

“去吧,大仁,回到潘渡娜那里去,我们的试管每年度都要推出更进化的人种,遍满地面,将来的世界上将充塞着你们的子孙和耶和华的子孙,你们的子孙强健而美丽,不久就要吞吃他们的,去吧,大仁,你是众生之父,而我,是寂寞的上帝。”

暮色一旦注入空气,就越来越浓。我忽然想起那阕元曲:“枯藤、老树、昏鸦,小桥、流水、人家,古道、西风、瘦马,夕阳西下,断肠人在天涯。”

“众生之父?”我凄然地笑了,“告诉你吧,刘,你可以当上帝,但我并没有做众生之父的荣幸,我是我的母亲生的,我是在子宫中生长的,我是由乳房的汁水一滴滴养大的,我仍是耶和华的子孙,我仍是用最土最原始的法子造的,我需要二三十年才能长成,我很脆弱,我容易有伤痕,我有原罪,我必须和自己挣扎,但使我骄傲而自豪的,就是这些苦难的伤痕,就是这些挣扎的汗水。”

“我命令你,”他说,“去爱潘渡娜,我是上帝。”

“你不是说爱很荒谬吗?如果母爱是由于一种腺体作怪,男女的爱不也是另一种腺体作怪吗?她何必有人爱,她那么完全,她独来独往,她何必多我这个附属品?”

他没有答腔,我低头看他,他已经张着嘴睡着了,并且打着鼾。

“你可以走了。”护士冷冷地望着我,“这是他睡觉的时间。”

我默默垂首,黑色的夜已经挪近,而何处是我的归程?

“我放你进来是个错误。”她凶狠狠地说,“我原来以为你也是中国人,可以带给他一些愉快的话题,但你显然说了些对他不利的话,别以为我听不懂,我不能让你再来了,‘李奥’是很重要的人物,我不能让他在我手上加剧。”

“怎样重要法?”

“这是机密,你不配晓得,”她做出女人们知道某项秘密时的刁钻模样,“全世界的人都晓得。”

“如果刘死了呢?”

“他不能死。他太重要。”

“疯了就等于死。”

“所以他必须痊愈。”

我苦笑了一下,对他说了一声“阿门”,便走入黑色汹涌的夜。

驱车在纽约的街道上，我一条街一条街地走着，直到油干了。我的车被迫停在路旁。

路边有一处酒店，我就走进去。

“最近有一种酒，”侍者说，“叫做千年醉，你要不要试试？”

“要！”我大声地说，大声得连眼泪都掉出来。

那天的酒是什么滋味，我已忘掉。只记得泪水滴在其中的苦咸滋味，警车送我回家的颠簸滋味，以及夜半呕吐的搅肠滋味。

而当我迷迷糊糊地躺着，我又听见呕吐的声音。我仍然在吐吗？我并没有吃晚饭，我究竟要吐多少？

凌晨五点，我真正地醒了，我又听见呕吐声。走入洗手间，是潘渡娜在那里。

她的头发凌乱，寝衣散开，蜡黄着一张脸。

“你这是干什么？”我本能地冲上去，恐惧使我的声音变成一种不忍卒听的尖啸。

那一刹间，我的悸怖是无法形容的，她的呕吐声使我有着不幸的预感。

她抬起头来，以一种无助的眼光望着我。我们彼此的目光接触的时候，我才发现我们都是不幸的人。

潘渡娜，潘渡娜，你是一种怎样的生物，愿你被合成的日子受咒诅，我坐在她的身边，纵声地哭了。

潘渡娜也哭了。而在那些哭声中，我们感到孤独，我们将永不相爱，虽然我们都哭。

二〇〇〇年，六月九日。

不知为什么，我想着死。这些日子潘渡娜被“他们”接回去了。自从她说她不适并且想吐以后，他们就带她回去了，他们答应每到周末就要送她回来，但我不知道他们送了没有，每到周末我就开车去露营。

我想着死，与潘渡娜接触的那些回忆让我被一种可怕的幻象笼罩着。我总是梦见我被什么东西钳住，我也梦见狐仙，那些战颤了整个中国北方的民间传说。

而当我醒来时，我混身皆湿，原始的恐惧抓住我，使我悸怖得像一个十岁的男童。

那一天，二〇〇〇年的六月九日，我照例从那样的梦中醒来，我的全身都尚存着清晰的被钳痛的感觉。

“恭喜你，”电话铃声响了，“我们预料你今天可能会做父亲——我们想办法把潘渡娜的怀孕期缩短了一半，这是我们初次的尝试，如果成功了，也许我们下一次可以缩短为四分之一。”

“祝你们成功。”我挂断了电话。

我在屋子里走着，垂地的窗帘尚未拉开，我如同掉在黑暗陷阱里的困兽。

电话铃又响了。

“我们就来接你，潘渡娜开始痛了。”

“不可能的，不可能的，我们不会有孩子。”

“不要固执，我们就来，如果一切顺利，今天中午我们要向全世界发布消息。”

走出公寓，太阳很刺目地照着。我忽然想起结婚那天，雪地上逼人的白芒。忽然有什么东西打在我的头上。我抬头一看，居然是一阵冰雹，像拇指那么大的，以及像拳头那么大的，天气忽然凝冻起来，我发着抖，在六月。

一辆黑色的车子停在我的面前，我跨了进去。

潘渡娜躺在床上，我走进去的时候，她正开心地吃着桃子饼。

“发生了一点意外，”医生向我一摊手，“不知为什么，我们大家都错了。”

离床不远的地方，有一组人在那里用忽大忽小的声音辩论着。

我默默地垂手。

“每一种迹象，每一种检验又都证实她怀孕了，”医生说，“但从早晨起，她的肚子逐渐消扁，并且每一项检验又都证实她肚子里并没有孩子。”

潘渡娜不说话，只是小声地向医生要了另外一种苹果饼。

“这不是很好吗？”我说，“我并不想要这个孩子，不过我抱歉让你们失望了。”

“我们可以再等第二次机会。”

“我可不可以请你们换一个厂家，我不打算负责替你们制造孩子了。”

“那不是我们的事，你和潘渡娜商量吧！你们的婚姻是有法律的约束力的。”

“法律只保护人和人的婚姻。”

“潘渡娜完全等于人。”

“她不是。”

“她是。”

他们把我和潘渡娜放在一个车子里，打算把我们送回去。

“可不可以让我下来，”车子经过公园的时候，潘渡娜说，“我需要走一走。”

我们一起走下来，此刻又复是炎热的六月，直射的阳光好像忘记刚才下冰雹的那回事了。

潘渡娜跳跃着奔向草坪，我这才发现她跑路的动作多么像一个小女孩。她一面跑，一面回头看我，脸上带着怯怯的笑。

忽然，她躺了下来，她穿的是一件镶了许多花边的粉红色孕妇衣，当她躺在绿茵茵的草地上，远看过去便恍然如一朵极大的印度莲花。

“我疲倦了，”她说，“我觉得我做了一个梦，很长很可怕的梦。”

我想告诉她，我也曾有噩梦，但我没有说，我们梦并不相同。

“给我那个东西，”她指着垃圾箱里一个发亮的玻璃瓶，“我喜欢那个东西。”

我取过来，递在她的手里，她把它贴在颊边磨擦着，她的眼睛里流出可怜的依恋之情。

"我厌倦了。"她又说了一次,声音细小而遥远。

"我觉得我的存在是不真实的,"她叹了一口气,"大仁,我究竟少了些什么东西?"

我俯下身去,她已闭上双目,我拉过她的手,那里已没有脉动。她的眉际仍停留着那个问号:"大仁,我究竟少了些什么东西?"

六月的热风吹着,吹她一身细嫩的白花,在我的眼前还幻出漫天纷飞的雪片。

我感到寒冷。

尾声

十二月,我接到刘的圣诞卡,他已经搬了家。

那时候,我刚好得到一个短期的休假,遂决定去乡间看看他。

应门的是一个老妇人,我放了大半个心,如果是从前那位护士就麻烦了。

屋子里没有暖气设备,客厅中毕毕剥剥地烧着松枝,小小的爆裂声要多么古典就有多么古典。

"他已经知道了吗?"我问老妇人。

那老妇人也许有重听的毛病,没有理我便径自走了。

我无聊地望了一阵火光,才猛然发现刘就在客厅里,在离火较远而光线也较黯淡的一个角落,他垂头睡在一张很深很大的黑色沙发里,他的中国式的长袍是蓝黑色的,一时很难分辨。

"刘克用,"我走上前去摇他的肩膀,"刘,你不能醒醒吗?"

他慢慢地揉着眼睛醒过来,看见是我的时候竟一点惊讶的表情都没有。

"哎,"他打着哈欠说,"我早就想着你该来的。"

"潘渡娜死了。"我说。

"我知道。"

我们互相注视了一会儿,现在我明白什么是"恍如隔世"了。

"你还当上帝吗?"

"不当了。"他苦笑了一下。

"是因为潘渡娜的死吗?"

"也可以这么说。"

他站起身来,缩着脖子搓手,完全一副老人的样子,慢慢地他走到窗口,又慢慢地,他走向炉边。当他点燃他的烟斗的时候,我知道他有一段长话要说了。

"大仁,我或许该写本忏悔录,不过后来想想也就罢了。大仁,上次你来以后,我的病况就更重了,因为他们告诉我,潘渡娜怀了孕。大仁,他们多么幼稚,他们竟以为我听到那样的消息便会痊愈。大仁,那一刹间多么可怕,我竟完全崩溃。大仁,当你发现你掌握生命的主权,当你发现在你之上再没有更高的力量,大仁,那是可怕的。生命是什么? 大仁，生命不是有点像阿波罗神的日车吗？辉煌而伟大，但没有人可以代为执缰。大仁，没有人，连他的儿子也不行。

“有那么长一段时间，我渴望着‘潘渡娜一号’能够成功，但事实上，我并不懂得我正在做些什么，在渴望着什么。大仁，那是很奇怪的，我小的时候住在乡下，我们的隔壁是一个雕刻像的，每次他总是骗别人，说他雕的神像特别灵验，他半夜起来的时候常看见那些关公，那些送子娘娘都在转着眼珠子呢！但有一天，也许是他工作过分疲劳，他看见张飞的眼睛眨了几下，他就立刻赤脚而逃，昏倒在院子里，并且迷迷糊糊地嚷着：‘他，他，他的眼珠子在动。’

“大仁，这些年来，所有研究生化的人都梦想在试管里造生命，大仁，当我们这样嚷着的时候，我们并不觉得什么，我们很快乐，但，大仁，当我们一步步接近造‘人造人’的时候，我们就惶恐了，只是我们不晓得，我们看来很兴奋。

“大仁啊，当潘渡娜造成的时候，我是说，当她只是一个受精卵的时候，我已经就尝到那些苦果了，我在街上乱撞，我离开我豪华舒服的住宅，想随便找一处地方住，我找到你，但我毕竟舍不得摆脱这一切，我的半生都消耗在试管里，我要知道潘渡娜是否可以成功，我每天注视着她的发展，大仁，我就同时受快乐与痛苦的冲击。

“大仁，我七岁那年曾把一些钱币埋在后院里，我渴望它长出一棵摇钱树来，我每天去巴望。有一天，它真的发芽了，我忽然惊恐起来，我拔起那棵树，发现那只是一株龙眼树，而掘开土，我很高兴地知道我的钱还在那里，那时候，我便又失望又高兴，大仁，我终于没有得到摇钱树，但我高兴，高兴这个世界有秩序，有法规。大仁，我们老是喜欢魔术，喜欢破坏秩序的东西。但事实上，我们更渴望一些万年不变的平易的生活原则。

“可惜，大仁，我们竟不知道。

“对潘渡娜，我也是如此，当我为她的成长而快乐发狂的时候，大仁，我就同时惊慌。同时悲哀。

“不久，她已成为一个女婴，我多么盼望她畸形，多么盼望她死去。但是，没有，她健康而美丽。大仁，没有人知道，当她越来越成熟的时候，我痛苦到怎样的地步。

“当你们结婚时，大仁，我又怀着一些希望，我多么愿意她是一个不能有性生活的女人。那天晚上我本来要回去，但在我里面的另一个我却要我留下，要我知道她在这方面是否等于一个女人。当你们在悄无声息地睡去的时候，我知道一切都安全了，潘渡娜可以放在世人中而不被认出。大仁，那夜，我驱车走过二十世纪的新雪地，径自向精神病院，我为我自己挂了号，我写了自己的病名，我躺上自己的病床。

“之后，我被他们搬到乡下，他们仔细地照顾我，以便有一天再起来领导他们造‘人造人’。大仁，那时候幸亏我没有痊愈，如果痊愈了，我们就要立刻动手生产潘渡娜第二号，那么当我看到她成长时，我将再神经错乱一次。

“而那时候，他们告诉我潘渡娜怀了孕，我就忽然更嚣张了，但，大仁，当上帝是极苦的，我是说，不是上帝而当上帝是极苦的。你摔破皮的时候向谁叫‘天哪！’，你忧伤的时候向谁说‘主啊！’，你快乐的时候向谁唱‘哈利路亚’？

“多年来对于上帝我一直有‘彼可取而代之’的轻心，但，大仁，取代是容易的，取代以后又怎么呢？

“后来，潘渡娜就死了。大仁，可笑他们还不敢告诉我，这是我惟一得救的机会。我惟一可以重拾人的生活的路，但他们竟瞒着我。

“但我终于看出来了，我看出有些不对的地方，我自己到实验室去，我看到浸在大玻璃缸中的潘渡娜，大仁，人是出于土而归于土的，但潘渡娜呢，她出于试管而归于试管。

“我一生的成果在此，她，潘渡娜，我曾希望她是一宗礼物，我曾希望我是一个渡者，但她什么都不是，隔着玻璃，隔着药水，我们彼此相视，她已经不复昔日的容颜了，她的身体被液体的折光律弄得变了形——但不知她是否也在看我，她有没有发现我也在变形。

“大仁，那天我出奇的冷静，我默默地在那里站了一个上午，然后我擦我的眼泪，然后我走出来。

“大仁，我不明白她为什么会死，他们说她没有死因。他们说她忽然之间一切都停止了，停止思想，停止循环，停止呼吸。他们又说她临死时讲过一句话，她说：‘究竟我少了什么？’

“他们因此便仔细地解剖她，他们把她每一部分都作了详尽的研讨，但终于他们作了结论：她完全等于人，她直到死时，身体每一部分都健康正常，她虽然并没有怀过孩子，但如果假以时日，应该没有什么困难。——其实不怀孩子也没有什么，人类的女子不也常常不孕吗？

“那么，她为什么死了呢？大仁，她为什么在健康情况最好的时候，无疾而终呢？幸亏她在法律上还没有取得人的地位，否则我们如何签发她的死亡证书呢？

“大仁，你这和她生活过的，她究竟少了什么，比之你我，她少了什么？

“我一清醒便立刻召集了一个全体的检讨会，所有的部门都没有错误，九千多科学家的科学家密切地合作，造出了分量上那么正确的潘渡娜。但，潘渡娜死了，这个使我们奉上我们一生心血时间的女人。大仁，她死了，我们好像一群办家家酒的小孩子，在我们自己的游戏里拜堂、煮饭、请客、哄娃娃睡觉，俨然是一群大人，但母亲一嚷，我们便清醒过来，回家洗手、吃饭，又恢复为一个小孩子。

“那天，我们面面相觑，不知我们失败在何处。最后我们承认，也许她自己说得很对——她厌倦了，其实我们也厌倦，但我们的担子很神圣，我是说，在冥冥之中，我们对生命，对神奇之物的敬畏，使我们不敢断然拒绝活下去的义务。

“潘渡娜属于她自己，她有权利遗弃自己，而我们，我们似乎属于一种更高的辖制，我们被雨水和阳光呵护，我们被青山和绿水怡悦，我们无权遗弃自己。

“大仁，有一天我将死，你们会给我怎样的墓志铭呢？其实，墓志铭都差不多，因为人的故事都差不多，我只渴望一句话——这里躺着一个人——我庆幸，我这一生最大的快乐和荣幸就是发现自己只是一个人。”

冬天的炉火把屋子涂成温暖的橘红色，松脂的香息扑人衣襟。而窗外，雪片落着，那样轻柔地，像是存心要覆盖某些伤痛的回忆。

“你们到底有没有找出来，她所少的东西？”

“没有，我们只能说没有。”

“我们可不可以猜测——也许你不承认——那是灵魂。”

“我不知道，我只能说我不知道。”

“庆祝你的失败。”我站起来拿酒，“也庆祝我的鳏居。”

“真的，我们好运气。”

陈年的威士忌，二十世纪的。我们高兴地举杯。

“喂！”我说，“你已经洗手不干了吗？”

“不干了，退休金够我吃好几辈子的。”

“他们由谁领导呢？”

“不知道，随他们去吧！”

“你不再关心人类了？你的同情呢？你不是说人类太软弱吗？你不是说旧有的制造办法太落伍了吗？你……”

“大仁，”他转过身喝住我，“你忘了，那是我什么时候说的话了。”

停一下他说：

“让一切照本来的样子下去，让男人和女人受苦，让受精的卵子在子宫里生长，让小小的婴儿把母亲的青春吮尽，让青年人老，让老年人死。大仁，这一切并不可怕，它们美丽，神圣而庄严，大仁，真的，它们美丽，神圣而又庄严。”

他说着便激动地哭了，我也哭了起来。

风从积雪的林间穿过，像一个极巨大的人的极轻柔的低语，火光跳跃，松香不断，白色的热气袅升自粗陶的茶盅。

张晓风：《张晓风经典作品》，当代世界出版社，2004年2月，第227—257页。

地毯的那一端

德：

从疾风中走回来，觉得自己像是被浮起来了。山上的草香得那样浓，让我想到，要不是有这样猛烈的风，恐怕空气都会给香得凝冻起来！

我昂首而行，黑暗中没有人能看见我的笑容。白色的芦荻在夜色中点染着凉意——

这是深秋了，我们的日子在不知不觉中临近了。我遂觉得，我的心像一张新帆，其中每一个角落都被大风吹得那样饱满。

星斗清而亮，每一颗都低低地俯下头来。溪水流着，把灯影和星光都流乱了。我忽然感到一种幸福，那种混沌而又陶然的幸福。我从来没有这样亲切地感受到造物的宠爱——真的，我们这样平庸，我总觉得幸福应该给予比我们更好的人。

但这是真实的，第一张贺卡已经放在我的案上了。洒满了细碎精致的透明照片，灯光下展示着一个闪烁而又真实的梦境。画上的金钟摇荡，遥遥地传来美丽的回响。我仿佛能听见那悠扬的音韵，我仿佛能嗅到那沁人的玫瑰花香！而尤其让我神往的，是那几行可爱的祝词："愿婚礼的记忆存至永远，愿你们的情爱与日俱增。"

是的，德，永远在增进，永远在更新，永远没有一个边和底——六年了，我们护守着这份情谊，使它依然焕发，依然鲜洁，正如别人所说的，我们是幸运的。每次回顾我们的交往，我就仿佛走进博物馆的长廊。其间每一处景物都意味着一段美丽的回忆，每一件东西都牵扯着一个动人的故事。

那样久远的事了。刚认识你的那年才十七岁，一个多么容易错误的年纪！但是，我知道，我没有错。我生命中再没有一件决定比这项更正确了。前天，大伙儿一块吃饭，你笑着说："我这个笨人，我这辈子只做了一件聪明的事。"你没有再说下去，妹妹却拍起手来，说："我知道了！"啊，德，我能够快乐地说，我也知道。因为你做的那件聪明事，我也做了。

那时候，大学生活刚刚展开在我面前。台北的寒风让我每日思念南部的家。在那小小的阁楼里，我呵着手写蜡纸。在草木摇落的道路上，我独自骑车去上学。生活是那样黯淡，心情是那样沉重。在我的日记上有这样一句话："我担心，我会冻死在这小楼上。"而这时候，你来了，你那种毫无企冀的友谊四面环护着我，让我的心触及最温柔的阳光。

我没有兄长，从小我也没有和男孩子同学过。但和你交往却是那样自然，和你谈话又是那样自在。有时候，我想，如果我是男孩子多么好呢！我们可以一起去爬山，去泛舟。让小船在湖里任意飘荡，任意停泊，没有人会感到惊奇。好几年以后，我将这些想法告诉你，你微笑地注视着我："那，我可不愿意，如果你真想做男孩子，我就做女孩。"而今，德，我没有变成男孩子，但我们可以去遨游，去做山和湖的梦。因为，我们将有更亲密的关系了。啊，想象中终生相爱相随是多么美好！

那时候，我们穿着学校规定的卡其服。我新烫的头发又总是被风刮得乱蓬蓬的。想起来，我总不明白你为什么那样喜欢接近我。那年大考的时候，我蜷曲在沙发里念书。你跑来，热心地为我讲解英文文法。好心的房东为我们送来一盘春卷，我慌乱极了，竟吃得洒了一裙子。你瞅着我说："你真像我妹妹，她和你一样大。"我窘得不知如何是好，只是一径低着头，假作抖那长长的裙幅。

那些日子真是冷极了。每逢没有课的下午我总是留在小楼上，弹弹风琴，把一本拜尔琴谱都快翻烂了。有一天你对我说："我常在楼下听你弹琴。你好像常弹那首《甜蜜的家庭》。怎么？在想家吗？"我很感激你的窃听，唯有你了解、关切我凄楚的心情。德，那个时候,当你独自听着的时候,你想些什么呢?你想到有一天我们会组织一个家庭吗?你想到我们要用一生的时间以心灵的手指合奏这首歌吗?

寒假过后,你把那叠泰戈尔诗集还给我。你指着其中一行请我看:“如果你不能爱我,就请原谅我的痛苦吧!”我于是知道发生什么事了。我不希望这件事发生,我真的不希望。并非由于我厌恶你,而是因为我太珍重这份素净的友谊,反倒不希望有爱情去加深它的色彩。

但我却乐于和你继续交往。你总是给我一种安全稳妥的感觉。从头起,我就付给你我全部的信任。只是,当时我心中总向往着那种传奇式的、惊心动魄的恋爱,并且喜欢那么一点点的悲剧气氛。为着这些可笑的理由,我耽延着没有接受你的奉献。我奇怪你为什么仍作那样固执的等待。

你那些小小的关怀常令我感动。那年圣诞节你把得来不易的几颗巧克力糖,全部拿来给我了。我爱吃笋豆里的笋子,惟有你注意到,并且耐心地为我挑出来。我常常不晓得照料自己,惟有你想到用自己的外衣披在我身上(我至今不能忘记那衣服的温暖,它在我心中象征了许多意义。)是你,敦促我读书。是你,容忍我偶发的气性。是你,仔细纠正我写作的错误。是你,教导我为人的道理。如果说,我像你的妹妹,那是因为你太像我大哥的缘故。

后来,我们一起得到学校的工读金,分配给我们的是打扫教室的工作。每次你总强迫我放下扫帚,我便只好遥遥地站在教室的末端,看你奋力工作。在炎热的夏季里,你的汗水滴落在地上。我无言地站着,等你扫好了,我就去挥挥桌椅,并且帮你把它们排齐。每次,当我们目光偶然相遇的时候,总感到那样兴奋。我们是这样地彼此了解,我们合作的时候总是那样完美。我注意到你手上的硬茧,它们把那虚幻的字眼十分具体地说明了。我们就在那飞扬的尘影中完成了大学课程——我们的经济从来没有富裕过;我们的日子却从来没有贫乏过。我们活在梦里,活在诗里,活在无穷无尽的彩色希望里。记得有一次我提到玛格丽特公主在婚礼中说的一句话:“世界上从来没有两个人像我们这样快乐过。”你毫不在意地说:“那是因为他们不认识我们的缘故。”我喜欢你的自豪,因为我也如此自豪着。

我们终于毕业了,你在掌声中走到台上,代表全系领取毕业证书。我的掌声也夹在众人之中,但我知道你听到了。在那美好的六月清晨,我的眼中噙着欣喜的泪,我感到那样骄傲,我第一次分沾你的成功,你的光荣。

“我在台上偷眼看你,”你把系着彩带的纸卷交给我,“要不是中国风俗如此,我一走下台来就要把它送到你面前去的。”

我接过它,心里垂着沉甸甸的喜悦。你站在我面前,高昂而谦和、刚毅而温柔。我忽然发现,我关心你的成功,远远超过我自己的。

那一年,你在军中。在那样忙碌的生活中,在那样辛苦的演习里,你却那样努力地准备研究所的考试。我知道,你是为谁而作的。在凄长的分别岁月里,我开始了解,存在于我们中间的是怎样一种感情。你来看我,把南部的冬阳全带来了。那厚呢的陆战队军服重新唤起我童年时期对于号角和战马的梦。我一直没有告诉你,当时你临别敬礼的镜头烙在我心上有多深。

我帮着你搜集资料,把抄来的范文一篇篇断句、注释。我那样竭力地做,怀着无上的骄傲。这件事对我而言有太大的意义。这是第一次,我和你共赴一件事。所以当你把录取通知转寄给我的时候,我竟忍不住哭了。德,没有人经历过我们的奋斗,没有人像我们这样相期相勉,没有人多年来在冬夜图书馆的寒灯下彼此伴读。因此,也就没有人了解成功带给我们的兴奋。

我们又可以见面了,能见到真真实实的你是多么幸福。我们又可以去作长长的散步,又可以蹲在旧书摊上享受一个闲散黄昏。我永不能忘记那次去泛舟。回程的时候,忽然起了大风。小船在湖里直打转,你奋力摇橹,累得一身都汗湿了。

"我们的道路也许就是这样吧!"我望着平静而险恶的湖面说,"也许我使你的负担更重了。"

"我不在意,我高兴去搏斗!"你说得那样急切,使我不敢正视你的目光,"只要你肯在我的船上,晓风,你是我最甜蜜的负荷。"

那天我们的船顺利地拢了岸。德,我忘了告诉你,我愿意留在你的船上,我乐于把舵手的位置给你。没有人能给我像你给我的安全感。

只是,人海茫茫,哪里是我们共济的小舟呢?这两年来,为着成家的计划,我们劳累到几乎虐待自己的地步。每次,你快乐的笑容总鼓励着我。

那天晚上你送我回宿舍,当我们迈上那斜斜的山坡,你忽然驻足说:"我在地毯的那一端等你!我等着你,晓风,直到你对我完全满意。"

我抬起头来,长长的道路伸延着,如同圣坛前柔软的红毯。我迟疑了一下,便踏向前去。

现在回想起来,已不记得当时是否是个月夜了,只觉得你诚挚的言词闪烁着,在我心中亮起一天星月的清辉。

"就快了!"那以后你常乐观地对我说,"我们马上就可以有一个小小的家。你是那屋子的主人,你喜欢吧?"

我喜欢的,德,我喜欢一间小小的陋屋。到天黑时分我便去拉上长长的落地窗帘,捻亮柔和的灯光,一同享受简单的晚餐。但是,哪里是我们的家呢?哪儿是我们自己的宅院呢?

你借来一辆半旧的脚踏车,四处去打听出租的房子,每次你疲惫不堪地回来,我就感到一种痛楚。

"没有合意的,"你失望地说,"而且太贵,明天我再去看。"

我没有想到有那么多困难,我从不知道成家有那么多琐碎的事,但至终我们总算找到一栋小小的屋子了。有着窄窄的前庭,以及矮矮的榕树。朋友笑它小得像个巢,但我已经十分满意了。无论如何,我们有了可以憩息的地方。当你把钥匙交给我的时候,那重量使我的手臂几乎为之下沉。它让我想起一首可爱的英文诗:"我是一个持家者吗?哦,是的,但不止,我还得持护着一颗心。"我知道,你交给我的钥匙也不止此数。你心灵中的每一个空间我都持有一枚钥匙,我都有权径行出入。

亚寄来一卷录音带,隔着半个地球,他的祝福依然厚厚地绕着我。那样多好心的朋友来帮我们整理。擦窗子的,补纸门的,扫地的,挂画儿的,插花瓶的,拥拥熙熙地挤满了一屋子。我老觉得我们的小屋快要炸了,快要被澎湃的爱情和友谊撑破了。你觉得吗?他们全都兴奋着,我怎能不兴奋呢?我们将有一个出色的婚礼,一定的。

这些日子我总是累着。去试礼服,去订鲜花,去买首饰,去选窗帘的颜色。我的心像一座喷泉,在阳光下涌溢着七彩的水珠儿。各种奇特复杂的情绪使我眩昏。有时候我也分不清自己是在快乐还是在茫然,是在忧愁还是在兴奋。我眷恋着旧日的生活,它们是那样可爱。我将不再住在宿舍里,享受阳台上的落日。我将不再偎在母亲的身旁,听她长夜话家常。而前面的日子又是怎样的呢?德,我忽然觉得自己好像要被送到另一个境域里去了。那里的道路是我未走过的,那里的生活是我过不惯的,我怎能不惴惴然呢?如果说有什么可以安慰我的,那就是:我知道你必定和我一同前去。

冬天就来了,我们的婚礼在即。我喜欢选择这季节,好和你厮守一个长长的严冬。我们屋角里不是放着一个小火炉吗?当寒流来时,我愿其中常闪耀着炭火的红火。我喜欢我们的日子从黯淡凛冽的季节开始,这样,明年的春花才对我们具有更美的意义。

我即将走入礼堂,德,当结婚进行曲奏响的时候,父母将挽着我,送我走到坛前,我的步履将凌过如梦如幻的花香。那时,你将以怎样的微笑迎接我呢。

我们已有过长长的等待,现在只剩下最后的一段了。等待是美的,正如奋斗是美的一样,而今,铺满花瓣的红毯伸向两端,美丽的希冀盘旋而飞舞。我将去即你,和你同去采撷无穷的幸福。当金钟轻摇,蜡炬燃起,我乐于走过众人去立下永恒的誓愿。因为,哦,德,因为我知道,是谁,在地毯的那一端等我。

(一九六四、十二、四)

张晓风:《张晓风经典作品》,当代世界出版社,2004年2月,第9—14页。

◆◆◆ 张晓风导读

◎张　岚

余光中认为张晓风是一位拥有自己风格的作家,她的独特性来自四个方面:第一,她成名于20世纪60年代中期,却能免于当时西化盛行的时尚,"既不乱叹人生的虚无,也不沉溺文字的晦涩"。第二,她出身于中文系却无腐酸气,对西方文学又颇有吸收。第三，她是女作家，却能摆脱闺秀气而融入阳刚质。第四，她的散文题材开阔，风格上以知性提升感性，视野上将小我拓展大我。①

这不仅是对张晓风散文的评价，同样适用于她的其他题材作品。张晓风在台湾文坛素有“菩萨心肠，魔鬼文章”、“千面女郎”等美誉，她涉猎面广，智商极高，既吸收中国传统文学营养，又借鉴西方文学技巧，形成了别具一格的艺术风格。张晓风写过散文、小说、诗歌，还写了不少剧本，但写得最多的还是人生。她的创作来源于深切的生命体验，身边的一草一木无不牵动着她敏感的心灵。然而她又不仅仅拘泥于一己的女性个体经验，而是在女性的细腻中，糅合了刚毅深沉及对人类共同情感和命运的思考，这使她的作品间杂了柔情和豪情两种色彩，读之如嚼青橄榄，意味丰富而深远。

我们在此所选的《潘渡娜》的意义不仅在于它首开台湾科幻小说之先河，更重要的是它给予读者关于人性的思考和启迪。这篇小说于1968年发表在《中国时报》上，虽然这之前台湾文坛上有过一些以文艺笔法写的科普读物，但严格意义上的科幻小说还是自《潘渡娜》始。小说以细腻哀婉的笔法，编织了“人造人”潘渡娜美丽而伤感的一生。潘渡娜拥有完美的身材和容貌以及无可挑剔的举止行为，却没有普通人的灵魂，最后惨然死去。与科普读物不同，这篇小说并不负载科学原理、科学法则的宣传任务，而是通过一则凄哀的故事，一方面颂扬了自然人性、自然生命的价值；另一方面也表达了对人类未来的深切隐忧。

然而，张晓风的文学成就并不主要表现在小说上，她是以散文创作成名，也是以散文创作独树一帜风靡台湾文坛的。而在她众多的散文作品中又尤以《地毯的那一端》倾倒了众多读者。这是张晓风的成名作，叙写了她与同学林平治教授早年的爱情生活以及他们即将走向“地毯那一端”步入婚礼殿堂的期盼和激动之情。文章以温馨纾徐的笔致、细腻缱绻的心绪，见证了一份“执子之手，与子偕老”的真情：“当你把钥匙交给我的时候，那重量使我的手臂几乎为之下沉。……我知道，你交给我的钥匙也不止此数。你心灵中的每一个空间我都持有一枚钥匙，我都有权径行出入。”（张晓风：《地毯的那一端》）文章并未写出惊心动魄的生离死别，只不过回顾了他们六年来相知相惜的点点滴滴，期间他们一起拥抱知识和爱情，物质上颇为贫乏而精神上却极其富有，无论生活如何困顿，心里却永远充溢着欣喜。此类题材和事件本身并无新意，但在这多数人普遍经历过的生活中，作者却以感恩的心情体会上天的慈爱和惠眷，倍加珍惜生活所赐予的一切。

“星斗清而亮，每一颗都低低地俯下头来。溪水流着，把灯影和星光都流乱了。我忽然感到一种幸福，那样混沌而又陶然的幸福。我从来没有这样亲切地感受到造物的宠爱——真的，我们这样平庸，我总觉得幸福应该给予比我们更好的人。”（同上）与其说这是两性关系情感境界的表述，毋宁说这是一种广博的爱的体现。因为跃动于字里行间的情感蕴含着一种厚重充实、浸润筋骨的力量，它和读者的心灵相互交汇，形成共鸣，坦诚

① 余光中：《亦秀亦豪的健笔——我看张晓风的散文》，《台港文学选刊》，1992年第3期。

告白也就成了这篇散文的鲜明风格。

张晓风既是一位聪颖刚毅的女强人，又是典型的贤妻良母；既是一位豁达开放的现代女性，也是一位虔诚的基督教徒。在人生的舞台上，她扮演着不同的角色，生活给予她纷繁迥异的感受，体现在其散文创作中，呈现出缤纷的色彩。除了《地毯的那一端》这类描写感情生活的篇章外，大致还有这样三类作品：一是对故国明月镂心刻骨的乡思；二是对大地山川草木宗教感恩般的虔敬；三是在广阔的思维空间中对生命的感悟。她的散文题材广泛，风格独特，比之上一代女作家有新的突破，被余光中赞为“亦秀亦豪的健笔”，认为她“是第三代散文家里腕挟风雷的淋漓健笔，这枝笔，能写景也能叙事，能咏物也能传人，扬之有豪气，抑之有秀气，而即使在柔婉的时候也带一点刚劲”。①

张晓风研究资料链接

余光中：《亦秀亦豪的健笔——我看张晓风的散文》，《台港文学选刊》，1992 年第 3 期。

楼肇明：《张晓风的魅力：人格灵魂的自我定位》，《台港文学选刊》，1992 年第 3 期。

方忠：《论张晓风的散文创作》，《台港文学选刊》，1992 年第 3 期。

吴军英：《张晓风散文论》，《当代文坛》，2002 年第 4 期。

李琳：《张晓风散文的情感体验与情感倾诉》，《名作欣赏》，2007 年第 10 期。

朱利萍：《传统哲学与现代情怀的诗意整合——论传统哲学对张晓风散文的影响》，《学术论坛》，2008 年第 8 期。

朱利萍：《古典意蕴与现代审美的圆融——论张晓风散文的诗性美》，《名作欣赏》，2008 年第 24 期。

黄维樑：《美丽的张世界——〈晓风过处——张晓风选集〉序》，《华文文学》，2009 年第 4 期。

① 余光中：《亦秀亦豪的健笔——我看张晓风的散文》，《台港文学选刊》，1992 年第 3 期。

琦君

琦君(1917—2006),本名潘希真。1917年生于温州瞿溪镇一个旧式家庭,12岁随家迁居杭州,1941年毕业于杭州之江大学(现杭州大学)。毕业后曾任教上海汇中女中、永嘉县立中学(现温州二中)。1949年迁至台湾,先后任台湾"司法行政部"科长、台湾"中央大学"文学院中国文学系教授,1996年与丈夫李唐基定居美国新泽西州,任旅美华人作协理事。

琦君有着深厚的国学根基。她5岁开始认字,7岁读《诗经》、唐诗,9岁读《论语》、《左传》和唐宋古文,著名词学家夏承焘教授是她的启蒙老师。琦君正式开始写作是1950年,自1954年起,先后出版了《琴心》、《烟愁》、《红纱灯》、《七月的哀伤》、《三更有梦书当枕》、《水是故乡甜》、《此处有仙桃》等散文、小说集三十余种。1964年获得台湾中国文艺协会散文创作奖,1970年《红纱灯》散文集获中山散文创作奖,其中《此处有仙桃》获全台湾文艺奖。《琦君寄小读者》获"台湾新闻局"金鼎奖,被称为"国家级"作家。1989年又被评为台湾十佳作家之一,在近年台湾一次"最畅销作家"的统计中,琦君又名列十大女作家之首。琦君的作品风格独特,她无论写人、记事、状物,每篇每字都是从心中流出,而不是勉强运用文字技巧编织而成。台湾文艺界对她的创作评论说:"她的作品不是浓妆艳抹的豪华贵妇,也不是粗服乱发的村里美女,而是秀外慧中的大家闺秀。""她的作品中那股真挚的情意,感人至深。再加上笔致婉约,整篇文章散发着迷人的气息,自有一种吸引人的风采。"其作品曾被翻译为美、日、朝鲜文等,深受海内外读者的喜爱,被誉为"台湾文坛上闪亮的恒星"。

髻

母亲年轻的时候，一把青丝梳一条又粗又长的辫子，白天盘成了一个螺丝似的尖髻儿，高高地翘起在后脑，晚上就放下来挂在背后。我睡觉时挨着母亲的肩膀，手指头绕着她的长发梢玩儿，双妹牌生发油的香气混着油垢味直熏我的鼻子。有点儿难闻，却有一份母亲陪伴着我的安全感，我就呼呼地睡着了。

每年的七月初七，母亲才痛痛快快地洗一次头。乡下人的规矩，平常日子可不能洗头。如洗了头，脏水流到阴间，阎王要把它储存起来，等你死以后去喝，只有七月初七洗的头，脏水才流向东海去。所以一到七月七，家家户户的女人都要有一大半天披头散发。有的女人披着头发美得跟葡萄仙子一样，有的却像丑八怪。比如我的五叔婆吧，她既矮小又干瘪，头发掉了一大半，却用墨炭划出一个四四方方的额角，又把树皮似的头顶全抹黑了。洗过头以后，墨炭全没有了，亮着半个光秃秃的头顶，只剩后脑勺一小撮头发，飘在背上，在厨房里摇来晃去帮我母亲做饭，我连看都不敢冲她看一眼。可是母亲乌油油的柔发却像一匹缎子似的垂在肩头，微风吹来，一绺绺的短发不时拂着她白嫩的面颊。她眯起眼睛，用手背拢一下，一会儿又飘过来了。她是近视眼，眯缝眼儿的时候格外的俏丽。我心里在想，如果爸爸在家，看见妈妈这一头乌亮的好发，一定会上街买一对亮晶晶的水钻发夹给她，要她戴上。妈妈一定是戴上了一会儿就不好意思地摘下来。那么这一对水钻夹子，不久就会变成我扮新娘的"头面"了。

父亲不久回来了，没有买水钻发夹，却带回一位姨娘。她的皮肤好细好白，一头如云的柔鬈比母亲的还要乌，还要亮。两鬓像蝉翼似的遮住一半耳朵，梳向后面，挽一个大大的横爱司髻，像一只大蝙蝠扑盖着她后半个头。她送母亲一对翡翠耳环。母亲只把它收在抽屉里从来不戴，也不让我玩，我想大概是她舍不得戴吧。

我们全家搬到杭州以后，母亲不必忙厨房，而且许多时候，父亲要她出来招呼客人，她那尖尖的螺丝髻儿实在不像样，所以父亲一定要她改梳一个式样。母亲就请她的朋友张伯母给她梳了个鲍鱼头。在当时，鲍鱼头是老太太梳的，母亲才过三十岁，却要打扮成老太太，姨娘看了只是抿嘴儿笑，父亲就直皱眉头。我悄悄地问她："妈，你为什么不也梳个横爱司髻，戴上姨娘送你的翡翠耳环呢？"母亲沉着脸说："你妈是乡下人，哪儿配梳那种摩登的头，戴那讲究的耳环呢？"

姨娘洗头从不拣七月初七。一个月里都洗好多次头。洗完后，一个丫头在旁边用一把粉红色大羽毛扇轻轻地扇着，轻柔的发丝飘散开来，飘得人起一股软绵绵的感觉。父亲坐在紫檀木榻床上，端着水烟筒噗噗地抽着，不时偏过头来看她，眼神里全是笑。姨娘抹上三花牌发油，香风四溢，然后坐正身子，对着镜子盘上一个油光闪亮的爱司髻，我站在边上都看呆了。姨娘递给我一瓶三花牌发油，叫我拿给母亲，母亲却把它高高搁在橱背上，说："这种新式的头油，我闻了就泛胃。"

母亲不能常常麻烦张伯母，自己梳出来的鲍鱼头紧绷绷的，跟原先的螺丝髻相差有限，别说父亲，连我看了都不顺眼。那时姨娘已请了个包梳头刘嫂。刘嫂头上插一根大红签子，一双大脚丫子，托着个又矮又胖的身体，走起路来气喘呼呼的。她每天早上十点钟来，给姨娘梳各式各样的头，什么凤凰髻、羽扇髻、同心髻、燕尾髻，常常换样子，衬托着姨娘细洁的肌肤，袅袅婷婷的水蛇腰儿，越发引得父亲笑眯了眼。刘嫂劝母亲说："大太太，你也梳个时髦点的式样嘛。"母亲摇摇头，响也不响，她噘起厚嘴唇走了。母亲不久也由张伯母介绍了一个包梳头陈嫂。她年纪比刘嫂大，一张黄黄的大扁脸，嘴里两颗闪亮的金牙老露在外面，一看就是个爱说话的女人。她一边梳一边叽哩呱啦地从赵老太爷的大少奶奶，说到李参谋长的三姨太，母亲像个闷葫芦似的一句也不搭腔，我却听得津津有味。有时刘嫂与陈嫂一起来了，母亲和姨娘就在廊前背对着背同时梳头。只听姨娘和刘嫂有说有笑，这边母亲只是闭目养神。陈嫂越梳越没劲儿，不久就辞工不来了，我还清清楚楚地听见她对刘嫂说："这么老古董的乡下太太，梳什么包梳头呢?"我都气哭了，可是不敢告诉母亲。

从那以后，我就垫着矮凳替母亲梳头，梳那最简单的鲍鱼头。我点起脚尖，从镜子里望着母亲。她的脸容已不像在乡下厨房里忙来忙去时那么丰润亮丽了，她的眼睛停在镜子里，望着自己出神，不再是眯缝眼儿的笑了。我手中捏着母亲的头发，一绺绺地梳理，可是我已懂得，一把小小黄杨木梳，再也理不清母亲心中的愁绪。因为在走廊的那一边，不时飘来父亲和姨娘琅琅的笑语声。

我长大出外读书以后，寒暑假回家，偶然给母亲梳头，头发捏在手心，总觉得愈来愈少。想起幼年时，每年七月初七看母亲乌亮的柔发飘在两肩，她脸上快乐的神情，心里不禁一阵阵酸楚。母亲见我回来，愁苦的脸上却不时展开笑容。无论如何，母女相依的时光总是最最幸福的。

在上海求学时，母亲来信说她患了风湿病，手膀抬不起来，连最简单的螺丝髻儿都盘不成样，只好把稀稀疏疏的几根短发剪去了。我捧着信，坐在寄宿舍窗口凄淡的月光里，寂寞地掉着眼泪。深秋的夜风吹来，我有点冷，披上母亲为我织的软软的毛衣，浑身又暖和起来。可是母亲老了，我却不能随侍在她身边，她剪去了稀疏的短发，又何尝剪去满怀的愁绪呢!

不久，姨娘因事来上海，带来母亲的照片。三年不见，母亲已白发如银。我呆呆地凝视着照片，满腔心事，却无法向眼前的姨娘倾诉。她似乎很体谅我思母之情，絮絮叨叨地和我谈着母亲的近况。说母亲心脏不太好，又有风湿病。所以体力已不大如前。我低头默默地听着，想想她就是使我母亲一生郁郁不乐的人，可是我已经一点都不恨她了。因为自从父亲去世以后，母亲和姨娘反而成了患难相依的伴侣，母亲早已不恨她了。我再仔细看看她，她穿着灰布棉袍，鬓边戴着一朵白花，颈后垂着的再不是当年多彩多姿的凤凰髻或同心髻，而是一条简简单单的香蕉卷，她脸上脂粉不施，显得十分哀戚，我对她不禁起了无限怜悯。因为她不像我母亲是个自甘淡泊的女性，她随着父亲享受了近二十多年的富贵荣华，一朝失去了依傍，她的空虚落寞之感，将更甚于我母亲吧。

来台湾以后，姨娘已成了我唯一的亲人，我们住在一起有好几年。在日式房屋的长廊里，我看她坐在玻璃窗边梳头，她不时用拳头捶着肩膀说："手酸得很，真是老了。"老了，她也老了。当年如云的青丝，如今也渐渐落去，只剩了一小把，且已夹有丝丝白发。想起在杭州时，她和母亲背对着背梳头，彼此不交一语的仇视日子，转眼都成过去。人世间，什么是爱，什么是恨呢？母亲已去世多年，垂垂老去的姨娘，亦终归走向同一个渺茫不可知的方向，她现在的光阴，比谁都寂寞啊。

我怔怔地望着她，想起她美丽的横爱司髻，我说："让我来替你梳个新的式样吧。"她愀然一笑说："我还要那样时髦干什么，那是你们年轻人的事了。"

我能长久年轻吗？她说这话，一转眼又是十多年了。我也早已不年轻了。对于人世的爱、憎、贪、痴，已木然无动于衷。母亲去我日远，姨娘的骨灰也已寄存在寂寞的寺院中。这个世界，究竟有什么是永久的，又有什么是值得认真的呢？

琦君：《红纱灯》，台湾三民书局，1969 年初版，1983 年三版。

◆◆◆ 琦君导读

◎张　京

琦君是因散文而名世的。或许，作为性情中人这也是顺理成章的事。

琦君曾这样描述她的创作初衷，1949 年"到台湾，生活初定以后，精神上反渐感空虚无依，最好的寄托就是重温旧课，也以日记方式，试习写作，但也只供自己排遣愁怀，原未有投稿见报的念头。那时唯一的好友孙多慈女士带我去拜访谢冰莹先生，她二位就极力鼓励我将稿子寄出去，如能刊出，不但那分惊喜无可言喻，也因此与读者及其它作者获得心灵沟通，正是以文会友之意。因此我就将一篇在抗战期间即已写好的回忆手足的文章《金盒子》修改后寄予到中央副刊，不久即被刊出，而且获得很多读者的反应。从此我就开始了我的写作生涯"①。

于是，放飞心的眷顾，描抹灵情慧性的美，一路走来，便构成了琦君生命之旅中的至情至爱。魂牵梦萦的故乡情，缤纷秀媚的童年梦，润物无声的师长情……，缠缠绕绕，长逝无回，而其中，辽阔绵远的母爱，更是一片极美的风景，虽历经数十年风雨侵蚀，更有如千年不褪的景致，已然化作了作者内心无价的珍藏。《母亲新婚时》、《母亲那个时代》、《母亲的偏方》、《母亲的手艺》、《母亲的教导》、《髻》……。极不平凡的母亲，总是用慈悲深广的爱心看待万事万物，也滋养了琦君散文宽宏博爱的情感基调。如《髻》："不久，姨

---

① 琦君：《一点心愿》，《母心・佛心》，湖北人民出版社，2006 年，第 215—216 页。

娘因事来上海，带来母亲的照片。三年不见，母亲已白发如银。我呆呆地凝视着照片，满腔心事，却无法向眼前的姨娘倾诉。她似乎很体谅我思母之情，絮絮叨叨地和我谈着母亲的近况。说母亲心脏不太好，又有风湿病。所以体力已不大如前。我低头默默地听着，想想她就是使我母亲一生郁郁不乐的人，可是我已经一点都不恨她了。因为自从父亲去世以后，母亲和姨娘反而成了患难相依的伴侣，母亲早已不恨她了。我再仔细看看她，她穿着灰布棉袍，鬓边戴着一朵白花，颈后垂着的再不是当年多彩多姿的凤凰髻或同心髻，而是一条简简单单的香蕉卷，她脸上脂粉不施，显得十分哀戚，我对她不禁起了无限怜悯。因为她不像我母亲是个自甘淡泊的女性，她随着父亲享受了近二十多年的富贵荣华，一朝失去了依傍，她的空虚落寞之感，将更甚于我母亲吧。”这里，已不仅仅是个人情感天地中的回旋，或许其中却也不自知地潜存着对男权意志的膺服，然而，当所有这些都升华为一个东方女性人情人性人道的丰富伦理情感的时候，她所呈示出来的意味深长的人文精神便具有了超越时空的永恒的艺术魅力。琦君的散文便是这样，典雅祥和，沉静含蓄，善于以清丽简洁、平易近人的文字抒发委婉曲折的情怀，可谓“哀而不伤，怨而无诽”。

或许是琦君的散文名重文坛，导致其不时为之的小说常常被人所忽略。然而，琦君的小说也是忧深别致，自成一家的。

如果说，琦君的小说如同其散文，始终贯穿着一个东方女性宽宏博爱的情感肌理，那么她对于世事人生的感悟，对于女性命运的透视，在其前后期的小说中还是不难让人感觉到其叙事主体的不断丰富和自觉的。前期小说如《阿玉》、《莫愁湖》、《琴心》、《完整的爱》、《菁姐》、《失落的梦》、《橘子红了》……，多以女性作家特有的同情、爱、坚忍与包容的品性着重反映女性在男权社会中的苦闷、哀怨、彷徨乃至牺牲。如经改编成电视剧而红遍整个华人世界的《橘子红了》，一个未谙世事的十八岁女孩秀芬为家境所困，被迫嫁给五十多岁的“老爷”做传宗接代的工具，并期望能生育以取得在这个家庭的地位。期间秀芬与大伯的兄弟六叔之间，却发生了一段似有似无的爱情，以当时的社会伦理，这段爱情当然必须以悲剧收场。秀芬这一“默默认命的受苦与牺牲”，在“六叔”看来，则是“人世间许多事情是无可奈何的。”小说固然隐隐约约地蕴藏着“人性善与恶、好与坏、难辨难分、复杂暧昧的难题”①，然而，在整体的淡淡的哀怨氛围中，其叙事主体的文化认同，更多的还是以传统的道德规范为准则，因此，其前期写家庭婚姻、两性爱情的小说，多强调“爱的牺牲”，而少玉成其爱。或许是司法界工作的经历，使琦君对社会的人生世相和各色人等有了广泛和深入的接触和认识，并因此而企望“超越”以往的创作经验。她说：“当时我也只试试，一个女性作者，除了身边的琐事、儿女情长之外，是否也能深入地描绘社会万象、人生百态？”于是，人们在其随后的小说创作中，如《钟》、《生与死》、《死因》、《电气冰箱》、《缮校室八小时》等，看到的确是“社会万象”、“人生百态”。在这些作品中，叙事主

① 白先勇：《弃妇吟——读琦君〈橘子红了〉有感》，琦君：《橘子红了》，人民文学出版社，2001年，序言第4页。

体的性别意识似乎有意无意地被遮蔽了，但在她对炎黄子孙的精神承传的思虑（《钟》）、在她对“生与死”的价值拷问（《生与死》）等等这些“宏大叙事”中，一如其散文的宽宏博爱，一个更独立自觉的叙事主体已然获得高扬，这不能不是一个女性作家所特有的人文情怀。

此外，琦君因着古典文学根基的深厚，常常是诗歌词赋脱口而出，因此又有“才情横溢的女词人”之美称。

琦君研究资料链接

张默芸：《琦君论》，《江苏社会科学》，1994 年第 3 期。

杨匡汉主编：《扬子江与阿里山的对话》第七章，上海文艺出版社，1995 年。

林慧美：《充满爱意和温情的生命之旅——浅谈琦君散文的艺术风格》，《当代文坛》，1999 年第 5 期。

白先勇：《弃妇吟——读琦君〈橘子红了〉有感》，《橘子红了》（琦君著），人民文学出版社，2001 年。

魏赤：《台湾女作家琦君的散文世界》，《临沂师范学院学报》，2002 年第 1 期。

袁鹰：《春草池塘盼远人消息》，《人民文学》，2007 年第 4 期。

廖慧玲：《琦君散文中的慈悲护生书写研究》，台湾云林科技大学硕士论文，2011 年。

三毛

三毛(1943—1991),祖籍浙江定海,生于重庆,原名陈懋平,后改名陈平。1948年随父母迁台,旅居台湾。1967年赴西班牙马德里文哲学院留学,结识荷西。1971年返回台湾,任教于中国文化大学和政工干校。1972年与一德裔男子相恋,结婚前夕,未婚夫心脏病突发猝死。同年冬,再赴西班牙,重遇荷西。1973年7月与荷西在撒哈拉沙漠的小镇结婚。1976年夫妇移居西班牙大加纳利岛。1979年荷西海底潜水时意外丧生。1980年三毛重返大加纳利岛,开始孀居生活。1981年受《联合报》特别赞助开始中南美之行,后写成游记《万水千山走遍》。1982年返回台湾任教中国文化大学中文系文艺组。1986年正式定居台北,被台湾多份报刊评为最受读者喜爱的作家。1989年创作电影剧本《滚滚红尘》,影片上映后获台湾金马奖八项大奖。1991年1月因子宫内膜肥厚入台北荣民总医院检查治疗。1月3日,进行手术。1月4日凌晨,在医院以丝袜自缢身亡。作品有《撒哈拉的故事》、《哭泣的骆驼》、《雨季不再来》、《温柔的夜》、《倾城》、《梦里花落知多少》、《背影》、《我的宝贝》等20余种。

梦里花落知多少

那一年的冬天，我们正要从丹娜丽芙岛搬家回到大加纳利岛自己的房子里去。

一年的工作已经结束，美丽无比的人造海滩引进了澄蓝平静的海水。

荷西与我坐在完工的堤边，看也看不厌地面对着那份成绩欣赏，景观工程的快乐是不同凡响的。

我们自黄昏一直在海边坐到子夜，正是除夕，一朵朵怒放的烟火，在漆黑的天空里如梦如幻地亮灭在我们仰着的脸上。

滨海大道上挤满着快乐的人群。钟敲十二响的时候，荷西将我抱在手臂里，说："快许十二个愿望，心里跟着钟声说。"

我仰望着天上，只是重复着十二句同样的话：'但愿人长久，但愿人长久，但愿人长久，但愿人长久——'"

送走了去年，新的一年来了。

荷西由堤防上先跳了下地，伸手接过跳落在他手臂中的我。

我们十指交缠，面对面地凝望了一会儿，在烟火起落的五色光影下，微笑着说："新年快乐！"然后轻轻一吻。

我突然有些泪湿，赖在他的怀里不肯举步。

新年总是使人惆怅，这一年又更是来得如真如幻。许了愿的下一句对夫妻来说并不太吉利，说完了才回过意来，竟是心慌。

"你许了什么愿。"我轻轻问他。

"不能说出来的，说了就不灵了。"

我勾住他的脖子不放手，荷西知我怕冷，将我卷进他的大夹克里去。我再看他，他的眸光炯炯如星，里面反映着我的脸。

"好啦！回去装行李，明天清早回家去罗！"

他轻拍了我一下背，我失声喊起来："但愿永远这样下去，不要有明天了！"

"当然要永远下去，可是我们得先回家，来，不要这个样子。"

一路上走回租来的公寓去，我们的手紧紧交握着，好像要将彼此的生命握进永恒。

而我的心，却是悲伤的，在一个新年刚刚来临的第一个时辰里，因为幸福满溢，我怕得悲伤。

不肯在租来的地方多留一分一秒，收拾了零杂东西，塞满了一车子。清晨六时的码头上，一辆小白车在等渡轮。

新年没有旅行的人，可是我们急着要回到自己的房子里去。

关了一年的家，野草齐膝，灰尘满室，对着那片荒凉，竟是焦急心痛，顾不得新年不新年，两人马上动手清扫起来。

才过了两个多月的家居生活，那日上午在院中给花洒水，送电报的朋友在木栅门外喊着："ECHO，一封给荷西的电报呢！"

我匆匆跑过去，心里扑扑地乱跳起来，不要是马德里的家人出了什么事吧！电报总使人心慌意乱。

"乱撕什么嘛！先给签个字。"朋友在摩托车上说。

我胡乱签了个名，一面回身喊车房内的荷西。

"你先不要怕嘛！给我看。"荷西一把抢了过去。

原来是新工作来了，要他火速去拉芭玛岛报到。

只不过几小时的光景，我从机场一个人回来，荷西走了。

离岛不算远，螺旋桨飞机过去也得四十五分钟，那儿正在建新机场，新港口。只因没有什么人去那最外的荒寂之岛，大的渡轮也就不去那边了。

虽然知道荷西能够照顾自己的衣食起居，看他每一度提着小箱子离家，仍然使我不舍而辛酸。

家里失了荷西便失了生命，再好也是枉然。

过了一星期漫长的等待，那边电报来了。

"租不到房子，你先来，我们住旅馆。"

刚刚整理的家又给锁了起来，邻居们一再对我建议："你住家里，荷西周末回来一天半，他那边住单身宿舍，不是经济些嘛！"

我怎么能肯。匆忙去打听货船的航道，将杂物、一笼金丝雀和汽车托运过去，自己携着一只衣箱上机走了。

当飞机着陆在静静小小的荒凉机场时，又看见了重沉沉的大火山，那两座黑里带火蓝的大山。

我的喉咙突然卡住了，心里一阵郁闷，说不出的闷，压倒了重聚的欢乐和期待。

荷西一只手提着箱子，另一只手搭在我的肩上向机场外面走去。

"这个岛不对劲！"我闷闷地说。

"上次我们来玩的时候你不是很喜欢的吗？"

"不晓得，心里怪怪的，看见它，一阵想哭似的感觉。"我的手拉住他皮带上的绊扣不放。

"不要乱想，风景好的地方太多了，刚刚赶上看杏花呢！"他轻轻摸了一下我的头发又安慰似的亲了我一下。

只有两万人居住的小城里租不到房子。我们搬进了一房一厅连一小厨房的公寓旅馆。收入的一大半付给了这份固执相守。

安置好新家的第三日，家中已经开始请客了，婚后几年来，荷西第一回做了小组长，水里另外四个同事没有带家眷，有两个还依然单身。我们的家，伙食总比外边的好些，为着荷西爱朋友的真心，为着他热切期望将他温馨的家让朋友分享，我晓得，在他内心深处，亦是因为有了我而骄傲，这份感激当然是全心全意地在家事上回报了他。

岛上的日子岁月悠长，我们看不到外地的报纸，本岛的那份又编得有若乡情。久而久之，世外的消息对我们已不很重要，只是守着海，守着家，守着彼此。每听见荷西下工回来时那急促的脚步声上楼，我的心便是欢喜。

六年了，回家时的他，怎么仍是一样跑着来的，不能慢慢地走吗？六年一瞬，结婚好似是昨天的事情，而两人已共过了多少悲欢岁月。

小地方人情温暖，住上不久，便是深山里农家讨杯水喝，拿出来的必是自酿的葡萄酒，再送一满怀的鲜花。

我们也是记恩的人，马铃薯成熟的季节，星期天的田里，总有两人的身影弯腰帮忙收获。做热了，跳进蓄水池里游个泳，趴在荷西的肩上浮沉，大喊大叫，便是不肯松手。

过去的日子，在别的岛上，我们有时发了神经病，也是争吵的。

有一回，两人讲好了静心念英文，夜间电视也约好不许开，对着一盏孤灯就在饭桌前钉住了。

讲好只念一小时，念了二十分钟，被教的人偷看了一下手表，再念了十分钟，一个音节发了二十次还是不正确，荷西又偷看了一下手腕。知道自己人是不能教自己人的，看见他的动作，手中的原子笔啪一下丢了过去，他那边的拍纸簿哗一下摔了过来，还怒喊了一声："你这傻瓜女人！"

第一次被荷西骂重话，我呆了几分钟，也不知回骂，冲进浴室拿了剪刀便绞头发，边剪边哭，长发乱七八糟地掉了一地。

荷西追进来，看见我发疯，竟也不上来抢，只是倚门冷笑："你也不必这种样子，我走好了。"

说完车钥匙一拿，门砰一下关上，离家出走去了。

我冲到阳台上去看，凄厉地叫了一声他的名字，他哪里肯停下来，车子刷一下就不见了。

那一个长夜，是怎么熬下来的，自己都迷糊了。只念着离家的人身上没有钱，那么狂怒而去，又出不出车祸。

清晨五点多他轻轻地回来了，我趴在床上不说话，脸也哭肿了。离开父母家那么多年了，谁的委屈也能受下，只有荷西，他不能对我凶一句，在他面前，我是不设防的啊！

荷西用冰给我冰脸，又拉着我去看镜子，拿起剪刀来替我补救剪得狗啃似的短发。一刀一刀细心地给我勉强修修整齐，口中叹着："只不过气头上骂了你一句，居然绞头发，要是一日我死了呢——"

他说出这样的话来令我大恸，反身抱住他大哭起来，两人缠了一身的碎发，就是不肯放手。

到了新的离岛上，我的头发才长到齐肩，不能梳长辫子，两人却是再也不吵了。

依山背海而筑的小城是那么的安详，只两条街的市集便是一切了。

我们从不刻意结交朋友，几个月住下来，朋友雪球似的越滚越大，他们对我们真挚友爱，三教九流，全是真心。

周末必然是给朋友们占去了，爬山，下海，田里帮忙，林中采野果，不然找个老学校，深夜睡袋里半缩着讲巫术和鬼故事，一群岛上的疯子，在这世外桃源的天涯地角躲着做神仙。有时候，我快乐得总以为是与荷西一同死了，掉到这个没有时空的地方来。

那时候，我的心脏又不好了，累多了，胸口的压迫来，绞痛也来。小小一袋菜场买回来的用品，竟然不能一口气提上四楼。

不敢跟荷西讲，悄悄地跑去看医生，每看回来总是正常又正常。

荷西下班是下午四点，以后全是我们的时间，那一阵不出去疯玩了。黄昏的阳台上，对着大海，半杯红酒，几碟小菜，再加一盘象棋，静静地对弈到天上的星星由海中升起。

有一晚我们走路去看恐怖片，老旧的戏院里楼上楼下数来数去只有五个人，铁椅子漆成铝灰色，冰冷冷的，然后迷雾凄凄的山城里一群群鬼飘了出来捉过路的人。

深夜散场时海潮正涨，浪花拍打到街道上来。我们被电影和影院吓得彻骨，两人牵了手在一片水雾中穿着飞奔回家，跑着跑着我格格地笑了，挣开了荷西，独自一人拼命地快跑，他鬼也似的在后面又喊又追。

还没到家，心绞痛突然发了，冲了几步，抱住电线杆不敢动。

荷西惊问我怎么了，我指指左边的胸口不能回答。

那一回，是他背我上四楼的。背了回去，心不再痛了，两人握着手静静醒到天明。

然后，缠着我已经几年的噩梦又紧密地回来了，梦里总是在上车，上车要去什么令我害怕的地方，梦里是一个人，没有荷西。

多少个夜晚，冷汗透湿地从梦魇里逃出来，发觉手被荷西握着，他在身畔沉睡，我的泪便是满颊。我知道了，大概知道了那个生死的预告。

以为先走的会是我，悄悄地去公证人处写下了遗嘱。

时间不多了，虽然白日里仍是一样笑嘻嘻地洗他的衣服，这份预感是不是也传染了荷西。

即使是岸上的机器坏了一个螺丝钉，只修两小时，荷西也不肯在工地等，不怕麻烦的脱掉潜水衣就往家里跑，家里的妻子不在，他便大街小巷地去找，一家一家店铺问过去："看见 ECHO 没有？看见 ECHO 没有？"

找到了什么地方的我，双手环上来，也不避人地痴看着妻子，然后两人一路拉着手，提着菜篮往工地走去，走到已是又要下水的时候了。

总觉相聚的因缘不长了，尤其是我，朋友们来约周末的活动，总拿身体不好挡了回去。

每到周五帐篷和睡袋悄悄装上车，海边无人的地方搭着临时的家，摸着黑去捉螃蟹，礁石的夹缝里两盏濛濛的黄灯扣在头上，浪潮声里只听见两人一声声狂喊来去的只是彼此的名字。那种喊法，天地也给动摇了，我们尚是不知不觉。

每天早晨，买了菜蔬水果鲜花，总也舍不得回家，邻居的脚踏车是让我骑的，网篮里放着水彩似的一片颜色便往码头跑。骑进码头，第一个看见我的岸上工人总会笑着指方向:“今天在那边,再往下骑——”

车子还没骑完偌大的工地,那边岸上助手就拉信号,等我车一停,水里的人浮了起来,我跪在堤防边向他伸手,荷西早已跳了上来。

大西洋的晴空下,就算分食一袋樱桃也是好的,靠着荷西,左边的衣袖总是湿的。

不过几分钟吧,荷西的手指轻轻按一下我的嘴唇,笑一笑,又沉回海中去了。

每见他下沉,我总是望得痴了过去。

岸上的助手有一次问我:“你们结婚几年了?”

“再一个月就六年了。”我仍是在水中张望那个已经看不见了的人,心里慌慌的。

“好得这个样子,谁看了你们也是不懂!”

我听了笑笑便上车了,眼睛越骑越湿,明明上一秒还在一起的,明明好好地做着夫妻,怎么一分手竟是魂牵梦萦起来。

家居的日子没有敢浪费,扣除了房租,日子也是紧了些。有时候中午才到码头,荷西跟几个朋友站着就在等我去。

“ECHO,银行里还有多少钱?”荷西当着人便喊出来。

“两万,怎么?”

“去拿来,有急用,拿一万二出来!”

当着朋友面前,绝对不给荷西难堪。掉头便去提钱,他说的数目一个折扣也不少,匆匆交给尚是湿湿的他,他一转手递给了朋友。

回家去我一人闷了一场,有时次数多了,也是会委屈掉眼泪的。哪里知道那是荷西在人间放的利息,才不过多久,朋友们便倾泪回报在我的身上了呢!

结婚纪念的那一天,荷西没有按时回家,我担心了,车子给他开了去,我借了脚踏车要去找人,才下楼呢,他回来了,脸上竟是有些不自在。

匆匆忙忙给他开饭——我们一日只吃一顿的正餐。坐下来向他举举杯,惊见桌上一个红绒盒子,打开一看,里面一只罗马字的老式女用手表。

“你先别生气问价钱,是加班来的外快——”他喊了起来。

我微微地笑了,没有气,痛惜他神经病,买个表还多下几小时的水。那么借朋友的钱又怎么不知去讨呢!

结婚六年之后,终于有了一只手表。

“以后的一分一秒你都不能忘掉我,让它来替你数。”荷西走过来双手在我身后环住。

又是这样不祥的句子,教人心惊。

那一个晚上,荷西睡去了,海潮声里,我一直在回想少年时的他,十七岁时那个大树下痴情的孩子,十三年后在我枕畔共着呼吸的亲人。

我一时里发了疯,推醒了他,轻轻地喊名字,他醒不全,我跟他说:“荷西,我爱你!”

“你说什么?”他全然地骇醒了,坐了起来。

“我说,我爱你!”黑暗中为什么又是有些呜咽。

“等你这句话等了那么多年,你终是说了!”

“今夜告诉你了,是爱你的,爱你胜于自己的生命,荷西——”

那边不等我讲下去,孩子似的扑上来缠住我,六年的夫妻了,竟然为着这几句对话,在深夜里泪湿满颊。

醒来荷西已经不见了,没有见到他吃早餐使我不安歉疚,匆匆忙忙跑去厨房看,洗净的牛奶杯里居然插着一朵清晨的野花。

我痴坐到快正午。这样的夜半私语,海枯石烂,为什么一日泛滥一日。是我们的缘数要到了吗?不会有的事情,只是自己太幸福了才生出的惧怕吧!

照例去工地送点心,两人见了面竟是赧然。就连对看一眼都是不敢,只拿了水果核丢来丢去地闹着。

一日我见阳光正好,不等荷西回来,独自洗了四床被单。搬家从来不肯带洗衣机,去外面洗又多一层往返和花费,不如自己动手搓洗来得方便。

天台上晾好了床单,还在放夹子的时候心又闷起来了,接着熟悉的绞痛又来。我丢下了水桶便往楼下走,进门觉着左手臂麻麻的感觉,知道是不太好了,快喝一口烈酒,躺在床上动也不敢动。

荷西没见我去送点心,中午穿着潜水衣便开车回来了。

“没什么,洗被单累出来了。”我恹恹地说。

“谁叫你不等我洗的——”他趴在我床边跪着。

“没有病,何必急呢!医生不是查了又查了吗。来,坐过来……”

他湿湿地就在我身边一靠,若有所思的样子。

“荷西——”我说,“要是我死了,你一定答应我再娶,温柔些的女孩子好,听见没有——”

“你神经!讲这些做什么——”

“不神经,先跟你讲清楚,不再婚,我是灵魂永远都不能安息的。”

“你最近不正常,不跟你讲话。要是你死了,我一把火把家烧掉,然后上船去飘到老死——”

“放火也可以,只要你再娶——”

荷西瞪了我一眼,只见他快步走出去,头低低的,大门轻轻扣上了。

一直以为是我,一直预感的是自己,对着一分一秒都是恐惧,都是不舍,都是牵挂。而那个噩梦,一日密似一日地纠缠着上来。

平凡的夫妇如我们,想起生死,仍是一片茫茫,失去了另一个的日子,将是什么样的岁月?我不能先走,荷西失了我要痛疯掉的。

一点也不明白,只是茫然地等待着。

有时候我在阳台上坐着跟荷西看渔船打鱼,夕阳晚照,凉风徐来,我摸摸他的颈子,竟会无端落泪。

荷西不敢说什么，他只说这美丽的岛对我不合适，快快做完第一期工程，不再续约，我们回家去的好。

只有我心里明白，我没有发疯，是将有大苦难来了。

那一年，我们没有过完秋天。

荷西，我回来了，几个月前一袭黑衣离去，而今穿着彩衣回来，你看了欢喜吗？

向你告别的时候，阳光正烈，寂寂的墓园里，只有蝉鸣的声音。

我坐在地上，在你永眠的身边，双手环住我们的十字架。

我的手指，一遍一又一遍轻轻划过你的名字——荷西·马利安·葛罗。

我一次又一次地爱抚着你，就似每一次轻轻摸着你的头发一般地依恋和温柔。

我在心里对你说——荷西，我爱你，我爱你，我爱你——

这一句让你等了十三年的话，让我用残生的岁月悄悄地只讲给你一个人听吧！

我亲吻着你的名字，一次，一次，又一次，虽然口中一直叫着“荷西安息！荷西安息！”可是我的双臂，不肯放下你。

我又对你说：“荷西，你乖乖地睡，我去一趟中国就回来陪你，不要悲伤，你只是睡了！”

结婚以前，在塞哥维亚的雪地里，已经换过了心，你带去的那颗是我的，我身上的，是你。

埋下去的，是你，也是我。走了的，是我们。

我拿出缝好的小白布口袋来，黑丝带里，系进了一握你坟上的黄土。跟我走吧，我爱的人！跟着我是否才叫真正安息呢？

我替你再度整理了一下满瓶的鲜花，血也似的深红的玫瑰。留给你，过几日也是枯残，而我，要回中国去了，荷西，这是怎么回事，一瞬间花落人亡；荷西，为什么不告诉我，这不是真的，一切只是一场噩梦。

离去的时刻到了，我几度想放开你，又几次紧紧抱住你的名字不能放手。黄土下的你寂寞，而我，也是孤零零的，为什么不能也躺在你的身边？

父母在山下巴巴地等待着我。荷西，我现在不能做什么，只有你晓得，你妻子的心，是埋在什么地方。

苍天，你不说话，对我，天地间最大的奥秘是荷西，而你，不说什么地收了回去，只让我泪眼仰望晴空。

我最后一次亲吻了你，荷西，给我勇气，放掉你大步走开吧！

我背着你狂奔而去，跑了一大段路，忍不住停下来回首，我再度向你跑回去，扑倒在你的身上痛哭。

我爱的人，不忍留下你一个人在黑暗里，在那个地方，又到了哪儿去握住你的手安睡？

我趴在地上哭着开始挖土，让我再将十指挖出鲜血，将你挖出来，再抱你一次，抱到我们一起烂成白骨吧！

那时候，我被哭泣着上来的父母带走了。我不敢挣扎，只是全身发抖，泪如血涌。最后回首的那一眼，阳光下的十字架亮着新漆。你，没有一句告别的话留给我。

那个十字架，是你背，也是我背，不到再相见的日子，我知道，我们不会肯放下。

荷西，我永生的丈夫，我守着自己的诺言千山万水地回来了，不要为我悲伤，你看我，不是穿着你生前最爱看的那件锦绣彩衣来见你了吗？

下机后去镇上买鲜花，店里的人惊见是远去中国而又回来的我，握住我的双手说不出一句话来，我们相视微笑，眼里都浮上了泪。

我抱着满怀的鲜花走过小城的石板路，街上的车子停了，里面不识的人，只对我淡淡地说："上车来吧！送你去看荷西。"

下了车，我对人点头道谢，看见了去年你停灵的小屋，心便狂跳起来。在那个房间里，四支白烛，我握住你冰凉苍白的双手，静静度过了我们最后的一夜，今生今世最后一个相聚相依的夜晚。

我鼓起勇气走上了那条通向墓园的煤渣路，一步一步地经过排排安睡的人。我上石阶，又上石阶，向左转，远远看见了你躺着的那片地，我的步子零乱，我的呼吸急促，我忍不住向你狂奔而去。荷西，我回来了——我奔散了手中的花束，我只是疯了似的向你跑去。

冲到你的墓前，惊见墓木已拱，十字架旧得有若朽木，你的名字，也淡得看不出是谁了。

我丢了花，扑上去亲吻你，万箭穿心地痛穿透了身体。是我远走了，你的坟地才如此荒芜，荷西，我对不起你——

不能，我不是坐下来哭你的，先给你插好了花，注满清水在瓶子里，然后我要下山去给你买油漆。

来，让我再抱你一次，就算你已成白骨，仍是春闺梦里相思又相思的亲人啊！

我走路奔着下小城，进了五金店就要淡棕色的亮光漆和小刷子，还去文具店买了黑色的粗芯签字笔。

路上有我相熟的朋友，我跟他们匆匆拥抱了一下，心神溃散，无法说什么别后的情形。

银行的行长好心要伴我再上墓园，我谢了他，只肯他的大车送到门口。

这段时光只是我们的，谁也不能在一旁，荷西，不要急，今天，明天，后天，便是在你的身畔坐到天黑，坐到我也一同睡去。

我再度走进墓园，那边传来了丁字镐的声音，那个守墓地的在挖什么人的坟？

我一步一步走进去，马诺罗看见是我，惊唤了一声，放下工具向我跑来。

"马诺罗，我回来了！"我向他伸出手去，他双手接住我，只是又用袖子去擦汗。

"天热呢！"他木讷地说。

"是，春天已经尽了。"我说。

这时，我看见一个坟已被挖开，另外一个工人在用铁条撬开棺材，远远的角落里，站着一个黑衣的女人。

“你们在捡骨?”我问。

马诺罗点点头,向那边的女人望了一眼。

我慢慢地向她走去,她也迎了上来。

“五年了?”我轻轻问她,她也轻轻地点点头。

“要装去哪里?”

“马德里。”

那边一阵木头迸裂的声音,传来了喊声:“太太,过来看一下签字,我们才好装小箱!”

那个中年妇人的脸上一阵抽动。

我紧握了她一下双手,她却不能举步。

“不看行不行?只签字。”我忍不住代她喊了回去。

“不行的,不看怎么交代,怎么向市政府去缴签字——”那边又喊了过来。

“我代你去看?”我抱住她,在她颊上亲了一下。

她点点头,手绢捂上了眼睛。

我走向已经打开的棺木,那个躺着的人,看上去不是白骨,连衣服都灰灰地附在身上。

马诺罗和另外一个掘坟人将那人的大腿一拉,身上的东西灰尘似的飞散了,一天一地的飞灰,白骨,这才露了出来。

我仍是骇了一跳,不觉转过头去。

“看到了?”那边问着。

“我代看了,等会儿这位太太签字。”

阳光太烈,我奔过去将那不断抽动着双肩的孤单女人扶到大树下去靠着。

我被看见的情景骇得麻了过去,只是一直发冷发抖。

“一个人来的?”我问她,她点头。

我抓住她的手:“待会,装好了小箱,你回旅馆去睡一下。”

她又点头,低低地说了一声“谢谢!”。

离开了那个女人,我的步伐摇摇晃晃,只怕自己要昏倒下去。

刚刚的那一幕不能一时里便忘掉,我扶着一棵树,在短墙上靠了下来,不能恢复那场惊骇,心中如灰如死。

我慢慢地摸到水龙头那边的水槽,浸湿了双臂,再将凉水泼到自己的脸上去。

荷西的坟就在那边,竟然举步艰难。

知道你的灵魂不在那黄土下面,可是五年后,荷西,叫我怎么面对刚才看见的景象在你的身上重演?

我静坐了很久很久,一滴泪也流不出来。

再次给自己的脸拼命去浸冷水,这才拿了油漆罐子向坟地走过去。

阳光下,没有再对荷西说一句话,签字笔一次次填过刻着字的木槽缝里——荷西·

马利安·葛罗。安息。你的妻子纪念你。

将那几句话涂得全新,等它们干透了,再用小刷子开始上亮光漆。

在那个炎热的午后,花叶里,一个着彩衣的女人,一遍又一遍地漆着十字架,漆着四周的木栅。没有泪,她只是在做一个妻子的事情——照顾丈夫。

不要去想五年后的情景,在我的心里,荷西,你永远是活着的,一遍又一遍地跑着在回家,跑回家来看望你的妻。

我靠在树下等油漆干透,然后再要涂一次,再等它干,再涂一次,涂出一个新的十字架,我们再一起掮它吧!

我渴了,倦了,也困了。荷西,那么让我靠在你身边。再没有眼泪,再没有恸哭,我只是要靠着你,一如过去的年年月月。

我慢慢地睡了过去,双手挂在你的脖子上。远方有什么人在轻轻地唱歌——

记得当时年纪小
你爱谈天
我爱笑
有一回并肩坐在桃树下
风在林梢鸟儿在叫
我们不知怎样睡着了
梦里花落知多少

三毛:《三毛作品选》,海峡文艺出版社,1986 年 4 月,第 260—275 页。

◆◆◆ 三毛导读

◎ 刘 堃

三毛生性浪漫,三岁时读张乐平的《三毛流浪记》,印象极深,后遂以“三毛”为笔名。有读者认为“流浪”才是她的真正的名字,无论是她遗留下来的众多作品、她的游历和她心灵情感的转折,都充满浪迹天涯的意味。顾城的诗《远与近》中“你看云时很近/你看我时很远”的诗句借以形容三毛与我们或许恰如其分:北非万里的距离其实很近,而三毛遥杳倏忽的性情灵魂其实很远。

在感情方面,三毛也颇富传奇性。她与荷西的传奇爱情亦真亦幻,激荡起无数少女的玫瑰梦。自杀弃世前一年,她又与中国民歌大师王洛宾发生过一段真挚的忘年情。三毛敢爱敢为甚至自决生死的性格,与她作品中充满炽热的感情是相互交融的,也是无数读者喜爱她作品的重要原因。《梦里花落知多少》浓缩了三毛对荷西深入骨髓的眷恋与思念,然而与“五四”女作家石评梅悼怀爱侣的名篇《墓畔哀歌》不同,后者的哀怨心痛如火山喷发,令读者屏气凝神,而前者则使人如品岁月香茗,作者对人生的无常似有足够的悲悯和超脱,而读者直到掩卷之时才会觉出大哀大痛。

三毛曾陪伴20世纪60、70甚至80年代在中国出生的少年人成长,其中以70年代人为主。这位带着浓烈传奇色彩的公众浪漫情人式的女作家,其才华并不特别突出,更不是公认的卓尔不群。她将幻想与实践乌托邦的文字游戏化了,这是在华语文化界多有微词的事实。与那种负有严肃使命感的作家不同,三毛是以自由自在的"游于艺"的姿态从事写作的。她的写作观更多来自于她的人生观——"人生就是一个游戏,但要把它当真的来玩,是很有趣的。"她在认真入世、全力"扮演"各种人生角色的同时,学会了从最平凡的生活中发现美好、有趣的事情。年轻的时候生命对她来说是狭窄的暗角,后来她经过万水千山的流浪,目睹了色彩斑驳的人生世相,又经历了情感心路的悲欢离合,渐渐彻悟了一己悲观之外的大千世界,体味到个人生命与时间的有限,懂得了珍惜生活和享受生命。

她的作品既然不以描写大众人生、揭示社会问题为己任,对于自我人生的抒写就很容易成为三毛创造的中心。三毛一再强调,"我的文章就是我的生活","我写的其实只是一个女人的自传"。从三毛作品到三毛自述,可见其作品最重要的个性化特色:一是纪实色彩,二是抒写自我。就前者而言,她自身奇特、浪漫、新鲜的人生经历,恰恰构成生活中最真实不过的故事,以至于读者往往无法区分它是文学作品还是生活本身。就后者而言,三毛作品只写自己的故事,篇篇有作者之"我"。作为作品叙述者的三毛,与作品中出现的三毛以及实际生活中存在的三毛三位一体,使读者在阅读过程中对作品人物兴趣盎然,并把阅读评价直接导向作者本人。

对于三毛作品的文体形式,有人取其浪迹天涯的旅行见闻,称之为游记;有人取其篇篇有我、独抒性灵,称之为散文;有人注重其奇特的情节和个性化的人物塑造,称之为小说;也有人注重其自我写实色彩,而称之为私小说。作者本人则称之为"自传"。事实上,三毛作品的整体风貌,远非"游记"所能涵盖。她对那些比较单纯的景致一向不感兴趣,所关注的是与人生融合的大自然,是刻着文化印迹的生命景观。所以,特定地域中的人,浸润在特定文化氛围中的人,最令她钟情。三毛曾自白:"我不爱'景',我爱'人'。"

三毛作品在文学精神上更多得自散文的艺术精髓,而言及作品容量与表现手段,散文这种文体又似乎难以涵盖其丰富。在自叙传的色彩上,它与虚构的小说区别开来;而以"小说"的眼光看,它又与一般的传记不尽相同。它主要是以作者的私人生活和情感心路为线索,从个人经历中撷取素材,并通过小说的创作手段真实地再现生活原型,因而似带有"私小说"的色彩。"私小说"的提法最初源于日本。此类作品往往出自于女性之手,专门描写远离社会中心的女性的身边琐事,从中可见男权中心社会对女性地位和生存空间的局限与束缚。另一方面,私小说为女作家所钟情,又与女性在特定生存空间中所形成的心态和特质分不开。对生命和情感的独特体验,使传统女性热爱具体生命超过思考抽象历史,关心家庭、人生命运胜过探讨社会的宏观建构,品味感情生活长于驰骋哲理世界。因此，部分女作家在塑造女性自我形象的同时，也自觉不自觉地尝试着更适合女性发挥、表达的文体。或许，三毛所采用的文体，在人生经历的写真实录、自我灵魂与生命个性的张扬等方面，一定程度上具有探寻女性文体的写作意义。

三毛研究资料链接

马阳：《傲然特立的阿里山神木》，《世界华文文学评论与研究》，1996 年第 4 期。

朱双一：《当代台湾的浪漫文学》，《台湾研究集刊》，2000 年第 1 期。

陈敢、杨芳：《生命的极致 灵明的超脱——试论三毛之死亡》，《理论与创作》，2002 年第 4 期。

痖弦：《百合的传说——怀念三毛》，《寻根》，2001 年第 4 期。

崔建飞、赵珺：《凄美的欢颜：三毛》，作家出版社，2005 年。

刘兰芳：《一个真实的三毛》，东方出版社，2006 年。

于璟：《从作品看个性——读解三毛》，《电影文学》，2008 年第 12 期。

张云静：《他者言说自我——从形象学视角看三毛作品中的外国人形象》，《作家》，2009 年第 6 期。

洪媛筱：《三毛散文中的旅行书写》，嘉义大学硕士论文，2010 年。

李碧华

李碧华(1959—)，女，原名李白。祖籍广东台山。她生长在一个富有的旧式大家庭里，祖父还保留着一夫多妻的生活方式，因此李碧华从小就听闻过很多旧式家族中的人事斗争，这种环境和残余的记忆为她提供了丰富的创作素材与灵感。她自幼喜爱文学艺术，中学时代便给刊物投稿。成年后当过教师。1976年至今任人物专访记者、编剧，并为多家报刊撰写专栏文章及小说。结集出版的有散文集《白开水》、《爆竹烟花》、《红尘》、《青红皂白》、《戏弄》、《镜花》、《绿腰》、《矿泉水》等，小说集《胭脂扣》、《霸王别姬》、《青蛇》、《纠缠》、《生死桥》、《秦俑》等，另编有电视剧本《七女性》、《北斗星》、《年青人》、《小时候》、《狮子山下》、《岁月河山》、《烙印》、《霸王别姬》、《江湖再见》，电影剧本《父子情》、《细圈仔》、《窥情》、《胭脂扣》、《潘金莲之前世今生》、《秦俑》，舞剧作品《搜神》、《女色》等。

青蛇（梗概）

小青是一条修炼千年的蛇妖，在她五百岁的时候，一段让她刻骨铭心的故事发生了。

那时小青并不老练成熟，青春而充满活力。一天，她躺在一块“石头”上歇息，不料这块石头竟然是一条凶猛的石头鱼，小青眼看就要葬送于它手，白蛇出现解救了她。两人一见如故，情同姐妹。

白蛇唤作素贞，当时比她多修炼了五百多年，小青叫她姐姐，她叫小青妹妹，两条蛇竟也情意绵绵。

小青和素贞耐不住修炼的清苦与寂寞，决定去人间走走，这一走，竟然惹出了孽缘。

她们在熙攘的人群中穿梭，享受人间的热闹繁华，这时一个卖汤圆的老者把她们吸引。她们在好奇心驱使之下，买下了少有人买的小汤圆，吞下肚去，老者竟然化作吕洞宾飘然而去，姐妹俩才知道上当：她们吞下的，就是那七情六欲丹。

两条蛇妖吃了这仙药之后拥有了专属于人类的七情六欲，她们的情感变得复杂，她们的心思也变得细腻。动了情的妖精，显得更加妩媚。

一日，两姐妹畅游人间，白素贞在一间印刷坊被一个叫许仙的工匠吸引，这个年轻人英俊潇洒、器宇不凡，又带一点书生气，与别人不同。第二天，白素贞算准了许仙的路线，期待再一次邂逅心上人。小青理解姐姐的心思，于是使唤法术，风雨大作，许仙急忙窜到湖中的小船上避雨。素贞和小青早已在船中等候。许仙和白素贞一见钟情，眼神之间传递着爱意，言语之间却故作躲闪。小青在两人间周旋，许仙也识出了两姐妹的意图，以伞为由，借给白素贞，白素贞与他约定了还伞的地点，一场因缘就此展开。

小青为了促成许仙和白素贞的婚事，私自去盗取50两官银送给许仙置办家当，没成想被姐姐怀疑，许仙情急之下和盘托出，亏得小青使得美人计和法术骗走了前来调查的官员，但也引起了旁人的揣测。

三人为了掩人耳目，来到了苏州，开了一家药铺，唤作“保和堂”。白素贞毕竟不同于凡人，她操持着药铺的生意，井井有条，加上法力相助，开出的药方也都灵验得很。风言风语中，许仙成了靠女人吃饭的男人，这让他的尊严备受考验。波澜暗涌，小青也对许仙产生了暧昧之意。三人之间的关系越来越微妙，小青有意无意地试探、勾引许仙，而许仙也在装傻充愣中慢慢靠近小青。两人之间的微妙情愫被白素贞察觉，姐妹俩的感情产生了裂痕。

法海是金山寺中的得道高僧，以降魔捉妖为己任，他跟踪许仙并选择时机向许仙托出真相。许仙起初并不为所动，在法海的一再劝说下，抱着将信将疑的态度决定按照法海的办法试试。时至端午佳节，法海赠与许仙雄黄酒，嘱咐他哄骗白素贞服下。白素贞心知不妥，但又不得不喝下，现出原形之后吓死了许仙。白素贞内疚之际，决定带上小青一起前往昆仑山盗仙草。怎知守护仙草的鹿童和鹤童法力高强，白素贞尽管盗得仙草，却摆脱不了两人的纠缠，她把仙草交付给小青，让小青先去救命，自己则舍身阻拦。那鹤童原形乃是一只仙鹤，展开双翅向素贞啄来，素贞拼死搏斗，一时间天昏地暗。

正当白素贞为了爱殊死搏斗之时，小青以口嚼碎仙草喂许仙，许仙醒来，两人激情燃起，一时间难以自持，做出荒唐之事。事毕之后，两人又心虚又懊恼。白素贞拖着疲惫的身体回家，小青和许仙忙献殷勤，却没料想白素贞心中洞若明火。趁许仙外出，两人起了争执，兵戎相见，但无论是哪一方，都不能痛下杀手。固执的小青和顽痴的白素贞对峙着。结束这一场无声战争的是白素贞，她坦诚跟小青说，她已经怀有许仙的骨肉，因此已经别无退路。小青念及姐妹情深，决定放弃许仙。

平地又起风波。于杭州时，法海就曾经识破小青与素贞的妖精身份，但没来得及下手。一路跟踪到苏州，见白素贞竟然嫁作人妻，十分恼怒，决定除妖卫道。他也是手段高明之辈，巧舌如簧劝说许仙离开妖精，否则将元神俱散，灰飞烟灭。许仙听了法海的劝导，跟随法海去金山寺剃度出家。白蛇和青蛇不明原委，以为是法海掳走了许仙。于是两人不惜性命试图救出她们的男人，但法海法力高超，竟然请来天兵天将助阵，白素贞和小青气急败坏，决定水漫金山。大水浩浩荡荡漫过金山寺，白蛇和青蛇犯下了滔天的罪孽。正当这时，白素贞却动了胎气，腹中绞痛。她急忙和小青撤回西湖，以备生产，天兵天将也动了恻隐之心，没有赶尽杀绝。

等小青扶着白素贞安定下来，许仙却意外地寻了过来，这让白素贞和小青诧异不已。许仙极力向白素贞表达自己的忏悔之意，使得白素贞竟然信以为真。白素贞在痛苦过后，产下一子，叫做许士林。故事到这本该圆满，但没料到法海尾随其后，见文曲星转世的许士林已经诞生，就提起金钵，将白蛇收入钵中。许仙在一旁跪地求饶，法海却声色俱厉，声称如果许仙站在白蛇一边，将把他也一同摄入。许仙赶紧躲在法海身后。这时小青才明白，原来许仙回来就是法海的阴谋，许仙充当法海带路的工具。

法海把白蛇镇压在雷峰塔下，并声称“西湖水平，江湖不起；雷峰塔倒，白蛇出世。”小青震怒之下，刺杀了许仙。

数百年过去了，“文化大革命”催生的红小兵们，以勇敢无畏的精神把雷峰塔砸倒，白素贞果然得以生还，姐妹俩相拥在一起，从此谱写只属于她们的传说——与男人无碍。

（鄢冬撰写）

◆◆◆ 李碧华导读

◎王　越

作为当代港台言情女作家的领军人物之一，李碧华创作风格的剑走偏锋在众多刻意营造苦情、悲情气氛的畅销书爱情模式中显得独树一帜。在市场主导并塑造了大多数言情作品庸俗套路的今天，她的写作保持着一种引人深思的“边缘性”：既不在纯文学的中心苦思，也不在消费文化阵营盘桓过久，而是尝试走一条“中庸”的路线；其作品既未曾严肃到无人问津，又不会俗至“走火入魔”，而是熔二者于一炉，力图在情节与思想的厮绕纠缠中发掘小说的审美意蕴。

李碧华的作品一直致力于探讨男女、爱情与命运的奇妙关系。她对两性的纠葛和爱情的实质有着令人惊心动魄的洞察和表达，往往以奇幻甚至不乏诡异的情节和间不容发的细密语言，于不动声色中道破世态万象。从《胭脂扣》和《潘金莲之前世今生》开始，李碧华的小说或将古代众多有争议的女性进行故事新编，或虚构人鬼奇情、传奇男女，凌驾多个时代乃至几千年的时间跨度，在人物一世或几世的转世轮回中苦苦追问人类信念中秉承的某种可以超越命运的永恒价值观。与那些景幻情真的言情小说不同，李碧华的作品通常具有明晰的时代背景，在以瑰丽想象塑造情爱纠葛的同时，也做着对故事的时代背景进行重构的努力。《胭脂扣》、《秦俑》、《霸王别姬》等等，都有着特定的时空，人物的轮回之根常常始于女性无力改变，甚至不能正视自身附属地位的封建时代，旧式女子作为她最钟爱的形象载体，其命运的启承转合与男尊女卑的父权制社会传统丝丝入扣。然而她笔下的女性纵使披着“传统”的外衣，在个性中也天然勾缠着对既定女性身份和社会角色怀疑、抗拒的叛逆因子。李碧华曾自称是宿命论者，认为人生虽“多番挣扎反击，仍一筹莫展”。因此，她创造的女性形象大多具有鲜明的悲剧性格，且命运也常常在不断的循环中呈现殊途同归的结果。但对这种无休止的苦难追本溯源时，李碧华的思考已不仅仅停留在沉重的时代传统对那些勇敢追求爱情和自我权利实现的女性的迫害与倾轧上，而是进一步探入男女两性矛盾冲突的深层，在拷问并破坏既定的两性社会关系之后，试图寻找一种新的重建的可能和角度。学者刘登翰认为，“她用一个个从历史烟云中挖掘出来的，带着传说甚或是寓言色彩的故事，既表达自己对父权制社会秩序与价值体系的漠视和背叛，也对女性固有的缺陷进行了批判与反思”。

《青蛇》是李碧华早期作品中具有鲜明代表性的一部。小说以白蛇与许仙这一家喻户晓的民间传说为蓝本，但却以迥然不同的视角进入叙述，在原传说的骨架中填补了大量改编和演绎的内容。青蛇原本只是许、白恋情的配角，在《青蛇》中却被演变为他们之间爱情的侵入者，法海则是通过修炼来提升个人生存境界理想的破坏者以及客观上的爱情判官。在亲身参与故事演进的过程中，她目击了所谓爱情的纯洁、坚贞在善变的人性中经受的重重考验。作者通过青蛇的眼睛和经历，大胆质疑并颠覆了千百年来人们对原先那凄美的故事中不朽爱情的信仰和推崇。不妨说，这篇小说与张爱玲的《红玫瑰与白玫瑰》或许不无异曲同工之处：同样揭示出一个男人希望自己的生命中有两个女人（青蛇和白蛇）。然而，在此基础上，李碧华还进一步表达了女性在爱情中对男性的审视和对自身的思考：“青蛇也明白，一个女人希望她生命中有两个男人：许仙和法海。法海是一尊金漆神像，许仙是美少年。”当青蛇明白柔弱无义的许仙不是她的选择时，便毅然斩断情丝，选择强硬有力的法海。几百年后，爱情依然在轮回，“青蛇决定借了他的伞，一拧身子，袅袅地袅袅地追上去……”这是女性对自我幸福实现途径的发现和勇敢追求，也为两性性别格局的重构设想着更多的可能性。

拥有“自己的天空”，是每一个作家都渴望达到的一种境界。李碧华无疑是在朝这个方向努力的。无论是她在纯文学和市场经济的夹缝中寻求自我出路的“边缘化”特征，还是她对于“大历史”、“大空间”背景下“小历史”、“小空间”中女性现实与理想冲突的孜孜不倦的勾画描摹，都体现出她作为女性作家对女性群体在社会历史空间中进行重新定位的思考与探索，因此评论界有人将她誉为“新女性主义视角”的代表人物。然而，对宿命和轮回的过分执着，也使她的创作往往陷入一种有些灰暗阴沉的套路，从而无形中削弱了作品的内在张力。

李碧华研究资料链接

钟晓毅：《李碧华的诡异言情小说》，刘登翰主编：《香港文学史》第十三章第二节，人民文学出版社，1999 年。

孙晓燕：《李碧华小说创作印象》，《世界华文文学论坛》，2000 年第 3 期。

李亚萍：《一道残酷的风景——解读李碧华小说中的“文革描述”》，《当代文坛》，2001 年第 1 期。

陈丽：《诡异瑰丽的影像世界——浅析李碧华电影的美学特征》，《电影文学》，2006 年第 6 期。

居荃培：《在文本里看戏，在影像中缠绵——李碧华的小说与电影》，《电影文学》，2007 年第 2 期。

李志艳：《奇情的冲击——李碧华言情小说的女性主义解读》，《作家》，2009 年第 4 期。

李昂

李昂(1952—),本名施淑端,台湾彰化鹿港人。家学颇为深厚,其胞姐施淑是文学评论家,施叔青是著名华文作家。李昂初二开始写小说,高一发表了她的第一篇小说《花季》,入选当年微型新闻报短篇小说选。1971年,李昂高中毕业考入台湾文化学院哲学系。在大学期间,李昂对文学的认识与创作的态度发生了明显的变化,按她自己的话说是“我试图回到人间管管是非,与孤芳自赏的过去分开界线”。这标志着作为作家的李昂开始具有自觉的社会责任感与作家使命感。这期间,她开始创作两个小说系列,一为《鹿城故事》系列,它以李昂家乡鹿港为背景,在刻画人情世态,表现风土物语的同时,呈示出她对女性生活与女性命运的特别关注与独具发现;一为《人世间》系列,充分体现她“管管人间”的勇气与锐气。1975年李昂赴美留学,1977年获奥勒冈州立大学戏剧硕士学位,1978年返台任教于台湾文化大学戏剧系。代表作《杀夫》萌写于1977年,历经数年雕砺,于1983年在台湾《联合报》上发表,获该报年度中篇小说首奖。次年,她的另一重要作品《暗夜》在《中国时报》发表。历年出版有中短篇小说集《花季》、《混声合唱》、《人世间》、《她们的眼泪》、《爱情试验》、《一封未寄的情书》、《杀夫》、《暗夜》,长篇小说《迷园》以及散文、杂文集《群像》、《女性的意见——李昂专栏》等。李昂文学创作的内涵与力度,使她成为当代台湾文坛上最具现代意识与批判精神的作家之一。同时,她也是华文女性文学中最重要的作家之一。

杀夫（梗概）

陈林市谋杀亲夫这件事，在鹿城喧嚷了许久。尽管报纸与办案人员强调杀夫是由于奸夫指使，整个鹿城却私下传言：是林市的阿母回来报复的一段冤孽。

事情追溯到十几年前，林市父亲染上肺结核，看病吃药把田产花费殆尽，医治无效后撒手人寰，留下九岁的林市与当时还不到三十岁的林市母亲。林市的叔叔以未亡人一定会改嫁为由，侵占了林市和阿母最后的一间瓦屋。

母女俩白天流落街头，捡破烂，做点零工为生，晚上则潜回林家的祠堂过夜。然而即便是这样，母女俩也没能逃过命运的捉弄。一年冬天，是个打仗的年头，林市夜晚回家，远远看见一个着军装的男子，潜入祠堂。猛烈的风吹翻男子破损的军帽边缘，露出一张年轻、有疤痕的脸。十三岁的林市懂得可能的危险，立即跑到叔叔家中求救。叔叔聚集了五六个族人和邻居才赶向祠堂，只见军人压在林市母亲的身上，下身赤裸，林市母亲并不反抗，只是贪婪地嚼着饭团子。叔叔见军人手里并没有武器，于是拉起来猛踹他下体，军人倒了下去。这一行人开始商量如何处置林母，而林母说来说去也是那几句话：实在饿了，几天来只吃蕃薯签和猪菜，那军服男子拿两个白饭团给她，她就只顾着吃了。最终，族人把林母绑在了柱子上，以表示对她的惩戒。就连林市，也不知道母亲最后怎么样了。

叔叔迫于族人的压力，收养了林市，但他妄图从林市身上得到好处，于是待林市身体发育成熟时，就四处张罗林市的婚事。最后定的是近四十岁的屠夫陈江水，因为他血腥的职业，很少得到女人的青睐。然而林市竟嫁给他了。婚宴过后，酩酊大醉的陈江水要履行做丈夫的义务，林市连声惨叫，邻里听见，恍惚还以为是猪的嚎叫！而这就将是林市以后生活中不变的主旋律。

作为一个屠夫，陈江水是行内的一把高手，据说他十岁出头到“猪灶”打杂后，很快就有操刀的机会。他第一次执刀，握着一尺多狭长的尖嘴刀，一刀插进猪喉咙，快、狠、准，连手都不曾颤动一下。这一天结束早上的屠宰工作之后，陈江水回到家中，不顾林市身体的痛楚，霸王硬上弓，享受之后就又扬长而去。也不知过多久，有人进到屋子里，是个五十来岁的老女人，肤色沉黑，问询之后，原来是隔壁的阿罔官。两人聊起之后，阿罔官送给她一盒膏药，以缓解她下体撕裂之痛。这天晚上，陈江水回家后显得心情不错，酒酣之后，还赏给林市几个铜钱，作为她的“开苞钱”。

林市偶尔也会尝到快乐的滋味。清晨洗衣，女人们的聚会就让林市获得新鲜而刺激的内容，从而感到愉悦。这些女人中，阿罔官编排的各种道理，让她感到尤为新奇。然而，当林市一回到家，迎接她的便是丈夫的责难。陈江水显然不希望她陷入这些女人的闲话中，对她毒打了一顿以示教训。毒打过后，她仍得被压在下面，透不过气来，痛楚难抑使得她只有大声呼叫与呻吟。虽然这一瞬间让她受尽痛苦，完全没有快感可言，但每次陈江水要她，都会带回来丰富的鱼，牡蛎，偶尔还有一点肉片，再特别的，居然出现有肝脏类的内脏。这让她痛苦中还能寻见一点期待。

一天林市正在收拾饭菜，听得隔壁阿罔官和儿媳激烈地争吵起来。两人本是存有芥蒂，今日长期矛盾被激发。阿罔官不是省油的灯，嘴上刻薄不饶人，她的儿媳更没有半点晚辈的样子，从祖宗八辈开始骂起，转而攻击婆婆的私生活。阿罔官骂她儿媳是烂货，她儿媳却爆出她和别人通奸的丑事，阿罔官明显被说中，软绵绵瘫坐在地上，一时间竟然人语不进。林市原想过去看看阿罔官，但碍于陈江水已回到家中，知道他一向厌恶阿罔官，怕引起他的不快，只有借着到外头水缸汲水，出去几次，只看到阿罔官仍定定坐着，连声哭泣也没有，林市恍恍然的总觉得哪里不对。待到林市吃过饭正收拾，突然隔邻响起一声重物倒地的碰撞声，她还以为风吹落院里的东西，不曾注意，倒是陈江水侧耳倾听，操起放在桌上的猪刀，一脚踢开半阖的木门，朝屋外快跑出去。林市放下正洗的碗筷，本能的也跟着后面跑，陈江水脚步大，已推开隔邻的门奔进屋里，林市赶到，看到阿罔官颈上圈着一条两三个指头粗的草绳。陈江水操起手上的猪刀，以刀尖反手一挑，草绳应声而断，阿罔官粗重地喘出一口气，脸已涨得紫红，但命总算保住了。打这以后，阿罔官和林市的关系发生了转折。林市也算是阿罔官的救命恩人，但阿罔官始终认为林市知道并目睹了她的丑事，因此对她便有些记恨。

普渡过后的午后，林市小心捧着包袱内的花布来到阿罔官家后院，想要阿罔官代为剪裁及教导做一件大裀衫。快步穿过院子来到后门口，林市听到有个声音似乎在说她的名字。止住脚步一细听，原来是阿罔官在和别人讲她的闲话，内容不堪入耳，尽是说她叫床声有多么淫荡，不仅仅嘲笑她羞辱她，还把她母亲曾经被强奸的事情搬出来，认为她这模样不过是遗传而已。林市只觉得一阵眩晕，都不知道自己是怎么回到家里的。

吃过晚饭后，陈江水还想要她，但她却咬紧牙关不曾出声，咬啮出一道道齿痕，血滴滴的流出，渗化在嘴中，咸咸的腥气。

陈江水以后每一次要她，无论下体感觉如何，她都坚决不发出声音，哪怕陈江水用食物来引诱，林市始终不肯就范。她趁陈江水不备，去偷吃后厨的东西。但数天过后，还是被陈江水发现了。陈江水被激怒了，将林市毒打一顿后，再也不在家中吃饭，每餐到陈厝庄市集的面摊吃食，蓄意不带任何食物回家。林市迫于生计，不得不出去想办法找工作。但四处奔波的结果却是让乡邻皆知陈江水虐待林市。这样的消息让陈江水心里十分不满，于是陈江水决定，把林市带到猪灶，让她去帮忙清洗内脏，信奉神明的林市显然不能接受这样血腥的工作，然而多说无益，她被逼着做了这一份工。林市亲眼目睹着陈江水，如何把明晃晃的尖刀插进猪的喉口，又如何剖开猪仔的肚子，挤出大量灰白色的肠子。林市的神情恍惚了，就在这时，陈江水突然抱着整整一怀抱的内脏与肠子推向她，林市惨叫一声，向后直挺挺地倒下去，眼睛向上翻，嘴里汩汩地不断流出白色泡沫。

林市被送回了家。一路上，林市还反复念叨着，她的母亲是好人，她也是好人。然而就连自己的丈夫，也未尝对她尊重。酒后的陈江水依然不顾对方的感受，强行占有她的身体，还扬言第二天继续带她去猪灶看更好看的东西。林市不曾挣扎，陈江水也很满意，沉沉睡去了。林市爬起身，定定地凝视着月光，像被引导般，当月光触及刀身时，闪掠过一道白亮亮的反光。林市伸手拿起那把猪刀。她把他杀了。

然而她似乎又不相信这个事实，她只觉得她好像在做梦。她梦见了很多往事，不只是她的，还有她母亲曾经遭受的，屈辱的瞬间都在此刻交汇。丢下猪刀，林市爬出房外来到灶边，熟练地生起一把火，取来供桌上摆放的几个纸人与纸衣裤，一一在火里烧了，再端来几碗祭拜的饭菜，就着熊熊的火光，在灶边猛然吞吃，直吃到喉口挤胀满东西，肚腹十分饱胀，林市靠着温暖的灶脚，沉沉地、无梦地熟熟睡了过去。

接下来的大半年，阿罔官成为鹿城林市杀夫事件的新闻发言人，散布着流言与掩藏在流言背后的残酷的真实，故事未完。

（鄢冬撰写）

李昂导读

◎ 林丹娅

1977年，李昂在美国，刚拿了戏剧学的硕士学位，到洛杉矶小住。在那里，李昂于白先勇家做客时，偶然发现收录在《春申旧闻》一书中的社会新闻“詹周氏杀夫”。这个素材立刻引起李昂的兴趣：“它是一个少见的不为奸夫杀本夫的故事。”李昂的兴趣里，实际上已包含了对传统女性命运书写的质疑。女性的反抗常常被男权话语消解、变型为他们欲望中的故事。然尽管如此，李昂还是因为在深层次上没有为笔下的故事找到一个清晰的表达理念；在表层上困于对旧日上海的风土人情无从把握而把此作搁下。这一搁便到了1982年，其间虽数次从箱底挖出旧稿欲续，终因仍不知如何着手而罢。直至在文化大学任教的李昂业余为报刊写专栏，“对妇女问题有进一步的思索，才替‘妇人杀夫’找到了一个明确的、新的着眼点，想写一个就算是‘女性主义’的小说吧！”换而言之，应是女性主义的视点廓清了从李昂到“妇人杀夫”之间存在的雾障，几千年来存在于两性关系间的状况与问题，女性在传统文化序列中所扮演的角色与地位问题，通过李昂的杀夫故事，将触目惊心地、形象地浮出文学书写的地平线。与其说李昂把故事背景放在鹿港是为了显示她对台湾社会女性问题的探讨，莫如说是李昂通过自己熟悉的鹿港，呈现出更为熟悉的关于女性群体有史以来的被侮辱与被屈写的生命本质。

《杀夫》中的林市，祖上原薄有资产，当家门衰微时，灾难便首当其冲落在身为女性的林市母亲与林市身上。母女赖于栖身的一间瓦房被族亲以无男丁传宗接代而未亡人可能改嫁之理由予以剥夺。从此她们流露街头，无以为生。当林市母亲以性与一团白米饭做交易时，被族人发现，从此不知所终。寄人篱下的林市成年后即被族亲以猪肉作交易被卖给屠猪人陈江水为妻。此后她成为陈江水的性奴隶。她延续着母辈的命运：用遭丈夫强奸得“要死掉了”的少女初夜，换来饭菜果腹。母女俩几乎同出一辙的性感觉与食感觉的演示，高度概括了女性在男权社会中的生存本质。但即便是如此血腥的性交易，亦无法在林市的忍受中“正常”维持下去：她受性虐而负痛的“猪嚎”声，被施虐人所享受的同时，却恰被维护施虐人利益的社会道德指斥为伤风败俗。林市只好忍痛不叫，但施虐人却因失去快感而加倍折磨她并断绝对她的食物供给。在她痛定思痛，决定自食其力并付诸实施后，陈江水却又彻底摧毁了她的求生之路。李昂在这里尖锐地呈现了女性命运形成的历史性场景：女性所处的角色地位没有变化，男权秩序依然存在，她就根本无法选择自己的生存方式。她的主动创造力就是这样被扼杀与摧毁的：他一定要维持他饲养她的地位，因为这是他能随意驱使她，宰割她，并享受她的根本保证。最后，林市以不正常的形态而实则是最正常的必然反应，举起屠宰刀，完成了“杀夫”行动。当以阿罔官为代表的社会舆论把“杀夫”归结为“古人说，无奸不成杀”的“情杀案”时，我们看到李昂叙事最终的犀利：这是一个多么地道的、多么令我们熟稔无比的中国故事啊！

《杀夫》发表后，即引起强烈的社会反响，与其说人们无法面对《杀夫》小说中的性虐描写，莫如说人们实际上无法面对的是数千年以来两性关系形成中的血腥性质。这是李昂“管管人间是非事”的文学理念的成功实践，是以罕有的勇气与魄力，写出的一部有关性别歧视与性别压迫下人性沦毁的杰出作品。

李昂研究资料链接

蔡英俊：《女作家的两种典型及其困境》，子宛玉编《风起云涌的女性主义批评（台湾篇）》，台北谷风出版社，1988 年。

赵园：《试论李昂》，《当代作家评论》，1989 年第 5 期。

古继堂：《李昂评传》，吕晴飞编《中国当代青年女作家评传》，中国妇女出版社，1990 年。

刘登翰等主编：《台湾文学史》下卷第十五章，海峡文艺出版社，1993 年。

黄毓秀：《〈迷园〉中的性与政治》，郑明娳编《当代台湾女性文学论》，台北时报文化出版公司，1993 年。

陆卓宁：《不同生存形态中的同一文化意旨：李昂〈杀夫〉〈暗夜〉管锥》，《南方文坛》，1993 年第 5 期。

林丹娅：《当代中国女性文学史论》第五章第一节，厦门大学出版社，1995 年。

陈丽芬：《性话语与主体想像》，郑振伟编《女性与文学》，岭南学院现代中文文学研究中心，1996 年。

梁鸿：《从性的成长史看女性的命运——试析李昂小说中的性意识》，《华文文学》，2001 年第 3 期。

方忠、陈兴丽：《论李昂小说的情爱书写》，《名作欣赏》，2008 年第 14 期。

陈正维：《“拓荒者”的多重实践——论 70 年代妇运者与女作家的书写/行动》，台湾清华大学硕士论文，2012 年。

施叔青

施叔青(1945—),台湾鹿港人,少女时代在《现代文学》发表《壁虎》而成名。毕业于台湾淡江文理学院法文系,获纽约大学戏剧硕士学位。曾任教政治大学、淡江文理学院。1970年代,她与吕秀莲合办以宣扬新女性主义为主的拓荒者出版社;亦与陈若曦、王祯和、七等生、银正雄、黄春明、杨青矗等人并列于该年代的重要台湾本土作家。1977年后转进香港发展。现从事文学创作与文化交流工作。主要作品集有《拾掇那些日子》、《约伯的末裔》、《香港人的故事》及长篇小说《牛铃声响》、《玻璃瓦》、《香港三部曲》(香港三部曲之一《她名叫蝴蝶》、之二《遍山洋紫荆》、之三《寂寞云园》)、《台湾三部曲》(台湾三部曲已出版之一《行过洛津》、之二《风前尘埃》)等。施家三姐妹施淑、施叔青、施淑端(李昂)中,其姊施淑为著名文学评论家,施叔青和李昂被誉为"台湾两才女",她们的作品对不同文化语境下女性的生存体验有相当精彩的描述。白先勇认为施叔青的小说世界呈现着"奇异、疯狂和丑怪的美"。其中《香港三部曲》和《台湾三部曲》体现了作家对于女性与地域双重视野的思考。2008年获国家文艺奖。

窑 变

香港的故事之二

一

尽管九龙尖沙咀以东的新填海地，最近半年，先后完成了好几家国际水准的豪华酒店，用以招徕国外的观光游客，然而，以品味、年代、身份等级而论，九龙这些年来由暴发的财团支持下的新酒店，依然超不过香港文华酒店的优雅矜贵。难怪有一百多年的历史的英国苏富比拍卖公司，一年两季，选择了这家酒店，作为中国瓷器、文物的预展和拍卖的根据地。

五月一个小雨刚歇的黄昏，六点钟不到，香港的劳斯莱斯几乎全部出动，不约而同地朝着文华酒店驶了过来。名车的主人们，全是应了苏富比拍卖公司的邀请，前来二楼康乐厅，参加瓷器预展酒会的本港名流雅士。

今年展卖仇炎之毕生的藏品，果真不同凡响。这位最近死在瑞士的中国人，生前独具慧眼，早年从上海、香港，凭着他天生的审美观，以及潜心钻研之后，对瓷器的深刻认识，为他的子孙留下了质与量都足以傲世的艺术品，震动了全世界的同好。

近十多年来，以拍卖中国瓷器闻名于世的苏富比公司，老谋深算，看准香港惊人的购买能力，又抓住了收藏家希望中国文物回归本土的心理，付了天文数字的保险费，将这批无懈可击的艺术品运抵香港。

下午这场预展酒会的慎重其事是可以预料的。为了防备香港每况愈下的治安，康乐厅门口站了两个荷枪的警察，应邀者必须凭请柬入场。

方月深知今晚到场的宾客均非等闲之辈，她特地从任职的博物馆提早下班回家，颇费了点心思把自己打扮得十分得体大方，捏着请柬姗姗到来。

原本以为到早了，大厅里却已尽是衣履风流的绅士淑女，他们为了一睹仇炎之的精心收藏，显然比方月还心急，六点钟不到，全出现了。

方月从川流不息的侍者手中的银盘，接过一杯红酒，站在不显眼的角落，一边冷眼旁观，心想这位充满传奇性的收藏家，果真具有无比的吸引力，除了本港的显贵，还从世界各地招来了无数著名的陶瓷收藏专家，宾客当中，还不乏名重一时的权威欧洲的大古董商。

方月认出荷里活道几个开古董店的老板，集雅斋的黄经理、文珍阁的李先生，此时正围住一位白发苍苍的外国绅士，使出浑身解数在攀交情。她知道这些人不会匀出工夫来和她周旋，此时此刻，他们甚至连礼貌性的招呼都嫌浪费。

方月偶尔和朱琴喝茶，听她形容此间的古董商参加伦敦的拍卖，为了私利，往往在拍卖会上失去理智地哄抬价钱，自相残杀。这般人表面上笑容可掬，摆出艺术爱好者的姿态招摇。据这位一脸精明的上海太太说，其实同行之间彼此相互倾轧，实在到了水火不容的地步。

听人说，最近朱琴也下海做古董生意了，比她大二十多岁的丈夫老病在床，朱琴不顾丈夫的反对，擅自开了保险箱，把丈夫一辈子的精心收藏取出来做起买卖，现在也跟着人家伦敦、纽约来回跑。

方月在人丛中发现了她。多时不见，只见朱琴脸上红红白白，打扮得更入时了。她旁边站了一位一身珠翠的肥胖女人，正对着架子上一只绿紫镂空的鸳鸯枕指指点点，朱琴陪笑侍候一边。方月认出是杨士鹏的夫人，丈夫是此间的船业巨子，也是有名的粉彩官窑收藏家。

早两个月，有人看到朱琴和杨士鹏的机要秘书同进同出，方月还以为同行中人故意糟蹋朱琴，看这样子，朱琴目的已然得逞。受不了朱琴逢迎的嘴脸，方月转过身，视线正巧落在门口闪入的唐衫老者身上，只见拍卖行的几个工作人员亲切过度地将老者簇拥了进来。

原来是吴遥邦中医，此间著名的明瓷收藏家。上一回，他把藏品中元、明早期的白地青花瓷借给博物馆展览，为了编写目录，方月曾经被接见过几次，到他中环拥挤的诊所，询问一些资料上的疑问。

吴遥邦医生灰绸唐衫施施然地过来，方月赶忙礼貌地朝他微笑。对方拿眼角扫了她一眼，似乎觉得有点眼熟，却又很矜重地转过去，径自昂起头，和他认识的人周旋去了。方月本来预备打招呼的一朵笑，僵在脸上，只好讪讪地假装欣赏瓷器，心中希望姚茫即时出现，免得她一人形单影只，局促在这名流云集的场合。

此次拍卖的焦点，集中在一只不及三寸高的明朝成化斗彩摹鸟高足杯，印刷精美的说明书上指出世上仅存的另一只现在保存在台北的"故宫博物馆"，惊叹赞赏声不时从围观的人群发出，方月无意去挤在人群中凑热闹，争相传观这稀世之宝。

仇炎之生前所珍爱的其他数十件精品，端雅地摆在压克力的透明陈列柜里，等待识者取出赏玩鉴定。方月请工作人员拿出一只洁白如玉的白釉莲子碗，小心翼翼地放到绒布上。

这两年苏富比的瓷器预展，方月每次躬逢其盛，多半由姚茫带着，先要她除下手中的戒指，为的是怕碰裂胎薄如蛋壳的官窑瓷。姚茫耐心地教她鉴定瓷胎、釉色，以及如何从纹饰图案来辨识年代特征，现在方月可以像模像样地捧着价值连城的官窑瓷，摆出一副鉴赏者的神气，完全是姚茫一手调教出来的。

捧着这只底下有"大明正德年制"款的白釉莲子碗，方月凝神看个仔细，发现碗内浮着暗花细纹，倘若姚茫这时在身旁，一定会熟极如流地道出"缠枝蕃莲瓣纹"一类术语。想到这，方月微微地笑了。

二

会结识姚茫，也许可以说是前缘注定的吧。前不久，方月陪他到大会堂听京戏，杨宗保马前惊艳，擅自和穆桂英私定终身，老父杨六郎怒不可遏，把儿子绑在午门，眼看就要问斩，穆桂英闻讯急急赶来，杨六郎问她："你小姐不在山东潇洒，来此作甚？"

能唱几句老生戏的姚茫，学着杨六郎的口气，推推身边的方月问道：

"你方月不在台北潇洒，来香港作甚？"

方月顺口答：

"为认识你而来的。"

暗黑中，姚茫似乎受了很大的震动，紧紧抓住方月的手，到终场时还不肯放。

三年多前，方月在没有选择余地的情况下，跟着前程似锦的丈夫移居香港。台大工商管理系毕业的潘荣生，原在台北花旗银行贷款部任职，美国休士顿来的经理纳尔逊先生看中潘荣生的勤奋才干，说服他一起到香港来另组股票交易公司，靠着他自己的白皮肤在这殖民地上拉关系，业务由潘荣生打理，名义上是两人合伙，事实上纳尔逊是借着有工作狂热症的潘荣生替他打天下，让他过一直想过而始终没有机会的做老板的瘾头。

住进铜锣湾怡东酒店的第二天早晨，八点钟不到，纳尔逊从楼下打电话上来，潘荣生早已穿戴齐整，拎着新公事包兴冲冲下去。他坐在纳尔逊的平治车子里，迎着香港早晨的阳光，迎着一整个世界的希望，来到中环康乐大厦四十二楼摆满盆景的漂亮办公室，潘荣生掏出梳子，理了一下被维多利亚海港的风所吹乱的头发，拿起桌上早已等着他使用的电话，纽约华尔街的股票市场就要开市。汤玛士·潘的工作不因地方的搬迁转移而间断。越洋电话接通了，他在这异地的办公室一下子又找到了属于他的位置，好像从来未曾离开过一样。

方月却找不到她所属的位置，她一个人每天在铜锣湾的人海之中飘浮着过了平生最恐怖的一个月。香港到处都是人，可是她举目无亲。熬到十一月底，总算搬入了半山巴丙顿道的公寓。她得一切从头来起，这包括到附近的小市场买一把锅铲、一打筷子。

白天她在小市场和多半长得精干瘦的广东小贩，彼此言语不通鸡同鸭讲，大声吵嚷不休；晚上方月又得脱下沾着鱼腥的家常服，换上丈夫指定的服饰，由他带出去应酬，香港、九龙各大酒店、会所去不完的鸡尾酒会，山顶、渣甸山外国人家里开不完的宴会。

开始几次，方月很为纳尔逊家的宴会中那份荒诞神话般的色彩所迷。纳尔逊太太是个精力充沛型的女人，随丈夫的工作调到亚洲来之前，听说还在休士顿一家律师楼做过事。她现在把过人的精力用来招待她丈夫商场往来的顾客，以及他们私人的朋友。每天在她渣甸山宽敞的花园洋房翻阅日历，一年四季，纳尔逊太太从来不漏过任何一个可资庆祝的中外节日。

圣诞夜，她特地从附近天主教中学，请来白衣银冠的唱诗班，群集花园，站在星空下大唱“弥赛亚”。纳尔逊太太连中国新年也热烈庆祝，除夕夜，只见她通身一片红，拖地红绸旗袍，发际之间还插上一朵朵小红绒花，她把家里也布置得像新房一般，古董店买来八仙喜帐高悬门梁，也不知从哪儿弄来乡下人做被面用的土红大花布，用在圆桌上当台布，喜气洋洋一片。每位客人前面水晶杯下还压了个红包，也真难为纳尔逊太太这一份心思。

有一回方月接到一张浅绿色的请帖，庆祝圣派屈克日，请帖上注明女宾得穿绿色服饰，潘荣生来到香港之后，对西方的礼节习俗熟悉到令方月叹服，他说这天是爱尔兰人的节日，当晚他戴条绿领带。

结果潘荣生突然出差到纽约，临行嘱咐方月一个人赴会，方月果真穿了件苹果绿的麻质洋装。当天晚上席设香港会所，那一阵子翻腾是在此间外国人圈子和本港上流社会的一则大新闻，是这栋殖民者所建的百年建筑，虽然屡经古迹保存委员会的陈情，终于免不了拆除的命运。纳尔逊太太一等客人坐定，举起高脚水晶酒杯，伤感地表示这是她和好朋友们共聚香港会所的最后一晚。再过半个月，它将在无情的铲土机摧残之下，荡然无存。在座的中、外宾客，无不跟着纳尔逊太太唏嘘不已。

方月拿起银匙喝着特为圣派屈克日调制的绿色的汤，听她左边的美国可口可乐驻港经理大谈如何将这饮料倾销亚洲落后国家的故事。右边的理查·蔡，十足黄皮肤的英国人，以他流利已极的牛津英语，和他邻座红头发的洋女人抱怨中国大陆的肮脏与原始。

“……别的不去说它，理查，你一定住过白云宾馆吧?”红头发的女人音调高而刺耳，“新旅馆，不是吗? 可是——哟，理查，房间里的窗帘，脏到——噢——”她做出无以形容欲呕的神情。

方月一旁听着，一下子觉得寒毛竖立，才四月天，冷气实在开得太低了。耳边理查·蔡兴奋地附和，方月坐不住了，一个突如其来的触动，她重重地放下喝汤的银匙，推开高椅背的餐椅，在所有客人的瞪视下，猝然起身出去。

抱着突然之间觉得不舒服起来的胃，方月攀扶坚实无比的橡木楼梯扶手一步步走上去，二楼大厅杳然无人，昏黄的老式水晶灯，照出大厅一片黯淡的辉煌。方月在角落一张橙黄色皮椅坐了下来。香港会所的全盛时期，她没赶上，象征殖民地的阶级、特权的这建筑，和台北来的女小说家毫不相干。纳尔逊太太和她的客人们此刻正关在绿绒窗帘重重的蓝厅咀嚼最后的荣光，那个世界和方月毫无牵连，她走不进去，也似乎从未曾兴起走进的念头。

方月支着头，坐在这即将油尽灯枯的大厅，她只觉得前途茫茫。既然被迫到香港来，她总得在这地方找到凭借活下去。虽说香港和台湾仅一水之隔，方月却有着身临异国的惶然。记得临离开台北前的两个晚上，文化圈相熟的朋友在新店小陶家为她送行，半打陈年绍兴喝得大家酒酣耳热，小陶一时兴起，拖大伙儿到碧潭看月亮，躺在潭边月光下看起来很干净的小石子上，他们一口咬定方月此行吉多凶少，新的环境将会扩展她的视界、丰富她的经验，大伙儿寄望方月到香港之后写出更成熟的作品的同时，也对于她能够跳出台北小小的文化圈,无不承认又是羡慕又是嫉妒。

可是,当方月从巴丙顿道的家搭乘双层巴士,沿着拐弯的山路回旋下去,那种眩晕的快感不再使她觉得新鲜时,又经人介绍找到了一个会说几句国语的钟点女工,方月不必再到小市场和小贩们比手画脚,她变得无所事事。曾经计划以纳尔逊太太和她的生活方式为题材,预备写一个中篇小说,也因提不起劲而搁笔丢在一边。

最初几个月,方月偶尔还写点短文章回台北,报道香港的文化活动,她拎着录音机,老远跑到柴湾木屋,访问红极一时,后来染上毒瘾潦倒不堪的粤曲红伶,她也曾到九龙慈云山政府廉租屋,巴巴地爬上十二层楼梯,为仅有的广东杖头木偶的老艺人做特写。邀稿的编辑从台北来信,方月的香港民间艺人专稿,登出之后在台湾起了不少的回响。遗憾的是,隔着海峡,方月听不到对岸的掌声。两篇访问稿写下来,她已是意兴阑珊。

当方月不再每天下午主动跑到天星码头买台湾来的报纸,当台湾的一切对她都不再重要时,她每天早晨,躺在床上,怔怔地目送丈夫兴致勃勃地上班去了。又是一天的开始,方月却找不到理由起身,她拉起床单,把自己从头到脚蒙住,挺尸一样躺着,希望就此不再醒来。

正当最绝望的时候,意外地从英文报纸的人事版,看到一则广告,此间博物馆的出版部有一个中文助理编辑的空额,条件之一是应征者需要具有高度驾驭中文的能力,薪水却给得出奇的低。方月好像在茫茫大海中,突然发现了一株飘浮而来的水草,除了拼尽全力去攫取它,她别无选择,香港已经使她变得一无所有,一切必须从头做起。

她从书架抽出自己出版的两本短篇小说集,提着花了许多心思预备好的履历,在应征途中,从计程车前面的反光镜,她看到自己的脸——一张自我嘲弄、却又万般无奈,比哭还难看的脸。

经过几回赴战场一样的口试、笔试,凭着她一手可图可点的好中文,方月还是被录取了。台湾来的小有名气的女作家,好不容易在香港这一异地找到了她所属的位置,她还总算占有了一张靠窗的写字台,开始了朝九晚五的上班族生涯,两年的日子也在伏案抄写之中被打发了。

三

方月把手中赏玩了许久的正德款白釉莲子碗还回去,抬起头,外边街道已是暗黑一片,文华酒店对面四十八层高的康乐大厦,圆幢幢的窗只有少数还亮着灯,其中有一个关住她的丈夫。尽管纽约和香港时差十二个小时,丈夫办公桌上的几只电话,此起彼落,还是在响。潘荣生敏捷地抓起话筒,向本港大户报告纽约收市的最后价钱。他的声音气足响亮,斗志昂扬,经过隔洋股票市场一天的搏杀,他的袖肘皱了,额头上的短发因汗湿而扭结成一团,然而,这两年刚崛起的股市奇才汤玛士·潘仍然不知疲倦为何物。

数不清有多少回,方月午夜梦回,发现另一半的床还是空着的,丈夫又把自己关在小小的书房，挑灯夜战，研究他的股市行情，往往非至凌晨，不肯罢休。心情好的时候，方月还有兴致向丈夫调侃，说他娶的是工作，她宁愿丈夫到外边结交女朋友，也不愿他没日没夜地卖命。

"荣生，就当你出去找别的女人恋爱吧，起码还有时好时坏的时候，"方月说时似笑非笑，两道清秀的眉却蹙得紧紧的，"你总会和人家吵架，总会失恋，那时你也许还会记得我，还会记得有这个家——甚至你另外再去找人，青黄不接时，我多少还可以派上用场，垫垫空档——"方月终于忍不住，蒙住脸，泣不成声。

来香港之后，潘荣生的整个人，无论白天夜晚，完完全全地被他的工作所占据，方月自知无力摧毁阻挡在他们之间的商人，如果企图把丈夫从他的工作抢过来，失败的注定是方月，而且她深知丈夫的性格，他会为此而恨她一辈子。

潘荣生抱着妻子哭泣的肩，多少有点悔意，他承认冷落了方月，尤其在她最需要他的时候。公司刚站稳脚，还是千头万绪，老有做不完的事，他说。他要求方月再忍耐一阵，情况一定好转。潘荣生最后向方月保证，明天去找纳尔逊谈判，要他多聘请一个人来分担工作。

遗憾的是情况并没有如潘荣生预言的好转。方月不得不承认，丈夫的野心、对工作的狂热，是一种疾病，一种顽冥不灵、无药可医的疾病，尽管潘荣生振振有辞地为自己辩护，他以一种就事论事的态度告诉方月，如果想在这凡事以金钱、成功来衡量的香港社会生存，他必须以命相拼，别无他法。

方月怔怔地望着突然之间变得十分陌生的丈夫。新婚不久，方月坐在床头，连为丈夫折叠刚洗好的袜子，心里都会充满柔情蜜意的那段日子，现在想想，竟如隔世之遥。

酒会都快近尾声了，姚茫早应该来了，方月返过身去，在逐渐稀疏的人群中找寻他。姚茫果然从一大群碧眼红发的洋人当中，朝她举了举杯，咧嘴笑笑。"众里寻他千百度，蓦然回首，那人却在灯火阑珊处。"姚茫显然来了有好一会儿了，他立在那儿，等着方月回头去发现他，他知道她迟早会转过头来的。四目交接，方月只觉得心魂荡漾，有如第一次约会一样。

一阵熟悉的烟草焦香味迎面扑鼻而来，"考你一考！"是方月等了半个晚上的声音，"别翻目录，也不准看盘底，"来人把一只龙泉双鱼小盘放到方月面前，"说一说这只小盘的年代，出自哪个窑？特征是什么？"

姚茫就在她身后，站得那么近，连呼吸都清晰可闻，方月把玩那只龙泉小盘，像平时抚弄姚茫那只肉多、绵绵的男人的手。

"这么晚——"

"嗯，回去了一趟，薄扶林道塞车，路上耽搁了——"

"哟，下了班回去又出来的？难怪——"

"嗯，让你久等。"

人多的地方，他们多半不太说话，只用眼睛来交谈，特别像晚上这种场合，姚茫熟人很多。

“哎，姚先生。”果真有人上前搭讪，“您好，几时来的？上回您到我小店里来，不巧出门了，怠慢得很！”

“不碍事，那天凑巧顺路，进去转了一下，你两个伙计，看来都很能干。”

“姚先生过奖、过奖——”

这一位一脸和气的王老板，据说还读了两年上海圣约翰大学，一九四九年孑然一身跑到香港来，初始潦倒了好几年，后来不知向谁筹了资本，进了古董这一行，现在海运大厦的“三友斋”是他开的，凭他早年的英语底子，卖的是洋装货，主要做游客生意。

姚茫的律师楼和此间同行的外国人很有来往，几个外国律师太太，打听出姚茫是个收藏家，光是他的德化窑一项，就曾被一家很够水准的艺术杂志专栏报道。洋太太们纷纷请他当顾问，介绍可靠的店家。姚茫随口提及这家“三友斋”，洋太太们无不趋之若鹜，几年下来，王老板这家店，在上流社会的交际圈里，居然还出了名。

王老板希望姚茫照规矩取佣金，他把这提议说了，姚茫咬着烟斗，皱眉哂然一笑，说声：

“举手之劳，王老板何必斤斤计较。”

把个王老板感激得涕泣泪零，为了表示知恩相报，手上一拿到真正上品的官窑瓷，王老板一定驱车过海，亲自捧到姚茫摩星岭道的家，由他第一个过目。

“听说王老板到大陆去了，怎么样？此行大有斩获吧!?”

“姚先生，昨天到家得晚，挪不出空上您那儿，我正想找您说呢——”突然压低了声音，左顾右盼了一下，和姚茫神秘地低语了起来。方月识趣地让开了一点，由他说悄悄话去。

流行在古董圈子里的传奇，方月时有所闻，大陆这两年对外开放，常听此间做古董生意的人津津乐道，如何以二十元人民币的代价，在北京天坛的文物商店购得一对无款的渣斗，结果竟然是康熙的粉彩，或者上海友谊商店如何看走眼，真正汉代出土的玉钩，标的竟是光绪仿制品的价钱。这般人诸如此类，大声渲染他们的奇遇，炫耀难得的机缘，另外好些不合法的勾当，则被他们狡猾地隐去；例如勾结大陆里边识货的人，施予小惠，派他们到民间乡下搜集上代遗留的古物，以高于文物商店收购的价钱赚取而来，再买通海关走私到香港来。万一消息泄露，同行的人由眼红而中伤，他们索性嚷开来：

“嘿，好东西留在里头，还不是被糟蹋了?！这两天我还听说一件事，有个同行出钱给人到乡下找东西，这回在安徽歙县的穷村庄，看见一个老太婆坐在门口剪鞋样，仔细凑前一看，原来剪的是幅宋朝的绢画，后来一查，老太婆的祖先做过翰林，家道没落了，老太婆大字也不识一个，谁晓得多少国宝真迹被她剪鞋样剪掉了？”

说话的人说到最后，还挺了挺胸，振振有词：“我这是替咱中国人抢救文化遗产，你们这些人，少说两句吧，哼！”

这一来，听的人面面相觑，无法再置一词。

姚茫好不容易打发了王老板。

“看样子,他此行大有收获吧?”方月问。

“嗯,说是这趟弄出来一个雪花蓝笔洗,底下还有宣德款。杭州附近乡下找到的,庄稼人拿它来装谷子喂小鸡。”

方月吐吐舌头:“没有被打破,实在万幸!”

姚茫淡淡地:“可不是吗?”

他低下头为自己的烟斗点火。方月看不清他的表情。这位明天就过五十岁生日的中年人,有太多的理由使方月对他眷恋不舍。为了今晚的酒会,姚茫特地回去换了一套深色的西装。平时他总爱穿着瑞士的麻质服饰,颜色淡雅,经常属于米色、灰蓝一类的系统。看似不着意修饰,其实是用心搭配的服饰,穿在他身上,永远服帖舒适。姚茫倾侧着两鬓微霜的头,优雅地咬着烟斗,闲闲地把玩手中那支康熙豇红豆印泥盒,脸上是一片对生命挣扎过的安适。

比起他来,潘荣生一副撩起袖子,随时准备战斗的样子,就显得粗蠢得多了。

和姚茫相识,也快有两年了吧,方月初到博物馆当助理编辑,第一件差事就是协助编《凝趣雅集》的展览目录。这个由一小撮真正雅好陶瓷的收藏家所组成的会,应博物馆的邀请,会员拿出具有代表性的藏品,联合做了个“历代陶瓷展览”。既然参展者均属有社会地位的雅士,又事关中国艺术史,他们对目录的编排极尽慎重与讲究之能事。收藏之外还做点研究工作的姚茫被推派为荣誉编辑,帮助博物馆澄清一些编务上的疑问。

几次公事上的接触,姚茫对中国文物艺术的丰富知识,颇使方月折服,心性高强的她,为了不愿显得太过浅薄无知,开始从左派书局抱回来大量的陶瓷、艺术史一类的书籍,还强迫自己去读《文物》、《考古》这类冷僻专门的期刊。有好长一段时间,潘荣生关在小书房挑灯夜战,研读他的股市情报;方月则蜷缩在床上,就着灯光,心无旁骛地恶补她的艺术史,两人居然相安无事地过了半年。

姚茫觉察出方月有心向学,他带她出入几位收藏家的家去欣赏博物馆级的艺术品,每一个月一次“凝趣雅集”设在福临门酒楼的鱼翅席上,他也偶尔请方月列席。每个星期天的早晨,姚茫习惯去逛逛古董店聚集的荷里活道、摩罗街,方月希望和他一起去。

“不太好吧?星期天应该在家陪陪你先生。”姚茫永远如此善解人意。

“如果荣生要我陪,那就好了。”方月幽幽地叹了一口气。记得潘荣生获知方月得到博物馆的差事,他那副如释重负,很高兴以后妻子不会再骚扰他的样子,使方月恨得痒痒。她愈来愈感到丈夫和她,只不过是同住一间屋子的两个陌生人。和姚茫频频约会见面,除了心灵上寂寞之外,无疑是对丈夫冷落的一种报复。

那个星期天,同游荷里活道的收获,是一个很识做的古董店老板,为了讨好姚茫,慨然拿出一只清初粉彩喂鸟的小水杯,作为对方月初识的见面礼,方月开心地捧回家去,有好几天她抚摸着小水杯上精致的花纹,不忍释手。

方月在她堆满文物、瓷器书籍的办公桌上,复信给台北一家要为她的早期短篇小说结集出书的出版社朋友，她如此写道：

——大学时代把自己关在租来的小房间，对着稿纸喃喃自语，直至夜深犹不肯罢休的方月，已经是一去不复返了。来了香港这几年，总算为自己找到另一种生活方式，我现在开始弄瓷器，很时髦、很贵族的玩意儿，不过其中学问多多。这几个月来，差点把摩罗街的梯阶踩平了。也许有一天，真的被我从尘封的古物堆中，摸出一只正德香炉，则我将持宝衣锦还乡，与老友把杯共贺——

四

仇炎之的瓷器预展酒会已近尾声，朱琴在等电梯时，才看到方月，熟络地把她到一边，挽着方月的胳膊问长问短。她向方月打听博物馆负责收购瓷器的是谁，还央求方月把那位同事的名字写下来，小心地放入她的皮包，之后便把方月搁在一边，扭着腰，过去拍了姚茫的肩膀：

“咳，姚先生，您这位大忙人，总算被我找到了。”黏腻腻的上海国语，甜死人，“刚才在里头，瞧您忙着哩，想找您指教指教，都没有机会。”

“喔，是谭太太，好久不见，谭先生的身体这一向好一点了吧？”

朱琴的丈夫得病之前，原是颇有点名气的建筑商，喜欢收藏慈禧太后宫中的用品，姚茫多少和他有点来往。

“很好，谢谢您。哎，有一个小忙，想麻烦姚先生一下，不知您肯不肯帮？我有几件德化观音，想借您这位白釉专家的眼睛，为我觑觑——”

“谭太太说哪儿话？你太客气了——”

“喏，这是我的名片，上头有我写字楼的地址，上个月才搬进去的，还乱得很，姚先生要是不嫌弃，随时欢迎上来喝杯茶。”

姚茫从朱琴涂着玫瑰红蔻丹的玉手接过名片，又敷衍了几句，电梯来了，朱琴趁机会凑上去：

“有个熟朋友，恰巧有一对祖传的万历五彩瓶，托我帮他处理。依我看，论瓶型、釉色，不知比您刚才在里头看到的那一对强多少，还画的是龙凤，说真的，姚先生几时有空——”

“过了这一阵子，一定去拜访。”

“好吧，电话打到我写字楼，就在公主大厦的十七楼。”

走出文华酒店，姚茫和方月相视而笑。

“真的下海做生意了，连写字楼都租了。”

“也怪可怜的，丈夫年纪大，又病在床上。”姚茫微喟，“年纪轻轻的，咳！”

这一晚，他们驱车过海到丽晶酒店二楼的法国餐厅——Le Plume，方月坚持由她为姚茫暖寿。

这间布置典雅的餐厅，沿着海岸而筑，窗外就是维多利亚海港，海的那一边是香港有名的夜景，两人选择了僻静的角落，正巧面对着一大片海，海面上，一只升着风帆的渔船，从一角缓缓驶过来，像一幅移动的画，镶在大玻璃窗上，船头一盏灯指引着方向，渔船无声无息地在水面上划行，顷刻间，消失在黑色的海上。隔了半晌，又有一艘载乘旅客环岛夜游的游轮，从另一个方向过来，游轮上开着一排小小窗口，昏黄的灯火包裹着浪迹的游客。

方月细细地咽下了最后一口蒜茸焗田鸡腿，啜饮着七三年的波多红酒，台桌上的鲜花放出阵阵微香，方月持着酒杯，注视姚茫优雅到无懈可击的餐桌举止，听他熨平人心的温存细语，还有古董圈子里说不尽的传奇，耳边流泻的琴音，把方月软软地推动，顶上的水晶吊灯似乎轻轻地摇晃，微醉的朦胧中，方月恍如置身一艘情调优美的游艇，任由着音乐轻送朝前驶去。

方月举了酒杯，“Ce la Vie”一饮而尽。

她微醺的眼睛秋波流转，姚茫为之神驰，不禁抓住台桌上的她的手。

“只要你开心就好，方月，真的，只要你开心——”

方月抬了抬眉毛，又有一艘灰色的大商船擦身而过，桅杆上的万国旗迎着夜风飘动。甲板上似乎有水手在朝她挥手，隔着玻璃，听不见水手们的叫喊，方月只知道任凭外边的世界的惊涛裂岸，她在里头可是很安全。

“香港真的很奇妙，小小这么一点地方，居然有山也有水。”方月的脸上涂满了遐思，“我的小书房正好对着海，刚搬进去的时候，海面上停泊的那些船只，令我着迷了好久，尤其是夜晚，黑漆一片，船上的灯火，像童话故事被仙女的魔棒一点，全亮了，一瞬间海面都给照亮了，很不可思议——”

姚茫侧着头倾听。

“其中一艘涂成银色的船，好像永远停在海当中，生了根似的，动也不动，你想想，在海当中——我每天黄昏对着它看，编了好几个故事——”

“结果呢？”

“当然一个也没写成。”酒在脑子里巡回，方月却觉得人像通透一样的清醒。

“人很奇怪，”她说，“有些东西，有些人，在某一个时期，对你像命一样的重要，好像一旦失去了，就活不下去似的，可是，过了那个阶段，回头想想，也没什么了不起。”

“你其实应该再回去写的，”姚茫诚心诚意地，“方月，会创作的人，不写多可惜。”

“不见得吧?！像我现在，不也活得好好的，以前的那个我，自怜、害羞、没见过世面，自己看看就不喜欢，一天到晚，只会在纸上乱涂，为赋新词强说愁一番，糟透了。”

“而今识尽愁滋味，欲说还休，欲说还休，却道天凉好个秋。”姚茫的声音又苦又涩，“这下半阙词的滋味，也还不是你所能体会得了的。”

这天晚上，在姚茫很讲究的厚厚床褥上，方月抚爱着他逐渐呈衰老之迹的身体，轻叹一声：

"不管怎样，姚茫，来香港认识了你，使我觉得这辈子没有白活。"

"是吗？总有一天，你会厌倦的，你还年轻，前面还有一长段路要走——"

"不许你胡说哦，我的路到此为止，永远停在这儿，多好！"方月紧紧抱住他。

"你总不至于赶我走吧？"她哀恳地望着他，"我不走。"

"你真傻，我当然舍不得你走。"

他捧住方月的脸，轻轻地吮吸着，以令人疼心的温柔。

"要是我年轻几岁，可又好了——"

姚茫的一双儿女，和他们的母亲住在西雅图，据他说，儿子今年就要上大学了。

"方月，难为你了，看上我这半老头子。"

酸楚地拥住他，方月的心隐隐作痛着。

"好多事，你、我都决定不了的。"姚茫最后疲倦地说，"这些年来，我学会了对人、对事都不敢去强求，每天能见见面，看你开心的笑，我就心满意足了。"

一次不快乐的婚姻，使得这位优秀的专业律师心灰意冷，他把西雅图的房产、银行存折，甚至一双儿女全都给了他的妻子，只身到香港来重起炉灶，同两个英国人合伙，开了律师楼，闲时寄情于瓷器古玩，打发时日，十多年也就这样过了。

方月对姚茫有深一层的认识，还是那回"凝趣雅集"的会员获悉西安临潼秦始皇的兵马俑坑对外开放，特地组团前去目睹，也顺便安排到景德镇去探看明、清遗留的古窑址。方月以工作需要为由，向博物馆拿了公假，以客人名义参加，十来人的小团体中，两对外国夫妇，连驱蚊液、浴巾、厕纸、浴缸用的莲蓬、乳酪、红酒、德国香肠无所不带，仿佛所到之处是蛮荒地带，看得方月啼笑皆非。

一路上，姚茫对她很是照顾，两人就这样熟络起来。有一晚在宾馆吃过晚饭，方月随着姚茫到他房间去看下午文物商店买到的一件青花玉壶春瓶，瓶身的柳莲水草纹，画得灵逸生动，可惜瓶口有点残，否则这种好东西绝不肯外卖。

方月坐在床沿，注视着姚茫一双肉多而绵绵的手，游行在玉壶春瓶的肚子一带，无限情深地来回抚摸着，他的神情使方月为之动容。这一晚，她没有回到自己的房间。

五

要不是何寒天突然在香港出现，方月早已打算无尽止地享受姚茫的温存柔情，由他引领着，继续过下去方月已经逐渐习惯的生活方式。和姚茫以及他的社会在一起，像是全身浸在温水里一样，给方月一种柔软的松弛，她留恋这种舒服感，希望永远关在姚茫一屋子古董的家，闻着他烟斗散发出的焦香味，厮守一辈子。

苏富比拍卖仇炎之藏品的那天下午，方月一早去霸位子，姚茫来迟些，一路和认识的熟人点头握手，最后被朱琴抓住不放，一定要他坐到旁边的空位。姚茫朝方月做了个手势，朱琴狠毒地瞪了她一眼，方月笑在肚子里，故意大方地点点头，朱琴把头一拧，不理她。

姚茫看中第六十七号一件成化斗彩的小盘，方月记得盘心中央绘着精致的波涛卷云纹，姚茫藏品中有类似的一只，他希望配成一对。拍卖官一出现，全场几百人肃然无声，第一号嘉靖款的青花山水人物把壶，拍卖锤一敲下去，是个令人咋舌的数字，接下来，买家竞相减价，看得方月心惊肉跳。姚茫悻悻地嘟囔：

"简直是疯狂，这些人，理性全失了，我的那只小盘早早飞了。"

果真姚茫不幸言中，六十七号高于市价几十倍被日本来的大收藏家买去。这次拍卖的焦点，那只成化斗彩摹鸟高足杯，最后以四百七十万港币成交，全场起了一阵骚动，久久不能平息。

拍卖官适时地在这儿告一段落，把绅士淑女让到另一个房间去，喝茶尝点心，二十分钟之后再继续。方月乘机到洗手间去，折回大厅时，突然被人从后边喝住：

"方月——"

被吓了一大跳的方月回过头去。

"何寒天，是你——"

把他烧成灰，方月都还会认出是他。

"今年怪事特别多，谁想到会在这里见到你。"

他猿一样长长的手臂伸过来，一把搂住方月的肩，不由分说，把她带到二楼的咖啡座。

大三那年，方月选了几堂轻松的课应付，她把全副精力放在创作上，每天晚上，坐在房东那张老式的大书桌，一支笔、一盏灯伴着她煮字疗饥，写累了，推门到外边小巷散步，何寒天在一个没有月亮的冬夜发现了她。他以后常说那天晚上方月穿着垂地长袍，披着直而长的头发，在黑黑的小巷里徘徊的形象，完全是挪威画家孟克的画面：梦魇而鬼气。

两个人恋爱不像恋爱地一起进出，在文化人爱去的"明星"咖啡座，方月注视寒天以他的小指头徐徐推出火柴盒的内层，像个童心未泯的小孩。何寒天嘴上没滤嘴的烟，一根接一根，似乎从未停过。方月在烟雾之中，似懂非懂地听他的现代艺术观，一边在脑子里经营下一个短篇中的一个象征。

有一晚，两人半夜潜入台大校园，绕着大操场，不知疲倦一圈一圈地走，何寒天对着夜空挥拳，发誓十年内征服世界画坛，方月则希望以小说扬名。最后实在走不动了，两个人滚到草地上，何寒天第一次也是最后一次吻她。

使方月无法忘怀的，与其说是她的初恋，倒不如说是因为何寒天的不告而别。那天晚上之后，他就从她的生命中消失了，一个不像终结的终结，使方月的心空悬了好久。以后再听到何寒天的消息，说是真的到纽约打天下，已是好几年以后的事了。

这个人现在就坐在面前，法国 Gauloise Bleu 牌子滤嘴的烟还是一根接着一根，他穿着剪裁粗糙的西装，方月一眼看出是国外廉价市场的货色，里头格子衬衫，却系了条大花的尼龙领带。记忆中，何寒天从不在白天来找她，他戏称自己是属于黑夜的族类。现在回想起来，那是个晦涩的现代诗、作态曲解的前卫艺术在台北的文化圈过度膨胀的年代。

“后天就到大陆去，早来两天在这里换机，顺便逛逛这个码头。”

“从纽约来的？”

“谁说我在纽约？谁要去住那个没有文化艺术的垃圾堆？方月，”何寒天气盛地，“你居然不知道我在巴黎？今年二月还在 Gallerie du Mode 开了个展？你不看台湾的报纸、杂志？”

方月不得不承认：“很少。除非有朋友还记得我，自动寄来他们新出版的书，发表的文章什么的，我偶尔看看。怎么？台湾报上常有你的消息？”

“何止台湾？连广东出版的《美术》这期都介绍我。”

“孤陋寡闻，抱歉。何寒天，果真被你言中，成了名人了。”

“当然。这趟回来，还是北京邀请的，要我去谈明年开展览的事。”

“哦？真的？”何寒天终于如愿以偿，方月的心被刺痛了一下，分辨不出是妒嫉，抑或羡慕，嘴上依然说，“那太好了，老朋友出了头，该庆贺一番。”

“喂，你呢？方月，这些年，你做了些什么？”

“以你的标准来说，四个字，一事无成。”

“小说也不写了吧？”

方月摇摇头：“写那些东西，没什么道理。”

是真的吗？方月有点疑惑，何寒天的出现把她拉回到了过去。从前的方月曾经为了推敲小说里的对白，上了床，还把纸笔放在床沿，苦思之余，一有所得，立即把手伸出蚊帐外，抓起笔飞快记下，生怕把灵感给睡跑了。

想及当年的紧张兮兮，方月摇头笑了。这种写作的狂热一直延续到她来香港之前，偶尔写出自己认为得意的作品，写完最后一个字，把笔一丢，捧着原稿，像捧着刚出炉的馒头，不管夜深，跑到她信任的朋友那儿扣门，强迫人家当场读完。自己一双手绞在裙子里，神经质地笑着，迫切地等待朋友的意见。写作的心路历程崎岖而往往令人气馁，然而，完成一篇作品之后的满足感，又不是世间任何东西可以取代的。

“来香港鬼混这几年，你说你一无所成，我看也差不多——”

出于自卫的心理，方月赶忙转移话题，提及自己博物馆的工作，有意无意卖弄她这几年来对中国文物的知识，企图令对方刮目相看，仿佛唯有这样做，在多年不见的老朋友面前，才对自己有所交代。

“……早就跟你说过，何寒天，你们搞艺术的，占尽了便宜，一幅画，任何人只需拿眼睛看它，立刻有反应，可以直接交通，所以你们这一行，容易得到承认。像我们弄文字的，可就难多了，尤其是经过翻译，味道尽失，看译文，好像看别人的文章，不像是自己写的——”

何寒天一口口狠狠地吸着烟，他不像在听，到了一个地步，不耐烦了，猝然打断方月：

“怎么你变了个样儿？”

方月挺了挺胸：“人总是要变的。”

摸摸自己的下巴，何寒天不无遗憾地说：

“你和以前很不同，方月，你变得很俗气。”

多时以来，这是别人所给予她最漂亮的一击。

“看你这一身穿戴，又浅薄又做作，要是你走在中环人群当中，我还真认不出来呢！”

何寒天语气咄咄逼人：

“方月，以前的方月到哪儿去了？”

被他这么一质问，方月居然心虚得脸红了起来，她看了看自己身上的服饰，一时答不出话来。

识货的人一眼就可看出方月今天身上的配件，全是欧洲的名牌，还是最新流行的款式。姚茫“顺手”送给她的“小礼物”，方月打开来，往往是一条狄奥的丝巾、古奇的鳄鱼皮带，甚至以镶工闻名的卡蒂亚真金耳环。

方月的薪水不必拿回家用，潘荣生要她用来置装，初初几个月，方月倒也量入为出，对精品店的进口服饰，只有看看的份儿。她没有忘记当年母亲如何盘算家用，供她和弟弟上大学。姚茫永远如此善解人意，他开始不着痕迹地为她添置新装，每次总有他的借口：

“你这皮肤白，适合穿豆沙绿。”他为方月捎来一件 Celine 的丝衬衫，上星期，方月路过置地广场，眼睛被吸了过去，曾驻足橱窗前，看了又看的这件衬衫，现在捧在她手中，方月记得它的标价相当于她每月薪水的三分之一。

豆沙绿衬衫除非配上同牌子咸菜绿的裙子，否则不出色，姚茫理由多多，然后是滚草绿边的米色皮包，方月背起来一定很帅气。

方月也曾多次抗议道：

“看你把我宠坏了。”

每次还是开开心心地收下礼物。

姚茫咬着烟斗，朝她眨眨眼：

“女人生来就是给男人宠坏的。”

年过半百，依然浪漫唯美的姚茫，他对名家设计的丝巾，有特殊的偏好。两年下来，方月抽屉的各式名牌丝巾，加起来足足一打有余。为了下午的拍卖，方月从头到脚精心修饰，胸前垂了圣罗兰的长丝巾，走起路来，飘飘欲仙，姚茫说是花蝴蝶的双翅。

从巴黎来的何寒天，对她这一身法国名牌的打扮不仅不为所动，还出口批评她俗气。

“你从前的神采、灵气，全不见了，方月，你好像整个人钝掉了，怎么会？”

从前何寒天爱蹲坐墙角，不停地在膝盖上的写生簿上挥动，从每个不同的角度捕捉方月的神采。他现在又以同样的眼光寻视她。何寒天的身体，从他廉价的成衣跳出来，化为一个巨灵，以渗透人心的目光瞪视她，方月被他瞪得不能动弹。

“方月，听老朋友一句话，你来了香港这几年，看的也该看过了，玩的也该玩够了，见好就收，回去写小说才是真，你总不能一辈子把自己放逐在这个码头吧？”

何寒天临离开时，突然拉住方月的手，十分认真地说：

“再过几年，我打算搬到巴黎乡下去，自己盖一间大画室，屋顶全是玻璃的，到时候，你来和我一起住。从前我不告而别，负了你，以后让我来偿还，我画画、你写小说……”

他带着万事已定，后会有期的信心，挥挥手，走了。丢下方月，丢下他对她的指控，以及令方月无从置信的许诺，走了。

方月捧着逐渐胀疼的头，坐在那里，也不知过了多久，她觉得应该离开了。一个人走回街上，又是下班最拥挤的时刻，方月随着人潮，不知何去何从，刚到香港时，那种人海茫茫无处可依的感觉又回来了。家，她不想回去，除了一屋子的冰冷黑暗，没有人在等着她，方月暂时不想见姚茫，尽管她明知此时此刻，姚茫一定心焦地找遍了文华酒店。

方月只想一个人，可是，上哪儿去呢？她在人潮中站住，猛然惊觉多时以来，她的活动范围何其狭窄：每天早晨，从半山的家里穿戴齐整出门，就把自己埋在死人堆中，浪费她的才情和岁月，过着日复一日的上班族生涯；傍晚时分，姚茫遣走了他的司机，自己驾着乳白的平治车，停在博物馆大楼门口等她下班。方月喜欢“划船酒吧”，她说一下去有如走入船舱腹中的安适感觉，几杯白酒之后，吉他手的墨西哥民歌、会把方月带到燥热的南美丛林。酒吧的“欢乐时光”过后，要是方月懒得动，他们就转到已经点上蜡烛的餐桌上吃海鲜，姚茫多半嫌阿拉斯加来的冰冻沙文鱼不够新鲜，往往两人绞尽脑汁，为决定上哪儿吃晚饭而大伤脑筋。去遍了港、九的中、西餐厅之后，方月想念家常小菜，姚茫嘱咐他的老女佣烧几样顺德的家乡菜，方月倒是吃得津津有味。

晚饭后，姚茫把自己陷入柔软的沙发，品尝年份很够的白兰地，聆听莫扎特的小提琴协奏曲，方月踢掉她穿了一天的鞋子，慵懒地把头枕在姚茫的腿上，闭起眼睛，任由姚茫多肉、绵绵的手在她的颈项间游行。

潘荣生到纽约出差的那一个月，方月索性连家都不回去。

“你爱过人吗？”刚才她问何寒天，“我是指真正的爱，爱得要死要活的那种？”

何寒天并不立刻回答。

“昨晚我做了一个梦。”他隔了半晌，才说，“很恐怖的梦，和死亡有关的，我拼了全身的力量，好不容易醒转过来，睁开眼睛，四周一片黑暗，天地之间，只有我孤零零一个人。除了自己腔子里的一口气，什么都是身外物，连枕边躺着你最亲的人，也分担不了你的恐惧、孤单——”

如果连这种有感情的牵联还不能使方月觉得生活有意义，那么，到底她要什么？

在何寒天先知一样道出方月不是真正的快乐时，方月曾经这样问他，也等于在问自己。

“创作。回去写小说，你才会觉得真正的活着。”

猛抬头，方月发觉自己来到香港会所的旧址，铲土机早已将昔日的高楼夷为平地，犹记得今年春天，纳尔逊太太在这儿设宴惜别，方月穿着应景的苹果绿洋装，而今满目疮痍、瓦砾一片。人世间的任何事，都会过去的吧?!

六

方月回到家，走入多时没进去过的小书房，从书架的角落，抽出一叠诗集、小说集，全是台北的朋友们两年来的心血，书页很新，没被翻阅过。每回方月接到之后，看也不看一眼，就把这些集子插入书架最不显眼的角落，企图忘记它们的存在。现在拿在手中，竟然沉甸甸的，很有重量。她把全套精装的《故宫文物精萃》推到一旁，坐回久违了的书桌，一页页仔细地阅读了起来。至此方月不得不承认，多时以来，她之所以故意忽视朋友们的新作，为的是不愿去面对糅合着嫉妒与羡慕的复杂情绪，今天晚上，她无可逃避地任由这刺心的妒意所噬啃。

把这份刺痛告诉姚茫，他听了连连拍手，说方月总算有药可救了！为了欢迎她这文学上的逃兵重又归营，姚茫提议到Gaddi's开香槟庆贺。方月穿着正式的黑色洋服，坐在全香港最豪贵的饭店，在白制服笔挺的侍者环绕中，啜饮着冰镇适度的 Moet 香槟。外国人的乐队奏着怀旧的探戈舞曲，一位戴白手套，襟上插了朵粉红康乃馨的中国老绅士，引领着黑色蕾丝旗袍的女士优雅地跳着探戈舞步。女士脚上的黑色舞鞋，足足有四寸高，她毫不费力随着拍子翩翩旋转，看得方月叹服不已。

"今晚的气氛，很像四十年代后期的上海——"

姚茫以怀旧的口吻追忆起方月完全陌生的旧上海。最近香港的新潮青年，掀起一股怀旧情绪，流行一遍又一遍地看《卡萨布兰卡》一类发黄的旧片子，女孩们戴上祖母留下的老式手饰，身穿作旧的像叫化子一样褴褛的蕾丝裙子，在五十年代的旧唱片声中跳伦巴舞，这种"做"出来的怀旧乡愁，勉强做作到可笑，方月不屑跟人家流行。

然而，姚茫对旧上海的怀念，却是真正的有感而发，他絮絮地说起三十年前这大都会的繁华，南京西路的跑马厅、被拆除之前的哈同花园、他浪荡的大哥口中仙乐斯舞厅的风光，姚茫对街边小贩卖的吃食，印象尤为深刻。

没想到香槟也可以喝醉人的，姚茫的两颊泛着酡红，烛光下，细细的皱纹爬满了他的眼眶一带，酒酣耳热使他看起来异常地萎顿。方月注视着突然之间衰老起来的姚茫，感觉到两人之间的距离从没有过一刻像现在一样的遥远。

她搀扶着姚茫坐上计程车送他回家，在车上，姚茫本来一直掌握驾驶盘、操纵方向的两只手，牢牢地抱住方月的腰，好像她是一棵树。

姚茫住在半山摩星岭道的尽头，粗心的驾驶者很容易忽略这条偏僻的小径。它像袖子一样，从笔直的薄扶林大道斜伸出去，下了一个很陡的斜坡，摩星岭道弯拐而狭长，两旁树丛参天，即使白天也显得过分幽静，计程车在延伸无尽的小径急驶，最后停在尽头一栋独立式的两层古旧砖屋。多年前，姚茫从一对回返英国养老的退休夫妇手中买下，特意保留了殖民式的建筑的外型:红砖的台阶上去,是个很殖民风的阳台,廊下一盏灯在这深夜兀自照出一片昏黄,几盆花草被刚下过的雨打得七零八落,阳台遍地水迹、落叶呈现出风雨过后的萧索,那张老女佣阿钟爱坐的旧藤椅,花布椅垫被取走了,椅子中央徒然露出一个大窟窿,被孤零零地弃置在一角。

方月没想到平日和姚茫喝酒看日落的阳台,风雨过后竟是这般凄凉,她没叫醒阿钟,径自扶着姚茫,让他在沙发上歪躺着,伸手欲开茶几上的台灯,姚茫阻止了他,说他想在黑暗里静一静,也就不再言语。方月陪坐一旁,五月雨后的深夜竟然有点凉意,没有点灯的客厅更显得幽深,姚茫心爱的白釉瓷在架子上闪着冷冷的光。

方月第一次上这儿来,是在大陆旅行回来之后,她从街边花市拎来一大束新鲜的蟹黄兰,心中塞满了沿路旅馆缠绵的夜晚,姚茫咬着烟斗,立在阳台等着她。在香港重又见到了这个朝夕相处了半个月的男人,方月笑得有几分羞涩,她把怀中的花塞给姚茫,低着头随他走入屋子。

眼前的景象立即令她震惊不已,原来姚茫只将这栋旧砖屋留了外边的空壳,里面完全改修过,黑白强烈的对比,完全是现代的冷硬线条,特别设计的灯光打在一屋子的瓷器古物,使方月有如置身现代化的小型博物馆。为了节省空间,几面墙全被挖成空心,镶入一层层玻璃柜,由上而下,像神龛一样供奉着主人的精心藏品,每一件器物全是纤尘不染,看得出屋子的主人是有洁癖的。

"这哪像一个家,根本是博物馆嘛!"方月禁不住啧啧啧称奇。

姚茫从厨房出来,手上依然抱着那束蟹黄兰,他歉意地说家里从来不插花,一时找不到花瓶。

"看你瓶瓶罐罐摆满了一屋子,竟然找不出一件实用的器物,多滑稽!"

姚茫伸手就要去取西面架子上一只大口的五彩天马罐,方月连忙阻止他。

"等下打破了,这个罪过我可担当不起。"

她取出一只啤酒杯,把花插了进去,嫩黄的兰花顷刻间带来一室的盎然生意,以后方月总记得捎去一把鲜花,姚茫戏说方月为他带来了春天。

也实在是真的,姚茫的家里就少了一份人气,他终日与这批冰冷的古物为伍,闲时对它们喃喃自语。上一回,纽约一家东方博物馆举办中国古玉展览,来了公函,希望借出姚茫藏品中的几件参展。方月去时,姚茫正在为他的玉器编写目录,紫檀木大方桌上,几十盒福寿字的长方型缎盒摊开来,一件件晶莹温润的玉雕躺在黄绸缎里,鸳鸯戏水、白马奔腾、头尾相交的双獾、黑翅的夏蝉、双鱼、阴阳猫,各式各样,凭着匠人一双巧手,将一块块没有生命的玉石点化成惹人怜爱的小动物。

"哇,又发现你的新天地了,姚茫,原来你拥有这么一个动物园!"

方月惊叫着。那天姚茫兴致很高,他取出一件件玉雕,不厌其烦地教方月鉴定玩赏。拿起一件"马上封侯",要方月对着灯光,仔细欣赏猴子生动的雕工。

"你看,你看,这小家伙多顽皮,还向你眨眼逗闹哩!"

一件盘着长颈的白鹅玉饰，肥嘟嘟的，姚茫问她像不像惹人疼的胖婴儿。他对古松树下引颈而望的骏马，解释为是在找寻走失的主人。

诸如此类，姚茫对他手中的玉雕动物，一件件将之拟人化。平时一个人百无聊赖时，一定常常对着这批没有生命的动物说话。方月抚摸着姚茫垂垂老去的脖颈。

“多么寂寞的人。”她叹息了。轻柔地、很母性地把姚茫揽入自己的怀里，像现在一样，她以相同的姿态抱拥着醉酒的姚茫。他那双多肉、绵绵的手此时无力的垂下，方月拿起它们，包在自己的手掌心里，温暖的是她自己的手。

夜更深了，架子上的瓷器渗出阵阵寒气，方月打了一下哆嗦。被姚茫重重压住的两腿，渐渐觉得麻木起来，似乎随时就要失去知觉，再不起来活动，方月怀疑自己这辈子再也无法走路了。她费尽全身的力气，把姚茫从她腿上移开，找出纸笔，不假思索地写道：

姚茫，看来明天仇炎之藏品的拍卖，我不能陪你去了，临时决定离开香港几天，也许到南丫岛，也许去大屿山的寺庙，想一个人静一静，许多事情需要好好想一想。方月留。

她从茶几上移过一只乾隆青花香炉，压住字条，打电话为自己叫了一辆计程车。回程时，她听到树丛中传来铁锤敲在石碑上的清脆敲击声，她知道自己经过了那一片坟场，敲击声越来越远，终至听不见了。计程车爬上摩星岭道口的斜坡，前面就是宽敞的薄扶林道，方月坐在车里，笔直地朝前看。

一九八二年十月于香港

施叔青：《愫细怨》，上海文艺出版社，2003 年 2 月，第 228—262 页。

一夜游

香港的故事之五

一

是台风妮娜出其不意地袭击香港之后的第三天，才一入夜，尖沙咀东区的“皇家花园”酒店，早已灯火通明，灯笼形的水晶吊灯，把黑白二色大理石图案的整个大厅，照耀得光可鉴人。

几分钟之前，酒店的瑞士经理，赶鸭子似的把打蜡的工人赶出大厅，一边又气急败坏地命人摘下到处“油漆未干”的牌子，亲自在通往地下贵宾厅的阶梯边，竖起“演艺中心筹款酒会”的英文指示路标。

香港的名流巨贾，从来喜欢搞艺术和商业挂钩这一套玩意。拥有“皇家花园”一半以上资本的张季常，身居东南亚电影制片业的泰斗。尽管他旗下出品的拳头枕头片，只注重票房挂帅，本是不折不扣的商品，由于势大财雄，张季常还是此间靠募捐来维持的演艺机构所拉拢的对象。

今晚的酒会，张季常以委员会主席的名义，出面为不牟利的演艺中心筹募明年的经费。生意人永远善于把握时机，趁着香港旅游旺季到来之前，适时地安排这场酒会，邀请总督暨夫人莅临。如此盛会，明天的早报势必争相大肆渲染，“皇家花园”的名声趁此打出去了，所达到的宣传功效，绝非成百万港元的广告费所能及。何况在名人功名簿上又可记上一笔，蒙受英女王册封为爵士勋衔，应该是迟早的事，一举数得，何乐不为。

难怪张季常踌躇满志地吩咐下去，酒店务必在八月底之前提前完工，把个营造商赶得鸡飞狗跳，为了应付晚上这场酒会，在屋顶加班收拾台风残局的工人，抛下手中的破瓦残砖，一个个被调到大厅待命。

酒会于六时三十分开始，依照惯例，烫金的请帖上注明，总督暨夫人将于七时整莅临。由全场宾客恭候大驾。

台风过后的阵雨，对于乘坐名贵轿车姗姗而来的宾客，显然毫无影响。他们任由戴着白手套的司机，听从雨中交通警察的指示，将车子无声无息地滑入酒店前一片灿烂里。

当第一位长裙及地的仕女，袅袅婷婷地踩入酒店的大厅，中央那座白玉似的大理石喷泉，及时地喷出水来，一旁紧张守候的酒店经理，总算松了一口大气，又急忙冲到楼下今晚首次启用的贵宾厅指挥去了。

雷贝嘉才过海而来的计程车，尾随着长龙，缓缓地向“皇家花园”驶近，远远地，她立刻为那衣香鬓影的阵势所吓住了。趁着阵雨刚歇，她匆匆付了车资，撩起礼服的裙脚，也不管地面潮湿，毫不痛惜地将今晚首次穿的银鞋，一脚踩下，像摆脱恶鬼一样地逃离那辆出租计程车，提着裙裾跑到廊下。恰巧有位身着黑色礼服的外国单身男士，钻出宝蓝的新型平治，雷贝嘉赶前两步，和他并肩步入酒店。对着迎宾的侍者，还挤出一丝微笑。

自动门关上的刹那，雷贝嘉回头望了一眼，那辆载她来的计程车，刚巧呼啸而过，后边跟上一辆金色的劳斯莱斯缓缓地停了下来。

雷贝嘉这种自惭形秽的心理，随着她款款步下通往贵宾厅的台阶，一级级地消失了。这家酒店的布置，一本殖民地东西拼杂荒诞的特殊品位，基本色调采取今年流行欧洲的梨子红。为了不使远道来看中国的观光客空手而回，特地从大陆运来了朱红雕漆圆柱、琉璃瓦的窗棂、一人多高的五彩花鸟仿古大花瓶，全部有碍观瞻地摆在最显眼的角落。

当雷贝嘉轻旋她的裙摆，踏完最后一个梯级，迎面一座景泰蓝大方樽，冲天擎起一丛五颜六色的鲜花，在宫灯式的水晶灯笼罩下，灿烂得令人无法正视。方樽四角，各有一个留长须的金人振臂托扶，想是得自希腊神话的灵感。

无暇顾及金人的出处，雷贝嘉的视线立即为门口一个笑得浑身乱颤的身影吸了过去。只见她一身越南女人的装束，秋香色浮暗花软绸的旗袍下，露出一大截胭脂红滚边的长裤，麻花髻的头发当中，却有一绺染成海藻的颜色，绿幽幽地垂下来。这女人必定以为光凭她的绿头发还不够惹人注目，只见她俏生生地霸占酒会的入口处，使进出的宾客，对她无法来个视而不见。

原来是顾影香，瞧她这身架势，果然不同凡响，只差嘴里衔上个烟嘴。关于这女人的历史，雷贝嘉早有耳闻，三十年前曾经是艺华影业公司旗下的明星，偏巧时运不济，正是走红的当儿，上海一夜之间突变，只身逃到香港之后，为了活命，什么事没做过。年前电影圈涌起一股怀旧热，她才像出土文物一样，重新被推捧出来。复出之后，拍了几部上海滩的歌女片。银幕上，她披着紫红电光绸歌衫，懒洋洋的那股浪荡劲儿，天平早已开了顶的老上海个个一口咬定，当年的白光也不过如此。

顾影香的本事很大，摇身一变，最近又以女制片家的身份出现，成为娱乐版记者争逐采访的对象。在香港前途黯淡、港元暴跌的今天，她旗下"当代独立影业公司"第一部出品的《鱼蛋妹》赶上了暑假的档期，票房一路遥遥领先，同业者只有对她刮目相看。

近一两个月来，雷贝嘉对她在国际电影节的公关助理职位，颇有意态阑珊之感，极有趁机蠢蠢欲动之势。晚上到场的宾客，肯定是人才济济，全是一时之选，像这位炙手可热的顾影香，圈内人传出她有意招揽新血的消息，凭着自己在一些电影试片、首映典礼和她有数面之缘，本想上前与她攀交情，无奈毕竟有点气怯。和她匆匆擦身而过时，雷贝嘉不禁拿眼角多扫了她几眼，心里暗吃一惊，这个专门制造新闻、谣言满天飞的顾影香，在总督到场的酒会里，居然如此脱略，一副宽边的太阳眼镜，遮住了大半个脸，只见她下颏微仰，搭着眼皮，悠然地和围在身边的男客谈笑风生，完全是一副大风里来大浪里去的自在闲适派头。

雷贝嘉从川流不息的侍者银盘接过一杯冒泡的香槟，有点心虚地朝着逐渐多起来的人群中挤去。为了应付晚上的场面，她可真是不惜工本，跑遍了港、九的精品店，千挑万选才看中迪奥这套缕金线的敞胸蕾丝晚礼服。要不是那位女售货员再三怂恿，保证一定是全香港绝无仅有的一套，雷贝嘉才一咬牙，忍痛买了下来，下午还告了半天假，专程到澳洲人开的发型屋，梳了这个所费不赀的别致的头。顾影香凭什么故作潇洒、如此脱略。

雷贝嘉正嘀咕着，迎面摇摆走过来一位上了年纪的贵妇，朱红云纱垂地长旗袍，胸前是一串双圈滚圆的南海珍珠，垂到肚脐一带，耳际吊的翡翠耳环，足足有三寸来长。妇人主动上来搭讪，用的是英语，她对雷贝嘉的晚礼服赞口不绝。雷贝嘉有点受宠若惊，故作矜持地回转身，发现自己的侧影正巧镶嵌在墙上那幅光闪闪的长镜里。她生就瘦长扁平的身材，正是时下流行的体型，白瓷一样透明的脖项，光裸裸的，一无饰物。出门时，雷贝嘉临时改变主意，取下脖子上从不离身的金项链。她担心细细一条链子徒然暴露她的寒伧，索性连那枚不起眼的银戒指也一起褪下，心想在这争奇斗艳、金银堆砌的场合，她只能以简单大方取胜。果真相形之下，旁边珠宝全身披挂的老妇人，显得比她粗俗了许多。

雷贝嘉得意地摇晃了一下裙摆，在镜子里一下找到了自信。她举起香槟，在杯觥交错中，热热切切地和那素昧平生的妇人攀谈起来。

总算心机没有白费，这才是她等待已久的场面。绅士淑女细细地啜着香槟，低低地交谈，偶尔从人堆中爆出愉悦的笑声。浅灰蓝高雅的地毯上，左右分设两排长桌，布上喜气的红餐布。桌上此起彼落的鲜花丛中，摆满了厨师们几天来的精心杰作，一路延伸下去，直到贵宾厅的另一个尽头，突起一座汗涔涔的冰山，一尾冰雕的鲸鱼，凌空而起，和对面用奶油砌成飘飘欲仙的古典美女遥遥相对。

门口起了一阵骚动，总督暨夫人姗姗来迟，宾客们恭敬地分立两旁迎接。不知哪儿窜出一个打扮得像小公主似的小女孩，捧着一束紫红洋兰，献给总督夫人，还中规中矩地行了个晋见的屈膝礼。两位贵宾被簇拥了进去，酒会正式开始了，侍者们各就各位，侍候各式点心。雷贝嘉把头昂得高高的，像阅兵似的对着各式各样的餐点一路看下去。几个外国人围住澳洲鲜蚝，正在大快朵颐。壳中滚圆圆的蚝肚，看得人口里生津。正待动手去取，雷贝嘉的肩膀被人从后边重重一拍。

“咳，别让蚝腥沾了你漂亮的衣服。走，带你去尝鱼子酱，正宗的伊朗货。”“孟妮卡，你躲哪儿去了？害我好找。”

“找我？不见得吧！老远的看你满场子飞，好不开心。”孟妮卡用银匙挖了一小匙鱼子酱，铺到圆型的小片烤面包上，递给她：

“喏，试试看，雷贝嘉，刚下飞机的，保证新鲜。”

看不惯孟妮卡摆出女主人的神气：

“不是说俄国的鱼子酱才算上品。”她故意地。

孟妮卡更是不甘示弱：

“小姐，别埋怨了，有这个吃就算好的了。一盎司鱼子酱值得多少钱？说出来，你连舌头都要吞下去呢！”

她意犹未尽，又盯上一句：“怎么样？没事吧？安安全全混进来，没有人要看你的请帖？”

灰白的养珠一样的鱼子酱，一咬碎，流出一股腥气，雷贝嘉赶忙咽下，装出品尝的神情，转过头去左顾右盼不理孟妮卡，心中暗恨一声，由你这肥婆神气去吧！也就只有这么一次。

二

今晚筹款酒会的请帖，早在三个星期前就寄出去。雷贝嘉的英国男友伊恩·汤森，任职文化部门，负责国际电影节的总策划。身为资深的文化官，伊恩常常不可避免地出现在此间艺术表演活动的场合，举凡画展的预展酒会、音乐舞蹈的首演、大型艺术节的开幕典礼，他都得露面。伊恩从来都是单身赴会。不止一次，雷贝嘉倚在床沿，注视着他穿戴齐整，准备出门。她运用女性佻巧的心机，婉转地透露出希望一起出去见见世面的期望。每当这种时候，伊恩总是热切地执着她的手，诚恳至极地说：

“小姐，我去和人家握手微笑，是万不得已的，干吗要你也陪着去受罪。”

嘴里这样说，心中却记起他至今仍在伦敦的妻子。两人虽然算是合法分居，毕竟还没正式离婚。殖民地的交际圈子本来就太小，犯不着让人闲话。

这些被伊恩视为无聊透顶的应酬，隔天报上的文化版，以显著的篇幅刊登，雷贝嘉看了，心中另有打算。一遇到机会，雷贝嘉紧抓住不放，使出浑身解数与人攀交情。伊恩看在眼里，他伸伸舌头，半玩笑半认真地说：

“雷贝嘉，瞧你这般雄心壮志，幸亏我不常旅行，要不然，只要我一出门，回来保证发现你坐在我的位子上。”

雷贝嘉故意一阵骇笑，肩胛耸得老高。她人生得并不瘦，却是骨架奇突，颧骨抹上两片银红色的胭脂，斜斜插入鬓角。她眯着单眼皮的细长眼睛，嘴一撇，反唇相讥道：

“哟，听你这样说，不知道的人，还以为我拿你多少好处呢！其实呀，任何事，还不都是凭我自己的本事挣来的，你少刻薄吧！”

伊恩把他那双眼皮很深的蓝眼睛眨了又眨，扮了个鬼脸，不再与她争辩。

雷贝嘉心知肚明，如果不是伊恩慨然相助，她是无论如何也摆脱不了湾仔那间广告公司，说不定到今天还在为苹果桔子汁的宣传词句而绞尽脑汁。当初雷贝嘉处心积虑，连连向伊恩发动的一套攻势，居然使得这位深沉的殖民地文化官难以招架。几度枕边细语之后，伊恩勉为其难，把她安排到电影节的公关部门，充当宣传助理。

雷贝嘉当然不以此为满足。

最近一个多月以来，伊恩似乎有意躲着她，下班后把自己关在巴丙顿道旧楼的公寓，对她来个闭门不见。雷贝嘉一个个电话打去，他任由铃声一声紧似一声，一直响下去，就是不肯听，直到雷贝嘉把话筒拿到手酸，放弃为止。为了打探伊恩的行踪，雷贝嘉用尽心机，逼不得已，只好利用中午休息时间，趁伊恩的女秘书外出吃饭的空档，翻阅她夹在日程表上的请帖。晚上的筹款酒会，照例只邀请伊恩一人，请帖上还注明总督暨夫人将出席。一看出帖子的主人是张季常，雷贝嘉灵机一动，回到自己写字楼，拨了个电话给张季常的机要秘书孟妮卡。对方猜了半天，还是记不起在那儿见过雷贝嘉，两个女人却也在电话中聊个没完。雷贝嘉先发制人，指控孟妮卡贵人多忘事，再不找时间叙旧当真把她给忘了。惹得孟妮卡满心歉疚，答应了雷贝嘉的邀约。

两个女人在置地广场的 London Pride 午餐，这是家英国风格的酒吧。孟妮卡产后始终没恢复的身躯，挤在狭窄的座位上，看起来像一座山。雷贝嘉对之视若无睹，极力推荐这一家做的腰子派，还要了两杯“皇朝”白酒，俨然是常客的口吻。其实，她的中饭经常是买“美心快餐店”的饭盒来打发的。

雷贝嘉显然有备而来，她故意把话题围绕在张季常身上，听任孟妮卡用尽刻薄话，把自己的顶头上司损了个够，然后才不着痕迹地提醒她下月初的筹款酒会。

“是呀，Black Tie Only，大热天，折腾人，我们打工的，到时还得全身披挂，去侍候人家贵宾当招待，你说阴不阴功？”

“听你抱怨的，孟妮卡，有人想去，还去不成呢！”

孟妮卡把嘴一撇：

“那个人是不知死活，一套礼服买下来，闲闲地半个月人工没了。”

突然想起什么似的，雷贝嘉大嚷：

“对了，孟妮卡，顶楼‘韵芝’模特儿身上穿了件没领没袖的黑衫裙，今年流行的直腰身，保证你穿了合适。走，我陪你去看。”

孟妮卡抓紧皮包，先是抗拒着，一听是大减价，把皮包往肩膀一甩，兴冲冲地跟着雷贝嘉上了顶楼。雷贝嘉暗自庆幸，那袭小丑一样难看的礼服果然还在。两人挤在同一间试装室，亲热得像姊妹。

雷贝嘉为自己换上荷叶翻领的白缎长裙，正在顾影自怜，孟妮卡和她的拉链奋斗了一半，索性放弃，眼睁睁地盯着雷贝嘉的细腰身，恨不得把它移到自己身上来，嘴里还是赞了几句。

“唉，被你一赞，更不是滋味。”对着镜子，雷贝嘉凄凄凉凉地数说，“人家正式的宴会，永远轮不到我，这算哪门子事？只会躲在试穿间里，偷穿礼服干过瘾，从来找不到机会出去亮相，哪有你孟妮卡的命，什么世面没有见识过……”

说到后来，还幽幽地叹了一口长气。

“怎么样，给你一个亮相的机会。”孟妮卡心一软，脱口而出，一时收不住嘴：

“下个月初的筹款酒会，到时你来好了，反正派出三百多张帖子，多一个人进来，神不知鬼不觉。”

话已出口，来不及收回去，孟妮卡后悔的同时，猜中了雷贝嘉的心思，原来中了她的计。

“哎呀，那我该怎么谢你？”雷贝嘉雀跃地拉住她的肥肩，使劲摇着，“这下可好了，孟妮卡，你为我出了口净气，伊恩这死鬼佬，看他还神气，到时我非好好捉弄他一番不可，你等着看好了。”

此后雷贝嘉几乎每天打电话过海找孟妮卡，自告奋勇，充当她的服装顾问，在精品店一有发现，赶紧向孟妮卡报告。雷贝嘉百般奉承，不过是为了提醒对方不可食言。她甚至几次暗示，希望孟妮卡补寄张请帖具名给她，好令她在伊恩面前扬威。

“到时你来就得了，”孟妮卡冷冷地说，“我是看在你的情面，假公济私，雷贝嘉，你总不希望我被老板炒鱿鱼吧？我还得吃饭哩，小姐。”

一句话，把雷贝嘉顶得两颊涨红，握住了话筒，喉头噎住了，出不得声。

酒会热溶溶地进行着，气氛更热烈了，孟妮卡又递上来一片鱼子酱。

“喏，这就是你要叹的世界，雷贝嘉，尽情享受吧！”

雷贝嘉在接受与拒绝之间斗争了一秒钟，还是把那块鱼子酱含在嘴里，强忍住不回嘴，任由孟妮卡这婆娘逞口舌之快。一边东顾西盼，在人群中找她熟悉的面孔。果真伊恩站在一尾冰雕的鲸鱼之前，他正和一位红头发的洋女人兴高采烈地谈着，似乎极为熟络。

“孟妮卡，不敢霸占你说个不停，好好招待你的客人去吧！别忘了你今晚的职务！”

翩然一转身，头仰得高高的，丢下孟妮卡，走了。

“雷贝嘉，回头别忘了谢我，”孟妮卡朝她身后扬声恨恨道，“我等着，哼。”

雷贝嘉头也不回，举着香槟酒杯，泼泼洒洒地晃过来。点了一下伊恩黑礼服的肩膀，也不理会是否打断他和红头发女人的谈话。

“汤森先生，请容许我自我介绍，”她装模作样地伸出一双素手，唇角咧了咧，眼睛全无笑意。

“我是雷贝嘉·吴，幸会。”

“是你！”

伊恩出其不意，着实吃了一惊。

“怎么？就只有你能来？”雷贝嘉经过美容师修饰过的眉毛一扬，挑衅地，高颧骨格外突出。

“我的天，香港的女人可真能干！”

“我不是警告过你吧，我的腿很长，哪儿都追得到你，偏偏你总不听。”

伊恩嘿嘿干笑两声，像普通朋友一样地把雷贝嘉介绍给那红发的女人，似乎又觉得太过生疏，在雷贝嘉脸色沉下来之前，一把搂过她的腰，过分亲昵地紧了紧。

“幸会，雷贝嘉·吴。”他戏谑地眨眨眼。

红头发的女人识趣地走开，雷贝嘉立刻从伊恩怀中站直。

“顽皮的女孩！”

“伊恩，要见你一面，可真不容易呀！”

雷贝嘉微嗔着。

伊恩摇晃着酒杯中的冰块，发出一阵细细的碎裂声，并不做声，雷贝嘉急了，

她不觉挨近一步：

“为什么？伊恩，为什么？”

被质问的人本能地后退，雷贝嘉仍不放松。

“你躲着我，故意闭门不见，到底为了什么？你说，伊恩。”

伊恩的背几乎要抵住墙角了。

“看，你快把我逼得无路可退了。”

雷贝嘉的眼圈不争气得红了。

“伊恩——”

“找个时间，我们谈谈。”

一仰头，伊恩把半杯威士忌一饮而尽，向刚巧过来的侍者招了招手，乘机脱身。

雷贝嘉徒劳地目送着伊恩的背影，第一次见到他，是在湾仔的 Front Page，此间英文报的记者、电视台报新闻的外国人爱去的酒吧。那个时候，立志要当旅游作家，文章偶尔出现《南华早报》的威尔斯青年菲立普，白天在沙田郊外骑马，天黑了，脱下一双沾着马粪的长靴，绑在他的 Honda 1500cc 后座，飞驶入城把雷贝嘉载到 Front Page，两人几杯白酒，消磨一个晚上。听完“疯狂的劳伦斯”的一手好钢琴，回到家已是凌晨两点钟。第二天早晨涂了口红去上班，雷贝嘉照样容光焕发。

伊恩·汤森也是这家酒吧的常客，去熟了，彼此点头微笑，雷贝嘉先是被他那一头麻花的头发所吸引，直至打听出来他来香港之前，还在伦敦一家杂志写过影评，几个著名的英国前卫导演全是他的朋友。雷贝嘉丢下菲立普，去伊恩的台子，和几个本地的电影发烧友围坐一起，倾听伊恩口中的东尼·李察逊拍摄《愤怒青年》的过程；据他说，他曾经参与这部影响了英国现代电影史的巨片的摄制工作。

“当然，我自己也曾经是愤怒青年，不过，那是好久以前的事了。”

伊恩惘惘地咧咧嘴，挤出一脸因酗酒过度而松垮的皱纹。

雷贝嘉没有忘记在浸会读传理系时，选修了两堂电影史，教授是在罗马学电影理论的，他在课堂上大声疾呼“电影是二十世纪的艺术”时激动的神情。这天晚上，雷贝嘉更深切地感到把大好光阴用来拟广告宣传词，对她来说，是一种生命的浪费。菲立普答应帮她英文，春天就说过要把她介绍给《南华早报》的编辑，至今仍迟迟未有行动。后来听说伊恩在“火鸟映室”极为活跃，雷贝嘉毫不犹豫地加入当会员，很快成为电影艺术爱好者之一，夹在那些穿深色条纹西装、拎着公事包，下班后直接从写字楼过来，坐在小小的放映室，一本正经地欣赏电影艺术的人当中，菲立普的影子远微了。尤其是连看两场出来，爬上那一阵子流行在外国圈子里的吉普车，由伊恩送她回去，一路上听他不厌其烦地解说片子里的镜头运用、导演手法，使雷贝嘉认为这比坐在菲立普的 Honda 1500cc 后座吹风要有意义得多了。

预备献身给他的那个晚上，两人在文华酒店的阁仔咖啡厅见面，雷贝嘉穿了一件黑丝衬衫，伊恩在猜测丝衣下边有没有戴上胸罩。她腰间系了一条石榴红的裙子，一头浓密的黑发，映得她白瓷一样的脸颈有几分年轻的凄艳。洋琴鬼站在丑怪的丘比特雕像前，一支波卡舞曲被他拉得支离破碎。

雷贝嘉把第三杯白酒一仰而尽，微醉地呢喃她昨晚独自一人去看“火鸟映室”的《娥德烈》。法国文豪雨果的女儿，生前疯狂地爱上一个不爱她的军官，被玩弄之后，军队拔营，不知去向。娥德烈在租来的小房间，从早到晚不停的写情书——一大捆一大捆无从投递的情书。后来终于打听出情人的踪迹，娥德烈不顾一切渡海而去，她一袭玫瑰红的衣裳，拖着一颗被炽烈的情爱灼烧得发烫、作疼的心，不知疲倦，却一脸憔悴地在异国沙尘滚滚的街道上走着……

娥德烈的激情感染了他们，两人眉眼间的接触，使他们几乎同时放下手中的酒杯，直奔伊恩的公寓。

在摇晃的吉普车上，伊恩一声不响认真开车。他住在巴丙顿道一栋旧楼的顶层，没有电梯，雷贝嘉躲在伊恩腋下，尖声笑着，有点歇斯底里。两人相依偎地上楼，他们没有在客厅里逗留。雷贝嘉第一次走进这男人的卧室，和衣躺在紧挨着窗的床上。外边很高的夜空，暗暗中有几点星星，仿佛躺在天幕底下，等着奸污的盛装女尸，雷贝嘉觉得一无遮挡。

三

一口字正腔圆的英语，软软地拂送过来，总督夫人不知什么时候来到她的身后，雷贝嘉忙不迭地转过来，有点无措地愣在那儿。总督夫人被几位装扮得体入时的中外仕女围住，她穿了一袭浅绿的蝴蝶薄纱装，小小的黑丝皮包挂在臂弯里，浅棕色的头发，梳成英国保守女士的样式，两边各夹了一支黑发夹。她正对着罗承运夫人、船大王的女儿、也是演艺中心的荣誉主席，吹气如兰地谈及台风妮娜惊魂。

“……飞机在孟买停了三个多小时，我正好利用这个时间，把书本放下，闭上眼睛睡了一会……”

台风改变了飞行时间，原本极平常的事，还是引来了一阵惊叹。总督一家人度假返港，在孟买遇风滞留的消息，曾出现在三天前的晚间新闻，当时雷贝嘉就觉得奇怪，何以总督不搭乘私人专用的座机。

仕女们的谈话于是围绕着台风。

“风力最强的那个晚上……”一位黄皮肤的贵妇抚着胸，依然惊魂未定似地：

“……半夜被风吵醒了，孩子们抱着毯子，从这个房间，搬到另一个房间，楼上跑到楼下，最后才决定睡在走廊，起码两边都有墙围着，安全一些……”

“哟，可怜的孩子们……”

仕女们异口同声，叹息着，细细地用嘴抿着香槟。雷贝嘉不懂，一次小小的台风，何至于把她们吓成这副形状。她自己费了好大力气进得酒会，就是来听仕女们话家常，这似乎与她的想象有段距离。雷贝嘉手持酒杯，茫然地跟着微笑。

这个被伊恩形容为“停留在维多利亚时代”的阶层，在殖民地山顶的红砖巨宅中宴客，女主人穿着缀满花边，密不透风的礼服，迎迓到来的客人，虽是初见，也还是吻了客人的左颊，又吻右颊。要是主人决定附庸风雅一番，这种时候多半发生在一年一度的艺术节前后，从英国应邀来表演的室内乐团，被应召到垂着厚厚绿绒窗帘的大厅，点上壁炉，正襟危坐地欣赏家庭式室内乐演奏，奏的多半是海顿的曲子。

来自利物浦的伊恩，遇到这种场合，总是抢先占了角落的位子，往往不等终曲，以抽烟为借口，从近处边门溜到花园里去透气。

伊恩对古典乐的憎恶，从来不加掩饰。雷贝嘉知道，他宁愿把时间消磨在外国记者俱乐部，一手威士忌，一手香烟倾听爵士乐歌手乔治·梅利嘲弄世情人生。雷贝嘉陪着他挤在烟雾腾腾的酒吧，注视这位当年驰骋英伦，红极一时的爵士歌王，至今沦落到带着七零八落的乐队，来到香港跑码头，扯着又哑又沙的嗓子，在这异地重复他三十年前走红的曲子，赢得稀稀落落的掌声。

雷贝嘉禁不住揣测，他插了一根绿色羽毛的帽子底下的头发，早该雪白一片了吧。这位过去的老歌手，拼尽全力，揪心揪肺地唱完一曲美国南方黑人的幽怨，就疲倦不支地颓坐在一角特地为他设的椅子上喘气。乐队继续有气无力地拉着，弹着，陡然之间空了起来的舞台，令雷贝嘉感到异样的寂寞、凄清。又轮到乔治·梅利上场把下半曲歌唱完，他重又回到灯光之下，脸上的皱纹似乎又多了几条，声音又喑哑了一些。

听完爵士乐散场出来，已过午夜，伊恩在回家的路上分外地沉默，蓬蓬的山风在没有门窗的吉普车里钻进钻出，掀起伊恩花白的发根，在黑暗中，使雷贝嘉为之一悚。从没有一刻，伊恩看起来像现在这样疲倦苍老。

躺在他从旧家俬店搬来的紫檀鸦片烟床上，伊恩开始不怎么热烈地爱抚着雷贝嘉赤裸的肩，他紧闭着眼，心思极为遥远。……

这一晚，伊恩松松地搂住身旁的女人，诉说起他的过去，那一段浸在酒精里的涩苦至极的日子。为了逃难，他来到了香港，借此摆脱纠缠不休的妻子，却摆脱不了他所厌弃的自己。

雷贝嘉激情过后，把伊恩松弛而寂寥的脸拥在胸前，心中决定晚上留下来陪伴他。

“你不会懂的，你还太年轻，像爬到山腰。我呢，已经过了山头，走下坡了。”

雷贝嘉无由地失望起来。夜更深了，伊恩从她的胸怀中挣起，下床在唱片堆里翻寻。他的唱片几乎清一色是铜管乐，他常是一个人，坐在黑暗里，听着金属管吹出来的、空冷拔尖的声音，一听就是一个晚上。

此刻伊恩又斜躺在卧室里惟一的一把藤椅里，紧闭着眼，沉浸在强尼·荷济士的萨克斯风，让黑人独有的哀怨无奈层层包裹着他，动也不动。

雷贝嘉这才发觉他不知从什么时候起睡着了，褪色的浴衣露出灰白的一丛胸毛，随着呼吸，一起一伏。雷贝嘉拉过毡子，覆盖到伊恩身上，回到床上躺下时，一个疑问盘旋在她心中：发源于美国南方的黑人爵士乐，何以会如此深深地令伊恩着迷沉醉？明天一定要问问他。

四

雷贝嘉在宾客中找寻不知去向的伊恩，贵宾厅出口的角落，一位身着白色麻布西装的年轻男士，手持烟卷，双手抱在胸前，盘腿倚墙而立，深茶色的眼镜，瞪视着熙攘谈笑的宾客，一脸冷漠。那人一头粗硬不驯的乱发，以及他两腿交缠的立姿，使雷贝嘉有似曾相识之感。

啊，原来是新近崛起的新浪潮导演梁辛，一部《鱼蛋妹》终于使他熬出了头，一下成为电影圈炙手可热的人物。他也是“火鸟映室”的常客,特别是像《的士司机》一类夸张大都市暴力的纽约派电影,经常可以发现梁辛的踪迹。雷贝嘉无法不注意到他时兴新潮的打扮。一般人看不惯他那一身剪裁特异的服饰,毫不犹豫地把他归入奇装异服的“油脂仔”行列里,识货的人却一眼就看出梁辛从头到脚全是欧洲尖端设计师刚刚出品的最新时装。Geen and Found 一类走在香港潮流之先的精品店,或许还可以看到。

不久前,梁辛接受此间一家专爱宣扬名人精致生活的杂志访问,他照片上的服饰,就是今年春天流行的石磨蓝。封面特写上,他也是两条瘦腿交缠立着,双手抱胸,嘴上叼着香烟,面无表情,乍看之下,以为是 Hanai 服装公司的男模特儿。访问的记者坐在他大白天也窗帘深垂的客厅,试着挖掘他注重穿戴的心理动机。

“我认识好些贫苦出身的打仔明星,发迹以后,戴了一身的金器招摇,说是有实在感,稍微有品位的,上下名牌披挂,还故意露出了商标,唯恐人家不识货……”

“不同,你和这般人不同,”访问记者斩钉截铁地,“梁辛先生,你的品位太高级了,远远走在香港时装之前,少说起码有三五年——”

这位在室内也戴着墨黑眼镜的导演,咧咧嘴,坦然承认:

“很简单,还不是为了引起注意,让人家对我另眼相待。”

接着,他喁喁地诉说起童年一段阴暗的记忆:从懂事开始,父亲就不知所踪,孤儿寡妇只好被独身的姨母收容,住在北角一栋半倒的老屋,那一段白天晚上都得蹑着手脚走来走去的日子,至今想来心还为之悸痛。有天晚上,才上小学一年级的他,不知何故触犯了姨母,这位脾气古怪的老处女发了狠,不由分说,卷起母子俩的行李,塞回被收容时带来的两只箱子,丢入狂风暴雨的黑夜,任由他们母子自生自灭……

是那一个晚上,梁辛过早地认识到,在这狂风暴雨的世界上,能靠的只有自己。直到他进入电视圈,才把母亲从深水涉不足两百尺的政府廉租屋搬出来。

梁辛初执导演的《鱼蛋妹》,正式在联映港片的院线推出之前,顾影香以制片人的名义,把电视、电影界、娱乐版记者,一个不漏地请去看试片。雷贝嘉望着寄给伊恩那份精致一如殖民地仕女邀请饮下午茶的请帖,拉着对本港制作的影片一向带着很深成见的伊恩,好不容易在尖沙咀的后巷找到了试片的地点。

挤在狭窄的、散发着仓库气味的试片间,卖菜妹阿秀在银幕上晃来转去的模样,总使雷贝嘉觉得她熟口熟面,颇有相识之感。随着剧情的发展,这个没有选择地被生到下层社会的女孩,为了摆脱她的出身,不惜粉身碎骨,一股劲地往上爬。雷贝嘉着实为了她捏一把冷汗,在冷气机的轰响中,颤生生地打了个哆嗦。

黑暗中,伊恩似乎感觉到她的异样,伸过手来善意地覆在雷贝嘉的膝上。不知来的一股怒气,雷贝嘉毫不留情地把那只汗毛丛丛的手掌,一把从她膝上拂落。

电影结束时,卖菜妹阿秀付出了毁灭性的代价,沦为卖身的鱼蛋妹的悲惨下场。像阿秀这一类的女人,往上爬的唯一途径,注定是要依附着男人的身上攀缘上去,她无可避免地被出卖了——

从试片间走回泥泞的后巷，大排档的夜市正卖得热腾腾，穿着稀皱皱被纹睡衣的男人，大剌剌地坐在街口，埋头把一碗粥喝得嗦嗦响。一对瘦小、看似兄妹的小孩，蹲在地上洗碗。铁桶内浑浊的半桶污水，使人想到喂猪的荤水，食客们却对之视若无睹，盘踞着油腻的小桌，大口地吞咽着食物，吐了一地的骨头。

为了怕沾脏她脚下的新鞋，雷贝嘉只好任由伊恩搀扶着，挑选干净的地上小心地踩了过去，雷贝嘉也有一个十分不堪的童年，母亲一口气生了五个女儿。小时候，为了不愿穿姐姐的旧衣裳，她不知哭闹过多少回。她上小学那年，为了等母亲把四姊太大的内裤改小给她穿，雷贝嘉在墙角蹲了一个下午。这种羞耻的记忆，使她在十二岁的年纪，过继给二叔做女儿时，一滴眼泪也没流过，反而是高高兴兴地离开自己的家……

梁辛掏出一只压得皱扁扁的骆驼牌香烟，衔在嘴上，正待点火，雷贝嘉款款地向他走近，伸出一只素手。

"很辣的，你不怕？"

雷贝嘉摆出老烟枪的姿态，取过烟卷深深吸了一口。

"我从中学，就开始躲在厕所偷偷抽烟，每次到巷口小店家买香烟，装出一副'我爸爸叫我来买的'，一副纯洁无罪的样子——"

这句话果然奏效，梁辛藏在深茶色镜片后的眼睛，兴味地打量着她。雷贝嘉适时从小皮包取出摆了一个晚上的名片，对方接过，随便看了一眼，往裤袋一塞。

"梁先生，你的《鱼蛋妹》人人叫好，阿秀那一类女人的心态，被你活生生地解剖出来，看得我心惊肉跳的。"雷贝嘉蹙眉，微喟着，"只是，她的下场太悲惨了。"

梁辛耸了耸肩，不赞同也并不否认。

"外头的影评家却说，这是一部精彩的社会写实片，你以一部片子推出一个新浪潮，真够威。那批电影科班出身的导演，一个个都叫你给比下去了——"

雷贝嘉嘴里说着，心中不无遗憾。今晚的场合，没有娱乐版记者的踪影，否则拍张她和梁辛的合影，可以使她拿到写字楼向同事炫耀半天。

"梁先生的新片，应该是月底杀青吧？"

"哦？你听谁说的？"

"咳，梁大导演的一举一动，还怕没有人注意？照你这速度，不出两年，就可以搞个'梁辛电影展'哩！"

听她的口气，俨然是电影节的总策划。和雷贝嘉共事的同事，对她的作风，背后无不大摇其头。负责策划亚洲电影的伊芳，美国南加大的电影硕士，响当当科班出身，本来和公关部门河水不犯井水，雷贝嘉却视伊芳为竞争对象，与之明争暗斗。任是伊芳生性平和，不具野心，诚为香港专业女性少有的异类，雷贝嘉对之仍视为眼中钉，千方百计企图撵走她。明眼的人猜中她是觊觎伊芳的位置，心中无不暗笑雷贝嘉自不量力。

去年第一届国际电影节，雷贝嘉的公关助理刚接不久，便被指派去接待亚洲请来的导演。几个国家代表的名单，她只听过印度导演萨耶哲·雷的盛名。不久前，专映西洋名片的“火鸟映室”，破例拿出萨耶哲·雷的旧片，做了个回顾特辑，伊恩口中对这位印度导演更是崇拜有加。

雷贝嘉知道这位大导演的到来，势必引起新闻界的注目，刚巧公关主任告病假，雷贝嘉认为有机可乘，事先安排了和她相熟的文化记者到机场接机。一等这位黝黑高大的导演步下飞机，雷贝嘉一个快步，抢在伊芳之先，上前握手迎接。第二天报上出现的尽是雷贝嘉的微笑，亚洲电影的策划伊芳，却连影子也找不到。

驻港的印度总领事，在他寿臣山道的官邸开酒会，向这位替印度人在国际影坛上扬眉吐气的大导演表示敬意。本来不够资格受到邀请的雷贝嘉，出乎意料地出现在官邸的草坪酒会，忙着向此间的几个印度富商派名片。总领事出身英国牛津大学，他十分得体地面谢雷贝嘉早起接机的辛苦，雷贝嘉笑吟吟的，再三说是应份的。她和像座黑塔一样高的萨耶哲·雷一回生二回熟，这位印度导演老远向她伸出黑黝黝的大手，这等熟稔的表现，使在场的中外宾客侧目，无不对她另眼相看。

这天下午，雷贝嘉载誉而归，途中不停地向伊恩吹嘘自己的神通。

梁辛摸出最后一根扁皱的骆驼牌香烟，这回雷贝嘉摇摇手，没敢去接。

“我说过，很辣的。”

一看雷贝嘉仍然站住不走，梁辛敷衍了一句，自顾自抽起烟来，一边举目四处张望，显然在找人。雷贝嘉自觉没趣，正待走开，梁辛的目光突然定住了。雷贝嘉随着视线转身看去，一眼瞥见伊恩对着汗涔涔的冰雕鲸鱼，挖起一只澳洲鲜蚝正往嘴里送，旁边立着笑得浑身乱颤的顾影香。

梁辛像被刺痛似的，原本靠着墙交缠在一起的两条瘦腿倏地站直了。

抛下一句：“对不起。”径自向顾影香走去，雷贝嘉情不自禁地夹着脚跟上来。

顾影香扶着嘴里镶银圈的象牙色烟嘴，另只手插着腰，搭着眼皮，扫了雷贝嘉一眼，伸出手，掠掠掉到额头上那一绺海藻色的头发。

“怎么，阿辛，这么漂亮的小姐，还不快介绍我认识——”

一口软软的上海广东话，惟其咬音不准，更有一番韵味。

雷贝嘉抢上前去：

“顾小姐，幸会，我是你的影迷！”赶忙把名片递上去，顾影香看也不看，就塞到她手腕上挂着的银色小皮包，轻触了一下雷贝嘉伸过来的手指尖，算是握手。

“真巧，顾小姐，你相信不？我前天还看到你哩——我是说在银幕上——”

“你是今晚第十个跟我说同样话的人。”

雷贝嘉把头摇得浪鼓似的：

“不，不，不是你最近的《上海滩》，是你从前拍的老片，《人鬼恋》，记得吗？”

顾影香把烟嘴从口中拔出，眉头一皱，又是恼又是笑的：

“今天吹的是什么风哟，怎么晚上尽碰到这般好管闲事之徒——”

说着，举起烟嘴，朝着正在与一只澳洲鲜蚝搏斗的伊恩飞过去一个眼风。

“喏喏，这个番鬼佬，三番两次游说我上台现身说法，说什么电影节要搞个旧片回顾展，抓我去演讲什么的——”

“是呀，昨天还看的试片，”雷贝嘉迫不及待地讨好着，“这回我们几个同事看个仔细。顾小姐，对你的演技，个个佩服得五体投地，直说你连眉毛都有戏，太难得了。”

“你来得正好，雷贝嘉。”伊恩颠着脚步过来，一只手搭在顾影香的肩上，梁辛的脸色一下变了。

“雷贝嘉，帮我劝劝影香，任凭我说破了嘴，她就是不肯答应——”

梁辛戒备地：“她不肯答应什么呀？汤森先生？”

“哟，你居然还不知道？”伊恩诧异极了，“这是电影世界的一件大事呢，我们计划和大陆合作，搞个大型的中国电影回顾展，从现存最早的默片，一直放映到一九四九年为止年。研讨会的部分，希望影香也露面，谈谈当年的电影制作背景、演技什么的——”

“倒不失为一个好主意，”梁辛尖酸地，“好像听说过，汤森先生对中国电影的兴趣，就是停留在一九四九年以前的——”

伊恩竖起手指，警告地：

“年轻人，小心你的舌头。”

顾影香扯了一下梁辛，低声叱道：

“阿辛，不得无礼！别给自己闯祸，得罪了人家，我可顾不了你。”

梁辛正待反唇相讥，雷贝嘉不明就里，犹是兴致勃勃的：

“梁先生，哪天你得空，应当去看看，这批旧片子，经过重新拷贝，现在画面全像新的黑白片一样，不比以前，从头到尾都像在下雨，迷濛一片的。”

“不是说，‘文革’的时候，堆放这些易燃影片的仓库，被红卫兵一把火，老早烧个精光——”

“哦？居然有这种事？”雷贝嘉睨了梁辛一眼，夸张地拍拍胸口，“总算万幸，顾小姐所主演的电影，死里逃生，全给留下来了。”

雷贝嘉意犹未尽，又继续卖弄地：

“顾小姐，有几个镜头，你穿了四十年代的时装，翻领的大衣，肩膀垫得老高，现在这种大衣又流行回来了。不过，我还是喜欢你穿旗袍，滚边长过脚踝的，走起路来，露出大截绣花的衬裙，有味道极了——”

“这位小姐，也真难为你，”顾影香言不由衷地，“哪来这份闲情，挖出那批老古董，还捧出来当宝贝！”

一言提醒了雷贝嘉，这位传奇的女人，火热天，把自己包围得如此密不透风，连大半个脸庞也隐藏在茶末绿的太阳眼镜之后。一双似睡非睡的眼睛，只有靠那一潭沉沉灰绿多少遮掩她自知难以示人的真面目。

多巧妙的障眼法！雷贝嘉叹服了。禁不住多看了她两眼，发现镜框的颜色，正好和她一身秋香色潇洒及风流的越南旗袍相辉映。在家中，顾影香一定储备了数十对色调、款式不同的太阳镜，用来搭配她各式各样的服饰。

马路上街边画报摊有份小市民抢购的消遣周刊，专门以揭发影剧因男女私生活点滴为号召，最近这一期的封面是顾影香，里边以触目的头条大爆顾影香的驻颜之术。据说她采取最新发明的一种皮肤保养妙方，一星期两次，从最深的海底捞起沉淀千年的烂泥敷面，据闻味道腥臭不堪，却甚有奇效。

“不容易喔，顾小姐，你的《人鬼恋》，距离现在，怕不有……”

顾影香硬生生地把话截断：

“我拍《人鬼恋》的时候，你小姐还未出世，这下可满意了吧？”

雷贝嘉一愣，说不出话来。

“香姐，走了吧，”梁辛一旁催促，“再不去，等等又要迟到了。”

顾影香手往腰一插，脖子上僵：

“阿辛，咱们不是约好七点半钟？准时到就得了，没有理由提早去等他的。”

“可是，人家古曼先生老远从德国跑来——”

“是呀，古曼先生特地来看《鱼蛋妹》，凭的是谁的面子？难道还是你梁大导演的？”

“梁先生真是了不起，”雷贝嘉肃然起敬，“眼看就要进军国际影坛了。”

顾影香牙一咬，悻悻地：“哼，梁大导演当然了不起。”

“影香，一月的那场演讲，你答应了吧？要不然，我可不放你走。”伊恩扳住顾影香的肩，涎着脸凑上去，顾影香也不闪躲，倒是雷贝嘉看了心里很不是滋味。

“影香，我来给你出个现成的题目，你来说说四十年代的女人，怎么穿着打扮，这总可以吧？”

“唉哟，伊恩，瞧你还真傻，”顾影香轻佻地打了他一下，“要是我答应下来了，以后你不是找不到借口邀我喝下午茶？”

两人一味打情骂俏，梁辛看不下去了，他涨红着脸，近乎哀求地：

“香姐，你少说两句吧！我先走一步。”

随即拔脚掉头而去。

“梁导演，几时请你来看试片。”雷贝嘉朝着他身后喊，“顾小姐从前的风采和演技，你可以慢慢欣赏个仔细！”

口里说着，还故意朝着顾影香举了举杯，报复她刚才的出口伤人。趁她发作之前，雷贝嘉返身就走，临行附到伊恩身旁，咬了句：

“你少借酒装疯，人家都在看你们呢，待会儿一起过海，你一定得等我！”

伊恩不置可否，却戏谑地推了推顾影香：

“你把你的小情人气走了，还不快去追！”

“伊恩，免了吧！少替古人担忧。”对梁辛愤然而去的背影，顾影香瞧也不瞧一眼，徐徐地喷出一口烟，“由他去，跑不远的，他还等着我引见古曼先生哩！”

五

孟妮卡阴魂不散，重又出现了，她一把拉过雷贝嘉。

“咦，梁辛呢？你不是和他正打得火热，怎么一晃眼又不见了？”

“被顾影香气走了。”雷贝嘉悻悻地道，“有这种女人，太过张牙舞爪了！”

“哈！你可领教过了！”孟妮卡幸灾乐祸，“一定是看出你对梁辛的企图，怕你拐走他！”

雷贝嘉嘴一撇，颧骨格外突起：

“哼，谁希罕他！”

“你不希罕，自有大把人希罕哩！顾影香投资了大把心血、金钱调理他，好不容易这下捧出了名，她当然不肯放过。只是现在包围梁辛的女孩，一个个年纪轻得可以做她的女儿。依我看，顾影香连觉也睡不安稳呢！”

“那，梁辛，他当初怎么会肯？”

“唉哟，雷贝嘉，求求你，别跟我来这一套了。咦，你的伊恩呢？”

他和顾影香不知什么时候离开了。孟妮卡不怀好意地：

“依我看，他也被顾影香拐走了哩！”

孟妮卡的笑痕加深：“雷贝嘉，还不赶快去，找那万人迷要人去！”

雷贝嘉在宾客已经稀疏了许多的人群中搜寻。酒会已近尾声，托着银盘的侍者，在空旷的许多的会场无精打采地打转。红餐布上的点心，原本刻意拼排的图案支离破碎地躺了一桌。奶油雕成的古典美女，弯弯的眉眼早已笑糊成一片。连脚下浅灰蓝的崭新地毯，被踩了一个晚上，也已是奄奄一息。

总督暨夫人早已离去，雷贝嘉在剩下的宾客中，遍寻不获伊恩的踪迹。居然连说一声都没有，就这样不告而别了。雷贝嘉牵牵嘴角，饮尽了杯中残存的、已经不冒泡的香槟。伊恩一定又回到巴丙顿道的家，把自己关在房里。斜躺在从旧家具店买回来的那张鸦片烟床上喝酒，任由路易·阿姆斯壮如泣如诉的爵士小喇叭淹没他，整个人浸泡在酒精里，一路往下沉，直到毫无知觉为止。

最后一次和伊恩在一起，是在看完意大利新锐导演贝托鲁奇的早期作品《一九○○年》，三个小时的长片，对法西斯暴力的揭露，压得人透不过气来。那天晚上，伊恩一反常态，过分热烈地试着要她，任凭雷贝嘉怎样爱抚，都没有成功，弄得伊恩最后不得不灰心地放开她。

雷贝嘉要求留下来陪他，伊恩却无论如何也不肯，说自己想静一静，也不管夜多深，近乎强迫地把雷贝嘉推到门外去……

自此，伊恩把她挡在门外。

雷贝嘉走出贵宾厅，缘着梯阶，一步步踏上去，站了两个多钟头的腿，毕竟很是疲乏了。酒店的大厅杳然无人，乳白色大理石喷泉，兀自静静地喷着水。

大门外廊下，几个外国男女立着等车，雷贝嘉一眼认出伊恩的背影，不顾一切跑了上去。

“伊恩，等等我……”

一辆银灰色的卡特力克正好驶了过来，为首一个女人先钻入车内，从里头伸出手来把伊恩拉了进去。

车门“砰”一声关上，雷贝嘉的心差点被震碎了。车子里那一头火红的头发，顷刻间消失在廊下一片粲然里。

过海的计程车排了长龙等着接客。雷贝嘉犹豫了一下，拎着裙摆，越过那一排车队。转角就是香格里拉酒店，她宁愿到那边截计程车过海。

台风刚过后的骤雨，不留情地向她狂扫过来，打湿了脚下的银鞋。雷贝嘉并不觉得疼惜，顶着雨小跑了过去。

一九八三年十二月八日于香港
一九八四年一月改写

施叔青：《愫细怨》，上海文艺出版社，2003 年 2 月，第 332—362 页。

施叔青导读

◎ 程国君

施叔青台湾时期（包括留美生活的创作）和香港时期的创作有着不同的艺术个性。前者受精神分析学和存在主义的影响很深，如《壁虎》；后者则多从文化视角切入，具有丰富而多元的文化特征，如这里所选的两篇小说。而无论是前期还是后期，施叔青的女性书写同其妹妹李昂一样，在解构与反叛男权社会中心文化时，都表现出率直、大胆的作风，很容易使人想起“五四”时期的郁达夫：在讽世疾俗中表现出人及其复杂的欲望，从而对文化的阴暗面及其腐朽落后性进行解构和反抗。

《一夜游》与《窑变》的主人公均为女性。前者写女性为了摆脱生存的压力和出人头地，投靠殖民者，殖民者伊恩在了解了女人的这种“本事”后以逃避做回应的故事。小说叙事中蕴涵着这样的意味：一个根本没有任何财势和权力根基的女性，要想在香港这样的城市里生存和追逐权力，就必须投靠男性殖民者，因为社会权力在他们手中。施叔青以非常温和的语气表现了现代都市中女性复杂而微妙的处境。《窑变》围绕香港文化酒店举行的一次古董拍卖，展现了从台湾到香港的女小说家方月的精神历程。方月在初恋情人何寒天、丈夫潘荣生和情人姚茫之间徘徊，从一个男人的怀抱到另一个男人的怀抱游弋，以抵抗到香港后的精神空虚。因为她是个写小说的人，在“凡事以金钱、成功来衡量的香港社会”，初来乍到，找不到自己立身的理由，唯有情人姚茫那双“多肉、软绵绵的手”才能给她以安慰。三年后，初恋情人何寒天的“画业”成功，似乎给了她启示，她才猛然意识到生活的乏味和无聊。

“方月的故事是一个现代人在各种生存困境中不断突围又不断被围的典范”。我们看到，施叔青在叙事中对制约女性命运的社会文化的质疑：当一切以金钱、成功来衡量，在富人及其男人的权力运作下，个体生命尤其是像女性那样的弱者的生命，还有几许能自己担待？小说传达出现代殖民文化背景下女性的声音。在发出这种声音时，施叔青的叙事策略相当有艺术性，如前所提及的那种温和的语气（或许这与其中产者立场不无关系）和小说的“网状式”结构。“温和”显示的是叙事者对不同文化的宽容审视以及一种多元化的文化立场，凸显的是不管哪种文化中女性处境不变的主题；小说结构的“网状式”形态则是施叔青在叙事技术层面上的惯常做法。如《一夜游》以雷贝嘉“赴宴”为中轴，然后以人物意识的流动和倒叙、插叙等多种文学修辞方法，赋予作品丰富的历史文化内涵。《窑变》则以香港文化酒店的一次古董拍卖会中方月和其情人姚茫会面为线索，以人物意识的流动和倒叙、插叙等多种文学修辞方法巧妙传达出了创作旨意。这显示了施叔青叙事的现代色彩及其动人的魅力。

评论家李子云在与女作家李黎的通信中认为，施叔青的创作深受张爱玲的影响。她的小说在人物所属的阶层、营造气氛及刻画人物方面所采用的手段，以及从作品中所透示出来的敏感气质，都与张爱玲有共同之处。施叔青所写的正是张爱玲所写的同一族类的人物，同一类型的故事30年后的发展。她作品中女主人公大都具有七巧与流苏性格中的某些因素，其共同特征是具有一种强悍的、主动进攻的精神，不甘心任命运摆布，为保卫自己的利益抗争。很少具有中国妇女传统性格中那种柔顺被动的气质。当然，随时代、环境的巨大变化，她们具有了更为现代的特点，所采取得行动与感情表达方式都更为自由，更为直截了当。

施叔青研究资料链接

刘登翰：《在两种文化的冲撞之中——论施叔青的小说》，《台湾玉——施叔青小说选》，海峡文艺出版社，1987年。

陈宇鸿：《多棱镜后的香港众生相》，杨匡汉主编《华人女作家与成名作》（香港卷），北京台海出版社，1999年。

颜纯钧、高少铎：《施叔青等外来作家的小说创作》，刘登翰主编《香港文学史》第十二章第四节，人民文学出版社，1999年。

李艳：《欲望与寂寞间的生存——论施叔青短篇小说中的女性心态》，《世界华文文学论坛》，2001年第1期。

蔡菁：《多元化走向中的东西景观——论台湾作家施叔青的短篇小说》，《台湾研究集刊》，2004年第3期。

唐瑜、傅宗洪：《试论施叔青小说中的现代主义写作手法》，《写作》，2007年第11期。

陈芳明：《历史·小说·女性：施叔青的大河巨构》，《香港文学》，2011年2月号。

亦舒

亦舒(1946—),原名倪亦舒,生于上海,原籍浙江镇海,五岁时随家人赴香港定居。少时因文笔出色而赢得赞誉,十五岁便被报刊编辑追到学校索要稿件,是编辑们眼中不敢得罪的“小姐”。中学毕业后,曾在《明报》任职记者,并担任电影杂志的采访和编辑工作等。1973年,亦舒赴英国修读酒店食物管理课程,三年后回港,任职于富丽华酒店公关部,后又进入政府新闻处担任新闻官,也曾当过电视台编剧。现为专业作家,移居加拿大。亦舒为报纸杂志专栏创作了大量杂文,其文风泼辣幽默,人情练达,世事洞察。但真正使亦舒成为“香港文坛奇迹”的是她的小说创作。目前亦舒的小说长篇有一百多部,短篇也有近百篇,其内容多为都市男女的情感故事。数十年来亦舒一直有着自己固定而又忠实的读者群。

亦舒的哥哥是香港著名作家倪匡,以写作科幻小说闻名。有人将亦舒、倪匡、金庸称为“香港文坛三大奇迹”。金庸的武侠小说,倪匡的科幻小说,亦舒的言情小说,均各成一派,流行不衰。

独身女人(梗概)

伦敦大学英国文学毕业的林展翘是个独身的老姑婆。倘若她拥有婚姻,在常人看来将颇为羡慕:她漂亮又能干,在一所名牌中学教书,工作收入较高,领导及同事对她都高看一眼。但她却有着严重的讽刺症:看不惯男人的丑恶嘴脸,受不得半点委屈或是戏弄,虽然心地善良却嘴上不留情。由于这张刀子般锋利的嘴巴,她得罪了男人们,因此尽管她已经30岁了,却尚未婚嫁,甚至连男朋友也没找到一个。身边的同事们都劝告她以女人特有的方式来处理人际关系尤其是异性关系,但她却不以为然。

花花公子凌奕凯品行顽劣,不仅女朋友众多,而且还是个吝啬鬼。他左右逢源于女人场,但却在林展翘这里栽了跟头。林展翘冷傲的面孔不容这等人接近,她又以犀利的语言无情嘲讽着凌亦凯,让他无地自容。她的女性朋友媚和同事兰心劝她改正这样的作风,她尽管意识到这样不好,却也无法更改。

林展翘的男性好友不多,张佑森是为数不多的异性朋友之一。他们多年的亲密关系并未转化为恋情。两个人的脾气秉性差异太大。张佑森木讷没有情趣,展翘不喜欢这个呆瓜。尽管张佑森对林展翘充满了迁就和忍让,但林展翘却没有对他产生超脱于兄妹之情以外的情感。

林展翘并不是没有意中人。有一次,陪张佑森一起和他的上司贝太太吃饭,林展翘认识了贝太太的先生贝文祺。展翘对俗不可耐肥胖嚣张的贝太太冷嘲热讽,但对贝文祺先生的印象颇佳,甚至向自己的闺蜜发出嫁人须嫁贝先生那样好男人的感慨。

林展翘有个女学生叫何掌珠,这个学生把引起自己烦恼和痛苦的、她的父亲欲再婚的事情告诉展翘,以解脱心中的苦恼和不安。展翘不禁安慰她一番,没想到这场安慰掀起轩然大波。

林展翘把自己对于家庭的一些理念灌输给何掌珠,而实际上有些观念对学生来说十分不适宜。何掌珠的父亲何德漳找到学校,痛斥展翘误导小孩子,要求女儿转班,展翘不屑据理力争,甩门而去。这令校方也颇为难堪。

老校长十分欣赏林展翘,尽管她有时候锋芒太盛,但对她还是表达了足够的宽容和忍耐。林展翘经历这一次风波后,顿时觉得这样的工作了无生趣。展翘递交了辞呈,老校长并不因为这次事件而批准辞职,只是准许她在家休假两周。然而令心烦意乱的展翘感到惊喜的是,有人定时送她纽芬兰的黄色玫瑰花,鲜艳清香。她休假之后,玫瑰花总会准确送达家里来,她不解,不知是谁?

好友媚打电话来慰问,并告诉展翘,她也辞职了,因为她已经找到"一个人罩着"她,那个人却已有妻室。

展翘休假之中,何掌珠的父亲何德漳来电说闻知展翘为他女儿事情辞职感到抱歉,言语间颇有悔意,但展翘并未表示原谅,依旧不依不饶。只不过当何德漳说到他妻子早逝，自己独自养大女儿时，展翘心中涌出些许的同情。

一日，展翘接了陌生的电话之后，终于发现送花的男士不是别人，正是那日的贝先生，那个胖女人的丈夫，建筑师。莫非他也属意于她，他知道她也喜欢他那样的男士？

展翘不管这些，她和媚决然不同，她内心道德感很强，不会做别人的小三，于是她推掉了贝先生的约会，包括那些美丽的花。

她又回到了学校，继续做她的教书先生。别人却发现她性情大变，似是万念俱灰状。她确是对她过去钟爱的事业逐渐丧失了热诚，这其中有那次风波的影响，也有对于爱情的失望。

然而，何家带给她的麻烦却没有停止，先是何德漳的旧爱钱玲玲来骚扰。何德漳本打算与其结婚，但后来发现这个女人不可以交往，于是分手。钱玲玲不断纠缠，何掌珠情急之下，便谎称何德漳的新女友便是林展翘，于是钱玲玲一怒之下寻上了门。林展翘自然不依不饶，反过来报警控告钱玲玲私闯民宅，惹出了一场误会。直到后来何德漳父女请她吃饭赔罪方才平息事端。

随着林展翘对何德漳敌意的消除，两人逐渐建立好感，何德漳向她求婚，林展翘顺理成章地答应了。

她的同事凌奕凯和赵兰心也结婚了。结婚之前，凌奕凯依旧没有放弃对林展翘的引逗，仍然以失败告终。

林展翘就要获得自己世俗的幸福之时，一个人突然出现了，何德漳的前妻雷碧嘉竟然活生生地出现了！

原来何德漳对自己撒了谎，也对女儿撒了谎，雷碧嘉并没有死，她甚至青春勃发，比展翘更为耀眼。展翘黯然离去，她又不知道，自己的下一站是哪里？

（鄢冬撰写）

亦舒导读

◎ 朴素厚

有人形容亦舒在香港的影响力，说“台湾有琼瑶，香港有亦舒”。在进行自我定位时，亦舒说：“我是个写下三滥言情小说的人。”但是真正的亦舒迷们不会认同这些说法。在他们看来，亦舒的小说已经不仅仅只是言情二字就可以概括得了的。正如金庸写武侠而高于武侠，亦舒写言情而最终超越言情，她的小说不再是简单的对于男女之事的喟叹，而是上升至对整个人生世态的把握，是有感而发的个体经验，也是她对这个世界的理解、失望与期寄。始于男女间的小事，而最终超越于都市言情的肤浅媚俗——这是亦舒的独特之处。

七八十年代的香港，都市文化日渐成形，报业出版业更加发达，大众文化市场也繁荣起来。亦舒的杂文以及小说正是在各大报纸杂志的专栏以及连载的需求中成长与成熟起来,并最终成为香港都市文化的一个组成部分与历史见证。

亦舒文笔精炼简洁,常有幽默机警的句子,独有的闯荡职场的经验与体悟使她的小说被视为白领女性的“葵花宝典”。而从更根本上讲,亦舒是一个讲故事的高手,她善于以平淡懒散的语调讲述荡气回肠的故事。

亦舒是香港繁华都市中的旧派人,或者说她是那种老派的新派人,仍然守着传统文化中的礼义廉耻,喜欢张爱玲,崇敬鲁迅,终身阅读《红楼梦》。一边感叹着一切旧有的曾使女性过安逸生活的特权如今已不复存在,一边又固执地眷恋着物质世界的自由和快乐,倡导女性的物质与精神的双重独立。她的女主人公们总有一种流放贵族的落魄感和不甘,她们自尊,不能忍受贫穷与平庸,但是也不原意因钱而嫁给不爱的人。她笔下的男女们如《倾城之恋》中的白流苏和范柳原一样,斤斤计较着感情的得失,容易移情别恋,不敢轻易付出,但是又期盼真情挚爱。所不同的是他们往往没有一座城市的毁灭来成全,而更经常的是都市中无事的悲喜剧。同样是洞悉浮世悲欢,如果说张爱玲是“苍凉的手势”,那么亦舒则是彻底的失望与无奈。

亦舒也写过科幻与侦探系列的小说,但是说到底还是要回到男女的爱情故事上来。亦舒的故事始终贴近踏实俗气的日常生活,她毫不留情地消解了爱情的神圣与忠贞,还原了现代人务实与自私的本性。她笔下的女主人公不与花心的丈夫离婚,只是懒得再找另一个男人过婚姻生活;等留学的男友多年,是因为没有遇到更好的男人……亦舒写爱情,但不写天长地久,爱只在电光石火的一瞬间,即使是刻骨铭心,也不过如此。

无论是对于爱情还是女性生存,亦舒首先强调的是经济。“女人要先搞经济精神独立,然后再看是否成家立业。”于是她笔下的女性总是与物质追求相关,她们要么凭借才智在职场打拚,要么凭借美貌走捷径,但是在一场爱情的洗礼后,又都无一例外的处在尴尬的境地,在向善与堕落、自尊与享乐的矛盾中挣扎。

《独身女人》正是亦舒小说以上诸种特征的一个代表。女主人公林展翘已经到了结婚生子的年龄,却不愿委曲求全。可是当终于找到了理想的男子时,却又最终失去他。亦舒很少编织美梦,生活对于女性而言就像一场残酷的战争,多数人最终不得不败下阵来。但尤感欣慰的是,还没有把自己输掉。亦舒的另一篇小说《喜宝》中,别人问喜宝:“你到底要什么?”喜宝说:“爱。如果没有爱,钱也是好的。如果没有钱,至少我还有健康。也不过如此。”这几乎就是亦舒笔下的所有女性的人生观。

作为一个繁华都市中的职业作家,亦舒描绘了女性内心世界如乌托邦般美好的爱情神话,以及这一神话在坚硬的现实中的破灭过程,爱情最终无法成为一种信仰,也不能作为一种拯救力量。女性,无论她在经济生活中处于主动还是被动的地位,她在两性爱情中的角色却始终岌岌而危。正是因为广泛而深入的切近了现代人千疮百孔的生活,亦舒成为现代女性的“代言人”,而这也成就了她的“香江传奇”。

亦舒研究资料链接

张杨:《大陆和香港女性文学之再比较——亦舒和池莉的创作比较》,《世界华文文学论坛》,2005 年第 4 期。
刘奕华:《论亦舒的生命体验对其创作的影响》,《世界华文文学论坛》,2006 年第 1 期。
余醴:《玫瑰的故事——中国现当代言情小说及其女性意识的几个典型演变》,《现代语文》(文学研究版),2007 年第 3 期。
谌黔萍:《光影叙事中异化的香港女性文学翘楚——符号学视角下亦舒电影与小说差异的解析》,《电影评介》,2007 年第 16 期。
周凤梅:《在传统与现代之间——论亦舒小说的形式与内涵》,《科教文汇》(下旬版),2008 年第 2 期。

袁琼琼

袁琼琼(1950—),曾用笔名朱陵。出生于台湾新竹,祖籍四川眉山。毕业于台南商业职业学校。曾获中外文学散文征选佳作、联合报小说奖佳作、联合报征文散文首奖、时报文学奖首奖等。1976 年开始写小说,曾在《三三集刊》写专栏"清平乐",并任《创作》月刊编辑,后从事专业写作。1980 年短篇小说《自己的天空》发表,获联合报短篇小说奖,名声大噪,随后赴美国爱荷华大学作家班深造。1984 年以《沧桑》一文又获得"时报文学奖"小说首奖,由此成为台湾 80 年代女性作家的重要代表,创作更是一发即不可收,且同时从事影视编剧及小说创作。迄今为止,著有小说集《春水船》、《两个人的故事》、《自己的天空》、《沧桑》、《又凉又暖的季节》、《袁琼琼极短篇》、《今生缘》等;散文集《红尘心事》、《随意》等;影视剧《大城小调》、《红男绿女》、《家和万事兴》等长长短短 20 多部。此外,1998 年由时报出版的极短篇《恐怖时代》是袁琼琼迥异于以往创作形式的又一力作。

袁琼琼的作品以现代女性的敏锐和通达观察社会人情,深刻洒脱,面面兼顾,题旨清新,并以此和曾心仪、朱秀娟、廖辉英、苏伟贞、杨小云等人的创作,共同形成了新女性主义文学的潮流。

自己的天空

她一下就哭起来了。

良三抿紧了嘴坐着,已经不准备再说了。她看着他,眼泪啪啪流下来,流得颊边痒痒的。不知怎么,光留心了那痒。良三不知道是什么看法,面对着个哭哭啼啼的女人。还有良四跟良七。三个大男人一溜围着她坐着,看她哭。眼泪搞糊了视线,光看到三个直矗矗的人头。看不清表情。

"嫂嫂。"是良七叫了一声,他那个方向的人影动了一下。静敏垂下头来,在手袋里找手帕。她擦眼泪的时候听到良七又喊了一声:"嫂嫂。"

她答应:"嗯。"

视线又清楚了。良三跟良四都垂着眼,面无表情。良七年纪轻,还不大把持得住自己,坐在那儿,脸都迸红了。

静敏看他,他突地立起:"什么嘛!"他说,声音都变了腔:"还找我,干嘛!"

良四拉他:"你坐好。"

良七坐下来了。静敏看到他眼睛红红的,她嫁过来的时候,良七才念小学,一直到上高中,同她这嫂子感情最好。现在好像也只他同情她。她心一酸,眼泪又下来了。

良三慢慢地说话:"前头不是讲好了吗?叫你不要哭。"他停了一下,仍然是上对下的口吻:"这又不是家里。"

静敏抹眼泪。

良四的角色是调剂双方的气氛的。他当下应话:"嫂嫂,不要哭,三哥又没说不要你。"

良三说:"是呀!"他一点也不惭愧:"只是暂时这样。现在她闹得厉害,骗骗她。"她是指那舞女。

他说那个女人的时候,嘴角悄悄地迸了朵笑,只有一刹那。静敏看得很清楚,不懂他怎么这么寡情,总算是夫妻七年。他现在或者是种控制住局面的得意吧!别的男人有外遇,总弄得鸡飞狗跳的,只有他,一切安排得好好的。完全拿她不当回事。现在还要她把房子让给那个女人,而且算定了她会听话。

良四说:"三哥给你租的那房子,虽然小些,是套房,什么都齐全的。"

良三说话:"住起来很舒服的。"他皱着眉,不是苦恼,是种严峻,决定性的表情:"我每个礼拜都会去看你。"

沉默。静敏拿面纸擦眼泪,极轻的沙沙的声音,还有她自己吸鼻子,一吸一吸,气息长长的,像害了病。

良七抱着手膀,很阴沉地瞪着她,好像突然成了她的敌人。良四一向是家里最滑溜的,这时候脸上是适当的凝重表情。良三则呆着脸,好像要睡着了。他难得有这样和气的表情，或者他也有良心的，也在这件事上头感到一点点不忍。

静敏终于说话了："为什么？"

三个人都看着他，静敏又不说了——她垂下头来整理一下思绪，有点惊奇地发现自己没想到什么。

这也算是女人一生的大事，男人有了外遇，现在要跟自己分居。可是她想不出一些别的什么来，连哭都不大想。为什么刚才会哭，也许只能归因于她一向爱哭。也许她给吓倒了，想不到自己生活里会出这种事。也许她觉得不高兴，这种事应当在家里讲，结果把她带到这里来，四个人围个大圆桌子，就像马上要开饭，这也很荒谬，碰巧卡座都坐满了，他们兄弟围着圆桌的那边，这里只有她一人坐着，好像她跟他们全不相干。

她应当有点合适的想法才对，比如指斥一下良三的忘恩负义，"我做错了什么，你要对我这样。"电视上演过很多。至少也该一下子晕死过去。可是她光是健康的不痛不痒地坐着，手在桌子底下绞手帕，绞得硬硬地再转松回来，她看到地毯上让烟烫了一个洞，那是深红底黑纹的地毯，不仔细还不大看得出来。她又拿手帕擦了一下脸，心想现在脸上是不成样子了，恐怕鼻子都肥了起来。她忽然很惭愧。要分手的时候，让他看到自己这样丑。

良三说："她六月就要生了，需要大一点的房子。"

静敏灰心起来。她应声："哦。"一谈到孩子，她就觉得灰心乏味，她跟良三没有孩子，可是她不知道他是这么想孩子的，他从来也不说什么。她忽然又想哭了，又开始乱七八糟掉泪，男人们都安静着。她分明地见着了眼泪落在裙子上，眼泪声音好像很大，真是啪答啪答落雨一般。

雅室的门呀地推开，服务生现在才进来，也是这家生意太好。静敏垂首坐着。良三说："还是吃点什么吧！这店子是出名的。"

他静静地翻菜单，平稳的征求其他人的意见："来道虾球好吗？"

服务生刷刷的记在单子上。

良四说："来点清淡的，三哥，你这是不成的，小心血压高。"

"这是这儿出了名的菜，你懂不懂？"

良三点了四菜一汤。

服务生离开。静敏垂头说："我想上洗手间。"

良三说："去吧！"

静敏离座，唏唏嗦嗦在皮包里翻东西，终于决定连皮包一起带去。那三个男人宁静有礼地坐着。良四甚至做了个微笑。

静敏合上门。隔着门是那一家三个男人，叫她妻子叫她嫂子的，可是这下她是给关在门外了，她一下有点茫然，忘了自己要做什么。她发了一会儿呆。闻到饭馆厨房飘过来的香气，热烘烘的。她沿着通道走，通道底是厨房。看到厨师的白帽子白围裙和不锈钢厨具。转过弯来是餐厅,隔着许多张桌子椅子和人群,自动门就在那儿。自动门是咖啡色,映出来的外面像是夜晚。静敏看着,很想走出去,人声嗡嗡的,但是走出去又怎样呢?她觉得有点心烦,结婚七年来一直依赖着良三,她连单独出门都没有过,这地方还不知是哪里。而且她还没带什么钱,因为总跟着良三。现在给他带到这里来讲这些事。相信他,他就把人不当回事。

她又气自己不争气,怎么连钱也不带呢?她没办法的事多着,向来出门是良三把车子开来开去,她怀疑自己就算坐了计程车,能不能把地方指点给司机听,总之是无能,不怪人家要甩张旧报纸样的甩掉自己。

她只好去洗手间,在镜子里看到自己果真是花容零乱。她洗了脸,对着镜子描妆。眼睛哭了一阵,倒是清清亮亮的。她注意镜子里的自己,觉得过于精神了,不像是刚受到打击的女人。可是为什么要把这件事当做是打击呢?她觉得自己并没那么爱良三。他们的婚姻是媒人撮合的。是很平静不费力的婚姻。或许良三对那女人的感情还深些,他一说起那女人,有很特殊的表情。

可是她刚才哭那么多,良三恐怕要以为她崩溃了。他全部的心思只想到要震慑她安抚她,不愿她纠缠不放以致失态。他可不知道她根本不在乎。她一直哭,因为怕。而且想到自己要三十岁了,突然变成被遗弃的女人。早几年的话她还年轻些。年轻时被遗弃比较上有什么好处,她一时也想不清楚。不过一切事年轻时总要好些。她开始有一点点恨良三,仿佛正暖暖的泡在热水池里,良三过来浇人一头冷水。过后她开始细细地打扮,为良三,她一直是为良三打扮的。又把眼浅擦掉了,也是为良三,显得太容光焕发,良三也许要难过的。他一直认为他在静敏心里头有分量。

回到房间里,三个人已经在吃了。良三抬头瞄她一眼,说:“吃一点吧!”这又是很家常的感觉,一家人坐着吃。良七完全不看她,静敏不知怎么,感觉到他那强烈的羞愧感觉,仿佛席上家人,光他一个做错了事,她知道良七同情她。良四也许也同情,可是他没那么强的道德感,他很挑剔地夹了块荷叶蒸肉,小心地用筷子把荷叶翻开来。良三一吃起东西来总是心情很好。他慢慢地谈是如何发现这馆子的。像寻常一般指点着菜对静敏说:“静敏,你要研究一下这菜,人家做得真好。”

良四问:“她这方面不大成吧?”他不看静敏,不是说她。“她那种出身。”

良三略微遗憾了:“就是呀!”

静敏默默坐着,有些难过,当着她,就这样谈起那个女人来了。

良三像要安抚她:“静敏的菜做得好,那是难得的。”

他赏识她也许就这一样,良三非常讲究口腹的。事实是他们家的男人全是。想到良三那个女人是不会烧菜的,静敏一下子同情他了,不知怎么,一下看他是别的男人,同情他妻子不好,忘了他是自己丈夫。静敏说:“以后你吃不到了。”

良三停了筷子看她:“什么?”

"我的菜呀!"静敏慢慢应道。她忽然有种松懈的感觉:"我不想分居。"

良三头一下抬正了起来,仿佛有点变了脸:"刚才不是说好了吗?"

"我们离婚吧!"

静敏也觉着了一点得意,那是那三个人一下全抬了脸,都看着她的时候。虽然表情不一样,而且良七瘦,良三是个圆脸,可是他们家男人长得真像。

静敏是这样子离了婚,说出来人总骂她:"哪有那么笨。"

刘汾也骂她:"哪有你那么笨的,你跟人说那么清楚干什么,谁也不会同情你。"

刘汾比她还小两岁,也离了婚。她的婚姻是另一种,念高中时候怀了孩子,迫不得已结婚。婚后过不惯,就离了。满二十岁以前,女人这辈子的大事全经过了。现在孩子养在娘家。她保持得好,看不出来生过孩子,跟前夫还常有来往,她说:"不要他做丈夫,我就觉得这个人真是可爱。"

分手的时候,良三给了点钱,就拿这点钱开了家工艺材料行。店子小,没有用人,平常忙不过,刘汾会帮着招呼一下,她在对面开洋裁店。闲的时候爱过来聊天,两个人一块坐在店面前的台阶上,像小学生。巷口有风送过来,下午,凉凉的。

刘汾惯是一屁股坐下去,两脚一岔,天热了她穿短裤,就手"啪"打了静敏一下:"你怎么这样秀气,我以为哪儿来的大小姐。"

静敏是抱着膝盖,脚缩到里面的坐法。拘束惯了,一下子敞开不来。

刘汾心不大在,边看巷口,她儿子快放学了,念小学四年级,已经好大的个子。刘汾呱啦讲着报上登的崔苔菁的新闻:"离了婚怎么还那么恨他。我跟小丙一离婚我就不恨他了,嘴也不吵了,架也不打了。"小丙只大她一岁,夫妻俩火气都大。到现在都不算是夫妻了,小丙来过夜的晚上,他们楼上有时候还一样乒乓乱响,隔天垃圾桶里尽是砸坏的东西碎片。"小丙今天来。"她慢慢地说,心里有事。

"是呀!"静敏应她,"最近你们是不大吵了。"

"咦。"刘汾惊诧,"那算什么吵架,你不知道我们从前,简直像我是男的,跟我打咧!"她下结论:"小丙现在成熟多了。"

巷口有人进来,刘汾眼尖,看出来了:"喂!谢小弟又来了。"

她是用调笑的心理喊良七"谢小弟"。坐在台阶上懒懒地拉嗓子喊:"嗨,谢——小——弟。"

良七脸僵僵地过来,刘汾不管,拉他坐台阶上:"喂,好久没来了。"

良七先越过刘汾跟她打招呼:"静敏姐。"

忘了他是什么时候开始改口叫静敏姐的。静敏应道:"我拿杯冰水给你。"

端两杯冰水出来。静敏留心到良七的背影,他很明显的瘦了,衬衫里空荡荡的。

坐下来就问:"怎么瘦了好多?"

刘汾代他答:"他考试,熬夜。"

她喝光冰水，回自己店里去了。

静敏跟良七一块坐在台阶上，中间是刘汾离去那块空白。风吹着，有奇怪的感觉，仿佛坐得很近，又有距离。

良七常来看她。谢家的人唯有他一人过不去，总是心里很重的，讲起话像跟自己生气："要满月了。"

良三那儿生了个女儿。良七垂头看自己鞋子："三哥本来想儿子。"

"哦。"静敏柔和地回答，"男人都这样。"

良七要抗议："我不会。"他说着把脸转过去。

"你还早吧！"静敏笑他。脸对着良七的后脑，他头发老长，厚厚杂杂的一大络。她说着手就伸过去，拉良七的发尾："头发好长哦。"

良七吃了一惊，胡乱应道："谁给我剪！"

"我给你剪好不好？我手艺不错啦！"她是杂志上看来的，真正动过手的只有刘汾跟她自己，她把脑袋转给良七看："你看看我的头，我自己剪的。"

转过脸来时，良七正凝定地看她，憋住什么的神气，眼睛里汪汪亮亮的，静敏情不自禁地撒娇起来，她偏脸问："好不好嘛！"说完了自己先惊诧起来，良七向来是自己的小叔，看他长大的，可是那一下，他光是个男人。

她仔细地找了张床单把良七浑身围起来，怕他热，拿风扇对着吹。先用喷壶把头发喷湿，头发湿透了贴着脑门，头一下子小了许多。良七乖乖坐着，浑身包起来，光剩个脑袋任她摆布。静敏先用夹子夹头发，跟良七说："像个女生。"她垂眼笑着，良七翻着眼向上看她，头不敢动。

她说："你记不记得小时候我老给你洗头呢！"

良七说是。不知为什么要答的这样正式。静敏光是想笑，以前接触良七时，他还是横头横脑的小男孩。现在他真是大了。大半是期末考忙的，连胡子也没刮，黑色那么明显的小桩桩。年轻男孩的皮肉润润的，给人好干净的感觉。良七抿嘴坐着，这孩子惯爱摆这种脸。

剪下来的头发有烟味。静敏嗔："多久没洗头啦！"

良七说："没人给我洗嘛！"

"你的手呢！"

"被你包起来了。"他的手在白被单下头动了动。

静了半晌，静敏说："反正我不给你洗哦。"又说："懒。"

是放学的时辰，巷口渐渐有学生进来。有学生来买线，女孩子一群趴着柜台前，静敏去招呼。她这店子的生意总这样，一来一大群。女孩们有跟她熟的，咕咕猛笑："老板娘，你会剪头发啊！"

良七楞头楞脑坐在柜台里，头上还夹着夹子，他闭了眼，像生气，怕是真火了。静敏唤："良七，你去坐里面。"里面是她自己住的，良七到后面去，她跟人解释："我小弟。"又跟另一个女孩讲："我小弟啦！"其实人家没注意她的话。她教了几个人针法。把颜色和花边本子摊出来给人看。忙了半天才对付完。一忙完就进里面去。店堂与内室只拿帘子挡着。她掀帘子进去，唤："良七。"

良七已经把被单解下来了，坐在床上翻电视周刊看。帘子从背后哗啦垂下来，是她自己编的木珠帘子。世界在外面，可以看见，是零零碎碎的。

房子里单搁了一张梳妆台，一张单人床，一张椅子，角落搁着材料和纸箱。良七坐在里面。她忽然觉得房子小了。她有些拘束，背贴着帘子站着："良七，你生气啦？"

"没有。"良七把书放下，"静敏姐，你变了，变得比较能干。"他把手一摆，突然带点淘气："不是说你以前不能干哦。"

"来剪吧！"

现在就把良七推到妆镜前，剪了半天，她发现良七光在镜子里看自己。遂停了手问："怎么啦！"

"什么怎么啦！"

"你一直看我。"她把脸板起来，做泼辣状。良七是她看着长大的，她不怕他。

良七说："那不然我看谁？"

"看你自己呀！"

良七又答是。两人是撑不住地要笑。静敏小心地问："有没有女朋友呀！"

"还没有。"他连笑都抿着嘴，显得孩子气得厉害，静敏在镜子里望他，突然地有点心乱。良七那清楚的五官，也许是照在镜子里，异常的明亮，他的下巴是狭狭削过来的，极平滑的轮线，很漂亮。手底下他的头发一搭搭，全是湿的，丝绒似的黑亮。她觉得自己没法控制似的，要瘫到良七身上了，她的头沉了沉，良七的气味泛上来，是烟燥带了汗臭，全很淡。她这里简直就没男人来过。

静敏怕自己。

她说："我看看外面。"掀了帘子出去。

良七跟了她出来，他把被单又解了，头上还是夹子。静敏想笑。又掀帘子进去。良七又跟进来。

他忽然就说了："静敏姐，我喜欢你。"

他自己抵着门帘站着，世界让他挡着了。那么滑稽、湿的，没剪完的头发，夹子是灰白色，像头上栖着大飞蛾。他也害怕，说完了抿紧嘴站着，也是个大人，却一下子瘦寒得厉害，让人思搂着在怀里哄。

他也许这件事想过许久了，说出来像绷紧的弦突然松开。脸上不笑，神色像定了心。

两个人都不知该怎么办，只是站着。最后静敏讲："过来剪吧！"良七过来安坐在镜子前。

她开始哭。这一点大概一生都不会变。良七要站起来，她按他坐下。一边眼泪滴答掉着，落在他头发上。她一边剪一边抹眼泪。良七发急道：“静敏姐，我，对不起。”

“没关系，我就是爱哭。”

良七给吓着了。静敏觉到自己可怕，又不是很凶猛的哭法，光是无声的，一下子眼里蕴了泪水，像日子过得多幽怨。其实不是，离了良三，她觉得自己过得挺好，男人也不是顶重要的。她一闹情绪总要哭，看书报电视电影，总哭得好伤心。她自己想着又笑了。良七在镜子里看她，放了心，害羞地回了个笑。

静敏说：“我就是爱哭，跟你没关系。”

她仔细地剪他的头发。她有点喜欢良七，可是没有喜欢到那程度，他还是小，看他那放了心的样子。她气自己，离婚还不到一年，听到男人说喜欢自己，居然还哭了呢！

“良七，你乱来。”静敏说。觉得口吻不大正派，于是拿剪子敲了他一下头：“我是你三嫂也！”

剪好头发，她帮他洗头，窄窄的洗澡间，两人挤在一块，良七弯了腰，头发浸在洗脸池里。静敏左手越过去夹着他脑袋。这么亲近的一个男人，像弟弟、爱人、儿子。

流水哗哗，凉凉滑动的水，流过她手指间，她手指间是他一条一条的发，黑色小蛇般蜷在手背上，浸在水里的发漂开来，丝丝络络，非常整齐美丽。她也许一辈子记得这些。下午，室外没有人声。老风扇在前面店堂里转，轰轰过来，又轰轰过去。浴室里是房子本身的旧，带着腥腥的腐味，上面浮着洗发精的草香，良七本身的汗浊气。他低着头，给水浇湿了，触到的部分全是凉的。他很乖，安静着，可是好大声的吸着气，她晓得他在憋着，她自己也憋着，小心地屏息着，一次只呼吸一点点，可是憋不住的时候就又幽又长地冒出来，像叹息。两个人紧张地贴挤在一块，良七大声喘着气，好像暧昧了，可是没有。

这以后她就不大能安定。总是心惶惶的。把店顶了出去。开始给保险公司跑外务，只有这个工作好找。

每天夹了大包包，见人笑脸先堆起来。她都不相信自己会干这个。她也并不是能说会道，可是长了张诚实的脸。拉保险时并不跟人强推强销，只是坐着，资料全摊出来，老老实实念相关的部分。人说什么，她都光是答应：“是的。”缓缓的，拉长音调讲。让人觉得她有话说，不敢讲。客户很难避免这种怜恤的心情，如果拒绝了她，总过阵子又打电话来。她业绩很好，开始往上爬，做到了主任。

她现在黑了，也瘦了。穿着牛仔裤，因为方便。变得比较不那么拘谨。眼睛亮亮的，也会坐着时把腿搁得老高。她的笑容是热诚明亮，老实不带心机，让人见了戒心先去一半。

跑保险时碰到了屈少节，两人不久就住在一块，这次是她了，她是那另一个女人。她知道他结了婚，可是她喜欢他那副倔倔的样子。四十来岁，给宠坏了的男人，到现在都还不知道要怎么生活。他在家贸易公司做经理，静敏闯进去。那是间发亮的办公室，全是玻璃、不锈钢、压克力、塑胶、铝与铁。秩序而明亮。屈少节坐在桌子后头，干净的脸、头发，西装笔挺。他根本不耐烦她，脸绷着，倔倔的。他保过险了。他不需要保那么多的险。他不愿意谈这些事。对不起，他还有业务要处理。

他维持了礼貌，送静敏到门口。他身上甚至喷了香气，是青橄榄的味道。

静敏决定自己要他。那时候她三十三岁，在社会上历练了四年，开始变成个有把握的女人。除了她自身的修饰装扮，她学会运用人，懂得什么人要怎么应付，懂得什么话会产生效果，她心思细密，肯静静听人说话，结果学到了体会别人的感情波动，能窥测别人的想法。她明白屈少节是什么样的人。

她第二次去，打扮得极女气，薄纱的衣裳，头发贴着脑门。她只占了他十分钟，并不谈保险。

后来她经常去，坐的时候长了。有时候一块去吃饭。她那时整个爱上他了，突然全无脑筋，什么也不考虑，就光想见到他。她的把握全失去了，她每天打扮得漂漂亮亮，轻飘飘的到了他办公室。她端庄坐着，腿缩在椅子下。瞪着他，整个人流丽。任何人都可以看出她满得像装实了的水瓶，一碰就要溢出来。只除了他，他那顶好看的浓黑眉毛，倔倔地蹙起来，他是个烦恼的人。见面总把眉一抬："又来拉保险?"

静敏自己受不住了。她发现自己当真恋爱起来，反倒怕了，她担不起这样认真。她爱他爱到觉得自己全身洞明，在他面前，她灵敏得像含羞草，一点点动静她都缩起来。都这么大了，玩这些不是太老了么？她停止去看他。仿佛把他全忘了，但是不能死心。她终于又去了，决心把这件事澄清下来，她就连他对自己什么想法都不知道。

屈少节还是老样子，像这么久的时间，他钉死一样坐在办公桌后，一步也没离开过。他抬头，浓黑眉毛一跳一跳："又来拉保险?"

他连词也不改。静敏又哭了。

她终于拉到了保险。不久他们就同居在一起。

这么多的事，讲给刘汾听，好像又很简单，三两句就交代了："我要他保险，他老不保呢！我天天去缠他。"手上抱的是刘汾新生的儿子，又胖又重，赘得手酸，她换个手抱。刘汾接过去："我来吧!"

她问："后来呢!"

静敏说："后来我们就熟了，他也保了险啦!"

刘汾看着她，下断语："我看你现在过得很好。"她解释："你看上去很漂亮。"

"哦。"静敏失笑。

刘汾又跟小丙结了婚。两人在市区里开了餐馆。刘汾现下是坐镇柜台的老板娘，发了福，坐在柜台里，白白胖胖像刚出笼的馒头。她把小孩放在柜台上，给他抹口水。

静敏逗他："我们别的不要，光要吃这个小猪哦!"啃那孩子："吃一口，吃一口。"

有客人进门，服务生招呼不来，老板娘亲自下海，刘汾嚷嚷："坐这里！要点什么。"

这孩子下地就认了静敏做干妈，熟得很，孩子给逗得直笑。静敏怀疑自己是不是不能生。或者是年纪到了，她极想要个孩子，少节的孩子。

刘汾过来拍她背："静敏，那桌客人问起你。"

"哪一桌？"这是常事，她本来见过的人多，跑保险跑的。

"我带你去。"静敏笑眯眯的，抱着孩子，一张张桌子挤过去。那桌子坐了对夫妻，带两个孩子。那位太太老远就瞪着她看，很谨慎的。那男人给孩子擦手，偏着脸，直到静敏走近了……才抬起头来。

是良三。

静敏喊："是良三。"确实有点惊喜。双方都各自介绍过。刘汾把孩子抱走。静敏热烈地又说："好久不见了。"

是这么多年的阅历练出了她这种见面招呼，良三诧了一下，带了笑，也一样客气的："你变了很多。"两个人这时候是没有过去的。良三也像初识的人，静敏觉得忘了许多事了，良三过去不是这样，可是她记不起良三从前的样子。

她扶着倚背站着。他们一家四口正好占了桌面四周的椅子，丝毫没有让座的意思，静敏于是老实不客气地挨着那个大女孩坐下来。这也是过去静敏没有的举措。她看到良三那奇怪的表情。良三又说一遍：

"你变了很多。"

"人总是要变的。"静敏笑。她现在怪异的感觉到出现了两个自己。她很少想到过去的自己是什么样子，但是守着良三，从前的自己就出来了，她忽然强烈地感到了现在的自己和过去的自己许多差异。

她笑，托着脸，懒散的。知道自己使那个女人不安："良三，你也变了。"

"没有。"良三连忙否认。

"胖了。"

"没有。"还是否认，良三突然老实得有点可怜。

两人谈了些近况，良七出国了，小妹嫁了。静敏为了面子，谎称自己结了婚。良三睁直了眼问："那是你儿子？"

他是指刘汾的小孩。

静敏半真半假的："是啊！"

良三突然衰颓了，挣扎半天，他遗憾地说："想不到你也能生儿子。"

桌面上另外三个女人，良三的妻和良三的女儿，他们安静地发着呆。静敏很了解做良三的妻子是什么滋味。她带点怜恤的看那女人。穿素色洋装，非常安静温顺。她认识良三时是舞厅里最红的，现在也还看得出人是漂亮，可是她有点灰扑扑的。

那就像那个女人代替静敏在良三身边活下去，灰暗、温静、安分守己。或许她也很快乐，静敏从前也不是活得不好。因为那个女人，她现在在过另一种生活。她觉得自己现在比过去好。她主动跟良三的妻子微笑,善意,可是管不住自己想胡调一下。她问:“良三晚上睡觉还不爱刷牙吗?”

良三夫妻都变了脸。良三笑:“呵呵。”那女人气了。她也许不像表面那么温驯。她这下又是她自己了,不是另一个静敏,她也没有要哭的意思。或许回去她会跟良三吵闹。

静敏回到刘汾这儿。她特地叫厨房炒一盘敬菜给良三夫妇,向厨房走,从厨房飘来白色的热气,厨师的白衣,亮晃晃的餐具,在许多年前也有这么个印象,为什么饭馆的厨房都是一个样子。

可是她现在不同了,她现在是个自主、有把握的女人。

原载于一九八〇年十一月十四日《联合报·副刊》

白舒荣等主编:《华人女作家与成名作》,1999年1月,第354—369页。

袁琼琼导读

◎ 陆卓宁

20世纪80年代是台湾女性文学发展的一个新的高峰期,而袁琼琼的短篇《自己的天空》的发表,则无疑是这一时期新女性文学思潮的“始作俑者”,作者便也由此奠定了自己在台湾新女性主义文学潮流中的重要地位。

70年代以前的台湾女性小说,其思想内涵与传统的女性文学一脉相承,往往多反映女性在男权思想钳制下,主体失落,甘于屈从,更无从谈起“人”之所以为人的本体存在价值和人格的完整意义。进入80年代,人本意识及其女性意识的复苏和高扬,还由于西方女权主义运动的影响,以重视男女两性角色分析的新女性主义文学开始在台湾岛内流行。其实,袁琼琼的《自己的天空》此时发表既是应运而生,亦是其固有题材与现代女性意识交汇的一种自然延伸。和众多女性作家一样,关注女性命运从来都是袁琼琼小说的焦点,所不同的是,同是在社会习俗、伦理关系的文化背景下展示世俗百态、追求人生幸福,她却在其中表现出对人的“真性情”的敏锐,继而对束缚人性、特别是压抑女性自我的传统理念的质疑,如其《创世纪》等作品,因此,至《自己的天空》,高扬起一个独立自强的女性主体也就是“顺理成章”的了。

《自己的天空》中的静敏在丈夫有外遇而提出分居,经历了最初的以泪洗面、疼痛难忍之后,狠下心要求正式离婚,从此自谋生路,从一个绝少出门而出门未必能回家的弱女子转而成为一个敢于大胆追求自己的爱情且最终如愿以偿,并有完全的把握能够撑起“自己的天空”的“新女性”。小说并没有对人物生活的社会环境加以精雕细琢,似乎重在叙事，显然，其用意更在于女性的生命价值而不仅仅是女性意识的觉醒。静敏在其死寂无爱的婚姻生活中受到难以意料却又突如其来的无情打击，继而猛然醒悟到过去的自我沦丧已久——“别的男人有外遇，总弄得鸡飞狗跳的，只有他，一切安排得好好的。完全拿她不当回事。现在还要她把房子让给那女人，而且算定她会听话。”人格的自尊和自我意识的觉醒促使她作出离婚的决定。然而，冲出婚姻的牢笼并不意味着完全进入了自由的天地，最初的静敏依然承受着巨大的精神压力，也时感惶惑。小说有一情节极具深意，在对小弟（先前的小叔子）有过一阵的情感迷误之后，当遇到屈少节，她再也没有犹豫而是主动出击。女性在自我意识觉醒之后必然会伴随着性的饥渴和爱的需求去寻找真爱，而精神的旅程往往比现实生活的道路更为坎坷艰辛，唯其如此，这一过程不能不是女性寻找自我、确证自我的过程；同样，也只有经历了这一过程才真正实现自我精神与情感的超越，而最终是否获得爱的圆满已不重要。《自己的天空》正是由于所表现出的新女性主义思想而具有了现实的普泛意义，“自己的天空”也因此而成为了一个具有特定文化内涵的符码而被人广为运用。

在袁琼琼小说诗歌、影视剧作众多创作中，其汇集了三十则短篇速写的《恐怖时代》是最为诡谲的。看似状写日常生活，莫如说是一篇篇“后现代鬼话”。所谓鬼话，或许可以说是于叙述的平常与反常间造成读者心理承受的落差，以期收到意外惊栗的结局。如《恐怖时代》中，“多看两眼我们的白米饭，那不像是一锅锅白胖的蛆么？”（《米》）、“姊妹淘成了自己丈夫外遇的对象后，还是得请来吃吃拿手的红烧肉——但‘谁’的肉？”（《忘了》）、“午夜梦回，枕边人越看越该死”（《蓝胡子》）、“不死就该杀死”（《杀人》、《箱子与爱》）、“但是死去的竟活回来，又如何是好？”（《老大的复活事件》）。不管《咳嗽》还是《微笑》，想《睡》还是想吃（《口》），好《冷》还是好《赶》，生活的每一个细节、身体的每一种征兆，总正是凶相毕露，煞气重重，袁琼琼的新小说充满了凶杀横死、抑郁疯狂。她眼下的生命即景，不由你不觉得恐怖。①

女作家写“鬼话”是颇有传统的，如张爱玲、施叔青、李昂、李碧华……但她们的创作多半并不以故弄玄虚、敷衍灵异为能事。如李昂的《杀夫》，营造出鬼魅般的氛围，借着幽幽的“鬼话”将久被压抑的欲望、无从表达的冲动、礼法以外的禁忌，毫无顾忌地倾吐开来。而《恐怖时代》在处理人间的疏离、死亡的偶然、记忆与意义的流失等这些被人们写透了的现代题材时，却渗以层层的反讽，因此在有意无意间对传统的女性小说的“鬼话”作了歪打正着式的颠覆。这恐怕也是袁琼琼一直能够占据台湾新女性主义文学潮流重要位置的意义所在。

---

① 王德威：《女作家的后现代鬼话——评袁琼琼〈恐怖时代〉》，摘自《落地的麦子不死：张爱玲与“张派传人”》，山东画报出版社，2004年5月，第208页。

袁琼琼研究资料链接

张诵圣:《袁琼琼与八十年代台湾女性作家的"张爱玲热"》,《中外文学》第272期,1995年1月。

李孝佺:《女性天空与女性文学的新空间——评袁琼琼〈自己的天空〉》,《青岛大学师范学院学报》,1996年第2期。

朱双一:《近二十年台湾文学流脉》第十二章,厦门大学出版社,1999年。

陆卓宁:《台湾文坛:2003叙事景观——以袁琼琼"2003中国年度最佳台湾小说"为例》,《海南师范学院学报》(社会科学版),2004年第5期。

张杨:《"自己的天空"之异彩——评台湾新生代女作家袁琼琼的创作》,《洛阳师范学院学报》,2006年第1期。

陆卓宁:《"纯情"与吊诡——"双面"袁琼琼》,《名作欣赏》,2007年第5期。

翁俪玲:《袁琼琼及其小说研究》,高雄师范大学硕士论文,2010年。

苏伟贞

苏伟贞(1954—),祖籍广东番禺,生于台湾。台湾政治作战学校影剧系毕业。曾任政治官、影剧官、"中央电台"编审,曾任《联合报》"读书人"版主编。1979年11月10日在联合报副刊发表第一篇小说《陪他一段》,1980年获联合报小说(中篇)奖震撼文坛,即与文坛结下不解之缘,且屡写屡获大奖,如《联合报》(中篇、极短篇)小说奖、《中华日报》小说奖、《中国时报》百万小说评审推荐奖、新闻局出版报导主编金鼎奖,其中长篇小说作品《沉默之岛》还入选"二十世纪中文小说一百强"第八十六名,2002年度小说家。苏伟贞也因此被公认为"军中才女"(曾服役八年)、"小说天才"。对此,苏伟贞不以为然,认为世界上哪有什么天才?并直截了当地说道:"不是刻意选择文字,是别的事我没办法做。"一如她的文字直率坦诚。其好友姜提也曾这样评说:"她刻画人物固然是高手,更好的是人物性情,都有像她本人无怨无争,执着专一,总是一个人隐忍,一个人孤单,一个人清明。在熙攘纷争的社会形态中,很难有这般没有火气的性情,尤其是思维干净,尽管书里有些许无奈,些许落寞。"①

苏伟贞自创作始,已出版作品二十多部。主要有:长篇小说《有缘千里》、《离开同方》、《陌路》、《过站不停》、《沉默之岛》、《梦书》;小说集《红颜已老》、《陪他一段》、《世间女子》、《旧爱》、《离家出走》、《流离》、《我们之间》、《热的绝灭》、《封闭的岛屿》等;散文集《岁月的声音》、《来不及长大》、《预知旅行记事》等。

---

① 《新书月刊》第14期,第34页。

沉默之岛（节选）

事实上，在丹尼之前，她并没停过男伴，但都不是感情的交往。在她处的社会，一个没有男伴的女人总不那么有价值，人家会说她变态或以为她不受欢迎，这点，她履行她的社会价值观，分得很清楚；她完全知道自己要什么。因此，在丹尼之后，晨勉继续保持一种社会身份。她认识了钟。

他在英国受教育保有理性；在东方成长保有生活韧性。他清清楚楚的背景，是晨勉在经过丹尼之后所渴望的。她有时想晨安说她是疯子，她恐怕就是。

她和钟之间与丹尼完全不同的是，他们没有爱情的过程，他们不发现爱的内容，也不经营爱的方式，他们循着情人们已经建好的模式，参加酒会、听音乐、与朋友来往，但是不旅行，她的理由是她的工作等于就是旅行，她在香港停留时希望休息。钟赞美丹尼的戒指很独特，并不问是谁送的。她在和钟交往期中，一直戴着丹尼送她的戒指，清楚的暗示那是枚订情戒指。

可笑的是钟并不认为他们之间有什么问题，晨勉很快就发现，他不是恋爱中的人，是实践恋爱的人，他相信自己吧！

就在钟进行到他们可以上床的阶段，他们就做了，当然是在钟的住处；一切在她意料中，如果晨勉需要是另一回事。整个过程，一片空白，他不像丹尼会痴迷地问："可以吗？"她怀疑他是照着"做爱手册"步骤进行，完全没有个人风格，可怕的一种没有习惯的行为，可以是任何人。她没有办法不拿他和丹尼对她的意义比较，面对这想法，晨勉悲哀到无法自持，她穿好衣服流泪由钟身边走开。她并不后悔，她从来不认为人要有贞洁观念，人只需要有爱情观念。她只是没有办法面对性的记忆。

她更觉恐怖的是，她没有避孕，事实上和丹尼在一起她也从来没有避孕。她等了一段时间，发现没有状况，她想她可能是那种天生不容易怀孕的女人。钟也一直没有露面，他打过电话、送过花，为自己的行为道歉，探询还有交往的可能吗？晨勉知道他对她的反应有点好奇，但是他是一个没有问题的人，得不到允诺，便道着歉回到自己原来在的地方。

那一刻晨勉非常痛恨丹尼使她陷于一种孤独的状况。她在她熟悉的环境里因为和别人思想不同觉得孤独；她如果长久在他身边，会因为生活习惯不同而陷入孤独。她以前在孤独里，但是并不觉得孤独。丹尼一直没有消息。

她再见到丹尼，已经是他们分别十个月后了。丹尼的母亲没有治好，丹尼原想放弃研究，她母亲临终前发现了他的戒指不在，知道了晨勉这个人，她要丹尼凭直觉去爱，晨勉一定具有这种能力。

他们约好在沓里岛见面，晨勉那时已经不想再见他了。她觉得十个月才见一次面的爱情容易使人老，她不知道他们靠什么维持，性吗？但是他们的生活是空白的。

丹尼要她去，说提前给她过生日。如果她停留久点，就正式过。

他在机场外头等她，飞行了将近四个小时，她正好月经来，整个人十分不舒服。她出关时空着手像进城，丹尼说那里什么都有又便宜，回去买个箱子装当地买的东西就够了。

他站在一群饭店派来接旅客的服务生当中，好像又长高了。她在等候验关时就看到他，她在暗处，他在明处站定了久久不动，她喜欢笃定的男人，他知道她一定会准时到。

看到她时，他灰蓝的眼珠蒙着一层泪，他走到她面前，无言地伸手牵她，一直带她到最角落，旅人仍不时从他们身边走过，他轻抚她的脸，她则看到他的泪，他紧紧拥抱她："霍，我好想念你。"他重重热吻她时，自然地记忆起他们的方式，他抱起她，姿态从容，问她："可以吗？"四周的载客司机一阵哄然，报以热烈掌声。他在任何场合这么做，从不给人色急的感觉，他的确不那么思考。

他租了辆吉普车，转个弯便望见海。峇里岛没有冬季，只有雨季，雨季由十月开始二个月。一般居民住家楼下是凉亭，楼上卧室，丹尼住的地方在海边，向当地居民租的，简单，但是宁静，而且生活方便，不远便是餐厅与店家林立的街道。丹尼的英语在那里几乎用不上，那里的人每个都会说上一串英语，但是除了商业交易以外的英语，各有各的腔调，人们十分和善，晨勉在那里完全恢复了对丹尼的善意与爱。

入夜时分，丹尼带她穿着扶桑花径去一家有表演当地舞剧的餐厅吃饭，舞台四周挂满椰子树编成的吊饰，丹尼说下午四、五点餐厅工作人员开始编织，这是他们生活中的一部分。丹尼问她每间门必放祭品的花是什么花，是扶桑，但是英文她不懂，可以查；丹尼又问为什么每间门框各是半边，合起来才是完整一面？又为什么每门必拜？晨勉想想应当是指善恶、拜阴阳。丹尼摇头："东方人真厉害。"

晨勉笑着说："洋鬼子才厉害呢！知道了来考人。"

印度尼西亚人吃东西既腥又辣，味道颇重，丹尼说他过了一个月才摸清楚什么好吃。要摸清楚其他，大概要十年。他现在稍懂得东方民族的深沉、多变；他说才了解晨勉为什么不跟他走了，晨勉微笑没有接腔，她只是没办法改变自己的多执性格。

剧舞并无特别惊讶处，是最早的舞蹈表现形式；精致的是餐厅的整体设计。丹尼喝酒少得多，第一杯敬她："生日快乐。"她觉悟到，从这刻开始，丹尼已经在建立他们之间相爱的模式，她如果接受，便该由这刻接受，一直到发生足以改变这种状况的事情为止。

他们回住处途中，遇上一列祭拜队伍，丹尼带着二分酒意说："多感人！"

这和她与外婆、晨安每星期带了食物去魔鬼的地方探望母亲有何差别？他如果当时看到了会说感人吗？外婆是母亲的母亲呢？一个被祭拜的对象。祭拜的队伍由他们身边赶过，黑夜里响起清越的铃声。另一边是海浪声，没有对岸的灯，海平面上又是没有月亮的夜晚，没有远近。

回到住处，丹尼将卧室四面窗子全撑开来，这点他是个原人，喜欢睡在大地中。晨勉问："你的葡萄酒呢？"丹尼说很久不喝了，他在这里改喝啤酒。

晨勉说她今天不能"呼吸"，丹尼抱着她："你好香。"整晚，丹尼反复问她："可以吗？"

不断亲吻她，寻找一种记忆；他要记忆，身体并不重要。但是晨勉明确感觉他变得沉默，她不知道这段时间他心里发生了什么事，他们几乎不通电话、不通信，因为默契，事实上他们失去了感情过程最可贵的部分。多么令人遗憾，她反抱他，深觉抱歉。情感的累积错失了便是另一局了。她再追问也枉然。

丹尼手上奖学金并不包括晨勉的开销，晨勉的工作也需要她在，她心底计划在岛上最多停留一个月。丹尼出去搜集资料她大多陪他去，偶尔自己出去逛。她很重视丹尼的研究，虽然她认为那是毫无生命的东西，她喜欢丹尼在某种领域中，她可以好好观察他、记忆他。她无非比他早出来工作，机会比他好，他现在累积的是他的未来，她只是工作而已。她不必担心，丹尼这点非常自信，男人对他们内行的事，是绝不天真的；对他们在乎的事，更天真不起来。

晨勉绝口不提钟的事，事实上那根本不具代表性，她亦不排除再发生的可能。目前她很喜欢丹尼，很喜欢这种日子，然而它们总有结束的一天。所有的事物在活的时候，不会呈静止状态。

她和丹尼的情感，若要保持活的状态，他们将在不固定的纬度、月份相处，但是这也没有办法避免他们的爱一点一点消失。她当时不知道还有多久。

丹尼已经厌倦了峇里岛，逐渐进入峇里岛的雨季，丹尼想到就害怕，结果他们一起离开那里，晨勉回香港，他回德国。在未来的三年中，晨勉的生日丹尼都不在，峇里岛那次，成为最接近她生日的一次相处。

那一个月，他们爆发了最大的争吵。丹尼立刻就发现晨勉没有避孕，他几乎无法置信："你为什么不避孕？"

晨勉意外地面对丹尼失去理性，非常愤怒；那是他的弱点，他可以不把弱点严重化。她冷冷地说："我从来不避孕的。"

"那你应该告诉我，我可以有心理准备。"

"你现在知道了。"她从来不迟疑于反击，对丹尼她尽量保留。

丹尼大怒："该死！那不是你告诉我的。你尤其不该那么天真。"

她当即未理清是哪点更伤害他，是她没有避孕呢？还是"尤其不该天真"，只觉得一片空白。她一句话都不想再讲，抓了护照就走，这么晚已经没有班机了，丹尼也知道，但是他由她走掉。

她很快找到他们第一次看表演的旅馆住下，侍者带领她穿过扶桑花径时，她第一次感觉自己太天真，男人和女人对在乎的事最大的不同——女人往往更天真。

她住妥后，便完全不愤怒了，想到自己也就是像来的时候那样回去，或许有点空虚，但也不少什么，不定还学到一样——避孕的必要。如果你和一个男人发展成固定关系，像钟，就不必了。

紧接有人敲门，她以为是服务生送水来，打开门，丹尼站在门外，她平静地看着他："我不想再讨论这问题，你有兴趣我们以后再说。"

丹尼低着眼睑:“我没有办法控制,我很抱歉。”

晨勉说:“谢谢你的道歉,我要睡了。”

丹尼沉沉地凝视她:“霍,这是另一个岛,我们可能拥有的唯一的地方,你不肯原谅我吗?”

“丹尼,我原谅你就是接受你的规则,我已经三十二岁了,不愿意按照别人的规则行事。”

丹尼伸手将她双手拉向他。环住他,低头亲吻她,他太高了,一种气息,她不由踮起脚追寻他独特的呼吸,她一直到后来,都无法拒绝那香味。

他更频繁地问她:“可以吗?”像狂浪一般扑向她,在她越过之后,以更高潮引诱她。

如同她不懂他的沉默,她不懂他为什么如此放任。

丹尼可以道歉,但是不会改变对怀孕的观念;他们再天生合适,是爱的合适,不包括婚姻及孩子。他们这种合适会因为家庭而变得平凡。

丹尼事后问她:“万一你怀孕怎么办?”

“我不会。”她没有对他说过钟的事。

“你为什么不会?”

“我不知道,也许是我要这样吧?”

丹尼在香港转机,他甚至不入境。她一点一点失去他。这已经不是可能,是必然。

丹尼不再去峇里岛,晨勉说她第二年会常去日本,他们公司失去那里的市场已经很久了,她在负责另一个计划。丹尼说她东方人的身份在西方人想进场东方时占尽便宜。她又一次面对他潜藏的西方优越心态。她当然是,如果有一天这身份不再吃香,她会改变。为了现实而改变一向容易得多。

“也许是日本。”丹尼初步订下他们下次约会。

日本市场因为保护得相当严密,日本人那套企业伦理完全根深蒂固,要取得一角市场,除了跟他们合作之外,别无他法,晨勉立刻向公司反映,经过研商后,公司决定撤出。她在全心投入时以为可以得到一点收获,她在事前曾作过分析日本市场的困难,要日本接受世界级的明星是可以的,他们甚至出高酬请偶像级明星拍广告,但是世界级的香水便对不起了,他们自己会生产;而且世界级偶像明星不会危及他们的工业、商业生产,其他就不保险了。她的分析在事后证明她的权威性。

晨勉因此没有和丹尼在日本见面。另一个原因是晨安准备离婚,晨勉去英国陪她。晨安的婚姻可以维持那么久,已经是个意外,也许因为从开始就不抱希望。但是经过那么长段时间,至少晨勉已经习惯了,却又有了变化。

晨安在电话留言里说:“你如果想看我就来,如果专程安慰,我很好,你放心。”

晨勉还是去了,她不去她们就少见一次。晨安整个气色还好,就是瘦了一圈,艾伯特已经搬出去了。晨勉去了才知道不让她来的理由,她不在,晨安才好打起精神跟艾伯特打官司,艾伯特带了女人回家被晨安发现,艾伯特不要离婚,舍不得既有的一切。晨安把她母亲杀她父亲的报纸影印了给艾伯特看，艾伯特看不懂中文，但相信晨安不会骗他，吓得立刻就同意离婚。法院方面晨安举证历历，法院判决房子、车子、存款全归晨安，事实上那几年艾伯特并没怎么做研究，在学校的地位岌岌可危，薪水也被数次减少，晨安历年的收入让法院很清楚晨安赚钱比较多，家里一切都是晨安的功劳；艾伯特的薪水，旅行、买书、饮酒，外带交女朋友刚刚够用。而且把女朋友带回家是极不道德的行为。晨安一切都摊开来。

晨勉眼看晨安进行她的官司，是那样抛头露面，便劝她适可而止，晨安未必肯，但是答应尽快结束。晨安对艾伯特将女人带回家出乎意外的极端痛恨，认为他无耻。

晨勉对她说："晨安，你别忘了当初是你不爱他，欺骗他。艾伯特并不过分，男人也会知道太太爱不爱他的。"

如果晨安不痛苦，晨勉认为这结局还算圆满；如果晨安痛苦，那是应得的报应，她不该敷衍人家在先。晨安过度的反应，晨勉认为她是痛苦的。

晨勉心伤晨安，暗想晨安这一生，除了外婆、母亲、女性的爱，连婚姻都没有得到男性的爱，是晨安不相信爱情吗？还是不相信男性，若真不相信男性，晨安如果是个同性恋者可能还幸福，她可以得到情感的慰藉。现在她却为失去尊严而痛苦，晨安难道不明白，在爱情的身世里，没有尊严的尺度，只有爱的尺度？看来晨安真的没有爱过。

有一天半夜，那天稍早艾伯特趁晨勉在，回来取东西，晨勉和他有一次短暂的交谈。艾伯特说是晨安不贞，她专门和自己的男学生来往，晨勉喝斥他，要他住嘴，原想背着晨安允诺补偿他点金钱，怕因此留下理亏的话柄，便打消念头。她末了对艾伯特说："男人再吃亏，就事论事，不该把隐私扯进来。"艾伯特还想解释，晨勉只说："我会让晨安公平点，给你些东西。"晨安后来知道艾伯特来过及说过的话，反过头安慰晨勉："那个变态鬼在发疯，懒得理他！"

半夜，晨勉在一串狂叫中惊醒奔出房门，声音由晨安房间传出，一串狂叫后，余震似的，是断续的抽嘘声，晨安陷在一处怎么样的境地了？她母亲恐怕未必有如此心痛，没有后遗症、不喊痛。她们究竟在承受自我的作为？还是一起都承受，历史如重力加速度，不是将他们打入人世受苦，是打入地狱。

晨安仍在噩梦中，晨勉唤醒她，问她梦见什么？她反问晨勉："我又狂叫了吗？"以前她也发生过？一定是艾伯特告诉她的。晨安说梦见自己把艾伯特杀了。方式和母亲一样，梦是最恐怖的是，她是那样的熟练。

"晨安，你爱他吗？"

"我不知道，我只知道我恨他时候的感觉。"

"你可以跟他相处吗？"

晨安点头："那倒不难。"

晨勉认为应该把问题的症结找出来了，她平着声诚恳问道："关于男学生的事，真实的成分有多少？"

"我不知道它是情感的真实还是意志的真实,你知道外国人有时是很天真的——"

"没有那么天真。"晨勉加强语气——她说过,男人对他们在乎的事,天真不起来。如果天真,便不那么在乎。

"他很有活力,他甚至成绩很好,不需要靠我拿分数。所以不至于是阴谋,而且没人知道这件事,你了解的,我要隐藏的事,连打喷嚏都忍得住。"

"你们做过爱?"

"做过。他已经毕业了,是我的硕士班学生。我没有一点罪恶感,如果是一笔情感的交易我会不耻自己,又不是。"

"那是什么?"

晨安笑了:"一种需要。我知道我们在本能上适合。"

晨勉也不禁笑着摇头:"你已经在暗示你和艾伯特是情感的交易了。别移开话题,艾伯特怎么会知道这件事?"

晨安说:"他知道什么,他随便祭出个法宝,无非想用这事做借口纠缠下去,他可不天真。"

"晨安,你可能在离婚后仍和艾伯特保持来往吗?"

"那不困难,你知道,一切都是形式而已,我相信个人会比夫妻这个形式更具吸引力。"

晨勉再回到香港时,迟至的冬季终于来临。灰暗衣着的行人,一波又一波地在街道上来去,仿佛黑沉的海浪。香港人是这样的勤于反应流行,这一季最时新的颜色是黑色。一个黑色的话题。

晨勉不久收到晨安的信,那表示晨安不愿意直接面对她;这之间她们通过几次电话,晨安从没提过写信这回事。信上说艾伯特开始不承认有女朋友这件事,完全忘了他们离婚的理由,非常荒谬地对晨安说她冤了他,现在艾伯特把精神及金钱重心放在晨安身上,他们重新开始约会,有种熟悉的陌生感。

晨勉毫不意外。打电话去,只问晨安现在还做噩梦吗?晨安有片刻沉默:"我自己不知道,现在没有人在身边告诉我做噩梦没有。"

"你和艾伯特约会不留他过夜?"晨勉不免意外。

"还不到时候。"

他们竟然愿意从头开始,晨安情绪明显在这种状况找到了重心,并且认识到可发展的空间。晨勉现在该做的,只是支持她。

晨勉挂电话那刻,因荒谬而觉得这季冬天真湿冷,她回到人群中却无话可说,她没有实现生活的感觉。晨安的事,如一波意识形态的浪扑向她,包围她的生活。然而这个人是她无法因时间而忘记的人,不像忘记丹尼的存在。她努力搜索丹尼的相貌及气味,但是她不知道如何接近真实生活中的他。

那一年离岛的冬季雨水特别丰沛,晨勉的工作如陷在泥沼,看不到自己的存在功能,她失去了感觉。当雨天持续下成新的一季,她想起她父亲那张特别寒白的脸,令人难以捉摸的另一种人,不是这世界上的,如同这自己下成一季的雨季。晨勉决定离开自己的屋子去找丹尼。她不定和他见面,但是她要知道他真实生活空间的背景。“他周围有些什么呢?”她十分好奇,她发现自己的注意力正迅速转移。

那真是特别的一年,每个地区都笼罩在全球经济不景气的走势里,晨勉公司更缓慢下来开发市场的脚步,只做现有市场保持,晨勉在毫无前奏的情况下递上长假假单,她不欲解释去向,公司倾向要她花一段长时间做全球市场盘整,可以支用公费开销,晨勉被迫说明自己去的地方不是亚洲地区,其他非责任地区她并无长期观察;市场分析,靠的若是直觉未免太冒险。她支持公事公办,若是为了维持体例,她不排除辞职的可能。公司副总裁乔治送帖子请她吃饭,负责沟通公司指示,表示公司愿意冒这个险,乔治也愿意:“你可以考虑我的求婚吗?”

晨勉微笑:“你明明知道答案的。”这个时刻她同意晨安“男人非常天真”的说法,这种天真像自己体内酿造的酒,自己很陶醉。副总裁乔治疑惑地:“你有什么要求?”

晨勉:“我谈的公事,用私事来做归纳,我真的很难表示看法。”

苏伟贞:《沉默之岛》,台北时报文化出版公司,2004年3月,第105—120页。

日历日历挂在墙壁

老太太撕下日历又回房间写日记了。细字黑墨水纸上哗哗哗!生活的回响。老远听到。不多久工夫,新的生活讯息在日历页面上复写完成,循由早已铺架完成的通路传遍屋内远近角落,最后回到老太太桌面,说来说去,是九十岁老人了呢!

亲爱的好人,我的纳尔逊:在这小房间里给你写信真好。现在是下午五点,太阳在小村庄和绿油油的丘陵上空闪耀柔光。窗户开着,桌子靠在窗边。①

冯家女眷个个跟老太太学了爱写日记(不是一家人,不进一家门)。老太太民初风格好使钢笔,(还只灌派克墨水,后来缺货,找死人!)媳妇们新时代人物惯用圆珠笔,孙女阿童卡通脾气喜欢铅笔可以不断削它。

笔不是重点,问题出在别人日记无非记个生活琐事,哪像老太太,日记不叫日记,似密码新编,(摩斯第一通电报:上帝到底写了什么?)一写半世纪,光听都像隐藏什么内情。

---

① 为引述西蒙·波娃一九四七年到一九六四年间与美国芝加哥纳尔逊·艾格林书信内容,选取自《越洋情书》(时报文化版)。

另外就是用纸，不知道是何理由，她开始便选定极家常八开日历纸。磅数虽轻但挺吸水，老太太私人专属。九十年代后期，环保意识抬头，嫌大型日历浪费纸浆减产后，年底四处张罗老太太新日历成一件大事儿。作为陪写员，久而久之内心莫不有底，写日记这事儿上要超越老太太，遥遥无期，纷纷弃械认输。倒是意识到越早培养接班人才是办法。阿童就是活体实验，阿童有个外号叫巴甫洛夫·阿童，那个训练狗听到铃声就流口水制约反应的俄国生理学家，冯宅便是巴甫洛夫古典实验室。

《边城》开始就告诉了你一名爷爷领着小孙女生活的故事：

到了一个地方名为茶峒的小山城时，有一小溪，溪边有座白色小塔，塔下住了一户单独的人家。这人家只一个老人，一个女孩子，一只黄狗。

女孩子的母亲，老船夫的独生女，十五年前同一个茶峒军人，唱歌相熟后，很秘密地背着那忠厚爸爸发生了暧昧关系。①

阿童初识字便摆出对家庭琐事极度兴趣姿态，成天穷忙和比赛谁知道的事儿多。大人告诉她日记不是事多就算，讲究的是内容，譬如人事时地物之类的。“那我学奶奶写在日历纸上是不是就有内容？可我们家只有一本日历啊！”她回嘴。小人成天盼望亲戚上门，譬如爱伦小婶。（她问：“爱伦小婶你以前念过小学没有？”“白痴！谁没念过小学?!”“那我可以跟你聊聊。日历日历挂在墙壁一天撕去一页叫我心里着急。你念过吗？”“你小孩子发神经病！哪儿来这么多废话！”“早就知道你根本没念过！那我没办法跟你谈了。”（她拿跻呢！）

但是你不上门，她电话十万火急催，你刚现身尚未站稳，小人早大门口等着急猴猴拖着往楼上奔，“快！我们去看日记！”合着爱伦生性上没大没小，当然要快人快语斗嘴。“还看呢！尽吹牛！明明跟我一样大字不识几个。”朱大小姐脾性难测，有个外号叫矛盾小姐，老太太给取的，以前老爷绝倒于二十年代绍兴师爷鲁迅文章。“有想法！够筋道！”老太太跟着看，朱大小姐没那般狂进，所以比对同代作品充满旧式家庭人物的茅盾，给取了矛盾，好玩，取其谐音。

冯家早期是一楼一底洋房，楼上主卧屋，老爷进来先选定了，八百年前事儿。当初怕孩子闹，居高临下既方便管教又隔音。老爷政府里当顾问，负责经济政策咨询，另外大学兼几堂课，有清誉，怕吵。“光男人怕吵？山高皇帝远，孩子出事谁倒霉？”冯家老爷事迹只消开个场，保管朱爱伦小姐骂臭头，这位“矛盾小姐”，性情既洋派又传统，娘家进出口贸易出身，有图案的东西只认得钞票。大小姐首度受邀做客，眼界顿开，虽说压根儿不懂书法，偏偏对墙上字画极感兴趣，那是庄严的《临好大王碑》——出主子有圣命驾……和瘦金体书《辛稼轩词》——不向长安路上行却教山寺厌逢迎味无味处求吾乐材不材间过此生，亏得她有本事率性而为念来吭吭哧哧还乐和得很。

① 选取沈从文《边城》中有关爷爷和翠翠的事。（台湾商务版）

这笑话流传下来得归功老太太日记。(看！没一本账成吗？老爷以前常挂嘴边。)还记得那回登门拜访,她被强烈暗示可以翻阅老太太日记瞬间七魂迷了六窍,冯朝旁边凉快没辙。传说冯家按魏晋南北朝排长幼,可是当年痛下心志打着改朝换代一脉相承旗帜的打算,到了台湾一搅和,其实都没了“主义”。

拿冯朝比方,分明浑身流露着冯家正字标记书生气质,一派温文害羞模样,偏偏逆向喜欢活泼俊俏女孩,可以想见追起朱爱伦那种如临深渊并且荒腔走板。

纳尔逊,我的爱,在今天灰暗寒冷的星期天我不知道为什么这么深深地爱你,但我确实爱你。

妙的是,别看朱爱伦洋味儿十足,性子纯烈,倒讲究江湖气派愿赌服输。两人双目四眼一对,老太太人见多了,看在眼底心知肚明。

机会来了,是驻台美军撤离前的盛大通宵化装舞会,台北社交名媛花招尽出,莫不钻破头冀望出奇制胜。老太太这厢神闲气定取出压箱底前朝衣饰给拿主意打扮。当晚朱爱伦祭出文化阵仗举座惊艳,冯朝去接前老太太仔细交代:“爱伦矛盾性子发了你可稳住,少掺和也别反对,由她自己折腾!”

纳尔逊,我的爱,你说最初你不知道是同什么人打交道,我也一样。这是我们整个关系中最奇怪的地方。……你要知道,对我来说,活着从来不容易,尽管我总是快活的,也许因为那是我非常想幸福快活。我多么想活着,我恨有一天会死去的念头。

夜色沉底,一对璧人经美军俱乐部所在中山北路,绕四分之三圈圆山饭店,宫殿图腾倒影基隆河面伴着天地正气太原五百完人衣冠冢:不久转进西式建筑美军俱乐部,一个童话小天堂。

近水人家多在桃杏花里,春天时只需注意,凡有桃花处必有人家,凡有人家处必沽酒。

舞会中盛装男女装模作样,仿佛永不融化的糖衣蛋糕,爱伦劲道冲了上来:“什么灰姑娘故事最讨厌听了,既兴奋又低落,扰得不知如何自处,管他呢!”冯朝静若处子,一旁屏息镇静,算是宠辱不惊通过考验。舞会最高潮他们抽身离开原路反向回去,只是夜愈发晚了,不！天快亮了。“管他呢!”朱爱伦又嘀咕一次。这次冯朝再忍不住欠身吻上去堵住她的嘴,朱爱伦安静下来,双眼盯紧冯朝仿佛说:“是你妈告诉你的？女人顶躲不过传奇!”在一个时代终结前狠狠出尽了风头,朱爱伦再无所求。这故事台北起码流传十年。朱爱伦强调:“妈会的那套我都不会！我好生学着点吧。”她甘拜下风欢天喜地跟着老太太,从此矛盾小姐鸣金收兵归队,都叫她冯家最后一个媳妇。冯家特别是几个媳妇嘴里从未出过半句老太太的是非。

归队指的是老太太带头领军五位媳妇,后来加上阿童。

冯家男孙进进出出老太太眼前没人似的,丝毫没意识到当上了奶奶。都说阿童从天上掉下来以后，老太太天眼顿开，从此心甘情愿正式升格，根本活脱脱古代寡母孤儿熬出头现代孤女版。“可憋了大半辈子！”朱爱伦母亲说。重点是憋！那也曾经是个日记迷兼刀子嘴豆腐心，最爱乱嚷嚷，只怪老太太光会生儿子，生不出半个女儿，所以咒了儿子不幸也只会下男丁。“能怪谁?!”朱爱伦可不就意兴阑珊连生三个儿子，牌桌上的术语——三卜落。牌打背了。朱爱伦说：“生了老三我老做噩梦，每次都梦到又生儿子，吓得我都不敢睡。”

纳尔逊：我的爱，这场暴风雨过去后，我又恢复了平静……我真正喜欢和尊敬的女性只有一个，就是我跟你说过的那位老夫人。对其他人来说，我有点像母亲、大姐姐，可我没把她们当女儿看待，我不想要女儿。

天上掉下来阿童，冯家开始进入阿童元年。老奶奶正式宣布她和老爷跟老四冯北住。

亲爱的西蒙：我不会再和这个女人来往，但是有一点不会变，那就是我有朝一日要拥有她在三四个星期中给予的——我自己的地方，和自己的女人，甚至自己的孩子一起生活的地方。

大家听了就听了，老奶奶从来就住这房子，没搬过，是老四冯北结婚后住家里，田林林一怀再怀。生了四个大胖小子，人都生钝了，不死心也不成了。现在阿童算她生的，合着她住家里理所当然；二来老太太最大，得护着权威，她该得的。至于老爷，早没了。八百年前就把这个家给甩了，主要甩老太太，因为外头有了女人，是个娇娆货色，年头上兴这排场，太太们睁只眼闭只眼早学会拿捏蒙在鼓里分寸。

纳尔逊，我的爱：我怎么从来不在你床上？你却常在我的床上？

亏了老爷还是知识分子，骨子里可不。谁没听过冯主委说起话来云山雾罩：“男人一辈子，不就图个风流，谁晓得下辈子投胎成个什么？”朱爱伦转述听到的流言义愤填膺：“呸，看他吹的！都忘了这辈子活得还没结论呢！他投得了胎，猪还不想跟他同类呢！”

老爷恐怕玩得太过，“骚货”趁势抓机会闹开了，不给名分等着瞧：“你冯二爷好歹得付点代价，你怎么当的官别人不知道，我还不清楚？风流！少往脸上贴金！”限期给出交代，故意用“二爷”称呼，窝囊人。

这次，害怕东窗事发的秀才遇见兵，打不过，求情更没用，三十六计降为上策，只舍不得屋里半辈子收藏和研究。这边老太太总不出门，老爷苦无机会搬家当，眼看期限在即，急得魂不守舍。

宝贝纳尔逊：下一次，如果你想和一个人睡觉，那就睡吧！这次你没有这么做，我把它看成一份柔情蜜意的礼物，但是一份礼物不等于赡养费，你不欠我什么，因而这份礼物极为珍贵，再说一句，请永远告诉我实情。

谁能忘得了那天发生的事？老爷情急之下使出调虎离山计，开了张菜单硬支使老太太亲自上城北大市场买办，菜单煞有介事罗列各色珍鲜材料，摆明磨她个一上午；这还不够，另外交代城西去买他惯用的纸墨。

当老太太回到如遭洗劫的家，手上捏紧再用不着的极品宣纸，脸色五颜六色跑马灯似的，呆立房门口久久进出一句："都打算走了，姿势还摆得这么真，这说明老爷是个多么糊涂懦弱的人。"

天夜了，有一只大萤火虫尾上闪着蓝光很迅速地从翠翠身旁飞过去，她说："看你飞得多远?"

转身下楼，洗洗弄弄，晚间开出整桌菜，就按照老爷的菜谱。用完餐，上楼继续写她的日记——"烧菜可不就像谈恋爱，必须有适当的火候、刀工、材料及喂食对象。懂得恋爱的人让你生出某种心事，悟出没吃这道菜前，已经开始想念它滋味的道理，我们老爷就有这等本事。"从此平空闯出一块创作空间。那年冯朝都已经结婚了。

亲爱的纳尔逊：这栋安静的屋子最近发生一些可悲的事，人们陆续来到这里，安静的生活就此结束了。

老太太日记写在八开日历纸上，每天仔细撕下来循空白处填满，密密麻麻，标日期都省了。(《圣经》记载：我们活在一个正在上演的故事里。)顶古怪的是日历页上有自己的节气：

十一月七日下午五时三分进入立冬节气日出时间六时六分当令种植蚕虫苋菜芥菜大蒜南瓜。八月二十六日上午十二时进入处暑节气。九月七日晚上十时十四分进入白露节气当令种植菠菜花椰苋辣椒胡萝卜大蒜莴苣青花菜芥蓝小白菜紫苏苋菜。七月初七九时四十八分进入小暑节气日出时间五时十八分日落时间十八时五十二分。八月五日晚七时进入立秋节气日出时间清晨三时四十分日落时间。六月四日午夜十一时十八分进入芒种节气典型夏季节气无法种活长芒的作物。一月二十七日下午一时二十二分进入大寒节气当令种植香菜菠菜茼蒿茄子水稻莲藕茭白笋当令水产七星鲈白加纳刺鲳鲨鱼。

老太太不记天气。(约翰·凯吉："何者是错的？天气还是我们的日历?")想知道当天晴雨湿度，参考日历仅够了，大伙儿压根从没想查证或者坐实哪天天气。每回都年三十晚一过，便将日记装订成册，以阳历为本，旧历年初一始除夕止，装订完成，看上去仿佛又是本新日历。

早年老太太动作可麻利了，扔了笔随时去做家事，手得了空立即又踅回桌前续上。多年养成的习惯，老太太写日记用站的，方便有事儿的时候行动。"我脑袋里存的总是看出去妈的背影的画面，她老孤零零站在那儿写日记。"冯朝说他永远不能了解，"人饿了想吃，生活需要得赚钱，荷尔蒙作怪驱使你去结交异性，可这写日记到底是为了什么?"

老太太日常工作无非伺候老爷养孩子，重心是老爷。五个孩子还没一个老爷费事，老太太奉行一夫一妻制如信仰一位神祇。

亲爱的西蒙：我必须回到这里，回到我的打字机，回到我的孤独，感受一个需要靠近的东西，因为你是那么遥远。

纳尔逊，我的丈夫：我可以放弃旅行和各种娱乐，我可以放弃朋友和巴黎的甜美，永远和你在一起，但是我不能仅仅为幸福和爱情而活着，我不能放弃这个对我写作和工作唯一有意义的地方。这不容易，而爱情和幸福却又是那么真实和牢靠。

老爷走后，老太太日记写着写着岔出她的信仰之路，尤其对儿子们的专注力整个消失了。这屋子里唯一没变的是大家还像以前，习惯信手翻看，先头还感觉有些不对，但也不真往心里去，久了，更是不当件事儿，人总有出神的时候。在老太太这儿呢！也一样，由她瞳仁看到的老爷就像猫头鹰族夜间透视，只有她看见而且视为平常。

纳尔逊，我亲爱的：我仍在写作，生活得越来越像一只猫头鹰。因为我无法接受坐在咖啡馆和餐馆里的那一张脸孔。当这一切过去后，也许我去你那里，也许你来，也许我们能再见面。

不过这群人可不包括朱爱伦，她极鄙视老头子行事作风，以致完全拒绝他，更别说随众复习他的眉批和笔迹，如见故人。遂打定三不主意——不闻不问不看。宣布退出读者队伍。就这样十年过去。

最亲爱的金臂人纳尔逊：你写出那么好的书，可却喜欢那么差的书，怎么回事？也许你会回答，你写出那么糟的书，却对好作品那么挑剔，怎么回事。

所以她简直不知道老太太日记里行走大块大块迥异以往的风景。另段旅程，脱胎换骨。

还有老太太胃口这阶段起了突变，变得比任何时期都好。还开始大量画图，一出手便显出素人画家还原本色的架式。那是最底色的记忆，影影绰绰所历经山水人物，凸浮出岫，圆融传种，钢笔素描、八开黑白记忆，一路由北往西南转东移动，最后跨越东海来到台湾。（极光北国芬兰小城，拉普人穿着雪白毛皮大衣乘着驯鹿拉着雪橇前往纬度更低处，人们叫他们被追赶者。）群雁南移，节气春夏秋冬，区域北京、贵州、广西、台北，可疑地洗掉坐标后的地图，故事无处落脚。不过这都是重要而不是主要事件，只是背景，最主要是什么呢？日记吧？为什么？（萨依德说，流亡是最悲惨的命运之一。）你难道不明白吗？“她写的不过就是流亡。”冯朝说。

后来朱爱伦感觉好像多年后又怀孕了。“不会吧！这么倒霉？”她乱嚷嚷急成一团，需要立即证明，顾不得什么原则了，急忙去求助于老太太的日记。

中间落太长时间，爱伦快速挑着相关时间看以作为触媒，即便如此，诡异段落仍大剌剌自动跳出，干扰并逸出记忆中老太太记事脉络。宛若另一完整的故事发展：

清晨在梦里被浓郁的桂花香气撩拨醒来，昨晚春风暖和，老爷早上醒来气色舒张，屋内全是他的气息。今秋桂花特香，是喜兆，在黄昏沾上露气前，得摇落桂花下来给老爷酿酒，既顺脾胃，老爷寿辰也好款待客人。

老太太日记默默进入陌生领土，章回小说兼笔记小说纪事新坐标。大陆漂移，年平均温摄氏零度以下，最低温可到零下七十摄氏度。

耽溺极冻之原生活，仿佛血液流动是冰，酷吸冷空气的因纽特人公元前一千年前迁至格陵兰，气候越来越冷。W形天后坐标中心交叉点五倍距离就是北极星。日记是一座陆桥，带领大伙儿在亚热带地表迷路，浑不察觉书写岁月已然迷津失渡。

翠翠依然是个快乐人，屋前屋后跑着唱着，不走动时就坐在门前高崖树阴下，吹小竹管儿玩。

之前呢，老太太日记便不存在隐私权，随时摊在那儿，人人得以翻读，有时候拿它当百科全书用，李府标会底标、张总娶媳妇上了多少礼、冬至穿什么衣服去赵宅做客、四月某天逛街不意撞见了谁的什么勾当、冯朝出过疹子没有，习惯了在里头求证，朱爱伦常挂嘴边：“别说呢！光拿它当工具书查，都既好看又好用！”如果加上老爷兴起时朱笔眉批更有看头。当然老爷纯粹自娱，秀那手好字。

今天四北请我和老爷上馆子。台北这些年变化不谓不大。进入市中心街头高楼叠架高楼仿佛走在地下道，临马路店面布置得雅致大方，又不失个性，有些路段的路树浓密深阴，映在店铺玻璃窗上，不知怎么仿佛回到年轻故事里最神奇而且已经失落的梦中。

爱伦七情上脸随内容反复，问题出在老太太好些年大门不出二门不迈了，日记字里行间尽是摸不着头绪的发生从何说起。爱伦把原本要找的讯息抛至脑后，急吼吼下楼抓住田林林追问：“老头子前天回来了？”田林林不正面回答：“你看到日记了？”不仅老爷没回来，也没吃小馆，老太太日记里那些街景，很可能来自电视或者什么《台北画刊》，原来这一向老太太不知道把大家带到哪儿去了。

我亲爱的纳尔逊：巴黎比任何时候都美。我坐在卢森堡公园，长长注视光秃的黑树干，衬托着浅色的天空。我感冒了，有点发烧，整天不断地喝掺水烈酒和一种药片。难得感觉自己有点异常，跟平常不一样觉得满不错。

妯娌俩抿紧唇线但愿自己是那个口风紧而不是泄密的人。但这称得上什么不为人知的秘密呢？模模糊糊的概念如夜空迷航她们掉进不明领空。她们被点了穴原地久伫眺望一张透视图，雾面窗台为树阴掩映，老太太坐靠紧邻窗桌子，再往内推，影影绰绰拼凑出全家都在的幸福画面。从未折损岁月画面一角，问题是大家并不真正进入。生活必须有一条线，才好知道底线在哪里。关于真实与幻想，那条线于此彻底消失。难过的是，在那个失真的国度，他们知道，他们失去了联系。

不久老太太为老爷摆六十大寿生日局，足岁才五十八。娘胎十个月，七加八加还有男人不过九。倒没广发帖子四处张扬，以前是，现下仍旧是。选择一直谨守着这点不轻不重的分际，归之为一种家族风格，存活小小世界。

我最亲爱的纳尔逊:你说要使感情死去不容易,对我来说也一样,某种意义上,它永远不会消失。现在我已安排了一个新的生活,已确定无疑了,但是我对你的爱不只是一个回忆。

老太太事前先是下达全员到齐令,渐渐逼近,大寿当天不假帮手摆出了整桌酒席,清清楚楚老爷爱吃费工费时菜色:大蒜煨黄鱼、极品鱼翅烩乌参、素十锦、油焖冬笋、干煎荠菜、烤茄子、葱爆明虾……大伙儿临入座,碟碟尚冒着热气。不提这些,老太太展现的是素来训练的精练及拿捏火候的恰到好处;更别说老爷固定席位如常排列老爷独钟的月牙白瓷碗、整套红槐精雕长筷顶端镶镀细条金边,一切称得上明净淡雅。

翠翠站在小山头上听了许久,让那点迷人的鼓声把自己带到一个过去的节日里去。

这餐饭会吃得大家多不是滋味,只差心底有数不当场点破。老太太既以极罕见严肃态度对待此事,当然兴致为首要必备元素,她先招呼全家依序落座,接着郑重其事破天荒举杯敬酒。酒过几杯,冯魏老大冯汉调皮霸占老爷位子劝不下来,第三代是以民族"汉满蒙回藏"排名。冯魏吆喝:"那是老爷的位子,你小孩子上什么桌!"冯汉哧哧嬉笑:"我没看见什么老爷啊! 这是我的位子!"冯魏多喝了两杯,主要心里怄,被父亲抛弃,这透明人现在若无其事坐在他们身边。于是上去作状揍人,老太太四两拨千斤:"你们冯家不作兴打孩子。再说爸爸难得过大寿好歹讨个吉利!""魏晋南北朝"眉观眼眼观心,面面相觑,一向母亲是不动手,但做爹的谁不看脸色被扫到谁倒霉,尤其碰上女伴那儿吃了排头简直无意愿掩饰。然而冯家"魏晋南北朝"顺位,怎敌得过种族"汉满蒙回藏"。母亲这关冯家一族,或者历史情结都过不去。往宽处想既然老爷不在场,犯不上为他不愉快。如此,这出戏才撑得下去。

亲爱的:我太累了,也太想你了。重返法国你知道有多难。对我来说经历这一过程是很艰难的。在法国有一种伤感,然而我喜欢这种伤感。

如是数年几回合下来,儿子媳妇最主要担心老太太精神状态,进一步才思度事情怎么这样诡异?(日历日历挂在墙壁,一天撕去几页,叫我心底着急。)即使往后逐渐习惯了,也还时不时大吃一惊。一直到老太太日记平空多出个女儿冯冯,他们才意识到自己缩头乌龟太久,怎么可以这样若无其事等问题发生?没错,他们一直是。被困在日记里。

这同时是一个游戏,不去正经八百看,就不会出事。从此,任由千里漫游,亚热带一路漂流到极地格陵兰。老太太的女儿,仅存在于日记里。如一本书一篇小说情节人物,那般合理,老太太需要人陪,在一个说不清坐标的时间里,沈从文《边城》里小女孩翠翠内心永远守着爷爷和渡船;西蒙·波娃经营长达十七年(一九四七——一九六四)私通美国秘密情人纳尔逊·艾格林书信;再自然没有的,老太太写她的冯冯之生活和日记。

冯冯今天上小学,这是女儿生命中一处重要关口,从今天开始,她将会越走越远。老爷和我一起陪女儿去学校,走过挺拔的大王椰林,九月的清晨像生命中最美好的一段初旅，我很高兴冯冯和老爷在我身边。

冯冯加入这个家庭，和大家一起生活，诡异的是大家同感互动空间比以前稍挤。“每人多少付出了点空间。”他们是这么想的。主要老太太真花了不少时间在冯冯身上，她独自下决心成为造物主，想来不容易，老爷是最佳触媒。

老太太反映了一个双重的冯冯喜怒哀痛青春期初恋什么的，一样都没少。

可是到了冬天，那个圮坍了的白塔，又重新修好了，在月下唱歌，使翠翠在睡梦里为歌声把灵魂轻轻浮起来的青年人还不曾回到茶峒来。

山中一日，世上千年。老太太生活逸出日历页码，她不能没有冯冯，便越活越年轻打定主意如果想活下去便得忘记年岁。她死去，冯冯就没出路。人生是依附在真实故事上的，老太太反向且坚决活下来。

直到毫无征兆老太太突然病倒。明显地，冯冯气息忽地削弱。那段时间爱伦每天回家陪老太太。而冯冯趁势转身自行长成了少女，且面对不了情感纠结服药自杀，躺在床上的老太太活似冯冯显影。婆媳俩相对，无须只言片语交谈，话都说在日记里了，那儿，老太太守护着垂危的冯冯。

冯冯屡闯死亡边界，像驾驶飞船飘进另层新奇国度成瘾，最后冯冯没死，老太太差半口气耗上性命。老太太升至日记图腾上空：亲眼目睹自身日复一日的生活！已脱离死亡象征。

冯冯的求死有如陨石捶打地面，形成一个巨洞。搂抱着你，我不想问为什么，为什么有人如此决意离开？为什么我的小女儿用情如此深？为什么遗弃者不是你？失去意义的情感是最不值得的，你怎么可以不明白。我希望你以最快速度穿越这些痛苦，回到我身边。

合上日记，朱爱伦哀悼这场生活笔记通过现在成为史前史，一个私我的先民遗址的建立。若有朝一日出土，后世如何解读。非传说中秦始皇墓穴或庞贝古城，是活蹦乱跳的现代。对于只手创造一段不存在的历史，老太太浑然不觉，她是一个重土安迁的人。朱爱伦依靠床头，轻执起老太太手掌，那是一双如男人般的大手。“妈，冯冯将来一定懂得。我们一起想办法。”

老太太双眼直视前方深处泪流满面：“她爸爸回来我怎么交代？”冯冯长得像谁？朱爱伦没问，任何人无法得知。

他们终于没有留住冯冯。看似老太太豁然觉悟，放由冯冯决绝而去；另一个原因是真实生命的确会发生，阿童出现了。

如同面向一座废墟，朱爱伦笔直下沉，她摸到某页折角，老太太刻意作的记号。翻开来，内容写着老爷回国了。“日记里什么都可能发生！”

老爷回国显然在为“孙女”阿童的出生做准备。更清楚的是，未来，他们之间只容得下一个人存在。

冯冯不见那天，老爷在日记中再度出国。

小寒节气，宿星鬼辛巳年，不利西方。老爷生平头一遭出国，送他由松山机场出境，敦化南路风吹树梢林荫森然，一派大户人家后院。他将经过日本停留三天，以后一路往东，越过换日线，一天两次黑夜。为什么他去西方，却往东走？

大家看着老爷一路向西方出走。

在另本书里，折角做记号的段落，翠翠有个永远的等待。

这个人也许永远不回来，也许明天回来。

以后，老爷有没有回家的可能呢？用什么方式回来？

亲爱的芝加哥男人纳尔逊：我们往东飞行，几乎没有夜晚。

老爷怎么死的？当然死在女人手里。那距老爷“出走”十年光景。

亲爱的纳尔逊：无论是再见或永别，我想说的是我不会忘记你。

老爷入土当日五个儿子披麻带孝去送葬，剧情重演，仍旧掩饰外头女人那样隐瞒老太太。葬礼结束，儿子们回来怀里藏了个刚出生几天老鼠大小脱水似女婴掩护运进屋。

最亲爱的纳尔逊：在你死前听到你的情况令人高兴。你不想写信，我也就不想写信。要能见到你该有多好。我已五十五岁。

等阿童回过魂长了点肉才正式被抱出来亮相，老太太、女婴照面霎时两人欢笑相认，一直都在等待的信件终于寄到。“这是谁的孩子？四北的？小童子脸长得真像你爹！”从小这么叫，大魏、晋二、南三、四北、朝五。现在阿童连身份都有了。四北的就四北的吧！认了亲，太顺利了，满屋子男人一律手足失措。全缺乏长辈气派，倒像阿童是晚到四十年的小幺妹，如此遥远如此靠近。

阿童几乎养在老太太房里，老太太说法是老爷会喜欢。阿童第一个发的单字是“爷爷”。阿童还老对着虚空叫“爷爷！爷爷！”好像那儿真有个人。

黄昏把河面装饰了一层薄雾。翠翠望到了这个景致，忽然起了一个想头，她想：“假若爷爷死了？”

阿童就这样一天一天长到了十岁。

最早，《边城》的故事是这么开始的：

在一种奇迹中这遗孤居然已长大成人，一转眼间便十三岁了。为了住处两山多篁竹，翠色逼人而来，老船夫随便给这个可怜的孤雏，拾取了一个近身的名字，叫作翠翠。

咱们阿童则长成一个不知天高地厚成天走来晃去瘦腰翘屁股小女生，有六年日记写龄。

老太太这厢日记堂堂迈进入第某个十年，早失去展览的姿态，没那么长展期的。不必等到第五个十年，日记已经俨然活化石，如高加索露天史前岩画，中世纪蜥蜴、牛群、山羊、尖嘴鸟、跳舞、游泳、狩猎……谁要考古先民生活，这里就是了。

日子过着，没什么正常不正常，倒称得上平静。这天，没任何道理大家恐惧的事儿乍然迸开了。“越怕的事越容易炸炉！”阿童名分上的母亲田林林说。

非常亲爱的不那么恶心的你：金花鼠和兰花鸦对冬天的来临有什么反应？

阿童生母不知道打哪儿冒出找上门，指名道姓要找老太太。之前这个家庭里的人都当她死了。

最亲爱的纳尔逊：十一月漫长悲哀，我母亲正在死去，她最终离开了人世间。正如你说，这些老妇人紧紧抓住生命不放！最后三天，几乎一直睡着。“今天，我没有活着。”以后再也不会有母亲要去世，我也不会耽搁那么久才给你回信。

阿童上学去了，门户洞开，恰巧就是老太太应的门，她这几年很喜欢抢着做这些杂事。田林林随后听到声响出来，老太太喜乐纯稚与阿童生母面对面满脸笑意，完全不识跟前是毁掉她半辈子的祸首，田林林可记得清清楚楚，当下背脊乍凉，寒着脸抓起访客手腕不好当老太太面硬拉姑且暗中使劲儿，老太太也没起疑心，阿童生母撂下话逼老爷摊牌般要回阿童以为威胁，当然是限时解决。

这下可好，人生被同样一个女人闹得鸡飞狗跳的几率有多大，总之只好再度使出瞒字诀，不过可瞒不过阿童，反正她不知怎么就问起是不是有这么个人。不同以往，阿童虽没弱点握在“这么个人”手里，她长久以来摆明不需要这个生母，但是阿童的身世是个大秘密，这比弱点还更具杀伤力。

父亲却不加上一个有分量的字眼儿，只作为并不听到这事儿一样，仍然把日子很平静地过下去。女儿一面怀了羞惭，一面却怀了怜悯，依旧守在父亲身边，待到腹中小孩生下后，却到溪边喝了许多冷水死去了。

“这么个人”急迫约了见面时间，当晚稍早大家先围在圆桌四周，有如脱胎中亚游牧部落亚瑟王及圆桌武士，冯家的异教徒文化。大家惜语如金，自爱到一如老爷当家时期，还都怕伤害阿童。很有风度地没人发难：“就知道不该抱阿童回来，看吧！说了迟早出事了。”

消夜让老太太多吃半个这两年极迷的手工揉面大馒头，老太太心满意足提早上床。这场面岂不正像深夜召开的巫师大会，孩子们重返往日楼下活动盛况，全员到齐。（我去而复返之后，看见他们，他们脸上没有流离失所或被迫流动的阴影，他们就在那儿，幸幸福福和他们的家人相守，穿着舒适的服装和雨衣。——萨依德《乡关何处》）

阿童生母坚持要在此处协议，一到便祭出狠招要看女儿：“小咪，这可是她爸爸给取的！”“你难道没考虑现在是深夜，小孩子应该上床睡觉？话说回来，看了人然后呢?!”朱爱伦冷言冷语，将争执升高成女人对女人的抗衡。阿童生母这两年明显有了年纪，却更浑了："就看你们这些做哥哥嫂嫂的啰！"

"看他们干嘛？看我就行了！"大家转头，循声望去，阿童小巧人影立在门槛框架底线，脸容往上，逼视生母，非常坚定。

翠翠在风口里长养着，为人天真活泼，处处俨如一只小兽物。

关于这天的来临，冯家人上下里外想过不止千百遍，不过他们是个老实兼大而化之的家庭，只等事情发生而不节外生枝，如今多么令人意外的阿童的强悍。冯氏家族从未显示这种血统，看情形换个种是对的。

阿童生母呆若木鸡面对小女儿冷漠复杂、五味六色交织的脸庞。立刻就后悔时隔太久让阿童有了想法，阿童还掷地有声说道："拿我当人质？奉劝你想都别想。现在看到我，可以走人了。要不走，等着我告你遗弃！"没什么既定母女相认号啕大哭然后叙旧的场面。

冯家在台第二代便出了个"强"角色，他们这一代以前都被老爷压扁了像纸人。

"你别叫他们骗了，我可是你亲妈！""没谁骗我。你自个儿心底有数。"阿童言简意赅，言语交锋间没使力戳人际敏感点，真教她名义上的爸妈叔伯婶娘看了既惭愧又开眼界。当初就少这么个人办交涉，朱爱伦算得上有个性，但总是媳妇。话又说回来，如果当初留住老爷，可不就没阿童了？

翠翠坐在溪边，望着面前为暮色所笼罩的一切，且望到只渡船有一群过渡人，其中有个吸旱烟的打着火镰吸烟，把烟杆在船边剥剥地敲着烟灰，就忽然哭起来了。

"怎么说？快点拿主意！"阿童咄咄紧逼。头一遭，冯家不必听任事情变质。来人没辙，不想挨告而且说穿了也根本不想要阿童，这会儿被逼出原形顿时露出本性。"这么坏，怪不得我不要你。""没关系，个人有个人的命。"阿童冷静坚强毫不受影响，一派大人气，不知道哪来的清洁干脆，只好归之于天赐或长期写日记的训练。阿童送人出去，被拉着不知暗地讲了什么。到底是孩子，转过身来眼底蓄满泪水。

隔天，阿童放学后没回家。像她这样的小孩料必留下线索，大伙便去翻她的日记，果然上头留了话，她不要别人打扰奶奶，是她惹的事她了结，去去就回。

亲爱的，计程车又一次驶开了，我最后一次见到你的脸，片刻之后最后一次听到你的声音，我的心中只有悲痛，但在耳中感觉到了爱。

家里不知道怎么跟老太太开口，老太太也没问。如此一连五天音讯全无，老太太日历也不撕了，让旧日子停留墙上，假装没过这几天，也没阿童这个人。

阿童和她亲妈如何易地单独相处，没人知道细节。阿童邮局户头历年累积一笔不算少各种名目的存款，她全数领出拿给生母，附带条件是一切等老太太过世后再谈。"干什么都不准再上门！"阿童的凶有种理性与纯净，不容反驳。

阿童回家后,老太太这才又开始撕日历。从此以后没再迈出大门。他们冯家越来越相信什么都有可能,再荒谬的事也会发生。他们自然形成一个团体,称之为家庭。(一种飞船,挂在新奇城市的上空,经过那些外国城市上空,却没有真正的接触。萨依德)朱爱伦就说:"不是这样吗?"谁都可能拥有五分钟传奇,朱爱伦、阿童生母、老爷……但是只有老太太的日记可以一辈子写下去。

亲爱的波娃:我被困在这里,正如我对你说,你也明白的,我的工作就是写这城市。但这种生活使得我几乎没有可以交谈的人。换句话说,我是作茧自缚。

写着写着老太太失忆症突然就正式发作。好像她有选择能力。只是没有绝对标记哪分哪秒这症状找上了她。老太太是那种暗中的渐进方式,其实她清醒的时候曾说:"发生在人身上的事儿都是这样吧。"征兆如浮标,觉察到动静拉杆就已经有状况了。她完全不记得儿子,可没少写一天日记,每个字记得清清楚楚,还有,她光认得阿童,正正经经为阿童取个乳名:冯冯。日记里永远的主角。

老太太知道阿童是老爷外头生的女儿?怎么会不知道?惟天机不可泄漏。

就这样,老爷继续在日记里又活了下来,正式死掉那天,为了表示哀悼,日历纸上一片空白,没半笔字。他又死了一次。

翠翠想:"这是真事吗?爷爷当真死了吗?"

不久,老奶奶日历上选定一天跟着走了,片面宣告于人间消失。

亲爱的:当这一切过去后,也许我去你那里。也许你来,也许我们能再见面,我很希望死前能说一声:"永别了,芝加哥。"

但这不表示她日记结束了。以前的她仍活着。面向熟悉的记忆长河,并且眼睁睁看着她离大家越来越远而离日记越近。

沈从文一直这么认为,他们生活虽那么同一般社会疏远,但是眼泪与欢乐,在一种爱憎得失间,揉进了这些人生活里时,也便同另外一片土地另外一些年轻生命相似,全个身心为那点爱憎所浸透,渐寒乍热,忘了一切。

又经过一段短时间后,老太太终于完全无法辨认任何眼前或过去人物。家人指着四北问她:"妈,这是谁?""是老爷啊!"她笑眯眯反问:"谁是妈?"

她迅速进入选择性失忆症另个阶段,不复明白任何事。仿佛权当自己死了。初初日常来往的亲友还假装她活得很好,不久变了质,明明没死,提起她,用的是过去式兼加油添料留口德公式,并且当着她的面,像极了唱戏。"以前她在多好玩啊!碰到年节,请饭请酒约好牌搭子,临走还有得拿。都过去啰!她活得比谁都有心,话不多,就是体贴,一句话形容,通情达理。哎!都说好人不长命。"说着说着老太太站在门口一块儿听,话说多遍等于宣告老太太活着也是行尸走肉。冯家倒不拿这些流言来徒增困扰,他们明白,除了不认人,老太太生命力可顽强着呢!她最明显的生物行为是每天绝对不忘撕日历。

(仿佛时间对她还有什么意义，一般人家以收冬衣什么的区分四季，老太太是撕日历。)其他一律呈游魂状态，屋里晃荡，刚进食转身就忘又吃，拿起笔便写。“谁规定人一定要怎么样活?”朱爱伦说。

纳尔逊：当我漫步格林威治大道，坐在华盛顿广场上的长条椅，我觉得旧有的那个鬼魅自我已经拥有一个身体了。

然后又几个月工夫，老太太进入不知饥饱冷暖状态。最明显表现在吃这事上，家里稍不留意，她可以吃个没完没了；撑死恐怕都没知觉。冯家开始把可以下肚的东西到处藏，老太太错以为跟她玩捉迷藏呢！(老爷失去消息何尝不像这种游戏。)找到什么总是让她非常兴奋迅雷不及掩耳往嘴里放。田林林说：“要能这样找出老爷就更像闹剧了！”

远处鼓声已起来了，她知道绘有朱红长线的龙船这节已下河了，细雨依然落个不止，溪面一片烟。

阿童现在多个任务——看紧奶奶。祖孙俩一块画画、莳花种树，奶奶喊饿时，阿童可会哄了：“咱们少吃多餐身体棒，好不好?”阿童最擅长转移奶奶注意力。“来！我们撕日历去，今去让你多撕一张日历，高不高兴?”

这天，朱爱伦母亲找女儿约了田林林看古玉，这些年沾了点文化边，不过日记是不写了，嫌少女气又没见什么立即的成果，得一天一天累计，久了像做坏事处处留下证据，非常可怕积少成多一大本人赃俱获证据。

朱太太大喇喇迈进客厅，老奶奶正由楼梯步下，两人一照面，朱太太见鬼般惊声尖叫不止。闻声跑出的阿童故作镇静：“朱婆婆，那是我奶奶啊！你别怕！”朱爱伦一旁莫名其妙：“妈，你在干吗?”朱太太根本许久没走亲戚，听大家说多了自动将老太太除了名，潜意识当她死掉了，这下难怪活像见了鬼。老太太这头反应是看见一个女人对着她尖叫，面无表情绕了过去。现实生活中，她已经不认得任何一个来自姻亲、同事、其他关系的结盟者。所有讯息她都接收不到。

亲爱的纳尔逊：我在不断写作，没发生什么。

晚上，老奶奶日记写完，田林林每天检查阿童功课似检查日记，看完拨通朱爱伦的电话，张口便朗读：“今天爱伦来家玩，看见我突地细声尖叫，活像我已经死了。是的，有人死了，别人的生活因此改变。都说时候到了就会变，为什么我从来不相信变化，生命中最不变的事情就是变。譬如死亡。”田林林迷惑道：“妈把你娘认作你了。”“也许没有！别忘了，正常时空对妈和阿童来说没意义。”朱爱伦低声道。田林林亦不禁叹息：“这一切真的好合理。你知道吗?我对这种事越来越不怕。虽然阿童在她身边，没有比这个更怪的了。”一个没有景深的日记世界。

天未亮。整个人被掏空般醒来，异乎早常的一具扁平身躯，紧密贴在床面。我感觉这辈子从不曾如此空虚。

新世纪台湾第一道曙光照在兰屿，六时三十三分日出，世纪落日最后一次写下日期。

亲爱的纳尔逊：我正在写我的最后一本回忆录。现在越写越长了。

原载于二〇〇二年二月号《联合文学》

苏伟贞：《世间女子》，花城出版社，2004 年，第 231—254 页。

◆◆◆ 苏伟贞导读

◎ 陆卓宁

在一个工商业发达、物欲横流的现代社会，只要是一个生命体验丰富、才思敏捷的女作家，其文字世界所呈示的大多不可能不是女性命运的吊诡，情感的沧桑，爱欲的沉浮，这似乎也成了这一特殊写作群体的“专利”。如此说来，苏伟贞便是其中突出者之一。

苏伟贞笔下的人物，女性形象几乎无一例外是当然的主体，而且，或许与作者真实的人生经验相悖，只是“一味”地听从内心的直觉，把清明剔透的女性在盛世里的爱情慢慢煎熬成一道道伤痕，缠绵、偷情……斡旋于情天欲海；还由于长年的编辑生涯，使她拥有非常敏锐的文字能力，总能把人心底里最脆弱真实的一面以淡淡的口气娓娓道来，却让你胸口忍不住隐隐的疼痛。如成名作《陪他一段》，写女主角费敏，为了情爱的疯狂，就跟不爱自己的人守在一起，三个月的情色磨难，费敏在感情寄托上还是一片空白，“我需要很多很多的爱。”小说的结尾则是：她死在孤寂之中，她在死之前还在渴望许许多多的爱情。但她终于被爱欲击倒，虽然她可以有勇气成为某一男子的情人而不悔。应该说，为着这些看来很无目的的爱欲仅仅是爱欲过分陷溺而无法解脱，其人物的苍白，作为女性主体意识的缺失，都是显而易见的。随着文学人生历练的丰富，依然是叙写女性生存状态，但探究生存、女性的生存，已逐渐成为苏伟贞的自觉。

苏伟贞 1994 年发表的长篇小说《沉默之岛》，被称为“以爱情故事的形式作的关于人的欲望的实验报告”（施淑语），小说女主人公晨勉不妨可以看作是《陪他一段》中的费敏在企图顿悟。晨勉身世畸异，父亲是个货车司机，出车时一路嫖妓，不但总能若无其事回家，还若无其事地告与家人，母亲忍无可忍把父亲给杀了，被判了无期徒刑。晨勉便是在这种背景下长大，少年时还“正统”清高，成年后逐渐对自己的身体和传统的社会伦理感到不满和怀疑。于是为着物质利益不断地纠缠于各色男人，足迹遍及香港、印尼、新加坡和欧美等地。她与他们没有爱情的过程，也没有爱情的内容，仅仅是在实践肉欲，但精神上的空虚、潜意识里的传统观念，又时时在牵制着她，肉欲无从给她真正的快乐，而每每却是深刻的绝望。身体和精神的双重颠沛困顿，使她总处在心灵的深刻痛苦与煎熬、意志的绝望消沉当中。她“没有一个可以交谈的朋友，与那些和她做过爱、谈过爱、同学、同事、异性恋者、双性恋者，毫不相干”，她已然就是“一座孤岛”。小说的表现手法相当独特，一分为二地设置主角，其名字以及相关人物的名字都是雷同的，并由此展开不同的情节线索，有如一条并列的轨道，一同向前延伸，最终都掉入悲剧的深渊。我们或许从中获得某些暗示：晨勉的多重人格和心理分裂在难以承受的精神重负中，企图通过对性压抑的挣脱和对“性权利”的挑战来寻求作为女性及其身体的自主权。如作者获奖感言：“我不惧怕等同命运一般的孤独，我相信是这个时代的小说将我送达文学的对岸，生命的另一边。”

如果从表现形式独特这一角度说，苏伟贞“从来没有放弃试验新形式和拓展新范围”（袁琼琼语），其新作《日历日历挂在墙壁》（入选由袁琼琼主编的《2003 中国年度最佳台湾小说》），写的还是关乎女人命运的故事。主角冯老太太，早年发现丈夫有了外遇之后，便开始写日记，但她的日记是写在日历上的，逼得全家人不能不阅读。但是，如同受到丈夫的冷遇一样，写在日历上的日记得到的也是家人的冷遇。直到一个偶然的事情，家人才发现老太太的日记里有着另一个世界，在无数的寂寞的日子里，是日记给予了老太太的希望和她想象的生活。这无疑还是一个悲哀的故事，但苏伟贞在写法上很特别，颇有些黑色幽默的意味。老太太终于在日记里宣称自己“走了”，随后便停止了写日记，也不跟家里人做任何交流，而所有的亲朋好友竟然也接受了这个状况。忽有一天亲家母来访，撞见老太太从门口出现，竟然吓得尖叫起来，已然忘记老太太是个活人。老太太虽生犹死，虽死犹生。特别是，作者在老太太的日记和家里人的观感间，加入了两种叙述，一是西蒙·波娃与纳尔逊·艾格林的情书内容，一是沈从文《边城》里与翠翠相关的情节，而所加入的这两种叙述又与故事的展开水乳交融，这么一来，就更突显了老太太的被忽视和寂寥，也暗示老太太与这个世界的渐离渐远。偌大个世界，人事纷攘，一个女人却这样可有可无地终此一生，整部小说因着表现手法的新异而充满了哀怨和苍凉。

苏伟贞研究资料链接

杨匡汉主编：《扬子江与阿里山的对话》第七章，上海文艺出版社，1995 年。

王德威：《以爱欲兴亡为己任，置个人死生于度外——试读苏伟贞的小说》，《封闭的岛屿》，台北麦田出版社，1996 年。

李仕芬：《情深苦果——读苏伟贞的〈老爸关云短〉》，《台湾研究集刊》，1999 年第 3 期。

徐钢：《复活的意义，无声的阴影及写作的姿态》，《东南学术》，2001 年第 1 期。

王俊义：《情天欲海的悲情守望——简论台湾新生代女作家苏伟贞的小说创作》，《语文学刊》，2003 年第 6 期。

西西

西西(1938—),原名张彦,广东中山人,生于上海。1950年随父母定居香港。1957年进入葛量洪教育学院,毕业后任教于官立小学。后退职专事写作。现已出版长篇小说《东城的故事》、《我城》、《哨鹿》、《美丽大厦》、《哀悼乳房》、《飞毡》、《候鸟》等等;短篇小说集《春望》、《像我这样一个女子》、《手卷》、《母鱼》、《胡子有脸》等等;中篇小说集《像是笨蛋》;散文集《像我这样一个读者》、《花目栏》、《耳目书》、《剪贴册》、《画/话本》、《传声筒》等等;小说散文集《交河》等等;诗集《石磬》等。此外,她担任过《中国学生周报》、《大拇指周报》、《素叶文学》的编辑。

1983年,西西创作的《像我这样的一个女子》获当年台湾联合报第八届小说奖之短篇小说推荐奖。1988年,《致西绪福斯》再获联合报第十届小说奖之短篇小说推荐奖。小说集《手卷》获1988年台湾《中国时报》第十一届时报文学奖之小说推荐奖;1990年获《八方》文艺丛刊之"八方文学创作奖"。1997年,西西获香港艺术发展局首届文学奖的创作奖,该奖项奖励她的实验精神,还有"她二十多部作品所展现的丰富的、处理独特的题材和多变的、创新的书写方式与技巧"。

像我这样一个女子

像我这样的一个女子，其实是不适宜和任何人恋爱的。但我和夏之间的感情发展到今日这样的地步，使我自己也感到吃惊。我想，我所以会陷入目前的不可自拔的处境，完全是由于命运对我作了残酷的摆布，对于命运，我是没有办法反击的。听人家说，当你真的喜欢一个人，只要静静地坐在一个角落，看看他即使是非常随意的一个微笑，你也会忽然地感到魂飞魄散。对于夏，我的感觉正是这样。所以，当夏问我，你喜欢我吗的时候，我就毫无保留地表达了我的感情。我是一个不懂得保护自己的人，我的举止我的语言，都会使我永远成为别人的笑柄。和夏一起坐在咖啡室里的时候，我看来是那么地快乐，但我的心中充满隐忧，我其实是极度地不快乐的，因为我已经预知命运会把我带到什么地方，而那完全是由于我的过错。一开始的时候，我就不应该答应和夏一起到远方去探望一位久别的同学，而后来，我又没有拒绝和他一起经常看电影。对于这些事情，后悔已经太迟了，而事实上，后悔或者不后悔，分别也变得不太重要。此刻我坐在咖啡室的一角等夏，我答应了带他到我工作的地方去参观，而一切也将在那个时刻结束，当我和夏认识的那个时候，我已经从学校里出来很久了，所以当夏问我是在做事了吗，我就说我已经出外工作许多年了。

那么，你的工作是什么呢？

他问。

替人化妆。

我说。

啊，是化妆。

他说。

但你的脸却是那么朴素。

他说。

他说他是一个不喜欢女子化妆的人，他喜欢朴素的脸容，他所以注意到我的脸上没有任何的化妆。我想，并不是由于我对他的询问提出了答案而引起了联想，而是由于我的脸比一般的人都显得苍白。我的手也是这样。我的双手和我的脸都比一般人要显得苍白，这是我的工作造成的后果。我知道当我把我的职业说出来的时候，夏就像我曾经有过其他的每一个朋友一般直接地误解了我的意思。在他的想象中，我的工作是一种为了美化一般女子的容貌的工作，譬如，在婚礼的节日上，为将出嫁的新娘端丽她们的颜面，所以，当我说我的工作并没有假期，即使是星期天也常常是忙碌的，他就更加信以为真了。星期天或者假日，总有那么多的新娘。但我的工作并非为新娘化妆，我的工作是为那些已经没有了生命的人作最后的修饰，使他们在将离人世的最后一刻显得心平气和与温柔。在过往的日子里，我也曾经把我的职业对我的朋友提及，当他们稍有误会时我立刻加以更正辩析，让他们了解我是怎样的一个人。但我的诚实使我失去了几乎所有的朋友，是我使他们害怕了，仿佛坐在他们对面喝着咖啡的我竟也是他们心目中恐惧的幽灵了。这我是不怪他们的，对于生命中不可知的神秘面我们天生就有原始的胆怯。我没有在对夏的问题提出答案时加以解释，一则是由于我怕他也会因此惊惧，我是不可以再由于自己的奇异职业而使我周遭的朋友感到不安，这样我将更不能原谅我自己；其次是由于我原是一个不懂得表达自己的意思的人，长期以来，我同时习惯了保持沉默。

但你的脸却是那么朴素。

他说。

当夏这样说的时候，我已经知道这就是我们之间的感情路上不祥的预兆了。但那时候，夏是那么地快乐，但我的心中充满了忧愁。我不知道，在这个世界上，谁将是为我的脸化妆的一个人，会是怡芬姑母吗？我和怡芬姑母一样，我们共同的愿望仍是在我们有生之年，不要为我们自己至爱的亲人化妆。我不知道在不祥的预兆冒升之后，我为什么继续和夏一起常常漫游，也许，我毕竟是一个人，我是没有能力控制自己而终于一步一步走向命运所指引我走的道路上去；其实，对于我的种种行为，我自己也无法作一个合理的解释，因为人难道不是这样子吗？人的行为有许多都是令人莫名其妙的。

我可以参观一下你的工作吗？夏问。

应该没有问题。

我说。

她们会介意吗？

他问。

恐怕没有一个人会介意的。

我说。

夏所以说要参观一下我的工作，是因为那一个星期日的早上我必须回到我的工作的地方去工作，而他在这个日子里并没有任何的事情可以做。他说他愿意陪我上我工作的地方，既然去了，为什么不留下来看看呢。他说他想看那些新娘和送嫁的女子热闹的情形，也想看看我怎样把她们打扮得花容月貌，或者化丑为妍。我毫不考虑地答应了。我知道命运已经把我带向起步跑的白线前面，而这注定是必会发生的事情，所以，我在一间小小的咖啡室里等夏来，然后我们一起到我工作的地方去，到了那个地方，一切就会明白了。夏就会知道他一直以为是我为他而洒的香水，其实不过是附在我身体上的防腐剂的气味罢了；他也会知道，我常常穿素白的衣服，并不是因为这是我特意追求纯洁的表征，而是为了方便出入我工作的那个地方。附在我身上的一种奇异的药水气味，已经在我的躯体上蚀骨了，我曾经用过种种的方法把它们洗涤清洁，都无法把它们驱除，直到后来，我终于放弃了我的努力，我甚至不再闻得那股特殊的气息。夏却是一无所知的，他曾经对我说：你用的是多么奇特的一种香水。但一切不久就会水落石出。我一直是一名能够修理一个典雅发型的技师，我也是个能束一个美丽出色的领结的巧手，但这些又有什么用呢,看我的双手,它们曾为多少沉默不语的人修剪过发髭,又为多少严肃庄重的颈项整理过他们的领结。这双手,夏能容忍我为他理发吗?能容忍我为他细心打一条领带吗?这样的一双手,本来是温暖的,但在人们的眼中已经成为安抚骷髅的白骨了。

怡芬姑母把她的技艺传授给我,也许有甚多的理由,人们从她平日的言谈中可以探测得清清楚楚。不错,像这般的一种技艺,是一生一世也不怕失业的一种技艺,而且收入甚丰,像我这样一个读书不多,知识程度低的女子,有什么能力到这个狼吞虎咽、弱肉强食的世界上去和别的人竞争呢。怡芬姑母把她的毕生绝学传授给我,完全是因为我是她的亲侄女儿的缘故。她工作的时候,从来不让任何一个人参观,直到她正式的收我为她的门徒,才让我追随她的左右,跟着她一点一点地学习,即使独自对着赤裸而冰冷的尸体也不觉得害怕。甚至那些碎裂得四分五散的部分、爆裂的头颅,我已学会了把它们拼凑缝接起来,仿佛这不过是在制作一件戏服。我从小失去父母,由怡芬姑母把我抚养长大。奇怪的是,我终于渐渐地变得愈来愈像我的姑母,甚至是她的沉默寡言,她的苍白手脸,她步行时慢吞吞的姿态,我都愈来愈像她。有时候我不禁感到怀疑,我究竟是不是我自己,我或者竟是另外一个怡芬姑母,我们两个人其实就是一个人,我就是怡芬姑母的一个延续。

从今以后,你将不愁衣食了。

怡芬姑母说。

你也不必像别的女子那般,要靠别的人来养活你了。

她说。

怡芬姑母这样说,我其实是不明白她的意思的。我不知道为什么跟着她学会了这一种技能,就可以不愁衣食,不必像别的女子要靠别的人来养活,难道世界上就没有别的行业可以令我也不愁衣食,不必靠别的人来养活么?但我是这么没有什么知识的一个女子,在这个世界上,我是必定不能和别的女子竞争的,所以,怡芬姑母才特别传授了她的特技给我,她完全是为了我好。事实上,像我们这样的工作,整个城市的人,谁不需要我们帮助呢,不管是什么人,穷的还是富的,大官还是乞丐,只要命运的手把他们带到我们这里来,我们就是他们最终的安慰,我们会使他们的容颜显得心平气和,使他们显得无比的温柔。我和怡芬姑母都各自有各自的愿望,除了自己的愿望之外,我们尚有一个共同的愿望,那就是希望在我们的有生之年,都不必为我们至爱的亲人化妆。所以,上一个星期之内,我是那么地悲哀,我隐隐约约知道有一件凄凉的事情发生了,而这件事,却是发生在我的年轻的兄弟的身上。据我所知,我年轻的兄弟结识了一位声色性情令人赞美的女子,而且是才貌双全的,他们彼此是那样地快乐,我想这真是一件幸福的大喜事。然而快乐毕竟是过得太快一点了,我不久就知道那可爱的女子不明不白地和一个她并不爱的人结了婚。为什么两个本来相爱的人不能结婚,却被逼要苦苦相思一生呢。我年轻的兄弟变成了另外一个人了,他曾经这么说:我不要活了。我不知道应该怎么办,难道我竟要为我年轻的兄弟化妆吗?

我不要活了。

我年轻的兄弟说。

我完全不明白事情为什么会发展成那样，我年轻的兄弟也不明白。如果她说：我不喜欢你了。那我年轻的兄弟无话可说的。但两个人明明相爱，既不是为了报恩，又不是经济上的困难，而在这么文明的现代社会，还有被父母逼了出嫁的女子吗？长长的一生为什么就对命运低头了呢。唉，但愿我们在有生之年，都不必为我们至爱的亲人化妆。不过谁能说得准呢？怡芬姑母在正式收我为徒，传授我绝技的时候曾经对我说过：你必须遵从我一件事情，我才能收你为门徒。我不知道为什么怡芬姑母那么郑重其事，她严肃地对我说：当我躺下，你必须亲自为我化妆，不要让任何陌生人接触我的躯体。我觉得这样的事并无困难，只是奇怪怡芬姑母的执着，譬如我，当我躺下，我的躯体与我，还有什么相干呢。但那是怡芬姑母唯一的一个私自的愿望，我必会帮助她完成，只要我能活到那个适当的时刻和年月。在漫漫的人生路途上，我和怡芬姑母一样，我们其实都没有什么宏大的愿望，怡芬姑母希望我是她的化妆师，而我，我只希望凭我的技艺，能够创造一个"最安详的死者"出来，他将比所有的死者更温柔，更心平气和，仿佛死亡真的是最佳的安息。其实，即使我果然成功了，也不过是我在人世上无聊时借以杀死时间的一种游戏罢了。世界上的一切岂不毫无意义。我的努力其实是一场徒劳，如果我创造了"最安详的死者"，我难道希望得到奖赏？死者是一无所知的，死者的家属也不会知道我在死者身上所花的心力，我又不会举行展览会，让公众进来参观分辨化妆师的优劣与创新，更加没有人会为死者的化妆作不同的评述、比较、研究和开讨论会，这只是斗室中我个人的一项游戏而已。但我为什么又作出了我的愿望呢，这大概就是支持我继续我的工作的一种动力了，因为我的工作是寂寞而孤独的，既没有对手，也没有观众，当然也没有掌声。当我工作的时候，我只听见我自己低低的呼吸，满室躺着男男女女，只有我自己独自低低地呼吸，我甚至可以感到我的心在哀愁或者叹息，当别人的心都停止了悲鸣的时候，我的心就更加响亮了。昨天，我想为一双为情自杀的年轻人化妆，当我凝视那个沉睡了的男孩的脸时，我忽然觉得这正是我创造"最安详的死者"的对象。他闭着眼睛，轻轻地合上了嘴唇，他的左额上有一个淡淡的疤痕，他那样地睡着，仿佛真的不过是在安详睡觉。这么多年，我所化妆过的脸何止千万，许多都是愁眉苦脸的，大部分十分狰狞，对于这些面谱，我一一为他们作了最适当的修正，该缝补的缝补，该掩饰的掩饰，使他们变得无限的温柔。但我昨天遇见的男孩，他的容颜有一种说不出的平静，难道说他的自杀竟是一件快乐的事情？但我不相信这种表面的姿态，我觉得他的行为是一种极端懦弱的行为，一个没有勇气向命运反击的人应该是我不屑一顾的。我不但打消了把他创造为一个"最安详的死者"的念头，同时拒绝为他化妆。我把他和那个和他一起愚蠢地认命的女孩一起移交给怡芬姑母，让她去为他们因喝剧烈的毒液而烫烧的面颊细细地粉饰。

没有人不知道怡芬姑母的往事，因为有一些人曾经是现场的目击者。那时候怡芬姑母依然年轻，喜欢一面工作一面唱歌，并且和躺在她前面的死者说话，仿佛他们都是她的朋友。至于怡芬姑母变得沉默寡言，那就是后来的事了。怡芬姑母习惯把她心里的一切话都讲给她的沉睡了的朋友们听，她从来不写日记，她的话就是她每天的日记，沉睡在她面前的那些人都是人类中最优秀的听众，他们可以长时间地听她娓娓细说，而且，又是第一等的保密者。怡芬姑母会告诉他们她如何结识了一个男子，而他们在一起的时候就像所有的恋人们在一起那样地快乐，偶然中间也不乏遥远而断续的、时阴时晴的日子。那时候，怡芬姑母每星期一次上一间美容学校学化妆术，风雨不改，经年不辍。她几乎把所有老师的技艺都学齐了，甚至当学校方面告诉她，她已经没有什么可以再学的时候，她仍然坚持要老师们看看还有什么新的技术可以传给她。她对化妆的兴趣如此浓厚，几乎是天生的因素，以致她的朋友都以为她将来必是要开什么大规模的美容院。但她没有，她只把她的学问贡献在沉睡在她前面的人的躯体上。而这样的事情，她年轻的恋人是不知道的，他一直以为爱美是女孩子的天性，她不过是比较喜好脂粉罢了。直到这么的一天，她带他到她工作的地方去看看，指着躺在一边的死者，告诉他，这是一项非常孤独而寂寞的工作，但是在这样的一个地方，并没有人世间的是是非非，一切的妒忌、仇恨和名利的争执都已不存在。当他们落入阴暗之中，他们将一个个变得心平气和而温柔。他是那么惊恐，他从来没想象她是这样的一个女子，从事这样的一种职业。他曾经爱她，愿意为她做任何事，他起过誓，说无论如何都不会离弃她，他们必定白头偕老，他们的爱情至死不渝。不过，在一群不会说话，没有能力呼吸的死者的面前，他的勇气与胆量竟完全消失了，他失声大叫，掉头拔脚而逃，推开了所有的门，一路上有许多人看见他失魂落魄地奔跑。以后，怡芬姑母再也没有见过他了。人们只听见她独自在一间斗室里，对她沉默的朋友们说：他不是说爱我的么，他不是说他不会离弃我的么，而他为什么忽然这么惊恐呢。后来，怡芬姑母就变得逐渐沉默寡言起来。或者，她要说的话已经说尽，或者，她不必再说，她沉默的朋友都知道关于她的故事，有些话的确是不必多说的。怡芬姑母在开始把她的绝技传授给我的时候，也对我讲过她的往事，她选择了我，而没有选择我年轻的兄弟，虽然有另外的一个原因，但主要的却是，我并非一个胆怯的人。

你害怕吗？

她问。

我并不害怕。

我说。

你胆怯吗？

她问。

我并不胆怯。

我说。

是因为我并不害怕。所以怡芬姑母选择了我作她的继承人。

她有一个预感，我的命运或者和她的命运相同，至于我们怎么会变得愈来愈相像，这是我们都无法解释的事情，而开始的原因却是由于我们都不害怕。我们毫不畏惧。当怡芬姑母把她的往事告诉我的时候，她说，但我总相信，在这个世界上，必定有像我们一般，并不畏惧的人。那时候，怡芬姑母还没有到达完全沉默寡言的程度，她让我站在她的身边，看她怎样为一张倔强的嘴唇涂上红色，又为一双久睁的眼睛轻轻抚摸，请他安息。那时候，她仍断断续续地对她的一群沉睡了的朋友说话：而你，你为什么害怕了呢。为什么在恋爱中的人却对爱那么没有信心，在爱里竟没有勇气呢。在怡芬姑母的沉睡的朋友中，也不乏胆怯而懦弱的家伙，他们则更加沉默了。怡芬姑母很知道她的朋友们的一些故事，她有时候一面为一个额上垂着刘海的女子敷粉一面告诉我："唉唉，这是一个何等懦弱的女子呀，只为了要做一个名义上美丽的孝顺女儿，竟把她心爱的人舍弃了。"怡芬姑母知道这边的一个女子是为了报恩，那边的女子是为了认命，都把自己无助地交在命运的手里，仿佛他们并不是一个活生生有感情有思想的人，而是一件件商品。

这真是可怕的工作呀。

我的朋友说。

是为死的人化妆吗，我的天呀。

我的朋友说。

我并不害怕，是我的朋友害怕，他们因为我的眼睛常常凝视死者的眼睛而不喜欢我的眼睛，他们又因为我的手常常抚触死者的手而不喜欢我的手。起先他们只是不喜欢，渐渐地他们简直就是害怕了。而且，他们起先不喜欢和感到害怕的只是我的眼睛和我的手，但到了后来，他们不喜欢和感到害怕的已经蔓延到我的整体。我看着他们一个一个从我身边离去，仿佛动物看见烈火，农田骤遇飞蝗。我说：为什么你们要害怕呢，在这个世界上，总得有人做这样的工作，难道我的工作做得不够好，不称职？但我渐渐就安于我的现状了，对于我的孤独，我也习惯了。总有那么多的人，追寻一些甜蜜温暖的工作，他们喜欢的永远是星星与花朵。但在星星与花朵之中，怎样才显得出一个人坚定的步伐呢。我如今几乎没有朋友了，他们从我的手感觉到另一个深邃的国度与冰冷，他们从我的眼看见无数沉默浮游的精灵，于是，他们感到害怕了。即使我的手是温暖的，我的眼睛是会流泪的，我的心是热的，他们并不回顾。我也开始像我的怡芬姑母那样，只剩下沉睡在我的面前的死者成为我的朋友了。我奇怪我在静寂的时候居然会对他们说：你们知道吗，明天早上，我会带一个叫做夏的人到这里来探访你们。夏问过：你们会介意吗？我说，你们并不介意。你们是真的不介意吧。到了明天，夏就会到这个地方来了，我想，我是知道这个事情的结局是怎样的，因为我的命运已经和怡芬姑母的命运重叠为一了。我想，我当会看到夏踏进这个地方时的魂飞魄散的样子，唉，我们竟以不同的方式彼此令彼此魂飞魄散。对于将要发生的事情，我并不惊恐，我从种种的预兆中已经知道结局的场面。夏说：你的脸却是那么朴素。是的，我的脸是那么朴素，一张朴素的脸并没有力量令一个人对一切变得无所畏惧。

我曾经想过转换一种职业，难道我不能像别的女子那样做一些别的工作吗？我已经没有可能当教师、护士，或者写字楼的秘书或文员，但我难道不能到商店去当售货员，到面包店去卖面包，甚至是当一名清洁女佣？像我这样的一个女子，只要求一日的餐宿，难道无处可以容身？说实在的，凭我的一手技艺，我真的可以当那些新娘的美容师，但我不敢想象，当我为一张嘴唇涂上唇膏时，嘴唇忽然裂开而显出一个微笑时，我会怎么想。太多的记忆使我不能从事这一项与我非常相称的职业。只是，如果我转换了一份工作，我的苍白的手脸会改变他们的颜色吗？我的满身蚀骨的防腐剂的药味会完全彻底消失吗？那时，对于夏，我又该把我目前正在从事的工作绝对地隐瞒吗？对一个我们至亲的人隐瞒过往的事，是不忠诚的，世界上仍有无数的女子，千方百计在掩饰她们愧失了的贞节和虚长了的年岁，这都是我所鄙视的人物。我必定会对夏说，我长时期的工作，一直是在为一些沉睡了的死者化妆。而他必须知道、认识，我是这样的一个女子。所以，我身上并没有奇异的香水气味，而是防腐剂的药水味；我常常穿白色的衣裳也并非由于我刻意追求纯洁的形象，而是我必须如此才能方便出入我工作的地方。但这些只不过是大海中的一些水珠罢了，当夏知道我的手长时期触抚那些沉睡的死者，他还会牵着我的手和我一起跃过急流的涧溪吗？他会让我为他修剪头发，为他打一个领结吗？他会容忍我的视线凝定在他脸上吗？他会毫不恐惧地在我的面前躺下来吗？我想他会害怕，他会非常地害怕，他就像我的那些朋友，起先是惊讶，然后是不喜欢，结果就是害怕而掉转脸去。怡芬姑母说：如果是由于爱，那还有什么畏惧的呢。但我知道，许多人的所谓爱，表面上是非常地刚强、坚韧，事实上却异常的脆弱、柔萎；吹了气的勇气，不过是一层糖衣。怡芬姑母说：也许夏不是一个胆怯的人。所以，这也是为什么我一直对我的职业不做进一步解释的缘故。当然，另外的一个原因完全是由于我是一个不善于表达自己的思想的人，我可能说得不好，可能选错了环境、气候、时间和温度，这都会把我想表达的意思改变。我不对夏解释我的工作并非是为新娘添妆，其实也正是对他的一种考验，我要观察他看见我工作对象时的反应，如果他害怕，那么他就是害怕了。如果他拔脚而逃，让我告诉我那些沉睡的朋友：其实一切就从来没有发生。

我可以参观一下你工作的情形吗？

他问。

应该没有问题。

我说。

所以，如今我坐在咖啡室的一个角落等夏来。我曾经在这个时刻仔细地想过，也许我这样做，对夏是不公平的，如果他对我所从事的行业感到害怕，而这又有什么过错呢，为什么他要特别勇敢，为什么一个人对死者的恐惧竟要和爱情上的胆怯有关，那可能是两件完全不相干的事情。我年纪很小的时候，我的父母都已经亡故了，都是由怡芬姑母把我抚养长大的，我，以及我年轻的兄弟，都是没有父母的孤儿。我对父母的身世和他们的往事所知甚少，一切我稍后知悉的事都是怡芬姑母告诉我的。我记得她说过，我的父亲正是从事为死者化妆的一个人，他后来娶了我的母亲。当他打算和我母亲结婚的时候，曾经问她：你害怕吗？但我母亲说：并不害怕。我想，我所以也不害怕，是因为我像我的母亲，我身体内的血液原是她的血液。怡芬姑母说，我母亲在她的记忆中是永生的，因为她这么说过：因为爱，所以并不害怕。也许是这样，我不记得我母亲的模样和声音，但她隐隐约约地在我的记忆中也是永生的。可是我想，如果我母亲说了因为爱而不害怕的话，只因为她是我的母亲，我没有理由要求世界上的每一个人都如此。或者，我还应该责备自己从小接受了这样的命运，从事如此令人难以忍受的职业。世界上哪一个男子不喜爱那些温柔、暖和、甜美的女子呢，而那些女子也该从事一些亲切、婉约、典雅的工作。但我的工作是冰冷而阴森、暮气沉沉的，我想我整个人也早已染上了那样的一种雾霭，那么，为什么一个明亮如太阳似的男子要娶这样一个郁暗的女子呢，当他躺在她的身边，难道不会想起这是一个经常和尸体相处的一个人，而她的双手触及他的肌肤的时候，会不会令他想起，这竟是一双长期轻抚死者的手呢。唉唉，像我这样的一个女子，原是不适宜和任何人恋爱的。我想一切的过失皆自我而起，我何不离开这里，回到我工作的地方去，世界上从来没有一个我认识的人叫做夏。而他也将忘记曾经认识过一个女子，是一名为新娘添妆的美容师。不过，一切又仿佛太迟了，我看见夏，透过玻璃，从马路的对面走过来。他手里抱着的是什么呢？这么大的一束花。今天是什么日子，有人生日吗？我看着夏从咖啡室的门口进来，发现我坐在这边幽暗的角落里。外面的阳光非常灿烂，他把阳光带进来了，因为他的白色的衬衫反映了那种光亮。他像他的名字，永远是夏天。

喂，星期日快乐。

他说。

这些花都是送给你的。

他说。

他的确是快乐的，于是他坐下来喝咖啡。我们有过那么多快乐的日子。但快乐又是什么呢，快乐总是过得很快的。我的心是那么忧愁。从这里走过去，不过是三百步路的光景，我们就可以到达我工作的地方。然后，就像许多年前发生过的事情一样，一个失魂落魄的男子从那扇大门里飞跑出来，所有好奇的眼睛都跟踪着他，直至他完全消失。怡芬姑母说：也许，在这个世界上，仍有真正具备勇气而不畏惧的人。但我知道这不过是一种假设。当夏从对面的马路走过来的时候，手抱一束巨大的花朵，我又已经知道，因为这正是不祥的预兆。唉唉，像我这样的一个女子，其实是不宜和任何人恋爱的，或者，我该对我的那些沉睡了的朋友说：我们其实不都是一样的吗？几十年不过匆匆一瞥，无论是为了什么因由，原是谁也不必为谁而魂飞魄散的。夏带进咖啡室来的一束巨大的花朵，是非常非常美丽的，他是快乐的，而我心忧伤。他是不知道的，在我们这个行业之中，花朵，就是诀别的意思。

夏民利:《中国当代历届获奖作品佳作丛书·短篇小说卷》,百花洲文艺出版社,1995年9月,第380—395页。

西西导读

◎ 刘 堃

在香港作家中,西西是一位实验型、知识型作家。她的创作以其变化瑰奇、思路卓异而著称。图文互涉与对照是西西作品的重要特征。以《剪贴册》和《画/话本》为代表,西西所写的配图散文与一般纯粹的文字作品不同的是,她把图画作为一个题材的来源,让文字的诠释在图像所唤起的感觉中多向地繁衍生长,图文之间相互依附、彼此激发,在单独的图画与文字之间发展出一种令文体和意义增生的艺术小品文。现代社会发达的资讯工具与信息技术造成了读图时代的降临,但众多图像的复制和充塞也会使人们视觉麻木,审美和思考能力退化。西西把图画置入文学文本,就是让图画和文字两种媒介在互涉中生成新的美感和意蕴。在这类作品中,图画与文字叙述建立起一种想象性联系,它带有强烈的叙事、虚构意味,通常以角色化独白和对话体出现。这就打破了散文和小说的界限,成为新的文体实验。

西西的另一成就是童话小说的写作,相对于马尔克斯的“魔幻写实”、略萨的“结构写实”,西西自称其小说为“顽童体”的“童话写实”:把童话和小说两种文体复合起来,将香港历史、生活的方方面面,如地方史、风俗志的内容,城市形成、发展和变迁的历程等等,都用孩子的眼睛观察,用孩子的思维想象,用孩子的语言记录下来。代表作是长篇小说《飞毡》,小说中现实人物与童话人物并存、现实空间与童话情境交融、情节性叙述与非情节性叙述杂糅。其中非情节性叙述以自然、风物、知识为题,采用小品、奇谈、滑稽谐拟等形式讲故事,颇似趣味版《十万个为什么》。西西用这样奇异的方式进行小说文体实验,同时也表达她对香港孩子般的热爱与祝福。西西有若干部小说书写香港,例如中短篇系列《肥土镇的故事》、长篇小说《我城》和《飞毡》。最见作家想象奇趣的是短篇《浮城志异》,她选了13幅比利时超现实作家马格利特的画作,与文字平行拼贴,借题发挥,连贯成关于香港的寓言。她在散文中引入图画的实验又拓展为图文对话性小说。

西西的作品呈现出与卡尔维诺这类小说家同样的求知欲。当代小说各种“次类型”,西西都曾尝试和探索。从传统现实主义的临摹写真,到后设小说的戳破幻象;自魔幻现实主义的虚实杂陈,至历史神话的重新诠释,西西一直探求讲故事的方式。随时变换叙述的策略,照福柯所说,这其实是抗拒死亡的方式。西西说:“在认真的游戏里,在真实与虚构之间,我以为讲故事的人自有一种人世的庄严。”西西喜欢用典,经常在作品里暗藏许多与古今文坛巨擘对话的线索,愈是内行的读者,愈能在她的文字里享受这种“考掘的喜悦”。然而她从来不会让文字被这些埋伏的典故搞得磕磕绊绊,她清楚地知道,讲一则好听的故事,比什么都重要。

作为一个女作家，西西的创作不属于专注自我、情感的类型。而西西聚焦的女性经验，又正是最容易被遗忘和忽视的。短篇《母鱼》写未婚先孕少女，深情道出"爱是不必蒙羞的"；《哀悼乳房》以病人的身份书写癌症，将治疗过程发展成一个包含心理分析、疾病知识和文化想象的大故事。小说启发读者，面对我们生命经验中的隐秘领域，建立起求知、理性的态度。她的成名作《像我这样一个女子》从一个独特的角度探讨女性的性别角色定位。小说主人公"我"是一位殡仪馆女化妆师，工作就是创造"最安详的死者"，触摸和安慰冰冷的死亡。与死亡的接近使"我"的双手不再适合拥抱婴儿，"我"的面容不再适合装饰艳丽。"我"的形象是对传统女性性别含义（生命、温暖、美丽）的颠覆。在这种情境下，"我"对爱情的渴望就成为一种错置，"我"看到恋人夏手中一束美丽的花就感到"这正是一种不祥的预兆"——"在我们这个行业，花朵就是离别的意思"。小说用意识流手法写成，以"我"在咖啡馆里等待恋人夏的片刻时间延展人物复杂的经历和内心感受，故事时间和叙述时间的落差造成了巨大的情感空间，这一特点颇似英国女作家伍尔夫。

西西研究资料链接

关秀琼、甘玉贞编：《西西作品编年表》，香港《八方文艺丛刊》第12辑，1990年。

何福仁：《与西西对谈——人物：博尔赫斯、卡尔维诺、巴尔特》，香港《素叶文学》第42期，1993年。

西西、何福仁：《时间的话题——对话集》，洪范书店有限公司，1995年。

王剑丛：《香港文学史》第六章第二节"西西的创作"，百花洲文艺出版社，1995年。

艾晓明：《从文本到彼岸》，第1辑中的《天佑我城》、《故乡和成长的记忆》，第2辑中的《西西说画》、《看图说故事》、《地毯如何变成飞毯》，广州出版社，1998年。

凌逾：《论二十世纪华文文学中的"弃妇"与"反弃妇"话语——以鲁迅和西西为例》，《华文文学》，2008年第3期。

凌逾：《西西研究新进展》，《香港文学》2008年2月号。

简媜

简媜(1961—　),台湾宜兰人,台湾大学中文系毕业。台湾新生代著名散文家。大学期间开始崭露头角荣获多项校园文学奖。大学毕业后,简媜曾经在高雄佛光山编印佛书,也做过广告公司文案,及《普门》杂志、《联合文学》、远流出版社与实学社的编辑,也曾与陈义芝、张错等人创办大雁出版社。结婚育子后专事写作。简媜自称是“无可救药的散文爱好者”,其创作多元多变,题材从乡土亲情、女性书写、教育亲子,到城乡变异、社会观察、家国历史、生老病死无所不包,有散文集《红婴仔》、《水问》、《只缘身在此山中》、《月娘照眠床》、《私房书》、《下午茶》、《梦游书》、《胭脂盆地》和《女儿红》、《天涯海角》、《好一座浮岛》、《谁在银闪闪的地方,等你》等。曾获吴鲁芹散文奖、时报文学奖,并先后获得台湾第24届、第27届和第32届金鼎图书奖。简媜的作品在大陆没有像琼瑶、三毛、席慕容那么“热”过,但她的才华、她对世界与生命感悟的深厚却引人注目。而作为一位女性,她那悲天悯人的情怀更具有动人的魅力。

渔 夫

父亲,你想过我吗?

“虽然只做了十三年的父女就恩断缘尽,他难道从来不想?”我常自问。然而,“想念”是两个人之间的相互安慰与体贴,可以从对方的眉眸、音声、词意去看出听出感觉出,总是面对面的一桩人情。若是一阴一阳,且远隔了十一年,在空气中,听不到父亲唤女儿的声音;在路途上,碰不到父亲返家的身影,最主要的,一个看不到父亲在衰老,一个看不到女儿在成长,之间没有对话了,怎么去“想”法?若各自有所思,也仅是隔岸历数人事而已。父亲若看到女儿在人间路上星夜独行,他也只能看,近不了身;女儿若在暴风雨的时候想到父亲独卧于墓地,无树无檐遮身,怎不疼?但疼也只能疼,连撑伞这样的小事,也无福去做了。还是不要想,生者不能安静,死者不能安息。

好吧!父亲,我不问你死后想不想我,我只问生我之前,你想过我吗?

好像,你对母亲说过:“生个小团仔来看看吧!”况且,你们是新婚,你必十分想念我——哦!不,应该说你必十分想看看用你的骨血你的筋肉塑成的小生命长得是否像你?大概你觉得“做父亲”这件事很令人异想天开吧!所以,当你下工的时候,很星夜了,屋顶上竹丛夜风安慰着虫唧,后院里井水的流咽冲淡蛙鼓,鸡埘已寂,鸭也闭目着,你紧紧地掩住房里的木门,窗棂半闭,为了不让天地好奇,把五烛光灯泡的红丝线一拉,天地都躺下。在母亲的阴界与你的阳世之际酝酿着我,啊!你那时必定想我,是故一往无悔。

当母亲怀我,在井边搓洗衣裳,洗到你的长裤时,有时可以从口袋里掏到一包酸梅或腌李,这是你们之间不欲人知的体贴,还不是为了我!父亲,你一个大剌剌的庄稼男人,突然也会心细起来,我可以想象你是何等期待我!因为你是单传,你梦中的我必定是个壮硕如牛的男丁。

可是,父亲,我们第一次谋面了,我是个女儿。

日日哭

母亲的月子还没有做完,你们还没有为我命名,我便开始“日日哭”——每天黄昏的时候,村舍的炊烟开始冒起,好像约定一般,我便凄声地哭起来,哭得肝肠寸断似地,让母亲慌了手脚,让阿嬷心疼,从床前抱到厅堂,从厅堂摇到院落,哭声一波一波传给左邻右舍听。啊!父亲,如果说婴儿看得懂苍天珍藏着的那一本万民宿命的家谱,我必定是在悔恨的心情下向你们哭诉,请你们原谅我、释放我、还原我回身为那夜星空下的一缕游魂吧!而父亲,只有你能了解第一次谋面后所遗留的尴尬:我愈哭,你愈焦躁,你虽裸抱我,亲身挽留我,我仍旧抽搐地哭泣。终于,你恼怒了,用两只指头夹紧我的鼻子,不让我呼吸,母亲发疯般掰开你的手,你毕竟也手软心软了。父亲,如果说婴儿具有宿慧,我必定是十分欢喜夭折的，为的是不愿与你成就父女的名分，而你终究没有成全我，到底是什么样的灵犀让你留我，恐怕你也遗忘了。而从那一次——我们第一次的争执之后，我的确不再哭了，竟然乖乖地听命长大。父亲，我在聆听自己骨骼里宿命的声音。

前　寻

我畏惧你却又希望亲近你。那时，我已经可以自由地跑于田埂之上、土堤之下、春河之中。我非常欢喜嗅春草掐断后，茎脉散出来的拙香，那种气味让我觉得是在与大地温存。我又特别喜爱寻找野地里小小的蛇莓，翻阅田埂上每一片草叶的腋下，找艳红色的小果子，将它捏碎，让酒红色的汁液滴在指甲上，慢慢浸成一圈淡淡的红线。我像个爬行的婴儿在大地母亲的身上戏耍，我偶尔趴下来听风过后稻叶窸窸窣窣的碎语，当它是大地之母的鼾声。这样从午后玩到黄昏，渐渐忘记我是人间父母的孩儿。而黄昏将尽，竹舍内开始传出唤我的女声——阿嬷的、阿姆的、隔壁家阿婆的，一声高过一声，我蹲在竹丛下听得十分有趣，透过竹竿缝看她们焦虑的裸足在奔走，不打算理，不是恶意，只是有一点不能确信她们所唤的名字是不是指我？若是，又不可思议为什么她们可以自订姓名给我，一唤我，我便得出现？我唤蛇莓多次，蛇莓怎么不应声而来呢？这时候，小路上响起这村舍里唯一的机车声，我知道父亲你从市场卖完鱼回来了，开始有点怕，抄小路从后院回家，赶快换下脏衣服，塞到墙角去，站在门槛边听屋外的对话：

“老大呢？”你问，你知道每天我一听到车声，总会站在晒谷场上等你。

阿嬷正在收干衣服，长竹竿往空中一矗，衣衫纷纷扑落在她的手臂弯里，“迫迌到不知晓回来，叫半天，也没看到囝仔影。”我从窗棂看出去，还有一件衣服张臂粘在竹竿的末端，阿嬷仰头称手抖着竹竿，衣服不下来。是该出去现身了。

“阿爸。”扶着木门，我怯怯地叫你。

阿嬷的眼睛远射过来，问：“藏去哪里？”

“我在眠床上困。”说给父亲你听。你也没正眼看我，只顾着解下机车后座的大竹篓，一色一色地把鱼啊香蕉啊包心菜啊雨衣雨裤啊提出来，竹篓的边缝有一些鱼鳞在暮色中闪亮着，好像鱼的魂醒来了。地上的鱼安静地裹在山芋叶里，海洋的色泽未褪尽，气味新鲜。

“老大，提去井边洗。”你踩熄一支烟，喷出最后一口，烟袅袅而升，如柱，我便认为你的烟柱擎着天空。

我知道你原谅我的谎言了，提着一座海洋与一山果园去井边洗，心情如鱼跃。

我习惯你叫我“老大”，但是不知道为何这样称呼我？也许，我是你的第一个孩子；也许，你稍稍在自我补偿心中对男丁的想望；也许，你想征服一个对手却又预感在未来终将甘拜下风。你虽为我命名，我却无法从名字中体会你的原始心意，只有在酒醉的夜，你醉歪沙发上，用沙哑而挑战的声音叫我：“老——大，帮——我脱鞋——”非常江湖的口气。

我迟疑着，不敢靠近你那酒臭的身躯，你愤怒："听到没？"我也在心底燃着怒火，勉强靠近你，抬脚，脱下鞋，剥下袜子，再换脚。你的脚指头在日光灯下软白软白地，有点冲臭，把你的双脚扶搭在椅臂上，提着鞋袜放到门廊上去，便冲出门溜到稻田小路上坐着。我很愤怒，朝墨黑的虚空丢石头，石头落在水塘上："得拢！"月亮都破了。只有这一刻，我才体会出你对我的原始情感：畏惧的、征服性的，以及命定的悲感。

然而，我们又互相在等待、发现、寻找对方的身影。

夏天的河水像初生育后的母乳，非常丰沛。河的声音喧哗，河岸的野姜花大把大把地香开来，影响了野蕨的繁殖欲望，蕨的嫩荚很茂盛，一茎一茎绿贼贼地，采不完的。不上学的午后，我偷偷用铁钉在铝盆沿打一个小孔，系上塑胶绳，另一头绑在自己的腰上，拿着谷筛，溜去河里摸蛤蜊。"扑通！"下水，水的压力很舒服，我不禁"啊啊啊！"地呼气。河砂在脚指缝搔痒、流动，用脚指一掘，就踩到蛤蜊了，摸起来丢在铝盆，"咚！咚！咚！"蛤蜊们在盆里水中伸舌头吐砂，十分顽皮，我一粒一粒地按它们的头，叫它们安静些。有时，筛到玻璃珠、螺丝钉、纽扣，视为珍宝，尤其纽扣。我可以辨认是哪一家婶子洗脱的扣子，当然不还她。拿来缝布娃娃的眼睛。啊！我没有家，没有亲人，没有同伴，但拥有一条奔河，及所有的蛤蜊、野蕨、流砂。这时候，远方竹林处传来你的摩托车声，绝对是你的，那韵律我已熟悉。我想，我必须躲起来，不能让你发现我在玩水。但是这一段河一览无遗，姜叶也不够密，我只能游到路洞中去藏，等待你的车甫过。我有种紧张的兴奋，想吓你，当你的车甫过时，大声喊你："阿——爸啊！"然后躲起来，让你只闻其声不见其人，偷看你害怕的样子：你也许会沿着河搜索，以为我溺死了，刚刚是回魂来叫你，你也许会哭，啊！我想看你为我哭的样子……来了，车声很近了，准备叫，"轰轰轰……"，车轮辗过洞的路表，河波震得我麻麻的，我猛然从水中窜出，要叫，刹那间心生怀疑，车行已远……那两个字含在嘴里像含着两粒大鱼丸，喘不过气，我长长地叹一口气，把那两字吐到河水流走。叫你"阿爸"好像很不妥帖，不能直指人心，我又该称呼你什么？才是天经地义的呢？一身子的水在牵牵挂挂，滴到河里像水的婴啼，我带着水潜回河中，不想回家去帮你提鱼提肉，连对"父亲"的感觉也模糊了。夏河如母者的乳泉，我在载浮载沉。然而，为何是你先播种我，而非我来哺育你？或者，为何不能是互不相识的两个行人，忽然一日错肩过，觉得面熟而已？我总觉得你藏着一匹无法裁衣的情织锦，让我找得好苦！

迟归的夜，你的车声是天籁中唯一的单音。我一向与阿嬷同床，知道她不等到你归来则不能睡，有时听到她在半睡之中自叹自艾的鼻息，也开始心寒，怕你出事。你的车声响在无数的蛙鸣虫唧之中，我才松了心，与世无争。你推开未拴的大门进入大厅，跨过门槛转到阿嬷的房里请安，你们的话中话我都听进耳里，你以告解的态度说男人嗜酒有时是人在江湖不得不，有时是为了心情郁促。阿嬷不免责备你，家里酿的酒也香，你要喝几坛就喝。也免得妻小白白担了一段心肠。这时，阿姆烧好了洗澡水，也热了饭汤，并请你亲自操刀做生鱼片。一切就绪，你来请阿嬷起身去喝一点姜丝鱼汤。掀起蚊帐，你问：

"老大呢？"

"早就困去罗。"

你探进来半个身子,拨我的肩头叫:

"老大的——,老大的——,起来吃としみよ!"

我假装熟睡,一动也不动。(心想:"再叫呀!")

"老大的——"

"困去了,叫伊做啥?"阿嬷说。

"伊爱吃としよ!"

做父亲的摇着熟睡女儿的肩头,手劲既有力又温和,仿佛带着一丁点权威性的期待,及一丁点怕犯错的小心。我想我就顺遂你的意思醒过来吧!于是,我当着那些蛙们、虫群、竹丛、星子、月牙……的面,在心里很仁慈的对着父亲你说:"起来吧!"

"做啥,阿爸。"我装着一脸惺忪问你。

"吃としよ!"说完,你很威严的走出房门。好像仁尽义至一般。

但是,父亲,你寻觅过我,实不相瞒。

手　温

那是我今生所握过,最冰冷的手。

"青青校树,萋萋芳草"的骊歌唱过之后,也就是长辫子与吊带裙该换掉的时候。那一日,正是夏秋之间田里割稻的日子,每个人都一头斗笠、一手镰刀下地去了。田土干裂如龟壳,踩在脚底自然生起一股土地的感情。稻穗低垂,每一颗谷粒都坚实饱满,闪白闪白的稻芒如弓弦上的箭,随时要射入村妇的薄衫内,好搔得一驼红痒。空气里,尽是成熟的香,太阳在裸奔。

父亲,你刈稻的身躯起伏着,如一头奔跑中的豹。你的镰刀声擦过我的耳际,你的阔步踩响了我左侧的裂土,你全速前进,企图超越我,然后会在平行的地方停下来,说:"换!"然后我就必须成你左侧的败将,目送你豹一般往前刈去,一路势如破竹。但是,父亲,我决心赢你。我把一望无际的稻浪想象成战地草原,要与你一决雌雄。我使尽全力速进,刈声脆响,挺立的稻秆应声而倒,不留遗言。我听见你追赶我的镰声,逼在我的足踝旁、眉睫间、汗路中、心鼓上,我喘息着,焦渴着,使刀的劲有点软了,我听到你以一刈双棵的掌式逼来,刈声如狼的长嗥,速度加快,我不由得愤怒起来,撑开指掌,也用同样的方式险进,以拼命的心情。父亲,去胜过自己的生父似乎是一件很重要的事情,你能了解吗?

当我抵达田埂边界,挺腰,一背的湿衫,汗水淋漓,我握紧镰刀走去,父亲,我终于胜过你,但是不敢回头看你。

日落了,一畦田的谷子都已打落,马达声停止,阿嬷站在竹林丛边喊每个人回家吃饭。田里只剩下父亲你和我,你正忙着出谷,我随手束起几株稻草,铺好,坐下歇脚,抠抠掌肉上的茧，当我摘下斗笠扇风时，你似乎很惊讶，停下来：

"老大，什么时候去剪掉长头毛？"

"真久罗！"我摸摸那汗湿透的短发，有点不好意思，仿佛被你窥视了什么。

"做啥剪掉？"

"读中学啊！你不知道？"

"哦！"

你沉默地出好谷子，挑起一箩筐的谷子走上田埂回家，不招呼，沉重的背影隐入竹林里。

我躺下，藏在青秆稻草里的蛤蟆纷纷跳出来，远处的田有人在烧干稻草，一群虎狼也似的野火奔窜着、奔窜着，把天空都染红了半边。我这边的天，月亮出来了，然而是白夜。

父亲，我了解你的感受，昔日你褓抱中那个好哭的红婴，今日已摇身一变了。这怎能怪我呢？我们之间总要有一个衰老，一个成长啊！

但是，一变必有一劫。田里的对话之后，我们便很少再见面了。据说你在南方澳，渔船回来了，渔获量就是你的心事；据说你在新竹，我在菜园里摘四季豆的时候，问：

"阿嬷，阿爸去哪？"

"新竹的款！"

"做什么？"

"小卷。讲是卖小卷。"

"你有记不对没？你上次讲在基隆。"

"不是基隆就是新竹，你阿爸的事我哪会知？"

基隆的雨季大概比宜兰长吧！渔港的檐下，大概充斥着海鱼的血腥、批鱼商的铜板味，及出海人那一身洗也洗不掉的盐馊臭。交易之后，穿着雨衣雨鞋的鱼贩们，抱起一筐筐的鲜鱼走回他们自己的市场，开始在尖刀、鱼俎、冰块、山芋叶、湿咸草，及秤锤之间争论每一寸鱼的肉价，父亲，你是他们中的一员，你激动的时候就猛往地上吐槟榔汁，并操伊老母……雨天，我就这样想象。想到心情坏透了，就戴上斗笠，也不披蓑衣，从后院鸡舍的地方爬上屋顶，小心不踩破红瓦片，坐在最高的屋墩上，极目眺望，望穿汪洋一般的水田、望尽灰青色的山影，雨中的白鹭鸶低飞，飞成上下两排错乱的消息，我非常失望，嗫嚅着："阿爸！""阿爸！"天地都不敢回答。

再见到你，是一个寤寐的夜，我都已经睡着了，正在梦中。突然，一记巨响——重物跌落的声音，改编了梦中的情节，我惊醒过来，灯泡的光刺着我的睡眼，我还是看到你了，父亲。你全身爬进床上衣柜的底部，双拳捶打着木板床，两脚用力地蹭着木版墙壁，壁的那一面是摆设神龛的位置，供桌、烛台、香炉，及牌位都摇摇作响，阿嬷束手无策，不知该救神还是救人？你又挣扎着要出来，庞大的身躯卡在柜底，你大声的呼啸着、咆哮着、痛骂一些人名……我快速地爬下床，我知道接着你会大吐，把酒腥、肉馊、菜酸臭，连同你的坛底心事一起吐在木板床上，流入草席里。

父亲，我夺门而去，夜露吮吸着我的光臂及裸足，我习惯在夜中行走，月在水田里追随我，我抓起一把沙石，一一扔入水田，把月砸破，不想让任何存在窥见我心底的悲伤。整个村子都入睡了，沉浸在他们箪食瓢饮的梦中。只有田里水的闹声，冲破土堤，夜奔到另一畦田；只有草丛间不倦的萤火虫，忙于巡逻打更。父亲，夜色是这么宁谧，我的心却似崩溃的田土，泪如流萤。第一次，我在心底下定决心：

"要这样的阿爸做什么？要这样的阿爸做什么？"

父亲，我竟动念弃绝你。

七月是鬼月，村子里的人开始小心起来，言谈间、步履间，都端庄持重，深怕失言惹怒恼了田野中的孤魂，更怕行止之际骚扰到野鬼们的安静——在七月，他们是自由的，不缚不绑不必桎梏，人要礼让他们三分。小孩子被叮咛着：江底水边不可去哦，有水鬼会拖人的脚，天若是黑，竹林脚千万不要去哦，小鬼们在抽竹心吃，有听见没？第二天早晨去竹丛下看，果然落了一地的竹箨，及吸断的竹心渣。鬼来了，鬼来了。

七月十四，早晨，我在河边洗衣，清早的水色里白云翠叶未溶，水的曲线曼妙地独舞着，光在嬉闹，如耀眼的宝珠浮于水面，我在洗衣石上搓揉你的长裤，阿爸，一扭，就是一滩的鱼腥水滴入河里，鱼的鳞片一遇水便软化，纷纷飘零于水的线条里。阿爸，你的车声响起，近了，与我擦背而过，我蹲踞着，也不回头看你了，反正，你是不会停下来与我说话的。我把长裤用力一抛，"叭"入河，用指头勾住皮带环，两只裤管直直地在水里漂浮，水势是一往无悔的，阿爸，我有一两秒的时间迟疑着，若我轻轻一放指，长裤就流走了。但我害怕，感觉到一种逝水如斯的颤栗，仿佛生与死就在弹指之间。我快速地把长裤收起来，扭干每一滴水，将它紧紧地塞进水桶里。好险！捡回来了，阿爸！

但是阿爸，你的确是一去不返了。

那日，夜深极了，阿爸你还未回来，厅堂壁上的老钟响了十一下，我尚未合眼。远处传来一声声狗的长嗥，阴森森的月暝夜，我想象总有一点声音来通风报信吧！当我浑浑噩噩地从寤寐中醒来时，有人用拳头在敲木门："动"、"动"、"动"……

一个警察，数个远村带路的男人，说是撞车了，你横躺在路边，命在旦夕，阿爸。

阿嬷与阿姆随去后，我踅至沙发上呆住，老钟"滴答"、"滴答"，夜是绝望的黑，虫声仍旧唧唧，如苍天与地母的鼻鼾。我环膝而坐，头重如石磨，所有的想象都是无意义的暴动，人生到此，只有痴痴呆呆地等待、等待，老钟"滴答、滴答、滴答、滴答……"时间的咒语。

隐隐约约有哭声，从远远地路头传来，女人们的。你被抬进家门，半个血肉模糊的人，还没有死，用鼻息呻吟着、呻吟着。我们从未如此尴尬的面对面，以至于我不敢相认，只有你身上穿着的白衬衫我认得，那是我昨天才洗过晾过叠过的。阿姆为你褪下破了的血衫，为你拭血，那血汩汩地流。所有的人都面容忧戚，但我已听不见任何哭声，耳壳内只回荡着老钟的摆声及你忽长忽短的呻吟——天就要亮了，像不像一个不愿回家的稚童摇着他的拨浪鼓在哭？我端着一脸盆的污水到后院井那边去，才呼吸到将破的夜的香，但是这香也醒不了谁了。上方的井水一线如泻，注乱下方池里的碎月，我端起脸盆一泼，血水酹着这将芜的家园，“天啊！”我说，脸盆坠落，咕咚咚几滚，覆地，是上天赐下来的一个筊杯吗？我跪在石板上搓洗染血的毛巾，血腥一波一波刺着我的鼻，这浓浊、强烈、新鲜的男人的血，自己阿爸的。搓着搓着，手软了，坐在湿漉漉的青石上，面对着井壁痛苦，壁上的青苔、土屑、蜗牛唾糊了一脸，若有一命抵一命的交易，我此刻便换去，阿爸。

天快亮的时候，他们再度将你送去镇上医院，所有的人走后，你呻吟一夜的屋子空了，也虚了，只留下地上的斑斑碧血。那日是七月十五，普渡。

我在井边淘洗着米，把你的口粮也算进去的。昨夜的血水沉淀在池底，水色绛黑，我把脏的水都放掉，池壁也刷洗过，好像刷掉一场噩梦，好像什么事也没发生过，把上井的清水释放出来，我要淘米，待会儿家人都要吃我煮的饭，做田的人活着就应该继续活着，阿爸。

河那边的小路上，一个老人的身影转过来，步子迟缓而佝偻，那是七十岁的大伯公，昨晚，他一起跟去医院的。我放下米锅，越过竹篱笆穿过鸭塘边的破鱼网奔于险狭的田埂上，田草如刀，鞭着脚踝，鞭得我颠扑流离，水天漠漠无垠，也不来扶，跳上小路的那一刻，我很粗暴地问：

“阿爸怎么样？”

“啊……啊……啊……”他有严重的口吃，说不出话。

“怎么样？”

“啊……啊……，伊……伊……”

就在我愤怒地想扑向他时，他说：

“死……死了……”

他蹒跚地走去，摇摇头，一路嗫嚅着：“没……没救了……”我低头，只看见水田中的天，田草高长茂盛，在晨风中摇曳，摇不乱水中天的清朗明晰，我却在野地里哀痛，天！

那是唯一的一次，我主动地从伏跪的祭仪中站起来，走近你，俯身贪恋你，拉起你垂下的左掌，将它含在我温热的两掌之中摩挲着，抚摩着你掌肉上的厚茧，跟你互勾指头，这是我们父女之间最亲热的一次，不许与外人说（那晚你醉酒，我说不要你了，并不是真的），拍拍你的手背，放好放直，又回去伏跪。当我两掌贴地的时候，惊觉到地腹的热。

后　寻

死，就像一次远游，父亲，我在找你。

从学校晚读回来时，往往是星月交辉了。骑车在碎石子路上，经过你偶去闲坐的那户竹围，不免停车，将车子依在竹林下，弯进去，灯光守护着厅厅房房，正是人家晚膳的时刻。晒谷场上的狗向我吠着，我在他们的门外伫立，来做什么呢？其实自己也不清楚，就只是一种心愿罢了，来看看父亲你是否在他们家闲坐而已。那家妇人开了门，原本要延请我入室，似乎她也记得我正在服丧，头发上别住的粗麻重孝，令她迟疑而不安，她双手合起矮木门，只现出半身问我："啥么事？"我尴尬而不敢有愠，说，"真久没看到你，我阿爸过身，多谢你帮忙。"我转身要走了，她叫住我，说："是没弃嫌才跟你讲，去别人家，戴的孝要取下来，坏吉利。"父亲，东逝水了，东逝水了，我是岸土上奔跑追索的盲目女儿，众生人间是不会收留你的了。

天伦既不可求，就用人伦弥补，逆水行舟何妨。父亲，你死去已逾八年。

"你真像我的阿爸！"我对那人说。有时，故意偏着头眯着眼觑他。

"看什么？"他问。

"如果你是我爸爸，你也认不得我了。"

"哦？"

"你死的时候三十九岁，我十三岁，现在我二十一岁，你还是三十九岁。"

"反正碰不到面。"

痴傻的人才会在情愫里掺太多血脉相连的渴望，父亲，逆水行舟终会覆船，人去后，我还在水中自溺，迟迟不肯上岸，岸上的烟火炎凉是不会褓抱我的了，我注定自己终需浴火劫而残喘、罹情障而不愈、独行于荆棘之路而印血，父亲，谁叫我对着天地洒泪，自断与你的三千丈脐带？我执迷不悟地走上偏峰断崖，无非是求一次粉身碎骨的救赎。

捡 骨

第十一年，按着家乡的旧俗，是该为你捡遗骨了。

"寅时，自东方起手，吉"，看好时辰，我先用鲜花水果祭拜，分别唤醒东方的"皇天"、西面的"后土"，及沉睡着的你，阿爸。

墓地的初晨，看惯了生生死死的行伍，也就由着相思林兀自款摇，落相思的雨点；由着风低低地吼，翻阅那地上的冥纸，草履、布幡。雀在云天，巡逻或者监视，这些永恒梦国的侍卫们，时时清查着，谁是新居者，谁是寂寞身后的人？马缨丹是广阔的梦土上，最热情的安慰，每一朵花都是胭脂带笑的。野蔓藤就是情牵了，挽着"故闺女徐木兰之墓"及"龙溪显祖考妣苏公妈一派之佳城"这二老一少，不辞风雨日暮。紫牵牛似托钵的僧，一路掌着玻璃紫碗化缘，一路诵"大悲咒"，冀望把梦土化成来世的福田。

"武罕显考圭漳简公之墓"，你的四周长着带刺的含羞草，一朵朵粉红色花是你是十一年来字不成句的遗言，阿爸。三炷清香的虚烟袅袅而升，翳入你灵魂的鼻息之中，多像小时侯，我推开房门，摇摇你的脚丫，说："喂，起来啰，阿爸！"你果真从睡中起身，看我一眼。

"时辰到了。"挖墓的工人说。

按礼俗，挖墓必须由子嗣破土。我接过丁字镐，走到东土处，使力一掘，禁锢了十一年的天日要出现了，父亲，我不免痴想起死回生，希望只是一场长梦而已。

三个工人合力扒开沙石，棺的富贵花色已隐隐若现，我的心阵痛着，不知道十余年的风暴雨虐，蝼蚁啃嚼，你的身躯骨肉可安然化去，不痛不痒？所谓捡骨，其实是重叙生者与死者那一桩肝肠寸断的心事，在阳光之下重逢，彼此安慰、低诉、梦回、见最后一面、共享一顿牲礼酒食，如在。我害怕着，怕你无面无目地来赴会，你死的时候伤痕累累。

拔起棺钉，上棺戛然翻开，我睁开眼，借着清晨的天光，俯身看你：一个西装笔挺、玄帽端庄、革履完好、身姿壮硕的三十九岁男子寂静地躺着，如睡。我们又见面了，父亲。

啊！天，他原谅我了，他原谅我了，他知道我那夜对苍天的哭诉，是孺子深深爱恋人父的无心。

父亲，喜悦令我感到心痛，我真想流泪，宽恕多年来对自己的自戕与恣虐，因为你用更温柔敦厚的身势褓抱了我，视我如稚子。如果说，你不愿腐朽是为了等待这一天来与人世真正告别、为至亲解去十一年前那场噩梦所流下的绳索，那么，有谁比我更应该迎上前来，与你心心相印、与你舐犊共宴？父亲，我伏跪着，你躺着，这一生一世的重逢，虽不能执手，却也相看泪眼了，在咸泪流过处，竟有点顽石初悟的地坼天裂之感，我们都应该知足了。此后，你应该看穿人身原是骷髅，剔肉还天剔骨还地，恢复自己成为一介逍遥赤子。我也应该举足，从天伦的窗格破出，落地去为人世的母者，将未燃的柴薪都化成炊烟，去供养如许苍生。啊！我们做了十三年的父女，至今已缘尽情灭，却又在断灭处，拈花一笑。父亲，我深深地赏看你，心却疼惜起来，你躺卧的这模样，如稚子的酣眠、如人夫的腼腆、如人父的庄严。或许女子赏看至亲的男子都含有这三种情愫罢！父亲，涛涛不尽的尘世且不管了，我们的三世已过。

“合上吧，不能捡。”工人们说。

我按着礼俗，牵裳跪着，工人铲起沙石置于我的裙内，当他们合上棺，我用力一拨，沙石坠于棺材木上，算是我第二次亲手葬你，父亲。远游去吧！你二十四岁的女儿送行送到此。

所有的人都走后，墓地又安静起来，突然，想陪你抽一支烟，就插在燃过的香炷上。烟升如春蚕吐丝，虽散却不断，像极人世的念念相续。墓碑上刻着你的姓名，我用指头慢慢描了一遍，沙屑拈在指肉上，你的五官七窍我都认领清楚，如果还能乘愿再来，当要身体发肤相受。

不知该如何称呼你了？父亲，你是我遗世而独立的恋人！

连云飞、章龙、张丽华编：《二十世纪中国女作家散文精品·下卷》，中国广播电视出版社，1995 年，第 541—555 页。

简媜导读

◎ 程国君

简媜专事散文创作，是台湾女性作家中“学院派”味最为浓厚、且有自己独特风格的一个。她对人生、自我和生命有着独到的理解，对文学有着相当高的觉悟并善于创格变新。其散文创作涉及面很广，但中心议题是对现代人的精神世界及其生命存在方式的深切关注，以及对生命存在的价值与意义的苦苦探寻。简媜作品的魅力在于，她的“深切关注”具有哲思慧心，她的“苦苦探寻”具有豁达胸襟，正如她自己对文学的吊诡性体验有深切的觉悟一样，她对人的精神世界和生命存在的吊诡性也有精细入微的透析。与此相联系，简媜散文有其独特的书写方式。有时明朗深彻，有时含蓄隽永，格高而调远。有学者认为构思缜密、才情独异的简媜散文在言说方式上具有三个特点：取材——笔意灵活而体悟独特；意象——意味丰饶而诠释深刻；语词——异乎常态而饶有新意。这些特征使简媜的散文比较耐读，经得起推敲。

简媜24岁时写给已逝父亲的《渔夫》是她具有代表性的作品之一。文中追忆皇天后土般高远深厚的父爱，抒发对11年前因车祸亡故的父亲的痛切思念。有关父子（女）之间亲情至爱的描述，文学史上并非罕见，但像《渔夫》这样把父女至爱这份人伦情感的浓郁情味充分表现出来的，却属难得。庄稼汉父亲对女儿的骨肉之爱，出自本然的内心，无私，纯粹，粗糙又细心，了无心机又充满关爱。父女间的“三千长脐带”、“血脉连心”的原始情感，贯穿始终。女儿在追忆和忏悔中感悟：“父亲，你是我遗世而独立的恋人！”比之朱自清表现人伦至亲的散文《背影》，简媜这般仿佛“拈花一笑”的超脱及其以“恋人”作比背后所蓄的深情、痛惜，自有一番独特的魅力。

《月魔》几可称为《渔夫》的姊妹篇。作品写的是孤寂的女人心情和对生命的顿悟，同时对现代人精神的失落感也有深切的表现。对于一个渔夫的女儿来说，考入台大，高调地步入现代都市，似可满足。然而她偏偏是“一钵千家饭，孤身万里游”者，十五赏月的一次独游，无目的，像个夜幽魂，体现的正是现代人精神的那种失落感：“今天的游客大约是属于忐忑、迟疑、应景的那一种。回家对现代人而言不再是一种仪式，因为乡园的情感远淡了，犹如漂蓬浮萍，有水之处即是家。”作者失落但不悲观，苦苦追寻：“人影在黑暗的玻璃上显现，疲困、静肃、苍老，这样都是生命的基调。在没有化妆、丽服的时候看看自己，竟觉沧桑。我在追寻什么？一份事业、一份尘埃落定的情感、一座华屋吗？”甚至超越生命直逼自我：“我试着要剥离自己的身份，修改所有主宰我的程序；而在剥离的过程中，却又分派自己去监视、扰乱另一个冲动的自己。啊！或者，没有一种存在叫做‘我’，‘我’只是各种零件的组合总称：名字、性别、籍贯、父母、出生年月日、身份证号码、配偶、学历、工作、职位、地址、电话、印章、子女、产权、护照……每一种零件都得来不易，所以必须受制于它。”

简媜说她“一路的作品处处可见女踪”，到《女儿红》时，才把这一议题真正“掼在桌上”：“我想我是生气了才这么做，气几千年来中国人从结绳记事到敲击键盘发E-mail给南半球、北半球之友人、敌人，怎么女人拥有的东西还是没多大变化？在我看来，女人真正拥有的是她自己的眼泪和经血。”从自身性别出发，简媜女性立场的书写颇有激进的色彩。这正应了她在《渔夫》中的那句话：“父亲，我在聆听自己骨骼里宿命的声音。”所以，尽管《渔夫》和《月魔》是在写父爱、写现代人对自我的审视，但它们又都隐现着“女踪”，从中正反映了简媜作为一个女性作家对自身生命的玄远审视。

简媜研究资料链接

简媜：《重如鸿毛——自述创作道路》，《私房书》，九洲图书出版社，2000 年。

倪金华：《心思缜密　才情独异——简媜散文的生命言说》，《台湾散文新观察》第二十四章，海峡文艺出版社，2002 年。

林超然、高方：《同情与悲悯的混响——试论简媜散文的女性观》，《世界华文文学论坛》，2002 年第 1 期。

谈勇：《红尘外的四月裂帛——读简媜散文》，《世界华文文学论坛》，2002 年第 1 期。

何平：《梦游者天堂——简媜散文试论》，《世界华文文学论坛》，2003 年第 1 期。

辛倩儿：《美与悲剧的融合和抗衡——简媜散文对女性悲剧的摹写》，《世界华文文学论坛》，2007 年第 1 期。

林强：《台北的焦虑：简媜散文的都市书写》，《东方论坛》，2012 年第 2 期。

龙应台

龙应台(1952—),祖籍湖南衡山,生于台湾高雄,1974 年毕业于成功大学外文系,后赴美深造,攻读英美文学专业。1982 年获得堪萨斯州立大学英文系博士学位后,一度在纽约市立大学及梅西大学外文系任教。1983 年回台湾,先在“中央大学”外文系,后到淡江大学外国文学所任研究员。1984 年出版文艺评论集《龙应台评小说》,一上市即告罄,多次再版,被余光中称为“龙卷风”。1985 年以来,她在台湾《中国时报》等报刊发表大量杂文及小说评论,引起极大反响,从而成为著名报纸专栏作家。她以专栏文章结集的《野火集》,多次再版,对 80 年代的台湾社会产生了巨大影响。1986 年至 1988 年,龙应台旅居瑞士,专心育儿。1988 年迁居德国,在海德堡大学汉学系任教,开设台湾文学课程,并每年导演学生戏剧。同年底应苏联政府邀请,作为第一个台湾女记者赴莫斯科访问。自 1995 年起,龙应台在上海《文汇报》“笔会”副刊撰写“龙应台专栏”,通过与大陆读者及文化人的接触和交流,开始更认真地关心大陆的文化发展。与此同时,她从 1996 年开始不断在欧洲报刊上发表作品,向欧洲读者阐明一个中国知识分子的见解,颇受瞩目。主要作品结集为:《龙应台评小说》、《野火集》、《人在欧洲》、《孩子,你慢慢来》、《龙应台自选集》、《女子与小人》、《在海德堡坠入情网》、《看世纪末向你走来》、《魂牵》、《啊,上海男人》、《这个动荡的世界》、《故乡异乡》等。2000 年曾任台北市文化局局长,三年后辞职。现定居德国法兰克福。

龙应台作品不针对选本授权,本书选文存目。

美丽的权利（存目）

龙应台:《美丽的权利》,圆神出版社,1994年4月。

龙应台导读

◎王　越

龙应台在台湾文学史上的地位，是由她的杂文成就奠定的，这使她与众多选择了小说和随笔作为自己驰骋天地的女作家有了显著的区别。杂文的体裁，因其与社会现实不可间离的密切联系，以及要求对时弊或人性进行直接而深刻的剖析针砭的本质属性，向来多由男作家创作。龙应台的杂文却以其切入并挖掘社会问题本质的独特视角和犀利从容的语言在杂文界异军突起，成为一股对杂文界中男性权威进行挑战的不可忽视的新力量。

由于自身多文化的生活背景，龙应台的杂文往往站在"地球村"公民的高度来观察社会民生，分析社会问题。她注目的焦点，不仅仅是台湾、大陆等一时一地的社会现实及其背后深层的意识形态运行机制，而是人类视野、乃至整个自然视野中对人类精神麻木、道德缺失所进行的深刻反思。她的作品，无论是关注政治民主进程，还是批判民族劣根性和价值观的错位，实际上都是从人本主义出发，宣扬一种健康、开放、理性的新人格的奠定，并呼吁确立民主、平等的社会规范体系，从而为这种新人格提供生发的土壤。作为身处中国大陆、台湾及欧洲各国多种文化交叉地带的"边缘人"，龙应台立足于有别主流社会的孤独状态，保持着对人类多元文化碰撞、交融的热切关注和清醒思考："就地球村整体文化而言，白种文化的绝对强势所造成的世界同质化倾向，对弱势文化中的作家无宁是一种危机，一种威胁"；"有些基本信念，譬如公正、自由、民主、人权等等，必须超越民族主义的捆绑。但弱势文化中的作家或许应该结合力量，发出声音，让沉浸在自我膨胀中的白人社会产生些不安"；"谈四海一家，必须先站在平等的立足点上"。如此等等，未尝不可看作龙应台身为女性作家，在深入杂文领域有所建树时体察到的女性被强势男权文化遏制、同化的尴尬处境和由此发出的疾呼。在龙应台眼中，无论是强势文化与弱势文化、东方世界与西方世界，还是男性与女性，其冲突的根源都在于社会组成单位的个体的人格缺陷，这种缺陷使得公正平等的人权被忽视、曲解而无法实现，从而也造成了社会政治体制、意识形态体系和文化的倾斜。要解决这些问题，必须从根本上克服各种本位思想，以开放、包容、互相尊重的心态来追求基本人权的实现。从这个意义上说，作为女性作家的龙应台，同时也超越了两性性别的对抗，而倾向于从人类整体的高度寻觅两性平等地位构建与实现的途径。

《美丽的权利》收于龙应台杂文集《女人与小人》中。这篇杂文体现了龙应台杂文创作一贯具有的由小见大的风格，即从司空见惯乃至在人们思想中已理所当然的日常现实出发，借助敏锐的现实观察能力和独特的思考方式，以女性主义视角一针见血地指出社会现象所反映出的男权中心社会中女性的"第二性"地位，并进一步指出造成这种不平等地位的腐朽而强大的男性心理。女性发现自己身体的美丽，并为能够从容展示这种美丽而感到快乐，同时也希望自己的美丽能够"使男人女人都觉得我妩媚动人"，这是女性对自身价值的发现与肯定。然而这种肯定是不能见容于男性中心社会的，因为它首先冒犯了男性将女性视为附庸和物化对象的规则:女性的装扮应当是用来取悦男性,而非取悦自己。由此,龙应台深入揭示出男权中心社会意识形态的荒谬逻辑:男性自身面对道德的无力、对女性的侵犯和戕害,统统被归罪于女性对平等人权的要求。这篇杂文虽然精短,但其中对男权中心社会意识形态体系的质问与批判却有理有节,尖锐犀利,发人深省。

龙应台的杂文引起的反响和共鸣是巨大的。她的杂文以丰富的事实、澎湃的激情、咄咄逼人的勇气、论辩式的说理体现出女性作家在杂文创作方面独到的智能,同时她也以冷静、严密的理性思维和逻辑能力质疑着男性中心社会为女性作家框定的感性路线。她的杂文所传达的人类身处政治、历史、文化种种矛盾发展中的茫然和迷失,对人类生存状态如何改善的不懈追问,以及对公正、自由、平等人权的执着追求,都体现出作家丰厚的思想内蕴和高度的社会责任感。

龙应台研究资料链接

龙应台:《给猫挂铜铃的老鼠——龙应台自问自答谈评论》,1987 年 9 月 3 日《文学报》,总第 336 期。

王澄霞:《女权主义与女性中心主义——评龙应台〈美丽的权利〉》,《世界华文文学论坛》,2000 年第 3 期。

郭宇宽:《自由的沉思——与龙应台对话》,《南风窗》,2003 年第 17 期。

唐冰炎:《知识分子的灵魂交响曲——从龙应台现象解读龙应台的知识分子角色》,《华文文学》,2007 年第 6 期。

黄碧云

黄碧云(1961—),在香港出生,毕业于香港中文大学,主修新闻及传播,曾到法国巴黎第一大学修读法文及法国文化课程。先后任记者、编辑和自由撰稿作家,有资料还说她曾经自己开过服装店,在西班牙学过两年佛朗明高舞,为合格执业律师。

按她出书的速度而言,黄碧云绝对不是一个高产作家,从1986年出版第一本散文集《扬眉女子》以来,在香港、台湾发行的小说集不过《其后》、《温柔与暴烈》、《她是女子,我也是女子》、《七种静默》、《烈女图》、《血卡门》等数种,所收录的作品大多都能代表她某一时期,某一思想状态下对爱情、生命意义的敏锐、丰盛的思考。几个换了名字、换了身份的女子穿梭在她文字中,演绎着一出又一出或悲哀、或无助、或血腥,却都没有出路可言的故事,她们生活的都是如此的失意。虽然黄碧云坦言自己的小说销路有限,但那些小说却连连获奖,篇篇被她的忠诚读者一再研读。1990年始,《台港文学选刊》以《盛世恋》为开场白,慢慢地推荐她的作品,使大陆读者对她的小说中那"惊天地泣鬼神"的世界一再加深着印象,阅读的困难与障碍也将逐渐破除。

黄碧云作品不针对选本授权,本书选文存目。

呕吐：女性生存文学（存目）

她是女子，我也是女子（存目）

黄碧云:《呕吐:女性生存文学》,春风文艺出版社,1993 年

黄碧云:《她是女子,我也是女子》,台湾麦田出版社,1994 年。

黄碧云导读

◎ 莫蔼琳

香港，一个曾经的失落城市，一个被“她者化”的繁华所在，生活在其中的作家们所有关于家、国、命运、前途、出路的反复思考与抉择都充满了血与火、幻想与希冀的迭加演化。身为其中新生代作家之一员的黄碧云，一直在用文字真实表达着她身为一个“岛民”、一个有充分女性自觉者、一个“流浪在全世界”的漂流者的尴尬处境和思维之纬。她的书写在香港甚至是中国文学史上留下一串特立独行的足迹，而注定要被争论、被评说、被反复命名：失城文学、女性主义、张派作家，面对这些，她有时候沉默，有时候反对，但却不曾停止自己在文学路上的烟视媚行。

阅读黄碧云是一种媚惑和挑战，读完她的小说经常会让我们倒吸一口凉气：人生怎么是这样的不痛快啊。黄碧云对性别/种族(地域)有很深的领悟，她的故事通常在一种暧昧的情境中取消了男女的不平等，用明显的讲故事手法试图解构历史和权力的绝对权威，这让她的小说在偶尔承担取悦读者的功能以外另有许多不可见的企图心。可是，我们仍是追随着她的写作，从一个国度到另一个国度，从一个女子到另一个女子，从一段不快乐的生活到另一段不快乐的生活。她只是非常自我地书写着，并不特别顾及你我的感受：《无爱纪》缥缈的人物关系，纷至沓来的时空转换让人目不暇接；《七月流火》根本不能以正常的阅读方式入手，繁复的名字和无所定踪的对话，呈碎片状的意识流，混乱的人物关系，足以让一个经验丰富的阅读者为之迷茫。

黄碧云习惯将她女主角的名字反复使用，于是几个没有来路、没有出口的女子在读者一次又一次怀疑的追踪下，渐渐地融成了一个人：年青，长期漂荡在香港以外的某处、幸福生活之外的某处，她忧郁、敏感、勇敢地伤害自己和身边人。《呕吐》中的叶细细很巧合地与作者同岁，她忠于爱的狂热，行踪飘忽不定，激动时会不能自控地呕吐。她以呕吐这种特殊的生理反应将自己嵌进了“我”的记忆里，在她的伤与自伤中，“我”终于明白她呕吐的原因，也因不能承受强烈袭来的感情冲击，呕吐起来。美好的年代，加州阳光，曾经年轻的自己，沉闷无望的生活，港人无法解脱的“九七”心结，回忆和现实竟同样痛苦不堪，除了呕吐竟不能有其他反应。到了《爱在纽约》，叶细细转身变为一个为爱流泪流血的黑社会成员，无论多么特别，终究不能得到一份完整的爱情。“如果有天我们湮没在人潮之中，庸碌一生，那是因为我们没有努力要活得丰盛。”在《她是女子，我也是女子》里面，叶细细对自己深爱的女伴如是说。终于，她死在了《一个流落巴黎的中国女子》面前，她美丽的脑袋被拖在地上敲打着每一级楼梯。黄碧云一直坚持着她的女性书写，有人说她反复用那几个有限的女主角，局限性太大，却忽略了每一段故事下面的灵魂都在体验不同的压抑和伤害，它们来自男人、爱情、亲人、陌生人甚至整个世界，而以野玫瑰、木槿、黄百合、粉红钻石、翠玉、耳钻的面目出现在她们面前，从而使物获得了爱的分量和伤害的能力。

诚如黄碧云所言：“写作必须于人有益，虽然我的写作对读者会过于沉重而哀伤，作品却是一个净炼与提升的过程——我期待生命最沉重与哀伤之处，都静下来，留下最清晰的——冰凉而怜悯的，对生命的透视——”讲诉故事是在传达一个不能解开的死结，同时也是在消解伤痛、抚慰生命，甚至，重建另一种真实的历史。

黄碧云研究资料链接

简瑛瑛：《蝴蝶、石榴与黄玫瑰：试论〈贪婪〉中的（后）殖民论述与女性救赎》，《中外文学》第25卷11期，1997年4月。

应宇力：《从没见过的那一朵云——黄碧云小说世界》，《世界华文文学论坛》，1998年第2期。

周伟红：《双重阴影之下的挣扎——黄碧云小说论》，《当代文坛》，2002年第1期。

黄念欣：《一个女子的尤利西斯——黄碧云小说中的行旅想象与精神家园》，《当代作家评论》，2006年第1期。

孙宜学、陈涛：《重复：黄碧云小说的一道奇观》，《当代作家评论》，2007年第2期。

王艳芳：《失城之乱：论黄碧云小说的城市身份想像》，《华文文学》，2008年第4期。

梁凤仪

梁凤仪(1949—),香港著名财经作家、企业家。原籍广东新会,出生在香港。1970年毕业于香港中文大学,1985年获博士学位。曾任电视节目监制、编剧及证券公司、银行和集团公司的高级主管。1977年,梁凤仪创立碧利菲佣公司,为香港家庭引进菲律宾女佣,成为香港社会史上很重要的一大创举。通过这番作为,梁凤仪的商业智慧、市场眼光与行政修养,都被商界人士肯定。更令人欣赏的是她除了冒险精神外,还有创新观念。梁凤仪基于丰富的商业经验开始创作。1986开始在香港报纸上从事专栏写作。1989年推出第一部畅销小说《尽在不言中》。1990年创办勤+缘出版社。几年内连续写作出版了50多种小说、散文,且一直畅销不衰,风靡于中国大陆和港、澳、台地区及加拿大、东南亚等地,在20世纪90年代中期产生了所谓"梁凤仪现象"。《风云变》、《昨夜长风》、《大家族》、《花帜》、《归航》、《金融大风暴》、《豪门惊梦》等20多部小说已被改编拍摄成电视剧或电影。梁凤仪1991年荣获香港最佳作家年奖,1992年又获市政局及香港艺术家联盟合办的艺术家年奖。2010年10月22日增补为第十一届全国政协委员。梁凤仪作品不针对选本授权,本书选文存目。

归航之深情似往时（存目）

梁凤仪:《归航之深情似往时》,香港勤+缘出版社,1997 年 4 月。

◆◆◆ 梁凤仪导读

◎张　岚

梁凤仪的小说多以香港风云变幻的商界为背景，故被称作"财经小说"。但事实上，"财经"只是外壳，爱情故事才是内核。她的小说几乎都在讲述财经界、商界里的爱情故事，演绎着职业女性在精神、情感上的觉醒、成长和成熟。小说女主人公多为从风云诡谲、尔虞我诈的商场上脱颖而出的女强人，她们原先或是豪门小妾、或为望族少奶，甚至是大陆妹……由于男人的遗弃（或男人的死亡）被迫摆脱原先的依附地位走向自立自强，如《信是有缘》中的阮楚翘、《风云变》中的段郁文、《九重恩怨》里的江福慧、《花帜》中的杜晚晴等。她们在事业上与男人激烈竞争，在性情上又不失传统女性的温柔体贴，热烈追求爱情却决不依赖男人。围绕着这些女性情感和人生经历所展示的则是香港社会的众生相：股市的风云、商场的莫测、人事的沉浮、家族的兴衰以及金钱异化的人物心态交织成一幅幅触目惊心的画面，这使得梁凤仪的小说不仅仅停留在传奇性的现代香港故事的叙述上，而是深入到灯红酒绿的生活底里去刻画物化了的人物精神，《强人泪》中赵一波的发迹史就很具代表性。

梁凤仪把自己定位为风行小说家。① "风行小说"意即通常所说的通俗小说、流行小说。确实，梁氏小说赢得了广泛的读者，其卖点主要在财经背景、故事传奇及女性独立意识上，小说中遭遇不幸的女主人公的成功，将普通人现实生活里难以实现的理想在幻想世界中得以实现。但她的小说又非一般通俗小说的意义所能涵盖，她努力在市场规则、经济效益、读者需求与艺术使命、社会责任、审美趣味上寻找契合，《归航》就很好地体现了这一点。

《归航》是梁凤仪为庆贺香港回归而撰写的长篇历史小说，这是第一部由香港作家所写的香港历史题材小说，作品将纪实和虚构相结合，从杨思、钱力、钱程、易祖惠、姜山等人物的命运变迁中反映了自鸦片战争到"九七"香港回归之间的历史风云，其中流露的对香港和中国前途的强烈关注弥补了以往香港女作家在这一题材创作上的不足，也突破了一般通俗小说教化功能的欠缺。作家将故事安排在自1838年广州发生万人大示威抗议外国势力干预中国政府处决烟贩，继而林则徐禁烟，鸦片战争爆发，清政府被迫签订不平等条约，割让香港，直至1984年中国政府宣布恢复对香港行使主权，国旗将在1997年7月1日凌晨在香港升起的一刻为止。全书约100万字，分为《日落紫禁城》、《西风逐晚霞》、《篱下的岁月》、《沧波万里风》、《深情似往时》、《冲上九重天》共六卷，为我们展现了香港一百五十年的历史沧桑，在演绎历史事件、描绘历史人物时，提炼出中华民族虽历经屈辱却生生不息，虽屡遭磨难却抗争不已的浩然之气。

在艺术表现上，梁凤仪的小说可读性很强，这与她丰富的阅历尤其是商场经历有关，

---

① 梁凤仪：《西风逐晚霞·序》，《归航》之二，人民文学出版社，1997年9月，第9页。

也与她研究过晚清小说、从事过戏剧创作有关。不过,她的小说也存在着一些不足。或许由于惊人的产量使得她的叙述文字显得过于匆忙而失之草率和粗糙;在人物性格、人物命运以及作品结构的安排上都带有模式化倾向;同时,为了表达她对女性自主自强的理念,往往直接提出问题、给出答案,主观色彩过浓,这些都在一定程度上影响了作品的深度表达。

梁凤仪研究资料链接

梁凤仪:《海峡两岸的梁凤仪》,香港勤+缘出版社,1992年。

程乃珊、周清霖编:《上海人眼中的梁凤仪:梁凤仪作品评论集》,学林出版社,1993年。

曹维劲:《商战背后的女性情结——评梁凤仪的财经小说》,《社会科学》,1993年第4期。

周忠厚主编:《回归情——梁凤仪财经小说赏析》,中国国际广播出版社,1994年。

马相武:《梁凤仪小说与大众文化》,《中国人民大学学报》,1995年第1期。

郭正元:《商潮与文学三题——梁凤仪小说谈片》,《社会科学战线》,1997年第3期。

覃贤茂:《梁凤仪传》,四川人民出版社,1997年。

蔡恩泽:《梁凤仪的商旅生涯》,《世界》,2005年第4期。

李开:《梁凤仪 财经作家的传奇生活》,《人民文摘》,2007年第2期。

王璞

王璞(1950—　),香港人,笔名有多多、严晓等。1951 年随父母回大陆,在北京上小学。1958 年全家随同父亲一起下放内蒙古住了三年。1961 年因母亲生病便随母迁回母亲的故乡湖南长沙。1966 年初中毕业,遇"文革",停学在家,失业八年。期间做过各种临时工,包括车工、印刷工、小学代课教师、无线电修理工、钟表修理工等等。1980 年进湖南人民出版社《芙蓉》编辑部任编辑,1985 年考入上海华东师大攻读比较文学硕士学位。1988 年毕业,分配至深圳海天出版社任编辑。1989 年定居香港,先后在《东方日报》、《星岛日报》任编辑。1993 年受聘于岭南学院中文系,任香港岭南大学中文系助理教授。

1980 年王璞在《芙蓉》杂志发表第一篇小说,1982 年又在黑龙江出版社出版了第一本译作(日文),十多年来共发表及出版小说、散文、译作(俄、日、英文)评论一百多万字。1993 年出版了第一本个人小说集《女人的故事》。1994 年出版了散文集《呢喃细语》,书中收 86 篇散文,活灵活现地表露了一个走遍天南地北,人生经历丰富的知识女性的精神风貌。这是一本很有见地且情感真挚的"话说人生"集,作者率性而书,写亲情,写友情,写闲情,亦写世情。1996 年出版小说集《雨又悄悄》(漓江出版社,1996 年 3 月),一共收有小说 34 篇。

村上春树的忧郁

这些年来村上春树的小说在日本及中国香港非常受欢迎，近两年在中国内地也开始畅销了，他的小说动辄印上百万，一九八八年出版的《挪威的森林》印数更超过四百万，形成一股“春树”旋风。我在《挪威的森林》刚出版不久就把这本书找来读了，没有什么特别的感觉。之后又陆续读了他另外一些小说，如《寻羊的冒险》《听风的歌》等等，觉得这是一些类似摇滚乐的玩意，以它的青春气息和现代城市风情迎合了年青一代的心。

但是，当我今年重读村上的小说，尤其是读过他的短篇小说集《莱辛顿的幽灵》时，才感觉出村上春树的小说中的一股深沉的潜流，评论家说“他的作品带给我们思想的特异空间”，说得有点玄，我想用简单的一句话表述就是，他的小说里流动着一股特殊的忧郁，那是现代都市的忧郁，更确切地说，是成长中的都市青年的忧郁，或者就叫做村上春树的忧郁。

荒诞派戏剧之父尤奈斯库曾道：“当年支持我的年轻人时至今日都不见了，他们都变成了公证人和律师……我不知道怎样才能让年轻人永远保持年轻。”

村上春树小说中的年轻人都是这样一些不想变成公证人和律师的年轻人，他们拒绝长大，拒绝按照社会给他们安排的程序进入人生。在《挪威的森林》里，女主角直子的两个最爱的人，姐姐和情人，都在十七岁那年自杀了。他们都是天资优异的青年，却在亲友都对他们寄予无限希望的年华突然自绝于人生。直子在这样的阴影中长大，尽管她作出了最大的努力，旁边的朋友家人也尽力帮助她，她却始终无法像正常人一样生活，走入社会，和别人一样恋爱，工作，成家，最后终于步了姐姐和情人的后尘，一死了之。对于一个胸怀理想、热爱生活的青年来说，不成为公证人和律师，有没有别的道路呢？很遗憾，我们从村上的小说中总是得出否定的答案。

但村上的小说最大的魅力还不在故事的过程和结局，而在那些感觉细腻的细节。我们在故事中的每一件道具，每一个出场者身上都感觉得到那种深刻的忧郁，例如《莱辛顿的幽灵》中男主角的那条狗，他写它“无法长时间独处……一定要到谁的身边，把身体一部分，不惹人注意地悄悄靠上对方”。这条狗由于老是和孤独古怪的主人生活在一起，也变得和主人一样寂寞，它这种摆脱寂寞的可怜姿态，在我们心中引起强烈的共鸣。

村上的小说和一般的青春小说不同，没有那种激昂的调子，而始终心平气和，娓娓道来，是一种中年人说青年人心事的“欲说还休”的调子，在高昂激越的都市生活中，它们恰如一道道低音和弦，提醒生活的另一个方面。据说，村上是在二十五岁那年，一个阳光明媚的春日，躺在美国的一片草地上，一边喝着啤酒，一边看棒球赛时，突然决定了要写一本小说的。我想那股忧郁的调子一定在他内心流了很久，使得他坐卧难安，一定要以某种形式发泄出来，他的心才能得到安宁。我注意到村上和别的优秀作家一样，有些情节和细节，反复在他不同的小说中出现，比如孤独的两父子、去医院探望胸部开刀女友的青年、阴魂不散的童年亡友……我想他一定经受过比他的主人公们更为酷烈的惨痛，只是他是小说家，他能把这些惨痛往事反刍成一片片的故事，和世人分担。这是小说家的得天独厚之处。

村上春树的《国境之南，太阳之西》，使我想到是一个默默沉思的人，他所发出的一声叹息，悠长、悠长的。

这部小说写的其实是很陈旧的故事：一个男人的感情生活。少年时代，青年时代，和中年时代，他爱上了三位不同的女子，和这三位女子在一起的感觉变化过程，也就是他个人心灵的成长经历。

令人耳目一新是村上叙述这个故事时的语调，和在这种语调的流动中，使我们深刻感觉到的寂寞。那是每一个有思想的都市人都会感觉到的沁入心底的寂寞。所以，读着读着这本书，我们往往就会不由自主沉耽于那些人物的精神世界，进入那种很难得的忘我之境。

我一直为近年来日本电视剧对香港青少年的冲击甚感惊异。那些日本电视连续剧，动辄十数集，絮絮叨叨讲述的，好像都是些儿女情长的老套故事，但却能抓住少男少女、甚至成熟男女的心，原因何在？可能一时半刻说不清。但，有一点是很明显的：就是它们好好歹歹呈现了现代都市生活的某一方面。美国作家奥登谈到卡夫卡时说过："他与我们时代的关系最最近似但丁、莎士比亚、歌德与他们时代的关系。"村上的小说和那些日剧正是在这方面突破了传统日本小说。传统日本小说一向给人一种沉重之感，从芥川龙之介到川端康成，那些优秀的日本小说家固然在他们小说中表现了日本民族本质的东西，颇具古典的静态之美。而村上的小说却抓住了日本当代社会的脉搏，具有现代的动态之美。他的小说里的人物当然还是日本的人物，但却是日本当代都市人物了。那是当代日本生活的主流。

男主角阿始，日子过得不可谓不顺，他有一个幸福的家庭，妻子贤淑，事业兴旺。下班开着车去幼儿园接女儿，周末与妻女去别墅度假，日子过得优哉游哉。但他总觉得不是那么回事，梦想中的生活不是这样的，好像总缺少了一点什么。是什么呢？却说不出来。与少年时代的女友重逢似乎令他看到了答案：他所缺少的，是一份刻骨铭心的、能把自己完全投进去的爱。

我说"似乎"，是因为事实上答案却并非如此，在小说的结尾，我们看到，与女友难解难分地爱过了一回的阿始，最后还是回到妻子的怀抱。与女友的一场爱，就像一个朦胧、却摆脱不掉的梦，似幻还真。他只是在大梦过去之后，自言自语地述说着梦中情境，以确认自己的存在。他叹息着，叹息表示对现有状况的不满足，不安定，但这不满足也许本身就是生活的一部分，它使人有冲动和欲望，但并不表示非得要以行动去填补那些空虚。填补的结果，可能是更大的失落。固然，歌子里老是吟唱着"国境之南，太阳之西"，国境之南，太阳之西有些什么美景呢？想一想是美丽的，真的去追寻也许就很失望了。

这就是现代人的都市梦。

这都市梦是琐碎的，有时甚至是无聊的，村上敏感地把握住的正是这种琐碎和无聊之处。用一种百无聊赖的调子，以一份似是而非的执着，玩味着那些琐碎无聊、却自有其真实动人之情的细节。这是村上春树的独特，也是他打动了千万读者之心的成功处。

如果说《听风的歌》和《寻羊的冒险》是七十年代的年轻人在成长过程中的叹息，那么《国境之南，太阳之西》可以说是那叹息的延续，它延续了十数年之久，也许还会不断延续下去。

载《书屋》，2000 年第 10 期。

◆◆◆ 王璞导读

◎ 黄晓娟

王璞是一位学者型作家，品读她的文章就如同品味一杯清淡幽香的绿茶，它带来的不是即刻的陶醉而是持久的回味。王璞的散文体现出了在中西文化的激烈碰撞冲突中，传统与现代的结合点富有知识性、趣味性的理性思考与诗意的汇合。就连她的书评也是情感充沛，注重意象的铸造，有精辟独到的见解，文字功力深湛。在书评《村上春树的忧郁》中，她将生活情趣和人性品鉴联系起来，体现出了对社会人生的深度透视。她将读书与咏怀熔于一炉，在探悉村上春树的忧郁的同时也在抒写自己对人情世事的感悟，绵绵的情愫，清雅的文字，具有浓浓的诗情，给读者以心灵的触动。

王璞的小说亦是别具情韵，她写的故事并不复杂，但有内在的真情实感。王璞的小说不是靠追新猎奇吸引人，而是在不显山不露水的讲述中，通过对纷繁复杂的社会人生的细致描绘，反映都市男女起起落落、悲欢无常的情感的历程，男人和女人之间理不清剪不断的缠绵恩怨。《雨又悄悄》述说了一个有婚外情的女性的情感故事。米丽在一次偶然中发现了自己的丈夫大明与一个面容清纯的女性来往密切，这引起了她的猜疑。而米丽自己也有一个交往了五年之久的情人，于是她在疑人和自疑中挣扎，最后走向了崩溃。作者撕开了貌似诗性的生活，展示的是毫无诗意的庸俗人生。故事讲述得干净利索，可读性很强。作者将笔下的人物的经历化繁为简，蕴含着对普通生活平凡生命的感喟，有一种单纯的诗性之美扣动人心。在王璞的每一篇小说里，似乎都有着一份对岁月匆匆、人生无定、悲欢永远演绎的咏叹。女性的情感生活是王璞小说的关注点，她通过这些女性起伏不定的婚姻写出了人的追求与生的意味，其间也渗透了王璞自身对于人生的情绪体验。王璞的文笔细腻、优雅、清婉，没有文字上的虚张声势，阅读她的文字似乎可以触摸到她心灵深处充满情感的触角，甚至可以听到她无意间流露出来的孤独、寂寞的困惑或叹息。王璞的小说总是弥漫着一种淡淡的忧伤，她笔下的女性多是多愁善感，她们活脱脱地显示了香港女性的隐秘、脆弱和韧性，同时又具有对高雅格调、深厚修养和美好人性的不懈追求，有很强的现实感，从她们的生活中可以把握香港的脉搏，感受香港的呼吸。细读王璞的作品还会发现，她笔下那些独具个性的女性身上，大都融入了她个人的情感经历、心灵感悟、人生体验，或强或弱地显现出她自我的影影绰绰的身影。王璞的写作领域似乎并不宽广，但从不封闭，细致而不粘腻，敏感又不失洒脱，在琐细之中追求深刻性。

王璞的学者特色也体现在她的传记写作中。她的传记小说《项美丽在上海》，用了一种学院派的写法来讲项美丽的故事，甚至，她的叙述态度也是学院派的，所有的细节都有来头，所有的描述都有出处，综合项美丽的英文回忆录、小说、散文集以及中外各种相关资料，重点记述项美丽一生中最传奇的一段——上海岁月，这一段的爱情传奇中，项美丽不是邵洵美的妾，邵洵美也不是项美丽的唯一。小说既写出了一个知识分子卡门的形象，又传达了王璞对于女性命运的思考。在小说的结尾，“文革”中贫病交加的邵洵美再次冒险给项美丽写信求助，“信里除了要钱不谈别事”。除了写出悲情，也讽喻了时代。

王璞研究资料链接

史然：《〈女人的故事〉的故事》，《文学自由谈》，1994年第2期。

艾晓明：《血性女人——读王璞的散文集〈呢喃细语〉》，《香港文学》，总第126期，1995年6月1日。

陈家春：《朴文寓真义——王璞印象》，1995年《大公报·文学版》，第157期。

黎海华：《王璞的话题》，《香港文学》，1997年。

刘登翰主编：《香港文学史》第十五章第二节，人民文学出版社，1999年。

林丽如：《扛起相机写文学史——专访王璞》，《文讯月刊》，1989年，第176期。

金宏达：《从“遗民”到“移民”——以徐吁、颜纯钧与王璞的小说为例》，黄维梁主编：《活泼纷繁的香港文学——一九九九年香港文学国际研讨会论文集》上册，香港中文大学新亚书院，中文大学出版社，2000年。

陈炳良：《找寻身份的故事：王璞短篇小说主题新探》，黄维梁主编：《活泼纷繁的香港文学——一九九九年香港文学国际研讨会论文集》下册，香港中文大学新亚书院，中文大学出版社，2000年。

袁良骏：《论王璞的短篇小说创作》，《南都学坛》，2005年第4期。

严歌苓

严歌苓(1958—　),生于上海。7岁离沪,13岁参军,在成都军区某文工团做舞蹈演员,1979年曾作为特派记者赴前线采访。从战地归来后在军区的报纸上发表了一批叙事诗,之后被调到创作组,从此结束舞蹈生涯,投入文学创作。20余岁即以长篇小说《绿血》和《一个女兵的悄悄话》分获"十年优秀军事长篇小说奖"、"《解放军报》最佳军版图书奖",并创作了迄今自己最满意的长篇小说《雌性的草地》。30岁赴美留学,获美国哥伦比亚艺术学院英文文学写作硕士学位,并以《少女小渔》、《女房东》、《人寰》等中长篇小说获一系列台湾文学大奖。她创作了大量短篇小说,结为短篇小说集《白蛇·橙血》、《也是亚当,也是夏娃》等,其中收录的《天浴》被改编为电影,并获1999年台湾第35届"金马奖"最佳改编剧本奖。2011年,其小说《金陵十三钗》被张艺谋改编成同名电影,反响热烈。另著有《学校中的故事》、《海那边》、《谁家有女初长成》、《无出路咖啡馆》、《扶桑》等。现旅居美国,从事中英双语创作。

严歌苓以其鲜明的个性特征、独特的女性视角和观照方式,创作了许多质量上乘的反映移民生活的小说,是当代文坛上影响较大的美国华文文学知名作家之一。

扶桑（节选）

这就是你。

这个款款从喃呢的竹床上站起，穿猩红大缎的就是你了。缎袄上有十斤重的刺绣，绣得最密的部位坚硬冰冷，如铮铮盔甲。我这个距你一百二十年的后人对如此绣工只能发出毫无见识的惊叹。

再稍抬高一点下颏，把你的嘴唇带到这点有限的光线里。好了，这就很好。这样就给我看清了你的整个脸蛋。没关系，你的嫌短嫌宽的脸型只会给人看成东方情调。你的每一个缺陷在你那时代的猎奇者眼里都是一个特色。

来，转一转身。就像每一次在拍卖场那样转一转。你见惯了拍卖；像你这样美丽的娼妓是从拍卖中逐步认清自己的身价的。当我从一百六十册唐人街正、野史中看到这类拍卖场时：几十具赤裸的女体凸现于乌烟瘴气的背景，多少消融了那气氛中原有的阴森和悲惨。

你始终不同于拍卖场上的所有女子。首先，你活过了二十岁。这是个奇迹，你这类女子几乎找不出活过二十岁的。我找遍这一百六十本书，你是惟一活到相当寿数的。其他风尘女子在十八岁开始脱发，十九岁落齿，二十岁已两眼混沌，颜色败尽，即使活着也像死了一样给忽略和忘却，渐渐沉寂如尘土。

而你绝不同于她们。

不要急着展现你的脚，我知道它们不足三寸：两个成了木乃伊的玉兰花苞。别急，我会给你机会展露它们。你毕竟不像活在一八九〇年到一九四〇年间那个女人，住企李街一百二十九号，靠展览她的三寸金莲挣生计。每天有几千游客肃穆地在她门口缓缓移动，看她死亡的足趾怎样给平整地折向脚心。他们多半从已有斯文的东部来，也有的从大西洋彼岸来，专门来参拜这活生生躯体上的一个古老末梢。他们从那脚的腐臭与退化中，从那盘根错节的繁杂秩序中读出“东方”！

我已经基本上清楚你的身世。你是个二十岁的妓女，是陆续漂洋过海的三千中国妓女中的一个。你登上这遍地黄金的海岸时已二十多，因此你成熟、浑圆，是个火候恰好的小娘儿。你没有技艺，也没有妖惑的妩媚，丝毫不带那千篇一律的淫荡眼神。你的平实和真切让人在触碰你的刹那就感到了。你能让每个男人感受洞房的热烈以及消灭童贞的隆重。

因此你是个天生的妓女，是个旧不掉的新娘。

十九世纪六十年代末的夏天，圣弗郎西斯科那条六尺宽的唐人巷里，某个笼格般的窗内站着个不小巧的女子，就是你。

你有个奇怪的名字：扶桑。你不是从广东沿海一带来的，因此你的售价比“阿珠”“阿彩”“阿蜊”们要高。沿海地带女子很难证实自身与港口川流的洋水手无染，身价都要低三成。

这时你看着二十世纪末的我。我这个写书匠。你想知道是不是同一缘由使我也来到这个叫“金山”的异国码头。我从来不知道使我跨过太平洋的缘由是什么。我们口头上嚷到这里来找自由、学问、财富，实际上我们并不知道究竟想找什么。

有人把我们叫做第五代中国移民。

你想我为什么单单挑出你来写。你并不知道你被洋人史学家们记载下来，记载入一百六十部无人问津的圣弗朗西斯科华人的史书中，是作为最美丽的一位中国妓女被记载的。记载中他们不苟言笑地说：“那个著名的，或说是臭名昭著的华裔娼妓扶桑盛装出场时，引起几位绅士动容而不禁为其脱帽。”“被视为奇物的这位华裔妓女最终经核实，她的身体与器官并非特异，与她的白种同行大同小异。”

你知道我也在拍卖你。

你再次转身，现在我看见你脑后那个庞大的发髻，一根白玉簪，一串浅红绢纱花从左耳一路插下来，绕半个髻。几年后你的发髻深处将藏一颗制服铜纽扣，是克里斯的，那个白种少年。

第一次见你，起念嫖你时，他只有十二岁。

还是在一切都没开始的时候，一切乱糟糟的情、冤孽、戮杀都尚未开始。

我们来看一看你最初的模样。现在很好，我们之间的遥远和混沌已稀薄，我发现你蓦然间离我这么近。

最初你并不出色。你二十岁。比起干你这行的女子们，你已太老；二十岁，该是去死的年龄。

扶桑你要叫啊。你十三四岁的前辈教你。你卖不出去，晚饭是没有的。再卖不出去，你就给剥光衣服，让蘸了水的皮鞭抽。比你年轻的同行觉得你是一堆废物，不会叫卖自己，不会对窗外的男人把眉眼弄得勾勾搭搭。

史书对这种肉体叫卖都有详尽记述——

华裔妓女们的叫卖通常有三种：“中国妞儿好啦，先生里头看啦，您父亲他刚刚出去啦！”

“一毛钱看一看、两毛钱摸一摸、三毛钱做一做啦！……”

“才到码头的中国妞，好人家的女儿，三毛钱啦！……”

偶有为此直接坦率的言辞和低廉的价钱打动者，回首留步，在大同小异的半大女童中选定一位。

你是不叫的。有人往你看，你慢吞吞对人一笑。你笑得那么真心诚意，让人觉得你对这世道满足极了，你对这个看你的人中意极了。

恐怕就是你的沉默和你心甘情愿的笑使识货的人意识到你绝不是一般货色。有人开始在你窗前慢下步伐。你就像此刻一样，从咿咿呀呀的竹床上站起。你显得高大、实惠，动作的稍微迟钝使你几乎是庄重的。

人们一时间忘了你是个笼中待售的妓女。

好了，我基本看清了你最初出现在金山码头的模样，绝不会让你混淆于来自中国的三千红粉。

晚间的雾从海里漫上岸。街上的尘土被雾浸湿，变得沉重，沉淀下来。

不再从扶桑的窗子袭进呛嗓子的细尘。

有些冷，有些饿，有些困倦，扶桑看着马车上一颠一颠的灯。

隔壁是十四岁的阿白，已经把嗓音叫成了撕布声。三个白鬼仔走过，不超过十一二岁，听阿白叫，伸出脏手指抵在喉头，发出纸在风里抖的笑声。

阿白改口叫道：快进来呀，你爸爸刚去！

小白鬼们像莽汉那样敞开怀，露出大而怪状的肚脐。他们求阿白解开衣纽。

阿白和他们在价钱上扯皮，一边把衣襟扇开扇阖。阿白的乳房像毒蚊叮出的两丘肿块。脸上有十来粒浅浅的天花斑。

阿白的竹床唱起来，出来了节奏：咿呀、咿呀、咿呀。阿白今晚上有饭吃了。

扶桑离开窗口。这屋很小，她只跨四步就到了那块帘子跟前。帘子上落了几只苍蝇，冷得飞不动。帘子上绣的花还是红是红绿是绿。扶桑撩开载着肮脏和红花绿叶以及苍蝇的帘布，进去，提好裙子，落身在红铜便盆上。

便盆旁是一只洗盆，里面的水还素净清亮。没客来，水里没添荤。扶桑早就给一遍遍训教过：客人一走就去洗，不然你一身荤味道。

小竹架上放着香碱，香粉，胭脂。扶桑抠一点胭脂膏添到嘴唇上。她喜欢它的果蜜味。

阿妈推门进来，用猪油渣似的焦煳嗓音唤扶桑。阿妈姓梅，一天到晚手提个大铜壶给各屋的洗盆里兑滚水。

扶桑一头答应着，从便盆上站起，有点舍不得她在便盆上坐出的一圈温暖。

阿妈朝盆里兑了水，屁股先拱出帘子。她说：还是没客，我又要白出你米钱、咸鱼钱。阿妈把两根蛾眉一伸，对扶桑笑着叹气：嘴含了金子？张口怕它落出来？

扶桑缄口笑笑。

十二点一过，你脱好衣服等在我房里。他要好好打你一顿。听见没有？

扶桑答应说都听见了。

记住要把头发紧紧系起。阿妈又说，别给他扯你头发；一扯女人头发，他就打得上瘾，打几多他都记不得，打断气他都不知。

扶桑说：记得了。

头发真深，阿妈说，真是一头好头发——一天要用我半两梳头油。

扶桑说：阿妈你早去歇息。

阿妈说:哭什么?

没有没有,扶桑摇头,就是饿。

阿妈说:你不饿。饿了尿不出;才听你尿那么长一泡。

扶桑想问阿妈要好些的檀香点点,阿白送客的声音岔了她的神。

阿妈说:要好好做了,你这女仔,二十岁了。别的女仔二十岁早做出金招牌了。你还做不出,我下月要卖掉你了。

给打过鞭子,又涂过油,扶桑慢慢顺着黑乌乌的走廊走。那头是个饭厅,灯色金黄。她走到第三个门身上就松快起来,鞭伤凉下去了。进了饭厅门,里头有张大桌,团圆地摆了十六把椅子。桌面上东西都收净了,这处那处粘着鱼刺和菜叶。瓦盆里搁了小猪脑壳那么大而肥硕的鱼头。鱼头给白水煮过,嘴唇上还有深红色的血。

扶桑想阿妈刚说的要卖她不知真假。阿妈舍得这么大的鱼头给她吃。她摆摆手轰开盆子沿下的一些蟑螂,坐下来,从裙子下面拿出两个脚,搁在对面的椅子上。

扶桑把鱼头拆散,一片片举进嘴里去。

阿妈在走廊里喊:扶桑你有客了。

她答应着阿妈,从腋下抽出巾子,擦擦鼻尖上吃出的细汗。又听阿妈喊:扶桑你吃到耳朵眼里去了,我喊你你听不见?

扶桑起身,更响地回应阿妈,一边扯扯拽拽坐得长短不齐的裙子往自己屋走。

慌张和欢喜让她步子不匀,有些蹦跳。一个月时间,她就等这么个人,等来了,她不该又慌又喜吗?

回到自己的笼格里,扶桑吓一跳,以为撞错了门。这里头戳了四支红蜡烛,上好的檀香在屋里绕成网、织成幕,熏得她眼睛也细了。

蜡烛火舌扭动,整个屋子的金红空间也跟着不稳了。扶桑想,阿妈也是欢喜她的,舍得这么好的香烛。

她对镜子看看,两颊的火。她用梳子把两鬓抿齐,很响地掼下梳子,抓起花插上。扶桑的头一个男人会是什么样子?她头不敢回。癞痢?跛腿?独眼?兔嘴?她笑起来,随那门吱吱吱地给推开。

很静的一个人进来了。

扶桑是从镜中看见了他。她一咬嘴唇,把胭脂吃掉不少。

他连笑都没有。他就那样半个人在门内看扶桑从凳子上升起,眼睛不懂得和不相信地瞪着。

扶桑在心里把他比量一下,他大约不比她矮多少,身量齐她耳朵,但他脸的轮廓和比例仍属于儿童,因而他显得比他本身要矮小得多。

扶桑不知这男童许多次藏在树影和墙影中看她。他没有见过比她更奇异的东西。他常常蔽在暗影中,边观看她边咬着拇指;她的每一个稍大的动作都使他咬疼自己。

扶桑不知道他用一面小圆镜将她一个细部一个细部地观赏过。他从小就学会用那面镜子把广漠世界的任何景物收拢为他瞬间的拥有和私藏。

在扶桑眼里,他只是一个男性儿童,和阿白的那些小嫖客没大区别的小白鬼。她还是打定主意好好伺候他。

她脱掉足足吃进十斤丝线的大袄。这袄妓馆只有一件,给首次待客的姑娘穿。

克里斯,男孩说。克里斯朵夫,我的名字。叫我克里斯吧。他把嗓音压得低而粗壮,做成绝非生手的样子。

扶桑半蹲一下,说:我名字叫扶桑。

他早已问出了她的名字。

扶桑又说了请坐,饮茶,先生是否过夜之类。她一共会讲二十个英文词。

克里斯的眼睛惊奇地睁着,去打量这屋的陈设。

檀香的烟弯曲线绕,使这屋的陈陋显得合理,恰如其分。

扶桑从门缝里接过一壶新烧的茶,还有一盘染成血色的西瓜子。这是规矩。酒很少有,酒之后常是殴打、行凶,然后是一个破烂不堪的女人。

一张桌上盖着桌布,两侧两把竹椅上面有绣枕,破绽的角上露出灰色棉絮。对面是个竹床,上面悬一顶粉红帐子,折皱的地方不再粉红,被焚香的烟熏成灰黄色。墙也漆成粉红色,也给烟熏得不鲜了。克里斯藏不住他眼里的好奇。十二岁男童那带有侵略性的好奇。

扶桑在斟茶。淙淙的水声让这男童把目光调转过来,落到她身上。

扶桑斟茶时头偏着,耳坠有了痒痛似的躲闪、抖颤。她转脸对克里斯笑,茶就这样斟到了盅子外面。银灰的烟把她变得幽远。

扶桑自己坐下来,提一下裙子,两只红色溜尖的小脚一只脚架在另一只上。

克里斯的眼睛马上跟到那两只若有若无的脚上。一切关于这双脚的谣传都在他眼前被证实了。真的有如此残颓而俏丽的东西!

他坐下来,惊魂未定地端起茶盅。舌头给茶的苦涩扎了一下。他眼睛就那样看着她。

扶桑又问他是否过夜,一边拧开衬衣的领口盘纽。

克里斯说不过夜。他看那半旧绸衬衣给掀一角方口,露出一块肌肤,他从没见过这样柔细温暖的肌肤。她的手还在往下解纽扣,却忽然不动了,看着他挨了茶烫,一抽舌头。她伸手拿过他手里的盅子,呼呼地朝茶上吹气。

克里斯从来没见过这样一个动作。她撮起的嘴唇和垂下的睫毛使她脸上出现了母牛似的温厚。她每吹一口气,半透明的绸衣就变动一回光影。这样的光色大大夸张了里面肉体的形状和动作。他看呆了。她这时佝下颈子,倾斜了茶盅,用嘴唇轻沾一下茶面。然后她一手拭着沾湿的嘴唇,一手将盅子递回。她微微一笑。

克里斯再次确定,他从未见过这样一系列女性动作。他看呆了。他不懂得这些动作何处藏有诱惑:如此新鲜、异样的诱惑。

扶桑等了一刻,有些懂他心思了。她走过去剪一茬尚未烧出花来的蜡烛芯。然后她不走回原先的位置,却走到这男童面前。她不把他当一个十二岁男童那样对他笑。或说十二岁一个男童也值她这一笑,这样心实实地等待。

克里斯不动。她在离他半尺的对面,行了他这么大的方便,他却不动。他感到她的手伸过来,停在他肩上。他感到她的两团圆熟的奶翘首以待。他却不能动。

扶桑只好把她学来的最淫荡的字句对他说了。她的嘴唇努力地绞扭,不时露出舌尖,每个音都吐得一本正经,实心实意。

克里斯觉得这些字句一下子失去了自古至今的含义。那嘴唇是被一颗最蒙昧的心灵所启合,因此所有的音节成了全新、全然陌生的东西,成了一种人类语言之前的表白。于是它的迷人程度是人所不料的。

她的手指捏弄着他的耳垂。像所有幼嫩的胚芽那样,这耳垂也是毛茸茸的,令人心悸的柔软。

她其实并不比他高许多,那成熟的气息使她显得高大。在她抱住他时,他的嘴唇不吃力就够着了她的脸。

之后她微笑着抽开身,走到梳妆台前拆下耳坠,手镯,项圈,发簪。每一样廉价的饰品都在克里斯眼里呈出古典的繁琐,都呈出东方的晦涩。黑发终于一泻而下,黑得如同原始一样难以看透。

扶桑坐在竹床上,用手扫平她身边的褥垫。

克里斯突然明白竹床在此时此地的重大角色。整个污糟糟的楼亭都是这竹床蠕动、摇曳的声响。他看清了扶桑的脚。两只红鞋被剥落,然后是半透明的浅红袜子。袜子有两处细小的破洞。

扶桑把脚徐缓搁在床沿上。

这哪里是人类的足?克里斯想。他走近它们。这是一种在退化和进化之间的肢体。这是种似是而非的肢体。他不知不觉跪在床边,手伸去触碰它们,它们看去更像是鱼类的尾部;最敏感、最易受伤的生命根梢。这哪里是脚?他手指轻极,恐怕它们会溶化殆尽。

扶桑已将头发理好,一身就绪地看着他。

他这当口忽然一笑。一个男童自认为探得谜底的笑。

门口阿妈喊:先生,我想问问您是不是过夜?

你什么都想到了:癞痢,跛脚,独眼。你朝吱吱叫的门转脸时还是愣怔了:你没想到他会是个儿童。你咬住嘴唇,咬出了胭脂的一股锋利的甜味。十二岁的小嫖客已进了门。

你看出他装扮了自己,在胸前挂一根金链,衣袋插了块手帕,浅麻色的头发用了过多的头胶,使那老气横秋向后梳去的发式像顶帽子。你在第一瞬间就认出了他的真实面目。一个儿童,顶多十二岁。连那种族间的差异都不能帮他丝毫,帮他蒙骗年龄。他浅蓝眼睛中的好奇几乎是残酷的。那样残酷的好奇心只属于这个年龄的男孩。

还说不上他的样子，天下儿童都有这样轮廓不清的嘴唇，从吮乳到吮糖果，这些天性都留在嘴唇上。就是这副处于过渡期的嘴唇，无声地阅诵一个个神话和历险故事，咀嚼和吞咽了这些故事，从而喂养了他那颗无边际的好奇心。当他这样看着你的时候，你就是他的神话。这窝穴般的屋就是他神话中的遥远国度，你每一动作都是女神或女妖的摇身一变。东方，光这字眼就足以成为一切神秘的起源，起码在这个十二岁的男孩心目里。

最初的惊诧和不知所措过后，你装着看不出他的年龄。你一点也不偷懒地待他：你那样诚挚地笑，仿佛面前是个势均力敌的血性汉子。你不去想，他也是成百上千来唐人区妓馆找便宜的小白鬼之一。

让我来告诉这是怎样的奇观：两千多个白种男童向中国妓女求欢，其中最小的八岁，最大的十四。史书上把这称为"最奇特的社会现象……风化上的一次最猖獗的传染病。……百分之五十的男童对中国妓馆有规律性造访，百分之九十的男童嫖妓经济来源为校中餐费和糖果花销。……"

我看着你在烛光中的模样。我看不出丝毫"价钱低廉"的痕迹。一切记载都强调是中国妓女的"低廉价钱"将白种男孩吸引的。就像二十世纪末声势浩大的唐人街仍以它的廉价餐馆、廉价杂货和瓜果吸引我这样一穷二白的最新移民。也吸引五洲四海的游人。

你现在一步步走向他，这个叫克里斯的十二岁的小白鬼。你这样稳稳地走使你显得高大，使你成熟到了饱和。长长的一段冷落，你全身的期待，就像浆汁越灌越满的果实。这一刻你迎合着摘取你的手，你不管这手属于谁。

克里斯也就是在这一刻迷失了。

我告诉你：每个女人都有最美丽的刹那；一瞬间的怒放，要紧的是你这空前绝后的怒放被谁有幸看见。克里斯看见了。十二岁的小嫖客惊讶得神志一阵迷失。

他想作一番乐的心情已熄灭，对你这个价钱低廉的中国窑姐的涉猎热情转换成了倾慕。如世上所有男童对成熟美丽女子的倾慕。那古老、陈腐的倾慕。

你的卑贱，你民族和你本身被他的民族所公认的卑贱都不能使他勇敢起来了。他已完全不能像真正的十二岁顽童那样肆无忌惮。他瞪着浅蓝的眼珠看你嗑瓜子，看你替他斟茶。当你这样一下一下为他把茶吹凉时，他身心出现了一种战栗的感动。

你现在看他的眼睛。别再装着你看不出那蓝色中渐渐浮起的灵魂。这注定他和你之间不能再有痛快简单的男欢女爱。

此后他常来看你。看你吹箫，绣鞋面；看你嗑瓜子吃鱼头。他偶尔也开口，向你问中国的这样或那样，你只赞同或不赞同地笑笑。有时他拿出一粒漂亮的石卵或一只变色甲虫，郑重地放在你掌心里。他每次来都只耽短短一阵，不超过十分钟，而每次离开他都微蹙起眉对你说：等着我。他那儿童的脸在这时会出现一点愁似的表情。这表情使他可笑且动人。

你不知道这个男孩离开你之后的事。当然,他得回到他们的人中的。他得穿越整个城市。你的时代这座城市还在孕育中,还是个奇形怪状的胚胎。它已经那么名声在外,以它来自世界各国的妓女,以它的枪战、行骗和豪赌。靠了码头的远洋轮总得绑架水手,因为原班的水手早已投奔金矿。淘金不走运的人一肚子邪火地逛在城里,每人都揣着假钱、真枪。人们往这里奔时太匆忙了,政治、法律、宗教都没来得及带来,只带来赤裸裸的人欲。

你没有出门的自由,否则你会看见八岁到十四岁的嫖娼老手,叼着雪茄出入中国窑子。

是的,克里斯得穿越一个城市的无耻和丑恶,才能回到家。那个暂时与你无关的家。

你刚到这里一个月,还没有好好看一眼这座叫金山的城市。你不知道这个城市怎样恶意看待来自遥远东方的梳长辫的男人和缠小脚的女人。他们在一只只汽船靠岸时就嗅出你们身后的战乱和饥荒。他们嘀咕:这些逃难来的男女邪教徒。他们看着你们一望无际的人群,慢慢爬上海岸。他们意识到大事不好;这是世上最可怕的生命,这些能够忍受一切的、沉默的黄面孔将在退让和谦恭中无声息地开始他们的吞没。

就像我们这批人涌出机场闸口,引得人们突然向我们忧心忡忡地注目一样,警觉和敌意在这一瞬穿透了一百多年的历史,回到我们双方的内心。

我很难把这感觉向你讲清。

你不知克里斯从七岁就会骑马。他的马此刻正经过一条沿海的路。不远有人在狂笑,一群人在狂笑。克里斯没在意,对这城里的一切疯癫失态很少有人在意。那群人中有个中国男人,惯常的矮小,眨着躲闪的小眼睛,嘴巴好奇而懵懂地露出前门齿。他挑一担刚捉到的螃蟹。他是个以捉蟹为生的人。一群白人截住了他,他们将他的辫子吊在树枝上,悬起他整个人体。他不懂他们对他宣布的所有罪状,包括吃海里和陆地上一切乌七八糟的东西,包括梳辫子和挑担子。他一声不吭地给吊在那里,心想忍一忍就会过去。正是这一声不吭的忍使他们开始往他身上下刀,割裂了他的舌头、耳朵、鼻子。正是他谜一样的温良与沉默使他们震怒。对于不可解的东西,他们失去了最后的理性。克里斯没看见这具吊在海风中零碎了的人体。他没有意识到不可解的东西引起的敌意与迷恋是同等强烈。

对于你的迷恋使他无暇旁顾。这迷恋类似符咒,对于一个十二岁的男童,它太过分因而致命了。他梦想中的自己比他本身高大得多,持一把长剑。一个勇敢多情的骑侠。那昏暗牢笼中囚着一位奇异的东方女子在等待他搭救。那女子以花汁染红指甲,以绫罗为肌肤;将血浸的西瓜子一粒粒填进嘴唇,用残缺的足尖走出疼痛和婀娜的步子……那囿于罪恶和苦难中的女子在吹呜咽的洞箫,等着他去营救。这个男童满心忧郁;在他醒时的梦中,一个半是黑色长发、半是金黄肉体的女子,就是你。

克里斯没有意识到这城市对你们的敌意如同酵素在慢慢起沫。

你横陈在竹床上等待被享用的身体占满了他的心思,这就是你烙进他一生的形象。

请别动，就躺那里，让我细看一下你用以款待天下的肉体。

这天扶桑被阿妈拿到拍卖场上。在这个阿妈卖她之前，她被其他阿妈卖过两次。

之前的三天，扶桑不再挨鞭子。阿妈告诉她，这是留给她时间把皮肉养平整。

扶桑，你连一个客人名字都记不住，我还要你做什么啊？阿妈怜爱加嫌弃地说。

扶桑在擦那个红铜便盆，抬头看着阿妈。

光看你的样子，阿妈又说，一点也看不出你呆。她叹口气，想弄清这女子的端美外表怎样和心智低下合成了一体。

扶桑低下头，一心一意将铜色擦得明净，光泽映人。

阿妈边数落边打开扶桑屋里的小木柜，拿走里面两套外衣，三套内衣，几件假首饰。她说：反正要卖你，你不用这些东西了。扶桑，你不要招引我哭哦，你们这些留不住的女子让我把眼都哭烂了。

扶桑从红铜便盆上看到扁圆的阿妈撩起衣襟抹脸，露出一个给无数男人揉松的白肚皮。

阿妈和前两个阿妈都一样，打开扶桑那个小包袱，一件件查看扶桑是否偷了这房子里的东西。拿起一只绿玻璃手镯，和自己皮肉颜色一比，阿妈问：这个是我的还是你的？趁扶桑口慢她又说：算了，我本来也说要给你的。扶桑啊，你实在偷的不算多啦。

扶桑一时想不起镯子是哪个客人丢给她的。看着阿妈，只得笑笑。

拍卖场是间地下室，从一头到另一头够人走五分钟。扶桑曾经历的拍卖场都没这个大。

场子当中靠墙摆一排木板凳，还有把红木椅。来的人把木板凳给坐满了，红木椅空着。

两个三十几岁的阿妈在相互捏肩膀颈根，口齿不清地呻吟着什么。

午夜时楼梯上下来个男人，身材宽厚，个头要高过一般中国男人。他梳一根粗极的长辫。人们很快发现这辫子之所以粗得不近情理，是因为他的头发顺着他颈后一直长到上半个脊背上，如同马鬃或狮鬃。他脑门刮过不久，一片新鲜的青蓝。

有人叫着：阿丁，好久不见你啦。

我也好久不见你啦，名叫阿丁的笑嘻嘻地答道，一撂腿把那红木椅坐得正满。从他敞开的袄襟露出插在皮套中的五把飞镖，皮套的花纹精细。他手上除拇指外全戴有戒指，上面暴突出各色宝石。

又有人说：阿丁，给鬼佬联防军枪毙的那个歹徒不是你啊？

他又笑：吾，我哪知？你挤到前头看的嘛。他手指玩着胸口那根金链，它粗壮得可以缚一只大兽。货色不错？他举起目光问。

货色们这时堆挤在角落里，几张草帘子围成个畜栏。

有人叫：出来出来！

赤身的货色们依次登场。一个女孩咳嗽咳得像打锣的声音。

叫阿丁的说:这个都成了壳子了,还费事往这里送做什么。他嚼一嘴烟草。

扶桑走在最后。她例外地穿一件及大腿的薄褂子和鞋。阿丁看见她眉头一抖。他想她大约有点痴,脸上无半点担忧和惊恐,那么真心地微笑。是自己跟自己笑。一对大黑眼睛如同瞎子一样透着超脱和公正。那种任人宰割的温柔使她的微笑带一丝蠢。她脸色红润,一道鲜嫩的伤痕从她嘴角延至脖颈,是三根锋利的指甲留下的。如此的一汪温柔与这伤痕严重地矛盾着。

扶桑觉出阿丁的目光,便给他一些理会。她看着他,眼睛眨了,慢慢眨一下。完全是一匹给人骑惯的母马。

再看看她褂子下两条圆滚滚的腿,上面裹一层匀匀的膘。她身上的膘也铺排得匀称得体,一身都在微笑或喘息,动得微妙。

阿丁说:叫她把衣裳脱掉。

阿妈说:脱不得,她脏得很。

阿丁吐出嚼透的烟草,说:谁去叫她把那褂子脱下来。

阿妈说:她在淌脏血,脏了这场地。她血旺得很,就像打了一眼井!

阿丁笑了笑,脸上升起浅淡的荒淫。这副模样是人们最熟悉的。拍卖就这样往下进行,阿丁从辫子上抽下一根头发,慢慢绕在左右手的食指上,然后将发丝纳进牙缝,拉扯几下,将塞在缝中的烟草渣滓清理出来。他嘶嘶地从剔净的牙缝吸进清凉的空气,眼闭一小阵,像个短暂的盹,或是一番迅速的暗算。这些动作也是人们最熟悉的。

阿丁睁开眼,发现那十五六岁的女仔手中拎的不是包袱,是个女婴。

五个月了。卖主说。

比剥皮老鼠大一点。一个买主还价说。

看她长得多标致,地道的瓜子脸!卖主反驳。

你花一个角子买的?三叔公?最多两个角子!

两个角子?你看看这对眼,不出三岁就要勾引男人!

别的不怕。阿丁说。怕她勾引我那狗,给狗叼去啃了。说完他自己不笑,很助兴地看着每个人笑。

轮到扶桑了。她朝人们摊开手掌,掌心有墨写的价:一千。

阿妈站在她身后,抿嘴向四周飞一眼。

主持喊:一千起价!

阿妈微欠足尖,一把抓散扶桑的发髻,拎着那头发把扶桑打了个转。

主持喊:头发是真的!

有人叫:一千一!

阿妈用两根手指掰开扶桑的嘴唇,给人看那两排毫不残缺的牙。一个男人上前来拍拍扶桑的腮,阿妈说:做什么?没有坏气味啦!

男人往扶桑张大的嘴边伸过鼻尖，说，也没有好气味。

主持喊：一千一百五！

阿妈从扶桑脚上拔下一只鞋，托在掌心上从人跟前游走，说：真正的三寸金莲是二寸八！

一个三十岁的阿妈嘴里飞出瓜子壳：这样好，卖她做什么？

你不知？挤着她屁股坐的另一位阿妈说：她把客人名字都叫错，好得罪人！别看她那么大个子，没三钱脑子的！

一千一百五啦！

一千二百！

阿丁突然停下一直在晃荡的二郎腿，说：梅阿妈，她几岁？

她是黄花女儿。阿妈说。

二十一岁？阿丁嘿嘿笑起来，黄花女儿，那一定锈住了。

阿妈说：阿丁你挨千刀去！

阿丁还是嘿嘿笑，举一只手：九百五。

阿妈看看阿丁，又看看主持，说：这个女仔是内地人呀！她指指那一窝赤条条的身体：不像这些江门、海口的女仔！码头上多少鬼佬水手？还会有干净的？这个女仔不同啦，内地人，说没启过封就没启过封！

阿丁说：九百。他看看人们呆傻地瞪着眼，又说：九百！

主持搔搔下巴叫道：一千二！内地女，良家女，会煮菜、绣花、吹洞箫！一千二百！

阿丁说：八百五。他舔着嘴唇。他的嘴厚大，每一个笑在脸上绽露许久才最后渗到嘴上。

人都把眼调开。各窑子都失踪过一两个女仔，都知道有人偷窃她们，但没人敢对阿丁问罪。阿丁是这地方冒犯不得的人，手下有二十多“不好男儿”，只要阿丁一个唿哨，就会有提着板斧的人出来。阿丁不光在唐人区有声名，洋人也对他的神鬼故事有传闻，说是那次四十个中国男人被剪了辫梢，第二天就有上百洋人的衣裳后背出现了刀口。那刀齐齐地戳透外衣、马甲、衬衫，却不伤皮肉，似乎是在直戳心脏的途中突然收了杀心。

阿丁从怀襟里掏出钱袋。开始往外数钱。

阿妈鼓着嘴，看他数。那些被偷走的姑娘会陆续出现在金矿附近的小镇上，从来是逮不着阿丁把柄的。阿丁众多的生意中包括放高利贷、开春药厂、运送成吨的脏衣回大陆去洗熨——善恶兼备，但不包括投机倒卖女色。偷扒贩运窑姐，是他的娱乐，是他顽心未泯的消遣。阿丁把钱点到第三遍时，望风的进来说警察正朝这里来，附近街口都给封了。

墙上一幅画已给摘下，再卸下墙板，是个夹墙入口。

有人对光身子的女孩们叫道：快穿衣！

阿丁说：不准穿，不穿衣她们跑不了。他将辫子一圈圈缠上头顶。

暗道有八仙桌宽，六张桌面的长度，所有人都肉贴肉地挤着。阿丁最末钻进来，对骨头和牙齿抖出响动来的女仔们说：谁出声我马上掐死她。

头顶上响起马靴敲地板的铮铮声响。

假如四个装作打麻将的人哄不住警察，很快会有摧毁性的搜查。警察知道这类拍卖场多半有暗道，他们会一寸寸地敲地板、墙壁。

扶桑怀里抱着襁褓，刚才撤退时不知谁塞进她手里的。房子各处都是马靴的震跺。襁褓中的这条小命哇啦一声炸出啼哭。

都停住了呼吸，生怕再往这里头添任何一点响动。

捂住它脸，有人说。

一只手捂上来，扶桑感到小东西翻来覆去的挣扭。那人轻声念：小祖宗，小祖宗。

啼哭却不时从手缝漏出来。

马靴空空空地下了楼梯。

阿丁说：把小贱货给我。他口气温婉，朝哭声撞过来，跺着男人女人的大脚小脚。

阿丁你别太畜牲。

我？不会。

阿丁你不得好死！七窍冒血。你要做什么？把你手伸过来……

挤成了一块肉的人们又是几番鼓胀。

阿丁说：谁出声我掐死谁。他口气同样温和。

阿丁的手扣在那颗小头颅上，正好，如同掐住一颗果子。然后他把这颗小头颅提起，从襁褓中拔出，另一只虎口已同时落在它颈子上。哭声小小跑个调，便没了。挤得实实的人群跟着抽搐一番，随即成了块死肉。

扶桑的脚站得很酸，想换个步子，但她动不得，那刚死的小尸首还热热地堆在她脚边。隔着小小死尸便是阿丁。

阿丁从口袋掏出一根火柴，擦燃，去查看他刚欠下的这笔血债。他满意地舒一口气，举着那无定的火舌顺着扶桑赤裸的腿上升，直升到她鼻子前。

阿丁在火光后面一闪一闪。扶桑下巴让一下，让开那股尖溜溜的灼热。她看不出阿丁要干什么。从没人能看出阿丁一边眉比另一边高的时候想干什么。

火一直烧到他手指，又烧一会，才灭。

你低下头，看那戴满戒指的手指捏着一朵火苗，照在死者的小脸上。

那双五个月的眼睛尚未死，认定似的瞪着他。小生命要好好记下这张脸容，这个身高六尺的人与兽之间的东西。五个月的灵魂透亮地映在它的眼珠上，它尚无爱憎地记住了欠它命的这俊美男子。那咧开的小嘴微呲出新萌的两颗乳齿，使你第一次看到如此柔弱的狰狞。

你的腿抖了一下，想从这渐沉重渐阴冷的小小牺牲下抽出你的脚。你感到小东西记住的不止阿丁一人，它记住了你们全体——其实没有一个人不希望它死；在那啼哭暴发时，每个人都想牺牲这最无辜的一条命而保全自身。仅是阿丁将每人黑沉沉的心底愿望化成了行动。换句话，你们借阿丁的手杀害了它，灭了口，及时制止了他对无意识的叛卖。

不要否认，每一种民族、生物要存活下去，总要有自相残杀，有牺牲和祭奠。

你当然不会意识到这个秘密的愿望。

然而阿丁却懂得这种自相残杀式的亲密。

已经太晚，警察的马靴声朝这里来了。更早的一个叛卖者给警察们领了路，找到了这个女奴拍卖的黑市场。阿丁在扼死女婴时用的力过分了，足够去扼死那个真正的叛卖者。阿丁从不放过任何一个叛卖同胞的人。

你的脸此刻像那女婴一样无辜，问我有关阿丁。你等一等，让我从这一丘史书里找出个简洁的形容——看来我是妄想，书中记载了数十位唐人区的霸主，都因为这些洋人史学者的偏见而面目重复，成了一系列落套人物。阿丁是被所有记载遗漏的；他是这数十位恶霸英雄的总积。他的特色是被史学者们埋没又被我一点点发掘出来的。因此只有我来领你看清这个生着兽鬃的俊美男子。他的俊美属于兽；当他在那簇火苗后面瞅你时，他像一头站立的豹子。

火苗沿着你的腿稳稳升上来，你看见火的投影在他脸上勾勒出豹样的纹路。他对你耸起半边脸，飞起一条蝙蝠翅膀似的眉毛，你不懂这是他醉心的神色。如同他在昏暗的当铺突见一块瑰宝，那种瞬间扼住他喉管的醉心。

你在火舌咝咝响舔到脸上时笑了一下。你没有躲，你知道躲没有用，你跟那五个月的婴儿一样是躲不掉的。这笑是刀下的羊那种突发的、无知觉的傻笑。

依我看你笑出了死婴的呲牙瞪眼。

不幸的是，阿丁认为你的傻笑十分温厚。

那捏着火柴的手指上戴满肥大的戒指，这样，他扇人耳光时会扇得人皮开肉绽。你还看见了他泛出铜色的额头，以及古藤般盘缠的发辫。

此外，你看出他一屁股血债。

你不知他在看什么，在警察们的马靴踩向你们的时候。难不成他也从你的脚与躯干的比例中省悟了什么？像洋人嫖客对中国妓女的推测："她们畸形的足以及特有的步态使她们躯干的发育受了重大影响，那些影响之一便是变形曲扭了的盆腔和阴道，这便是她们肉体的奇异功能之所在。正如他们这个民族擅长盆景园艺，这些被曲扭了的女性肉体提供了一种无法言喻的享受。"

阿丁此刻将火光移到你脸上，他似乎为你脚与身体的悬殊比例而迷了心窍，忘了十来个警察正在把这里踩平。

杰克逊街的地下拍卖场被警察夜袭的消息天一亮便登了报。

说是警察先骑着马进去搜，没搜出什么来，房里只有四个男人在打麻将，两个男人在唱粤剧。警察走到街口又转回来，这回把马都拴了，徒步包围了房子。破开门，二十多人刚从暗道中爬出一半。

说是房里的灯给打麻将的灭掉了，警察的火枪只得全收起，改用木棒。

说是阿丁一人抵挡警察，人便仗着熟门熟路全逃光了。

说是阿丁一根飞镖没用，戒指在挥举中崩掉两个。早上四点，阿丁口里衔着辫子跑出来，背后还撵着一个少一颗眼珠的警察。追到海边，阿丁已中了枪子，这时朝警察一转身，撩开衣襟。警察一看见他腰上那一排飞镖，马上记起他是谁：有关一个掷飞镖的“不好男儿”的故事在白人中传成了魔。并传那飞镖上全蘸有毒药，三千年的秘方。总之这警察呼啦一下扑在地下，等他爬起，阿丁已跳进海里不见了。

说是阿丁最拿手一招便是跳进海里不见掉。往往，他在三个月后再晃到街上。

然而这回不同，三个月过去，阿丁没站在戴记当铺柜台前，赎他的祖母绿怀表。或者，坐在陈家澡堂的躺椅上，让人梳洗他的半丈长青鬃。要不就是靠在张记鱼行门口，礼帽低低压着，端一只大碗悠悠饮着水里密密麻麻的生猛蝌蚪。往往在这个时候，有人上来对他鞠躬说：阿丁你回来啦？

阿丁会呲牙一乐：什么回来了？昨晚我不还跟你老婆睡觉？

一年过去了，阿丁在这个天天出奇闻、成长得像毒瘤一样飞快的城市渐渐成了一个古代人物。

只有曾买过阿丁相片的妓女确认阿丁曾在这一带活过，造过孽。阿丁从十七岁就开始印自己的裸体相片卖给这码头上的窑姐们。最初的买主是南美、波兰窑姐，渐渐中国窑姐撵上来了。阿丁的相片最多卖到七角钱，他自己不露头，交给打梳头油、卖头花、头绳的人去走街穿巷。阿丁的漂亮不是第一位的，而他那得罪天下的气概使这个充满邪恶的海湾至少多了一味相匹敌的邪恶；窑姐们把阿丁的相片当一种邪咒买来，以邪辟邪。这城里云集了全人类的强盗、凶手、骗子，他们听说这是个无法无天的好地方，便成饼成团地游来了。一种邪恶屈服于另一种更高明更强盛的邪恶，没有正义，胜了的邪恶便是正义。于是一个奇特的食物环链形成了。

两年也过去了。陈家大澡堂在每月最后一个礼拜六仍是被几百男人围住。他们是从金矿和铁路工地来的，哄哄作响地堵半条街，等澡堂放他们进去，洗了澡好逛窑子。阿丁没有出现在这里，让长发从竹椅直垂降到地，由一个伙计冲洗梳篦。他会边嚼烟草边朝一池塘人秧子介绍春药的不同功效，评说哪个窑姐招数摩登，哪个窑姐滋补。两年时间，阿丁没在这里出现过，那个给调教出来专门顺理阿丁脾性的伙计也渐渐荒了他的梳头手艺。

第三年，阿丁回不回来早不在人们惦记中。被阿丁掐死的小女婴已化成一抔土；那曾有过一点咬人企图的两颗乳齿仍呲在泥土下，咬噬着春花秋草的根茎。仅仅在洋人一百年后的史书中它得了一行如此记载：“被卖到此地的中国妓女最年幼的一位，仅五个月。”

一天，两个洋人跑到唐人区，进了水果店、珠宝店和修脚店，大模大样让账房把钱从铁网眼里递给他们(为防抢劫，所有唐人区的账台都围有铁网)。二洋人最后进了一家中药店，在成堆的草根树皮上点了把火。人们才彻底相信，从此没那个朝洋人唰地一撩衣襟、露出一排飞镖的阿丁了。

没了明里暗里造孽的阿丁，便有了这些大模大样逛进铺子，舒舒服服抢钱的洋人。

那次在阿丁掩护下逃过警察搜捕的女仔们大部分死了，死于病的，死于恩仇的，死于莫名其妙的。

扶桑是没死的那一个。

两年中被烈药打掉五胎的扶桑脸庞被轻微的水肿撑得格外圆润。中午时分，她跟着阿茶、阿蕉出门，要去扯几尺缎子来绣鞋面。

三个女子走前，一个壮年男人在几步之后跟着。她们步子一快，男人就跳上马。到人挤的地段，他就耽在马背上，把三个女子无论多细小的意图收到视野里。

女子们途经生果档，站下买了几片菠萝；又在熟食档买了一包炒田螺和叉烧鸭肝，都不给钱，辞谢了档主就吃着走去，男人在后面一一结账。

走过陈家澡堂，三个女子都慢了些脚步。几百男人从一个门进，又从一个门出；进去时人肥些、黑些，出来人瘦不少，脸色也浅亮不少。前一个门进去的人都把衣裤脱下，交给伙计送当铺，伙计回来从衣店买一套新衫裤，赶在他们爬出澡池子的当口，给他们替换。

从澡堂后门出来的男人们犹如刚被白灼过，冒着微热的蒸汽，个个没了虱子、胡子、牙垢，手足指甲。指甲是各家妓院的阿妈们特意来关照的：一定要秃秃地剪，齐齐地磨，免得一晚过后女子们都红一道白一道。

阿茶说：我那个鬼恐怕也来了。

你有几个鬼？阿蕉拍她屁股一下。

就一个，像你！阿茶说：他在攒钱，钱够了他就来接我。

阿蕉说：他们个个都这样讲。她把吮空的田螺壳往头后一扔，正砸在阿茶脑门上。两人死人头、死人头地笑着追打，又往回跑，终于把澡堂门口的男人们的目光弄馋了。

唉，扶桑你呢？阿茶问：有几个鬼等着？

扶桑摇头笑了。她穿一件粉红短褂，黑香云纱宽脚裤。她蹲下拔鞋，阿蕉对阿茶耳朵眼说：她会有谁？她接一个忘一个，到现在一个名字也不记得！看她脸色好的，跟猪肺一个色；看见这么多男人……阿蕉说到这里不说了，把嘴躲进巴掌去笑。

澡堂门口的男人们都朝这边转了脸，眼光渐渐绿了。

一个喊：喂小大姐，大小姐！

喂，你们是哪个院子的？另一个喊：等一下我来找你哟！

扶桑的嘴唇一下子就有了水泽，她站起身，正面对着他们笑笑。

又一个喊:我有一块洋皂角,喷喷香,我省半块给你哟!

跟在她们后面的壮年人催她们走快。

一个人圈子在看印度人吹笛戏蛇。

还有个人圈子在看两个中国男人表演剁肉。扶桑引长颈子往场子中央看。她个头高,两个女伴矮,看不全面,就急切地向她问些消息。场地上一人团身跪着,脊梁做了个案墩,另一人把块牛肉放在那脊梁上横竖下刀,牛肉剁碎,再给人展看那完好的脊梁。

阿蕉突然说:未必就是牛肉!

阿茶说:那是什么肉?

阿蕉缩头笑道:今天没了这人,明天没了那人,哪里去了?你们几时睇见牛从城里过?

三个女子笑闹起来。三对穿红绣鞋的小脚踢起一小团、一小团尘土。跑到路当中,迎面来了个马车,三人都抚着胸口喘,让路给马车。

车厢上挂张白细纱帘子,一动,出来个五十岁的白鬼,斯文和气。

他说:喂,中国婊子,让开路。

三人看看他,忙相互拉起手。路是让开的呀。

他又说:喂,中国婊子,请你们先到那个门里面躲一躲,等我和马车过去。我的妻子和女儿在这车上,明白了吗?

三人慌张地挪着小脚,退进那家茶馆。这点道理她们是懂的:规矩的白鬼妇女不能见她们这行当的女子;她们可以存在,但不能与马车里的她们同时、同地点的存在;她们该及时消失,腾出个干净世界给车里的妇女们。

阿茶和阿蕉还要接着逛,扶桑说在茶馆等她们。壮年人去跟她俩了,他知道扶桑不必太费心。有次扶桑稀里糊涂跟一个姑娘逃跑,第二天便自己回来了。揍她时问她为什么,她笑了,慢慢答道:昨天逃出去,今天逃进来呀。壮年人跟大家同样明白:扶桑的乖顺是因了她的那点痴。

风把雾吹化了,太阳旺起来,茶馆门口斜插进一块阳光。

扶桑虫一样软软地动几动,把半个身体挪进太阳里。

这时辰茶馆生意淡,两个男人坐在另一头。他俩是开菜蔬店的,天不亮便挑菜担子送菜到各家馆子,这时扁担靠着他们的腿,菜筐里剩的几颗菜已歪头歪脑,色泽亦如他们的脸色,那便是他们的晚饭。

两人瞅着扶桑,一面蟋蟀一样交头接耳。

过一刻茶馆伙计走向扶桑,说:两位先生问,你想不想趁这个空做桩生意?

扶桑从茶馆伙计的肩头朝两个菜老板看去,眼神打了个招呼。

伙计对菜老板们挤挤眼,又对扶桑说:顺水生意嘛,给的钱你不用交阿妈,多赏我几文茶钱就好了!唔嗒低头,给他们看看你嘛。伙计指指茶馆后面,黑乌乌一团阴影,说:我们后面有个烟室,眼下没烟客。他很精练地安排着:你看,你这样闲着也是闲着。

她又隔着伙计朝他俩菜黄的脸看看,认真地笑笑。为难一会,她轻轻摇头,说:我歇歇就走的。

伙计还要劝,一个客人走进店里。是个十几岁的小白鬼,穿双粗大的皮靴,蒙着灰土,白衬衫白裤子倒一点污迹没有。他肩上挂一件蓝色短披风,头戴一个骑帽,边沿露出浅黄头发。小白鬼像是从一个好看的、绘声绘色的故事里走出来的,与这昏暗窄陋的中国小茶馆陡然形成一种荒谬衬映。

他瞅着扶桑,一面朝另一张桌走去,没落座,飞快折身,朝扶桑来了。

扶桑收拢一下自己的手脚。太阳引出的困倦压在她身上。她有一刻非常吃力地在想小白鬼是谁。她对他注目,脸上是一个就要从梦中脱身的挣扎。

她这个二十三岁的中国窑姐在这个叫克里斯的小白鬼眼中成了个美丽的怪物。他脸僵了,被自己突至的运气唬住。他眼里是那么天真的庄严。两年中他找过她,一直在找她,在寻找中她在他记忆中强烈得成了什么也占不去的空白。这时他意识到她比他十二岁时见到的那个女人更奇异。她粉红的绸衫把灰褐色的背景弄得一滩粉红。

她看他坐下来,懒得接着想下去:这个小白鬼到底是谁。

还记得我吧?克里斯问她,怀许多希望。所有嫖客都这样问,都这样怀希望。

她说:嗯。

他使劲瞪着她,摘下帽子。他起码高她半头,若上来搂她,肯定很有架式了。他四肢修长,所有关节都显得过分的大,似乎一切都为他的下一步成长预先占好地盘。脖子还是儿童的,喉节却是男人的。他把两个胳膊肘搁到桌面上,意识到桌子的污秽,又缩回去。他露出儿童的手足无措。

我去找过你。他说,变音期没度完,声音沙哑略带窘迫。

我叫克里斯,他又说。

她笑:克里斯。

他笑:你还是把我名字叫得这么逗。

想起来了,扶桑说:你是跟你父亲一块来的。她把这话一连讲两遍。像所有的中国窑姐一样,她的英文是两岁孩童式的,有个好玩的尾音,并娇憨无邪。

他把身体往后撤一点,摇摇头,浅蓝眼珠子有些伤心和委屈。是那种遭成年人误解的带有憎恨的委屈。

扶桑说:对不起。

没关系。对于成年人的宽恕使他带着更深的一层伤心笑了笑。

真对不起,扶桑又说,拿眼神哄拍他。

没关系。他把脸扭开,微蹙眉。对成年人的迟钝和麻木他的宽恕带有轻蔑。

两个菜老板提着扁担和筐走过来,站在她和他面前。看看他又看看她,其中一个说:要不要我们把这小白鬼大胯摘下来?

克里斯扭脸去看他俩讲什么,两人忙颠一颠双膝,行了个礼。

今天不必了，扶桑对他们笑笑，谢谢两位大哥。

我的生果档就在对过，小白鬼再欺你，我去拿把刀来，不麻烦的。

扶桑说：不用了，他没待我太坏。

待你坏就喊一声，我下了他的大胯。不费事的。

多谢了。扶桑说。

勿客气。

两人最后又朝克里斯颠一颠膝盖，扶正头上的瓜皮小帽，走出门去。

扶桑也站起，将衫子拉平整，对克里斯说：哎呀天不早了。

伙计过来说：你的茶钱刚才两个老板替你付了。他看一眼克里斯又说：有法子，我也不能撵他走，白鬼进我们的地盘像进自家茅厕。

扶桑告别地看看克里斯，跨出高高的门槛。半个街的人在看腌卤店开张，洋人们在爆竹声中抽肩缩颈。两个扮成女人的男人踩到高跷上，高出人群的一倍多，合担一只陶罐，里面是大洋那一岸运来的卤汁，从明朝就沿用下来的老卤。几条鞭炮同时响，街上的空气都给炸得粉粉碎。那只罐子被请进店门，掌柜和伙计的脸色都像接驾老祖宗。

扶桑边看边走，穿过人最稠的地方。存心不存心地回头，她见克里斯跟在她身后，距离拉出五六步。

她站下，他便也站下。风一来，他淡黄的头发荒凉地起伏。他的固执、委屈使她的心思不能再懒下去，她明白自己从没忘记过那个十二岁的男童。

扶桑发现他竟十分秀丽。

他从一双孩童的眼睛中投出的是成年男子的欲望和热情。

扶桑忘了她这样站着与这少年斗眼神有多久。她从未与人如此长久相视过。远了的爆竹就在她每根汗毛尖上炸着，也在他的睫毛梢上炸着。

她放下了举累了的目光，他却还不。他不掩饰他要一步步走近她的决心。

距离我一百二十八年，你和他站在这里：我脚踏的这块土地。地上还是一层红色的炮仗碎屑。代替一滩滩痰渍的是一斑一斑的胶姆糖的污渍。白人警察在这里罚中国人吐痰的款有七八十年了，所以你看，地面上蒸发不去的胶姆糖斑点便是罚出来的进展。

你和克里斯这样站着，左面的腌卤店已换了不下几十家不同的铺面；右边一溜街变换得更彻底，大火和地震让作史的人也从来说不准一百二十八年中的每个更替。然而你和克里斯对视而站立的这一刻，成了不被记载的永恒。如此的对视引起的战栗从未平息；我记不清有多少个瞬间，我和丈夫深陷的灰眼睛相遇，我们战栗了，对于彼此差异的迷恋，以及对于彼此企图懂得的渴望使我俩间无论多亲密无间的相处不作数了，战栗中我们陷在陌生和新鲜中，陷在一种感觉的僵局中。

你看，你和克里斯现在就陷在同一个僵局里。

呼的一下，知觉来了。你知觉着自己这双奇形怪状的脚，那高束住你脖颈的衣领，那冰冷的仿玉手镯。你知觉着你粉红色衫子上每一朵绣花的呼吸和心跳。你的知觉使你感到克里斯这十四岁的男孩想要的是比你身体更多的东西。

你不知道克里斯的底细，不知道他一早从父亲庄园骑马进城的真正目的。他随着清一色的白人拥向市政府，在那里请愿，要把中国苦力、中国鸦片鬼、中国婊子赶尽杀绝。那么多白色的多毛的溢出腋臭的手臂摇晃着。八万人。原本想看看热闹的克里斯被感染了，从地上拾起油印的请愿书，掸掉泥污，递给一时摸不清头脑的旁观者们。

就在他这样与你面面相觑的时候，他衣袋就揣有一张"请愿书"。那上面列了中国人的十几条罪状："男人梳辫子，女人裹小脚，主食大米和蔬菜，居住拥挤，生肺病……"请愿书暗示如此一个藏污纳垢的低劣人种该被灭绝。在"灭绝"二字进入他意识时，他想到了你。他绝不要灭绝你；他但愿你生存环境中的一切都灭绝，只留下你。他完全不懂，正是他们要去灭绝的那一切形成了你的情调，你的鸦片般的魔力。

克里斯看着你，以一对入了瘾的眼睛。

从前，有座茶山，山上有几十户茶农。种茶、采茶、唱茶山小调，就是几十户人家祖祖辈辈的生活，说不上快活，也说不上受罪。心恶的老财是没有的，山上的两户富足人家宰猪，每家都送一块猪油。

茶山半腰有一户，不贫不富，饭够吃，衣裳的补丁不超过两种颜色。在送茶去长沙的路上生出了第四个女儿，请茶庄的老夫子取了个名，叫扶桑。

扶桑在摇箩里跟广东一个八岁的少爷定了亲。定亲第二年，少爷跟一帮叔叔伯伯出洋去淘金子了。扶桑隔年把收到一块衣料或一盒扎头发彩绳，说是少爷从海外捎回给她的。

少爷家也来人看过扶桑两三回，都喜欢她口慢脑筋慢，娶过去当条牲口待，她也不会大吭气。有次送来个银手镯给她，也说是少爷给的。

有一年少年的伯伯叔叔们带了金子回来，说少爷马上要娶亲。那年扶桑十四岁。

水路旱路，扶桑到了婆家，见一只红毛大公鸡被缚在那里，扶桑与公鸡一同给捉进喜堂，一人伸手按扶桑的头，另一人按公鸡的头，不知叩了多少次，把堂拜了。扶桑从盖头下看见替身新郎的红毛公鸡拿金黄眼睛瞪着她，把尖利的喙嘴磨刀那样在地上左右磨着。

进洞房太阳则偏西，公鸡给搁在床下，扶桑给搁在床上。扶桑一觉睡到第二天清早，发现红毛公鸡卧在她枕边，死硬了。

从此扶桑再没收到少爷从海外捎回的衣料、头绳。

又过几年，扶桑上集市碰到了个男人。

男人说：我出洋回来，你丈夫叫我带你过洋，跟他真成两公婆去。你去唔去？

扶桑摇头。

男人说：去啦，你家用你种田、煮菜、割猪草；你婆婆是把你娶给她自己的，你唔知？

扶桑说她知。

男人说:不去你一辈子也见不着你老公了!没老公你生不出崽,老了谁娶媳妇给你煮菜、捶衣?

扶桑不开口,笑一笑还回头去编那成型一半的斗笠。

男人说:这是船票,你老公给你买的。你就跟我上船吧?

扶桑问:路远吧?

不远不远,过了海就到。

那我回家讲一声,拿两个番薯,还有我给他做的八对鞋……

赶唔切!船这时就要开了!你老公穿牛皮鞋羊皮鞋,海里鲨鱼皮做的鞋,一双鞋钱够买半亩水田!……

总要拿我的梳头盒子吧?

过了海梳子是金的、篦子是银的,玛瑙的马桶,你还要嫌它冰屁股!

扶桑跟着这个头发淌油的男人走了。

走过一个食档,一个邻居坐在竹椅上吃米粉。见扶桑叫道:扶桑你哪里去?

扶桑回道:我老公叫人接我过海去,昨天借你一支子棉纱,一两天不得还你,你跟我婆婆要吧。

邻居捧着大碗一下从椅上站起,看扶桑给那男人扯住袖子,两只尖尖小脚快得像两只纺锤。

男人把扶桑安置到船上,一个女人在船头小炭炉上烤狗皮膏药,同扶桑和气地搭讪。她拿出一条布带,将自己的脚绑起,扶桑问她做什么绑得自己成一桩木头,女人告诉她,过海的女人不能有两条脚,犯海规,船会翻。扶桑学着她样把自己也绑起。

男人关了帘子,船动起来。扶桑听那邻居在岸上喊:扶桑!扶桑你下船来!

扶桑动不得,就在帘子后面答应着。

男人飞快摇橹,一面说:你喊猫是喊狗?

邻居说:是猫是狗,我喊那个答应我的!扶桑,你还了我棉纱再走!扶桑!……

扶桑隔竹帘也看见邻居急得在岸上左边跑跑,右边跑跑,两手做成个喇叭套在嘴上喊她。水面在岸和船之间宽阔起来。

邻居忽然一返身,朝四周喊:来人呐,人拐子又来啦!把扶桑拐走啦!扶桑,你应我呀!

扶桑刚张嘴喊,见女人跳起,绑住她腿的绳子戏法似的开了扣。女人探身到船头,回来时手里托着烤得稀化的狗皮膏药。扶桑喊了半句,膏药连汁带汤,滚烫地把她嘴糊住了。

晚上,女人来替扶桑揭膏药,唉声叹气地笑,劝扶桑想开,饭多少吃两口;船上的刀剪绳索全收藏好了,寻死是不方便的。

扶桑带一嘴黑色膏药渣子,把端来的粥呼呼喝干净了。

女人唬得愣怔:拐来的女子里头,扶桑是惟一不闹绝食的。

扶桑给撂在一只大船上。底舱板一层层码的都是女仔。头天一个女仔生疔疮,第二天全部女仔生一模一样的疔疮。如同堆在一处的番薯,烂得同心同德。

人人躺着,扶桑一人坐着。坐着她也睡得烂熟,连天天半夜跑进两个人来她都毫无知觉。这两人总要拖出个把变了色也变了气味的女仔扔进海里。

渐渐底舱地盘大起来。每天早上扶桑睁眼四下看,记不起又少了谁。

有天早上听人喊:到了到了,那个大灯塔就是金山城!

三个月的海过完了。

押货的人下到底舱,用手指点一遍数,不相信,又点一遍,说:丢!

站好,站直!眼睛都睁大些!

押货人拿着一大块粉蛋和胭脂走上来,用支大毛刷蘸了白再蘸红地往女仔脸蛋上刷,上下刷,左右刷。每张粉白桃红的脸杵在黑黄的细脖子上,全成了木偶。

扶桑也闭了眼,等那人给她脸蛋也粉一遍墙,那人却没有。那人认为扶桑不必浪费他的白粉红粉。

那人喊道:一个牵一个衣裳!不准乱看!不准对人笑!这地方没有人的,都是鬼!白鬼、黑鬼、印第安红鬼!

上岸就看见移民局的鬼了。一共三个鬼,还有一头比桌子高的黑毛牲畜,没人敢把它认成狗。

一个秃子中国男人对女仔们手舞足蹈:往我这边走,我是你们的爹。他转身对移民局一个大胡子鬼说:这五个是我女儿。

年轻的移民鬼推他一个踉跄:不准靠近,不然我放狗了!

秃子仍对女仔们叫:记住,我是你们的爹!你们的娘死了!

年轻的鬼纵纵手上的链子,那狗形大畜牲一扑老远。秃子屁股领路地逃得飞快:你娘是饿死的,别说是病死的,不然移民局鬼要把你们关起来查验!秃子忙着关照。

半个钟点后,中国翻译来了。他晓得许多话是不能翻正确的,否则明天世上就没他这人了。

问她,大胡子鬼指扶桑,她母亲叫什么名字。

她说她母亲死了。

我是问她母亲的名字。

她死了。

你们这些撒起谎来毫无羞耻的中国人。

扶桑不知大胡子发的什么脾气,静静一笑,嗅着大胡子喉咙里昨晚的酒味。

你姐姐不记得你母亲的名字了,你一定记得。来,告诉我。

她死了。

好,好极了。那么你呢?大胡子鬼来到最小的女仔面前。这女仔最多九岁,正从里往外抖,要把虱子跳蚤全抖出去似的。

你是不会撒谎的,我的天使,请告诉我你母亲的名字。

整个码头停下它的嘈杂,期待九岁的女仔抖得最终真实。

她……饿死了。

大胡子尖起舌头:死了,死了。他如同一只庞大的八哥,为最新的学舌兴奋不已。我懂这句,你们每个中国人都说这句,她死了,她死了。你们这些天生的撒谎精。

大胡子用手势把五个女仔分成三处,好好想一想,想想你们的母亲叫什么名字。尽量别让你们不幸的母亲有太多的名字。

站在一百码以外的秃子这时扑通一声倒在地上,妻呀妻呀地哭唱。

让他闭嘴,大胡子对站得浑身作痒的翻译说。

秃子边嚎边向女仔们使眼色。还死在那里干什么?快上来,抱住我喊爹!一时间五个女仔懂了道理,全扑在了秃子身上。

秃子躺在地上,用白眼珠扫一眼周围,鬼们已认了输。

严歌苓:《严歌苓文集·扶桑》,当代世界出版社,2003年1月,第1—40页。

严歌苓导读

◎王 越

自1978年国门洞开后,留学浪潮迭起不衰,表现移民生活的作品也成为许多旅居海外的华文文学作者关注的热点。作为"中国文学的游牧民族"(严歌苓语),这些作者离开熟悉的母语环境,从生存的各个方面切实体验着异质文化的对峙与激烈碰撞。他们在其中努力寻找或开辟各种途径,试图融入新的社会和文化,以期从本土文化和异族文化交界的边缘位置突围,重新定位自我。他们的创作往往表达的也正是这样一个"断根"与重新"植根"的痛苦历程。严歌苓作为海外生活的亲历者,在同样的身份认同和意识自觉下,以独特的女性视角和悲悯情怀,在自己的创作中渗透着对个体生命的审视,熔铸了民族、社会和文化的深层意蕴。

严歌苓擅长在小说的情节设置和叙事语言中,不动声色地融入自我在文化碰撞中所感受到的思想、语言、情感等诸方面的错位,这使她在前辈作家的基础上有所超越。一般而言,老一辈海外华文作家基于理想与现实的矛盾冲突所造成的迷惘和痛苦,往往在创作中纠结着无法释怀的寻根心态和怀乡情绪,着力刻画被放逐的无所着落之痛。而严歌苓却注重以女性超乎寻常的直觉和敏感,深入人物内心,以刻写人物的精神错位为指归,同时在错位意识的传达中,将对女性生存状态和命运走向的表现与思考寓于移民生活的宏大历史背景中,借亘古不变的移民孤寂来书写女性在男性中心社会中长久的权力缺席和精神漂泊。

在严歌苓反映女性移民生活的短篇小说中,《红罗裙》是值得注意的一篇,虽然分量不算最重,但它精确地摹写出了一个女人物质生活和精神生活双重的流离失所。海云带着儿子健将移民美国,嫁给了年迈但富有的周先生。周先生的原配也留下了一个混血儿子卡罗,从此四个人充满价值观碰撞的生活开始在城堡一样的周家展开。对海云来说,异国婚姻具有浓厚的谋生意味,安全感的缺失使她对已近成年的儿子保持了一种超乎母爱的女性关爱,而其与混血的继子卡罗产生有悖伦理的恋情,更是反映了女性在寻找心身家园的过程中,于重重迷雾笼罩下无助的奔突。

在独特的移民身份和背景下,严歌苓的作品脱开女性文学创作所常见的审美经验和范式,投入了超越人物一般生存状态的心灵隐秘的探索。长篇移民历史题材小说《扶桑》在这一点上具有代表性。它以百年前中国女子扶桑漂洋过海、异邦卖笑的经历为线索,间以错乱时空的穿插叙述,折射作者对生命存在的较为深层的思考。严歌苓在小说中展示了20世纪30年代中国移民在异国受到的排挤、迫害及颠沛流离却无自我知觉的生存困境,更着力揭示了女性在其中受到的双重摧残,尤其是来自异国和本国男性的摧残。这跟美国黑人女作家艾丽斯·沃克的名著《紫颜色》有异曲同工之妙,但其中不曾涉及女人性别意识的觉醒。扶桑无心智而富肉体之美的形象是种形而下的女性的象征;她亦真亦假的懵懂和缄默承受,代表着远古以来雌性对雄性、弱势对强势的无奈、悲悯与宽恕。

对严歌苓的解读,较为合适的方式应该是将她的作品中移民在异域生存时物质与精神的双重困顿,与女性在男性中心权力机制中无处立足的状态互为观照。严歌苓以女性的真切体悟和内心感受造就了一种与单纯的移民文学和一般意义上的女性文学都不尽相同的话语方式,揭示出人尤其是女人的凡俗性和非神性。她以纯粹的女性话语以及与父权制迥然相对的女性主义态度,观照着男性中心社会中被迫扮演着被动者(被侮辱、被贬损、被欺凌者)、缺失者、沉默者、有价者角色的女性,进行一种女性主义话语的焦灼言说。而她的创作所探寻和指向的终点,似乎都可以看成是经受异质文化严峻考验的最为纯朴本真的人性——就女性而言,是最为恒久的母性。严歌苓通过这些世界文学中共同关注的话题,寻找着“更具环球意识的叙述角度”以及“能够世界流通的语言和写作方式”(严歌苓语)。

严歌苓研究资料链接

陈晓晖:《另一种海洋——略论美华女作家严歌苓的三篇小说》,《华侨大学学报》(哲学社会科学版),1998年第2期。

刘艳:《异域生活的女性言说——严歌苓创作品格论》,《山东大学学报》(哲学社会科学版),2000第3期。

刘俊:《论美国华文文学中的留学生题材小说——以於梨华、查建英、严歌苓为例》,《南京大学学报》(哲学、人文科学、社会科学版),2000年第6期。

南翔:《心灵有负的证明——严歌苓小说的美感结构》,《华文文学》,2002 年第 2 期。

滕威:《怀想中国的方式——试析严歌苓旅美后小说创作》,《华文文学》,2002 年第 4 期。

沈红芳:《在苦难中升腾——论严歌苓小说中的女性意识》,《当代文坛》,2008 年第 5 期。

邢楠:《读严歌苓的小说〈扶桑〉》,《文艺争鸣》,2009 年第 4 期。

龚自强、丛治辰、马征、陈晓明等,《20 世纪中国知识分子的磨难史——严歌苓《陆犯焉识》讨论》,《小说评论》,2012 年第 4 期。

吴雪丽:《严歌苓:历史重述与性别乌托邦》,《南开学报》(哲学社会科学版),2012 年第 4 期。

蓬草

蓬草(1946—　),原名冯淑燕,在香港出生。1965年,她于香港柏立基教育学院英文系毕业,后在港曾从事教学、编辑和翻译等工作。1975年赴法国巴黎,期间曾回港一次,之后一直留居至今。在巴黎期间,她先在新素邦大学修读法国文学,后进法国国立高等翻译学院深造,1983年取得翻译文凭,现在法国专事创作和翻译。①

蓬草从青年时期已开始写作投稿,作品首见于《中国学生周报》。她移居法国多年,异乡的生活经历丰富了她的创作,游徙题材常见于她的作品中。她虽然移居他国,但并没有停止创作,其作品常散见于港台文学杂志中,主要发表于《中外文学》、《星岛日报》、《星岛晚报·大会堂》、《南北极》、《文艺杂志》、《素叶文学》、《联合文学》等报章和杂志。这些作品相继被出版社结集出版,包括散文集《亲爱的苏珊娜》、《樱桃时节》和《还山秋梦长》;短篇小说集《蓬草小说自选集》、《北飞的人》、《顶楼上的黑猫》、《森林》、《老实人的假期》和《出走的妻子》;此外,蓬草曾为电影《倾城之恋》改编剧本,而电影《花城》更是她首个电影剧本创作,后结集出版为长篇小说《婚礼》。

由于蓬草身处异国,故多年来鲜有评论者论及其作品,论者分析蓬草小说,每多集中于她的游戏文字、讽刺手法或低沉的调子。蓬草很多时候将异域中所见所闻化为文字,建构命运各异的游徙故事,由此可见她的越界书写②作品,许多时候是包含她自身的经验。其作品很多时候都关注到女性在都市生活和婚姻家庭中的困境和压迫,尤其是身处在外的异乡女子所遇到的不平等待遇,故此,阅读蓬草的作品,实可见到她如何为被压抑的边缘族群发出呼声。

---

① 蓬草:《蓬草小传》,《北飞的人》,三联书店香港分店,1987年,第253页。

② "越界书写"一词语,灵感来自也斯《越界书简》散文集中第四部分"越界书简",作者在此部分的九篇散文中,以生动的文字,描绘异乡观察到的人事,并各地多元的文化。详见也斯:《越界书简》,香港青文书屋,1996年第1版,第131—174页。

东京的大屋

拐进一条街道，赫然看到一束又一束金黄色的、长条的花。

定神一看，不是鲜花，大概是用纸，又或许是用绢做成的吧。它们从楼宇的外墙横伸出来，有些更干脆的给扎栓在电灯柱子上，但均是挂得高高的，大概是二楼露台栏杆的位置，对于我这个患近视的人来说，从街道望上去，仅可以分辨出它们不是鲜花——因为这些花束的形状和颜色差不多完全一样，花朵又全部绽放，竟没有一朵呈现枯黄萎谢的神态。但至于它们是用纸还是用绢剪成的，我看不清，便不敢说了。

我只觉得它们很美丽，一整条街道，有金黄的花高高在微风中拂动，这便是一条充满诗情的街道了。我想起“翠拂行人首”，我想起少时过清明节，父亲总是那么认真的自外提着一束柳回家。右手握柳，左手把白麻纱长夏衣的下摆一揽，站上一张圆木凳子，便把柳插在门上了。

三年前的一日，不堪各种病缠身的父亲，终于与世长辞。随着，我尽量忘记父亲濒死时的可哀形貌。对我来说，那个瘦骨嶙峋，双目几乎不能视物，到了后来且咯血不止的老人不是我的父亲，一切只是凶残的疾病的拟人化，我的父亲不应该，也不可能失去他的本质；一种潇洒的姿势，一种优美的闲适。他是我母亲一生的爱人。

夹道的黄花，竟令我想起父亲和杨柳。我只是在脑中想，当然不会和母亲说出来。身旁走过一个穿和服的女人，深沉的蓝色，她提了一个大胶袋匆忙地走，木屐“咯咯”颤动了整条长街。

我从来没有看过穿和服的母亲，我曾经多次要求她找一张穿和服的照片给我看，但她总是轻微地叹气，摇着头，“没有，真的没有！”有一次我催得紧了，她把眼睛溜往房门处，看准没人便低声和我说：“你的父亲不准我把照片带来，它们全留在那间大屋里。”

穿蓝色和服的女人消失了。我望着身旁的母亲，仍旧无法拟想她穿上和服的样貌。

一九八一年的九月的一天，我终于实践了我在三年前向自己许下的诺言，我把母亲带回日本——她的国家，她的出生地，她的根源。她离开后还是第一次重回，一算，快三十六年了。

母亲紧紧地倚偎着我，脸上竟有惊惶和恐惧的神色，像一个害怕会迷路的孩子。我没有问她为什么这条街道满插黄花，可能她已无法记忆各种传统的民间节日，我不想过分的扰乱她的心情。

我们静默地往前走。这是一条日本的街道。我和母亲，身处的城市便是东京。夏末秋初的太阳，照在我们的背上。

一

在赤阪区吃了两个用红豆做馅的饼子，母亲把第三个递来时我摇摇头，我说我够了。

她独个儿继续吃，显然很满意。

我开始习惯听母亲和别人说日语。昨天从机场出来，她小心翼翼地和书报摊的主人说话，我还是第一次听到她说出这许多日文句子。过去，她偶然会觑着父亲不在家便在纸上无聊地写画着一些汉字和一些拼音符号，通常不等一张纸填满便把它揉皱。母亲从来不把这些捏皱的纸团丢进废纸篮，她总是仔细的一个一个拾起，走到厨房，把它们塞进垃圾槽里。纸团在空空的槽里掉下时没发出任何声响。

有一天我放学回家，比往日提早了有半个多小时，那是因为最后的一节体育课不用上，老师病了不能来，我们十分高兴，喧吵着有如暴动，级主任跑过来说我们可以早走。同学们呼啸如风地拥出课室，冲过校园，直流至街上，他们说让我们游泳去吧。这样子提早放学的事情偶会发生，在夏天我们跑去游泳，在冬天便去打球，没有人会乖乖径自回家的。一向我是和伙伴们一致行动。那一天，不要问我为什么，我就是不知道，我竟然向伙伴摇头，抱着我的书包慢慢往家的方向走。

乘着电梯上楼。电梯里装有镜子，我看着一张十分熟识的脸孔，我想，这张脸孔陪伴了我已有十八年啦。我把脸孔凑近镜子，不大像父亲但颇像母亲，眼睛小小，脸蛋圆圆，肤色皙白，不同母亲的是我没有她那一副深思的神态，我还以为这只是年龄的关系。十八岁的时候我相信上了年纪的人多爱作无谓的回忆。

那一个黄昏，我掏出钥匙来，把大门开了。为什么我一反常态，不发出任何声响？我悄悄地，像一条鱼似地溜进屋内。（或许我想像一条鱼似的轻轻滑进母亲的床上，躺在她的身边，等她以午睡后的温热手臂抚上我的肩？）厅子没有亮灯，从窗那儿溜进夕阳，淡漠的光如纱幔一般落在地板上；一种郁闷的、但又温暖的室内气味在四下里氤氲。我突然止步，我听到从睡房里传来的歌声。母亲的嗓子本为我熟识，但她在唱着一首我从来也没有听过的歌曲，用一种我完全不明白的语言。每一个音符，每一个字，对我来说有无比的陌生，直教我吃了一惊，我僵立在厅中，说不出话了。

母亲的歌声是异样的年轻，嘤嘤的，“呢……嗡……呦……”有点像僧人的呗赞。语音中带着某种快乐，却是一种如许逆来顺受，如许谦卑的快乐，我便知道母亲的身和心其实已不在此时此地了，她该走往樱花树下，还是红叶丛中呢？眼前的事物刹那间变得模糊。第一次，我明白母亲不单是我的母亲，或只是我父亲的妻子，她还是一个活在异乡的女人。她的心中，永远孤独地藏着一些不可告人的秘密，亲如丈夫女儿，在这方面是无法和她分担的了，母亲默默地怀着从另一块土地，另一种气候而来的植根式的眷恋。黄昏孤寂的时刻，她唱着无人听到歌曲，用的是她荒弃了已有多年的母语。

如果母语真的可以解释作从母亲那儿学来的语言，那么当年的母亲，无法以她的语言教我学习说话时，她该有着怎么样的一副心情？

那一个黄昏。我悄然退出厅子，把大门关上。我极小心地移动着自己的身体，不发出任何声响，伴着我离开的有母亲袅袅的歌声，她毫无所觉。

二

爷爷很生气地把房门用力带上。我和父母亲便这样的给爷爷丢弃在厅中。爷爷如此生气是因为母亲说了一句日本话。

我们一家子本来好好地坐在电视机前,那是一个娱乐性节目,访问一个日本歌星。我们也不特别着意看电视的,晚上,把电视机开着只是一个习惯,爷爷和父亲看报章杂志的时候多,偶尔才把眼睛瞟去荧光幕。我刚把功课做好,从房中出来,百无聊赖的也坐在厅中。母亲是当天晚上唯一在认真看电视的人,我想主要原因是电视艺员在访问日本歌星,说的是日本话,母亲要听的便是日本话,不管对话的内容是什么。

那个电视艺员的日本话明显说得甚差劲,看她和日本歌星二人一下子目瞪口呆,准是发生无法沟通的语言上的困难了。日本歌星干笑着,脸上满是问号,他听不明白电视艺员的日语。

我正要发笑,母亲突然大声说出一声日本话,用手指着荧光幕,"哈哈哈"地笑起来。

就在这个时刻爷爷脸色一变,站起身子,用劲地在鼻孔"哼"了一声,走出客厅,离开我们以表示他的不满。

母亲的笑声停在半空,僵住了,我和父亲面面相觑。

慢慢,父亲抑郁的也站起来。他走进爷爷的房间。

我看着母亲羞红了脸,她以求救的神情望着我,大概恐怕我也会离她而去吧。

母亲把电视机关了。我们二人偎依着,几乎把身子全陷进那过阔过深的沙发里。母亲没有再说任何话,她只是把手抚着我的肩,这样子过了好久,然后我侧了脸看她,她的脸上依稀像有泪痕。

我说:"妈,原来你会说日本话的。"

母亲一下子怔住了,随着她推开我,几乎是粗暴地说:"不要到处告诉别人,知道吗?"

我慌忙地点点头,我已经有十岁,我想我开始猜到了一些什么,也明白了一些什么。一向,我还以为母亲是外省人,才有奇异的口音,也以为她念书不多,所以才偶然写出一些莫名其妙的句子。

我把嘴巴凑近母亲的耳朵,"我不会告诉别人的。我知道你是日本人。爷爷不喜欢日本人,但他并非不喜欢你,妈妈你不要伤心……"

事后,大概父亲觉得我已到了一个明事讲理的年龄,他便把我早已猜到的"真相"告诉我:我的母亲是日本人。但我不知道的是母亲在当年曾答应爷爷:不要告诉别人她是日本人,以后不准说日本话、写日本字或看日文书。爷爷要她做一个彻头彻尾的中国人,这是爷爷经过一番内心挣扎之后向父亲提出的条件。爷爷因父亲竟爱上一个日本女子而气得立刻病倒,可怜的父亲泪流满面的侍候在病床前,但他并没有向爷爷低头,他告诉爷爷他不能选择,因为他爱的就是这个女人。爷爷听了此话后一语不发,只管瞪着祖母的遗照，瞪了好久，然后叫父亲退出房间。三天后，爷爷镇静地说他同意亲事，只是要未来的媳妇接受他的条件，父亲大喜过望，立刻再赴东京。

母亲便这样子随着父亲来了香港。那是一九四五年十二月，日本刚在四个月前宣布无条件投降。战争的结束使父亲提出勇气和爷爷商讨婚事，但中日八年血战的残害已伤透了老人的心。爷爷善良的本质使他尊重儿子的爱情，只是，每当他看着日本媳妇的脸孔时，总会不可自制地想起日军侵华的各种恶毒暴行吧……

三

在踏上浅草寺的石阶时母亲突然失了平衡，她把略嫌过胖的身体重重向我压来，我抓着她的双肩，“嗳，小心啊！”母亲把手臂挥动了几下，终于站稳了，带着抱歉的神情和我笑笑，“心情有点紧张呢。”

我还是第一次踏进一间日本庙。朱红色的柱子，朱红色的栏杆，森罗的正殿，一切对我来说，竟有似曾相识的意思。不同的只是来拜神的人，特别是上了年纪的男女，多穿着和服，而非洋装。我倒庆幸母亲没改穿和服，没改踏木屐，否则刚才的一闪身可能会真的弄出意外，说不定会扭伤脚筋，母亲没穿木屐已有许久。

大庙的进口处，朱红色的柱子上挂着长条木牌，上写的虽是汉字，我却不能明白其意义。我看着四周的人，他们和我，在外形上本来十分相似，但我们已是不同国籍，不同文化——刹那间我想到我一向完全漠视我有一半日本人血统的事实。在战后的香港出生的我，不可能和日本认同。相反，我从书本和电影上所认识的日本侵略形象，却往往教我不寒而栗；我甚至要在今时努力压抑自己对这个国家怀有的厌憎。

从来没有和母亲谈及这些虽属过去，但仍旧使人不安的历史上的事。只是有一次，因为疏忽，我没有预先打听故事内容，便和母亲进了戏院，看的是一出日本片，小林正树的《人间的条件》第一集。故事年代：一九四三年；故事背景：中国东北部。小林正树透过日本侵华的史实来说出一个人文主义者的生命及心路历程，银幕上有令人不可置信的残酷镜头。已和战争无关，而是一个民族天经地义地相信他们有侵略及屠杀另一个民族的权利。小林正树的人文主义，使他可以正视及批判自己民族过往的暴行——我这样想着时，耳畔传来母亲深沉的、痛苦的一声吁叹。

翻开《中国通史》，“……我国于抗战的前六年（一九三七至四三年）中，伤亡的官兵及平民，即在七百七十六万人以上……而日军损失亦惨重，统计抗战的前四年（一九三七至四一年），日军伤亡即在一百九十六万人以上……”母亲，我不会看日文，你可否告诉我，《日本通史》如何记载这一段史实？又列出什么样的数字？

不，母亲，请不要告诉我。

你不需要告诉我的。

身旁的母亲再次发出一声嗟叹。

母亲说："我要和你去看看那间大屋，即使换了主人，我们不能进去，在屋子的外墙走一个圈，也是好的。"

自从父亲逝世后，母亲便不时和我提起她在东京的大屋。在睡梦里，我见到一间日式的房子，母亲的寝室面对着后院，院中开满了雁来红。我看到两个女人的背影，娴静的姿态，她们偶然交换了一两句话。我在梦中看着她们，遥遥的，我便不能确定：到底是母亲和外祖母，还是我和母亲？我多愿能够以手触摸院中的雁来红。突然，有许多人忙碌地走进大屋，他们在外廊上铺上席子；母亲把脸孔凑近，兴奋地和我说："我们在准备迎节呢，是做年糕的时候了……"

从梦中醒来，母亲迎窗静坐，一如止水，神态有无限的深沉。

我几乎可以肯定，要不是因为我，母亲一定毫不犹豫的尾随着父亲离开人间。我从来没有看过另外一对比我的父母相爱得更深的伴侣，我这样说不是基于我看到他们夫妻间的亲昵动作，在这一方面，父亲和母亲并不比其他夫妇有更多的亲热行为。相反，爷爷在生时，他们因为尊重老人，夫妇之间采取的只是一种温雅的、几近客气的态度，大概"相敬如宾"是最贴切的形容词吧。晚上，爷爷先离开客厅回房安寝，偶然我会看到父亲定神凝望着母亲的侧脸，好久，好久。母亲低着头在编织一些什么，倒是毫无所觉的。父亲慢慢伸出手来，按上母亲持着编针的手，母亲带点诧异地抬起头，看着父亲，脸上随即绽开一种舒然的、安心的微笑。在这一个时刻，我便似乎明白，为什么柔弱的母亲竟有力量越过千山万水，越过战争和愚昧的人间仇恨，抛弃了过往的一切，来到父亲的身旁。

四

在飞机上，一个时常来往香港和日本的中年妇人诧异地和我们说："游日本，应该在十一月，那时富士山的山峰有雪，山中有红叶。否则也应挑四、五月，那是樱花开放的季节，而山雪仍未融，雪花相辉映，真有意思。就是不应在九月来，什么也没有！真的，什么也没有！"中年妇人听到我说是第一次去日本，便一厢情愿地确定我是和母亲去旅游，不禁为我们的缺乏常识而嗟叹了。我唯唯诺诺地应了她。偷眼看母亲，她毫无所动，没有答话，显然不愿把她一生的故事诉说给一个陌生人听。

我不是来旅游，自然没有想到白雪、红叶和樱花，和母亲来东京的目的只有一个：让她重游旧地，或许甚至重看一眼那间大屋。这是我在三年前向自己许下的心愿，到今天才有足够的假期和金钱成行。

和母亲提出东京之行的计划时，我的心中不无忧虑，我担心母亲会失望、惆怅，甚至悲伤。首先，母亲和日本的亲人断绝音讯已有多年。起初我还以为完全是爷爷的专横所致，但后来从父亲处得知，当年母亲决定要嫁给父亲，并随他来港，是得不到家人的同意，他们出言威胁，声称要和她断绝关系。母亲是在哀求无效之下毅然离开东京的大屋。来港后，她很快便明白爷爷是在抑压着他对日本人的憎恨而去接受她，她难过，但她也了解老人的矛盾和痛苦。在心中，对爷爷的成全，她只能怀有感激。虽然她知道即使爷爷不同意，父亲也会不顾一切地抛弃过往，和她相依，但父亲将会多么悲哀啊，因为他是这样敬爱爷爷。母亲既身受到和家人割离之苦，她又怎么可以看着父亲忍受同一痛苦？所以，她在答应了爷爷的条件后，便从来也不去尝试和东京的亲人讲和，母亲和东京，早已无任何联系，那么，对她来说，"重回"到底有着什么意义？

母亲一定有着复杂的感情，是我不能完全了解的。只是，如果我向母亲提出东京之旅的计划，是因为我相信三年来，母亲之所以经常和我说起童年的大屋，其实是在向我作出一个暗示，她希望是我主动向她提议，那么她便不会感到内疚——母亲仍遵守着昔日和爷爷许下的诺言。这个诺言，需要我来把它除掉，大概母亲认为我有这个权力，爷爷和父亲相继去世后，她竟理所当然的把我视作家中真正的主人，便等待我替她决定。一想到这儿，我不禁为母亲的柔顺而心酸不已了。

上一个清明节，母亲坚持着要亲自把一枝杨柳挂在门上。我只好把椅子端来，扶她站上，她插柳的优雅姿态一如昔日壮年的父亲。把柳插好了她却不立刻下来，她把身体微靠着门的一方，悠悠地往屋外眺望，像在等待某人的回归。

我曾在图书馆里翻过一本据说是日本最古老的诗歌总集，题名是"万叶集"，内收有不少男女情爱的抒情诗，其中以中臣朝臣宅守和茅上娘子的赠答歌最为动人。我看着母亲登高远望的神态便想起了其中一首："谪君去异国，妾身苦相思，此情何时了，茫然不自知。"人生易别难会，母亲一时恍惚，竟相信人的精灵能超逾生死，归来和她一聚了。

——倒不如在今年把母亲带回东京吧！我匆匆地计算了几年来的储蓄，大概也足够了。

五

东京是这样一个现代化、工业化，又面积阔大得教人害怕的城市，母亲，我们已在城中走了不少路，我们到底要走往那儿？

你比我更有失落的神情，因为你对这个城市，存有太多的回忆。我以过客的眼睛，看着街道上熙来攘往的行人。是的，这是一个富裕的城市，还不到四十年，东京已无半点战败国首都的屈辱痕迹，相反，偶然却流露了暴发户似的粗鄙口味。母亲，你曾经在电影里看过巴黎铁塔，给铁塔及其四周的广漫空间所倾倒。刚才，在东京这个城市，在挤得密不透风的房屋和店铺之中，我们却看到一个抄袭自巴黎铁塔的建筑物，漆成刺目的橙色，日本人说他们的东京铁塔比巴黎铁塔还要高，他们大概是以此为傲的。但母亲，你在看着这个可怜的铁塔是如何不协调地努力从蜂巢似的房舍中钻出头来时，你也难禁撅嘴蹙眉了，"小家子啊！"随着又感喟："改变了这许多，几乎教人难以相信呢，不过，"母亲叹了一口气，"也应该是意料中的事吧！"她站在街头，看汽车流水似地来往不息。

其实，我知道母亲对这次重回东京，一方面做了心理准备，等待沧海桑田式的变幻，但另一方面却隐隐存着希望:或许竟可以找回一条街道,重认出一间古旧的大屋,甚至碰到一张昔日的脸孔。为了这一分的希望,母亲便不停强调着市容的转变,要我相信她并不在期待什么。但她喟叹时眼中偏闪着一线光芒,母亲是一个迷信"讲丑得好"的人,就像旧社会里的某些父母,千辛万苦得了一个儿子时却把他取名作阿猪阿狗,也是本着冀望他健康长寿的意思。

至于我自己,我是否做了一件适宜的事?明知母亲多半会失望,我却主动地怂恿她来。我实在不能相信母亲的大屋仍在,虽然母亲曾说过:"幸运啊,它完全没有受到战火的摧残呢!"但我已想到没受过战火威胁的大屋,却极有可能逃不了改建的命运,那么到了今天,它该成了一座新型的住宅,还是一间百货杂陈的商店?这个谜,需等待母亲去揭晓了。

母亲,怎么我们越行越远?怎么我们已来到城市的边缘?街道逐渐宽阔,楼房投下的影子越来越深,影子盖在我们的身上,横过马路,再盖上对岸的行人道。长街上只有我们二人。到底是母亲带领着我去寻找,还是我漫无目的、机械性地移动着双足,母亲不问所以的跟随着我而来,她是否把寻找大屋之事,有意无意地放在我身上?大概她以为这三年来,我听她说得多了,也应该对大屋的位置有一个准确的认识,她难道是在等待我向远方眺望一眼,失声高叫:"我看到了!"

六

母亲把外套的领子翻起来,她低了头,把下颔深深地藏在领子里,她像要走进她的外套中,于是她把身子缩作一团,她甚至坐在地上,蜷成了一个球状,我愕然地看着藏在白色毛外套里的母亲。

我们身在一个汽油站的前面。刚才母亲绕着它走了三个圈,我跟随着她,真真正正地由她带领。我看着插在路边的汽油价目牌,木牌上画了一个身穿黄衣、披着黄头巾的阿拉伯人,笑眯眯地手持着一条输油管。汽油站的地面,这儿那儿均有油渍,四下里散发着一种为我所厌憎的气味,但母亲在走了三个圈之后却走回木牌,她不管地上有多肮脏便突然坐下来。

汽油站已停止营业。小店内没有人迹,大门关上。左方的石墙,绿凉凉的给盖上牵藤植物,右方已是街尽头,我想:不久,城中便会亮起灯火。

母亲终于从外套中把头伸出来。"为什么呢?"她完全无法了解,"应该就是这儿的?!"她以求救的眼色望着我。

这倒是出人意料,我还以为母亲的大屋会成为一座新型住宅,可没有想到竟会变作一个汽油站,但,为什么不可能是汽油站呢?

虽然母亲曾再三和自己说:"大屋可能已不在。"但到"事实"放在眼前时,她却明显地无法掩饰她的失望。

母亲是决心去接受及明白这一切的吧？她蜷在毛衣中的姿态像是为了寻求一刻的宁静，她要好好地细想：大屋已不在，她应该往何处去？

也不知过了多久。最后，我温柔地弯着腰，把母亲扶起来，她把身子靠进我的怀，像一个婴孩一般。我替她把皱了的毛衣拉好。

但什么才是“事实”？我已想到：可能母亲早把地址忘记，她只不过是弄错了地方。整天和她在城中走动时，她脸上的完全不能确定的神色已使我对母亲的记忆力大生怀疑。但其实这不是最自然不过的结果吗？三十六年前的往事，本不要求人类苦苦的、清楚的去记住。

人间各种虽属自私、微小，但又如许可亲可贵的爱和情，过去后没留下一痕半迹，但战争、灾害和仇恨，却要千年万代地记录下来，我们没有方法，甚至没有权利去忘记；但使“人世”可活的，不是战争和仇恨，而是各种卑微的、固执的，对美好事物的信念，纵使这一切不能持久，并会在记忆中徐徐消灭。

三十六年后，母亲重来东京，只“证实”了她童年的大屋，已随着父亲的死亡自人间湮逝。表面看来，这是一次“失败”的旅程；但从另一个角度看，却不无特别的意义：母亲心中的大屋，将永远是她怀想的那一间。汽油站不是房子，无人居住，母亲仍是大屋的主人。在将来的梦中，她仍旧可以从寝室走至庭园，而不会碰到一张陌生的、为她恐惧的脸孔。

上一次清明节，母亲插柳后倚门遥望的痴态，教我知道：当年她是如何等待那一个风度翩翩的异国青年。他曾和她保证：人为的一切灾祸，均不会动摇他的决心，他一定再来东京的大屋，她将成为他的妻子。

父亲和大屋，代表了母亲生命历程上的两个不同部分，现在两者既已躯壳不存，母亲反可以随自己的意思去想象，选择最美丽的形象留存在心中，并把它们编织成一起了。

我们已走出汽油站，母亲突然抬起了头，以一种像是无憾的祥和眼神看着我，我正感诧异时，她便开口了：“其实，我要说的是：我总算是一个幸运的人呢。”

母亲像完全洞察我的心事。而我，我当然明白为什么她说出这一句话。

“明天，让我们去看富士山吧，即使没有红叶、也没有积雪……”母亲一边走、一边这样悠悠地说了。

原载于《联合文学》一九八五年

蓬草：《顶楼上的黑猫》，台湾圆神出版社，1988年，第157—176页。

芙蓉的选择

“窸窸窣窣”的一大阵响，静宜从塑胶袋中把一盒牛肉干和一盒杏仁饼挑出来，塞进芙蓉的怀中，一脸抱歉地说：“我记得你还爱吃芒果和荔枝，但水果不能放久，没带来，这两样东西，你仍喜欢吧？”

芙蓉笑了，“不要以为我朝思梦想中国食物，我的适应能力倒很强，现在，连干乳酪也吃上了。”瞟一眼对方，积极补充，“当然，如有选择，宁取牛肉干和杏仁饼，舍干乳酪也！”逗得静宜也笑了。

静宜随着“豪华旅游团”老远的从香港来到了欧洲，在巴黎有三天的逗留。为了要和芙蓉见面，并作“促膝夜谈”，静宜不仅向旅行团补钱，独占一个酒店房间，更牺牲了今夜全团人上“丽都夜总会”的节目，芙蓉则向德莱太太换了放假的日期，后者皱着眉头，咕噜了一番，终于首肯。两个中学时的旧友，成功地会了面。一算，分别已有三年。

静宜把撒满一床的衣服和购物袋子一大把一大把地捡起，全数倒在沙发椅上，人向着空置了的床来一个玉山倾倒，躺好身子后拍拍床缘，示意芙蓉坐过她的旁边，并说：“你比从前开朗很多，我看了也放心，”一想，叹了口气，“三年了，嗳，兰茜和阿娃千叮万嘱，托我向你问候，听说你从来没写信给她们。其实，我和她们，也是不常见的，我想着来巴黎会见到你，难禁回忆起‘四大天王’的中学时代，一时冲动，搜出旧通讯簿子，打了电话给她们。你相信吗，我和她们上一次见面，整整的是两年前，同住在一个小岛上呢，见面时没话说，倒是和你隔了山隔了海，写起信来偏有许多话。”

“那便替我多谢她们的问候吧，就说我很好。”芙蓉淡淡的只说了这一句，甚至不作客气式的询问当年四大天王其他二人的近况，倒像那段日子，已遥远得该从记忆中湮没了。

静宜便不再提“从前”的事。望望漂亮了许多，但也消瘦了许多的芙蓉，心中一动：我们已是三十岁的女人了。口说的却是：“你累吗？要不要先洗个澡再开始我们的联床夜话？”

芙蓉起劲地点头，“当然要先洗个澡，实话告诉你，我有两个多星期没洗澡了。那家人的浴室的门，要关不紧的，用手一推便进，有一次我觑着男主人不在家，以为可以洗个澡，谁知他转身便跑回来，明知道我在浴室内偏装傻推开门，看见我，说声‘对不起’却只管笑，邪邪的赖了一会才肯把门关上，从此以后我尽量避免在他们处洗澡，多是在自己房间内的洗手盆上将就着用湿手巾擦擦身子。”

静宜张大了口，瞪大了眼，“噢、噢”的叫了两声。

芙蓉一下子觉静宜是名副其实的“大家闺秀”，刚才说的话可不把她吓坏了，立刻闭上嘴，跑进浴室去。

翌日早上，静宜在送芙蓉离开酒店房间时，把一叠美钞塞进对方手中。

芙蓉一愣，随即明白了，失笑说：“不，我不要。”

静宜的眼睛红了，哀着嗓子说："十多年的老朋友，你不要见外，就当是我买书送给你，你最爱看书的……"却说不下去。

芙蓉把钱平平的放在桌面上，"阿宜，我知道你不明白我为什么要过这种生活，我很难和你解释——也没有什么是需要解释的。既然是我的选择，我会和自己负责，好好照顾自己——以我的方式。阿宜，不要为我担心，有一天，我如要你帮忙时，我一定会写快信给你，一言为定，好吗？"

"你这个人，脾气老是这样……"静宜揉了揉眼，说不下去了。

芙蓉忍耐着心中的千言万语，中学时代的某些音容笑貌，赌气胡闹，倏忽在眼前飘过了，像羽毛，轻轻的，但有刺，把她扎了几下，她急着定了神，拍拍静宜的手背，"你嘛，还是爱哭，'涕泪天王'，没封错名号……"

静宜噗哧笑出声来，二人便在嘻哈中道了别。

终于和这家人反了脸。

德莱先生骂她"老处女"，怪癖脾气，德莱太太责怪她不预早通知，"枉我一向待你好好的！"她实在无法原谅芙蓉的"忘恩负义"。至于三个孩子，没想到祸从他们起，倒十分高兴，他们从来便没有真正的喜欢芙蓉，她走了，下回的"学生女佣"，该找一个欧洲人，且法文要说得较好一点的。

起因是二儿一女在玩枕头大战，从房间直追杀至客厅，芙蓉看着三小时的家务尽毁在这场儿戏中，动了真气，大骂他们一顿。才转身出去，八岁的东尼拾起一条计算尺迎着芙蓉的背影一掷，来势凶猛，直刺在她的臀上，痛得她流出眼泪，正在这时，德莱先生闻声而至，一边责骂小孩一边把长毛大手放在芙蓉的臀上，捏了几下，"痛吗？要敷药吗？"怪声怪气。

半年来的疲劳和羞辱，全数涌上心头，芙蓉忘了她如立刻辞工便是无"家"可归，直至她提着一箱行李，走在街上时，仍不想到这个问题，只是很快乐，很轻松，看着一大丛由人家院子里越栏而出的蔷薇花，深深地吸了一口香气，笑了。

芙蓉装出旅客的模样在一间青年宿舍租了一个床位。暂时没能力拟想将来的事，反正日子总要依次序的一天一天过，即使人可以作出一百年的大计划，时间仍要分秒的移动。芙蓉觉得在步出德莱家门的同一天晚上便找到睡觉的地方，证明她的运气不算太坏。

因半年来吃住不用付钱，每月微薄的工资，除了交学费和零用外，余下的，芙蓉储蓄，大概曾想到会有这么的一天；钱不多，但总算有千来二千法郎，可以应付一个月的吃和住。在这个月内，芙蓉要找到一份工作，就是说以没有工作证的身份去找。她不禁皱了眉。

数日后，在街头的一个咖啡座上，芙蓉认识了一个名叫妮科尔的法国女人。

细麻纱白色夏装，盛满风，像一艘白帆船似的滑过来，"我可以坐在这儿吗？"别的桌子全挤满了人,只有芙蓉独个儿占了一小桌。她从白帆望上去,一张涂了许多鲜艳色彩的脸,一旁一个大耳环,俗气的化妆却掩不了一对明亮的眼睛和一个亲切的微笑。芙蓉点点头,对方坐下,向侍者叫了一杯啤酒。

互不认识的二人,开始时各自在阳光中眯着眼睛,面向街道,一个啜咖啡一个喝啤酒。马路上,大车小车,隆隆地跑,一天的尘埃。行人路上,各种脸孔各种颜色各种衣裳,更有狗,狗儿一碰上同类即相互嗅闻一番,摇着尾巴,团团打转,同性的要交个朋友,异性的甚至来个亲热,就是无法无礼的自然。

一个变相的行乞人停在咖啡座的前面,把一个吉他的琴弦撕割起来,他还裂了嗓子唱,听得座上的人心头震裂。他唱过了歌,拿着帽子,向座上各人讨赏钱。没有人肯为这样的节目付款,只有白帆女人急急掏出一个法郎给他,看他走了,忍不住和芙蓉说"真怕他会再弹一曲呢!""呵呵"笑了,便这样的二人打开了话匣子,姿势也从平坐改为对坐了。

芙蓉倒也习惯了和陌生人谈天。从前,为了逃避和德莱一家人整日相对,工余之后,她独自溜出来,在城市热闹处行走。走累了,咖啡座上一憩息,每有人趋前搭讪——多是男人。芙蓉如觉得对方面貌纯正,言词清楚,绝不介意和他们呷一杯咖啡,抽几支香烟,回答一些"何处来?""何处去?"之类的问题。至于心存不轨的提议,偶尔也让她听着了,她懂得应付,每能使对方含着笑容的道别,死缠不放的例子是罕有的,大多是遵守"游戏规则"的文明人。

至于很稀罕的某些时刻,因一个笑容,或一句话语教芙蓉动了心,从而来了一段交往,一份没有结果的感情,虽属为卫道者痛责和不齿的关系,芙蓉却把一切会记在心头,她知道她会极端的快乐和不快乐,但她觉得这一切本属私人之事,无碍他人,便心安理得。

只是缺少了一个要好的同性朋友。白帆女人名叫妮科尔,二人除了年龄相若之外,表面上似有太多的不同点,但咖啡座之后第三天,妮科尔便跑来青年宿舍找她,带着一盆有泥有根的海棠花来。芙蓉失笑了,"我住的只是一个床位,那儿可以养花?"妮科尔用食指在鬓角处揉转了一下,以表示自己确是神经兮兮,结果二人把海棠花放在宿舍的天井里,成为公花。芙蓉隔天替它浇水,它长得快,挺得高,红花绿叶的十分娇艳,教路过的人眼前一亮。

妮科尔知道芙蓉的钱所余无几,很为她担心,"你已在这儿住了三个星期,不是长久办法。"

芙蓉看见对方竟替她愁眉不展,反安慰她了,"要是到了月底,我再找不到工作,钱用完了,我会打电报给香港的好友,请她借我一笔回港的旅费,日后还她。别替我担心,我答应你:绝对不会出现'客死他乡'的惨况。"

"找工作?"妮科尔叹了一口气,打量了芙蓉一眼,"又是那些家庭杂工?"

"也不容易找到呢!"芙蓉不想再提"找工作"这回事,已经是每天花上不少时间去东奔西跑的了。她一想,改问妮科尔:"你呢,做夜班工,不觉辛苦吗?"却不知道妮科尔做的到底是什么工作，曾问过她，像是餐馆侍应，说得有点含糊，芙蓉不在意，从没有细问。

妮科尔掏出一枝烟，吸了两口，定定地望着芙蓉。突然一叹气，把仍有一大截的香烟捻熄了，“今晚，你来看看我工作的地方，如何？”

从奥维地下火车站走上大街。

“来过吗？”妮科尔的背后便是各种颜色的霓虹光管，把昏黄的街灯压得黯然。芙蓉笑说：“当然来过，带远方来的朋友看热闹，当导游。”

色情商店，黄色小剧场，黄色小电影院，快食店，阿拉伯人经营的杂货店……，全数开门营业，已过了晚上十时，这儿的声色仍在开始，是巴黎的“不夜天”区。灯火熠熠，闪烁着浓淡不均的颜色，漆上了夜的诡玄。幢幢的人影在光中晃动，飘忽而又极端血肉，一个又一个的身体。

妮科尔把芙蓉带进一间小型夜总会里，穿过纷乱着男女和桌椅的大厅，直来到酒吧间。柜台前已经坐着几个浓妆的女人，有一个正和客人喝着酒，说两句话，又高声发笑。

芙蓉明白了。

妮科尔亲热地和酒吧间所有人打了招呼，替芙蓉叫了一杯可乐，“是这样的，客人如在这儿要一杯酒我们便可以分到三十法郎，我们的‘工作’是陪他们喝酒，这是正业，至于客人其他的要求，我们有权拒绝，夜总会不管，更不会强逼，但做这一行职业的人，大多是越走越远，要不然三个晚上才有一个客人叫你陪他喝一杯酒，怎样子维生？”妮科尔低声说着话，芙蓉听着，很专注的神态，就像不久之前，她听妮科尔说童年，少年和青年期的故事——十五岁离了家，做过各行各业，和一个男人同居五年后分手，眼前的酒吧间是她的“现在”。芙蓉望着妮科尔，想象不到她的将来。

坐在河边。

城中有一条河便有河的风景，不管车多么乱人多么挤，到了河岸总可以得到一份安宁。芙蓉坐在岸边，把两腿悬垂在水上，阴绿色的河水凉凉地现出对岸楼房的轮廓，还有较远处的巴黎圣母院。

看山看得久，能令人悠然；看水看得久，却会使观者进入一种近乎中魔的境界，水的鳞片，在阳光中闪闪抖动，互相推移，明看着波纹消逝了，又立即在眼前重新出现。一条从某棵树上掉落的枝干，在晃动的水浪中前进，后退，间或旋旋打转，直弄了好久，才随着一阵骤起的风，给一股河水带远。

眼前的这幅水，可以在另一处，或任何的一处地方得见。但人不可以在同一个时刻，活在不同的地方。自觉或不自觉，人是注定了要不停作出选择，尽管这些选择，真正有重要性的，其实不会有许多。芙蓉哀恻的想：人既不可以化身为二，又不可以预知将来，为什么却永远有人相信：他作出的选择，或者是他过的生活，才是正确无讹，甚至可以更进一步，否定别人，批评和指谪别的生活方式？

三年前，当她“突然”抛下了一切：她的亲人、朋友，一份收入不错的职业、一个熟识的、有安全感的生活圈子，只身来到这儿时，她没有和任何人作出任何的解释，她似乎没想到要回答“为什么？”这个问题。日后，碰上人家的询问，她只淡然回答：“没有特别的理由。”人终其一生，如果无法知道“生存”的真正的意义，芙蓉觉得大概便不需要为微小的、个人的心态和行为去注释一番。不过，有些人在询问她时，脸上流露的疑惑、嘲揄，甚至是轻薄的神情，她看着了，便难禁这样想：天啊，真有这么多不能容纳异己的人！但很快，她会叫自己把他们忘掉。

石桥上，出现了一团游客，大概是时间匆逼吧，他们还来不及看风景便先“咔嚓咔嚓”的不停拍照，有一个甚至把相机对准芙蓉，拍了照，大概是看中她的背后的挂满紫藤花的高墙。芙蓉喜欢看人，特别是游客的惊喜忙乱的神色。芙蓉自觉和他们一样，也是过路的旅客，不同的是她因独个儿来去，便可以随意的，因爱上一幅风景而作较长久的逗留，并愿意为此承担生活的责任，付上代价。

一个小女孩在身边跑过，她的母亲在后面追，连声叫着：“小心一点！小心一点！”十岁那年，芙蓉害上一场大病，全体人——医生和家人——均恐惧她会死去，但她却以一种动物的本能，继续呼吸，继续维持心脏的跳动和血液的循流，于是像一个谜一般，慢慢的她便痊愈了。从此，偶尔别人会在她的眼色中，看到某种秘密的、不可言喻的痛楚。芙蓉想：如果我在十岁那年死去……

一个浪人停在河的对岸，掷下变了形的帽子，遥遥向她作了一个夸张的见面礼。芙蓉笑了。这个人的背后，又是怎么样子的一个人生的故事？

她坐着，直至满城燃起了灯火，她环视着这个为她爱了三年的城市，她会在这儿看到和听到的色和声，是她在别的地方找寻不到的。她会以这个城市为中心点，跑去另外的国度，认识了其他的气候，其他种族的人，然后，不知从哪儿来的一种呼唤，又把她召回此地。

是的，她听到某种声音，在水面上响起。

到了月底，芙蓉得到妮科尔的介绍，在夜总会里做陪酒女郎。不久，她在蒙马特区租了一间小公寓，每天晚上，只要步行五六分钟，便可以抵达工作的地方。搬入新居的第一天，芙蓉在门上贴上了一个门神像，鲜燦燦的大红颜色，是静宜老远从香港捎来给她的，静宜本想送芙蓉一个财神，但她捎错了，芙蓉毫不在乎，就让一个门神单独的在大门上出现。

载《八方文艺丛刊》第6辑，1987年8月，第122—128页。

蓬草导读

◎ 胡佩玲

蓬草作为一个异乡作家，切身处地经历了空间移位所带来的文化身份①转换，这可见诸她笔下的人物角色，他们许多都是身处异地，并历经文化身份的转变和重构。蓬草小说的异乡人，以外来者的身份投入异乡的生活，常要面对在当地重新适应生活的艰难，甚或面对外来文化的冲击。小说中的异乡人，基于追寻梦想、政局不稳和生活不如意等原因离乡背井，但能够在异域活得称心如意的并不多，而异乡人面对异地文化对自身文化身份的冲击更是常常可见。故此，蓬草特别擅于书写游徙小说，这也是成长小说②的一种，她通过旅程而得到启发，继而化作文字，在探索之余思考自身存在的意义。

蓬草笔下的女性在异乡所面对的压迫比男性多。身份是通过文化塑造和建构出来的，而非天然生成，往往透过对比，在某个位置来作出界定。③ 一个人在不同的处境下，会有不同的文化身份，故此，蓬草小说中游走于异乡的女性，既是本土"一致性"(oneness)下的"他者"(others)，④也是男权社会中的附庸。她们身处在外，首要面对地域错置与文化身份所产生的矛盾，并要在男权压迫下作出抉择。《东京的大屋》一篇既包含殖民势力入侵的隐喻，也展现出男性对女性的压迫。篇中的爷爷因为日本当年的侵华战争，十分痛恨日本人，但为了"尊重儿子的爱情"，⑤勉强答应他和日本女子的婚事，只是他要求媳妇接受他的条件："不要告诉人她是日本人，以后不准说日本话、写日本字或看日文书。"⑥

---

① 文化研究者斯图尔特·霍尔(Stuart Hall)在《文化身份与游徙》(Cultural Identity and Diaspora)文中指出，文化身份的建构有两点需要注意：首先，文化身份建构并非只涉及个人的过程，而是在社会的集体回忆和家族传承中被建构出来。其次，文化身份不能独立地存在，而必需在特定的地方、时间、历史、文化和权力等元素下产生的，随着这些元素不断改变，文化身份将被置放在不同的位置中。详见 Stuart Hall，"Cultural Identity and Diaspora"，In Steven Vertovec and Robin Cohen，Migration，Diasporas and Transnationalism。(Cheltenham：Edward Elgar Publishing Limited，1999 年，第 302 页。)

② 成长小说于德国十八、十九世纪时兴起，这是源自欧洲的新教育理念，哲学家尝试通过旅程中的教育来完成人格的改造和提高。详见也斯：《旅程与文学》，《香港文化空间与文学》(香港青文书屋，1996 年第 1 版，第 127 页。)

③ 根据斯图亚特·霍尔(Stuart Hall)的理论所述，文化身份会随着地方、时间、历史、文化和权力等元素不断改变，故文化身份时常被置放在不同的位置中，同时文化身份是复数的组合，一个人甚至可以拥有多重的文化身份。详见 Stuart Hall，"Cultural Identity and Diaspora"，In Steven Vertovec and Robin Cohen，Migration，Diasporas and Transnationalism。(Cheltenham：Edward Elgar Publishing Limited，1999 年，第 30 页。)

④ 蓬草小说中的异乡人在强势本土文化下，往往成为被压抑的边缘社群，他们或会与强权产生争执、角力和抗衡，又或采取融合或妥协的态度。这是由于在身份建构的筛选过程中，本土人民建基于统一的民族、团体或共同的文化背景，确定他们的"一致"(oneness)，并设定了异乡人为"他者"(others)，然后透过排斥他人而确立自己的身份。详参 Stuart Hal，"Cultural Identity and Diaspor"，In Steven Vertovec and Robin Cohen，Migration，Diasporas and Transnationalism。(Cheltenham：Edward Elgar Publishing Limited，1999 年，第 302 页。)

⑤ 蓬草：《东京的大屋》，《顶楼上的黑猫》，台湾圆神出版社，1988 年第 1 版，第 165 页。

⑥ 蓬草：《东京的大屋》，《顶楼上的黑猫》，台湾圆神出版社，1988 年第 1 版，第 164 页。

他要求媳妇做一个“彻头彻尾的中国人”。[①] 要求媳妇彻底忘却自己是日本人的身份而做一个中国人，犹如殖民统治者的高压手段。爷爷为了成全儿子的爱情，对媳妇开出了残酷的条件，这无疑是割裂了她的文化身份；而媳妇为了爱情答应了爷爷，在异乡委曲地生活，舍弃了自身的文化身份，努力迎合爷爷的心意。不过，当爷爷不在时，主角可以听到母亲以母语快乐地唱歌：“母亲的嗓子本为我熟识，但她在唱着一首我从来也没有听过的歌曲，用一种我完全不明白的语言。……语音中带着某种快乐，却是一种如许逆来顺受，如许谦卑的快乐，……她唱着无人听到的歌曲，用的是她荒弃了已多年的母语。”[②]蓬草为主角制造了重重矛盾，然后迫使她在抉择中承担后果，这既是人在殖民势力下委曲求全的实况，也展现出女性在家庭中没法自主的处境。作者通过隐喻以小见大地牵引出异乡女子所受的双重压迫，更见深刻动人。

《芙蓉的抉择》中的女主角，同样身在异乡，一样面对双重的压迫，但她则采取极不相同的态度。异乡人在异域只是弱势社群，他们不易找到一份工作，尤其是女性；即使他们努力向上，都必须比本地人付出更多的努力，但仍不一定得到同等的待遇。[③] 不过，芙蓉虽明知自己在巴黎的前景不乐观，但仍坚持自己的信念和理想，即使最后当上陪酒女郎，仍要留在这梦想之都。芙蓉坚强而独立，拒绝了好友在金钱上的帮忙，在巴黎过着清贫的生活。她曾在一个法国人的家庭看管孩子，但无法忍受男主人有意无意间对她的轻薄，在盛怒下立刻辞工，不顾自己从此失业，并无家可归。可是，她觉得“很快乐，很轻松”，因为她坚定地与强权争持、角力和抗衡，并没有采取融合或妥协的态度，她成功地在男权手中争回自己的一点权利，所以她感到快乐。蓬草笔下的女性虽然选择与强权抗争，并不一定得到胜利，甚至付出双倍的努力，在异乡仍得不到平等的待遇，但蓬草的小说中仍有许多“知其不可而为之”的女性，不断选择与强权对抗，因为蓬草要展现的不是抗争的必然胜利，而是女性在受压迫中那股独立而自主的决断能力。

蓬草以亲身的经历与民族情怀，展现异乡人重构文化身份的难处与游离在外的艰苦，特别是女性在双重压迫下的不能自主。故在她的作品中，既可看到她对文化身份建

---

① 蓬草：《东京的大屋》，《顶楼上的黑猫》，台湾圆神出版社，1988 年第 1 版，第 164—165 页。

② 蓬草：《东京的大屋》，《顶楼上的黑猫》，台湾圆神出版社，1988 年第 1 版，第 161—162 页。

③ 小说中的异乡人选择强硬地对抗本土势力不得成功，于是部分异乡人只好选择妥协，在各方面付出比本地人多倍的努力，期望取得成功。《蝉》中的陈太太是会计师，而蓝太太则在旅游社当接待员，她们在法国能有此职业，可算是了不起。陈太太在香港时是一名高级会计师，但来到法国后，千辛万苦才能在一间法国公司找到杂差的工作，即使她在五年内努力把法文学好，亦只能挣到这个低级的会计师职位。小说中道出异乡人在巴黎找工作的实况：“以外国人，特别是中国女人来说，能在巴黎找到一份工作，而竟不是在中国饭馆当侍应，或是替法国人看孩子、做家务的，便该算是很难得的了。”《星的一角》中的恩兰在巴黎住的永远是顶楼房，失业三个月，才找到一份课余工。她巧遇香港的故友李达强，他一语道破了一个事实，“外国人，要在巴黎找像样的工作，谈何容易？”这里印证了两个事实：首先，异乡人在异域只是弱势社群，他们不易找到一份工作，尤其是女性；其次，即使他们努力向上，都必须比本地人付出更多的努力，但仍不一定得到同等的待遇。详见蓬草：《蝉》，《顶楼上的黑猫》（台湾圆神出版社，1988 年第 1 版，第 240 页）和蓬草：《星的一角》，《出走的妻子》（台北二鱼文化事业有限公司，2002 年第 1 版，第 195—196 页）。

构的理念，又可从故事中的人物找到强权下女性的生活剪影。蓬草的游徙小说不是单单如游记般展现外国诗情画意的风光，而是以不同的手法将异乡人的情况表现出来，她的游徙小说中所展现的视野是社会性的，写的虽是个别异乡人的际遇，但其实是以小见大反映普遍的社会甚至是世界现象，这正是成长小说所要表现的精神。

蓬草研究资料链接

小思访问，关秀琼、李婉华记录：《访问蓬草》，《星岛晚报·大会堂》，1984 年 8 月 29 日。

黄锦强：《一片失落与悲凉——蓬草的小说世界》，香港中文大学中国语言及文学系本科生毕业论文，1988 年。

王德威：《异乡风华——评蓬草的〈顶楼上的黑猫〉》，《阅读当代小说》，台北远流出版公司，1991 年。

张灼祥：《蓬草：由旁观到投入》，《作家访问录》，香港素叶出版社，1994 年。

黎海华：《蓬草理想国的旅程》，《文学花园》，香港基督教文艺出版社，1997 年。

黎海华：《蓬草小说"游戏"主题的变奏》，《香港文学》，第 189 期，2000 年 9 月 1 日。

袁良骏：《香港文坛姊妹花——论蓬草和绿骑士》，《华文文学》，2007 年第 4 期。

朱天文

朱天文(1956—),原籍山东临朐,生于台北,其父朱西宁是台湾优秀作家。1978年毕业于淡江大学英文系。三三集刊、三三书坊的创办人之一。高中时代就写小说,1972年发表小说处女作《强说心愁》。大学时创作小说《乔太守新记》获1976年联合报小说征文奖,次年第一本小说集以同名出版。此后陆续出版小说集《传说》(1981年)、《最想念的季节》(1984年)、《炎夏之都》(1987年),散文集《淡江记》(1979年)、《小毕的故事》(1983年)、《三姐妹》(1985年)等。1990年出版小说集《世纪末的华丽》,其同名小说使她声名益隆,被《亚洲周刊》评选为"二十世纪中文小说一百强"第五十四位。1994年以私人手记形式写的长篇小说《荒人手记》出版,夺得第一届时报文学百万小说奖第一名。1996年出版小说集《花忆前身》。在创作小说的同时,朱天文还加入到影视编剧的行列中。1983年与侯孝贤合作将《小毕的故事》改编成剧本搬上银幕,获第二十届台湾金马奖最佳改编剧本奖,台湾新电影浪潮由此开始。此后一发而不可收,与侯孝贤合作编剧创作了许多闻名影坛的台湾新电影,如《风柜来的人》(1983年)、《冬冬的暑假》(1984年)、《童年往事》(1985年)、《恋恋风尘》(1987年)、《尼罗河的女儿》(1987年)、《悲情城市》(1989年)、《戏梦人生》(1993年)、《好男好女》(1995年)、《千禧曼波》(2001年)等,屡屡获奖,其中《童年往事》获第二十二届台湾金马奖最佳原著剧本奖,《好男好女》获第三十二届台湾金马奖最佳编剧奖。朱天文成为台湾新电影最重要编剧之一。

世纪末的华丽

这是台湾独有的城市天际线，米亚常常站在她的九楼阳台上观测天象。依照当时的心情，屋里烧一土撮安息香。

违建铁皮屋布满楼顶，千万家篷架像森林之海延伸到日出日落处。我们需要轻质化建筑，米亚的情人老段说。老段用轻质冲孔铁皮建材来解决别墅开天窗或落地窗所产生的日晒问题。米亚的楼顶阳台也有一个这样的棚，倒挂着各种干燥花草。

米亚是一位相信嗅觉，依赖嗅觉记忆活着的人。安息香使她回到那场一九八九年春装秀中，淹没在一片雪纺、乔其纱、绉绸、金葱、纱丽、绑札缠绕围里垂坠的印度热里，天衣无缝，当然少不掉锡克教式裹头巾，搭配前个世纪末展露于维也纳建筑绘画中的装饰风，其间翘楚克林姆，缀满亮箔珠绣的装饰风。

米亚也同样依赖颜色的记忆。比方她一直在找有一种紫色，想不起来是什么时候和地方见过，但她确信只要被她遇见一定逃不掉，然后那一种紫色负荷的所有东西霎时都会重现。不过比起嗅觉，颜色就迟钝得多。嗅觉因为它的无形不可捉摸，更加锐利和准确。

铁皮篷架，显出台湾与地争空间的事实，的确，也看到前人为解决平顶燠晒防雨所发明内外交流的半户外空间。前人以他们生活经验累积给了我们应付台湾气候环境的建筑方式，轻质化。不同于欧美也不同于日本，是形式上的轻质，也是空间上轻质，视觉上轻质，为烈日下拥塞的台湾都市寻找纾解空间。贝聿铭说，风格产生由解决问题而来。如果他没有一批技术人员帮他解决问题，罗浮宫金字塔上的玻璃不会那样闪闪发亮而透明，老段说。

老段这些话混合着薄荷气味的药草茶。当时他们坐在棚底下聊天，米亚出来进去沏茶。

清冽的薄荷药草茶，她记起一九九零年夏装海滨浅色调。那不是加勒比海缤纷印花布，而是北极海海滨。几座来自格陵兰岛的冰山隐浮于北极海濛雾里，呼吸冷冻空气，一望冰白，透青，纤绿。细节延续一九八九年秋冬蕾丝镂空，转为鱼网般新镂空感，或用压褶压烫出鱼鳍和贝壳纹路。

米亚与老段，他们不讲话的时刻，便作为印象派画家一样，观察城市天际线日落造成的幻化。将时间停留在画布上的大师，莫内，时钟般记录了一日之中奇瓦尼河上光线的流动，他们亦耽美于每一刻钟光阴移动在他们四周引起的微细妙变。虾红，鲑红，亚麻黄，蓍草黄，天空由粉红变成黛绿，落幕前突然放一把大火从地平线烧起，轰轰焚城。他们过分耽美，在漫长的赏叹过程中耗尽精力，或被异象震慑得心神俱裂，往往竟无法做情人们该做的爱情事。

米亚愿意这样，选择了这种生活方式。开始也不是要这样的，但是到后来就变成唯一的选择。

她的女朋友们，安，乔伊，婉玉，宝贝，克丽丝汀，小葛，她最老二十五岁。黑里俏的安永远在设法把自己晒得更黑，黑到一种程度能够穿荧光亮的红、绿、黄而最显得出色。安不需要男人，安说她有频率震荡器。所以安选择一位四十二岁事业有成已婚男人当做她的情人，已婚，因为那样他不会来烦腻她。安做美容师好忙，有闲，还要依她想不想，想才让他约她。对于那些年轻单身汉子，既缺钱，又毛躁，安一点兴趣也没有的。

职业使然，安浑身骨子里有一股被磨砂霜浸透的寒气渗出。说寒气，是冷香，低冷低冷压成一薄片锋刀逼近。那是安。

日本语汇里发现有一种灰色，浪漫灰。五十岁男人仍然蓬软细贴的黑发但两鬓已经飞霜，唤起少女浪漫恋情的风霜之灰，练达之灰。米亚很早已脱离童骙，但她也感到被老段浪漫灰所吸引，以及嗅觉，她闻见是只有老段独有的太阳光味道。

那年头，米亚目睹过衣服穿在柳树粗桠跟墙头间的竹竿上晒。还不知道用柔软精的那年头，衣服透透晒整天，坚质粝挺，着衣时布是布，肉是肉，爽然提醒她有一条清洁的身体存在。妈妈把一家人的衣服整齐叠好收藏，女人衣物绝对不能放在男人的上面，一如坚持男人衣物晒在女人的前面。她公开反抗禁忌，幼小心智很想试测会不会有天灾降临。柳树砍掉之后，土地征收去建国宅，姐姐们嫁人，妈妈衰老了，这一切成为善良回忆，一股白兰洗衣粉洗过晒饱了七月大太阳的味道。

良人的味道。那还掺入刮胡水和烟的气味，就是老段。良人有靠。虽然米亚完全可以养活自己不拿老段的钱，可是老段载她脱离都市出去云游时，把一叠钱交给她，由她沿路付账计算，回来总剩，老段说留着吧。米亚快乐的是他使用钱的方式把她当成老婆，而非情人。

白云苍狗，川久保玲也与她打下一片江山的中性化利落都会风决裂，倒戈投入女性化阵营。以纱，以多层次线条不规则剪裁，强调温柔。风讯更早已吹出，发生在一九八七年开始，邪恶的堕落天使加利亚诺回归清纯！一系列带着十九世纪新女性的前香奈尔式套装，和低胸紧身大篷裙晚礼服，和当年王室最钟爱穿的殖民地白色，登场。

小葛业已抛置大垫肩，三件头套装。上班族僵硬样板犹如围裙之于主妇，女人经常那样穿，视同自动放弃女人权利。小葛穿起五十年代的合身，小腰，半长袖。一念之间了豁，为什么不，她就是要占身为女人的便宜，越多女人味的女人能从男人那里获利越多。小葛学会降低姿态来包藏祸心，结果事半功倍。

垂坠感代替了直线感，厌麻喜丝。水洗丝砂洗丝的生产使丝多样而现代。嫘萦由木浆制成，具棉的吸湿性吸汗，以及棉的质感而比棉更具垂坠性。嫘萦雪纺更比丝质雪纺便宜三分之一多。那年圣诞节前夕寒流过境，米亚跟婉玉为次年出版的一本休闲杂志拍春装，烧花嫘萦系列幻造出飘逸的敦煌飞天。米亚同意，她们赚自己的吃自己的是骄傲，然而能够花用自己所爱男人的钱是快乐，两样。

梅雨潮湿时嫘萦容易发霉。米亚忧愁她屋里成钵成束的各种干燥花瓣和草茎，老段帮她买了一架除湿机。风雨如晦，米亚望见城市天际线仿佛生出厚厚墨苔。她喝辛辣姜茶，去湿味，不然在卡帕契诺泡沫上撒很重的肉桂粉。

肉桂与姜的气味随风而逝，太阳破出，满街在一片洛可可和巴洛克宫廷紫海里。电影阿玛迪斯效应，米亚回首望去，那是一九八五年长夏到长秋，古典音乐卡带大爆热门。

一九八七年鸢尾花创下天价拍卖纪录后，黄，紫，青，三色系立刻成为色彩主流。梵高引动了莫内，姹蓝、妃红、嫣紫，二十四幅奇瓦尼的水上光线借衣还魂又复生。大溪地花卉和橙色色系也上来，那是高更的。高更回顾展三百余帧展出时，老段偕他二儿子维维从西德看完世界杯桌球锦标赛后到巴黎正好逢上，回来送她一幅《杰可布与天使摔角》。

因为来自欧洲，用色总是犹疑不决，要费许多时间去推敲。其实很简单，只要顺性往画布上涂一块红涂一块蓝就行了。溪水中泛着金黄色流光，令人着迷，犹疑什么呢？为什么不能把喜悦的金色倾倒在画布上？不敢这样画，欧洲旧习在作祟，是退化了的种族在表现上的羞怯。大溪地时期高更热烈说。老段像讲老朋友的事讲给她听。

老段和她属于两个不同生活圈子，交集的部分占他们各自时间量上来看极少，时间质上很重，都是他们不食人间烟火那一部分，所以山中一日世上千年提炼成结晶，一种非洲东部跟阿拉伯产的树脂，贵重香料，凝黄色的乳香。

乳香带米亚回到一九八六年十八岁，她和她的男朋友们，与大自然做爱。这一年台湾往前大跨一步，直接赶上流行第一现场欧洲，米亚一伙玩伴报名参加谁最像玛丹娜比赛，自此开始她的模特儿生涯。体态意识抬头，这一年她不再穿宽松长衣，短且窄小。玛丹娜亵衣外穿风吹草偃刮到欧洲，她也有几件小可爱，缎子，透明纱，麻，莱克布，白天搭麂皮短裙，晚上换条亮片裙去 KISS 跳舞。

她像贵重乳香把她的男生朋友们粘聚在一起。总是她兴冲冲号召，大家都来了。杨格，阿舜跟老婆，欧，蚂蚁，小凯，袁氏兄弟。有时是午夜跳得正疯，有时是椰如打烊了已付过账只剩他们一桌在等，人到齐就开拔。小凯一部，欧一部，车开上阳明山。先到三岔口那家 7-ELEVEN 购足吃食，入山。

山半腰箭竹林子里，他们并排倒卧，传五加皮仰天喝，点燃大麻像一只魑魑红萤递飞着呼。呼过放弛躺下，等。眼皮渐渐酸重阖上时，不再听见浊沉呼吸，四周轰然抽去声音无限远拓荡开。静谧太空中，风吹竹叶如鼓风箱自极际彼端喷出雾，凝为沙，卷成浪，干而细而凉，远远远远来到跟前拂盖之后哗刷褪尽。裸寒真空，突然噪起一天的鸟叫，乳香弥漫，鸟声如珠雨落下，覆满全身。我们跟大自然在做爱，米亚悲哀叹息。

她绝不想就此着落下来。她爱小凯，早在这一年六月之前她已注目小凯。六月 MEN'S NONNO 创刊，台北与东京的少女同步于创刊号封面上发现了她们的王子，阿部宽，以后不间断收集了二十一期男人依依连续都是阿部宽当封面模特儿。小凯同样有阿部宽毫无脂粉气的浓挺剑眉，流着运动汗水无邪脸庞，和专门为了谈恋爱而生的深邃明眸。小凯只是没有像阿部宽那样有男人依依或集英社来做大他，米亚抱不平想。

因此米亚和小凯建立了一种战友式情感，他们向来是服装杂志广告上的最佳拍档。小凯穿上伦敦男孩的一些 heavy 一些叛述，她搭合成皮多拉链夹克，高腰短窄裙，拉链剖过腹中央，两边鸡眼四合扣一列到底，用金属链穿鞋带般交叉系绑直上肋间，铁骑铮响，宇宙发飙。小凯长得太俊只爱他自己，把米亚当成是他亲爱的水仙花兄弟。

米亚也爱杨格。鸟声歇过，他们已小寐了一刻，被沉重露水湿醒，纷纷爬起来跑回车上。杨格拉着她穿绕朽竹尖枝，温热多肉的手掌告诉她意思。但米亚还不想就定在谁身上，虽然她实在很爱看杨格终年那条李维牛仔裤，卡其色棉衬衫一辈子拖在外面，两手抄进裤口袋里百般聊赖快要变成废人。她着迷于牛仔裤的旧蓝和洗白了的卡其色所造成的落拓氛围，为之可以冲动下嫁。但米亚从来不回应杨格投过来的眼神，不给他任何暗示和机会。他们最后钻进车里，驶上气象观测台。

水气和云重得像河，车灯破开水道逆流奋行，来到山顶，等。欧拈出一纸符片，指甲大小，分她一半含在舌尖上，化掉后她逐渐激亢颤笑不止，笑出泪变成哭也止不住，欧把车箱里一件军用大衣取出，连头连身当她粽子一包，塞在袁氏兄弟臂下稳固。她爱欧敞开车门，音响转到最大，水雾中随比利珍曲子起舞，踩着迈克·杰克逊的月球漫步。

终于，看哪，他们等到了，前方山谷浮升出一横座海市蜃楼。云气是镜幕，反照着深夜黎明前台北盆地的不知何处，幽玄城堡，轮廓历历。

米亚涨满眼泪，对城堡里酣睡市人赌誓，她绝不要爱情，爱情太无聊只会使人沉沦，像阿舜跟老婆，又牵扯，又小气。世界绚烂她还来不及看，她立志奔赴前程不择手段。物质女郎，为什么不呢，拜物，拜金，青春绮貌，她好崇拜自己姣好的身体。

下山洗温泉，车灯冲射里一路明雾飞花天就亮了。熬整夜不能见阳光，戴上墨镜，一律复古式小圆镜片，他们自称是吸血鬼，群鬼泡过澡躺在大石上睡觉。硫磺烟从溪谷底滚升上来，墨镜里太阳是一块金属饼。米亚把录音带带子拉出，迎风咻咻咻向太阳蛇飞去，她牢牢盯住带子，褐色带子便成了一道箭轨带她穿过沌黄穹苍直射达金属饼上。她感觉一人站在那里，俯瞰众生，莽乾坤，鼎鼎百年景。

一九八六年到一九八七年秋天，米亚和她的男朋友们沉溺玩这种游戏，不知老之将至。十月皮尔卡丹来台湾巡查他在此地的代理产品，那个月阿部宽穿着玫瑰红开丝米尖领毛衣湖蓝领带出现于男人依依封面上，且跃登银幕与南野阳子演出时髦小姐走过去了。却不知何故令她惘然若有所失。

夕日之间，她发觉不再爱阿部宽。她的搜集至次年二月终止，茫茫雪地阿部宽白帽白衣搂抱着白色秋田犬光灿笑出健康白齿的第二十一期封面，多么幼稚。那是只有去没有回单向流通的不平等待遇，就算她爱死阿部宽，阿部宽仍然是众人的不会分她一点笑容。她奇怪居然被骗，阿部宽其实是一个自信自恋的家伙永远眼中无他人。女人自恋犹可爱，男人自恋无骨气。

米亚便不想玩了。没有她召集，男朋友们果然也云消雾散，各闯各，至今好多成为同性恋，都与她形同姐妹淘的感情往来。

分水岭从那时候开始。恐惧AIDS造成服装设计上女性化和绅士感，中性服消失。米亚告别她从国中以来历经大卫鲍依，乔治男孩和王子时期雌雄同体的打扮。

那年头，脱掉制服她穿军装式，卡其，米色系，徽章，出入西门町，迷倒许多女学生。十五岁她率先穿起两肩破大洞的乞丐装，妈妈已没有力气反对她。尽管当年不知，她始终都比同辈先走在山本耀司三宅一生他们的潮流里。即使一九八四年金子功另创一股田园风，乡村小碎花与层层荷叶边，米亚让她的女友宝贝穿，她搭矿灰骑师夹克，树皮色七分农夫裤底下空脚布鞋，双双上麦当劳吃情人餐。宝贝腕上戴着刻有她名字的镀金牌子，星月耳环，一只在宝贝右耳，一只在她左耳。三一冰淇淋那一年出现，三十一种不同口味色彩缤纷结实如球的冰淇淋，宝贝过山羊座生日，两人互相请，冰天冻地，敞亮如花房暖室，她们编织未来合伙开店的美梦。

这半生她最对不起宝贝。首次她以斜纹牛仔布胸罩代替衬衫穿在短外套里，及臀棉窄裙，身段毕露准备给玩伴们吃一大惊时，宝贝极不高兴，反应过度贬她一通。宝贝变得好像妈妈，越反对她越异议。带头把玩伴很快卷入玛丹娜旋风，决赛时各方媒体来拍。往后她看到有一支MTV，把她们如假包换的一群麦当娜跟街上吴淑珍代夫出征竞选立法委员的宣传车，跟柯拉蓉和平革命飞扬如旗海的黄丝带，交错剪接在一起。热火火圈子又结识另外一批人她的男朋友们，宝贝越漂越远，偶一回眼，她会看到涟漪淡去的远处宝贝用寂寞的眼睛谴责她。

二十岁她不想再玩，女王蜂一般酷，赚钱。罗蜜欧吉格利崛起，心仪庞贝古城壁画的意大利设计师，采紧身裹缠线条发挥后古情怀。米亚将髦发中分拢复盘起，裸出鼻额，肩头，和鹅弧颈项，宛如山林女神复生。她遇见老段。

宝贝约她出来长谈。因为听说她跟人同居，竟然想劝服她离开那个已婚男人。她傲慢拒绝，把忠言全部当成是宝贝自己私心。宝贝对她如死谏，她冷冷像看一个心机已暴现无遗却浑然不觉的拙劣角色在搬演，充塞着宝贝一贯的香水气味，AMOUR AMOUR，爱情爱情。好陈腐的气味，随时令她记起这天下午呆滞出汗的窗树，木棉花像橘红塑胶碗蹲满树枝。宝贝伤痛哭起来，她闷怒离去。

不久她接到宝贝的结婚喜帖，地址是宝贝的字，帖里除印刷体外只字无。喜帖极普遍不过，肥香冲鼻臭，陌生名字的新郎，廉价无质感名字的新郎父母亲，宝贝用这种方式惩罚她。她很生气有人会如此作贱自己，不去参加宝贝的婚礼。

音讯断绝。隔年法国大革命两百周年，闻知宝贝到荣总生产，她在永琦买好了糖打算探望宝贝，许多事情打岔便岔过去了，直到传闻宝贝离婚，开一家花店，女儿才三岁。

一九九二年冬装，帝政遗风仍兴。上披披风斗篷，下配紧身裤或长袜，或搭长及膝上的靴子。台湾没有穿长靴的气候，但可以修正腿与身体比例，鹤势螂形。织上金线，格子，豹点图案的长袜成为冬季主题。她带着三年前买的糖去宝贝花店。

花店，原来也卖吃，宝贝坐在紫籐圆桶凳上的背影，妇人身材稳实像一尊磐石。她蹑足进去从后面一把蒙住宝贝眼睛，this is rape，这是抢劫。她很早以前从色情录影带上看到的用来吓宝贝，日后变成她们之间亲密的招呼。宝贝闪脱开，半身藏在花柜侧，喜怒参半，嘴上就一直怪责不先通知害她这样没有打扮丑死了。这一刻米亚但愿自己显得老黯些，绝非岁月不惊的重逢。那么是不是她在店里等，让宝贝回家梳头换衣服，还是下次再来。宝贝选择约期再见，她们便也不及任何叙旧，如往日，向宝贝飞了吻道别。

花店现在是她们女伴常常会聚的地盘，地段贵，巷内都是小门面精品店。米亚嗅见一家一家店，有些是颜色带来的，有些是布置和空间感，她穿过巷子像走经一遍世界古文明国。繁复香味的花店有若拜占庭刺绣，不时涌散一股茶咖啡香，唤醒邃古的手艺时代。乔伊管花店吃食，都是自家烘制的水果蛋糕，契司派，麦片饼干，花瓣布丁。

米亚正好有一笔进项，拿给宝贝投资店。宝贝占三分之一股，另外两个合伙人一是前夫，一是做陶朋友，他们都说不认识米亚婉谢了她。被排拒，倒是高兴。在两人盈亏的感情天平上，她这端似乎补上了一丁点重量。

复古走到今年春天，愈趋淫晦。东方式的淫，反穿绣袄的淫，米亚已行之经年领先米兰和巴黎。她驻足于花店对面拉克华，窗景只有一件摩洛哥式长外衣，象牙色粗面生丝布与同色装潢跟灯光溶成漠漠沙地，稀绝的颜色，是大马士革红织锦嵌满紫金线浮花，从折起的一角衣摆露出，宽敞袖筒中窥见。米亚闻见神秘麝香。

印度的麝香黄。紫绸掀开是麝黄里，藏青布吹起一截桃红衫，翡翠缎翻出石榴红。印度搏其神秘之淫，中国获其节制之淫，日本使一切定形下来得风格化之淫。

一面富丽堂皇复古，一面忏悔回归大自然。一九八九年秋冬拉克华推出豹纹帽，莫斯奇诺用豹纹滚边，法瑞综合数种动物花纹外套，老虎，斑马，长颈鹿，蛇皮。令人缅怀两百年前古英帝国，从殖民地进口的动物装饰品像野火烧遍欧洲大陆。

当然都是假皮纹。生态保护主义盛兴下，披挂真品不仅干犯众怒，也很落伍。不要做流行的奴隶，做你自己，莫斯奇诺名言。那是骗人的，米亚几乎可以看见莫斯奇诺在他的米兰工作室内对她顽黠眨眼说。

人造毛皮成为一九九〇年冬装新宠，几可乱真，又不违反保护动物戒令。但是何苦乱真呢，岂非蠢气。不如赝品自我解嘲，倒更符合现代精神，一点机智一点 cute。布什夫人颈上一组三串售价仅一百五十美元的人造珠，尚且于一九八九年冬末掀起配戴真珠项链热潮。米亚的九一年反皮草秀，染红染绿假皮毛及其变奏，俏达又蜚兴。

环保意识自一九九〇年春始，海滨浅色调，沙漠柔淡感。无彩色系和明灰色调，不同于八十年代中性色的，蛋壳白，珍珠灰，牡蛎黑，象牙黄，贝壳青。自然即美，米亚丢掉清楚分明的眼线液和眼线笔，眼影已非化妆重点。凸显特色，而不修饰脸型，颧骨高低何妨，腮红遁走。杏仁色，奶茶色，光暗比例消失，疆界泯灭，清而透。粉底，梨子色的九十年代更替了八十年代橄榄肤色。

老段使米亚沉静，她日渐已脱离夸张的女王蜂时期。合乎环保自然逻辑，微垂胸部和若即若离腰部线条，据称才是真正的性感。

再度单身，宝贝每个星期六去前夫家接女儿出来共度周末。花店晚上八点半打烊，留一盏铜烛台点着靛蓝蜡烛。有时和米亚一起吃消夜，有时到米亚家喝她新配方的药草茶，把老段丢在一角听音乐，她们讲不完的悄悄话而老段着实插不进。宝贝女儿天蝎座，尾后带钩的，难缠。她们三人出游时，宝贝开车，她抱小天蝎坐旁边，或在后座玩，宝贝从后照镜看着她跟女儿。米亚预见，宝贝终将选择了这样的生活方式度过罢。

克丽丝汀自许是睡衣派女人，一批坚拒穿任何制服的顽固分子，例如女强人的三件头套装。憎恶颈部受到领子任何一点压力，她们穿法国式的最爱，直筒长T恤连衣裙。无领，V字领，船型领，细肩带针织棉衫，镶一圈米碎花边。

婉玉便是可怜的行动派女人。擅于实现别人梦想，老公情人儿子的，为了自我牺牲抑或为了不让他人失望，忙碌不已。她们甚同情婉玉，行动派女人，留给自己一些空白吧，大哭一场也好，疯狂购物也好，或只是坐着发呆，都好。

米亚却恐怕是个巫女。她养满屋子干燥花草，像药坊。老段往往错觉他跟一位中世纪僧侣在一起。她的浴室遍植君子兰，非洲堇，观赏凤梨，孔雀椰子，各类叫不出名字的绿蕨。以及毒艳夺目的百十种浴盐，浴油，香皂，沐浴精，仿若魔液炼制室。所有起因不过是米亚偶然很渴望把荷兰玫瑰的娇粉红和香味永恒留住，不让盛开，她就从瓶里取出，扎成一束倒悬在窗楣通风处，为那日日褪暗的颜色感到无奈。当时她才闹翻搬离大姐家，逃开大姐职业妇女双薪家庭生活和妈妈的监束，脱网金鱼，马上面临大海觅食的胁迫感，抓狂赚钱。碰到有些场合拮据玩不起时，她会摆出玩够了不想再玩看破红尘的酷模样，超然说她要回家睡觉了。的确她也努力经营自己的小窝，便在这段日子与那束风干玫瑰建立起患难情结。

她目睹花香日渐枯淡，色泽深深黯去，最后它们已转变为另外一种事物。宿命，但还是有机会，引起她的好奇心。再挂上一丛满天星做观察，然后一捧矢车菊，锦葵，猫薄荷，这样启始了各类属实验。

老段初次上来她家坐时，桌子尚无，茶咖啡皆无，唯有五个出色的大垫子扔在房间地上，几捆草花错落吊窗边，一陶钵黄玫瑰干瓣，一籐盘皱干柠檬皮柳丁皮小金橘皮。他们席地而坐，两杯百分之百橙汁，老段一手拿着洗净的味全酸酪盒杯当烟灰缸，抽烟讲话。问她垫子是否分在三处不同的地方买到，米亚惊讶说是。那两个蜡染的是一处，那两个郁金香图案进口印花布的是一处，这个绣着大象镶钉小圆镜片的是印度货，还有这两只马克杯颇后现代。米亚真高兴她费心选回的家当都被辨识出来，心想要买一个好的烟灰缸放在家里。次日她也很高兴，她的屋子是如此吃喝坐卧界限模糊，所以就那么顺水推舟地把他们推入缠绵。

老段而且把苏联红星表忘在她家，隔日来取表，仍然忘，又来，又忘。男女三日夜，废耕废织，米亚差点把一场先施的亚曼尼秋装展示耽误掉。不是办法，都说分手得好，红星表送给她做纪念，他也得恢复工作。

米亚屋里溢满百香果又酸又甜的蜜味，像金红色火山岩浆溢出窗缝、门缝，从阳台电梯流泻直下灌满寓楼。为了等老段说不定打电话仍来，她整天吃掉一篓百香果，用匙子挖，一勺一勺放进嘴里，至晚上酸液快把钢匙和她的手指牙齿溃蚀了，才停止，蒙头倒睡。大大小小的百香果空壳弄干净铺在阳台上风晒，又叫罗汉果，鸦鸦似一台罗汉头，米亚非常懊丧。早晨她提了背包离家，决心不理拍广告的通告，因此失业也算了。她只是不要傻瓜一样等电话，变成一米软虫啮咀苦果。

她买了票随便登上一列火车，随便去哪里。出总站，铁道两边街容之丑旧令她骇然，她从未经过这个角度来看台北市。越往南走，陌生直如异国，树景皆非她惯见。票是台中，下车。逛到黄昏跳上一部公路局，满厢乘客钻进来她一名外星人。车往一个叫太平乡的方向，越走天越暗，刮来奇香，好荒凉的异国。她跑下车过马路找到站牌，等回程车，已等不及要回去那个声色犬马的家城。离城独处，她会失根而萎。当她在国光号里一觉醒来望见雪亮花房般大窗景的新光百货，连着塞满骑楼底下的服饰摊，转出中山北路，樟树槭树荫隙里各种明度灯色的商店，上桥，空中大霓虹墙，米亚如鱼得水又活回来了。

去找袁氏兄弟。袁爸爸开一家钢琴吧，设在大楼地下室，规定不准立招牌，他们便雇一辆小卡车布置为招牌每晚停到楼前面。钉满霓管的看板，银红底奔放射出三团流金字，谜中谜。大袁衰运服兵役去，小袁见她来，兴奋教她一种玩法，将接进大楼的霓管电源切掉插上自备电瓶，叫她上车，兜风。驾着火树银花风驰过高架路，绕经东门府前大道中正纪念堂回来。米亚得意给小袁看她腕上的红星表，剥下借小袁戴几天。

这才是她的乡土。台北米兰巴黎伦敦东京纽约结成的城市邦联，她生活之中，习其礼俗，游其艺技，润其风华，成其大器。

面临女性化，三宅一生改变他向来的立体剪裁，转移在布料发挥。用压纹来处理雪纺和丝，使料子显出与原质完全相反的硬感，柔中现刚，带着视觉冒险意味。鳍纹，贝壳纹，台风草纹，棕榈叶直纹，以压纹后自然产生的立体效果来取代立体剪裁，再以交叉缝接，未来感十足，仍是他的任性和奇拔。

汉城奥运全球转播时，圣罗兰和维瑟斯皆不讳言，花蝴蝶葛瑞菲丝的中空、蕾丝紧身裤，可让手脚大幅度摆作方便运动的剪裁法，已出现在他们外出服宴会服的设计中。

米亚年幼期看过电视上查理王子黛安娜王妃的世纪婚礼，黛妃发人人效剪。这次童话故事没有完，继续说，可哀啊。

老段就又来看米亚。米亚快乐冲前去抱住他脖子，使他措手不及踉跄趺笑。敞着房门电梯通道上，米亚像小猴子牢牢攀吊在母猴身上再不下来的，老段只好赶快拖抱回房，对她的热情有些窘迫不会应付。米亚很爱使力抱起他看能不能把他抱离地面一寸，不然双足踩在他脚背上，两人环抱着绕屋里走一圈。都使老段甚感羞拙，是情人，稚龄也够做他女儿。

等她出嫁的时候，老段说，他的金卡给她任意签，倾家荡产签光。米亚静静听，没有说什么。隔天老段急忙修正，不应该说嫁不嫁人的话，此念萌生，灾况发生时，就会变成致命的弱点阿奇里斯脚踝，因为米亚是他的。隔不久老段又修正，他的年龄他会比较早死，后半生她怎么办，所以，听天由命罢。米亚低眉垂目慈颜听，像老段是小儿般胡语。

正如秋装注定以继夏装，热情也会消褪，温澹似玉。米亚从干燥花一路观察追踪，到制作药草茶，沐浴配备，到压花，手制纸，全部无非是发展她对嗅觉的依赖，和绝望的为保留下花的鲜艳颜色。

老段他们公司伉俪档去国家公园森林浴回来，捡给她一袋松果松针杉瓣。她用两茶匙肉桂粉，半匙丁香、桂花，两滴薰衣草油、松油、柠檬油，松果绒翼里加涂一层松油，与油加利叶扁柏玫瑰花叶天竺葵叶混拌后，缀上晒干的辣红朝天椒、荆果、日日红，铺置于原木色槽盆里，圣诞节庆风味的香钵，放在老段工作室。

最近我们重新用洗石子做转角细部处理，过去都是洗寒水石，现在希望洗三分的宜兰石，让老一辈的技术能够有一个新视野，也是解决磁砖工短缺的办法。DINK 族与单身贵族的住宅案，老段想帮米亚订一间。但米亚喜欢自己这间顶楼有铁皮篷阳台的屋子，她可以晒花晒草叶水果皮。罩着蓝染素衣靠墙栏观测天象，旷风吹开翻起朱红布里。

她比老段大儿子大两岁。二儿子维维她见过，像母亲。城市天际线上堆出的云堡告诉她，她会看到维维的孩子成家立业生出下一代，而老段也许看不到。因此她必须独立于感情之外，从现在就要开始练习。

将废纸撕碎泡在水里，待胶质分离后，纸片投入果汁机，浆糊和水一起打成糊状，平摊滤网上压干，放到白棉布间，外面加报纸木板用擀面棒擀净，重物压置数小时，取出滤网，拿熨斗隔着棉布低温整烫一遍。一星期前米亚制出了她的第一张纸笺，即可书写，不欲墨水渗透，涂层明矾水。这星期她把紫红玫瑰花瓣一起加入果汁机打，制出第二张纸。

云堡拆散，露出埃及蓝湖泊。萝丝玛丽，迷迭香。

年老色衰，米亚有好手艺足以养活。湖泊幽邃无底洞之蓝告诉她，有一天男人用理论与制度建立起的世界会倒塌，她将以嗅觉和颜色的记忆存活，从这里并予之重建。

朱天文：《炎夏之都》，上海文艺出版社，2001 年 1 月，第 253—270 页。

◆◆◆ 朱天文导读

◎ 舒多多

谈到朱天文，常常不得不提及张爱玲。张爱玲之于朱天文已经成为其生命紧密联系的情结。她十二三岁就开始读张的作品，能把张与父亲的来往书信倒背如流，同时，她也是胡兰成的弟子，胡在为她的《淡江记》作序时就把她和张相提并论。因而她深受张的影响，作品风格与其相近，不求激烈的冲突，不事情节的曲折，强调以真感的方式去呈现事物的存在与发展，一样苍凉的情境与心境，一样对世俗生活的观照与体恤，华丽妩媚的文字深处是满目的荒凉，即使是她早期抒写青春的作品也往往打上了一层无奈伤感的底色，涌动着一股荡荡莫能名的情绪。但是由于成长环境的不同，同是看破世情，张因看破而决绝，而朱天文却有着即使看破仍然愿意去体谅的温和宽容。

也许对大陆的读者而言，对朱天文的认识和熟悉更多的是从电影《悲情城市》开始的，这是她与吴念真合作的电影剧本，在这部剧作完成并被拍成电影的第二年，朱天文完成了其代表作《世纪末的华丽》，突出地体现出张爱玲式的敏锐感受和华丽的文体。文字华美铺张，不事情节去写服饰、香水等诸种挑拨感官的声色气味，如讥语般的文字排闼而来，然而这一派繁华绚丽终究只是世纪末空虚社会的外衣，华丽却悲哀苍凉，一如主人公米亚，二十五岁却已经感到自己年老色衰，成为一个靠嗅觉和颜色去记忆世界的人。米亚近乎偏执地沉溺在自己的感官世界里，在那里找到了自己的自下而上哲学，因此，即使“有一天男人用理论和制度建立起的世界会倒塌，她将以嗅觉和颜色的记忆存活，从这里并予之重建”。朱天文借此暗示由男人主宰的“理论与制度”的世界存在着某种结构上的缺陷，而直觉的感官经验或许是更恒久的存在，它正是女性对抗父系霸权的武器，是女性免于在这种男性世界中沉沦毁灭的救赎之道。通过米亚，朱天文展示出新时代女性的价值观和生活态度，文中的一句话给人印象颇深：“物质女郎，为什么不呢，拜物，拜金，青春绮丽，她好崇拜自己娇好的身体。”但是，朱天文所说的女性独立，尽管由米亚坚持到底，却还有带着那些许悲观色彩，这独立并不完全是女性自学自为的行为自主，而是面对男权社会的冷漠与强势所作出的无奈选择，米亚不要爱情、轻视婚姻，是因为这些不可能属于她，所以“她必须独立于感情之外，从现在就要开始练习”。“她们赚自己的吃自己的是骄傲，然而能够花用自己所爱男人的钱是快乐。两样。”这一语之中道出了当今社会更丰富和复杂的女性心理和女性意识。

朱天文这样一位既是小说家又是著名编剧的女性作家，对她的理解应该将剧本和小说联系起来。事实上，从《小毕的故事》到《千禧曼波》，从《想念的季节》到《世纪末的华丽》、《荒人手记》，她的小说和剧本创作都经历了从早期青春期写作到台湾后工业文明状况的反映，对世纪末景致的观照，反映出台湾文化和文学的新动向。因此，在对她的小说进行研究的同时，还应该将她的剧本甚至电影纳入到我们的研究视域内，扩大我们的文本阅读范围，尤其是在当今这样一个多种媒体共同发展、互相影响的时代，这一点尤其显得重要。

朱天文研究资料链接

张诵圣：《朱天文与台湾文化及文学的新动向》，《中外文学》，第22卷第10期，1994年3月。

刘亮雅：《摆荡在现代与后现代之间——朱天文近期作品中的国族、世代、性别、情欲问题》，《中外文学》，第24卷第1期，1995年6月。

袁琼琼：《天文种种》，《炎夏之都》，上海文艺出版社，2001年。

詹宏志：《一种老去的声音》，《炎夏之都》，上海文艺出版社，2001年。

周斌：《论朱天文的电影剧作》，《华文文学》，2006年第2期。

李晨:《论朱天文创作中的阴性书写方式》,《江汉论坛》,2007 年第 2 期。
卓慧臻:《从〈传说〉到〈巫言〉:朱天文的小说世界与台湾文化》,中国旅游出版社,2009 年。
王艳芳:《论台湾女性小说的生态伦理关怀——以朱天文为例》,《河南师范大学学报》(哲学社会科学版),2010 年第 3 期。
朱立立,《物化都市的感觉主义书写——朱天文短篇小说的身体叙事与颓废意识》,《福建论坛》(人文社会科学版),2010 年第 9 期。
林维紫:《巫忆前身:论朱天文之文学志业》,台湾政治大学硕士论文,2010 年。

朱天心

朱天心(1958—),祖籍山东省临朐县。生于台湾凤山,曾就读于北一女中,台湾大学历史系毕业,与其姐姐朱天文同为台湾文坛老将朱西宁的女儿。其独特的家庭背景和优良禀赋,使她走上了和父亲、姐姐同样的写作道路。还在高中时代,朱天心的《击壤歌》便风靡了台湾中学校园,重版了十多次,至今仍为一代代的台湾中学生所热爱。曾与姐姐及好友成立“三三书坊”,主编《三三集刊》(取其“正当少年,天地也要骄纵三分”之意,其成员主要有朱天文、朱天心、白先勇、钟晓阳等人),受过与张爱玲颇有渊源的胡兰成的点拨,多次荣获时报文学奖以及联合报小说奖,现专事写作。作品有短篇小说集《方舟上的日子》、《昨日当我年轻时》、《台大学生关琳的日记》、《我记得……》,中短篇小说集《古都》等等。

由于其家庭背景和写作题材的缘故,朱天心被归于乡村作家的行列。又由于其与胡兰成的关系和作品中的苍凉风格,曾被与张爱玲相提并论。

爱　情

有些事情,她已经很久不想了,也想不起来了,再也想不起来了。

那天,记不得是为什么事,晚上十一点坐公车回家,坐的是司机旁边的包厢座,车头的通风孔打开,一股股的凉风急想掀起她的裙子,还有窗子冲进来的风也是一样。车飞快的驶着。她随口哼起一首歌,哼着哼着车子猛一煞,司机本想闯黄灯的,她舒口气,想继续拾起那首中断的曲子,却怎么样都想不起来了,可是突然所有那个夏天晚上的感觉都潮水一样地涌向她来,涌得她兴奋得慌,想抓住它们,抓住了再说,唯恐它们跑掉了,跑掉了。

一样十一点钟的六月晚上,一样的公车位子,一样的路,车也开得一样快,那时她才跟同学们看完晚场电影回家,她哼的是那首电影的主题曲,愈哼愈觉怅惘,看着寂静的红砖道,突然多希望此时此刻能有一个男孩和她手牵手走在那样一条永没有止尽的红砖路上,他们会边走边哼歌,然后男孩带她走到一棵路树的浓荫深处,扳过她的肩,吻她。那时她才高二,还不懂吻的事,但她极渴望,想那必定是件好的事情,像夏夜的凉风,软软柔柔地扑得人一头脸好干爽,她最喜欢那种风的,书上说的金风送爽,十月的天气里最常有,早晨上学时走在路上,突然感觉到两个膝盖光滑地磨擦着,没一丝汗意,她最喜欢那种感觉,自己真是洁白如一块无瑕之玉。

后来她一直最喜欢六月和十月,虽然星相学上她的幸运月份是七月,她总喜欢跟人家说她喜欢六月和十月,理由后来居然想不起来了,太久了,高二的日子真是远,而现在突然又全部披挂上阵的涌在心中,那是种什么感觉,说不出来,只是她突然想起了那条红砖道上徐徐的凉风。一直走,路怎么也走不完,这次是真的了。

她认识小渔就是那个夏天,高二升高三时,她跟几个旧时同学扣准了开学前几天去海边露营,打算好日子一完,就准备向夏天的海边,向这一整年的世间挥别。可是哪晓得会碰上小渔那票人呢,小渔是她同学妍妍的姊姊的学兄的好朋友,八竿子搭不上的关系,那时是大三,算算现在不是研究所就是服预官。人说初恋是怎么也忘不了的,她是没的东西忘,简直不相干的一个人,她竟让他吻了她!

才高三开学的第一天他就约她了,梦的咖啡屋,她还没听他朗朗说完,心就跳到喉咙口,堵住她,说不出话来,然而妍妍的话响起:"小渔那人,哇,之,花——的。"

她哪要妍妍说,小渔的那一头快及肩的长发,薄薄笑得迷死人的唇,她哪里不晓得他是哪样的人。

到底还是让她挂了电话,高三学生是最好的借口,但随即她又恨起自己,想到一向最瞧不起会被功课牵绊的人,小渔必定也是,他听完了她的理由不是果然就说:"噢,这样啊。"隔着半个台北市,她都清清楚楚地感觉到小渔一副撇着嘴角嘲弄的笑,那个人,真真可恶。

后来他屡屡打电话来，可是那种态度语调完全是闲着闲着偶尔才想起她来，拨个电话。她到底还是出去了。那是他们第一次的约会，他就对她动手动脚，她又急又气，气的不是小渔，小渔在那种时候竟丝毫没有她所讨厌的涎着脸，现在想来，完全就似孩子的顽皮一样。然而她气起自己的豁不开，她很怕小渔那种嘲弄的神色，看得她真是恨死自己了。

那回他们就这样无滋无味地回家了，小渔连送她上车都没有，她想小渔是不会再来找她的，其实她根本不懂他为什么会来找她，大学里成千成打的漂亮女孩，……再想下去又要恨自己为什么犯贱，还不清楚吗！小渔跟她说，他一共吻过三个女孩，第一次是高中舞会时，一个商专的大女孩教他的，第二个第三个也是在舞会里——这会儿可都是他教人家了。讲这些话的时候，他还一边用手指划着她的唇，她整个人都凝住了，第一个反应是本能地想逃开他的手，不定学电影里的手法，挥过去一个耳光，可是短短的一两秒钟内，她却思量尽了各种事态，第一，她不能让他笑她不上道，谁叫她一开始就是那么上道呢！海滩上的白热裤，红白条的恤衫，晒红的脸，亮亮短短的发，朗朗的笑声响彻了整个夏日的海边，谁叫她没想到事情还有个后来，要不她才不会肆无忌惮地盯着小渔的长头发薄嘴唇，漫空吹声口哨："哇，小渔不是盖的你真漂亮！"话还没讲完，自己都吃惊自己，一阵笑声，人已跑得远远了，让小渔的眼睛亮起来，忍不住地也拔腿追她，追，追了一个夏天。

——她不能让他笑她！她只能笑盈盈的提开他已滑到她颈子的手，把它放回桌上，他陡的眼睛暗下来，调回身去，拿起小调羹来舀方糖，一块一块的加进杯子里，杯子里的咖啡就要溢出来了，再用小调羹搅着，搅得方糖匡啷啷地撞着杯子，他做得那样专心，她却突然心一动，不为了黑暗中他的侧影是那么好看，他还只是个孩子呢，一个彻头彻尾任性的大孩子，她忽然觉得感动，想好爱他的，但是还没等她爱完，他就把调羹往桌上一丢，回过头来，一抹邪不邪的笑飞快地跳上他的嘴角："打赌不少男孩子吻过你。"

她一下惊住了，一点没想到眼前的人是那么恶毒，任她防得面面俱到，还是有让她难以招架的时候。怎么样，她就是不会让他笑她的，短短的念头一过，她又气也不是，走也不是，整个人都不是了。

小渔却拿起桌上的咖啡一啜口："你的嘴一定比这还甜。"原该是一句惊心的话，她听了却觉得无趣极了，甚至不想再看到他的脸，此刻她多想洗澡，回家，洗了澡，跟爸妈一道去对街小摊叫笼蟹黄汤包，再睡觉，她好想睡，迷蒙中，大约是盹过去了，直到他喊小妹拿账单时，她突然又清醒了，一言不发地背上书包，随他走出咖啡屋，真是累极了，她连道再见的劲儿都没有，一人径自等车去了。

后来小渔也没来过电话，有电话来她也是不接的。班上那种高三刚开始的蓬勃气氛也感染了她，她也开始拼起英数，天天汲汲营营地读书，很少想到联考什么的，只是读，那种日日读书规律的生活她喜欢，有时想起夏天的事来真是荒唐，尤其中饭吃完跟几个知心的同学聊聊时，更是暗自捏一把冷汗，她曾经差点离她们多远过，一样的年龄，一样的制服,她多高兴自己也跟她们一样洁白如一无瑕之玉。

十月快过完时她才发觉。那天是月考完,又是星期六,她跟同学捡着那时看了场电影,很晚才回家,凉凉的风徐徐地吹着她,又叫人好不怅惘。十月就要过了呢,她最喜欢的时候,竟就让它这样一溜而逝,她第一次觉得惘然了,一切,主要是那风。

回到家就接到他的电话,小渔说:“明天是我生日,出来好不好!”她没一句话的就答应了,只为着小渔一定跟她有缘。

他们还是去那家咖啡屋,不过一会儿她就说想出去走,她好想出去过过十月,跟小渔说了,他没作声,半天抛来一抹微微的笑,仿佛听到他说,你防着我什么呢!他咬着烟在掏钱,约是什么也没说,不过说了没说都一样的,她都晓得他与她说了。

可是她的兴致不减,仍然等着他一块儿去走走路。出得店门,小渔的手搭上她的肩,她也由他,走走就到了小南门,爱国西路那里,也是大大浓阴的树,寂静的夜晚,风一阵过来,吹干了身上的汗意,她一阵快乐,躲开肩上的手,两人手牵手一直走。

她哼起一首歌,关于一个男孩和一个女孩在雨中的事,夏日午后突然来的一阵大雷雨,把漫步在乡村小径上的他和他的女孩打得浑身湿透,可是那一刻他清楚的也感觉到她手中的暖意。后来他们跑到一棵树下躲雨,他转身向她,她吻了他,然后他们只听到雨点大大地打在树叶上,她轻柔地呼吸,他慢慢地闭上眼睛,笑了。

那只是一首很普通的西洋流行歌曲,伴奏用的是琮琮的钢琴和电吉他,真就是雨点重重地打在叶上的嘣嘣味。那该是在六月里唱的,下完雨,凉凉绿绿的天,干净的红砖路,要是那时就碰到小渔,她一定要与他手牵着手什么也不想地去走,走啊走,走完一条红砖道。可是她一直弄不懂为什么歌中是那个女孩吻那个男孩呢,那首歌的味道,应该是一对生生涩涩的男孩女孩第一次的约会,不巧碰到了雨,起初他连她的手都不敢碰的呢,可是她吻了他……她吻了他……那约也是一个商专的大女孩罢,像那个教小渔吻的商专女孩。

后来小渔果然牵着她到一棵浓荫深处:“坐下。”

她无思无想地坐定下,白漆雕花铁椅冰冰凉凉地磕着她的腿,小渔也不坐下,径自背着她站着,掏出烟,弹弹,点燃,只看到一蓬蓬烟雾笼着他的头,他抽得那么慢那么久,不定是第二根第三根,谁晓得呢。

她开始恍惚起来,坐在那儿,也像一棵风中的小树,风一直软软地拂着她,拂得她凉凉净净的,如一块无暇之玉,被拂着,拂着……她知道的时候,小渔的整个鼻子整个嘴正紧紧贴着她的鬓上呵热气,她想躲开他,那样潮潮热热的,可是念头一过,反正该来的就让它来吧,她又什么也不能了。很久以后她想那晚上的事,竟想不透自己为什么那么宿命,可是那一刻她是真正屏着气,咬紧牙,完全一种慷慨赴义的决心。

小渔吻了又吻她的嘴唇,叫她:“嘴张开。”

匆忙中,她不太清楚那是怎么一回事,她张开眼睛,却见到黑暗中小渔下巴的线条,那个景象她不能忘,在背着远处投来微弱的亮光中,他的下巴是那么坚毅,就是那样简简单单的一条曲线,可是却叫她怦然心动。

后来她还是不知道当时她张开了牙齿没。他吻了她很久,她一直冷静地想着,这就是吻!就是吻了,她要清楚地记下它。不知记下了没,她突然觉得索然,整个人都瘫在椅子上的他的臂膀中,一点劲都没有,一时好像自己是个很超然的人——只是除了嘴,不是她的。

他时间控制得极好,适时地送她赶上了十一点半的末班公车,两人一路上半句话都没搭,他还是握着她的手——不握也罢,一手心淡淡的汗,无滋无味。他们竟像生人一样,连以前在一起玩时斗嘴斗气的基础都好似没了。

她下车的时候,跟他说:“我走了。”

他继续坐车,还要换一道车,怕赶不上,没送她。她一下车才想起了没跟他道生日快乐呢,管它的,谁又晓得真还是他的生日不是。

那次是小渔第一次吻她,也是最后一次,也是最后一次见她。他第二第三天打电话来,她只觉得没一点意思,吻的事她已经晓得了,可是他更晓得,急切地热烈地要她出来,竟忘了他原先的那种玩世不恭。她不太认识了,那更坚定了她的索然,索性连他的电话也一概不接了。

以后就和小渔再也没见过,甚至连小渔这个名字也不再听得了。

她又回去过高中生活了,同样的制服底下,她高兴她还有同样的无瑕之玉,然而还有一些些什么,想不出来了,令她怅惘,可是一直是有的,压在心底的不知哪一处,掏掏翻翻的很痛人,更怅惘了。

大一刚开学,她很快地响应了班上和工学院某一系合办的第一个舞会,冥冥中急着想去找点什么,总该有一些事的。怀着忐忑的心,班上一个舞棍安慰她,没关系,是五烛光的,包你没什么事。

舞会一开始熄灯的时候,她才晓得五烛光原来是整个屋子除了唱机那儿有根蜡烛和四个屋角各点一支外,就是黯淡一片了。

有一个男孩子,一直找她跳,个子高高的,总不说话,她隐隐地觉得害怕,并不晓得他是什么心思。

跳快的碰碰哈梭的时候,他多是找她们班上的一个舞棍,紧身恤衫,牛仔裤,两人也就是一派纯跳舞的样子,女孩跳得又疯又野,那男孩却始终闲闲的不变应万变。

她拣着角落里坐,眼睛眯着追他们的舞影,只觉一霎那时间,自己突然变成很遥远的一个乖女孩,她曾经顶熟悉过的。

可是看着看着突然烦躁起来,他当她是哪样一个女孩!认定了她就只会乖乖蠢蠢地坐在角落里随时应他召!他就这么自信!

下一支左一右二的时候,他和另一个男孩同时趋前来,她微微一笑,把手轻轻的搁在另一个男孩的手上。……那一首歌是她顶喜欢的,不晓得歌名,最近逛街时常常在路边唱片行听到的,一群男声回音荡荡反反覆覆地问道:“Will you kiss me and hold me?”她透过男孩的肩去努力搜索着黑暗中的幢幢人影，先看沿着墙的一张张椅子，希望他坐在那儿，……什么都看不见。她想看看身后那边的，却从没看过跳舞跳得那么邋遢的舞伴，从开始打赌就在这方圆两公分的原地跺着，右手松垮垮地搁在她腰上，她突然觉得难耐起来，又是他们轻声在问着："Will you kiss me and hold me?"那喃喃的絮语，就像在耳边似的，轻轻柔柔的口气，其实是呵着气唱的，那样磨人，又那样不求人知似的，一遍又一遍，让她的心柔柔地痛起来。

对方系上来的不单是大一的新生，也有二三年级的，再老实的人也都是经验老到，大约觉得她们系的不够看，舞会才一半就零零散散地依着墙喝可乐聊天去了。女孩子坐不住冷板凳，也几个几个的溜走。她不晓得要怎么好，不跳的时候坐着也不好，因为到处都是三五个男生坐一处，要走又没一个贴心的同学伴着一道走。如此思量了半天，舞会也完了。

灯一亮，她抢着先一步走，没等主办的男孩子在分配男孩送女孩。可是没走多远，后头就跟来了脚步声，她似疑非疑的屏着气没放松脚步。

到底给他赶上了，他个子高，腿长，走一步抵她两步，他也没跟她招呼，就跟她并肩走着。只见他两手悠闲地插在裤口袋里，散步一样，相形之下，她小小急急的步子倒显得在负气似的，一开始就注定她是赢不了他的！

十字路口等红灯时，她扬起眉睫含笑问他："你叫什么名字？"那清扬的语气像一个前进体人意的女孩子。

"裘镜侬啊。"她这才晓得原来他是侨生，东南亚一带的罢，一口广东音，就是平凡不过的叙述句尾也照加个啊字，咬得轻，倒像是凡事都看透了似的，仿佛有种轻浅的莫可奈何。

下去他并没有反问她的名字，所以她并不再说话了。告诉自己，他也跟大部分的侨生一样，因为国语不好，所以不爱说话。但是她知道不是的，就如同她根本不晓得他是在送她，或只是同路，两人恰要搭同路车，即使是送她，是分配的，还是怎的——这可莽撞不得。各个念头一过，她又安静地走着了，不过放慢了脚步。

等着车的时候，他也还是不说话，两只手始终不离开裤口袋，穿的是宽宽的水兵裤。头微微仰着似在看什么，那晚的月亮很好，路灯一样的亮，然而他并不是看月亮。

她又微偏着头，天真活泼地朗道："你是侨生？"偏着头，鼓励他说话的样子，矮了他一个头，但此时总是高姿势罢。

"越南侨生啦。"他并不看她，手中捏着烟蒂正找地方打算揿熄。

"你——家在这儿吗？"那年四月越南才陷落，她一听不禁无来由地进入情况起来。

"都没有出来啊。"他的啊咬得极轻，仿佛有些滑稽的意味，其实并没有。

"那你还跳舞！"

"所以才跳舞啊。"

后来车子来了，他跟着她身后上。车子挤，不方便谈话，刚刚起的话兴又下去了。几次刹车他都护得极好，没让别人压着她，却也没碰到她。

到了她家那一站，她飞快地，大方地说了一声："裘镜侬再见。"

这一招做得极好，不管他原先有没有意思要送她回家的。不过就是裘镜侬这三个字太拗口了，念起来怎么样都有些滑稽，但到底还给她一字一字咬得面面俱到，如同今天晚上，这一点信心她还有。

不久他就来找她了，是代他们班上一个修她们系上课程的同学来借期中考笔记的，那课是大三必选的，她才大一，系里的学长没认识两个，根本就不可能借得着，完全不相干的事。他第一次找她就是这样开始的，似乎丝毫没有察觉自己借口的薄弱，他那种一派闲闲堂堂的态度，倒叫她怀疑起自己的多心了。

整桩事也是这样，毫不相干，即使他们后来这么亲，还是完全不相干！

第三次约会时，她才晓得他是叫仇剑戎，那回排队买电影票，他班上一个同学前来央他代买，叫了他的名字，当下她整个脸都红了，不晓得他看到没——看到也一定没事人一样，可恨啊，她这样一次一次婉转地叫他裘镜侬，他也应！那刻她才深深觉得认命，自己一开始就注定了那么低那么低，真恨。

后来电影看着，他来握她的手，她躲开了，一次、两次，他也无可无不可的继续看他的电影。她却暗暗叫了声恨，这回恨的是自己，因为这样倒又显得她小家气了。

电影散场时，在拥挤的人堆里，他牵着她的手了，恐怕是实用多于闲情，她丝毫没有一点异样的感觉。不过终归是牵了手了，日后她嫌他仇剑戎这个名字过于杀气腾腾，叫他，戎戎啊，受了他的影响，也加个啊字，每叫他一声总似有千般的无奈，因此更要这样的叫他了。

戎戎和她好起来后，舞会也不去了，刚开始约会时的看电影也不甚热衷，课本就是爱上不上，唯一没停的就是唱片和烟。烟其实他并不真抽的，一天到晚做什么都夹在食指中指间，像戴戒指一样，不过总是剩得老长就揿掉了。唱片更是有一搭没一搭地听，什么唱片都有，龙蛇混杂的从她没听过的广东歌到最近一辑的学生之音，总是从早到晚开着，似乎主人求的是屋子里有个声音在就好了。

他一个人在学校侧门附近租了间小公寓，简单的厨具卫生设备还有。她知道他在邮局里有一些钱，在台湾有个表表表舅，跟他并没往来的。

他们从开始好像就没有热恋过。她下了课，或是空堂到他房子去插把花，帮他洗洗衣服，要不就着他小冰箱里的剩面包煎个蛋夹着吃，她也就只会这些了。可是她喜欢那种感觉，里里外外忙碌的样子，然后他倚在沙发里，玩牌算命，吐吐烟圈，眼睛有时跟跟她走，只有这种时候，只有这种时候她会有些怦然心动，她才能懂得一点点他的爱。

他极少说话，她甚至连他家的情况什么都不晓得，都是她在说，她跟他在一起后习惯了多说少想，有时她在厨房里边洗碗筷边比着水声大声地跟他说学校里今天如何如何，好半天，进了客厅，才发觉他老早熟睡了，头歪在椅把上，手里不知什么时候抱着个篮球，那让她下定了一些决心。

不过她也有委屈的地方，例如他从不在同学朋友面前介绍她，她想她绝不是那种叫人拿不出去的女孩，积压在心里很久了，有次轻描淡写地跟他说："怎么不介绍介绍你的朋友啊。"

"他们没意思啊。"

后来她才发觉他就是一个懒字，甚至也不太是，他是懒得连懒都懒不起。知道了这层后，她比较能适应他们不像恋爱的恋爱生活，但是她也变得愈发使自己心惊肉跳了。

学校附近有两三家越南馆子，他第一次约会她时就开始说过要请她去吃一顿，一直讲了大半年，后来上越南馆子仿佛变成了他们的一个梦想，他被教官约谈了，或是她又跟她们社团的人闹意见，两人安慰对方一场后，结论总是，哪天去吃越南菜！其实吃越南馆子好像并不贵，可是不知道为什么一直没去成。

寒假里她们社团办国服，她一直忙，隔个三五天才去看他，不管上午去还是下午，他总缩在棉被里，不一定睡觉，胡须楂楂一脸，她看了总觉不祥，非要扑在他棉被上一阵砍砍杀杀闹他，把他赶出被窝不可。

只有那天早上，一大早居然是被他电话吵醒的，他很少打电话来，因为那口国语怕叫伯父伯母，可是电话那头的声音有些抖，不知是冷还是兴奋。他说：赶快出来，吃越南菜去！

他们约了在校门口见，她赶出租车去，才跨出车子，他就迫不及待地替她扔了两张票子给司机，没等找钱，拉了她就走。

他走得那样快，她几乎是走两步跑两步才跟得上。过十字路口，略停了一下，她急急看他一眼，他的眼睛直着，时时被风刮起来的头发挡到，并看不出什么表情。

那一餐吃得极冷清，是真的冷，该是炎热南方夏日中午蕉风椰树下的吃食，可是在这冷冷的冬天里，反反覆覆的肉丸子，小碗小碟的摆一桌，跟办家家酒一样。她吃一样，跟他讲一个感想，吃了很久，讲了很多，才发觉坐在对面的他一直垂着眼睛，从来没醒过似的。突然她只觉得头皮一炸，轰的一股热气冲上脸来，她站起来，猛力推开椅子，拿起皮包大衣掉头就走。

走到外头路上，冷风一吹，才吃惊自己怎么会那么大的脾气，才一想完，突然眼泪就哗啦哗啦地掉了，不知委屈什么，那样一个人，他，戎戎，在那边，竟是跟她没有关系的。他们就像地球和月亮，注定了永远分不开，却也中间永远隔着远远的，不管阴晴圆缺，悲欢离合！注定了的……

她突然了解了这一点，假装到电话亭里打电话，把眼泪擦干了，鼻子擤擤，重新回去找戎戎。

他还在那里，低着头，垂着眼，也不知是不是睡着了。她看了只觉眼睛一热，走到他前头，弯身摇了摇他，他沉沉地抬起眼皮，眼睛是红的，看到她，一怔，好半天，牵起她的手，一道走了。

此后他们疯狂地爱着，唯恐来不及似的，他吻起她来的时候，两手深深地插在她的发里，紧紧撕扯着，再滑下去，狠狠地勒着她的颈子，她感觉到一阵什么就要幻灭了的甜蜜，泪水在眼中绕着绕着。

几次他睡熟了，她抱着膝盖坐在他旁边，那才是她最爱他的时候，看着他微微皱着眉的睡态，屡屡心中一动，好酸。

那次越南馆子的事，她一直没再跟他提，不知道是不是接到了那边的什么消息，但是都没关系了，她蹑着身子，起身要去烧开水，他朦胧地翻个身，手漫空拽住她，她赶快坐回身来，握住他的手应道："戎戎你睡我不走。"

他眼睛茫茫地张开，忽然她的影子跳到他瞳孔里，那一刻把她的本命给逼现出来了，她就是得生在他里头的！

她赶忙点点头，心里低声道，你放心，我懂得的，我懂得的。用手掌轻轻阖上它们："睡噢。"替他掖了掖被子，起身走到窗边，额头抵着冰凉的窗玻璃，看窗外冬日的街头，第一次觉得很冷，很冷。

天开始暖的时候，她总爱拉他出去逛，不为什么地逛，又要他打篮球，她爱看，他打的是系队，穿着白色滚红边的背心短裤，在球场上来回两趟就汗湿了，她递条手帕给他，看不过他粗手大脚的擦汗，接过手帕来替他印了印额头和人中，他转身回场的时候抛下句："今天好漂亮啊。"广东腔听起来怎么都不是由衷的，她哑然笑了半天，眼光继续追着他的身影，却想起自己来了，的确，最近几天眼睛老是润润的，转一转就像要泛出水来，自己都晓得好看，大约再几天就要过二十岁生日了罢，总该有点不一样的……

他已经定好了她二十岁生日要两人一道过，要她晚上一定要去，要做越南菜给她吃，要给她个大惊喜。她晓得不大可能，高中班上同学几个朋友要给她过，家里也是，只好哄小孩似的答应他，想试着赶赶场也罢。

到底是没去成，叫了辆出租车全家人直放淡水去吃海鲜，还喝了点酒，人声酒气中，不时想到戎戎，想他能搞出什么吃的来，那么长大的一个人，真叫人心疼，而她一生最珍贵的时候竟然没与他一起度过。

第二天去上学前，还特别用个冰淇淋空盒密密封封装了一些妈妈昨天炖的冰糖肘子，一早上了四堂课，直担心会不会闷走了味。中午本来想赶着戎戎出去吃中饭前到，路上被几个没吃着她生日的同学逮到，闹着她去福利社请吃茶叶蛋冰淇淋。

跟同学处一起还是好的，纵然聊的是闲话，也觉得自己一会儿又掉入了一个很遥远的感觉里去，她顶熟悉，而且喜欢的。以后还是应该拉戎戎到人堆里混混，沾些人气，想着想着不禁笑起来，她有时看他懒得不顺眼，总说他快没人气了，有时说的是气话，有时是笑着惹他的，待会儿见到他时一定要再提一次，想到戎戎，那个大手大脚的人此刻在做什么呀，竟有些不耐了，心里柔柔地疼起来。

那两人一进门时她就看见了，背着光，两个剪影格外的清楚。两人先交头接耳了半天，走近了些，其中一个是戎戎的同学她见过。身旁的阿琳正在跟她讲什么，不大晓得，她无心地听着，整个心完完全全的悬在走近的那两人身上，有种异常柔和的感觉。

其中那个她不认得的就拉近了一张椅子在她身旁坐下，向着她，两只手掌合着，努力的一动一动地补充着艰涩的话：“我是仇剑戎……的同学，我们找了你好久，那……仇剑……，他昨天晚上，过，过世了。”

一切都是那样模糊又清晰，先前她听着他的话还一边猛点头，嗯，嗯，眨着眼睛，专心地等他说，说完了。她问了声：“啊？”不太懂得他的话，他看了看四周，一双双眼睛不是在看她就是盯着说话的那人，她重新看过那人，歪一下头，示意要他再说一遍。

他说：“请你节哀。”

她知道了。问他：“什么时候？”

“医生说大概是昨天晚上六点左右。我们是今天早上发现的，系教官要找他，祥麟，就是他，去了，门没锁，躺在床上，已经冷了。”

昨天六点，六点，昨天……，一下脑子混成一片，她一直念着昨天六点，可是并不晓得这四个字是什么意义，……好难受，一定要想出来，想出来啊，她攥紧了手，唯恐就要来不及了，她问他：“什么昨天六点？”

身旁的阿琳按住她的手，她甩开她，随即道歉：“没关系。不是，我是说那个昨天六点，你刚说什么？”

“医生说是，……英文名字难翻，就是……，就是心突然不跳了，不是衰竭，纯是突发的，……好像跟遗传也没有关系，……在睡眠中就过去的。”

“他人在哪儿？”她想起他来就有气，他们亲到如此了，他居然还是那个脾气，竟然连死也不跟她说，反倒转了几手让别人告诉她，一开始她就比他低，一开始就注定了他事事要赢过她，甚至死也要赢过她，不告诉她，这下倒好，他是死也不说的，这样待她！她突然怕起来，没有一点懂得他的心思。

阿琳晃了晃她膀子，小声告诉她：“他说在市立殡仪馆，晚上，明天去看都可以，你先回家吧。”

她乖顺地点点头，大伙儿纷纷起身簇拥着她走，其实她走得好好的，倒是旁的人一路人多手杂地牵牵绊绊。

出了侧门，招了出租车，阿琳要陪她，她说不用了，拉开车门，突然想起来了，问那同学：“待会儿你问戎戎，呃，问仇剑戎他……”话没说完，看他们脸色一变，一时也不知自己原先要问什么的。

上了出租车，阿琳还是陪着她一道，她支着额头，努力想一想，一定要想起来啊——车飞快地驰过了那栋熟悉的奶黄色公寓，是了，戎戎！她刚刚急的就是要问问戎戎一声，那第一次的舞会，他到底是不是自愿要送她的，这个问题不知为什么这么重，老是压在心底，几次话到口边了，还是没有说出来。

其实，她有好多问题要问戎戎的，例如他爱不爱她。她一直怕他没说是因为懒，更怕不是因为懒，懒倒罢了，那么大个子的人，竟然心也学着懒起来，叫人要怎么爱他才好呢，要怎么才好！她咬紧牙关，突然爱起他来，最真最真的了，从来没有像这一刻一样，以前的一切都不算数了，或许她在做戏，更或许他在做戏，即使最快乐最悲伤，他吻得她最深的时候都不算了，然而他一生中最珍贵的时候她竟然没与他一道度过！

回家后的几天，爸爸没让她去上学，她倒无所谓，饭也照吃，吃吃咬着筷子发起呆来，妈妈在一旁红了眼，与爸爸递一个眼色转身去后头，她醒过来，并没有难过的意思，可是看到他们的神色，忽然抱歉起来，不仅只是对爸爸妈妈。

妈妈安慰她："你的日子还长得很，他这孩子没福气，年纪轻轻单薄相。"

这话她并听不入耳的，可是又是最对的话了。她想起来，还有那么长的日子，要过着，吃力的，事事都得想，跟戎戎在一起久了不大会想事情了。可是他倒好，这样的时候放了她的生，在她已不大熟悉生存技能的时候。

她在报上看到仇剑戎的讣闻，治丧委员会是侨委会，那么他真是跟前没一个亲人了。她看着仇剑戎三个黑铅字，觉得说不定是戎戎在跟她开个大玩笑，吓唬她。她并没去公祭什么的，不拆穿他罢了。

天才暖没几天就开始梅雨了。那一阵子差不多平了，她又去上课了，校园里的海报栏老远就看到横跨两栏的白底黑字，墨迹淋漓的几个大字——"悼仇剑戎同学 痛失英才"，下面署名的是他们学会。由于海报外头罩了层玻璃纸，丝毫没给雨打坏，倒像刚写好的似的。她看了半天，没能把那几个字看进去，旁边走过来一对打着伞的男女，男孩浏览过海报，一字一字地念道："痛，失，英才，仇——剑戎，没听过。"女孩接口道："好可怜噢，我们同学说是越南侨生，一个人在这儿的。"

她听了愈发糊涂，就上课去了。

快过二十一岁生日时，她突然感觉事事不对，老像人人都在隐隐地看她似的。她生日那天早上出门上课，妈妈还特别早起替她泡了杯牛奶煎了个蛋，叮她早些回，爸爸要给她个惊奇。其实她向来不喝牛奶的，觉得不妥，匆匆出门了。

一切都好像那么熟悉，天空里的晨风微微的在刷着阳光，那样一个早上，她感觉出阳光是金黄色的，可是天气还是隐隐透着股凉意，这就是春天了，小时候，她与邻居小孩比生日，她比不过人家的十月十日，隔着竹篱笆对人家大声喊道："可是我的生日是春天呀！"

是呀，课本上的春天是桃花红李花白，再没有那样好的一个时候了。

她突然决定不去学校了，捏紧了车票，心中打好了主意后，忽然暗暗笑起来。上回戎戎说要给她个大惊奇，这会儿换她了。

她晓得戎戎在善导寺，就在工专下了车，换6路车。不是上下班时间，车空得很，她拣了车掌旁边的博爱座坐下。一路上阳光总是趁势一框框地跳进车子里，空旷的车厢地上像是一幅银幕，路树的影子落进来，三五根平行的电线，有时飞快地闪过一个鸟影子，行经大楼旁，银幕随即一片沉寂，像是在放映一部长长的片子似的。她有心无心地看着，想起许多事情来，原来她是一直那样病态地爱着戎戎！

她想起刚认识没多久戎戎还没卖掉车子时，一回载她回家时碰到红绿灯，车子夹在车群里等着，她忽然觉得身后怪怪的，她拢拢头发，随意向后一瞥，旁边公车上一个女孩正趴在窗上凝神看她，很漂亮的一张脸孔，她忽觉心中一动，不自觉环紧了戎戎的腰，脸颊贴在他背上，不知道戎戎有没有察觉，绿灯一亮，他马上又在车群里窜着了。她脸却热了半天，那时她跟戎戎并不顶熟的，至少是还没到那交情，她却这样做了，思量完了后却不曾坐直身子离开他，只换了另一面脸颊贴着他滑滑的太空衣上，心中柔柔楚楚地暖起来，就这样了罢。

她不晓得为什么从开始她就一直那么的低，却时时又有千般无奈，像是委身于他似的，甚至连这也说不上，戎戎是爱她的，这个人，他不讲，他没讲，她都突然晓得了，他原来是爱她的，而却待她不过如此！

车子一刹——蹒跚地上来了个拖儿带孙的老祖母，人还没站稳，就聒噪地指挥着几个小儿孙四处坐定，她赶快起身假意要下车让了座。

抱着车门前的铁杆子站着，车子靠了站，车门砰地开了，一大群风涌上来，并没有人下车，司机看了她一眼，车门一关，车子又开了。她却突然看到自己影子清清楚楚地落在门玻璃上，是了，她记起了戎戎的眼睛，那样茫茫的张开，她的影子在他的瞳孔里活起来，那一刻把她的本命给逼出来了。

她咬住唇，点着头，在心里一遍一遍低低说道，我晓得的，你放心……，玻璃上的人影模糊起来，被一层云气湮开了，她知道自己哭了，突然激情起来，几乎要一叠声地喊出来，放心，我懂得的……，扑扑落落的泪水里，她看见善导寺一现即过，再见了戎戎，我要给你一个更大的惊奇，让你吃惊得喘不过气来，猜猜是什么，你猜不着的！

不定第一站就在中山堂下，先替你吃一碗李记的菜肉馄饨，不定赶下午军训课前先到校园里走一遭，看看白流苏可也盛，你猜呢……不告诉你！

她就着靠车门的第一个位子坐定下来，阳光仍然一框一框地跳进车里来，这会儿她头发被风一撩一撩的影子竟就落在前头地上。由于快入城中了，两边大楼多，银幕时时漆黑一片，但她的影子仍随着阳光捉空就蹦出来——倒又像是在看一场长长的电影了，然而她是个恒久的主角。

朱天心：《方舟上的日子》，上海文艺出版社，2001 年 1 月，第 162—183 页。

绿竹引（节选）

“寒子——”我站在门槛上喊。

“哎噢，如何这么冤枉……”寒子披着条暗绿毯子出来，一把抱住我。寒子瘦了，毛扎扎的毯子里空荡荡的。我才想起寒子的小娃儿不见了。

寒子把我抱到眠床上，床冷冷的，有些潮，我站在上头直打颤。寒子把我的小和服脱下来，把暗绿毯子给我密密包包地裹起来。

“寒子，糖儿给你吃。”我从毯子来里伸出手来，打开手却是黏呼呼，黑嗒嗒的。

寒子也不看它，只是笑看着我，我才发觉她还穿着夏天粗粗的宽衣服，嘴唇白白的，嘴角尖尖，脸儿冻得红红的，可是瘦了一圈，眼睛是更大更黑了。

寒子拿条湿毛巾给我擦手，擦完直握着我的手，替我呵着热气，搓呀搓的，只管忙着也不看我。

“寒子，你的小娃儿呢？”

“什么？”寒子抬起头来看我，眼睛空茫茫的，可是又好像在看我后头的窗户，脸还是笑着，嘴微微地张着，寒子真是傻傻的呀！

“我们来玩洪水来了。”我教寒子把棉被枕头堆起来，可是寒子的被子单单的，勉强造了一只小船，我们就躲进去，窝了半天也没睡着。我就唱起歌儿来了。我听见外头滴滴答答的雨声，就唱阿婆教的日本歌ㄚㄇㄟ，ㄚㄇㄟ，ㄈㄨㄌㄟㄈㄨㄌㄟ，ㄎㄚㄙㄚㄨㄚ……，一个小人儿站在屋檐底下等妈咪送伞来，妈咪怎么还不来呢？妈咪怎么还不来呢？

唱完了我就唱小黄花，这次我还学小姊姊，站起来比两下，再蹲下去，两只手合起来，开了一朵小黄花，开了一朵小黄花。寒子一直笑，笑得吭吭叽叽的，缩成一堆，大眼眯成一条长长的线。

“换你啦，换你啦！”我弯下身去拉寒子，她还在笑，笑成一小团，像小咪哆一样，我就拉开她的手，钻到她怀里去拱她。好半天，寒子才坐起来，眼睛黑沉沉地想了一下，站起来，到床边的橱子里掏了半天，拿了条大红手绢，站直后开了口：“日头出来大又圆，鸟儿叫连天，挽着竹篮上南山，草上的露水还未干，……”

寒子唱起歌来声音细细尖尖的，还一扭一扭的，好奇怪。可是寒子又唱得好正经，眼睛也不看我，红手绢一甩一甩的，两只手还各捏着一角，绞呀绞的，用嘴咬着，把我看呆了。我从来没看过寒子这么漂亮，脸儿红红，长长的眼睛瞟呀瞟的，就是没瞟到我，看着看着，我都快不认识她了。

“寒子你的小娃儿是细妹仔还是小癞仔？”我想到一个小小圆圆的娃娃，长眼睛飞呀飞的。

“什么？”寒子停住了，嘴里咬着手绢，眼睛眨呀眨地看着窗外。

“寒子，寒子。”我拽拽她的裤子，她低下头来，皱了一下眉，又仰起头来，我站起来想要抱她的腰，寒子却突然把我一推，跳下床，三下两下就跑出门了。

寒子寒子，我赶快追了去，外面哗啦啦的突然雨大起来。我眯着眼，看着寒子跑在田埂上，长裤已经湿淋淋地缠在腿上了。

我也冲进雨里，一面跑一面大声叫寒子，大颗大颗的雨珠把我的脸打得好痛，一张口，就是一股股冷风往里灌，田埂才没跑几步，拖板就叫烂泥给粘掉了，可是我还是继续跑，小河哗哗地流得滚滚混混的，我怎么喊，寒子都不回头。

才跑上铁道垄，我就绊倒了，下巴磕到铁轨上。我想站起来，却怎么都动不了。寒子！寒子！我大声地哭喊起来，雨好像要把我打进地里去一样。

好费力地抬起头，寒子站在垄下的小路上回身看我，我眨了眨眼，寒子一张白糊糊的脸，嘴巴大大地张呀张的也不知在喊些什么。寒子——哗哗的雨声里好像还有轰隆隆的雷声，寒子突然朝我跑来，我抽出两只手伸向她，寒子我好冷又好痛。寒子冲着过来，脸煞青煞青的，我还没碰着她，她就向我狠狠地猛一撞，“寒子——”我向后滚了下去，滚呀滚到烂烂泥土的水田里，冰冰的，到处都是轰轰隆隆的，好像还有火车的汽笛声，我的头好痛，好痛，妈咪——

……到处都是白濛濛的雾，有个小人细细的声音飘呀飘的，路边一朵小黄花，没人栽呀没人采，自己会长大……好多好多大人跑来跑去的，愈跑愈大，然后滚呀滚，一个个都滚到河里去了。小河也在唱歌，窸窸窣窣的，可是我怎么听也听不清它在唱些什么，我想问小河，可是一张嘴，吱的一声，我蹲在树枝上是一只小蝉了，油加利树摇呀摇的。我伸开翅膀向太阳飞去，可是飞着飞着，太阳变成了一朵好大的车轮花，向我滚过来。妈咪和小姊姊在远远的地方走着，走走就飘起来了，我也要飞过去，可是雾又升起来了，到处都是白濛濛的雾和轰隆隆的雷声，有个小人细细的声音夹在里头，断呀断地飘着。开了一朵小黄花，开了一朵……妈咪，我的头好痛。

妈咪，我的头好痛。我常常跟妈咪说，妈咪总是紧紧地抱住我不说话。小姊姊也是，她教了我好多歌，我老是一场觉起来就忘了，小姊姊要唱半句：“老鼠——家里怎么样?”我才会接下去：“嫁姑娘。”小姊姊就大声笑着抱住我倒在床上，揉我的头发：“傻妹妹，傻妹妹。”

小姊姊现在是中山国校一年级学生了，天天背着书包上学去。上午我就只好一个人在家玩，守在小妹妹的摇篮车边看她玩手指头，我很少出去和小朋友玩，因为我说的话他们都听不大懂，而且我的左脚有些跛，怎么跑都跑不快，可是我宁愿在家乖整天，傍晚妈咪会带我们到村子的广场上去等交通车接爸爸，晚霞红通通的，妈咪的短头发在风中扬着，我记得有双长长黑黑的大眼睛，还有粉蓝粉蓝从天边流下来的小溪……我的头又昏昏的了，就对妈咪说：“妈咪你的头发好乌哦。”妈咪笑着纠正我的国语，我总羞得掀起小裙子来遮住脸。

爸爸都是坐第二部车子，爸爸总是一手抱着我一手牵着妈咪，我说：“画小ㄉㄣˊ。”我的大门牙在床铺底下，说话老是漏风，可是爸爸听得懂，“好，画小人。”小人是由一个小圆圈五根线组成的图画，每天晚饭后，我和妈咪小姊姊都排排坐在小板凳上看爸爸在黑板上画小人，我们总笑得东倒西歪，小人会跳舞，小人会抓痒，会巴巴，男小人还会和女小人亲嘴嘴，像爸爸每天清晨上班前躲在门后亲妈咪一样，羞，羞，羞。

这个夏天过去，我就要进中山国校了，以后也可以神气地背着小红书包和小姊姊走村子后面的长长田埂上学去。小姊姊会边走边唱："路边一朵小黄花——，下面怎么样呢？"我接着唱："没人栽呀没人采，自己会长大；小黄花呀……"我好想唱给一个人听，可是怎么想都想不起来，我的头又昏昏了，想睡觉……妈咪，要是我睡着了，请您替我继续唱，唱到开了一朵小黄花，开了一朵小黄花……唱给谁听呢？……就唱给阿公家龙眼树上晒太阳的小咪嗲听好了。

晚安，妈咪。晚安，天父。

朱天心：《方舟上的日子》，上海文艺出版社，2001年1月，第102—106页。

古都（节选）

林中分歧为两条路，我选择旅踪较稀之径，未来因而全然改观。

——Robert Frost

西门町，日本人の欢乐街。殖民地图上这么说。

西门町，位于早拆掉的西门旧址，附近有末广町、寿町、筑地町、新起町、若竹町。

你上一次来，可能是大学毕业后与服兵役休假的男友约了看电影。男友告诉你，在他等候你的十分钟里，有两批人马分别来向他拉过客，其中一人见他穿军装，好心地安慰他："嘿！排仔无关系啦，楼底还一个中校仔。"要他这小小的少尉军官放心。

你没告诉男友，你晚到的十分钟为了要摆脱一个老头的殷殷邀约，他不死心地从要收你做干女儿到吃餐中饭到不然送你一双鞋就好等等等。你觉得西门町可怜透了。不再是你们做学生时候的欢乐街，第一次，你才看到它的衰败，脏兮兮、臭烘烘、小摊的零嘴看了就很难吃，满街都是Bee Gees的周末狂热，服饰店里亮闪闪的劣质狄斯可舞衣更凸显得它像个涂了浓妆看能不能拐两个客人的老妓女，你同情极了，不愿再去，这是你惟一能为它做的。

你读着书上的汉字，原来你从未进去过的万国戏院是纯日式的演剧馆"昭日座"；台湾剧场是现在的中国戏院；芳之馆光复后是美都丽戏院，后来是你们看了好几遍《教父》的国宾戏院；新世界戏院原来就是新世界馆，你记得外公外婆在那儿看过《大菩萨岭》、《爱染桂》，馆后的片仓通横町上有寿司屋、畑煮屋、蒲烧屋、烧鸟屋，你看不懂平假名部分，不知它是说以前或现在有这些店，你仍像最后一次来此一样，不愿涉足其中。像一名观光客一样，被太多新奇事物弄得神形疲乏，你择一株路树的花坛砖垣坐下，纸上神游。

路树是小叶榄仁，整条街都是，隔着透光效果甚好的树影望去，起着绿烟似的，像刚刚抽芽时候的榉树或温带树种，难以令人相信它是来自非洲。植有这种树和黑板树的行道和建物，年龄大约不超过十年，就如同种有木棉的地方大约发展近三十年，最显见的是大量的国中校舍周遭（除非使用的校舍是以老校舍权充，那就是，对，榕树、北部枫、南部凤凰和南国の风情的你也会背了的槟榔、蒲葵、大王椰）。选这树种者的原意一定是希望长势颇猛的木棉能让那些大量兴建的新楼新墙快快摆脱树小墙新的印象，仿佛在此已落地生根好长好久了。

清康熙四十八年，泉州移民陈赖章垦号获准开垦大加蚋堡之野，艋舺渐成村落……

晋太元中，武陵人捕鱼为业，缘溪行，忘路之远近，忽逢桃花林，芳草鲜美，落英缤纷，渔人甚异之……

渔人甚异之，复前行，欲穷其林，林尽水源，便得一山，山有小口，仿佛若有光……有一刻恍惚，你不知置身何处，阡陌交通，其中往来男女衣着悉如日人，黄发垂髫，怡然自乐。

于是你择末广町走回西门市场，汉字告诉你，那一栋总是挂满了色情电影看板和充满同性恋故事的建筑是一九〇八年建成，也是近藤十郎设计，之所以设计成八角形是取八卦意，望能镇邪祟，因为西门城郊原是台人墓地，时有山野小兽窜出吓人，便远从京都伏见四月杪你会去看稻荷祭的稻荷大社迎了狐仙神魂来镇祟。仿佛一则寓言故事。寓言故事里吸引你的是那与你一样流落在此的狐仙神魂，避秦时乱，率妻子邑人来此绝境，不复出焉，遂与外人间隔，问今是何世，乃不知有汉，无论魏晋。

如此复杂混乱的心情，你不再循书上建议去寻访公会堂或布政使司衙门旧迹，也过巡抚衙门迹、旧台湾总督府、南警察署不停。现在的警察局总局也有高达数层楼的小叶榄仁，一副也是落地生根很久的样子。实则一定不超过十年。

南望京町，你犹疑要不要回旅馆歇息——熟悉的麦田黄上巧克力的圆嘟嘟的字，Doutor。

Doutor，你的秘密花园，你的小小租界，你喝着连价位都差不多的咖啡，环顾四周，难以挑剔它有何不同，甚至店里还有你和女儿说的大便灯，但凡店面大一点的Doutor，都会悬吊那样一座主灯，透明和茶黄的不规则状玻璃片堆砌成大蜂巢似的灯身，你和女儿曾看过一则国际新闻，某家航空公司正飞行中的航机舱储出了问题，冰块状的排泄物从万尺高空直坠进美国中西部某小镇的一户人家卧房，一对正熟睡的夫妻被破屋而降的不明物给惊醒的应该就是这个模样吧，你们叫它大便灯，常常在大便灯下的大圆桌做算术，七八岁打两只毛辫子圆圆脸肯跟你手牵手的女儿，你两眼热热的，太多人抽烟了。

旅馆的人还没发现你是哪里人，说着腔调不标准但你依然听不懂的日语，你猜想他是告诉你可以和他换比银行划得来的汇率的台币，你礼貌地含笑婉拒他，决定继续做异国人。

他日祸台者，必倭也。

再次确定了逃生路线，包括窗口的缓降梯，你放心地凭窗伫立，脚下的商店人家早已上灯，城西的天空还亮得很，城西总是那样，可能是临河故。高中你们放学不想回家，又急着说话，往往顺着学校门前的大路直直走，糊里糊涂穿过大马路都不知觉，一直走到祖师庙一定不约而同回头或右转他去，因为觉得前面是另一国，尽管尽头不远隐隐大河在望，都算了不去，后来读到“夙盗薮也”四个字，也不论实际含义地就认为是指近在咫尺从未去过的河码头那里。

夙盗薮也。

不知樱花进展如何，你打开旅馆电视，不难找到 NHX 的新闻，一个字也不懂的熟悉语调好催眠人……你好想念圆山公园大垂樱广场。

没看到花讯，没看到空难，你和衣睡倒，连隐形眼镜都忘了摘。

农历三月蔷薇蔓，木笔书空，棣萼韡韡，杨入大水为萍，海棠睡，绣球落。

南国假期第三天。你起得早，极想融入你旅行的这个国度。你随上班上学的人潮在本町一阵乱走，书店只剩三分之一，你想不起峨嵋餐厅、美心士多原来在哪儿？你也想不起圣玛莉、肯德基炸鸡原来是什么？你只得退避租界三越百货某一层的吃茶室，边用洋式早餐 set 边浏览早报。头几版看完，不想继续，夙盗薮也。

拿出殖民地地图，你考虑今日的行程。

中正第一分局，清代考棚，秀才考的随意诗题“自来水与德律风”。一八九五年领有台湾改做步兵第二连队医局使用，其中相当于大佐的陆军军医监森林太郎随北白川宫亲王自澳底登陆后，即随军驻此，森的从军纪录后由岩波书店发行，笔名森鸥外。

你尾随森鸥外每日的散策步径，……但原五号的老知事占住者请继续，一号不知占住者谁，和你外公一样未战死未失踪自南洋回来的屋主曾经植下的面包树，这曾被达尔文描述为“由于它那阔大、光滑且掌痕深切的叶片，使得它格外抢眼”的面包树，严密地笼罩着美丽完好的炼瓦屋顶。不禁使你猜想，当年在此附近求学实习的外公，是否在此游荡时见过同样的景象，因此暗暗发誓日后也要建一幢一模一样的家园。你外公家的东北角边就也有好大的一株面包树，遮阴整座莲池、兰花棚、葡萄架，惟阴覆不过李子树和树下专看守侧门的历代狗狗。好大的面包树落叶你们捡拾来以芒草茎拴绑做靴，趁外公出诊时下池塘摸鱼，可防蚂蟥吸附。面包果从不吃，但邻人会来讨去炖肉汤用。

当然也可能外公立志模仿的是学校另一头的徐州路五号，外公家门前也有一模一样的玄关车寄，前有接应室，旁有书房作外公看病的诊疗间；广间经廊下可通起居间与子供室，后有食堂和炊事间、女中室、风吕间……很典型的具和洋混合风的昭和住宅。

你尾随森鸥外和外公的散策路径穿越三线道路的东线，一辆不耐烦等红灯的脏旧客运车占了半道斑马线，车首写着开往淡海。你敲敲车门，他让你上去。

大正町。左侧是照安市场，诏安厝，漳州诏安人捕鱼为业——

三桥町。仿文艺复兴式的银行，喷浆材料显得脏兮兮的，它占着的位置原来是芳草鲜美落英缤纷的社区小公园,从你们喜欢而不在了的三家咖啡馆(CAT、圆桌、梦咖啡)临窗望街景,都得依靠它的绿意盎然。

宫前町。砌以红砖的闽南式餐厅奇怪原先是哪里?……没什么感情记忆但已习惯它的存在了的台泥大楼夷为平地怎么了?……圣多福教堂前群聚着外劳和菲佣。

圆山町。车行横跨基隆河仿皇居二重桥或一说宇治桥的明治桥上——大正十二年,皇太子参拜台湾神社时以“色美、青田续、白鹭の游、风情”字眼赞叹过的明治桥——腥风一阵,寻向所志,遂迷不复得路。

你不知道这客运会走哪条路,山脚下的哄哩岸、嘎唠别?或从王家庙左转大度路而去?

司机酒后驾车似地猛超车狂按喇叭,数十年如一日,似乎是这家客运公司招考驾驶的资格限定之一,你且见他一直吃票,频频催促上车投钱的乘客动作快些,并好心挥手叫他们赶快找座位坐稳且干脆由他代为投钱好了。他果然把铜板投入票箱掷地铿锵有声,纸钞却给卷到手心里,待车行某个红灯,你见他摸摸鼻子搔个痒,就把纸钞塞入袜子内了。年轻的时候,你一定会热心肠冒着被扁的危险当场纠正揭发他,此刻你只别过头去,窗外是被众财团自耕农买光了的关渡平原,窃国者侯,窃钩者诛,贼来迎贼,贼去迎官,称大清良民村。

你希望走的路线会是大度路,因书上说三线道路西线的那些百年茄冬都移植到大度路了。

车飞过大度路口不入,平畴四野的路口几家大展示场大市招 TOYOTA、SUBARU、CRYSLER……很像美国的某些小镇。

车飞过关渡隘口,真真是久违了。

司机又吃了三人份的票,夙盗薮也。你迷茫起来,路龄一百整岁的公路面貌竟像所有新市镇的重划区,夹道的油加利树也移到大度路了吗?捷运北淡线的水泥围墙完全挡掉红树林和江面。

车速更加的疯快,愈近目的你愈认不出路,尽管惊疑不定,也未曾想求助正专心吃票的司机大人,你真正像一个异国人,料定别人无法听懂你的问话。

慌乱中,你瞥见黄槿——穿过林投与黄槿便是海——便果决地在下一个停靠站下车。

是油车口。

你往回走,这段短短的河湾,你们最喜欢在这里看人钓鱼,看潮水涨落,看观音吐纳,看星星,看渔船进出海也好想出航。也偶有 A 的男生朋友拿到家教费或摄影作品被杂志采用,就请你们去榕园喊瓶啤酒炒盘蚋仔,讲不远处的红毛城国耻直到哽咽难言。

现在的榕园咖啡好贵,你在心底汇兑了一番,贵过你在其他国家所喝过的(只除了莱特盖的帝国饭店的蓝山),不过你需要坐一会儿以便整理你的殖民地地图。

天气仍很冷,只你一人坐在室外的大榕树下,脚下的木头地板架空于河面,好像夏天鸭川畔的纳凉床。

你居然寻到十一巷正对的巷子，你心跳加速地拾级而上，便被铁栅门阻断，你害怕记忆有误，便退回中正路，从福佑宫旁的巷子上去，至重建街左转，穿过人家前庭，来到山腰小径，你见红楼在你脚下，但实堵堵个灰墙把你又阻断，莫非它现在成了几级古迹不能与你相濡了。苦楝树还在，树下坐着一架望着海的十六岁白髑髅你一点也不吃惊。

你只得循山腰小径往记忆中的清水岩去，江面被正午太阳照得迷离难直视。“长崎の情调，鹿儿岛の风光”，日人如此描述过你眼前的古城。

第一次看到没有香烟弥漫的金炉，原来清水祖师庙正整修中，鹰架挡住门面，老工人骑在屋脊上，你真可怜它遭禁闭坐监，以前视野开阔的庙埕，现被左右两栋丑陋的公寓挡得只剩峡谷一道得窥江上波光。你早已打定主意不去偕医馆、真理街、顶埔一带，不愿面对注定的遂迷不复得路。

钻过鹰架，进庙，座上的黑面祖师嘿无言，两侧分别陪坐着萧府王爷和西秦王爷，你便拜拜他，求签，一卜就得，是第四十六首，签云：物态何曾改，江山一古今，欲求心下事，流水奏佳音。

他何能豁达如此？

你拾级败走，渡船口游人不多，你假意混迹其中不知何从何去，也想渡江到八里坌，江上时不时有金币也似亮度大小的鲳鱼群凌空飞洒，甚令人想念。毕竟你决定搭乘另条路线渡轮逆流而上像昔年先民们像西班牙人荷兰人到大稻埕，书上汉字目录告诉你，大稻埕去完，你的古都巡礼便告完成。

你屡望渡轮，仿佛三百年前郑成功登楼西望澎湖：“有粮船来否？”

你等待的粮船名摩诃萨，大菩萨。大菩萨却不渡你，经验丰富的打香肠小摊老板见你徘徊良久怕要寻短，便好心搭讪，你告诉他你是在等候渡轮摩诃萨，他告诉你渡轮生意太差已停驶好久了。

不是说地狱不空，誓不成佛？

你只得觅回福佑宫前的市场等客运，市场收了早市，尚未处理的鱼血鱼鳞遭日头晒得泛着冤魂味。挤在沸腾喧嚣的鱼魂们里，料想对街高龄两百多岁的福佑宫也不肯受理你们……有一个刹那，你几乎要捕捉到十六岁时的官能感觉，阳光热水一样当头浇下，你衣服穿得过多，已经一身大汗，你在全心全意等待一个什么，百毒不侵。

无主之地，无缘之岛

你选了一辆直达客运，料想它可能会走大度路，你不死心地想看一看那些十六七岁的好多夜晚曾阴覆过你们、听了无数傻言傻语却都不偷笑的老茄冬，那些老树们在着的话，很多东西就都还会在，见不见面也没有关系，像A，像清凉寺门前的老森嘉豆腐铺，像印在死前的梭罗心版上的白橡树。

在另一名同样专心吃票的司机的酒后驾车状态中，车过大度路。大度路没有站牌没有红绿灯，车速快得给插两张翅膀就可以起飞了。那样的速度里，你看到那些老伤兵似的老树们，裹绷带般以稻草捆扎截肢后的枝干，书上说它们是平成三年移来这里的，如何没有半点打算落地生根的样子，除了少数还有小簇的绿叶，大多根本已经变成标本模型了，就像红楼那株苦楝树下的白髑髅。

司机发现你目击他的吃票，几度猛刹车，大概想把坐在前座的你给撞昏灭口——四月出太阳的暖和日子，古都的某些向阳角落会有雪白的银笼草，雄日芝也会在路边窜出；五月梅雨前，柠檬黄花的大待宵草将会怒放，阴凉的山壁石墙缝会不管有没有人欣赏地暗自绽放羊齿大唐米；六月紫花楔萩，荒地上可遍见亚美利加根无葛，大阪自动车道畔则是整坡谷黄菊似的豚菜；七月，紫花军配书颜登场，其实就是穿过林投黄槿海滨沙地上常见的马鞍藤——司机没能撞昏你，放你跌跌撞撞在日新町近太平町下车。

结果你把殖民地地图给忘在车上了，车早扬长跑掉，你清点一下，丢的还有那顶使你看起来很像异国人的帽子，在锦市场的武田市买的过季 DAKS，便也罢了。

市街看起来像所有的重划新兴区，惟远远天际敞亮那方有桥，应该是淡水河上的台北桥，你依着脑里重点地图和一年三节会去办南北货的迪化街，缘街行。

甘州街上，红砖洋楼夷为平地。你只得从四九巷入，巷子单侧全是小摊，坐满了吃客，都一齐从四神汤蚵仔煎里抬脸望你，眼神既漠然又好奇，大约像你坐在 Doutor 里打量香奈儿女郎的眼神。你手既未持地图，装束也平常，何以他们见渔人乃大惊，你硬起头皮，阅兵似地逃到慈圣宫，庙埕宽阔但仍有好多摊子都抬眼望你，你只好假意浏览此庙，天啊半点不想入内，觉得它太丑了，好大一块压克力黄底红字招牌好像它是一家店，虽然你很同情它的命运坎坷，百年来从艋舺逃械斗逃到永乐町，再被市区改正迁至此，庙前被铁栅圈住惟恐遭窃的石柱上的捐赠日是同治六年丁卯端午日。

走回太平町上，二一〇巷口的大稻埕唱片行废着，可能住着猫或鬼；第一剧场成了楼高十来层的大安银行（城市，银行嫖妓的基地，摩天大楼杂草式地乱长，莱特说）；你回头去走北街，午后斜阳黄黄地漫进店里，老板假人似地坐着，卖着的无论农具、发粿、灯笼、金纸、菜籽也变得假假的，比较像什么の博物馆；虎标鼓亭前有人在洗刷好大的一头古代英国牧羊犬，活的；三二一号大废，被成了精怪的贤蕨雀榕牢牢吸附住；三四二巷过了的拱廊段，人去楼空。

回到熟悉的中街，你极力忍着不被骑楼下的南北货干扰（除了在鸿川行买了半斤干贝和爱玉子，天啊隔壁的郭怡美难道又被搬去大度路了！?），努力欣赏浏览每家店面或巴洛可式或现代主义风格的立面设计，想办法把整个市街看作六十多年前郭雪湖画的《南街殷赈图》。你寻到画里的乾元元丹本铺，原来就是常买参须和宋陈的乾元行，立面三楼的牛眼窗上环刻着人参图样，面砖洗石子壁缝里抽长着开花中的马缨丹、蕨和构树幼苗，对门的八八号新集益是二楼的列柱头有外卷的叶片状的柯林斯式，华丽的巴洛可风味留不住人，屋主是墙缝里生意盎然的雀榕。

你行经旧时的六馆街，想象着板桥林本源家阿舍出了大门就有人抬轿侍候，双脚从未沾过街面。贵德街口，灰泥墙上小孩们以粉笔画着好几盘的井字○×游戏，其中一人不耐烦他的对手，写着：庄家有个跟屁虫……廊下给游戏的光脚们磨得好冰凉光滑。

你觅着茶香前往。勉强与隔邻丑公寓一般高的是昔日大茶商陈天来仿巴洛克式的宅邸，其二楼阳台可望见淡水河日落和船桅如林，如今得把对面两三幢公寓抹平、把环河快速道路和堤防拆除，才能明白陈天来当年怎么会斥巨资把宝贝房子建在这里。

走出建昌千秋贵德街，一边是砂石车和统联客运轰然狂驰的环河快速道路，前行不远可到现为幼稚园的辜显荣宅；若回头溯民生西路可到波丽路、江山楼，外公的黑白相簿里，曾有一张同班同学的照，二十几人都着日式浴衣，相片下写着摄于江山楼、昭和某年某月日，当时不知怎么就感觉那是酒家之类的，好难为情向来严肃的外公怎么会上酒家，而且和照片中人一般掩不住的大丈夫当如是耳。

晋太元中，武陵人捕鱼为业，缘溪行，忘路之远近，忽逢桃花林，夹岸数百步，中无杂树，芳草鲜美，落英缤纷，渔人甚异之，复前行……

然而你冒死穿过环河路（砂石车照例遇红灯没有半点减速刹车的意思），不知穿过小小的堤防水门外会是哪里？

……山有小口，仿佛若有光，便舍船从口入，初极狭，才通人，复行数十步，豁然开朗，土地平旷，原来是摩诃萨渡船的大稻埕码头，你很想借码头小办公室上厕所，但见连条狗影都没有，无论人影。你便朝江畔走去。

江畔并无良田美池桑竹之属，阡陌交通，远处可闻鸡犬，但是这是哪里？月迷津渡，雾失楼台，江上波光被偏西的太阳照得人眼睁不开，你便偏离岸边向有桑竹处走去，因为害怕会见到浮尸。

桑竹处其实全是黄槿榕树之属，树阴下未有决心的东一处球场西一块溜冰场，场边贴满白瓷砖公厕似的小庙拜着不明名号的神鬼，便敬鬼神远之，尽管同时发现小庙隔墙确有一间写着便所的公厕，你都不去上，也不解救其间正发生着的老头强暴女童鸡奸男童或壮妇诱惑少年等等排列组合的不伦罪行。于是你往远处有种作男女人迹处行，种作男女衣着悉如外人，黄发垂髫，怡然自乐，其实他们大多坐在树下别人或自己弃置的破藤椅上，拍扇泡茶剔牙抠脚听你分辨不出戏种的戏曲，任头顶黄槿树丛的毛虫悬丝降落，黄槿树的缺点就是这样，老不时高高低低悬挂些毛虫蜘蛛之属，难怪一直给人脏兮兮的感觉。

男女见渔人大惊，虽未问所从来，你检点自己已丢了殖民地地图，脸上也无刺青红字，他们何能认出你是异国之人？好几年前，你带着尚幼小的女儿去尚未拆迁的大安公园址，想告诉女儿你幼时生长的就是类此环境。才进村子，立即一双双像你父亲同样年纪的眼睛惊怒向你，问所从来，你自觉与村中同样携带小孩的寻常少妇尤异，不知他们为何照眼认出你是外人？你只好老实回答。原来村中刻正如火如荼进行抗争拆迁活动，以为你是记者或类此猎奇者，待明白了，便纷纷向你抒发诉苦，只是走前再再叮嘱此中人语云,不足为外人道也。

但你确实与树下男女不同语言,怕被认出,便蹒跚前行,因未铺水泥地的地上大概不久前被涨潮泛滥的河水淹没过,软泥踩下可陷两寸,肥润的泥淖其味离薄,上有招潮蟹所吐的圆球拟粪残渣,你果然听到身后不远有男女向你发言声,你不理,执意往有阳光并有几名少年在斗牛的篮球场走去,不理他们是因为可能会便要还家,设酒杀人作食,你一点也不意外,阳光明迷饱含水气,不是有这样的电影场景,一群绝不凶狠也并不良善的住民,漫长无聊的午后只好把一个闯入者、狗或人,给联手宰杀了解闷儿,然后复又打个呵欠,继续拍扇泡茶剔牙抠脚听你分辨不出戏种的戏曲,并任毛虫蜘蛛悬丝掉落头顶。

先世避秦时乱,率妻子邑人来此绝境,不复出焉,遂与外人间隔,问今是何世,乃不知有汉,无论魏晋……

天空有直升机盘旋,大概在找江上浮尸;欧儿桑骑着老欧都拜嘟嘟嘟放着黑烟迎面擦身而过,大概也是接到通知去认尸;黄槿树下换成一家野狗,俱仰脸望着你,既不吠,也不摇尾,连向来不存戒心的小奶狗也漠然望着你;大江对岸隐有高亢的送葬唢呐声;某处在焚草叶,散着人类懂得用火以来亘古的味道;篮球场上的斗牛少年眨眼全都不见,一颗橘色的球还弹跳在水泥地上;近高架道路了,愈发高耸如监狱围墙似的灰墙,肃净得没有半点涂鸦,没有半点!

这是哪里?……,你放声大哭。

……

婆娑之洋,美丽之岛,我先王先民之景命,实式凭之。

朱天心:《古都》,上海文艺出版社,2001 年 1 月,第 228—242 页。

朱天心导读

◎ 张雪花

作为台湾文坛"凤山三剑客"(段彩华、司马中原、朱西宁)中的朱西宁的女儿,朱天心因其家庭背景和写作题材的缘故,始终被归于乡村作家的行列。朱天心的创作自《击壤歌》开始,便在台湾文坛上占据了一席之地。她的独特之处在于,她从实际、悲悯的视角,始终关注的是挣扎在台湾社会中活着的女性,表现了强烈的女性意识,具有苍凉老练的艺术风格。

朱天心的文学创作大致可分为早期和后期。早期作品如《击壤歌》、《未了》、《方舟上的日子》等,表现了清纯、自传意味浓厚的艺术特点。《击壤歌》是她的第一部作品,是其北一女三校园生活的纪录,因为年轻、学生的单纯以及当时社会封闭的相对稳定,字里行间写的是少女不知人间疾苦的快乐夹杂着一些小小的哀愁,其视角是少女的清纯的眼光，带有浓厚的自传式感性文体特征。到了《绿竹引》，则是从一个小女孩的视角，用看似天真无邪的语言，描绘了一群挣扎地活着的女性。无论是慈祥和蔼的阿婆，貌似严厉实则敦厚真诚的佣人阿珍，“我”心目中女性的完美化身——妈妈，还是小而无知的“我”，都生活在男权社会的阴影下。尤其是寒子，这个书中最为不幸的女性。在“我”天真的眼里，周围的男性除了与妈妈自由结婚而抗拒父权的爸爸之外，阿公和寒子的爸爸都令人心生恐惧。阿公是一家之主，他一瞪眼阿婆都不敢说话，“我”最怕的是他严厉的眼睛。寒子的爸爸贫穷、残暴又酗酒，对自己的女儿冷酷残忍。这两个人当然不是同一类型的人，但有一点惊人的相似是阿公造成了“我”的父母有家不能回、“我”不能与父母团聚的痛苦；寒子酗酒残暴的父亲导致了寒子的悲惨生活以及她最终的精神崩溃。寒子给了远离母亲的“我”一种接近母性的爱，让“我”想起了妈妈，想起了小黄花的歌，可是，这脆弱的感情最终还是断了。只有妈妈的世界才会让人感到温暖和快乐，而重回妈妈身边的“我”却失去了记忆，因激起寒子痛苦的回忆导致了“我”失去往日的记忆，这对于“我”来说，是幸？还是不幸呢？只有小姐姐的歌还在唱：路边一朵小黄花，没人栽呀没人采，自己会长大，——小黄花呀——。苍凉之感油然而生。

少女总会长大，《击壤歌》、《方舟上的日子》里的女孩到了《采薇歌》、《天之夕颜》变成了成年人，及至《古都》、《佛灭》更是人情通透，世事练达皆成文章。可以说，朱天心20世纪70年代中后期的文学创作是清纯的青春小说，而自80年代到90年代后，她经历了巨大的变化。爱情与死亡依然是她关注的内容，作品中的女性意识依然强烈，所不同的是那份苍凉变得深厚。“纵笔社会风俗人情赋予作品深厚的文化意蕴和历史感，挖掘人性中某些永恒、普遍的东西，增添作品的哲学意味，使作品描写的是风俗生活背后流转着一股荡荡莫名的情绪。”这就是夏志清所说的张爱玲作品的苍凉风格。由于家学渊源，朱天心与其姐姐朱天文早已熟读张爱玲。还在中学时代，朱氏姐妹与好友成立了“三三书坊”，受过胡兰成的点拨。张爱玲对朱天心有深远的影响。《采薇歌》中的薇薇在失恋的痛苦中出卖了肉体和灵魂，在放任自流中痛苦痉挛，有着《沉香屑——第一炉香》中葛薇龙的影子，《天之夕颜》中的男孩子亭则分明是聂传庆和潘汝良的结合，《爱情》正如《倾城》一样，给了“执子之手，与子偕老；死生契阔，与子成说”这句古老苍凉誓言的别样注释。

《爱情》似乎是任何一个时代都有可能发生的故事。正如有人评价朱天心的小说是“散文式小说”一样，她在讲述这个故事的时候几乎没有讲述任何的情节，是一个不像故事的故事，一个不像小说的小说。读者只知道“她”爱着那个叫仇剑戎的男孩子，然后那个男孩子猝然死亡，“她”一个人怀念着往日的恋情。是回忆支持了“她”的生活，也是回忆展开了这个故事：有些事情，她已经很久不想了，也想不起来了，再也想不起来了。“她”爱着，认认真真地爱着，在有着“惘惘然的威胁”的生活中总想抓住些什么，比如爱情、爱人。而最终，悲欢离合，爱人远去，只有爱情还在“她”的心里深藏！这一出“死生契阔”的剧本，是所有时代的“她”（女性）都有可能成为主角的戏！正如文中所写，她坐公车的时刻——“倒又像是看一场长长的电影了，然而她是个恒久的主角。”作者的语气是散散的，淡淡的，宛如在讲一个远远的不着边际的故事，多的是描述“她”的感觉、“她”的想法、“她”的悲伤和细腻的心，但“她”的每一个想法都琐琐碎碎地打动着读者的心。香港城乱时候白流苏平庸的爱情走向了“执子之手”的结局，而“她”平常的爱情经历了“死生契阔”的苍凉过程；流苏要抓住的是实际的、物质的东西，是一张“长期饭票”，“她”想抓住的则是“爱情”，是精神的东西，她们都只是为了活着，为了在这个世界上找到活着的依据和意义！

新作《初夏荷花时期的爱情》，通过中年爱情消亡与青春的呼应，似乎打通了朱天心文学创作的前后期关系，深化了她对于女性命运的思考。读者对于作品的解读是带有极大的主观性的，是见仁见智的，我们对朱天心这位台湾女作家作品的解读还有待于去丰富和补充。

朱天心研究资料链接

李娜：《“新人类”与“老灵魂”的世纪末合唱——论朱天心20世纪90年代的小说创作》，《理论与创作》，2000年第1期。

杨蓉蓉：《叙事人称、家国意识和“他者”追寻——论朱天心90年代后的小说创作》，《世界华文文学论坛》，2006年第3期。

金进：《历史中的困惑与成熟——从小说创作的艺术成长角度看朱天心的文学创作》，《华文文学》，2008年第6期。

曾意晶：《族裔女作家文本中的空间经验——以李昂、朱天心、利格拉乐·阿乌、利玉芳为例》，台湾师范大学硕士论文，2010年。

何春蕤

何春蕤(1951—　),生于台湾台中,大学时主攻西洋文学,毕业后赴美研读,连续获得乔治亚大学语言教育博士及印第安纳大学英美文学博士。求学期间正逢文学研究典范更迭,何春蕤因此深受社会批判理论与文化研究之影响。1988年返台任教于中央大学英美文学系,并参与台湾的妇女运动。面对伴随资本主义大幅成长的情欲文化以及女人在其中因性别教养而持续落入的弱势位置,何春蕤于1994年出版轰动台湾社会的《豪爽女人:女性主义与性解放》(皇冠),并同时出版社会评论杂文集《不同国女人:性别、资本、文化》(自立),带动台湾新一代女性的新身体政治。1995年何春蕤在任教的"中央大学"成立"性/别研究室",系统化地展开学术领域内的性/别研究以及教育领域内的中小学性别教育。

在推动学术方面,何春蕤连年主办大型的"性教育、性学、性别研究暨同性恋研究学术研讨会",打开了性/别研究的学术空间。另外也主办"性/别政治超薄型国际学术研讨会",邀请尖端研究的国外学者共同推动新的性/别议题。1996年何春蕤出版"性心情"工作坊的纪实报告《性心情:治疗与解放的新性学报告》(张老师文化),为台湾女性的性成长经验提出了一个坐落于历史社会脉络中的个人记录。1997年开始主编为中小学教师性别教育提供创新思考的《性/别教育通讯》以及开拓性/别研究学术领域的《性/别研究》学术期刊。1998年出版《好色女人》以及《性/别校园:新世代的性别教育》二书(远流、元尊文化),次年则策划出版中小学性别教育漫画《青春之性别快报》。从1990年代至今,除了在报刊杂志及各地演讲座谈,向大众推广其思想外,何春蕤也始终在学术领域中持续耕耘,许多发表的学术论文都收录在何春蕤编辑的多种学术著作中,2004年初何春蕤的第一本日文书《性别搅乱》出版。

好色女人（节选）

她去了妈妈舞厅

那天下午，她按照惯例开始拖地。

这是每个星期二和星期五的例行午后工作。

其实瓷砖地并不是那么脏，她在进门之后的整条阳台上都铺了地毯，已经消除了鞋子上的大部分灰尘，再加上只准脱鞋才走进房子，屋里其实没那么多灰尘，她只要不时把那一条通路吸吸尘就很干净了。

可是，她还是习惯性的每周花好几个钟头把全家拖两次地。

家里的人上班的上班，上学的上学，辛苦得很，要是能回到一个干净清爽的家，一定会很安慰的。家就是外出打拼的人休息的地方，不是吗？而且她的世界就是这个家，把家里弄得漂漂亮亮干干净净，也算是她的成就吧！

再说，上回在家长会遇见女儿同班同学的母亲罗太太，说是今天要带她出去玩玩，要是家里没弄干净，怎么对得起家人呢？

她更用力地拖着地了——带着一股要出门的兴奋。

罗太太带着她到了林森北路，上了一栋大楼的十一楼。

纯跳舞的，都是老师教，没有什么不好的人在里面，来，我请客——罗太太一面说，一面替她付了入场费，才一百多块。

舞池顶上装了好多亮得不得了的灯泡，还有像电影里面舞厅才有的反光球，不断的投射着眩目的闪光，周围舞客休息的地方反而比较暗。舞池里大部分是女人，而且是和她一般年纪的女人，有的和男人用心地踏着舞步，有的和女友练着节拍，另外还有一些在舞池后方的整面墙镜前一面跳一面检视自己的舞姿。

她从来没想过会有那么多女人，和她一样年纪的女人，下午不在家拖地或者睡午觉而跑来跳舞，而且跳得那么起劲。

罗太太的老师是一个穿着整齐，面貌普通但是很有礼貌的男人，罗太太在车里时还说打电话约他来这里跳，一小时要八百块呢！师生二人什么客套话也没说就下了舞池，那种架式还真像电视上宣传教舞的录像带，中规中矩的呢！

她一个人坐在黑暗的桌边，好怕会有人过来请跳舞。什么人都不认得，真后悔莫名其妙的跟着罗太太来。

跳了一轮，两支曲子下来，罗太太说要休息，叫她也和老师下去玩玩。

我好多年没跳了，老早忘了，我在旁边看看就好了——她惶恐的推拖着，但是又觉得不好意思挫折老师脸上和善的微笑，于是脚步迟迟疑疑的下了舞池。

曲子是熟悉的流行歌改编的，常常在综艺节目中听到。她安心了一点。

老师带着她在舞池中摆好架式，轻轻推着她跟上舞曲的节奏，随着其他的舞者晕晕眩眩的旋转在闪烁的灯光下。

腰要直，手肘要抬高，头要抬起来，要有一种顾盼自如的样子。脚步要轻轻地滑过舞池的地面，轻飘飘的，好像是最熟练的舞者一样——她慢慢的感受到舞蹈的身体图像。

在墙镜的影像中，她突然发现自己并不太矮，也不平庸，只是这么多年来一直在拖地、抱小孩、切菜洗菜中卷曲了自尊而已。

在轻巧的乐声中，她学着调整身体的节奏扣上音乐的节奏，她清楚地感受到身体从沉睡中醒来。那种逐渐自我操控、身乐合一的快感是例行的家事工作中完全没有的。

对面的老师专心的提示着她如何摆头，如何扭腰，如何抛掷眼神。她惊讶地发现可以和一个陌生男人那么亲近而不感觉不自在。

原来跳舞可以是那么轻松愉悦、巩固自信的经验。

她突然感觉到自己又回到了少女时代那种自在自主，但是显然摆脱了年轻时的羞涩和退缩。这种新找到的力量使她兴奋得莫能自已，脚下也更加轻快。

换了罗太太跳。她坐在黑暗的兴奋中，捉摸着新找到的身心悸动感受。

原来，除了拖地以外，我和地板还可以有这种愉悦的关系，等下我要问罗太太要老师的电话，星期五再来跳。

她计划着。

何春蕤：《好色女人》，台北元尊文化企业股份有限公司，1998年2月，第22—25页。

身经百战的处女

女人的第一次到第一百次，都应当是属于自己的。

年轻女性开始规划自己的性生活时，最想问的就是：要不要"给"他。

可喜的是，现在她们担心的倒不是男人会不会在事后变心。逐渐成长壮大的女性自主力量以及对爱情的务实态度，使得女性有了一种新的自我定位：变心就变心吧！搞不好，自己还先变心呢！

她们担心的也不是日后无法带着生理上的处女状态进入婚姻。在这个接触频繁的年头，谁还觉得处女不处女有什么了不起呢？就算对方介意，也有许多"补救"或"掩盖"的方法呀！

她们现在担心的倒是性爱之后的心理状态：如果给了他，自己会不会有失落感，会不会因此而变得没有安全感？

这种问题是不用拿去问那些道德凛然的保守人士的。于是她们转而追问那些看来了解女人、体贴女人的进步女性：到底要不要“给”他呢？

脸上带着刚毅神色的进步女性提出一套空泛的身体自主权说法：

“身体是属于自己的。如果你觉得想要，那就放心去做；如果你心里并不很愿意，那当然也不必委屈自己。不过，要是你是因为想留住男友的人而去做，那就太傻了。男人如果因为你拒绝给他而离开你，这显示他想到的只有自己的欲望，而没有顾及你的心情，那反倒是早去早好！所以，如果你觉得并不是很想（有许多顾虑，或者还觉得有恐惧感），那就绝对不要屈就。尊重你自己的感觉，总有一天你会找到一个让你全心全意不恐惧的人。”

这种空泛的建议听来好像很有道理，但是事实上还是结束在高层次的“待价而沽”的等候心态上，而对于毫无经验的女性而言，空泛的身体自主终究还只是一些空泛的话而已；说穿了，只是用空泛的身体自主来继续维持处女状态而已，对积极锻炼女人探索自己的身体、掌控自己的感觉，根本并没有提出什么具体的操练方法来。

要落实身体自主，一定要有相应的具体实践来改变女性的情欲现况，才能跳出困境。

所以，务实的身体自主权说：

首先，你需要好好地培养调教自己掌控身体情欲的能力。比方说，平日心头升起欲望或想象的激情场景时，千万不要自责或罪恶感深重，而为了克服这种原本被训练出来的反应方式，你甚至需要特别耐心的看看 A 片、A 书、A 光盘、午夜秀、锁码台，运用你一向颇为有主见的、非常挑剔的血拼购物眼光，精挑细选爱看的、喜欢的来看，以充分的想象力来充实自己情欲的胃口。

然后，你需要积极地了解并操练自己的身体，不但要常常给自己全身爱抚，以主动发现自己身体愉悦的所在和所需要的硬件软件条件，更需要到情趣商店去逛逛，买点引起你好奇心的东西。如果你的情欲人生规划包含了男人和性交，那么，你应该好好地善用电动按摩棒和其他器具，自己先尝试很多次很多次插入的、愉悦的性经验。有了经验，就有更多的认识和自信，也就有更多能力自主。

所以，你还要问到底要不要给他？

老在这个问题上打转的人真正关切的是：“第一次”要给谁？

而我说，女人的第一次到第一百次，都应当是属于自己的。身经百战的处女，面对男人的时候才不会白痴的任人摆布，才不会丧失自主权。

你还是追问：会不会有失落感？

经过这一番多样的磨练，也许你原来担心的失落感根本就不会存在了——因为，你已经变了一个人了，你已经变成一个又自信又有知识又有自主能力，根本就不会因为性行为而辗转自责的女人了。

何春蕤：《好色女人》，台北元尊文化企业股份有限公司，1998 年 2 月，第 117—120 页。

何春蕤导读

◎ 卡维波

何春蕤最早的一本书是和我合著的《为什么他们不告诉你:性政治入门》,这本书的畅销程度仅次于何春蕤的《豪爽女人》,对于20世纪90年代初期青少年与妇女的女性主义思想有很重要的启蒙作用。也是在这段时期,何春蕤从文学批评的写作转向性别批评,积极参与台湾的妇女运动,随着1994年三月女学会三八讲座的"打破处女情结"演讲、五月大专女生反性骚扰游行中的"我要性高潮、不要性骚扰"口号,以及九月《豪爽女人》的出版,何春蕤的女性主义情欲解放立场也开始与另外那个专注政府体制和主流道德的"良妇"女性主义路线有了分歧。这个分歧并且陆续在后来许多社会议题上尖锐交锋(包括性骚扰、色情检查、外遇、青少年情欲、代理孕母、电视节目、女性参政、性工作、身体塑造等等议题)。这些辩论在很大程度上既反映、也参与了台湾社会剧烈变迁中主流与边缘的角力,带动了边缘弱势对主流的抗拒。

不过,在这篇导读中,我选择了何春蕤较早时期关于女性情欲的写作。一方面因为这些写作对于不熟习台湾语境的读者而言,比较容易理解;另一方面更重要的是,读者可以从这些写作中窥见何春蕤后来对于"性"问题的初始关切——亦即,认为女性争取性权力,就和女性争取经济、政治、法律、社会权力一样,都是女性解放的优先重要环节,而女性争取性权力就像争取其他权力一样,可以和男性成为平等的强者,而不必只是要求保护的受害弱者。

何春蕤的《性心情》一书意图和西方的《海蒂报告》一样,扬弃量化统计形式而提出具有妇女解放意义的新性学研究报告,我从中选择了数个章节片段来显示何春蕤对于女性情欲的多面向思考。另外,由于何春蕤对于边缘女性情欲的捍卫激励了许多暗中出轨的女性纷纷诉说她们的秘密与感受,何春蕤将这些生命故事加以分析后陆续发表在台湾的报纸上,这些真实故事中的坦然自在则触怒了许多保守人士。在一篇谈外遇像逃课的文章中,何春蕤写着:"就好像我的一个朋友说的:外遇就是一种逃课。虽然讲台上的老师是你敬重的,爱慕的,衷心喜欢的,是你每堂课都热烈听讲,用心记笔记的。可是,今天,窗外的阳光那么明亮,天那么蓝,云那么轻,你就是坐不住,你心里就是有一种崭新的悸动。那你,翘一堂课又怎么样?"文章发表后报社收到许多抗议,迫使何春蕤的专栏终止刊登,这些故事后来出版为《好色女人》一书,这里节选了其中两篇以显示她的大众写作特色。

不论在华人世界或国际世界,何春蕤大概是台湾最知名的激进女权与性权运动分子,也是台湾性保守人士最仇恨的对象。但是有趣的是,在台湾主流女性主义的各类写作中,何春蕤却是一个很少被提到的名字,仿佛她从来并不存在。主流女性主义基本上认为何春蕤的"性"论述与性别无关。这是否正确则留待读者自行判断。

何春蕤研究资料链接

何春蕤的女性情欲言论曾经引发台湾文化界与知识界的广泛讨论和论战，发言立场从女性主义、医学、公卫人士到教条左派都有，文章收录于《呼唤台湾新女性：豪爽女人谁不爽？》（元尊文化，1997 年）中。此外，何春蕤所主编的学术著作（内中通常也收录了何春蕤的论文）有：

何春蕤主编：《性/别研究的新视野》上、下两册（编），台湾元尊文化，1997 年。

何春蕤主编：《性/别政治与主体形构》，台湾麦田出版社，2000 年。

何春蕤主编：《从酷儿空间到教育空间》，台湾麦田出版社，2000 年。

何春蕤主编：《同志研究》，台湾巨流图书公司，2001 年。

何春蕤主编：《性工作：妓权观点》，台湾巨流图书公司，2001 年。

何春蕤主编：《性工作研究》，台湾"中央"大学性/别研究室，2002 年。

何春蕤主编：《跨性别》，台湾"中央"大学性/别研究室，2003 年。

周桐

周桐(1949—　),本名陈艳华,笔名还有沈实、沈尚青等,出生于澳门,祖籍广东新会。澳门濠江中学毕业,曾任职小学,后投身报界,先后任数据员、电讯翻译员,长期从事国际电讯翻译工作。1968 年开始创作,主要在《澳门日报》、《华侨报》发表作品。撰有大量散文、随笔并翻译小说,后转写连载小说,是位多产作家。从 20 世纪 70 年代至 90 年代,共写了十四部长篇小说。如《半截美人》、《错爱》、《人生边际》、《流星》、《晚情》、《绿罗衫》、《雁逆行》、《除却天边月没人知》、《香农星传奇》等。其中《错爱》、《晚晴》是其爱情婚姻题材小说代表作,《错爱》曾被北京中央电视台改编为同名电视连续剧。《香农星传奇》是其科幻小说的代表作。《雌雄同体》则是其短篇小说代表作。散文代表作有《雌雄同体》、《七星篇》(与人合集)等。周桐的文学作品信息量丰富,小说情节曲折离奇,颇受读者的青睐。散文视野开阔,观点敏锐新颖。在《澳门日报》以沈实笔名写专栏《西窗小语》逾二十年,在澳门读者中很有影响。一般认为周桐是澳门最重要的长篇小说家和女作家之一。

楢山盟

阿松踏着山岗黏糊糊带着呈黑色斑的雪前上走。走得急了，足下一滑，“蓬”地摔了一跤。

她从地上爬了起来，粉绿色的毛衣湿了一大片，手肘有些发麻。

她站直身子，专拣那些给人践踏过已压成层冰的雪地走去。由山脚到山腰小树林那一段几百米的路程，她总共摔了五六次，来到与朝吉相约见面的那丛矮树旁时，她的一边脸颊红肿，鼻子流血。

阿松用手帕掩着鼻子，一边凄戚地自言自语：“为什么会是鼻子流血呢？”

说着，她一跺脚，挺起肚子，直朝身旁的毛榉树撞去。她疯妇似地撞了十多遍，直到累得不能动弹，闭着眼睛，跌坐在地上。

不知过了多少时候，阿松的脸触到一双冰冷的手。她睁眼一看，朝吉就在面前。他那张红通通的脸凑到她的鼻子上，两个人的距离那么近，她不单看到他鼻尖上的汗珠，并且嗅到了他身上的气息。

朝吉不发一言，把阿松按倒在地上。他的嘴对着她的嘴，一只冷手从脸颊滑落到领窝上。

朝吉粗暴地要解开绿衣领口的扣子，阿松惊惶地左张右望道：“不，朝吉，不能在这时候……”

朝吉的手并没有停下来，他的嘴由阿松的唇下移到她的颈。

“今天是楢山祭典，村里的人都上祭神去了。我走到半路讹说肚子痛折回来，从北坡抄小路来这里，沿路没见过一个人。”朝吉喘着粗气道，他的手已从豁开的领窝落到胸口，猛捏阿松一对涨满的乳房。

让朝吉的手接触身体，阿松浑身都酥软了。由去年楢山祭典的早上，她到阿伦家与幸子相亲时起，阿松与朝吉只要眼睛互望一下，就有触电的感觉，三个月后的一个晚上，她前往探望幸子，料不到碰上阿伦家老老幼幼去了抢粮，只剩下患感冒病的朝吉在家。阿松对朝吉的莫名恋栈令她的脚不听使唤，不肯离开，留下来与他闲聊，孤男寡女共处一室，干柴烈火铸成大错。

朝吉解开阿松的衣衫，像猎犬见了猎物，在她的身上疯狂动作起来，阿松哪经得起他的撩拨，一切可怕的事抛诸恼后，——双手猛地搂着他的粗腰，两个在雪地上打滚……

“朝吉，你真的爱我吗？”阿松伏在朝吉宽厚的胸上，颤声低语问。

“大不了我们一起上楢山，一起到山顶那块平板石上，做山神的祭品。”朝吉挨在树脚旁，搂着阿松微笑道。

“是真的吗？”阿松的声音颤得更厉害，

“谁骗你？”朝吉的眼睛向下望，落在阿松白皙的胸脯上。

每一回偷情之后，阿松听朝吉发这样的毒誓，内心就泛起一阵阵的激动，深夜里孤枕独眠，每每想到朝吉，难熬的时候她总有豁出去的冲动。

十五岁时阿母病重，弥留时只给她留下几句话："千万不要相信男人，不要被他们所骗，要是有些什么差错，不单连命要丢掉，还连累家族。"阿松记着阿母的话，内心免不了时有疑惑。

朝吉于祭典那天在家里第一次向阿松作出要求时，阿松就是只听了他的一句话——"大不了我们一起上楢山"，就情不自禁地向他投怀送抱。

现在，上楢山不再是一句笑话，极可能是事实——如果她腹中的那块肉无法解决的话。

"昨晚我听阿伦奶奶对幸子妹妹说，你和幸子的婚事就订在二月十五日，奶奶过了这一两天的祭典之后就到你家商量去。不过，听说你爸同阿伦奶奶在嫁妆的问题上有点不愉快，阿伦说，你身体饱满健硕，应该很能吃，所以嫁妆不能少。你阿爸说，你能吃也能做，要不是房子挤，她哥哥也要娶，他还不想将你嫁出去哩。"说着，朝吉的一双手又闲不住，在阿松的身上摸摸索索。

"我想，你阿爸这样讲，阿伦奶奶应当没有话说，她心知肚明嘛，我们幸子手脚笨，阿伦教她捉鱼，总教不会，她说，如果是手脚灵巧的阿松，准一学就会。阿伦说，待你过了门，她会给你传授她的捉鱼绝技，还告诉你一个秘密，她知道什么地方有大象鱼，全村十多万人就只得她一个人知道，唉，二月十五日，距离现在不到四十天。我们今后可以天天在一起了，阿伦要我嫁出去，我一定尽量拖延。"

朝吉说着又蠢蠢欲动，俯到阿松的身上。

"朝吉，雪融之后，我们恐怕要上山了。"阿松从喉咙里挤出一句话。

朝吉一摆，猛地坐直身子，将怀中的阿松一扯："你说什么？"

"我……我有了身孕。"

像一下给重雷炸开了脑袋一样，朝吉当场呆住了。

"上星期我走了几里路，到明川的药店，戴着黑眼镜买了一套验孕套装，回家后，验了几次。都证实有了身孕。"

朝吉的脸由红转白，由白转灰，变成死色。

阿松不安地看着他。

良久，她摇了几下朝吉的手肘，道："这二十多天偷偷吃了许多据说可以打胎的东西，吃得头昏眼花，可就不见肚里那东西掉下来。"

朝吉像中了邪一样，一脸煞白，一言不发。

阿松双目茫然，幽幽地说："大不了我们一起上楢山。"

她的话像锥子一样刺痛了朝吉。他的眼睛向上翻，眼珠子透出一股惧怖神色。

"可……不可以找堕胎医生？"他已经没法子一口气说完一句话。

"我在明川药店买验孕套装时，假装闲聊，向店员打听有关堕胎医生的事。他说以前有一个，收费非常昂贵，可令你倾家荡产。可是这个人最近做手术时给当场抓住，第二天同病人一起绑住，抬到山上。扔进谷里喂老鹰。”

朝吉不自禁地打了个寒噤。

“那个男的——”

“那店员说，那女子很奇怪，由头到尾完全不肯透露半句孩子是谁经手的。”

朝吉深深地吐了一口气，想说些什么，但又没有说。

朝吉刚燃起的欲火熄灭了，他不再搂抱阿松，两个人相对坐着，木然无语。

隔了一会儿，阿松问朝吉：“我们怎么办？”

“我们？……”朝吉的脸色显得很难看。

“过了冬天，我的肚子也掩不住了。”阿松语带焦急，“我们还有个多月时间想办法。”朝吉深深地吸了一口气，是的，过了冬天，若再想不出办法，大家便都完了。

正在彷徨失措、思绪百结，无法理出个头绪来之际，朝吉与阿松挨着的树后面闪出个黑色影子来。

两个人顿时大吃一惊。朝吉本能地推开阿松，仓惶地站起来，可是他身上未结好纽的裤子几乎同时滑落下来。朝吉双手扯着裤子，好不狼狈。

阿松急忙结衣纽。

“好一双狗男女，今天是楯山的祭典日，你们拣这个时候来幽会，可算想得天衣无缝了。”

说话的人斜戴着一顶旧绒线帽，身穿黑色人造棉夹克，灰长裤，裤子的膝部磨得发亮，阿松一眼就认得出那是村内出名的恶棍。

“阿尻哥，你不要误会……”

“误会？眼睛见到的都算误会？刚才那一幕好戏，那一番话，我全听进耳里啦。”

那个被朝吉叫做阿尻的男子大约五十岁光景，塌鼻子，一双豆灯眼，大概因为烟吃得厉害的关系吧，咧嘴时只见一口的黄。他的出现令坐在地上的阿松连连打了几个冷颤。

“也实在难怪，这十年来，我们村内的男人有哪个敢有胆闻闻女人的骚味？端的是饿坏了。”阿尻捏了一下他的塌鼻子，豆灯眼的目光落到阿松的身上。他向她走过去，从夹克衣袋中伸出他的手。

“我也想尝尝女人的滋味。”

说着，他的手落到阿松的胸脯上，狠狠地捏起来。

阿松惊惶失措，猛地挣扎，混乱中她给了他一个耳刮子。

“狗尻子，滚开。”

阿尻挨了一巴掌，愣了一下，便又不理会，把阿松猛地推到地上。

“朝吉，朝吉……”阿松一边乱踢脚，一边凄厉地呼叫。

朝吉像一尊泥塑似地站着，阿松裂心的呼声好像传不到他的耳朵。

“朝吉，朝吉……”

阿松不单是踢，把护着胸口的双手也放下，朝阿尻的头死命地打，身子扭来扭去……

五十岁的阿尻虽身体精壮,却显然无从对付这个泼妇。

他扭过头去,向着朝吉喝道:"你这龟蛋子还不过来帮手?"

朝吉慌措之间腿部动了一下,耳鼓冲进来阿松的厉叫声:"朝吉,你——"

朝吉"咚"的一下双腿发软,倒在地上。

阿尻只顾着看朝吉,冷不防让阿松用膝盖猛地撞了一下裤裆,他痛得松开按住阿松双肩的手,掩着小肚,像刺猬似的卷成一个球状,躬着腰在地上滚了两下,痛苦得似乎连气也透不过来。

阿松一个骨碌从地上爬起,朝阿尻的头猛踩一脚……

"阿松……"朝吉制止她。

阿尻在雪地上滚了几下,跌跌撞撞地爬了起来,向矮树林的小路跑。

"朝吉,"阿松一手扯住朝吉的衣襟,一边急促地道,"不能让他走,一定要把他追回来。"

朝吉如梦初醒,像跳蚤一样从地上弹起,他向着阿尻逃跑的方向飞奔过去,来到一处陡坡前,只见一个影子坐在一块滑板上从雪坡箭似的滑下去,在一片茫茫白海中黑点子愈来愈小……阿尻已经逃之夭夭。

朝吉站在陡坡上呆了足足十分钟。

一直在朝吉后面的阿松这时候忽地爆出一阵笑声,朝吉回过头去,只见脸颊上一片青肿的阿松在微笑着,笑得很甜。

"朝吉,你不是说过要背我上楢山的吗?"阿松幽幽地道。

"嗯。"朝吉回了一声。

阿松酥胸微露,体态撩人,像一尊神像那样,挺立在崖边。

"我们到山顶,卧在那块平板石上造爱,那一定很有趣,哦?"

"嗯。"朝吉兴味索然。

"朝吉,你不会走到七谷就回来吧?"

"……"朝吉悚然,看一眼阿松严厉的目光,"……不会。"

"那我就放心了。"阿松呼了一口气。

她往后走两步,一把将呆鸟似站着的朝吉拉过来,双手抱着他的头,把他埋到敞开领扣的胸脯上……

子夜时分,全村灯火通明、村民们高举火把,有些持强力手电筒。把广场挤得密密麻麻,一些大孩子在人丛中穿来插去,击着竹板唱歌。

"今早北坡发生了骇人的事。

一对狗男女在山边偷情,

那女的正在雪地晃动着一双大奶子,

男的口角流涎……"

人群中不时爆出一阵阵快感的笑声，年青的小伙子满脸通红，这歌刺激着他们体内的神经，使他们像亲身经历一样的兴奋痛快……

阿尻站在广场的前边，被人团团围住，他扯破喉咙，仔细地描述如何在山上捡柴时无意中撞破奸情的经过，人群屏息聆听阿尻破锣似的哑嗓子一日内第七十九次复述，每一次都听得津津有味……

村长通过广播器叫每户派一个代表出来，广场内的每一个人几乎就是代表。广场外围的街道密密麻麻地站满了其他人，阿尻是发现奸情的人，他有优先抢掠朝吉或者阿松家的财产的权利。

这个村方圆不到十平方公里，却住上十几万人。耕地面积越来越少，房屋建到山坡，在村内犯了严重罪行的人的家产都要充公，每一回村内发生了严重伤人或通奸等大事，村民都兴奋到不得了，挑家里最精壮的人去抢。

阿伦坐在床沿，像只呆头鹅，七十多岁的她，阅尽人生沧桑，却从未有过像今天的这样难过，小时候她从老一辈人口中听过古时楢山祭典的故事：那时候村中粮食缺乏，老人家到了七十岁就要上山祭神，一去不回，以节省一个人的口粮，老人有一口好牙被人耻笑为鬼齿，用来吃子吃孙，四代同堂是老人的羞耻……不过那已是遥远的故事，非常遥远的故事。

阿伦做母亲的时候时常吓唬哭闹的辰平："带你上楢山丢进七谷去喂老鹰。"这样的威胁非常有效，村中没有一个孩子听了不止哭的。事实上这村确有把多余的孩子从七谷扔下去的事发生。到辰平长大做了父亲之后，将初生孩子弃在楢山或扔下七谷的做法已变得越来越普遍，村中的惯例仍是不许四代同堂。不过后来习俗一改，弃掉的不是老人，而是婴孩。

阿伦听到广场传来讨檄两家人的沸腾的人声，这时候门打开了，朝吉僵尸似地站在门口。

辰平看见儿子回来，气得浑身打哆嗦。

"上午出了事，到半夜才回来。你只顾自己风流，全没有想到家里人的死活。"

朝吉慢慢地走进屋来，腿肚子像绑了铅，只能拖着步。幸子看见兄长一脸死色，鄙夷地看了他一眼，把脸扭过去，眼泪却忍不住潸潸流下。

"可怜的阿松，呀，阿松……"幸子掩着脸，呜呜呜地哭起来。

阿伦叹了一口气，附和着说："可怜的阿松。"

不是可怜是什么？为了这个朝吉，她要白白地丢了命。阿伦打量着朝吉，这个河野家最后一名男丁正面临抉择：同阿松一起上山去等死，或者像这一带不知多少个为人暗中耻笑的男人一样，做一个负心汉子。

阿伦不敢想明天会发生什么事。

阿松的哥哥阿郎一气之下，早就跑开了，阿松与父亲两父女并排坐在窗前，看着远处点点星火，像夜坟的鬼火在跃动。阿松用梳子轻轻地梳理长发，不时扭过头去看挂在壁上的一面镜子：那是阿爸和阿母结婚时亲戚送的，二十年前的光景。阿松轻轻叹了一声，要是早出生二十年，她和朝吉就不会落得如此下场了。她和他本应也有一面这样的镜子，两个人可以名正言顺的生活在一起。要是早生十年也不错。虽然不可以生孩子，也可以做夫妻。

阿松看了阿爸一眼，只见他双目通红，一个大男人将眼睛也哭肿了，她还是第二次见。第一次是阿母死的时候。阿母是阿松大约十二岁的时候偷偷去堕胎失血而死去的。

“阿爸，不要哭。”阿松安慰父亲。

“夜里我带你走。”阿松爸对女儿说。

“往哪里走呢？”阿松惨淡地说，“不要说村口与门外已守着人。这里方圆百公里的村落，以咱们村对通奸者最仁慈，只不过是上楢山祭山神而已。明川那边听说学了中国人的方法，被抓住的人要浸猪笼。石墩村更残酷，将孕妇赶进厨房用火活活烧死，这是印度流行的古方法，担子村则用石头砸死女人，那是巴勒斯坦的办法……”

阿松爸双手掩着耳朵，一边喝止女儿：“不要再说了。”他的神经已经支持不住。

阿松疚歉地看了父亲一眼，跪行到他的跟前，道：“阿爸，女儿对不起你。”说着，向他低低地鞠了一个躬。

阿松爸深深地叹了一口气，抱着女儿的头，眼泪从布满皱纹的深眼窝中溢出来。

“都是阿爸害了你，以为你喜欢吃鱼，嫁入阿伦家就最好不过了。幸子笨是笨，手脚又慢，这正是她嫁不出去而你有幸可以嫁给她家的原因。幸子人品好，不胡闹，阿伦家基本吃得足，现今人多粮短，阿伦家的情况很令人羡慕，谁知你竟爱上他家的朝吉。如果幸子嫁出去就不会落得如此田地了。女呀，现在世道变了，这不是你阿爸的年代。人太多，生孩子是头等大事。你看村内密密麻麻的到处都是人，连重病的人都要上楢山……”说到这里，阿松爸已泣不成声。

阿松从怀里掏出手绢替父亲抹泪。

“阿爸，不要哭，明天朝吉和我一起上楢山，我们会到一个极乐世界，不再受苦……”

阿松爸凝望着女儿，半晌，道：“你以为朝吉会同你上山顶？”

阿松一怔，道：“他今天向我发过誓，明天天亮之前便背我上山。”

阿松爸叹了一口气，道：“这十年来我见过听过不少上楢山的故事，许多的结局是男的从七谷折回来……”

“不会的，朝吉不会是这样不要脸的人。”阿松打断父亲的话柄，不让他再说下去。

两父女的对话被“嘭”的一下破门声敲断，门外站着黑压压的一群人，火把与手电筒将小房子照得通亮，带头的老人颤巍巍地喝道：“阿松，你这个贱娼妇，明早是否要我们五花大绑抬你上山？”

阿松冷冷地回应：“毋须劳动各位叔伯长老，朝吉明天背小妹上山便是了。”

站在村长后面的一千人手持筐箩一涌而上……

疯狂的搜掠，到接近凌晨三四时才结束。朝吉坐在空荡荡的地板上，身边摆放着一个筐箩。

人群逐渐散去，到最后剩下两个四十岁左右的男子，朝吉招呼他们坐下。

他从筐箩中取出三只酒杯，一瓶清酒，给两人各自递上一杯，自己也斟一杯。

“真对不起，三郎和洋平两位大哥，就只剩下瓶酒，连下酒的鱼干都没有了。”朝吉对两个中年男子道。

被朝吉叫做三郎的男子拿起酒杯欠身鞠了一个躬，将酒一饮而尽，道：“朝吉弟，说句真心话，咱哥儿俩佩服你的勇气，初生之犊，就是够勇，我们见到女人，心里尽管痒得不得了，可是碰都不敢碰。”

洋平瞪了三郎一眼，道：“还是说回正经事罢，朝吉兄明天是否亲自送阿松上山？如果你不想去，我们可以代劳，阿尻今天第一个报名……”

朝吉截住他的话：“让阿松给屈辱地绑着抬上山。我于心何忍？我明天同阿松一起上山。就请两位兄弟给我指路好了。”

三郎与洋平交换了一下眼色，从怀里拿出纸和笔，在地上绘起图来。

“到山上的路是这样的：转过后山到山麓，再爬过两座山，就有一个水池，绕过水池爬到山顶，再过一个山谷就是楢山了。看到谷的时候，向左边的山进去，绕山谷两里半，中途有七个弯道，那就是七谷，越过七谷，再往前就是楢山的路了，那条路似有若无，从楢木间一直住上爬，神就在那边等待着你们。”

三郎解释完毕，不再打话。三个男子把酒喝尽，三郎与洋平告辞。

朝吉一怔，道：“你怎么说这样无情的话？”

三郎向屋里探头，左右张望，然后微笑道：“我不想让别人听到，只告诉你一个人。此外，入山的规则要遵守：上山不要说话，下山万勿回头。”

说毕，两人头也不回，大踏步离去，

天还没有亮，朝吉提着绳子与筐箩出门去。辰平还未起床，阿伦叫幸子爬上梁顶，拿出藏着未被掠走的嘉鱼干，将昨夜剩下的空酒瓶装一瓶水，让朝吉带着上路。

“给阿松这可怜的孩子吃吧。”阿伦说。

幸子用既恐惧又愤怨的神色瞪着朝吉。

朝吉低下头来，不敢望妹子一眼，接过祖母手上的东西。

……

来到阿松家，只见大门洞开，屋内空无一物，只得两个人影坐在地板上。

朝吉低着头进屋，向阿松爸鞠了个躬。

“阿爸，我和阿松上山了。”他说，声音轻得像蚊子叫一样。

他把筐箩放下，让阿松坐上去。

看见阿松坐的方向不对，朝吉提醒她：“阿松，我们背靠背。”

阿松坐着不动，说：“今天是我们最后的一天，我不想看风景，只想多看你一眼。”

说毕，她扭过头去对坐在地上的父亲说：“阿爸，请替我拿灯来。”

阿松爸从神龛上拿下一盏豆油灯，递给女儿，阿松接到手里，将灯凑到自己的脸旁，对朝吉说："你看我今天漂亮不漂亮？"

一直低着头的朝吉此刻抬起头来。在掩饰的豆灯光下，他看见阿松正在对他媚笑，瓜子脸上敷上的胭脂粉，深红的唇，撩人的眼波，这都是朝吉所熟悉的。可是，今天却给他带来了阴森的感觉。一股寒气从朝吉的脊梁升起，他悚然打了个寒噤，不敢接触阿松的目光，赶忙低下头来。

阿松将油灯还给阿爸，柔声对朝吉说："咱们上路吧。"

朝吉顺从地背起筐箩，离开阿松家。

来到村口广场，只见黑压压的站满了年老的人，朝吉有些紧张，放慢了脚步。

"阿爸说，天亮时有个长老会议。他们在等一个很重要的消息。"筐箩内的阿松附在朝吉耳边道。

朝吉松了一口气，继续前行。

初春的凌晨寒风透肌入骨。阿松卷曲在筐箩内，健硕的朝吉沉步前行，不消多久便绕过了后山的山脚。

当两人路经一户人家的窗口时，屋内传出一个老女人歌声："今早朝吉与阿松上山祭神，中午朝吉独个儿从七谷回来。"

这是老人告诫屋内女孩子的歌，并非知道这两个人行近，冲着他俩而唱的。朝吉脸色一沉，加快脚步走过这幢房子。

来到矮树林旁，朝吉背后的阿松又附嘴过来，道："朝吉，我们每次在这里幽会，你都向我发誓，说要和我上山祭神，想不到今天我们真的要上山。"

朝吉看不到阿松的脸，但听她说话的声气，她似乎十分兴奋。

入山不要说话，出山不要回头，朝吉的耳边响起三郎的说话。他没有答阿松的话，一直向前行，绕过两座山，来到池塘前，天色已微明了。他绕过池塘，塘后面的景象使他暗吃一惊，因为池畔零零落落地散了一地的骸骨，像猫的骨架一样，那是初生婴儿的尸骨罢？朝吉一不小心，踏着一个髅头，吓得惊叫起来，这头骨比散落一地的小骷髅略大，似是一两岁孩子的头骨。朝吉听过许多关于此地的话，但从未见过此等景象，不禁魂飞魄散。

再往前行，朝吉上了三道石级，来到一处陡坡，这是通往楢山的通路，地势十分险峻。

他的步履愈来愈艰难，一步一步慢慢地走着。朝吉很想停下来，可是背后的阿松却催促他一直走。

朝吉走得一额子汗，忽然听到身后"嘶嘶嘶"的几下裂帛声，阿松的手脚随即从背后伸过来。她那滚圆的手臂拿着一条长长的红布条。给朝吉抹额上的汗，

朝吉一怔，忘了三郎的告诫，开腔说："你把衣服撕了？"

"待会儿上到山顶，我们用它来打个同心结。"阿松在他的耳边柔声道。

阿松替朝吉抹过汗之后，把红布条挂在他的颈上。朝吉继续前往，他仿佛听到山神

的召唤，自己已成为它的奴隶。一阵清风吹来，拂动他颈项上的布条，朝吉想伸手去拉布条，另一端却被阿松扯住。

“不要动，我给你抹汗。”阿松执起朝吉颈上的那条从自己的上衣撕下的布块的末端，转转的抹他的脸额和颈项。

朝吉从他的手臂嗅到一阵醉人的香气。

走了大约两里半来到一处山谷，朝吉纵眼前望，右边是一处陡壁，前面是一条有七个弯曲的隘道，除了楢木之外，再没有其他的树。往上看去，楢山巍然屹立眼前。

踏进七谷，眼前景象更加吓人，到处都是尸骨，其状或伏着，或仰卧，且大多腹中有未成形胚胎骨架，状如海马。有一具骸骨还吊在树上，那想必是自尽的重病者。

朝吉紧闭住眼睛，他实在不想再看下去。走了两步，忽然碰到些什么，吓了一跳，睁开眼睛。原来肩膊碰到那具吊在树上的遗骸，那骨架“沙”的一下散落，掉在地上，成了一堆白骨。

吓飞三魂丢了七魄的朝吉听到背后的阿松在喃喃自语：“这些可怜的女子被无情的男子抛弃在七谷，落得这样的下场。这些骨，说不定有我们认识的人。”

阿松的声音凄怨得似鬼魅，朝吉的胸口扑通扑通地跳个不停。

他一边走一边向谷下望去，只见无底的深渊有一群群黑鸭在飞扑着嘎嘎地叫，老鹰停在崖壁上啄着些什么，朝吉看见那地方有粉红的布在飘拂着，像是女人的裙裾。

那是给男人推下谷时搁在崖边树上的女人的尸骨吧？

想到这里就是七谷，朝吉突然踌躇起来。

“朝吉，你怎么了？”

阿松用手扯了一下搁在朝吉颈上的红布条，像骑马人拉缰绳那样。朝吉给勒了一下，有窒息的感觉，刚要放慢的脚步不得不加快。拐了七个弯，走过奇形怪状的尸骨堆，再向上走。过了七谷，以后的路似有若无，朝吉在阿松的催促下，不断向上爬，一路上不断见到楢木。

终于到达山顶了，朝吉来到一块大石前。这时候，太阳出来了。朝吉听到阿松在背后欢悦地呼叫的声音，便把筐箩解下来，累得整个人软瘫在石上。

阿松从筐箩中站起身来，这时候的她，上衣两只袖子已经撕脱，露出雪白凝脂般的双肩来。胸前一排纽扣给扯掉，两个浑圆的乳房裸露着，在阳光映照下，深红色的破外衣衬着阿松白皙的肌肤，在风中抖动着……朝吉看得呆了。

阿松扑进朝吉的怀里，两个人在大石上滚了两下，阿松将身上的破红衣脱下来，撕成两块，中间打一个结，将布连在一起。

“今天是我们的大喜日子，我们应该有个同心结。”阿松将结起来的两块红布左穿右插，在结的上面结出个花球来，把它摊放在石上。

“朝吉，你爱我吗？”

浑身赤裸的阿松将冰肌贴到朝吉的热脸上，伸出双手去解他的湿衣衫。

像婴儿伏在母亲的怀中,朝吉渐次痴缠起来。暖和的阳光映射在两个赤裸的身躯上,见证这旷世忘我疯狂的一刻:朝吉在阿松身上像狗一样的拼命嗅索,身子一边不住地疯狂抽动……阿松一个翻滚,将朝吉压在石上,粗腰肢使劲地狂摆……

呻吟声在山谷中来回荡漾……

朝吉喘着气,浑身一阵抽搐,骑在他腰间的阿松此时俯下身来,两手把摊在朝吉头顶上的红色同心结猛地向下一拉,左右交叉,猛力紧勒。一直半闭着眼睛的朝吉此时倏地瞪大眼,双手向上举,想抓些什么,却已来不及反抗……

阿松闭上眼睛狠狠地勒,一直到朝吉瘫下来,动也不动。

阿松松开手,笑了。她俯下身子,吻朝吉的额、吻他那宽厚尚还温暖的胸膛,她把同心结从爱郎的颈后拉出来,一端绑住他的左手,另一端结在自己的右手上,然后伏在朝吉渐渐冷却的陶口上。

“朝吉……”阿松闭上双眸,媚笑着轻声呼唤。

傍晚,村广场的喇叭闹得震天价响。村民们放下炊事,尖起耳朵听广播。都说有重要的消息要公布了。

“……联合国第七届人口会议昨日在印度首都新德里揭幕,会议的第一天各国通过了一项决议案,各国政府将签署一项公约,将异性恋定为非法,并通过同性恋是唯一合法的婚姻制度,试管受精是唯一合法生育的方法。世界经历了半世纪恶性增长,现已处于生死存亡的严峻阶段,提议案经过十年争论之后,昨日才有一致决议……美国吁请各国在执法时要做到男女平等……”

扩音器下站着两个男人。

“洋平,天已黑了,朝吉还未下山,看来我真的走了眼,昨日我同太郎打赌。”

“不单只你三郎走了眼,连阿伦和辰平都没料到。他们一心以为朝吉一定会回来,现在不知多伤心……”

“朝吉不愧是个多情汉,也不枉阿松赔上一命了。”

“嘘——”洋平左右张望,制止三郎再说下去。

载《华文文学》,1999 年第 4 期。

雌雄同体

翻开照片簿,时光的纪录片在脑海中回卷。

六到十二岁是我毕生中最 girlish 的时代。在母亲的精心炮制下,我或梳开辫或扎丫角髻，穿各式花裙，过年时的“盛装”，令亲友刮目相看。十四五岁，母亲工余开始带我进金铺，捡些便宜精致的戒指与链坠，我在妈妈的熏陶下，按理应该发展成一个喜好打扮的女子。事实却不然。

我在一个女孩子开始渗透出点点女人味的十七八岁年代，朝相反方向走，变得愈来愈男人味。剪了一次短发之后，从此不肯再把头发留长到耳朵之下。我的长相像父亲，国字脸，眼大鼻大，留短发穿短裤好几次使我进入洗手间时让一众女人行注目礼。有一回清明出关途中到厕所小解，出来时恰巧有个正在边急解裤子边进来的女人，她与我打个照面，马上落荒而逃。许多与我同龄的女性，在青春少女时都错过焕发妩媚女性魅力的机会，因其时“文革”在内地进行得如火如荼，影响所及，传统左派势力占上风的澳门，亦弥漫着一种男女不分一律白衫蓝裤的社会气象。问题是，“文革”过后，许多女人都回复女儿身，而我却好像转不过来。

男人头的女孩子幸好也有男人欣赏。我是班中最早结婚的人，令所有同学摔破眼镜。婚后的生活也不必细表了，过来人都知道女人选择结婚生子是什么的一回事。唯一可庆幸的是，我与外子的婚姻哲学是男女平等，并没有将对方定位在传统的“夫”“妻”角色上，而是采纳中性的“配偶”定义。

在传统中国社会中长大的男女要在婚姻生活中做到男女平等，说比做容易。幸好外子个性独立，他自己的事情，由衣服洗熨到缝补，从来未曾劳烦过我，他在家务与教养孩子工作上的分担，使我可以腾出时间发展自己的事业。一直以来，他对我喜欢做的事，都以实质行动鼓励与支持。如果说读书时的学业成绩是母亲的严厉督促下打造出来的，那么个人婚后事业的发展则是丈夫默默的支持下得来的。二十多年的婚姻生活，我们得出一个有趣结论：我们似沙煲兄弟多过像夫妻。

除了生仔之外，基本上我们都是雌雄同体的动物，结婚周年在即，愿我与沙煲兄弟一生一世情同手足：永不分离。

沈尚青：《雌雄同体》，澳门日报出版社，2006 年，第 146—148 页。

◆◆◆ 周桐导读

◎ 朱巧云

饶芃子教授曾言：“澳门是一个形态独特的文化空间，其所遭遇的历史命运与所包含的文化意蕴，使她不仅仅是一个地理名词，而是一个积淀着多重指涉的文化名词。”（饶芃子教授：《从澳门文化看澳门文学》）周桐身处澳门这一“跨文化场”（饶芃子语）中，既受本国文化之浸润，又精通英文，主动汲取外国文化，故其对澳门多元文化的特点有着自己的感受和理解。她的作品题材大多来源于澳门本土，但因从事新闻翻译工作，职业和游历使她的视野较为开阔，所以作品中的情节常有异域之特色。一些作品，如《流星》、《错爱》等小说，描写跨民族、跨文化的爱情与婚姻，反映不同文化在澳门的碰撞、交流与融合。周桐小说女性化的色彩颇浓。在其十几部小说中，大多数是描写爱情，展示女性对爱情、婚姻、人生、事业的体悟，显现现代女性的内在世界。

《楢山盟》写的也是一个爱情故事，但小说的荒诞性、悲剧性使其在意义上更为厚重、深刻，是周桐较为独特的一篇小说。其题材源于日本深泽七郎的小说《楢山节考》，原故事描写楢山这个地方，人多粮缺，为了减少吃饭的人口，村子里规定不许四代同堂，老人到了70岁，没有劳动能力，就要被送上楢山祭神等死。周桐对这一故事进行了具有现代意识的话语改写，把惨无人道的祭神村例改为只许同性配婚、不许异性结合的习俗，以此杜绝生育，减少人口，破坏村例私通的男女，一律要受到上楢山等死的严惩。小说通过女主人公阿松勒死情人朝吉，追求灵与肉完美结合的爱情叙写隐喻人类的生存危机，作者对人类的现代生存处境、人性的荒诞表现出深切的忧思，透过一场爱情悲剧引发读者去体悟、思考历史、社会、人性、文化等更深层的问题。

与小说主题的相对单一性不同，以沈尚青笔名发表的散文，内容丰富多样，既有对读书心得、民情风俗、婚姻家庭、游览观光等的抒写，又有对国内外重大的政治事件、战争、人权、新闻自由等时政所发表的见解，这些散文大多短小精悍，简洁明快，带有男性化的意味，所表现出来的风格，与她"雌雄同体"论颇为契合。在《雌雄同体》中，作者写道："我在一个女孩子开始渗透出点点女人味的十七八岁年代，朝相反的方向走，变得愈来愈男人味。"国字脸的长相、短短的头发、男性化的穿着，的确是男性化十足。婚后，与丈夫的婚姻哲学是男女平等，采纳中性的"配偶"定义，丈夫的事情，诸如洗衣、熨衣、缝补之类，均自己劳作，视夫妻为兄弟，期望一生一世情同手足，这种婚姻哲学是十分有趣和独特的。如作者所言，他们夫妻基本上"都是雌雄同体的动物"。"雌雄同体"强调的是一种中性的哲学，而中性是否能实现男女真正的平等，这另当别论，但当今婚姻中之男女也许可以从作者的家庭婚姻哲学中得到一些启示。此种"雌雄同体"的观点是作者现代意识的强烈体现，这与当代女性主义理论家所提出的"双性人格"的理论相互辉映，是对性别中心主义的一种解构，可视为是对人类新型存在形态的一种设想和建构。

周桐研究资料链接

廖子馨：《澳门长篇小说创作的困境——评柳惠〈白狼〉与周桐〈错爱〉》，《论澳门现代女性文学》，澳门日报出版社，1994年。

李远常：《爱的交错　文化的兼容——对周桐〈错爱〉的一种解读》，《世界华文文学论坛》，1999年第3期。

盛英：《"创造力"激荡于幻想与现实之间——读周桐〈香稔星传奇〉、沈尚青〈雌雄同体〉有感》，《世界华文文学论坛》，2002年第3期。

莫嘉丽：《周桐小说主题的反讽意蕴》，《写作》，2006年第5期。

林中英

林中英(1949—　),本名汤梅笑,原籍广东新会,生于澳门,长于澳门,是澳门著名的散文家、小说家。毕业于濠江中学,暨南大学文艺学硕士。现任《澳门日报》副刊副主任、澳门笔会副理事长。30多年来,主编过《澳门日报》的许多副刊版面,如《新儿童》、《家庭》、《读者之友》、《新园地》、《艺海》等,林中英是澳门文学界一位极有才华的女作家,《港澳大百科全书》称她为"澳门女性文学代表作家"。她勤于笔耕,所创作的作品体裁多样,有随笔、杂文、小品文、散文、小说、儿童故事等,写得最多的是散文和小说。"林中英"是她常用的笔名,她还曾用尚野、饶芷岸等笔名发表过作品,其作品除在香港、澳门发表、出版外,在《人民日报·海外版》、《新民晚报》、《杭州日报》,以及台湾《"中华"日报》、《星岛日报》美洲版、马来西亚《南洋商报》等报刊上发表。已出版有散文集《人生大笑能几回》、《眼色朦胧》、《自己的屋子》、《相思子》等,散文合集《七星篇》、《美丽街》等,小说《云和月》、小说合集《一对一》(与寂然合著)等,儿童故事集《爱心树》等,主编出版《澳门散文选》等。

女人情结（节选）

做个中性人

自从失去了被追求的权利后，性别意识于己已是日渐淡薄，以至有时会刹那间模糊。要不是要进入公共场所的洗手间的话，老记着自己的性别是没多大意思的。

渐渐行止言谈间减去些女儿气，本已经是不擅妩媚的了，此时更对妩媚绝望，若然能达到清俊，已属佳境。那些散发浓浓女人味的秋波流转、佯怒娇叱、含嗔带羞等等，尽管觉得很有可观之处，却好像不属于自己的东西。

并非刻意倾向男性，完全的男子风格、男子气质是刻意模仿不成的，硬充更加非驴非马，只是向男士们借鉴一点东西，走向中性化。

中性化不强调自己的性别属性，男女特质都有一些，跟同性接触，是好姊妹；与男性打交道，被视作哥儿们中的一员，没有较多因性别不同带来的歧视、提防与顾忌，这时节才真是自由、潇洒呢，这理想境界在向往中。

女性天然的禀性、气质和风度本来就是美的东西，温婉、慈爱、柔和，是哺育人类世界的不可缺的元素。从女性特质中衍生出来的种种女儿态，为这个枯燥的世界增添斑斓的色彩。单看含羞答答这一种吧，脸泛红霞，低首默认，便觉风光无限。假如一个女性可以直面各种在当日令自己脸红、羞不可抑的环境场合，而且能够一笑置之，甚至以幽默来化解或进而反戈一击的，那么，不管你愿意不愿意，你的女儿气已减去四五分了。

放眼周围，中性化的女子是比从前多了，有的化在性格里，有的还化在外观上，穿西装、拿公事包，多了些雄赳赳的帅气。这是女子们参与社会工作、事务后促成的一场性别改造的革命。工作女性要应付各种各样的复杂刁钻紧急繁重以及竞争激烈的业务、难题，如水的温柔与忍让并不管用，必须以爽快麻利果断刚强沉着来应付。她们还学会坚持，还有分歧，少不免有一场争论；她们学会强攻进逼，去达到目标。不管她掉转身时是如何的柔，然而站在岗位时，她会是一块铁，铁的身体，铁的意志。

做中性人并无不好，不夸饰和利用女性的特性，可能得不到异性的迁就与优待，得不到偷工减料的好处，但促使才智能力的培养和发挥，做中性人，对事物的观点既不女性主义也不男性主义，会比较持平，然则做中性人怎样拿捏得准，不出“偏差”？关键是学会做人而已，而且不滥用男子的刚，不全部丢弃女子的柔。

女性新人类

我提出“中性人”，那是在多年工作里总结出来的一种需要。做中性人会使自己处于有利的职业生活情境中。

中性人，你可以理解为衣饰打扮趋向男性化的人，然而我指的中性主要还是在气质上。

女性天生的生理特点，赋予其气质是娇柔、温婉、依赖、依恋，高度女性化便衍生出“婆婆妈妈”四个字，这种气质并不适合我的工作情境。将自己的性别色彩改造，来个雄性化吧，没有必要，而且这种改造其艰巨处等同于“灵魂深处闹革命”，有些与生俱来的东西不可以想连根拔起便拔起，遂在女性气质与男性气质的夹缝中，选了一个定点——中性。这种折衷主义值得推介，没有单一性的张扬，却是双性化的渗透，既吸收男性气质的优点，又不抹去女性的色彩。

至于渗透是成少败多，或者是属于驴马杂交，变了非驴非马，也不想去界说了，总之，男性气质中的坚强、果断和雄心壮志、豪情盛叹，是我心仪仰慕的东西，拿来补贴补贴自己，减去一些自己性别的弱点，只会更有利立足于现社会中。

中性人的女性魅力虽不会荡然无存，但若然留恋的话，不免仍要伤逝，独立自信果敢的崛起，自然使柔媚、娇怯、让人爱怜的楚楚动人丰姿失色，这是以一换一的代价。但中性人是以女性的底色来吸附男性气质，使女性气质丰富、复杂起来，转化出一种清新、明快、刚健的风致来，成为中性魅力。

做中性人，应注重的是气质的修炼，并非处处向男性靠拢，模拟男性的行为模式；做中性人，自由度大，自我感觉良好，在不拘束于自己是个女性时便不会自我期望降低，会更好地掌握机遇，充满信心，施展能力。

中性人是女性的理想新人类。

说了一通中性人的特点，便不敢自夸是个中性人了。

林中英编：《澳门散文选》，澳门基金会，1996 年，第 94—96 页。

重　生

她叫银彩，来自神湾的一个无证少女。从今天开始，她将改变黑市居民的命运。未来的生活将是怎样？她不是测命先生，无法一一预知、构想。但在未来，她将要成为本市的正式居民，此后，她便是一个正常的人了。正常人的生活，就是生活。

昨晚九时许，银彩在姊妹的一个电话召唤下，奔到澳督府前等候发证件的佳音。由于有了前一次“龙的行动”的排队经验，不知这次又要站多久，她至少学乖了，在柜里取过一瓶矿泉水和一个面包，往斜挂肩上的皮包里一塞，撒腿飞跑出门。

也不枉银彩通宵走个失魂落魄，她随着官方人员心血来潮的指挥，夹在汹涌的人潮中从南湾澳督府赶往中区新马路，再没命地转到北区陆军球场，然后侥幸没被踩扁，她挤进莲蓬球场,站到领证的行列上来了。这时,她失掉的魂头慢慢回到躯壳里来,她点算着自己:上衣甩掉两颗纽子,手表挤脱了,两膝擦去两大片皮,左脚面肿起青青蓝蓝的一大团,腰子隐隐作痛。刚才她拖进球场大门时,被后面压上来的人潮推跌在地上,眼看无数双脚要从她的脊梁上踩过去了,幸而两名警察一人抓一只手把她提拉起来。经历过这九死一生的场面,这点儿伤痛简直是微不足道了。要是能领到一张登记纸,即使被挤断一只脚又怎样说?然而银彩不必拿断脚作代价,她的手指已被警员牢牢提着,蘸了墨汁,往登记纸上重重一按,打下一个大指模。

这张生命之纸,希望之纸,它是真实的了。紧张、激动加上疲累,银彩的手在抖着,她死死地捏住它,生怕一阵风把它刮走。她颇费劲地才把纸折整齐,抚平,放在皮包内拉链的暗格里,然后把皮包调过来,让开扣子那一面贴着身体,那么就不容易让人偷去里面的东西。

“银彩!”一个影子扑上来,她已被人搂抱住,“我们都登记了。”

银彩遇上同乡姐妹阿莲。故乡人在这里已作亲人待,一种喜悦的凄凉涌上心头,笑容来不及刹住,两眼已挂下泪珠来。

“昨晚我打过电话给你,说你已出去。”阿莲也哭了,用手背揩着泪说。

“我也给你打过两次电话,接不通。”

彼此都觉得有必要交待一下,有福没忘了对方,才是做姐妹的情分。

银彩没有打算立即返回东家陈宅,她像散了架一样,好想睡一睡。她到了阿莲哥嫂的小窝里。

这时节,哪能闭得上眼睛?

“你说,要是我在前天被抓回大陆,我会怎样?”银彩微笑着想象这个痛苦的假设。

“要是我,会跳海。”阿莲认真地回答。

银彩叹一口气,说:“也是死得过的!当初偷渡来这里,不要计路上被野狗追咬,在水里冷到僵硬。来到澳门了,藏在青洲的‘蛇窦’,一天一夜等人来赎身,又愁亲戚不来交钱,又怕蛇头作践,那滋味……啧。到这里快四年了,从500元一个月做起,如今才赚个800块钱。钱呢,不说吧,做人最紧要有自由。我们像什么呀?老鼠一样躲着藏着,一天到晚困在屋子里,困得人麻木了,病得快要死,也不敢进医院。现在发证啦,竟然没有自己的份儿,这气,十世也吞不下。”

这番忆说,使银彩更觉今天的可贵,有登记纸在手,为什么要赖在床上度过获得自由的第一天呢?两人亢奋地爬起床来,打算走遍澳门的街巷。

澳门的横街窄巷没有什么好逛头,倒是那些设在马路两旁一间毗连一间的精品店、时装店,发挥着磁力,把银彩、阿莲吸进去。

一叠叠成衣放在货架上,银彩从每一叠中挑出一件,往身上比一比,放下。售货员跟随着她,一件件折叠好,放回原位。对方看出她并没有购买的意思。

“小姐,你想找些什么款式?我给你介绍。”售货员问。

"唔,我先看看。"银彩又挑出一件来。

"所有款式全挂在这里了,挑挂着的看吧。"售货员不想做无谓的工夫了。

"挂着的有尘,我要看这些。"银彩执着做顾客的权利。

"你在挂着的挑好了款式,我再替你找新货。"

"乜嘢事先!"一向敏感的银彩,今天有更强烈的自尊。大陆妹惯被人看低,何况又是无证的黑民。别人对她的言行,她习惯翻寻有多少欺负的成分,一旦闻到这种味道,像迎战的雄鸡抖开全身的毛,而她则先大声质同:"货物摆在这儿,不让看,为什么不摆块牌子'请勿抚摸'?"

另一个售货员深明只为求财,不是求气,她插进来,把话题岔开了,"请随便看,看中哪一件?这件有金属扣子,今年最流行,短装,最衬你了。试试吧!"

"我要那一套。"

那套印花棉质衣裙,比售货员介绍的贵180块钱。

"请到这边试试。"售货员提着衣裙在更衣间旁伸手请进。

"不用试。"

裙子被装进购物袋时,银彩倨傲地要换过更大一点的胶袋。

更大的胶袋没有更大的用处,银彩只为获得更多的顾客权利和尊严。按理,这件550块钱的印花裙子,她并不那么喜欢,只因为它比售货员所介绍的要贵,她咽不下被看轻的鸟气,便赌气买下它。这个价码,占了一个月工钱的大半,可是这鸡碎般的工资,即使拼死节省,做盐做醋都没味,倒不如痛快地去花,还得些欢喜。

二人又来到了一间内衣裤专门店。这儿专售名牌货色。银彩一直认为,花这么多钱买了一件穿了不让人看的东西,多漂亮也没劲。不过她却喜欢看看,摸摸,那些胸围上缀上各种好看的蕾丝花边,还有那些丁点布片儿的透明三角裤,穿上身仅仅遮住重要的三角地带。银彩初看到这些东西时,她吃惊和害臊,在乡间,她已多时不再穿妈妈那种长至大腿的阔大裤衩,她的内裤也跟上了富时代感的三角型了,可还是紧紧地覆裹着整个屁股。若叫她穿上这玩意,她可能不敢朝下面看一眼,太不正经了。

现在,这个玩意已看得顺眼了,甚至很想拿过来往身上套,如果可以的话。

那个又是什么玩意?银彩的目光溜到一个胸围上,两个乳杯之间连着一个可以解开的扣子,她把它连着衣架摘下来,近距离研究着扣子的理由。

"180块钱呢。"阿莲低声说。

"这,不合你用的。"店员正在后面。

"你怎知不合我用?你看得出我没钱买?"银彩转过身来,下意识把公司大胶袋提在膝前。

"有没有钱买你自己知,合不合用问我啦。它的设计是方便妈咪喂奶的,你生仔么?"一张快嘴,气都不喘一口。

"仔我一定会生,这东西我一定用得着,怕你没福气用它,担心你自己啦。"银彩以同样速度回敬。两不相欠后,她猛力拉开玻璃门走了。一股坚决予以还击的胜利感,令她在恼怒未消之际还可以立即格格笑起来。

不远的街角,路边正停泊着一辆警车,两个警察拉开距离当更。阿莲拉拉银彩,示意往回踅。迟疑了一阵,银彩没理会阿莲,朝着警车的方向不紧不慢地走去。前面的警察双手插在腰间,见了她俩,伸出一只手,二人打开皮包,拿出登记纸来。警察接过,看了一眼,交还给她俩,没说什么。

后面的警察戴着一副深绿色的太阳眼镜,银彩看不准对方是否在望她,但他唇角上的一颗大痣冲着她抽动了一下。

就是这颗痣!

二人安然转出了街角。

银彩大大舒了一口气,幸而她壮着胆子去经历这一次,果然不再被抓了,是重生了,是真的了!

刚才那颗痣,银彩一直忘不了他。大半年前,银彩提着垃圾包往街口的垃圾桶里扔,一回身,眼角瞥见一个黄影子急步走来,她心头一紧,没命地跑,后面响着更急促的皮鞋声。银彩猛力拉开大厦街门,闪身进去,正反手把门关上时,一只肩膀已楔进门隙,黄衣大汉就在梯间喝令查证。

"阿 SIR,通融一下吧。"银彩老练地恳求。

"住几楼?"没有正面回答。

银彩让他进了屋。"阿 SIR,我无非是为了找两餐啫,俾个机会我,我请你喝咖啡。"

"千五啦。"他倒爽快,嘴角黑油油的大痣颤了两颤。

银彩有点呕心,人说长在嘴边的痣是"贪食痣",果然大胃口。可有什么办法?只怨自己倒霉。她咬紧牙筋从睡房里拿出钱来,再一次赎取自由。

"放在这儿,掉转面!"大黑痣敲敲餐桌面。

银彩背转过去做鸵鸟。板门"吱"地响动,大黑痣要走了,阿莲跟到门边。

"我识做的了。"

银彩一时也摸不透他说话的意思,后来在街上两次遇见大黑痣,他都背过身去装着看不见。她明白了,原来世间上还有良心的吸血虫。

天色渐渐暗淡下来,银彩全身的疲累都积聚在一双小腿上,胃里窜冒起火,她按捺下未尽的游兴,赶回陈宅。

厨房里,陈先生还未换下上班的外衣,挽起袖子在淘米下锅。银彩记起了陈太今天陪她的妈妈到香港看医生,明天下午才回来。

"让我来吧。"她脱下鞋子,活动着十个脚趾头,一边怜惜地搓揉着有点发硬的腿肚子。

"登记了?"陈先生提着湿漉漉的两手出来。

答案是早已从银彩的神色中得到了。

“波波呢?”

“今早我把他放在二嫂家里,我现在就去接他回来。”

陈先生出了门,忽然想起忘记带汽车锁匙,隔着铁门口叫银彩递给他。她把锁匙包深深一放,两根指头触着承接的温暖的掌心。

手掌若无其事地移开了。银彩在心里叹了口气。

她靠着沙发背养神。这一生,除了爸外,跟自己相处得最长久的男人便是他了。她进入这个家庭三年多,波波出世后一直到现在。

三年多来,姐妹们已经换了三四个东家了,为什么自己仍守着这个平凡、简单的家庭?黑市居民的日子,说多单调苦闷有多单调苦闷,姐妹们不停转换工作环境,就是为了要换取一丝儿新鲜、刺激。她眷恋在这里,无非为了眷恋这个脾气温和、做人君子、克尽责任的男主人而已。银彩不知道这种埋于心底间越来越强烈的感觉是不是爱。在今天这样一个庆幸重生的日子里,快乐突然悄悄隐伏,丝丝怅惘漫冒起来。自由了,我还有借口留在这儿,守着一个原不属于自己的男人么?我真的太傻了。

我在什么时候喜欢上陈先生的?银彩记得,那次一个无证女佣离奇坠楼死去,她是银彩同乡姐妹的嫂子的妹妹。相同的背景,使一群无证少女聚在一起,唏嘘,自怜。从死者生前的片言只语里,她们推测出死者和男主人有了关系,不见容于女主人,感情的纠葛使她走上了绝路。

“人家只是玩玩,她傻得连命也赔上去。”

姐妹们七嘴八舌地谈论起各自的男东家,有些则是听回来的别人的经历。这帮子男人都是爱腥的猫,背着太太打佣人的主意,想吃便宜餐,吃不着嗅嗅也是好。她们撇着嘴巴,数落另一个姐妹竟甘愿一人搬到氹仔住,做了廉价黑市情人。那男人没一样好,老、丑、孤僻,又没钱,每月才供给1500元生活费,他倒活得开心!她们才不会那么笨!阿莲第三次描述起曾经怎样固守自己的贞操,怎样打脱男东家的围抱,怎样把头一低避过了满嘴胡碴子的嘴唇……几乎每一个姐妹都有相类似的遭遇,那些男人们的诡计,自以为聪明的愚蠢暗示,不自控的丑恶模样,她们在考验面前都成为烈女,只有银彩插不上一嘴。

陈先生忠于妻子,忠于家庭,是个不占女子便宜的大好人。银彩未经历过被骚扰,反而隐隐觉得是一种缺陷。

这晚睡觉时分,用木柜作为间隔的邻房,陈先生夫妇在房里不知有什么高兴事,二人格格地笑一阵,停一阵,又笑一阵,终于沉寂了。

沉寂使银彩更好奇,她竖起耳朵,更没有明显的动静了。姐妹们描述的情景浮现在银彩眼前,她联想到房内是一番怎样的光景。

虫子爬进银彩的心,痒痒地。她轻手轻脚地爬起床来,扭亮了房灯,站在衣柜镜子前,掀起短短的睡衣。圆圆的腰,圆圆的身,她调换姿势,偏侧身体,镜里面有一座圆鼓鼓的山峰。她满吸一口气,充满生命力的山峰骄傲地耸起来。

银彩从没有这么寂寞过。举手怜惜地抚向胸前，寂寞被指头激扰起来，两朵红润润的云彩从两颧展开，柔软的肉体倒向床上，细吟起来。

渐渐，银彩对陈太太含着莫名敌意，陈太太提醒她炒菜太淡了，她在下一顿索性不放盐；三天两日便闷着声，挂下黑脸。陈太太只当是她周期性的情绪病。既然家里需要一个人帮忙着，就不从小处去计较那么多。

陈先生带波波回家了，这一顿简单的饭菜已弄好。三个人围着小圆桌进餐。没有妈妈管束，波波更是攀上跳下，敲盘夺碗的。银彩不嫌烦地为他抹菜汁，捡饭粒，低笑着以加倍的和气去呵斥小孩的捣蛋，在呵斥中表露温柔。这情景更富小家庭气氛。

饭后，夜很快便过了一半。陈先生半责半哄地要波波放下手中的玩具上床去。银彩已洗过澡，她从洗衣篮里揪出一摞脏衣服，一件件地放进洗衣缸。

她捏着陈先生刚脱换下来的内衣，停住了。它贴过这男人的肌肤，沾过这男人的汗液，散发出这男人的特有体味。银彩心头掠过一阵电击，迟疑地，终于俯下脸，贴向这团发潮的衣物。

"嚯！"眼前一片漆黑。

"又停电了！"大厦里传来住客的埋怨声。

银彩索性倚在浴室的门板上，让黑暗来保护她，用冒汗的鼻尖嗅着、擦着，用发烫发涩的嘴唇吻着，用坚细的牙齿咬着。黑暗使她挣脱了自己，不用羞赧，没有耻辱和胆怯，她尝到了没命的、痛快淋漓的甜味。

身体在燥热中膨胀，她迷乱地触动那块向她召唤的地方。这是一个未曾完善的地方。

她摸黑出了浴室，朝厅子走去；拉开储物柜门，摸出一根洋烛来。她擦火柴，一根，两根，三根，火柴杆断了。她抽出两根，深吸一口气，止住微颤的手，"嚓"，这回着了，燃点了蜡烛。她让烛油滴在桌面，让蜡烛与热油黏合固定起来。腾出的一双手，解下睡袍扣子，睡袍滑到地下，一件，两件……

银彩擎着蜡烛，慢慢地走向寝室。她正身处大海浪中的航船里，晕乎乎，想吐，两脚踩不稳。

"叩叩"她无力地敲着门。没应声。再敲一次。

门打开了，烛光燃亮了一具皎洁得发亮的身体。

这男子眼前一亮，随即又一阵发黑。

"……停电了……"银彩倚在门柜上，此刻连说话的力气也没有了。她苍白着脸，苍白着唇，半垂着眼。

剧烈的心跳，撞击得她几乎窒息，快要瘫软在地上了。

烛芯的小火焰在银彩强烈的鼻息中，忽起忽伏，忽明忽灭……

陶里选编：《澳门短篇小说选》，澳门基金会，1996年，第95—103页。

林中英导读

◎ 朱巧云

澳门是一个中西文化交汇的地区，不同文化背景、语言、生活习惯的人在此生活、交流、融合，使澳门具有"小地区、大文化"的特点（饶芃子教授语）。生于斯，长于斯的林中英以其细腻的笔触描写平凡的人、平常的事，从中把握生活的真谛，思考人生的价值和意义。正如暨南大学饶芃子教授所言："她文章的题材虽多是和她自身生活有密切关系的人和事，但却能摆脱个人狭隘的天地，从中引出人生的五光十色，做到以小见大，给人以启迪。"（饶芃子：《回忆的壮游——〈眼色朦胧〉序》）林中英以自己手中的笔书写诠释着生活在这一地区的人的生活以及他们对人生、世情的感受。

林中英的作品具有自然本色，文笔细密、纤巧，既具有女性敏锐的体悟，温柔的情感，又富有哲思，表现出睿智、旷达的男性风格。但总体上看，林中英的作品有浓郁的女人味，她以女性特有的敏感和细腻体味澳门的社会和生活，以女性意识来写女性的生活经验，关注女性的命运，描述女性的生存状态、心灵世界，展示出一个丰富多彩的女性世界。林中英曾言："长期在南方城市居住的我，见惯了温柔的山，温柔的水，感受生存的巧，生命的轻，情感的飘忽。"这段话也可作为其作品具有阴柔之美的最好注脚。

《女人情结》是一组小品文，是作者对女性生命流程、情感、婚姻、家庭需求与感受的叙写。林中英向往中性人刚柔相济、自由潇洒的理想境界，此种境界既不失女性的柔和、温婉，亦具有男性的果敢、铁的身体、铁的意志，故提出做个"中性人"。（《做个中性人》）林中英所说的"中性人"，"是以女性的底色来吸附男性气质，使女性气质丰富、复杂起来，转化出一种清新、明快、刚健的风致来，成为中性魅力"，并认为中性人是女性的理想新人类。（《女性新人类》）这一观点是作者多年来生活、工作经验的总结和提炼，是对现代女性生存状态的思考，也是对性别中心主义的一种解构。这不是消极和迷茫，正如学人栗子所言："林氏散文具有达观、宽容、慈慧的情思，同时不失进取之心，淡泊而不淡漠，实在而不刻板，这种中年的思绪、中年的飘逸、中年的智慧、中年的知趣在其作品中表现得清新明快。"对林中英作品的情思和艺术特色应作如是观。

澳门是一个移民城市，移民辛酸的故事、飘泊的伤痛、失根的孤寂、生存的边缘性等亦是澳门作家常常抒写的主题之一。林中英《重生》以黑市劳工银彩获得居民身份后的心理、行为变化为切入点，书写了身处社会边缘的新移民的独特生命感受。"身份"是移民心头的一个"结"，取得合法居留身份对移民而言，无异于"重生"，这是他们向主流社会迈进的通行证。银彩在取得临时逗留证件后的所作所为，反映出她要摆脱社会边缘人的尴尬处境的心理，寻求其为人为女性的尊严、自由和欲望。银彩具有双重的边缘性：作为移民，处在与主流社会相对的边缘性；作为女性，处于与男性相对的边缘性。她在购物及与警察相遇时的态度，旨在要获得主流社会群体的认可；小说结尾处，银彩裸露身体，敲开男主人房门，这种大胆、直露的性欲追求也是对作为女性处于边缘地位的社会现实的一种挑战。"《重生》在澳门文学中，可以说是作者对表现性主题的大胆尝试和开拓。"（庄文永：《澳门文学评论集》，澳门五月诗社，1994 年 6 月，第 128 页）作者对银彩的性欲冲动没有做简单的道德评判，她认为："在特殊的境况下，简单的道德评判是欠缺力量的，更加必须的是理解。"（见汤梅笑硕士论文《二十世纪八十年代以来澳门小说的文化品格和叙事范式》）《重生》的结尾耐人寻味，令读者生无穷之想象，此种开放性结尾是林中英小说创作的一个特点。

林中英研究资料链接

吴建宏：《沙漠中一片青翠的绿洲——论林中英的小说集〈云和月〉》，《华文文学》，1998 年第 2 期。
周文彬：《论林中英的文学创作》，《世界华文文学论坛》，1999 年第 3 期。
杨新敏：《林中英：眼色朦胧——林中英散文臆评》，《世界华文文学论坛》，1999 年第 3 期。
金燕玉：《播种善的种子——林中英儿童文学一瞥》，《世界华文文学论坛》，2000 年第 1 期。
郑建明、陈月员：《林中英散文印象》，《当代文坛》，2000 年第 2 期。

余非

余非（1961—　），原名关秀琼，笔名文秀、秀茕，广东新会人。香港出生。1985年香港中文大学毕业，主修中国语言及文学，辅修中国音乐，1988年于同校取得硕士学位。1991至1992年间，赴英国修读出版课程并取得硕士学位。1991年以前，余非以笔名“文秀”发表文化评论（1986年，她以“秀茕”为署名，投稿第一篇小说《另一回事》①）；1991年以后，其作多署名“余非”。

余非在港一直从事编辑工作，曾担任香港三联书店、香港商务印书馆及《素叶文学》的编辑，业余写作文艺作品。其作主要发表于《素叶文学》、《香港文学》、《文学世纪》等文学杂志。1994年，余非出版了第一本短篇小说集《天不再空》，其后还有《暖热》、《铁票白票》，另著有四本中学生读物，包括获选为“1999—2000年度好书龙虎榜十大好书”之一的《514童党杀人事件——给“阅读报告”另一种选择》、《慧眼看名家》、《愈问愈关心》（与陈永明、司徒华、何汉权合著）及《听听你要说什么》，还有阅读笔记《长短章——阅读西西及其它》、《说书人——阅读与评论合集》（与梁文道、汤祯兆、董启章与关丽珊合著），及个案整理《香港高新科技创业档案》（与劳维信合作）。

余非善于利用细致的笔触，描绘社会与人物的微妙关系，从而提醒读者反思当下的情况，体会个中的感受。余非具备“知识分子”的作家气质，这亦是其作品的独特之处。

---

① 《另一回事》原载《大拇指》（1986年6月），后收入秀茕：《另一回事》，冯伟才编：《香港短篇小说选（1986—1989）》（香港三联书店有限公司，1994年第1版）。

另一类悠长假期（节选）

在不称心、不得意的日子里，就当是上帝给你悠长假期。人，总不成每一刻都在冲线状态……

一切都来得十分偶然，又十分突然。

菲佣玛利亚做了两件错事：第一，误把一封收件人是我丈夫庞启明的问候卡邮件封口拆开了。那几天刚好是玛利亚的生日，她切望着老家寄来片言只字。第二，玛利亚事后不该隐过畏罪，没有向我丈夫坦白交代。她以为卡类函件的私隐程度远低于填满方块字的信件。她打算混水摸鱼，蒙混过关。

阴错阳差下，启明以为封口是我拆的，把我的忙碌透顶解读为对他的惩罚——冷漠，找来一个大家都没有应酬的晚上，幽幽的和盘托出他和发卡女人的关系。不知情犹自可，一听之下，我怒不可遏。原来再新再现代的女性也会吃醋，我完全没有掩饰自己的愤怒。当晚，草草收拾了一两件衣物，手挽 notebook 计算机，一些文件及磁盘，——离家出走。

三更半夜，好梦正酣，竟然传来门铃声。我告诉自己，发梦，不是真的。直至整整七、八分钟之后，我才面对现实。正想一打开门劈头便骂，谁知原来是美亚。也不待我说请进，便哗的一声哭出来，自己夺门而进。

"启明有了别的女人。"

我手足无措，不知如何是好，"三更半夜，真的给你吓一跳，幸而今晚没有男人。"

看来美亚并不欣赏我的幽默，只见她惨惨淡淡："暂时请什么也别问，我什么也不想说。"

就这样，我无从赞成或反对，美亚便闯进了我独占的蜗居。

离家出走后，我便寄宿挚友苏珊家中，不接听任何电话，最后连班也索性不上了，正埋首的健康饮品广告就交给最信任的助手米高处理。反正，广告公司是我的，没有人干涉我上不上班。

给丈夫突如其来的一击，我方寸大乱，有好几个晚上，辗转反侧，半睡半醒间心心不忿地想象那女人的容貌：曲发（相对于我那没有女人味的直短发）、丰满迷人（我也许不该穿太多线条硬朗的上班服）。总之，是一个可以把我比下去的女人。启明不要我了。一想到他拥抱另一个女人时的快感，我的心就冒火了。我已经不是启明最亲近的人。我感到失掉了的，不单是给分出去了的启明，而是一份无以名状的感觉。

忽然间，我像一无所有。

美亚是我的中学兼大学同学，虽然在大学不同系，却四年中有三年同宿舍，感情特别好。美亚毕业后，事业爱情两得意，不知羡煞多少旁人。在朋友眼中，他俩代表了二十一世纪的婚姻关系。而她，更成为朋友心中暗暗歆羡的时代新女性楷模。

我二十九岁嫁予三十八岁的庞启明，十年婚姻，风平浪静，彼此得以全力开拓自己的事业，换来满足感、成功感、自信，与一千多呎的半山幽居；还有，两家让我们继续各自努力的小书房。至于可以眺望维多利亚海港的露台，菲佣比我俩有更多时间享用。我们没有生儿育女，这是婚前的双方协议。启明身为大银行基金部的投资总裁，应酬特别多，婚前如此，婚后亦然。我却从来没有半句过问，我们给予双方最大的自由。

可是，“自由”，我到现在才领教这词的分量，我对它的理解原来欠了点“实践性”的血肉。它像一面镜子，照见了我与启明的婚姻，以至我自己的残缺不全。

与身边一些平庸安分的已婚女朋友相比，我觉得自己心胸眼界都比她们开阔。我比她们幸福。然而启明这事，把我从高人一等的傲慢贬谪回同受七情六欲操控的凡间，我并不超然。自我价值是一张环环相扣的网，一子错，满盘皆落索。失掉启明，我失掉自信，失掉干劲，也失掉自我价值——我不过是个会因第三者的介入而崩溃的女人。从前令我产生过优越感的东西，仿佛都是过眼烟云。

我想了很多，愈想愈乱，不安与空虚一点一点地扩大。

美亚就这样赖在我家中不走，我看她头也不梳饭也不吃，闷闷不乐得快要郁出病来，便翻箱倒笼搜出私人珍藏的日本流行剧 VCD，一盒盒掷到她软答答地摊睡的床上。

——你就给我好好的全部看完。人靓景靓，醒神养眼，总比你闷得发霉好。根据专家意见，三十五至五十岁的夫妇最易有婚外情，全世界又不是只有你一个人有婚姻危机。你看你，还配是个女强人吗？逐你出会，简直失礼我辈女强中人……

在苏珊的一轮机关枪子弹轰炸下，反正百无聊赖，我便一套一套地熬起来，我已失去反抗的兴致。当然，实在没心思看的，我会用遥控器飞掉。直至遇上一出叫《悠长假期》的，登时眼前一亮，一集一集出神地看起来。我用了整整十个小时，一口气把它看完。

点题的剧名有另一层喻意：在不称心、不得意的日子里，就当是上帝给你悠长假期。人，总不成每一刻都在冲线状态。

于是，我趁苏珊的大假一天也没用过，以好友身份要挟——我受伤了，心情不好，你放心我一个人上路吗？——迫苏珊陪我真的去了一趟旅行。

幸而杂志社并不太忙，月刊下两期的人物专访我已交稿，更难得是女总编体谅——为朋友，够义气。Susan，我就欣赏你这一点。——不但即批了没按规定事前申请的十五天大假，而且只要我正式放假前两三天通知杂志社便可。

有关旅行的一切，如比较行程呀价格呀，由我一手包办。只是开茶会那天，我硬把浑浑噩噩的美亚也拉去了，因为我这个人粗心大意，实在不能完全信任自己。

怎会由个“老头”来带团的？

他说自己叫杨彼得,没有说自己已多大。只见他:发灰的、不明亮的眼珠,略胖的身材,加一个夸张的大肚腩;还有,半头华发。跑这团的路线并不舒服呀,怎会由这种状态的人来带队的。我有点好奇。

我们报名参加了北非摩洛哥、葡萄牙、西班牙十五天团。我本来就打算放假,美亚的出现令我"名利"双收——既得总编称赞,旅费由收入比我高的美亚承包。我应得。

行程首天在飞机上及转机的阿姆斯特丹机场度过,虽然已身在楚途,但心仍在汉。苏珊让我坐到靠窗的位置,她坐中间,坐在她旁边的团友就由她来应酬。十三小时的长途飞机,不睡或不装睡的时候,就往窗外望,看那蓝也好白也好,无非一派空洞的窗外。我的心情与飞机同,无依地缥缈半空。那会是个怎么样的女人呢?

临近四十的关口,才突如其来的一击,戛然止住了顺畅的人生。被动地停了下来,我想了很多,与启明有关的,又或者与启明无直接关系的。

问题愈挖愈复杂,最后,质疑得最多、想得最多的,是自己。我向自己提了许多问题,例如,若没有了启明,没有了现在这个家,要我从头再起,我可以带上路的,我高美亚内在的、真正拥有的,究竟是什么?我想知道答案。

也许,旅行真的可以疗伤。在飞机上还闷恹恹的美亚,在正式开始行程之日的旅游车上,面上的积雪竟已开始溶化,人也一点点地活过来。我在奇怪,是什么令这个木头人的眼睛渐现人神呢。当然,有好转是好事,不宜惊扰,我才不希望与一个植物人同游十五天哩。

行程首日(其实是第二日),我们凌晨一时才摸黑抵达摩洛哥的卡萨布兰加(Casablanca)。苏珊不管三七二十一,一俟分配房间后便倒头大睡。

一般人对北非摩洛哥的认识,大概止于电影《北非谍影》,我也不例外。凌晨抵达,除了颇见特色的机场入境大堂之外,旅游车驰往酒店途中,其实什么也没看见,因为委实太黑了。直至第二日大清早,卡萨布兰加才如神话般,于天放亮后热热闹闹地赫然涌现眼前。

入眼处,一排排在顶端才散开枝叶的棕榈树,身穿阿拉伯长袍头戴回教帽的男子,披面纱的女人,以及混杂了阿拉伯、非洲特点的面孔……,我的心理状态至此才以光速由香港小岛正式飞抵北非摩洛哥。传统欧洲式的情调对生活在国际都市的人来说不会感到陌生,惟有混杂了中东、非洲文化气质的摩洛哥,才足以叫我眼前一亮。心情竟莫名地兴奋雀跃。

度假远行,风格愈陌生愈截然不同的地方,愈容易令人抽离过去,投入目下当前。

穆罕默德五世宫的纪念塔虽说是近代建成,但靠海而筑,背景开阔,塔前伴以一块可容二万人聚集的大空地,把整个建筑物衬托得气势磅礴。甫下车,不少团友便哗的一声叫了出来,美亚是其中一个。

“苏珊，这边，替我拍张照呀。我要连海景也包括在内。”

这竟然是美亚，在旅程的第一站卡萨布兰加。

窗外的景致一点一点地渐变。今天是行程的第五天，车在早上八时由褐土红墙，即近寸草不生的贫瘠马拉喀什(Marrakech)开出。快要离开马拉喀什，竟然万分不舍得，我甚至连布置阿拉伯化的酒店房间、吊灯，以至昨晚把我吵醒的汽车响号和人群嚣叫声也怀念起来。那种独特的文化气息。

“怎会这样结婚的，全城都不用睡了。”渴睡的我在投诉。

我打开地图寻找马拉喀什的位置，一圈一圈的地平线显示这内陆古城位居高地；一眼望过去，远处的连绵山脉看起来不算高耸，原因是我们已身处高原。

由马拉喀什北上靠海岸的首都拉巴特(Rabat)，地图上不过一两寸的距离，行车却需要四、五个小时。

“美亚，你还嫌自己看的书不够多吗？别又嫌我教训你了，旅行就旅行，像我般轻轻松松的，就别看书。没胜景看就看看蓝天看看白云，总归是外国的云嘛。”

“这不是‘书’，是旅游资料。你忘记了？这两本是你带来的。”

旅行进入第五天，美亚渐见放松。于是我试探式的开她玩笑：“呵呵，你不是用读死书来麻醉自己吧。”

美亚给了我一记当头棒。

我的确是迷上了一些东西，它有一道力量，把我从自弃沉沦的泥沼中拉上来。

卡萨布兰加的惊艳未消，谁料之后的内陆古城马拉喀什更加慑人。马拉喀什旧城区的市集，一爿爿红泥砖墙为隔的地铺，几乎保留了中世纪的原貌。及腰的大型泥坯水缸，令我想起要逃避四十大盗而躲到水缸里去的阿里巴巴，我还以为自己身在片场呢。灵机一触，忽然想起帕索里尼的电影《一千零一夜》及在艺术节看过的阿拉伯舞蹈。形形色色的知识在不断汇流，触类旁通。

决定上路前身心俱疲，根本没心思要先行阅读旅游资料，只管尽快上路，给自己一趟不算悠长的假期。于是摩洛哥对我来说，因其陌生，倍觉新鲜，入眼的一切都多添了谜样的神秘感。不断的赫然发现与迷惑，刺激了蒙尘呆钝的心智，在强烈的求知欲导引下，我要想办法知道得更多。

余非：《天不再空》，印刻文学生活杂志出版有限公司，2008年7月，第83—109页。

余非导读

◎ 何杏枫

余非从事社会科学书籍编辑工作之时，已在报章上发表文化评论。早期的写作经历与工作经验，即表现出了她对社会的承担感。90年代，余非“第二次认真地想写作”[①]，而且作品类型不断增多；她曾经说过：“我知道自己喜欢写作是因为有话要说。”[②]这种“话”包含了个人经历、社会情态等，总之，不管是哪种“话”，作品中的“人文”精神与生活情感是不可缺少的。

余非之所以能写出这类作品，究其原因，应来自她对现实的透彻理解。“人”与社会的复杂关系，并不能以只语片言概述而成，唯以心灵作贴身的感应，才可以体现出当中的生命意义，就如《514童党杀人事件——给“阅读报告”另一种选择》，是余非为中学生而写的，此书曾获选为“1999—2000年度好书龙虎榜十大好书”之一。书中讨论1997年5月14日发生的秀茂坪童党烧尸案，作者有意摆脱评论时事的角度，而采用引导思考的方式，与青少年一同探讨事件的另一层面。

在余非笔下，读者看不到描述杀人过程的血腥文字，也看不到训导式的批判指责，她是以作家的笔法，将事件始末、法庭判决等不加渲染地叙述出来，并有层次地发掘这些童党做出“恶心”行为的根本原因，提醒大众正视青少年的暴力问题。此书除表现出余非对时事的敏锐观察，更能给予读者在法理以外的另一种阅读角度，这也可说是一种另类的“沟通”方式。

直至现在，余非出版的四本中学生读物，都是强调反思现实的作品，而其散文小说，亦有着相同的创作精神。对于社会的人事，余非坚持以拆解事件表层，剖析内里的人情世态为写作原则。其小说虽然少着墨于男女的爱情关系，但女性角色可说是她的作品里不可或缺的人物；余非笔下的女角，既不是为求目的而不择手段的女强人，也不是毫无主见、被保护的弱者，相反，她们都是积极关怀社会的“知识分子”，如社工、编辑等。值得注意的是，她们的内在心理变化，不仅使其成为立体的人物，更能呈现女性敏锐的思考。

《另一类悠长假期》写事业爱情两得意的时代女性美亚，她一直与丈夫过着独立自主的“自由”生活，但时间日久，“自由”就将美亚与其丈夫指向不同的路。婚姻的挫败，把一个现代女性推向崩溃边缘，幸而，十五天的“悠长假期”，让美亚“由身至心远离熟悉的世界”，从而重新认识自己，重新了解身边的事物，重新明白婚姻生活。美亚在痛苦的深渊里苦苦挣扎，终于学会了勇敢面对困难，她的经历或可成为时下女性的参照。

对于这位香港女作家的作品，读者不能只从某一角度，例如女性、爱情等方面作切入

① 黄念欣：《在文字与声音中重组的印象——余非、关丽珊访谈录》，黄念欣、董启章：《讲话文章II——香港青年作家访谈与评介》，香港三人出版，1997年版，第115页。

② 余非：《后记》，《暖热》，香港素叶出版社，1998年版，第226页。

点,因为她所关注的不是单一层面的事情,而是蕴含“更高层次的意义”①的“人文关怀”,让作品的含意更为丰富,也让读者的印象更为深刻。

现时,研究余非作品的学者并不多,其艺术成就尚待发现;若细心阅读她的创作,就会发现当中的思考空间甚为广阔,并可由此而发掘出多种研究的方向。

余非研究资料链接

董启章:《一个偶然的读书报告》,1995 年 3 月 9 日《香港经济日报·文化前线》。

黄念欣、张灼祥:《看小说——“懂与不懂之间”兼谈余非〈天不再空〉及黄碧云〈温柔与暴烈〉》,《读书人》第 2 期,1995 年 4 月。

黄子平:《书里书外》,《边缘阅读》,香港牛津大学出版社,1997 年。

黄念欣:《在文字与声音中重组的印象——余非、关丽珊访谈录》,黄念欣、董启章:《讲话文章 II——香港青年作家访谈与评介》,香港三人出版,1997 年。

董启章:《孪生独存者的双向道话语——余非小说的叙述形式》,黄念欣、董启章:《讲话文章 II——香港青年作家访谈与评介》,香港三人出版,1997 年。

陈洁仪:《论余非小说中的“知识分子自省”和“人文关怀”——外一题:一份仿(论)余非小说的小说(札记)》,黄维梁主编:《活泼纷繁的香港文学——一九九九年香港文学国际研讨会论文集》(下册),香港中文大学新亚书院,中文大学出版社,2000 年。

邱心:《“写”与“读”的思考——余非〈铁票白票〉的新探索》,2001 年 6 月 23 日《信报·文化》。

周福如:《艺术的固守与超越——对余非的书面访谈》,《作家》第 16 期,2002 年 6 月。

① 许迪锵:《与作者一起成长——〈铁票白票〉序》,余非:《铁票白票》,香港素叶出版社,2001 年(初版),第 10 页。

成英姝

成英姝(1968—),台湾清华大学化学工程系毕业,曾于环境工程公司担任环境工程师,传播公司担任电视节目制作助理,现专事写作。所写一系列反映都市现实的文学作品,令她迅速成为台湾文坛中极具代表性的新世代女作家。

成英姝写作生涯由1994年4月开始,同年10月推出她的第一本个人结集《公主彻夜未眠》,以黑色幽默的手法,讽刺现实生活的种种荒谬。其后出版的《好女孩不做》、《无伴奏安魂曲》、《女流之辈》,甚至她所编剧的电影《台北晚九朝五》及《恶女列传》,都显现出她关注城市女性生活的描写,以及对生活的荒谬本质的感受。不过,成英姝似乎不想就此被定型,她在长篇小说集《人类不宜飞行》,以阴阳人作为主题,对性别的转移与置换做了深刻的描写;其后的《私人放映室》和《恐怖偶像剧》,更推向更多关于"人"的思考。《魔术奇花》,则以旅行手记的形式,记录自己在外地的所见所感,实有意将自己的写作和视野,推向更广阔的视野。除了写作以外,成英姝还做多元化的发展,包括编撰电影剧本、主持电视节目、拍摄广告、举行装置艺术展览等,并获得多项文学奖项。本文选自成英姝散文集《女流之辈》,试从女性角度出发,阅读成英姝在抛开了小说的虚构与戏剧性以后,如何在她所认为"开宗明义"的散文中[①],表现她对女性的看法。

---

① 成英姝曾指出:"我喜欢写小说,也喜欢写剧本,不过剧本要靠别人诠释,小说可以独立完成。至于散文嘛!我非常排斥,现在的散文都开宗明义告诉人生的意义,怎么和人相处啊,怎么活更喜乐,我觉得很恐怖!人怎么可以告诉别人要怎么生活?"而她的散文集《女流之辈》,正是排斥这种做法,而以呈现不同女性的生活面为皈依。引文部分引自庄宜文:《成英姝:城市太荒谬,公主难成眠》,台湾:《文讯月刊》,1997年3月刊专题:"新世代女作家",第25—51页。

女人为什么不安分

女人为什么不安分?

前一阵子我去看了鬼太鼓的表演,鼓乐本身的震撼力以及表演者技艺的精湛自是令人印象深刻,但最引起我的注意力的莫过于其中一位表演者高久保康子。

坐在音乐厅里,第一声雷霆万钧的鼓声便震得我不能动弹。演奏太鼓所需要的肢体力量,倾全身之力击出雷霆之声,精准达到恐怖的节奏需要的意志力,严酷耗损能量所需要的耐力、毅力,以及鬼太鼓苦修式的锻炼,并不是常人可以做得到的。鬼太鼓的成员以五年的时间,与俗世隔绝精炼鼓艺,清晨四点起来进行田径训练,以清除杂念和欲念,建立群体生活纪律。一九七五年开始世界巡回表演,一九九〇年开始美国的徒步巡演,全程一万三千英里,历时三年完成,演出三百场次,创下金氏世界纪录。

瘦小的康子令人难以想象她的身体里可以爆发出那样大的能量。事实上,只要康子出现在舞台上,她几乎吸引了我全部的目光,康子的表演不但不输给男人,同时有男人所没有的女性美感。

鬼太鼓的男性成员每个都肌肉强健,击鼓时血脉奋张,挥汗如雨,其所展现的阳刚之美使鬼太鼓兼具视觉和听觉的艺术特征;相形之下,穿着和服,容貌娟秀中带有英气的康子个子矮小,身材纤细,然而她强劲的鼓音却出乎意料的惊心动魄,能震裂心肺。康子整个人的艺术呈现是极端的阳刚和阴柔的综合,再没有比此更令人惊异的美了。

另一个最近碰到的有意思的女性演奏者是竖琴演奏家解瑄。

表面上看来十分优雅飘逸的竖琴似乎是天生适合女性演奏者的乐器,其实大大不然,重达三十六公斤的竖琴在演奏时是斜倚在演奏者肩膀上,以演奏者的肩膀和膝盖的力量来支撑的。琴弦在拉紧(变换音调)的时候,音箱板上的张力达两千公斤,可以想见弹拨竖琴并非省力轻松之事。解瑄同样是一位娇小的女性,然而她长满茧的细瘦手指在弹奏竖琴时出奇有力,乘载竖琴重量的身体随着节奏律动,她将全身的力量注入乐器,由音符中释放出来。曾被包装成竖琴美女的解瑄有秀丽可爱的外表,然而和她交谈,可以发现她是一个很有个性的艺术家。

竖琴的历史超过两千年,在中世纪便拥有崇高地位,某些古宗教中,竖琴师的地位仅次于宗教领袖。在当时的爱尔兰,女人和奴隶如果接触竖琴,会被以极刑,然而时至今日,竖琴成为极少数以女性演奏者为主,男性演奏者是凤毛麟角的乐器。太鼓的历史我不清楚,然而在古代亦很有可能视女性(这种体力薄弱,地位又低等的动物)为禁忌。然而,今天的舞台上,康子的表现不但令人喝彩,在团队里也居于重要地位(鬼太鼓成员的地位不见得为外人所知,但就表演的情形看来,康子时常担任首席的领导工作)。康子的表现并非只是证明女人也能胜任太鼓,而是呈现了太鼓艺术融合女性美的一面,更令人惊艳的力量。

很多人反对今日女性为什么不安分地做“适合女性”的工作，而硬是要做“属于男人”的事情。这种想法看似合理，的确有很多女性争取挑战女性身体机能的工作看来很自讨苦吃，然而排斥此种状态并非单纯以沙文主义的想法可以解释，而是天生在细胞里缺乏这种元素。如果在人类的历史上，人们始终只“安分地”做他人认为自己“适合”、“应该”做的事，到今天我们还能只靠两条腿走路，地球还是平的，电灯不会发明，更甚者，我们都还停留在山顶洞人的时代，连种菜都想不到。

成英姝：《女流之辈》，台北联合文学出版社，第44—47页。

◆◆◆ 成英姝导读

◎ 邓依韵

台湾女作家成英姝曾不止一次提到自己不懂写散文，而她始终偏爱于创作小说的情结。她的散文结集《女流之辈》的出现（本为《时报周刊》专栏“女人志”），可说得上是她的一种自我挑战。成英姝在序文中说：“这是我头一回写杂文这样的东西（第一次写报纸专栏，被我以小说的形式蒙混过去，人家还以为我标新立异，采取冒险手法，其实真相是我不会写散文……），没有小说的虚拟作掩护，只有诚实地写出当时的想法。”①读者从中可见她对于散文与小说这两种文体的不同感受：因为小说有其一定的虚拟性，成英姝便以创作小说的手法写散文，以掩护（引她的用语）了她对于散文“表现真实”的不安。虽然“掩护”一词似或多或少批评她的这种作法有逃避之嫌，但事实上，她以小说的虚拟性创作散文，不但没有半点格格不入的感觉，反而无意中突破了小说与散文的僵硬界线。成英姝并不是第一人以这种手法写散文，但配合她幽默、讽刺的笔法，独特、透彻的个人见解，便成了一种属于成英姝个人的散文风格。阅读《女流之辈》，好像成英姝跟你谈起女性的历史与故事。

虽然成英姝酷爱创作小说，但她对于散文创作也有个人的见解和坚持：“我很钦佩那些能极坦白地揭露自己的真实面的女作家，对那种美化自己造成假像的则相当讨厌。”②从这句说话中可见，成英姝心目中的散文就是“表达真实”，从散文中的篇章可发现，她所指的“真实”，同时包括了个人的及大众的真实。笔者阅读《女流之辈》时，发现多篇散文也见成英姝致力于描写女性的生活和感受。绝大部分的作品，她都以自己作为女性的观点与角度出发，书写她观看电影时所产生的感受，文章讨论的范围也不限停留于电影，而是更深一层反思在日常生活中女性的处境及心态，这些都非常值得现今新时代女性的参

---

① 成英姝：《自序》，《女流之辈》，台北联合文学出版社，1999年9月初版，第7—12页。
② 成英姝：《自序》，《女流之辈》，台北联合文学出版社，1999年9月初版，第7—12页。

考，也有一定的自省作用。当中笔者印象最为深刻的，是关于电影《洛丽塔》（Lolita，港译《一树梨花压海棠》）的文章，[①]成英姝除了介绍电影的故事、拍摄技巧等，更多的是探讨电影情节所反映的现实：作为天真、青春少女代表的洛丽塔，与其迈向中年、外表渐老的母亲成了强烈的对比，探讨了女性外表与生理的问题；又如继父作为好色男、贪恋青春的典型，反映男性视角如何限制女性身体等话题。成英姝都把这些情节与现实的诸多情况挂钩，带出很多关于女性的话题：女性经常成为被幻想、被客体的对象，令女性经常处于被观看、被凝视的客体地位。成英姝的散文，如一把尖刀，直刺问题的核心，即她所言的“表现真实”。

另外，散文集也探讨了很多“禁忌”的问题和人物，例如“拍写真集”、“易服癖”、“同性恋”等。在《女人的事业》[②]、《女人为什么不安分?》[③]、《女人的性竞赛》[④]等文章中，更谈到女性社会地位、身份甚至在性关系上，不应像以往般处于被动、劣势的位置，应该积极争取；而且，她强调不应视这种主动为“不安分”、“放荡”的表现，作为新时代的女性，经历了女权分子为我们极力争取公平、公开的两性开系，我们应该视两性平等为平常事，男性既可主动积极，女性为何不可？成英姝虽然没有明言要争取女权，更写了一篇《我不是女性主义者》[⑤]，其实正是讽刺那些看不起女性的人：“这年头只要意识到自己是女性，就会被贴上女性主义的卷标。”[⑥]成英姝以其一针见血的笔法写出个人感受，她站在女性角度出发的立场实在清晰可见。除此之外，集中还提到很多非典型的女性人物，如一直被视为不祥的女巫、下贱的妓女、性感的辣妹等，她们都不属于大众追求的安分守己、三从四德的贤妻良母，而是处于边缘甚至是被排挤的领域。成英姝却以说故事的形式，引用了中西方新闻佚事，如《美蒂亚复仇》[⑦]、《世界夫妻奇闻大观》[⑧]，她以幽默的笔触写下了自己对这些女性的感受。有趣的是，成英姝写的多是别人的故事，而不是她个人的私事。这跟她所说的“表达真实”似有矛盾。但事实上，笔者认为她企图以一种“她者”的位置观看事物，但这并不等于她在散文集中没有表现其独特的女性特质，她的选材角度和讽刺的笔法，正是她作为女性的发声手段，也是她个人心底的声音。

《女流之辈》在成英姝整个创作历程中，起了很重要的作用。首先，它既是她的第一本散文集，其创作的方式跟过往创作小说有别。另外，自《女流之辈》出版以后，成英姝转向写篇幅较短，介乎于散文与小说间的极短篇小说，跟她以前写的长、中篇，甚至是短篇小说有着不同的风格。这一方面自然是受专栏文字的形式影响；另一方面，也可能是《女

---

① 集中相关的散文包括：《性感少女洛丽塔》（第 17 页）、《恋少女癖》（第 107 页）。
② 成英姝：《女流之辈》，台北联合文学出版社，1999 年 9 月初版，第 39—43 页。
③ 成英姝：《女流之辈》，台北联合文学出版社，1999 年 9 月初版，第 44—47 页。
④ 成英姝：《女流之辈》，台北联合文学出版社，1999 年 9 月初版，第 48—53 页。
⑤ 成英姝：《我不是女性主义者》，《女流之辈》，台北联合文学出版社，1999 年 9 月初版，第 152—156 页。
⑥ 成英姝：《我不是女性主义者》，《女流之辈》，台北联合文学出版社，1999 年 9 月初版，第 152—156 页。
⑦ 成英姝：《美蒂亚复仇》，《女流之辈》，台北联合文学出版社，1999 年 9 月初版，第 54—58 页。
⑧ 成英姝：《世界夫妻奇闻大观》，《女流之辈》，台北联合文学出版社，1999 年 9 月初版，第 70—74 页。

流之辈》的创作，使她产生了另一种写作的取向。因此，笔者认为除了将《女流之辈》独立看成是一本散文集，研究它对女性生活的描写，标榜它为女性发声的功劳外，甚至可以说，它在成英姝的创作中，有着重大的影响力。当我们在日常生活中，听到别人称我们为“女流之辈”时，大抵都会想到有贬义的意思。然而，成英姝的散文集《女流之辈》，却是一个属于女性书写与阅读的空间，告诉我们这班女性，我们不单要像 Virginia Woolf 所言要有“自己的房间”，而且更要有自己的事业、自己的身份和自己的角色。

成英姝研究资料链接

张大春：《在无望中发笑——划一根火柴谈成英姝》，《联合文学》第 114 期，1994 年 4 月 1 日。

黄念欣：《幽默而富乐趣的阅读经验——漫谈〈公主彻夜未眠〉》，《读书人》第 6 期、7 期合刊（8/9 月号），1995 年。

庄宜文：《成英姝：城市太荒谬，公主难成眠》，《文讯月刊》，1997 年 3 月刊专题：“新世代女作家”。

颜艾琳：《套与解套》，《幼狮文艺》第 511 期，1999 年 11 月。

刘亮雅：《女性主体、荒谬困境与女性书写：成英姝的〈公主彻夜未眠〉》，原载于《中国现代文学理论》季刊第 10 期，1998 年 6 月。现收于刘亮雅《情色世纪末：小说、性别、文化、美学》，台北九歌出版社，2001 年。

王德威：《发声实验——新世代小说家》，《众声喧哗以后——点评当代中文小说》，台湾麦田出版社，2001 年。

陈相怡：《成英姝小说荒诞书写》，新竹教育大学硕士论文，2011 年。

利格拉乐·阿乌

利格拉乐·阿乌(1969—　),父亲随国民党军队败退台湾,50 年代深受白色恐怖之苦,母亲为排湾族。利格拉乐·阿乌童年在眷村度过,但因父亲被诬告为间谍,加上母亲台湾少数民族的身份,其童年成长经历比一般小孩更加辛苦。

她高中毕业之后,到花莲任教,结识泰雅族瓦历斯·诺干,两人随后共创《猎人文化》杂志,致力于推展台湾少数民族文化事务。因杂志业务需求,阿乌深入各山地台湾少数民族部落从事田野调查,这段经历成为她往后创作的泉源。第一本书《谁来穿我织的美丽衣裳》于 1996 年出版,乃第一本问世的个别台湾少数民族女作家作品。台湾少数民族文学虽在 1980 年代末期即逐渐见到成果,但台湾少数民族女作家的声音却非常微弱,创作相当稀少。阿乌是其中在质量上成绩最可观者。

阿乌创作以散文为主,她认为主要因为她的文章灵感来自田野调查、观察,比较贴近报道文学。但是她的散文往往呈现台湾少数民族女性世代相传的故事,故事性强。阿乌的创作展现出强烈的台湾少数民族女性意识,开拓了台湾少数民族女性创作的路线。本选集收录阿乌的散文,除了因为台湾少数民族女性的小说创作过于稀薄,难得具"代表性"的作品之外,也借此凸显台湾少数民族女性创作在文类取材方面的倾向。

红嘴巴的 VuVu（梗概）

那是一段悲伤的往事。一八九五年夏初，日军占领台湾。约二个 Masalu（玛沙鲁，小米丰收祭）之后，日军进入 Aumagan Monalit 部落，从此改变了这个部落的命运。在日本殖民的灰色背景下，一九二四年冬天，Gagandian 家族的母亲，生下了 Gagandian Dison A-gan，便是后来的 VuVu A-gan。VuVu A-gan，家族里排行第三，不是长女的她，在以长女为继承人的家族里，身份及教育均不是那么受母亲重视，但也多了许多玩耍的时间。VuVu A-gan 很早就学会了生存的技巧、作物的种植、岁时节令，甚至部落禁忌等基本概念。大约八岁那年，VuVu A-gan 第一次进了学校。活泼顽皮的 VuVu A-gan 不能接受教师兼警察严苛的教育，她经常策动同伴，不断上演着"逃学风波"。

一九四二年春天，为了应付日趋吃紧的战况，日本正式实施志愿兵制度，征集一千八百多名当地居民，编成"高砂义勇队"。VuVu A-gan 生命中第一个喜欢的男人，被迫进入"高砂义勇队"，成为战争中的天皇的炮灰部队，最终命丧黄泉。这件伤心往事所造成的伤痛，即使是三年后日本宣布投降，仍无法给 VuVu A-gan 带来一丝补偿。

时间并不曾因为新旧政权的替换而停止了流转。在几次 Masalu 的举行之后，通过部族中青年男女的歌舞聚会，VuVu A-gan 和 Aumagan Monalit 部落里的家族成员，建立了属于自己的小家庭。就在 VuVu A-gan 学习如何成为一家之主时，一九四八年五月，国民党来台后颁布的一项"禁用番族等名"的政策，对部落产生了不小的影响。这一项政策不但从此将族人世代所使用的族名中断，同时也彻底改变了母系部落的社会法则。VuVu A-gan 自此失去了她传统社会中应有的地位，在汉人所规划出来的户口名簿上，她摇身一变成为某某先生的妻子，不再是 Liglav 家族的母亲。

VuVu A-gan 一生中，一共生育过六个孩子，每个孩子都是由她自己接生。

一九六〇年的初夏，山区沉闷的午后，轰隆隆地响着大雨来袭前的巨大雷声，仿佛将要发生什么大事，大雨下完后，穿着绿色制服的邮差，带来了一封公文，上面透露："省政府公布实施山胞生活改进运动办法"即将执行。这波"山地平地化"运动的实行，除了族人将不能再穿传统服饰、不能再说母语之外，同时也将十几年前族人同心协力兴建起来的石板屋逐幢打散，改建成奇特的水泥房造型，Butsuluk 部落走上汉化的命运。

出于好奇或是生存需要，在外来人的蛊惑下，许多台湾少数民族女性走出了部落。VuVu A-gan的长女 Mulidan，也在这一场婚姻热潮中，远嫁到距离部落四十几公里之遥的市区。在见到 Mulidan 未来的丈夫后，VuVu A-gan 心里后悔不已，这个外省人的年纪几乎可以做自己的弟弟。尽管知道上了平地人的当，VuVu A-gan 也只能暗暗向祖灵祈求，束手无策。

Mulidan 出嫁两年后，VuVu A-gan 第一次做了外祖母。然而她的喜悦却被外省籍女婿的冷眼所取代，这个女婿日夜等待，期盼是一个白白胖胖的小壮丁，好为他传宗接代；

结果 Mulidan 生的是一个体质衰弱的小女儿，因此懊恼非常。部落中一直以生长女为荣的观念，受到了外来观念强烈的撞击，VuVu A-gan 还没来得及将这个问题想清楚，她的男人 D-lio 在那个冬天走了。身体原本就单薄羸弱的丈夫，经过十几年酒精的浸泡和辛苦的工作，像个发育不全的男孩，蜷在黑黑深深的墓穴里，结束他郁郁寡欢的一生。

两年后，VuVu A-gan 的孩子大多前往都市工作，以都市少数民族的身份，来回摇荡在各大建筑工地的鹰架上。她带着最小的女儿离开 Butsuluk 部落，与一浙江籍的外省老兵同居，这是她生命中的第三个男人。尽管语言无法沟通、生活习惯不同、知识水准有差距，生活过得颇为辛苦，但她总是努力在生活中学习并消弭冲突，一年以后，她已经能够听得懂浙江腔，也能煮得一手浙江菜，不过，后来他们还是结束了两年的同居生活，原因在于这个浙江老兵根本无法理解 VuVu A-gan 曾经的部落生活，更谈不上对她有多么尊重。

VuVu A-gan 的自尊接二连三遭受打击。当女儿 Mulidan 带着两个外省孙女回到部落时，VuVu A-gan 兴奋地冲上去，想要亲一亲两个外孙女，但当她的手一碰到两个外孙女，响在耳畔的不是甜甜的“VuVu”，而是一阵尖锐而惊恐的喊叫，和一句句“红嘴巴的巫婆”。VuVu A-gan 急忙将伸出一半的双手收回，并用受伤的眼神询问长女。Mulidan 却用变调的族语告诉她：“Ina（依娜，母亲），她们是外省人的孩子，不是我们部落的孩子。”VuVu A-gan 连忙摇摇头，含着眼泪说：“我——只是想要抱抱她们而已啊！”

过了没多久，离家许久的二女儿，从灯红酒绿的花花世界里，带回来一个满口闽南语和三字经的二女婿。VuVu A-gan 对这个男子的第一印象极差，而这个男子也无意间暴露了他的野心，那个满口猩红的男子偷偷地将 Grnrf 拉到一旁去，却又用不小声的音量说：“嘿，去跟你老母讲，这块地值不少钱哦，我可以找到不歹的客户……”他话还没说完呢，VuVu A-gan 一把抄起屋旁的竹扫把，对准那个男人就是一顿雨点般的毒打，她用这种激烈的方式来昭示内心对外来民族的不信任。

敏感的 VuVu A-gan 渐渐发现，村子里的年轻人都不见了，整个部落只剩下和她差不多大或者更老的族老，缓慢地移动在愈来愈静的部落里，很少听到小孩子的追逐与笑声，就算偶尔看见，也只有瞧见风一样速度的摩托车从眼前呼啸而过，总会震得她的耳朵失去听觉一段时间，从背影看，仿佛有一只红色头发的狮子，狂奔在满地碎石的产业道路上，她真的怀疑自己是不是眼睛花了？耳朵聋了？还是这个世界变了？

大约在四年前，VuVu A-gan 出现一些奇怪的举止，在家陪伴母亲小女儿 A-rzi，察觉 VuVu A-gan 常常在吃晚饭的时候，偷偷摸摸地将食物藏在预先准备好的布巾里，晚饭后就像猫一样地消失在黑色的部落中不知去向。A-rzi 几次想要跟踪母亲，却始终无法顺利进行。在一次偶然的机会中，意外地发现 VuVu A-gan 提着装满食物的布包，脚步蹒跚的往部落坟地的方向走去。她害怕母亲精神状态出现问题，只好通知迁居中部的大姐，这件事在 Liglav 家族中引起了轩然大波，家族的大女儿 Mulidan 决定召回散居各地的家族成员回乡开家族会议，要与母亲好好地谈谈这件事情。

当VuVu A-gan见到离家多年的子女居然一夜之间,纷纷自各个喧哗的城市回家,心里知道该是对孩子摊牌的时候,于是便道来整件事情的始末。原来,VuVu A-gan认识了部落中的一位族老,说起来还是一起长大的玩伴,只不过他的年纪稍小一些。自从数年前VuVu A-gan回到部落后,眼见部落渐渐地失去了以前纯朴的模样,却又找不到朋友可以倾诉,只好跑到离世多年的丈夫墓穴边,对着死去的丈夫聊聊天或叙叙旧,就这样,碰到了在附近的他。两人相谈甚欢,于是产生了结婚的念头。

尽管受到了孩子们的阻挠,但她依然没有改变自己的初衷。一年后,VuVu A-gan以入赘的方式,与她生命中的第四个男人结合了。没有铺张的婚礼,也没有子女的祝福,他们只是又跑到山上去,告诉他们共同的朋友:"我们结婚了——"一时之间,满山的老朋友都传来了祝福的歌声……

(鄢冬撰写)

利格拉乐·阿乌导读

◎ 简瑛瑛

排湾族女作家利格拉乐·阿乌(汉名高振蕙)长期以来即关注并投入台湾少数民族女性生活史、部落史之田野工作与书写。阿乌早期为《猎人文化》杂志创办人之一,为台湾写下历史。著有《谁来穿我织的美丽衣裳》(晨星,1996),《红嘴巴的VuVu》(晨星,1997),《穆莉淡——Mulidan部落手札》(女画文化,1998)等书。作品多为台湾少数民族女作家以其特殊观点与视角,同时处理少数族裔身份与性别认同议题的"另类"女性书写。

父亲为外省荣民,母亲为排湾族的阿乌自幼在眷村长大并饱受歧视,嫁给了泰雅族作家瓦历斯·诺干后,曾从事并致力推展台湾少数民族文化事务。如今重返部落的阿乌,对自身性别与族裔认同的纠葛与两难感受尤为深刻:过往的经历使她由先前的外省族群转折为台湾少数民族族群;而族群中隐含的性别歧视及身为排湾族女儿(母亲)与泰雅媳妇(父亲)的冲突,使她无法不面对随之而来的性别议题。《红嘴巴的VuVu》一书收录报导作品十篇,是阿乌早期在山野乡间的踏察追思笔记。作者对于部落同胞及各地边缘族群均倾心关切:或与自己独语,或与族群外婆对话,希冀借由口述手写重建记忆。不只文章内容,甚至叙述方法与架构均指涉台湾少数民族文化迅速消逝之危机与女性承传的坚韧毅力。其中《红嘴巴的VuVu》一文为女性作家为其强悍的外祖母所作之生命史与传记,结合公领域之大叙述(grand narrative)历史与私领域之口述故事(talk story)书写,颇具特殊意义。

作者以第三人称加第一人称叙述,倒叙描绘出由1895年"马关条约"日本入台以来,Butsuluk(布朱努克部落)从日据,至国民党败退台湾,到现在的沧桑变迁史。由1900年,

Malavek(五年祭)被禁,1910年"理番计划"挑战部落项目刺青制度,1933年"高砂放移住",部落一分为三,1942年义勇队为天皇效命,1945年Gargilai(部落石头神)被带回日本,1948年国民党禁用"番名",到1960年山地平民化,禁用台湾少数民族服饰、母语、及石板屋等,以编年线性方式将作者外婆的屏东排湾部落衰退史以背景角度呈现出。

而穿插交织于背景上的,则是以阿乌的VuVu为主体的排湾族妇女生命史。外婆的第一人称叙述与口述故事以"关聊"的方式不经意地跃动流露出,巧妙地穿梭成形。由外曾祖母之长女第一次刺青,到VuVu A-gan的初恋情人出征战死沙场;从Liglav Disan A-gan接受巫婆为家屋命名,到被改汉名高罔昔,到坚持保留传统石板屋而被停水停电……阿乌的外婆展现出排湾族妇女强烈的生命力与母亲传承。

对此母亲传承最大的挑战则是汉族父亲社会的命名与传宗接代观念。禁用族名不只改变了母亲部落的社会法则,也使族中妇女失去了家族母亲的地位,而成为某先生的妻子。而与外省荣民通婚的"再婚热潮"不只将台湾少数民族女性贬为交换"物品",也打破了向以生长女为荣的部落价值体系。在外省孙女眼中,长年食槟榔的VuVu成了她们口中可怕的"红嘴巴的巫婆",而非可尊可亲的VuVu(祖母)。

这些在后辈子孙及一般人眼/耳中"可怕的"巫婆/老女人们,却正代表了台湾少数民族的文化宝藏。她们不只是以生命去记录岁月的女性,亦是在面对异文化殖民入侵和多重边缘化时的母亲传承代言人。她们通过编织图腾、染料、服饰、石板屋、母语、祭典等,代替文字来纪录传统故事、当时生活情景、祖灵保护与禁忌(gaga),同时承传族群文化。

《红嘴巴的VuVu》一文,于VuVu亲手编织部落五年祭的藤球,一面咀嚼槟榔并叙说故事的过程中展开,于第三人称倒叙回忆中结合历史与口述故事,最后在她与生命中第四个男人的入赘结婚歌声中落幕。诚如上山之前的Vu Vu A-gan表示:

"我有权决定自己的生活,我知道什么样的日子最适合我,……每个人有她唱歌的方法,有她过生活的方法;我唱歌的方法是这样,而我的歌还没唱完……"(《红嘴巴的VuVu》,台中:晨星出版社,1997年,第123页。)

红嘴巴的VuVu以她对生活的热爱,用她独特的方式与记忆编织吟唱出她对排湾部落,对生命的爱的故事。

利格拉乐·阿乌研究资料链接

赵庆华:《认同与书写——以朱天心与利格拉乐·阿乌为考察对象》,台湾成功大学,2004年。

李瑛:《台湾少数民族作家文学论》,民族出版社,2007年3月。